Nina MacKay

Teenie Voodoo Queen

Nina MacKay

Teenie Voodoo Queen

Roman

ivi

Lesen was ich will!
www.lesen-was-ich-will.de

Von Nina MacKay liegen bei ivi und Piper vor:
Plötzlich Banshee
Teenie Voodoo Queen

MIX
Papier aus verantwortungsvollen Quellen
FSC® C083411
www.fsc.org

Originalausgabe
ISBN 978-3-492-70475-5

Satz: Satz für Satz, Wangen im Allgäu
Gesetzt aus der Dante
Druck und Bindung: CPI books GmbH, Leck
Printed in Germany

Für meine Leser, die mich immer
nach mehr und noch mehr Büchern fragen.
Für euch werde ich noch
bis zu meinem letzten Atemzug schreiben.

Und für meine allerliebsten Reitschüler
vom Lautersheimer Gutshof,
denen ich diese Widmung versprochen habe.
Auftrag ausgeführt!

Vorwort

Dieses Buch wurde von meiner Faszination für Voodoo, insbesondere für die Loas, inspiriert sowie von dem Gedanken, wie eine Voodoohexen-Abendschule in der heutigen Zeit aussehen könnte.

Nachdem ich Bilder vom St. John's Eve, einem rituellen Voodoo-Festival in New Orleans im Internet gefunden hatte, kam mir plötzlich dieses Bild einer modernen, bunt gemischten Voodoo-Klasse in den Sinn. Ähnlich wie bei diesem Festival.

In der Realität ist Voodoo natürlich nicht so, wie es im Buch dargestellt wird. Wenn ihr euch also mit einem Topf und Schokolade in den Sumpf stellt und zu zaubern versucht, wird dies eher nicht von Erfolg gekrönt sein.

Voodoo ist uraltes Wissen, unendliche Weisheit, die jenseits unserer Vorstellungskraft liegt und nichts mit zaubern in diesem Sinne zu tun hat. Der Grundstein von Voodoo, das eigentlich original Vaudou / Vodou heißt, liegt in Benin (Quidah) Afrika, nicht in Haiti oder New Orleans. Aber diese Stadt, gerade weil sie ganz anders mit dem Thema umgeht, habe ich als Setting für »Teenie Voodoo Queen« gewählt.

Ich empfehle eine Reise nach New Orleans, auch wenn Voodoo dort sehr touristisch gehandhabt wird. Wenn ihr es tut, bitte bringt mir ein Gris-Gris mit!

Ich danke der Voodoo-Agentur Maerlyn Rituals in Malaga für die freundliche, kompetente Beratung und Einladung nach Afrika zu einem echten Voodooritual. Ich freue mich sehr über den Kontakt und bin nun noch faszinierter von Voodoo als vorher.

Ich weiß jetzt, dass echte Voodoopriester in Benin über meine Idee einer Voodoo-Abendschule nur milde lächeln würden. Sie geben ihr Wissen innerhalb der Familien nach strengen Maßstäben weiter und eine Schule mit Voodooschülern ist in ihren Augen undenkbar, aber ich hoffe, die Geschichte wird euch trotzdem Spaß machen, so wie mir.

1

Die Skateboardfahrer waren die schlimmsten. Immer. Irrtum ausgeschlossen.

Mit eingezogenem Kopf rannte ich die roten Backsteinstufen bis zum Schuleingang empor, während sie mich hinter meinem Rücken auspfiffen. Dass mir wegen der hohen Luftfeuchtigkeit die Haare an den Wangen klebten, ignorierte ich dabei. Schon seit einer Weile manifestierte sich in mir der Verdacht, dass sie eine Art Punktesystem entwickelt hatten. Blöden Witz landen – drei Punkte, Anfängerlevel. An mir auf dem Skateboard vorbeirasen und die Schulbücher aus dem Arm reißen – glatte zehn. Eher was für Fortgeschrittene. Ja, ich ahnte es, aber das war nicht mal mein wirkliches Problem. Ein paar fiese Skater gehörten wohl in das Leben jeden geplagten Teenagers, da hätte ich drübergestanden (und ab und zu neue Bücher gekauft, die vertrugen das Durch-die-Luft-Fliegen nämlich immer schlechter). Ich hätte sie hassen können, wie jeder andere normale Gemobbte, also den einfachen Weg nehmen können. Aber irgendwie schien das nicht mein Ding zu sein, und ich (oder mein Stammhirn oder wer auch immer) reagierte leider beim Anblick ihres Anführers Marco mit Herzrasen und Taumelschritt, hervorgerufen durch Knie, weich wie angeschmolzene Marshmallows. Wie konnte man nur aussehen wie Johnny

Depp in jungen Jahren und dann so gemein sein? Ich traute mir kaum zu, dieses Rätsel noch zu Lebzeiten zu lüften.

»Dawny-Dawn!« Verschiedene Jungenstimmen in meinem Rücken, aber Marcos war nicht darunter. Seine Stimme hätte ich überall erkannt.

Ich heftete meinen Blick auf die Stufen, die hinauf zur Schule führten. Auf die makellos sauberen Steine, die in ihrer Farbe Schrumpfköpfen ähnelten, halbrund abgeschliffen.

»Wieso hext du dich nicht einfach schlank oder hübsch? Lernt man das heutzutage nicht mehr im Hexenunterricht?«, rief mir ein Junge im Stimmbruch nach, der sich anhörte wie ein Frosch im Mixer.

Wenn der wüsste …

Der Krächzer wurde zu meinem grenzenlosen Erstaunen von der Skaterclique toleriert. Was mich anging, da passte ihnen anscheinend das Gesamtpaket nicht. Mit Pickeln, einer großen Nase und leichtem Übergewicht überschritt ich wohl deutlich die Toleranzgrenze der Jungs auf vier Rollen. Und so sorgten sie täglich aufs Neue dafür, dass ich diesen Umstand auch ja nicht vergaß.

Als ich durch die große Flügeltür in die Eingangshalle stolperte, wandte ich mich sofort nach rechts, wo ich mich nach Luft schnappend gegen die Wand lehnte. Dieser Morgen fing ja schon mal gut an. Für einen kurzen Moment schloss ich die Augen.

»Liebe Pubertät, wirklich, ich habe sehr über deinen Scherz gelacht. Jetzt könntest du aber bei Gelegenheit anfangen, in meinem Fall ein Gespür für Proportionen zu entwickeln und meine Nasenlänge zugunsten meines zu kurz geratenen Oberkörpers etwa um die Hälfte reduzieren«, murmelte ich vor mich hin. Ehrlich. Ich sah aus wie Klaus – die Kartoffel. Aus der Fernsehwerbung. Die mit der Knollennase.

Zum absoluten Über-Überfluss war heute auch noch der Tag vor Mardi Gras. Und das bedeutete, dass an diesem Montag in der ganzen Schule Perlenketten verteilt wurden. Mit anderen Worten: Der schrecklichste Schultag des Jahres hatte soeben begonnen …

Mardi Gras. Laut singende, tanzende Paraden, die durch die Straßen von New Orleans zogen. Männer, die diese lästigen goldenen, violetten oder grünen Perlenketten aus Plastik schönen Frauen schenkten, um dafür mit einem Kuss belohnt zu werden. Je mehr bunte Perlenketten eine Frau an diesen Tagen um den Hals trug, als desto attraktiver galt sie. Unnötig zu erwähnen, dass ich bis heute vergeblich auf einen Perlenkettenverteiler wartete, der auch mich als Halskettenträgerin und damit potenzielle Küsserin in Erwägung zog. Dass die Jungs mir auswichen, ja mich sogar »übersahen«, damit es nicht zum eben beschriebenen Szenario kommen konnte, das versuchte ich zu verdrängen. Seufzend stieß ich mich mit dem Fuß von der Wand ab. Meine abgetragene Kleidung half mir nicht unbedingt dabei, mein Ansehen bei anderen – oder mir selbst – ein wenig aufzubessern.

In einem Fenster überprüfte ich, ob wenigstens mein schwarz glänzender Haarreif an Ort und Stelle saß. Er hatte meiner Mutter gehört und war eins der wenigen Erinnerungsstücke, die mir von meinen Eltern geblieben waren. Tatsächlich tat er auch heute sein Bestes, meine karottenroten Haare zurückzuhalten, die man mit viel gutem Willen als lasch oder dünn bezeichnen konnte. Und das war schon schmeichelhaft.

Auf dem Weg zu meinem Spind schickte mir das Schicksal – wohl in einem Anfall von Zockerlaune – Carlton Pearl über den Weg, die mit ihren Freundinnen gerade hochaktuelle News austauschte. Die Pearl-Clique wirkte mit ihren kurzen pinken Röcken wie eine rosa Wolke, die auf neonfarbenen Stilettos durch die Flure schwebte. Wahrscheinlich um unterprivilegierten Mitschülern wie mir das Wegsehen unmöglich zu machen, sei es aus Faszination oder reiner Ratlosigkeit angesichts dieses Modeunfalls. Selbst als Vierjährige hatte ich mehr Geschmack beim Heraussuchen von passenden Schuhen zu den Outfits meiner Barbiepuppen bewiesen, aber die Pearl-Clique trug diese farbigen Augenkrebsrisiken mit einem Selbstbewusstsein, das ich nur bewundern konnte.

Die Leitstute der pinken Herde hatte mich leider entdeckt und steuerte nun zielstrebig auf mich zu. Um ihren Hals klapperten bunte Perlenketten umeinander.

»Ah, Dawn, die kleine Bitch, oh – ich meine natürlich *Witch*.« In gespieltem Entsetzen schlug sich Carlton gegen die Stirn.

Ja, und dieser Witz wurde auch nie alt.

Carlton strich sich ihre blonden Haarwellen über die Schulter. »Wie viele Mardi-Gras-Ketten hast du bisher abgestaubt? Ojemine, wie ich sehe, keine einzige!«

Neben ihr kicherte Brooke, die einzige Brünette in diesem blonden Barbie-Club. »Carlton hat schon vierzehn Ketten geschenkt bekommen, wir anderen mindestens sechs. Und dabei hat der Unterricht noch nicht mal angefangen. Ein Hoch auf wischfesten Lippenstift.« Sie warf einen Kussmund mit übertrieben ausladender Geste in meine Richtung.

»Na, da hoffe ich doch für euch, dass ihr keinen Herpes gratis mit dazubekommt«, erwiderte ich so gelassen wie möglich.

Dass es mich wurmte, nie so eine Kette bekommen zu haben, musste die Pearl-Clique ja nicht wissen. Gerade als ich mich mit gesenktem Kopf an den Size-Zero-Barbies, die mich alle um mindestens einen Kopf überragten, vorbeiquetschen wollte, packte sie mich am Oberarm. Leider wurde man Carlton Pearl nie so schnell wieder los, wie erhofft. »Mardi Gras und kein einziger Junge möchte einen Kuss von dir? Gut, dass wir für dich vorgesorgt haben!«

Oh, oh, das hörte sich gar nicht gut an …

Und da stand ich nun, wie ein Sack Rüben eingekreist von Antilopen mit glänzendem Fell, und wartete auf die Gemeinheit, die sicherlich gleich über mich hereinbrechen würde.

»Serena hat zufälligerweise einen Schweinekopf für den

Biologieunterricht mitgebracht. Serena!«, forderte sie eins ihrer Barbiepüppchen auf. Der Blick ihrer blauen Augen bohrte sich dabei unablässig in meinen.

Die Gerufene reichte ihr tatsächlich einen durchsichtigen Müllsack mit einem abgetrennten Schweinekopf. Die Zunge des Schweins hing heraus, als wollte es an einem Eis lecken. Unwillkürlich verwandelte sich mein Hals in eine staubtrockene Wüste, während Bilder mit allen möglichen widerlichsten Szenarien an meinem inneren Auge vorbeirasten.

Serena hingegen wirkte ganz gelassen, geradezu professionell, wie sie den Schweinekopf handhabte. Ihr Dad führte ein angesagtes Grillrestaurant, weshalb sie wohl erstens an Schweineköpfe herankam und zweitens kein Problem mit deren Anblick hatte. Nicht so wie ich. Nachher, beim Sezieren von Schweineaugen im Biounterricht, hatte ich fest eingeplant, einen Schwächeanfall vorzutäuschen.

Jetzt holte Serena das tote Resttier, bei genauerem Hinsehen begriff ich, dass es sich um ein Ferkel handelte, auch noch aus der Tüte! Ein Würgen unterdrückend, versuchte ich Carltons Arm abzuschütteln.

Nun, da die sprichwörtliche Katze, oder in diesem Fall das Schwein, aus dem Sack war, bildete sich eine Schülertraube um uns – allesamt mit gezückten Smartphones.

»Mr Piggles sagt, du bekommst eine wunderschöne goldene Kette, wenn du ihm einen Kuss gibst!« Serena wackelte an einem Ohr des armen Ferkels, damit es so aussah, als würde es reden.

Gut, bei einer Grillrestaurantbesitzerstochter durfte man wohl keine überhöhten Ansprüche an natürliches Schauspieltalent stellen, aber immerhin hatte es gereicht, damit mir dämmerte, was das ganze Theater und die Anspielung auf die Ketten sollte. Die Pearl-Clique wollte, dass ich dem toten Schwein einen Kuss gab. Und die pummelige Dawn ärgern stellte sowieso eins ihrer liebsten Hobbys dar.

Wieder zog ich an meinem Arm, diesmal heftiger.

Auf ein Nicken von Carlton hin ergriff Leonor, oder wie ich sie nannte »Leoparden-Leo« – denn sie trug fast jeden Tag ein Shirt oder ein Accessoire im Leopardenlook –, meinen anderen Arm.

Meine Bücher fielen mit einem lauten *Klatsch-Pong-Klonk* zu Boden. Ich saß in der Falle. Sofort begann ich zu zappeln, versuchte nach ihnen zu treten, wand mich in den Griffen. Nur waren Carlton und Leoparden-Leo leider hartnäckiger als mexikanische Wanderarbeiter, die um eine Ziege stritten. Mit anderen Worten: Sie ließen nicht los.

Die Schülermenge um uns herum war inzwischen auf etwa drei Dutzend angewachsen, angeschwemmt in der Hoffnung, Augenzeuge eines dramatischen Ereignisses zu werden.

»Nein wirklich, ich verzichte!« So gut wie möglich versuchte ich das Zittern meiner Knie zu unterdrücken. Doch genauso gut hätte ich einem Justin-Bieber-Fanclub ausreden können, die neuesten T-Shirts seiner Fan-Kollektion zu kaufen.

»Küss das Schwein!«, verlangte nun Carlton. Das boshafte Lächeln in ihrem Gesicht entging mir nicht.

»Küss das Schwein!«, echote Brooke.

»Küss das Schwein!«, forderte Marco, Anführer der Skater-Clique, der direkt hinter Serena und dem Schweinekopf aufgetaucht war.

Mein Herz wurde so kalt wie Carltons falsches Lächeln. Oh nein, nicht der schöne Marco. Das musste ein Albtraum sein!

Doch ich wusste nur zu gut, dass meine Albträume des Nachts weniger schlimm waren als mein wirkliches Leben an der Highschool. Von dem Abendunterricht in der Voodoohexen-Abendschule einmal abgesehen, wo es ähnlich zuging. Mittlerweile zappelte ich wie wild, bog den Rücken durch, versuchte sogar zu beißen. Aber kein Pearl-Girl gab nur einen Fingerbreit nach. Aussichtslos.

»Küss das Schwein, küss das Schwein!«, echote die Menge.

Marco hob eine Faust. »Zungenkuss! Zungenkuss!«

Sämtliche Smartphones waren auf mich gerichtet, und die Wahrscheinlichkeit, dass die Besitzer in den nächsten Minuten Videos mit Titeln wie »Dawns erster Kuss« auf YouTube hochladen würden, lag bei garantierten 100 Prozent. Ach, verdammt, ich wusste doch, dass ich den Tag vor Mardi Gras mehr als alles andere auf der Welt hasste!

Eine Welle der Verzweiflung überrollte mich und ich versuchte meine Hände auszustrecken, um Carlton damit über ihr ach so perfektes Gesicht zu kratzen. Nur leider sah sie meine Aktion voraus und griff nach meinem Handgelenk.

»Los, komm schon, Dawn, es ist Mardi Gras und das Publikum will einen Kuss«, säuselte Leoparden-Leo. Aus den Augenwinkeln konnte ich erkennen, dass sie mit der freien Hand eine goldene Perlenkette schwenkte.

Allerdings konnte ich meinen Blick gerade einfach nicht von dem Schweinekopf abwenden, der Unheil verkündend vor mir in der Luft schwebte.

Sollte der Schweinekuss stattfinden, würde das einen legendären Eintrag in den Gemeinheits-Chroniken der Pearl-Clique zur Folge haben.

In einem letzten Ausbruchsversuch duckte ich mich nach unten weg und nutzte mein Körpergewicht, um die beiden neon-beschuhten Barbies mit mir zu reißen.

Brooke quietschte, doch Carlton packte mich einfach an den Haaren und riss mich wieder nach oben. Dabei erwischte sie meinen Haarreif am linken Ohr.

Als der Haarreif meiner Mutter brach, knackte es, als sei jemand auf einen Ast getreten. Und das war der Moment, in dem ich die Tränen kaum noch zurückhalten konnte.

Nicht mein Haarreif.

»Dawny-Dawn! Du wirst Mr Piggles doch keinen Korb geben wollen?« Carlton spielte die Empörte. »Das würde seine Gefühle verletzen!«

»Genau«, mischte sich Marco ein. Lässig blies er sich seine verwuschelten Ponyfransen aus der Stirn. »Und jetzt knutsch endlich.« Unter anderen Umständen, wenn Marco damit sich und nicht das Schwein gemeint hätte, wäre dieser Befehl fast romantisch gewesen.

»Kuss, Kuss, Kuss!« Um uns herum wurden die Rufe lauter. Die Schaulustigen forderten einen Kuss für das Schwein. Unter gesenkten Lidern scannte ich die Menge. Niemand trat hervor, um diesem Unsinn Einhalt zu gebieten. Wohin ich auch blickte, überall sah ich nur in hämisch verzerrte Gesichter und Handykameras. Super.

»Küss das Schwein!« Serena wurde wohl langsam ungeduldig, denn jetzt kam sie näher mit dem toten Ferkel, das sie immer noch an den Ohren gepackt hielt. Fast erinnerte sie mich an eine Mutter, die wollte, dass ihr Kind endlich den Brei aß.

Von hinten schubste mich Marco einen Schritt nach vorn. »Zungenkuss. Los! Ich will was sehen!« Jedes Wort von ihm war wie lähmendes Gift in meinem Körper.

»Kuss, Kuss, Kuss!«, brüllten seine Freunde aus der Skater-Clique.

Ich hatte keine Chance, machte mich innerlich schon bereit für den widerwärtigsten Kuss, der je einem Mädchen auf diesem Planeten zuteilgeworden war.

Drei.

Zwei.

…

Glücklicherweise bog in diesem Moment meine Geschichtslehrerin Mrs Kingsley in den Schulflur ein. Als sie die Massenversammlung um mich herum bemerkte, blieb sie abrupt stehen.

»Was ist denn hier los?« Mit einem Blick hatte sie die Situation anscheinend erfasst und ihre randlose Brille auf die Nasenspitze geschoben. Das tat sie immer, um uns mit ihren kleinen, intelligenten Augen über die Brille hinweg anzustarren. Die

Hände in die Hüften gestemmt, die braunen Haare zu einem lockeren Knoten Version Nestbau hochgesteckt, wirkte sie wie eine sehr aufgebrachte Vogelscheuche – obwohl sie die dreißig gerade erst überschritten hatte.

»Hi, Mrs Kingsley.« Marco, der Charmeur, schob sich vor mich, sodass er mit seinem muskulösen Oberkörper das Schwein und mich verdeckte. Dann zog er seine Charmebolzennummer ab, um Mrs Kingsley um den Finger zu wickeln. Doch von seinem Zahnpastalächeln und dem lässigen Durch-die-Haare-Streifen ließ sich meine Lieblingslehrerin, die fast fünfzehn Jahre älter war als er, nicht beeindrucken.

Bevor sie den Mund öffnete, verschränkte sie die Arme vor der Brust.

»Alle sofort in ihre Klassen. Und Serena, du gibst mir die Tüte für den Biologieunterricht. Ich werde das Schwein Mrs Demeter aushändigen, so wie du es eigentlich vor Schulbeginn hättest tun sollen. Sei froh, wenn ich dir dafür keinen Tadel eintrage.«

Mit geschürzten Lippen übergab Serena Mr Piggles, den viele von uns heute wohl oder übel noch in Mrs Demeters Biounterricht wiedersehen würden, in seiner Plastiktüte an Mrs Kingsley.

New Orleans war schon eine sehr eigenwillige Stadt, in der nichts Verwerfliches daran gefunden wurde, dass Mädchen tote Tiere mit sich herumschleppten. Eine Stadt, deren Einwohner mit dem Tod anders umgingen als Menschen an allen anderen Orten der Welt und ihn gewissermaßen zelebrierten. Und Serena war noch nicht mal eine angehende Voodoohexe – so wie ich.

Gleichzeitig ertönte der Schulgong. Der grausige Montag vor Mardi Gras hatte somit offiziell begonnen. So schnell, wie sie gekommen waren, entfernten sich die Schaulustigen wieder, allerdings nur unter Protestgemurre. Und mit reichlich Plastikperlengeklimper.

Zurück blieb einzig und allein ich, das Haar komplett verstrubbelt und mit zitternden Knien. Warum hatten sie es nur immer auf mich abgesehen? Spürten sie, dass ich nicht war wie sie? Die These, dass die Pearl-Clique (und zu meinem Leidwesen auch Super-Marco) nur einem fast vergessenen Instinktverhalten folgte und artfremde Hexen ausgrenzte, ohne selbst zu kapieren, wieso, entlastete sie in meinen Augen aber nicht. Und das war schlimm, denn es bedeutete, dass Marco mit oder ohne Johnny-Depp-Faktor einfach nur ein dämlicher Vollidiot war. Diese Erkenntnis schmerzte fast mehr als die Demütigung durch die Perlhühner um Carlton.

An der nächsten Ecke hielt Mrs Kingsley noch einmal inne. Als wäre ihr gerade erst eingefallen, dass man nach traumatischen Ereignissen wie diesem mit den betroffenen Schülern sprach, drehte sie sich langsam in meine Richtung.

»Alles in Ordnung mit dir, Dawn?«

Ich hob den Kopf. Anstatt zu antworten, sah ich ihr einfach nur in die Augen. Eigentlich sollte sie mich verstehen. Aber wahrscheinlich war sie durch den Schweinekopf, den sie in der Plastiktüte auf Armeslänge von sich hielt, genauso verstört wie ich. Außerdem war Mrs Kingsley mit Abstand meine Lieblingslehrerin, und ich wusste, wie zerstreut sie sein konnte. Ebendieses Chaos-Gen war es, was ich an ihr so liebte.

»Ach, was rede ich da?« Sie kratzte sich mit der freien Hand am Kopf, wobei sie sich beinahe selbst die Brille von der Nase stieß. »Hoppla.« Da sie damit wahrscheinlich die Brille meinte, schwieg ich weiter. »Also … am besten sprechen wir nach Geschichte über den Vorfall, in Ordnung?«

Ich nickte. Wortlos. Wahrscheinlich stand ich noch unter Schock, denn mein Unterkiefer fühlte sich wie zugefroren an.

Doch Mrs Kingsley schien das zufriedenzustellen. Nach einem kurzen Nicken nahm sie die Abzweigung in den Gang mit den Biologieräumen.

Damit war ich nun vollkommen allein im Flur.

Dieser verfluchte Mardi-Gras-Brauch! Was hatte ich von diesem Fest meiner Stadt außer Ärger und einer verstrubbelten Frisur? Da fiel mir Moms Haarreif wieder ein. Vor Anspannung wurden meine Fingerspitzen ganz feucht, dennoch gelang es mir, den Reif aus meinen Haaren zu ziehen.

Ich betastete das schwarze Ding vorsichtig. Zerbrochen. Eins meiner liebsten Erinnerungsstücke an meine verstorbene Mom.

Jetzt flossen die Tränen. Ungehindert bahnten sie sich ihren Weg nach draußen, tropften schließlich auf den Haarreif.

Der Wirbelsturm letzten Sommer, der beinahe so stark wie der Hurrikan Katrina im August 2005 gewesen war, hatte mir meine Eltern und unser Haus genommen. Und mit ihnen waren auch alle persönlichen Gegenstände und sämtliche Erinnerungen von mir gerissen worden. Ich selbst hatte nur knapp überlebt. Melinda Lavelle, eine Freundin meiner Mutter aus ihrer Voodoohexengemeinschaft und zudem meine Patentante, hatte mich danach bei sich am Rande der Stadt wohnen lassen. Doch seit ein paar Wochen lebte ich vollkommen allein in der kleinen Hütte im Sumpf. Melinda hatte sich aufgemacht, um *»die bösen Mächte in New Orleans aufzuhalten«*, was auch immer das zu bedeuten hatte.

Schließlich wischte ich mir energisch über die Augen. Weinen würde ich zu Hause, wenn ich allein war, aber nicht vor den Augen von bösartigen Mitschülern und ihren aktivierten Smartphonecams. Vorsichtig ließ ich die Haarreif-Überreste in meine Schultasche gleiten.

Mit dem tröstlichen Gedanken, dass ich die komplette Pearl-Clique inklusive Marco und seine Skater-Gang in Steckrüben verwandeln konnte, wenn ich wollte, ging ich in mein Klassenzimmer. Steckrüben waren meine Spezialität in der Voodoohexen-Abendschule. Wie Frösche. Genau genommen waren sie deshalb meine Spezialität, weil ich außer diesen beiden keine anderen Zauber auf die Reihe bekam. Ich seufzte und hörte selbst, wie frustriert ich klang. Aber immerhin: Ich arbeitete daran! Mittlerweile hatte ich sogar herausgefunden, dass das gar keine Steckrüben waren, die ich ungewollt wie am laufenden Band produzierte, sondern europäische Zuckerrüben, die man in New Orleans gar nicht kannte. Ihr spitzes Ende und der süßliche Geruch hatten mich darauf gebracht! So kam ich auch auf meinen Plan B im Leben, wenn ich überall sonst versagen sollte: mein eigenes Zucker-Imperium! Ich hatte dazu bereits recherchiert, und nach ersten Hochrechnungen meinerseits sah es gar nicht schlecht für mich aus. Die Zuckerindustrie boomte, und ich konnte jederzeit einsteigen, Kohle scheffeln, und dann würde Carlton-Pearl … ja, was eigentlich? Sich hoffentlich vor Neid spontan selbst entzünden. Oder sich eben, wenn ich mit den Fingern schnipste, in eine Zuckerrübe verwandeln. Dann konnte ich sie anschließend gewinnbringend auf dem Weltmarkt loswerden.

Manche Lösungen im Leben sind doch unerwartet einfach.

Den ganzen Tag über hielt ich den Kopf gesenkt, versuchte die Mädchen mit ihren schimmernden Perlenketten zu ignorieren. Die Pearl-Clique ihrerseits tat ihr Bestes, meinen Plan zu vereiteln. Mit einem fast schon peinlichen Topmodel-Gehabe, das sie sich in kommerziellen Castingshows abgeguckt haben mussten, catwalkten sie durch die Flure der Lafayette High und grinsten mich dabei herausfordernd an. Kurz überlegte ich, davon ein Video zu drehen, um sie in zehn Jahren mit dem Material erpressen zu können, aber dafür war ich dann doch zu schlecht drauf. Außerdem hatte mein ehemaliger Psychologe immer gepredigt, dass mein Sarkasmus mir ausreichend half, all meinen Stress abzubauen. Es war keine Gewalt oder kriminelle Energie nötig.

Und die Bio-Sezierstunde, in der Mr Piggles vor unser aller Augen zerschnippelt wurde, trug nicht dazu bei, dass es besser wurde. Vielmehr war ich die ganze Stunde über damit beschäftigt, nicht noch vor dem Mittagessen mein Frühstück wiederzusehen.

Gegen Ende der Geschichtsstunde kam Mr Murphy, unser gut aussehender Mathelehrer mit seinen dunklen, kinnlangen Locken, in die Klasse, um etwas Wichtiges mit Mrs Kingsley zu besprechen, während wir unsere Arbeitsblätter ausfüllten. Alle um mich herum verdrehten die Augen. Jeder wusste, dass Mr Murphy auf Mrs Kingsley stand. Und sie schien nichts dagegen unternehmen zu wollen. Im Gegenteil.

Gerade versuchte sich Mr Murphy lässig am Lehrerpult abzustützen, verfehlte es jedoch und wäre beinahe mit dem Kopf auf die Tischplatte geknallt, wenn ihn Mrs Kingsley nicht im letzten Moment an einem seiner Hosenträger festgehalten hätte.

Hinter mir stöhnte Leoparden-Leo laut auf. Die beiden jungen Lehrer waren alleine für sich genommen schon peinlich genug, beide zusammen kamen einer Naturkatastrophe gleich. Erdbeben, Ebola oder Serenas giftgrüne High Heels waren nichts dagegen. Leider fühlten sie sich auch offensichtlich außerstande, mit ihren Flirtereien wenigstens zu warten, bis sich der Klassenraum geleert hatte.

So arbeiteten sie live weiter daran, ihre Lehrer-Souveränität vor den Schülern zu untergraben. Leider vergaß Mrs Kingsley im Hormontaumel völlig, dass sie eigentlich mit mir nach dem Unterricht verabredet war, und winkte die Klasse nach dem Klingeln einfach so nach draußen. Dieser Vorfall markierte den absoluten Tiefpunkt an diesem Tag. Na gut, den zweiten Tiefpunkt nach der Begegnung mit Mr Piggles.

Halt, nein. Heute war Montag, und damit hatte ich unglücklicherweise noch den Unterricht an der Voodoohexen-Abendschule vor mir.

Direkt nach dem Highschool-Unterricht nahm ich den Bus in den Süden der Stadt. Ein eigenes Auto wäre eine Erleichterung gewesen, aber das war absolut nicht drin. Die Voodooschule lag am Rande des Sumpfs in einem riesigen, villenähnlichen Holzhaus an einer alten Obstplantage. Mehrere Schutzzauber verbargen das zweistöckige Gebäude mitsamt seinen Ländereien vor den neugierigen Blicken normaler Menschen ohne Voodoomagie, kurz MoVs genannt. Ja, wir bildeten den Plural nicht ganz korrekt, aber um das zu lernen, ging man auch nicht auf eine Voodoo-Abendschule.

An jedem Montag, Mittwoch und Freitag hatte ich hier von fünf bis acht Uhr abends Unterricht. Die Ausbildung an der Abendschule dauerte vier Jahre und man begann im Herbst nach seinem siebzehnten Geburtstag damit.

Selbstverständlich lehrte man uns dort nur weiße Voodoomagie, keine schwarze.

Meine Patentante Melinda hatte es sich zum Ziel gesetzt, Voodoopriester, Schamanen und Hexenmeister, die schwarze Magie ausübten, aufzuspüren und vor das Bondieu-Tribunal zu stellen. Das Tribunal des höchsten Gottes unseres Glaubens – Bondieu. Darin entschieden Richter über das Schicksal der abtrünnigen schwarzen Voodoohexen.

Da fiel mir ein, ich hatte komplett vergessen, meine Voodoo-Hausarbeit fertigzustellen! Eine Anrufung unserer Loa. Beim heiligen Bondieu! Immer vergaß ich, mit den Geistern zu sprechen!

Beim Voodooglauben verhielt es sich nämlich so: Unser Gott Bondieu war groß, zu groß. Praktisch zu gewaltig, um einfach so zu ihm zu sprechen. Nicht einmal die mächtigsten Voodoopriester, Hexenmeister und Schamanen trauten sich, ihn anzurufen. Doch dazu gab es die Loas. Jedes Kind, das in unserer Gemeinschaft aufwuchs, wurde dazu erzogen, die Loas anzurufen, göttliche Geistwesen, Vermittler sozusagen, die das jeweilige Gebet Bondieu überbrachten. Das Tückische an Loas war allerdings, dass sie sowohl eine gute als auch eine böse Seite hatten, zwei Gesichter sozusagen. Weiß und schwarz. Wohltätigkeit und Zerstörung.

Die Loa unserer Voodoogemeinschaft war Erzulie Freda, Schutz-Loa von New Orleans. Geist von Liebe und Schönheit. Eine mütterliche, wohltätige Loa, die in ihren Träumen die Zukunft sehen konnte.

Ich hielt einen Moment inne, als ich aus dem Bus ausstieg. Der Kragen meines grünen Regencapes kratzte an meinem Hals. Unglücklicherweise hatte Erzulie bisher noch keins meiner Gebete erhört. Sicherlich hatte die Loa dagegen Hope O'Letta, der klassenbesten Voodooschülerin, ein Zeichen gesandt, dass sie erhört wurde. Und ich … na ja. Mittlerweile war es sowieso zu spät. Ich hatte keine Zeit mehr. Wo sollte ich jetzt auf die Schnelle Schokolade oder Silberschmuck herbekommen? Die Opfergaben, die Erzulie am liebsten hatte.

Ich beschleunigte meine Schritte. Inzwischen war es dämmrig geworden im Sumpfgebiet von New Orleans. Wolken hatten sich vor die Sonne geschoben. Aber das machte nichts. Der Sumpf war quasi mein Zuhause. Das Grillengezirpe beruhigte mich eher, als dass es mich ängstigte, während ich den verschlungenen Pfad entlang zur Abendschule hastete.

Wenigstens hatte ich an der Voodooschule eine Freundin. Shannon Blackwood.

Shannon wurde ebenso wie ich in der Voodooschule gehänselt. Der einzige Punkt, den die magische Abendschule mit der absolut nichtmagischen Highschool gemein hatte.

Seit Melinda fort war, ohne dass ich wusste, ob und wann sie zurückkehren würde, war Shannon zu meiner einzigen Vertrauten geworden. Die Einzige, mit der ich reden konnte. Meine Außenseiterrolle an der Voodooschule hatte im Gegensatz zur Highschool leider nichts mit dem Revierverhalten meiner Mitschüler zu tun. Das lag vor allem an meinen unterirdisch schlechten Voodoozaubern.

Bevor ich die Veranda mit der weißen Holztür betrat, die den Eingang zur »New Orleans Night School of Voodoo Magic« markierte, straffte ich die Schultern. Ein Kribbeln lief mir über die Oberarme. Am liebsten wäre ich jetzt nach Hause gerannt und hätte mich unter dem Küchentisch zu einer Kugel zusammengerollt. Selbst nach all den Monaten hasste ich dieses muffige, gruselige Gebäude, das aussah wie eine Filmkulisse aus diesem Kitsch-Streifen »Vom Winde verweht«, immer noch. Madame Laveau, die mächtigste Voodoopriesterin in New Orleans, die diese Schule leitete, war ein riesiger Fan der alten Südstaatenzeit.

Gerade als ich die Verandastufen emporsteigen wollte, fiel mir auf, dass ich in etwas Schleimiges getreten war. Natürlich. Das konnte ja wieder nur mir passieren!

Als ich an mir heruntersah, bemerkte ich, dass mein linker Stiefel in einem Haufen halb verdautem Fleisch steckte. Ausgewürgtes Alligatorfrühstück. Wenn das Schicksal vorgehabt hatte, mich so für Mr Piggles zu entschädigen, dann musste da in der Programmierung irgendwas schiefgelaufen sein. Der Tag konnte für mich nur noch besser werden. Oder? Wenn Hope O'Letta gleich laut mit ihren Mardi-Gras-Perlenketten angab, sicherlich.

So gut es ging, streifte ich den Alligatormagenschleim an einer Ecke der Holztreppe ab. Dann erklomm ich die Veranda und zog am Knauf der alten Holztür, die verärgert knarrte. Fast fühlte ich mich so, als würde ich eins dieser Gruselhäuser in Freizeitparks betreten. Nur, dass ich hier seit vier Monaten die Hexe im Häuschen war und keiner dieser hilflosen MoVs, die sich von so etwas einschüchtern ließen. Ich war hier die Gruselhexe! Ein kleines Lächeln stahl sich auf meine Lippen – das erste an diesem Tag.

Leider verging mir das schnell wieder, denn als Nächstes bemerkte ich, dass der Schulflur verlassen und vollkommen dunkel vor mir lag. Die Deckenleuchten waren ausgeschaltet und auch das Betätigen des Lichtschalters ließ sie nicht zum Leben erwachen. Ganz eindeutig war hier etwas faul. Aber egal. Schließlich war ich eine (halbwegs) fähige Voodoohexe und die Schatten sollten sich besser vor mir fürchten. Energisch reckte ich das Kinn. So ein bisschen Dunkelheit konnte mir nichts anhaben.

2

Gerade als ich den Fuß über die Schwelle setzte, flackerten die Deckenlampen einmal kurz auf, erloschen dann jedoch sofort wieder.

Das war merkwürdig. Aber wahrscheinlich nur ein technischer Defekt. Die New Orleans Night School of Voodoo Magic war ein sicherer Ort. Zumindest versuchte ich mir das einzureden. MoVs konnten die Schule noch nicht einmal sehen, wenn sie nicht gerade (wie einige nichtmagische Elternteile) von uns eingeladen wurden, also konnte hier auch kein Kettensägenmörder auf mich lauern.

Außer, der Mörder ist eine Voodoohexe, flüsterte eine Stimme in meinem Kopf.

»Hallo?« Selbst meine eigene Stimme klang nicht sehr überzeugt. Um meine zitternden Hände zu beruhigen, schob ich sie in die Taschen meines Regencapes. Der billige grüne Stoff raschelte. Da waren sie wieder, meine übertriebenen Angstzustände nach dem Tod meiner Eltern.

Eigentlich war der Gang nur etwa zwanzig Schritte lang, teilte sich dann in zwei neue Gänge auf, von denen ich den linken zu meinem Klassenzimmer nehmen musste. Zwanzig Schritte. Das war nicht so schlimm, selbst im Dunkeln eine kurze Strecke. Meine rechte Hand fand mein uraltes Handy in der Jackentasche, klammerte sich darum wie um einen Dolch. Sobald ich es einschaltete, warf es einen bläulichen Schein an die Wände. Alle Türen im Flur waren verschlossen. Niemand außer mir hielt sich hier auf.

Das bläuliche Licht erkundete die Holzwände, dann den Boden. Noch fünfzehn Schritte. Eine Holzdiele knarrte.

Ganz plötzlich flackerte etwas am Ende des Flurs auf. Der Lichtschein einer schwachen Glühbirne erfasste etwas, oder besser gesagt jemanden. Ohne Vorankündigung, ohne Geräusche. Ich blinzelte. Eine Gestalt stand aufrecht auf einem Stuhl und – ich musste einen Schrei unterdrücken – die Gestalt hatte sich einen Strick um den Hals gelegt. Hope O'Letta, die wohl talentierteste junge Voodoohexe der Schule, sah mir direkt ins Gesicht. In ihren Augen schimmerte der Wahnsinn, ein irres Lächeln umspielte die dunklen Lippen.

Heilige Scheiße!

Hope war Afroamerikanerin und atemberaubend schön wie ein Popstar. Kam normalerweise ausnahmslos mit perfekt geglätteten Haaren zur Schule, doch heute standen ihr die Haare in ihrer Naturkrause stumpf vom Kopf ab. Aber das war nicht mal das Schlimmste. Denn Hope O'Letta hatte offensichtlich diesen Moment gewählt, um sich im Schulflur zu erhängen.

Mein Herz setzte einen Takt lang aus. Wenn sie den Stuhl unter ihren Füßen wegtrat, würde ihr das Seil das Genick brechen. »Hope?« Meine Stimme war kaum mehr als ein schrilles Jaulen. Ich wollte auf sie zueilen, stolperte dabei jedoch über meine eigenen Füße. Das Handy fiel mir aus der Hand und mein Kopf krachte gegen die Wand. Was darauf folgte, glich einem absoluten Albtraum: Sterne tanzten vor meinen Augen. Ich hob einen Arm in die Richtung, in der ich Hope vermutete. »Hope. Nein, tu's nicht!«

Nach ein paar Sekunden konnte ich endlich wieder klar sehen. Glücklicherweise hatte das Handy den Sturz überlebt. Und ich auch, nicht zu vergessen.

Nachdem ich es mir geschnappt hatte, rappelte ich mich auf, um auf Hope zuzulaufen.

»Warum? Das macht keinen Sinn, Hope!« Meine Stimme krächzte in Panik, während mir die Worte unkontrolliert über die Lippen kamen. Dieser Tag konkurrierte langsam wirklich mit meinen Albträumen um den Titel »Grauenhaftester Tag des Jahres«.

Noch vier Schritte. Gleich war ich bei ihr. Vollkommen ausdruckslos stand sie da. Die dunklen Augen auf einen unsichtbaren Punkt hinter mir gerichtet. Obwohl ich Hope ungefähr genauso gern mochte wie giftige Sumpfpilze zum Frühstück, konnte ich sie nicht sterben lassen, so viel stand fest. Ich musste versuchen, sie aufzuhalten, ihr notfalls eigenhändig den Strick vom Hals reißen.

Doch dann, als ich schon kurz davor war, die Hand nach ihr auszustrecken, geschah das Unfassbare. Hope sprang vom Stuhl. Einfach so. Mit einem kleinen Hopser, der mich an einen Frosch erinnerte. Es knackte, dann baumelten ihre Füße etwa zwei Handbreit über dem Boden. Ein kurzes Zucken, gefolgt von absoluter Stille. So knapp!

»Nein!« Mit einem gewaltigen Sprung überwand ich die Distanz zwischen uns, schnappte mir Hopes Beine, um sie nach oben zu drücken. So würde sie wenigstens nicht ersticken. Falls sie noch lebte. Das Knacken und ihr leblos herabhängender Körper ließen meine Hoffnung diesbezüglich allerdings wegschmelzen wie eine Schokoladenraspel im heißen Opfertopf.

»Hilfe! Kann mir jemand helfen?« Hope zu halten stellte sich als gar nicht so einfach heraus, vor allem dann, wenn man selbst kurz davor war, vor Panik in Ohnmacht zu fallen.

»Hilfe!« Wo steckten die anderen Schüler?

Ein Kichern ertönte aus dem Gang links von mir. Da es immer noch vollkommen dunkel war und das Handy in meiner Hand gerade Hopes Jeans von hinten beleuchtete, konnte ich nichts erkennen.

Und dann tauchten drei Gestalten aus dem Gang auf, bei deren Anblick mir die Augen aus den Höhlen traten. Cynthia, Electra und Hope! Aber … aber Hope hatte sich doch gerade erhängt! Verwirrt legte ich den Kopf in den Nacken, um nach oben zu der toten Hope zu spähen. Gleichzeitig schalteten sich die Deckenlampen im Flur endlich wieder komplett ein. Tatsächlich. Zwei Hopes im exakt gleichen Outfit. Jeans und weißes Top, milchkaffeebraune Haut. Nur dass die Haare der Toten wie out-of-bed aussahen, wohingegen die der lebendigen Hope glatt und glänzend bis über ihre Schultern fielen.

Und dann geschah etwas sehr Merkwürdiges. Die Haut der toten Hope und ihre Klamotten begannen zu verschwimmen. Ein leises *Puff* war zu hören, und damit löste sich die tote Hope in Luft auf. In meinen Armen. Ohne einen Piep zu sagen.

»Heilige Erzulie! Was geht hier vor?«

Cynthia, Electra und Hope kicherten. Rasch steigerte sich das Kichern zu einem ausgeprägten Gelächter, das von den Wänden seltsam geisterhaft verstärkt wurde. Am liebsten hätte ich sie geschüttelt, denn offensichtlich wussten sie, was hier los war. Langsam dämmerte es mir zwar selbst, aber ich musste es von Hope hören.

Cynthia, die wie Hope Afroamerikanerin war, ihre Haare jedoch im Gegensatz zu Hope immer kahl rasierte und beinahe jeden Tag eine andere Perücke trug, japste vor Lachen, als würde sie gleich ersticken. Ihre Stupsnase zuckte.

»Warum? Das macht keinen Sinn, Hope!«, äffte sie mich nach. Die Haare ihrer silbernen Perücke, die in Form eines Bobs geschnitten war, schwangen vor und zurück. Bei mir war schon mehrfach der Verdacht aufgekommen, dass sie in den Ferien in einem dieser Hairshops arbeitete, in denen man sich für ein Taschengeld Haarverlängerungen in einer sechsstündigen Prozedur einflechten lassen konnte. Sicher bekamen die Mitarbeiter Sonderkonditionen bei Synthetikperücken aller Art.

»Also wirklich. Das war zu göttlich«, stimmte Hope in Cynthias Lachen ein.

»Ja, zu gut!« Vor lauter Lachen musste sich Electra mit den Händen an den Knien abstützen, um nicht umzufallen.

Electra war die einzige Hellhäutige in diesem Hexen-Strebertrio. Ihr Haar glänzte dennoch fast so dunkel wie Hopes. »Hat dir Hopes Demonstration gefallen, Dawn? Ihre Projektionen sind nahezu perfekt, obwohl wir erst Freitag den ersten Kurs dazu hatten.«

Das stimmte. Und langsam verstand ich. Madame Laveau hatte uns erst am Freitag einen Einführungskurs gegeben, in dem sie erklärt hatte, dass wir in diesem Trimester lernen würden, wie man eine Projektion seiner selbst erschuf. Reale Abbilder von uns, die etwas für einen erledigen konnten und sich auflösten, sobald der Auftrag erfüllt war. Aber wie hatte Hope es so schnell fertiggebracht, eine beinahe perfekte Projektion hinzubekommen? Wenn ich darüber nachdachte, fiel mir auf, dass sie doch nicht ganz so perfekt gewesen war. Wenn man berücksichtigte, dass die Projektion Hope-untypische krause Haare gehabt und nicht gesprochen hatte.

Dennoch. Sie hatten mich mal wieder reingelegt. Nur das war der Zweck dieser kleinen Show gewesen. Dawn erschrecken. Ich hätte es wissen müssen. Als ob Hope selbstmordgefährdet wäre. Im Leben nicht! Die talentierteste Junghexe der Voodooschule …

Zwei Sekunden später drückte sich Shannon an den dreien vorbei.

»Also echt. Ist das euer Ernst?« Ihre eisblauen Augen funkelten. Als ich meine einzige Freundin weit und breit auftauchen sah, erfasste mich eine Welle der Erleichterung. Doch irgendetwas stimmte nicht. Shannons dunkelbraune Haarmähne sah verstrubbelt aus, so als hätte sie sich erst kürzlich vor Zorn die Haare gerauft. »Komm, Dawn, die haben sie nicht mehr alle.« Sie packte meinen Arm, wobei mir beinahe erneut mein

Handy aus der Hand gefallen wäre. Dann zog sie mich in Richtung Klassenzimmer. »Die können uns mal …«

»… reinlegen meinst du?«, rief uns Hope hinterher.

»Ja, das können wir!« Cynthias Gackern klang wie das Lachen einer Hyäne. Selbst die Holzperlen an ihrer Kette klapperten verächtlich unter ihrer Brustkorbbewegung.

Wenigstens hatten die drei ihren Spaß.

»Tut mir leid, ich wollte sie aufhalten, aber sie hatten mich in der Toilette eingesperrt. Tucker hat mich eben erst gefunden.« Shannon sah aufrichtig betrübt aus.

Tucker war der einzige Junge in unserer kleinen Voodooklasse.

»Nicht deine Schuld«, murmelte ich. Und es war ja auch nicht das erste Mal, dass Hope und ihre Mitläufer mir einen Streich spielten. Mit der Zeit ertrug man die Demütigung auch immer besser, fand ich. Jedenfalls wurde es irgendwie erträglicher, damit umzugehen.

Madame Laveau saß bereits an ihrem Schreibtisch vor der Tafel.

Wie immer steckte ihre rundliche Statur in einem bodenlangen afrikanischen Kleid in schreienden Farben und verwirrenden Mustern. Dazu passend trug sie einen goldenen Turban und auffällige Halsketten, meist mehrere auf einmal, so wie heute. Ich nahm an, sie hing an diesem Look, um die Bindung zu ihren Vorfahren nicht zu verlieren, die aus Westafrika in die USA eingewandert waren.

Der typische Kräutergeruch umfing mich, als ich den Klassenraum betrat. Überall an den dunklen Holzwänden hingen Bündel von getrockneten Pflanzen, was zugegeben ein bisschen klischeeträchtig für eine Voodooschule anmutete (aber nicht weniger als die Gesamterscheinung von Madame Laveau).

Tucker lehnte mit Joann, die – wie alle wussten – heimlich

auf ihn stand, am Fensterbrett und starrte hinaus in die Dunkelheit. Heute hatte er sich einen Blitz an den Schläfen einrasiert. Tucker trug die Haare immer extrem kurz, was ihm dank seiner dunklen Haut überragend stand. Neben seiner sorgfältig geplanten Voodoohexenmeister-Karriere versuchte er sich in seiner Freizeit als Rapper.

Als er uns hereinkommen hörte, hob er eine Augenbraue.

Sobald Shannon ihm zunickte, wandte er sich wieder dem Fenster zu. Tucker redete nie mehr als nötig. Außer es ging um einen Rap-Battle oder so.

Einen Moment dankte ich Erzulie dafür, dass Voodoohexen nicht viel auf den Mardi-Gras-Brauch gaben und deshalb heute nicht mit Perlenketten-Aktionen in der Voodooschule zu rechnen war. Den Stress konnten wir Tucker sowieso nicht zumuten.

Aber wenn doch, wem hätte er wohl eine Kette geschenkt? Madame Laveau ganz sicher nicht, zumal an ihrem Hals keine Kapazitäten mehr frei waren.

Gerade als ich mich auf den Weg zu meinem Pult in der ersten Reihe machte, nahm ich wahr, wie Madame Laveaus Hände unkontrolliert zuckten. In einer normalen Schule hätte man jetzt Alarm geschlagen und einen Arzt geholt, aber bei uns war das noch kein Grund für erhöhten Puls. Ich schaute genauer hin, sah die Augenlider meiner Lehrerin flattern, bis nur noch das Weiße ihrer Augen sichtbar war, was bei ihrem dunklen Hautton besonders herausstach. Im Gegensatz zu ihrer berühmten Vorfahrin Marie Laveau, die laut unseren Geschichtsbüchern eine recht helle Kreolin gewesen war, wirkte meine Lehrerin wie eine Voodoohexe aus den Hollywoodfilmen. Jedenfalls, wie man sich Mambos in Benin oder Gambia so vorstellte. Allerdings befanden wir uns in New Orleans, wo Voodoo irgendwie anders war.

Touristischer, pflegte meine Tante Melinda gerne zu sagen.

»Etwas wird passieren«, murmelte Madame Laveau vor sich

hin. »Etwas wird passieren. Etwas wird passieren. New Orleans ist nicht sicher …« Ihre Augen starrten ins Leere.

»Madame Laveau?« Langsam zog ich mir Tasche und Regencape über den Kopf. Nachdem ich beides über meine Stuhllehne gehängt hatte, machte ich einen Schritt auf sie zu. »Madame Laveau?«

Etwas an ihrer Atmung veränderte sich. Auf einmal wirkte sie gehetzt. »Schwarz … alles schwarz … keine Zukunft …«

Gut, das war jetzt doch etwas ungewöhnlich, sogar für eine Voodooklasse.

Unsicher, was zu tun war, winkte ich Shannon heran. »Irgendwas ist mit ihr. Ein Anfall vielleicht?«

Shannon besah sich unsere Lehrerin, die gerade etwas auf Kreolisch brabbelte, was sich wie »Die Stadt wird untergehen!« anhörte. Allerdings befand sich mein Kreolisch auf einem Niveau mit meinen Voodookräften, daher konnte ich mich auch irren. Vielleicht wollte sie uns ja nur auf leicht dramatische Art mitteilen, dass wir alle eine Eins in Transformationslehre bekamen, wer wusste das schon?

»Madame Laveau!« Shannon schnipste mit den Fingern vor dem Gesicht unserer Voodoopriesterin herum. »Ich glaube, sie hat eine Art Vision.« Gerade schob sich Shannon die Ärmel ihrer schwarzen Bluse hoch, da packte ich sie am Arm. »Was hast du vor?«

Meine einzige Freundin in dieser versumpften Schule blinzelte mich unschuldig an. »Nichts.«

Nichts. Ist klar.

Ihre Haare hatte sie zwar wieder in Ordnung gebracht, allerdings blitzte jetzt etwas Verwegenes in Shannons Augen auf.

Schöner Mist. Ich wusste, was jetzt kommen würde. Wenn es um Geheimnisse ging, war Shannon wie ein Jagdhund auf der Pirsch, und leider hatte sie gerade eine Spur aufgenommen, die sie verfolgen würde, bis wir beide – wie jedes Mal – bis zum Hals in der Scheiße steckten.

Ich wollte sie noch aufhalten, aber Shannon fuhr sich bereits mit ihren spitzen Fingernägeln über die Nagelhaut an ihrem Mittelfinger. Sofort erschien ein winziger roter Riss.

»Shannon … *Sie* ist die Mambo!« Meine Stimme klang kleinlaut. Normalerweise hielt ich mich zurück bei Shannons verrückten Ideen, beziehungsweise saß es am Ende mit ihr aus, aber das hier ging zu weit! Madame Laveau war unsere Mambo, die oberste, mächtigste Priesterin – fast eine Königin nach MoV-Maßstäben! Von einer Mambo ließ man verdammt noch mal die Griffel! Priesterinnen von ihrem Rang gingen mit Mächten um, die jenseits unserer Vorstellungskraft lagen, aber mit Vernunftargumenten konnte ich Shannon in solchen Momenten nicht kommen.

»Ich will aber sehen, was sie sieht!«, maulte Shannon im Ton einer Vierjährigen, die sich nicht damit abfinden konnte, dass die Zirkusvorstellung vorbei war und es nach Hause ging.

Mittlerweile hatten auch Tucker und Joann mitbekommen, was hier lief.

»Shannon, willst du dich etwa in Madame Laveaus Vision einschleichen? Wenn sie dich erwischt, fliegst du vielleicht.« Joann sah uns eindringlich an und mir schwante Übles. Wieso war ich automatisch immer mit im Boot, wenn Shannon Mist baute? Am Ende flogen wir beide – eine von uns aus Solidarität – von der Schule.

»Unwahrscheinlich. Aber ich könnte ihr helfen, aus der Vision die richtigen Schlüsse zu ziehen. Anscheinend geht es um unsere Stadt.« Den letzten Worten verlieh Shannon einen patriotischen Unterton, als würde sie gleich für die Stadt ihrer Väter in den Bürgerkrieg ziehen. Das fand ich dann doch etwas übertrieben.

Dennoch – niemand von uns konnte verhindern, dass sich Shannon einen Blutstropfen aus dem Mittelfinger quetschte und ihn auf ihre Stirn schmierte. Ein Notgroschen-Opfer für Erzulie, um Beistand zu erbitten, mehr war eben gerade nicht verfügbar. Ich hoffte, dass es nicht reichen würde und ich auch die nächsten Monate in dieser Schule verbringen durfte, aber natürlich bekam Shannon es hin. Sie legte eine Hand auf Madame Laveaus Arm, die gerade wieder etwas von einer Katastrophe murmelte. Eine Sekunde später erschauerte Shannon. Ihr Blick wurde leer, bevor sich ihre Augen nach innen verdrehten, bis man auch bei ihr nur noch das Weiße darin sah. Beinahe hätte ich mich übergeben. Meine Gedanken glitten zu einer ähnlichen Szene mit Mr Piggels an diesem Morgen.

»Und?«, fragten Tucker, Joann und ich wie aus einem Mund, als sich Shannon etwa zwanzig Sekunden später von unserer Lehrerin löste. Doch sie riss nur ihre Augen auf, die mich Erzulie sei Dank wieder im Normalzustand fixierten.

»Sie wacht auf. Schnell weg!« Anstatt von der Vision zu berichten, schubste mich Shannon zu meinem Platz. Im Laufen wischte sie sich den Blutstropfen von der Stirn. Auch Tucker und Joann sahen zu, dass sie davonkamen. Denn Madame Laveau war tatsächlich im Begriff aufzuwachen und wir hingen alle an unserer Voodooausbildung. Jetzt half nur noch unschuldig gucken und hoffen.

Die Mambo räusperte sich, fuhr sich mit der Zunge über die Lippe, bevor sie die Augen aufschlug. Wie in eine bequeme Jacke schien sie zurück in die Realität zu schlüpfen. Nie zuvor hatte ich etwas Vergleichbares gesehen … Obwohl Tante Melinda ab und zu ebenfalls von nächtlichen Visionen gesprochen hatte. Eine Bewegung vor mir riss mich aus meinen Gedanken. Madame Laveau hatte mich ins Visier genommen.

Das war so klar. Danke, Shannon. Ich stellte mich schon auf eine wilde Rechtfertigungsarie ein, aber Madame Laveau sagte erstaunlicherweise nichts und läutete stattdessen die goldene Glocke auf ihrem Schreibtisch.

Wenig später kamen Hope, Cynthia und Electra in die Klasse hereinstolziert. Wahrscheinlich glaubten sie immer noch an das Gerücht, dass der Letzte, der zur Party kommt, der Wichtigste und Interessanteste ist.

Ich rutschte auf meinem Stuhl hin und her. Ob die Mambo etwas bemerkt hatte? Unbestritten war sie eine der klügsten Frauen, die ich kannte.

Voller Unbehagen warf ich Shannon einen Blick zu. Doch die tat so, als seien ihre Fingernägel heute besonders interessant. Na, super. Ich würde also bis zum Ende der Night School warten müssen, bis mir Shannon erzählte, was sie gesehen hatte.

Heute stand zuerst Transformationslehre auf dem Stundenplan, was wir aber gern als Verwandlungsunterricht bezeichneten, denn in dieser Stunde lernten wir Pferdeäpfel in Karotten und Knöpfe in Butterbrote zu verwandeln und so weiter. Ein unbestritten nützliches Fach und vielleicht das wichtigste für meine Zukunft als Zucker-Mogul oder Züchterin seltener Teichfroscharten.

Danach stand montags Einführung in die Nekromantie auf dem Stundenplan. In dieser Stunde brachte uns Madame Laveau unter anderem bei, Projektionen von uns selbst zu erschaffen, wobei ich mir vornahm, nie wieder auf so einen Mist reinzufallen.

Diverse Lektionen über Totenerweckung und Zombiebeschwörung hatte man uns ebenfalls in Aussicht gestellt. Das war allerdings mehr so theoretisch. Falls man mal einen Zombie brauchte, der einem half, zu Halloween kleine Kinder zu erschrecken oder so. Alles andere klang mir zu sehr nach schwarzer Magie. Schwarze Voodoomagier erschufen gewöhnlich Zombies, um schwere Arbeiten verrichten zu lassen. Aber das war glücklicherweise schon lange verboten in New Orleans.

Unnötig zu erwähnen, dass ich in beiden Kursen regelmäßig versagte und nichts auf die Reihe bekam, wenn man von den obligatorischen Fröschen und Zuckerrüben einmal absah. Seit ich an der Voodoohexen-Abendschule unterrichtet wurde, war die Froschpopulation im Sumpf jedenfalls deutlich angestiegen. Was die Zuckerrüben mit Fröschen verband, das hatte sich mir bis heute noch nicht ganz erschlossen, aber wie hieß es so schön? Nimm hin, was du nicht ändern kannst. Ich setzte darauf, dass die Frösche von allein auswanderten, wenn es ihnen durch meine Schuld zu eng wurde. Es gab ja auch Wanderkröten, das war etwas ganz Normales …

Nach einem weiteren prüfenden Blick in Shannons und meine Richtung, der etwas länger auf Shannons Stirn haften blieb, begann Madame Laveau endlich mit dem Unterricht.

»Wir sind vollzählig. Wunderbar. Ich würde sagen, wir starten mit den Hausaufgaben von Freitag. Wer möchte anfangen?«

Oh, scheiße! Ich rutschte tiefer in meinen Sitz.

Natürlich schoss Hopes Arm augenblicklich in die Höhe. Da sie direkt hinter mir saß, konnte ich sogar den Luftzug spüren.

»Hope. Fang an.« Sichtlich gespannt setzte sich Madame Laveau auf ihr Pult.

»Freitag habe ich am Sumpf eine Silberkette geopfert, mit dem Ritual von Seite 78, Voodoo-Handbuch. Das mit dem Johanniskraut.«

An dieser Stelle stieß Shannon einen Seufzer aus. Im Prinzip war ich da ganz ihrer Meinung. In den nächsten Minuten beschrieb Hope gestenreich ihr Opferritual, während ich meine gesamte Willenskraft aufbringen musste, um nicht mit dem Kopf auf den Tisch zu sinken. Mit letzter Kraft täuschte ich gelegentlich interessierte Blicke in ihre Richtung vor. Trotzdem konnte ich es nicht vermeiden, zweimal aus dem Sekundenschlaf hochzufahren.

Im Grunde genommen hatte Hope Folgendes getan: eine Menge Kräuter verbrannt, Erzulie ein Loblied gesungen, eine Silberkette in ihren Opfertopf geworfen – und sicherlich total bescheuert dabei ausgesehen. Ich kicherte.

»Lacht da etwa unsere Froschkönigin? Man fragt sich ernsthaft, worüber. Immerhin hat Erzulie *mir* ein Zeichen gesandt!«

»Ach ja?«, krächzte ich.

»Ja. Kurz nachdem ich die Kette hineingeworfen hatte, haben sich die Flammen des Feuers rosa verfärbt!«

Kurz überlegte ich, ob ich den Begriff »optische Täuschung« in den Raum stellen sollte, ließ es dann aber doch bleiben ... Rosa war zwar die Farbe, die im Voodooglauben unserer Loa Erzulie zugeordnet war, aber das mit dem Feuer konnte jeder behaupten. Obwohl die Mambo Lügen in Bezug auf Hausaufgaben normalerweise durchschaute.

Schnell warf ich Madame Laveau einen Blick zu.

Die Mambo hatte die Augen zusammengekniffen, sagte aber nichts. Offensichtlich hatte sie die Geschichte geschluckt.

Ich musste also in Erwägung ziehen, dass Hope die Wahrheit sagte. Erzulie hatte ihr ein Zeichen gesandt!

Ein kleines bisschen spürte ich Neid in mir aufflammen. Das war ein wichtiger Schritt in der Voodooausbildung. Denn zunächst funktionierten die Zauber von Voodooschülern nur, wenn sie im Namen eines Loas etwas opferten und Kräuter verbrannten. Dann, wenn der Loa einem wohl gesonnen war, unterstützte er den Zauber, damit er gelang. Einige Junghexen, aber das kam selten vor, hatten sogar das Glück, dass ein Loa quasi in sie hineinschlüpfte, um den Zauber auszuführen. Das galt als große Ehre. Obwohl es für mich an Besessenheit grenzte.

Selbstverständlich war Hope ganz scharf darauf, einmal von einem Loa »geritten« zu werden, wie man es in Voodookreisen nannte.

Zwar gab es in meinen Augen reizvollere Dinge, aber die Macht eines Loa zu spüren und dadurch große Zauber ausführen zu können stellte ich mir schon aufregend vor. Eine Zeile aus dem Voodoohandbuch für Junghexen kam mir in den Sinn, die mir zum Thema »Besessenheit« besonders in Erinnerung geblieben war:

Ein von einem Loa einmal Besessener ist danach sein Leben lang spirituell eng mit dem Geistwesen verbunden. Häufig ist es der Loa, der diese Verbindung mit der Voodoohexe oder dem Hexenmeister wünscht.

Das klang irgendwie nach einer Auserwähltengeschichte aus einem Fantasyroman. Schon spannend …

»Und du, Dawn?«, riss mich Madame Laveaus Stimme aus meinen Gedanken.

»Ich, ähm …« Vorsichtshalber zog ich den Kopf ein. »Hab die Hausaufgaben vergessen. Verzeihung.«

Die Mambo warf mir einen durchdringenden Blick zu. »Du musst üben, Dawn. Gerade du brauchst alle Hilfe, die du von den Loas bekommen kannst.«

Ich seufzte. »Ja, ich weiß.«

»Ist Melinda inzwischen zurück?«, hakte sie nach.

»Nein, aber ich komme gut alleine klar, keine Sorge.«

Die Mambo neigte den Kopf, wobei ihr goldener Turban gefährlich ins Wanken geriet.

»Wirklich«, setzte ich hinzu, bemüht, etwas mehr Nachdruck in meine Stimme zu legen. Unter meiner Bluse spürte ich, wie eine Schweißperle über meinen Brustkorb bis zum Bauchnabel davonrobbte. »Ich bin siebzehn, in fünf Monaten werde ich achtzehn.« Was ich jetzt auf keinen Fall brauchen konnte, war eine besorgte Madame Laveau, die mich vorsorglich in einem Heim unterbrachte. Und das nur, weil Melinda noch nicht von ihrer Mission zurückgekehrt war.

Endlich hatte auch der letzte Voodooschüler von seinen Hausaufgaben berichtet.

»Also gut.« Madame Laveau klatschte in die Hände. »Zeit für eine neue Lektion.«

Jetzt wurde es spannend. Alle starrten sie aufmerksam an, selbst Shannon wagte nicht einmal zu atmen. Eine Brise Macht schien die Mambo zu umwabern, als sie fortfuhr: »Ihr wisst bereits, dass schwarze Voodoomagie zwar stärker als weiße ist, gewissermaßen effizienter –«

Das stimmte, allerdings war bei schwarzer Voodoomagie das Opfer auch größer, um den Zauber in Gang zu setzen. Ich hatte schon von Hexenmeistern gehört, die Kinder geopfert hatten, um deren Blut für schwarzmagische Zauber zu verwenden.

»Allerdings gibt es für uns, die wir nur weiße Voodoomagie praktizieren, einen kleinen Trick, dessen wir uns jetzt bedienen werden«, fuhr Madame Laveau fort. »Und zwar: Ein Gegenstand, der bereits mit schwarzer Magie aufgeladen wurde, lässt sich von uns leichter in etwas anderes verwandeln als gewöhnliche unmagische Gegenstände. Auch nach einer nur geringen Opfergabe. Wir nutzen die schwarze Magie und drehen sie einfach um. Einleuchtend, oder?« Madame Laveau öffnete den Wandschrank an der Tafel. Eine Kiste kam zum Vorschein, aus der sie nacheinander zwei Glaskästen hervorzog und auf ihr Pult stellte. Beide Kästen waren mit samtenen Tüchern verhangen, die wie aus Tiefseeblau gewoben schienen. Sie reichten bis zum Boden, sodass wir nicht erkennen konnten, was sich darunter verbarg. Was mich jedoch sofort beunruhigte, war, dass die Kästen von Zeit zu Zeit vibrierten. Wie zwei aufgeregte Wecker.

»Einen ähnlichen Vorteil haben wir, wenn wir ein Tier, das dem dunklen Glauben zugeordnet ist, also Schlangen, Alligatoren, Skorpione und so weiter, in ein friedliches Tier verwandeln wollen, das dem weißen Voodooglauben zugeordnet wird.«

Oh, das war neu für mich.

»Fangen wir an! Holt euch etwas Sumpfkraut, und dann los!«

Mit einer schwungvollen Bewegung entfernte sie das Abdecktuch vom linken Glasquader.

Alle inklusive mir rissen die Augen auf.

In diesem Aquarium krochen die merkwürdigsten Gegenstände übereinander. Eine goldene Armbanduhr kämpfte mit einem Brieföffner und ein Taschenmesser verfolgte einen Ring, der in einem verzweifelten Fluchtversuch durch den Glaskasten kullerte. Es blitzte und blinkte wie auf einem Jahrmarktstand. Gleichzeitig strahlten die Gegenstände einen gewissen tierischen Jagdinstinkt aus. Animalisch und bösartig.

Interessant.

»Hier hätten wir also Gegenstände, die mit schwarzer Voodoomagie aufgeladen wurden.«

So, als hätten die Gegenstände Madame Laveau gehört, verharrten sie sofort in ihren Bewegungen, fielen klappernd zu Boden, als wollten sie den Anschein erwecken, das harmloseste Taschenmesser oder die unschuldigste Uhr der Welt zu sein.

Noch interessanter.

Offenbar verfügten sie über ein gewisses Maß an Intelligenz. Gewalttätige Intelligenz, aber immerhin. Insgesamt beherbergte der Kasten sieben magische Objekte, also für jeden Schüler eines zum Üben.

Natürlich war Hope die Erste, die mit einem Bündel Sumpfkraut in der Hand vor Madame Laveau stand. Unsere Priesterin hatte noch nicht einmal Zeit, den Opfertopf sowie die weiteren Opfergaben aus dem Schrank zu holen.

Ungeduldig wartete Hope darauf, dass Madame Laveau endlich etwas Zeitungspapier in den alten Topf warf, um es anschließend in Flammen aufgehen zu lassen.

Sichtlich amüsiert reichte die Mambo Hope eine Tafel Bitterschokolade.

»Such dir eins der Objekte aus und verwandle es mit Erzulies Hilfe in ein Schmuckstück deiner Wahl.«

Schneller als ich gucken konnte, schnappte sich Hope eine rubinrote Halskette, die eben noch wie eine Spinne im Glaskasten herumgekrochen war. In einer fließenden Bewegung warf sie das Sumpfkraut in den Topf. Danach hielt sie die Bitterschokolade, die sie eilig aus der Verpackung geschält hatte, über die züngelnden Flammen.

Die Kette, die sich jetzt um ihr Handgelenk wand, hielt sie dabei mit der linken Hand in die Höhe. Funken stoben. Es knisterte, als hätte jemand Brausepulver hineingeworfen.

»O große Erzulie Freda – nimm mein Opfer an. Ich bin für immer die Deine, führe alle Zauber in deinem Namen aus. Mach aus dieser Kette ein Armband für mich«, bat Hope, ohne Luft zu holen. »Wandle die schwarze in weiße Magie um!« Die letzten Worte keuchte sie, ganz außer Atem.

In der Voodoomagie gab es keine Zaubersprüche. Man ließ sich von seinem Bauchgefühl leiten, sprach das aus, was einem in den Sinn kam. Mit etwas Glück erhörten einen die Loas und vollbrachten zusammen mit der Junghexe ein kleines Wunder.

Alle Schüler starrten wie gebannt auf Hope. So auch ich.

Die Flammen tauchten ihre milchkaffeebraune Haut in ein sanftes Licht. Gleichzeitig spiegelte sich das Feuer in ihren Augen, was ihr den Ausdruck einer Wahnsinnigen verlieh. Sie ließ die Schokolade fallen, und natürlich, alles andere wäre auch eine Überraschung gewesen, verwandelte sich die Kette in ein funkelndes Armband, und zwar so breit wie drei meiner Finger.

»Gut gemacht.« Madame Laveau nickte anerkennend, während Hope sich wie blöd freute, dass Erzulie sie erhört hatte. »Wer ist der Nächste?«

Als Antwort schoben Electra und Joann Tucker nach vorn. Ganz wie erwartet. Wahrscheinlich weil die beiden den Körperkontakt zu Tucker genossen, vermutete ich.

Todesmutig griff sich Tucker das Taschenmesser, zuckte noch nicht mal mit einer Augenbraue. Sobald das schwarzmagische Objekt begriff, dass es ihm an den Kragen gehen sollte, drohte es Tucker mit ausgefahrenen Schneideblättern und einem Flaschenöffner. Erst als er beide Hände mit viel Druck um das widerspenstige Ding gelegt hatte, gab es nach ein paar Sekunden auf. Der Blitz an seiner Schläfe hüpfte.

Joann seufzte verzückt, als hätte er soeben eine Horde südmexikanischer Bullen mit bloßen Händen erlegt.

Wahrlich eine Meisterleistung. Dennoch konnte ich nachvollziehen, was sie an dem Jungen fand. Geheimnisvoll und schweigsam hatte definitiv etwas.

Drei Minuten später hielt Tucker anstelle des Taschenmessers eine Kette mit silbernem Totenkopfanhänger in den Händen. Genau wie vermutet, nickte Madame Laveau auch ihm zu.

Unauffällig machte ich einen Schritt rückwärts, in der Hoffnung als Letzte an die Reihe zu kommen, am besten nachdem es bereits geklingelt hatte und alle anderen in die Pause verschwunden waren. Natürlich ging mein Plan so was von ganz und gar nicht auf.

Am Ende blieben ich und die silberne Taschenuhr übrig. Alle anderen bewunderten ihre neuen Schmuckstücke, während die Mambo mich näher heranwinkte.

»Dawn, du bist dran.«

»Als ob wir nicht schon alle wüssten, wie das endet«, flüsterte Hope Cynthia ins Ohr, die daraufhin loskicherte. Am liebsten hätte ich ihr die Kunsthaarperücke in den Mund gestopft, aber wir hatten ja Unterricht.

Nachdem ich noch einmal tief Luft geholt hatte, griff ich in den Glaskasten.

Zunächst verzog sich die Taschenuhr in die hinterste Ecke des Kastens. Mit ihrem aufklappbaren Deckel erinnerte sie mich an eine zornige Miesmuschel. Als sie die Glaswand erreichte, schaltete sie auf Angriff, schnappte nach meinen Fingern. Das fing ja gut an. Aber was hatte ich anderes erwartet? Das war schwarze Magie.

Schließlich gelang es mir, die Uhr ohne größere Bisswunden zu packen.

Shannon stieß einen kleinen Jubelschrei aus. Das schwere Collier, das sie aus einem Armband gezaubert hatte, klimperte.

Einigermaßen zufrieden mit mir wandte ich mich den Kräutern und der Schokolade zu, doch da passierte es: Mit einem gezielten Biss in meinen Daumen befreite sich die Taschenuhr aus meinem Griff. Als wäre das nicht schon schlimm genug gewesen, kroch die Uhr in Windeseile durch die Klasse, direkt nachdem sie zu Boden gefallen war. Ohne nachzudenken, warf ich mich auf sie, doch das kleine Zahnradbiest war clever. Mit ihrem Deckel katapultierte sie sich selbst zwischen meinen schweißnassen Fingern hindurch, bevor ich meine Hand ganz um sie geschlossen hatte. Dann hüpfte sie wie eins dieser Aufziehspielzeuge unter den nächsten Tisch. Bei Bondieu, warum immer ich? Natürlich musste ich den einzigen Gegenstand mit ADHS erwischen. Zeitgleich stemmte ich mich auf alle viere und nahm die Verfolgung auf.

Um mich herum sprangen die anderen Voodooschüler einen Schritt zurück. Schreie wurden laut. Aus dem Augenwinkel sah ich Joanns goldene Sandaletten auf einen Stuhl springen. Sicher nur eine Masche, um bei Tucker zu landen. Zum Beispiel durch einen im Anschluss folgenden Ohnmachtsanfall. Gar keine schlechte Idee. In Ohnmacht gefallen wäre ich jetzt auch gerne – andererseits konnte ich es partout nicht leiden, wenn mich eine winzige Taschenuhr an der Nase herumführte. Die Ohnmacht würde ich mir für später aufheben müssen.

»Bleib stehen!«, presste ich hervor. Was für ein Befehl für eine Uhr!

Glücklicherweise schaffte ich es im nächsten Augenblick tatsächlich, das freche Tick-Tack-Ding zu packen. Ich bedachte sie mit einem Blick, bei dem sogar Big Ben sofort alle Zeiger angehalten hätte, dann stemmte ich mich hoch, um zur Präsentation meines Fangs eine lässige Siegerpose einzunehmen. Das hätte ich besser sein lassen, denn natürlich stieß ich mir dabei den Kopf so heftig an der Tischplatte, dass ich nur noch Sterne sah.

Ach, verflixt!

Ein beherzter Biss von einem Klapp-Messingdeckel brachte mich ins Hier und Jetzt zurück.

Mittlerweile hatten sich die erschrockenen Schreie meiner Mitschüler in Gelächter verwandelt. Außer Shannon selbstverständlich, die keine Miene verzog, sondern nur Electra neben ihr den Ellenbogen in die Seite rammte: »Halt die Klappe.«

Um meinem erbärmlichen Auftritt wenigstens einen denkwürdigen Abgang zu verpassen, sprang ich zu dem Topf mit dem Feuer. Meine Knie schlackerten, als ich die Kräuter in die Flammen warf. So gut es ging, versuchte ich die bockige Taschenuhr zu ignorieren, die in meinem Griff heftig zappelte. Aber ich hatte nicht vor, mich noch einmal beißen zu lassen.

»Liebste Erzulie, meine Loa. Nimm mein Opfer an. Die Schokolade und auch der Zauber sind für dich. Bitte hilf mir, diese Uhr in ein Armband zu verwandeln. Alles, was ich tue, geschieht in deinem Namen.«

Nichts geschah. Außer, dass die übel gelaunte Taschenuhr immer fester gegen meine Finger drückte. Offenbar versuchte sie, ihren Deckel weit genug zu öffnen, um mir zu drohen. Dann erklang ein leises *Plopp*. Ich blinzelte.

Oh nein, nein. Bitte nicht! Statt einer zappelnden Uhr hielt ich nun eine Zuckerrübe in der Hand. Eins ihrer grünen Blätter wählte ebendiesen Moment, um abzuknicken und langsam zu Boden zu segeln. Genau wie meine Selbstachtung, wenn man es sich genau überlegte.

Schon wieder eine Rübe. Wer hätte das gedacht? Immerhin unternahm dieses weißmagische Objekt keine Fluchtversuche.

Ich fand, dass dieser Umstand in die Wertung meiner Leistung miteinfließen sollte. Leider sahen das nicht alle so.

»Oho. Was für ein schickes Armband! Leihst du mir das für den Frühlingsball?«, fragte Hope scheinheilig.

»Ganz was Neues! Dawn zaubert Steckrüben!«, kreischte

Cynthia. Vor Lachen schien sie sich kaum noch auf den Beinen halten zu können.

Electra sagte nichts. Wahrscheinlich aus Angst vor Shannons Ellenbogen.

Unauffällig warf ich einen Blick auf Madame Laveau. Lag da eine Spur Enttäuschung in ihrem Blick?

»Du solltest dich besser konzentrieren, Dawn. Nun gut.« Sie klatschte in die Hände. »Fahren wir mit den lebenden Objekten fort.«

Die Taschenuhr war mir eigentlich schon lebendig genug gewesen … Aber dann vollführte die Mambo eine einfache Handbewegung über dem zweiten, noch abgedeckten Glaskasten. Wie von Geisterhand rutschte das Samttuch herunter.

Hatte ich erwähnt, dass erfahrene Voodoohexen kleine Zauber ohne eine Anrufung der Geister hinbekamen? Wow. Jedenfalls staunte ich nicht schlecht.

Im Gegensatz zum ersten Glaswürfel war dieser hier mit einem Riegel verschlossen. Und das war auch besser so, denn in seinem Inneren wanden sich zwei gelbe Schlangen umeinander. Aber das war nicht mal das Schlimmste. Zusätzlich zählte ich fünf Vogelspinnen, die darin herumkrochen. Sowohl die Augen der Schlangen als auch die zahlreichen Augen der Spinnen wirkten außerordentlich intelligent. Beinahe menschlich. Also hatten wir es hier wieder mit schwarzer Magie zu tun. Ganz wie die Mambo es versprochen hatte.

Das Geschrei, das daraufhin die Klasse in zwei Lager spaltete, ließ mich die Augen zusammenkneifen.

Sofort klammerten sich Joann und Electra an Tucker. In einer Art schauspielerischer Meisterleistung tat Electra sogar so, als sei sie kurz davor, vor Schreck hintenüberzukippen. Sicher spekulierte sie darauf, von seinen starken Armen aufgefangen zu werden. Alle anderen blieben erstaunlich gefasst.

»Beruhigt euch. Das wird zwar kein Spaziergang, aber niemandem wird etwas geschehen. Bisher ist noch keiner meiner Schüler bei dieser Lektion draufgegangen. Na ja, wenn man von ein bis zwei verlorenen Gliedmaßen absieht …« Die Mambo tippte sich ans Kinn, als müsste sie nachdenken. »Okay, genug gescherzt. Wer will als Erstes eins dieser Kuscheltiere in einen Vogel verwandeln?« Stöhnend verdrehte ich die Augen. Warum konnte sie nicht ein Mal »Frosch« sagen?

Ich warf einen Blick auf meine Rübe. Spontan beschloss ich, sie »Bunny« zu taufen, denn sie erinnerte mich irgendwie an einen Hasenkopf. Zu Hause würde ich ihr mit Filzstift ein Bugs-Bunny-Gesicht zeichnen. Damit passte sie hervorragend in meine Sammlung.

Erst als sich Electra wieder beruhigt hatte, konnten wir fortfahren. Die Gute übertrieb es mal wieder. Und das alles nur, um sich an Tucker ranzumachen. Nervte ihn das eigentlich nicht? Es war einfach zu offensichtlich, sodass ich mich fragte, warum er – nun ja, das war Tuckers Sache.

Bevor Madame Laveau den Glaskasten aufschloss, öffnete sie ein Fenster. Sicherlich damit die Vögel, die wir zaubern sollten, schnell ins Freie gelangen konnten.

Zwanzig Minuten später hatten, wie erwartet, sechs Singvögel und ein Frosch das Klassenzimmer durch das offene Fenster verlassen. Am liebsten hätte ich in die Tischkante gebissen. Um meine Wut auf mich selbst zu unterdrücken, blies ich mir eine Haarsträhne aus der Stirn, ballte gleichzeitig die Hände zu Fäusten.

Von Shannon erntete ich einen mitleidigen Blick unter ihren nachtschwarzen Ponysträhnen, die ihr ins Gesicht fielen, aber das half mir jetzt auch nicht weiter.

»Okay. Hausaufgaben fürs nächste Mal: Ich möchte, dass ihr im Sumpf einen Alligator in einen Delfin verwandelt«, forderte uns Madame Laveau am Ende der Stunde auf. »Als Beweis möchte ich Fotos sehen. Und denkt daran, eine Sumpfstelle mit tiefem Wasser zu wählen, damit die Delfine es im Anschluss bis zum Meer schaffen.«

Kaum durften wir in die Fünfzehnminutenpause verschwinden, packte ich meine beste Freundin am Arm, um sie außer Hörweite zu schleppen.

Ihr Atem ging stoßweise, doch sie protestierte nicht.

Im Flur drückte ich sie in eine dunkle Ecke. Meine Neugierde und ich konnten es einfach nicht länger aushalten.

»Jetzt erzähl schon. Was hast du in Madame Laveaus Vision gesehen?«

Bevor sie antwortete, verzog Shannon ihr Gesicht.

»Ohne Mist, das war das Unheimlichste, das ich je erlebt habe.«

»Los. Erzähl doch!«, quengelte ich, während ich Shannon am Arm rüttelte. Jetzt kamen auch Tucker und Joann angeschlendert, offensichtlich versuchten sie, einen unbeteiligten Eindruck zu erwecken, waren aber selbst ganz scharf darauf, die Geschichte zu hören.

Glücklicherweise sah man von Hope und ihren Mitläufern keine Spur im näheren Umkreis – nicht mal eine silberne Kunsthaarsträhne oder ein silikongeglättetes Afro-Löckchen. Leider stand nicht nur ich, sondern auch Shannon auf ihrer Mobbingliste, weshalb ich mich eigentlich wunderte, dass sie in dieser Pause keiner von uns beiden auflauerten. Hope verachtete Shannon allerdings aus einem ganz anderen Grund als mich. Denn im Gegensatz zu mir beherrschte Shannon sehr wohl ihre Voodoozauber. Nur hatte Hope sie vor allem wegen ihrer Familie im Visier. Kurz gesagt: Shannons Eltern hatten vor ein paar Jahren schwarze Voodoomagie praktiziert und saßen deshalb im Gefängnis.

Aber Shannon war nicht so wie ihre Eltern. Shannon war ein liebes, sympathisches Mädchen und konnte keiner Fliege etwas zuleide tun. Glücklicherweise wusste sie nichts von Melindas Undercover-Ermittlungen gegen ihre Eltern. Sonst wäre sie vermutlich sauer auf mich, weil Melinda zu meinen wenigen engen Freunden zählte und die Schuld an der Verurteilung von Shannons Eltern mittrug, was ich weder verhindert noch bisher zugegeben hatte.

Während Shannon noch Luft holte, lehnten sich Joann und Tucker neben ihr an die Wand. »Also: In Madame Laveaus Vision herrschte quasi das Chaos, als ich darin eintauchte. Komischerweise sah ich die Stadt von oben, so als würde ich fliegen.« Sie legte eine bedeutungsschwere Pause ein. »Dunkler Nebel, anthrazitgrau würde ich sagen, fast schwarz, waberte über New Orleans. Man konnte beinahe körperlich spüren, dass schwarze Voodoomagie in der Luft lag.«

»Und dann?« Offenbar ging es Tucker – genau wie mir – einfach nicht schnell genug.

Shannon zuckte mit den Achseln. »Tiere flüchteten, Menschen rannten durcheinander, und dann fielen riesige Wellen über die Stadt her, rissen alles mit sich. An diesem Punkt bin ich aufgewacht.«

Aha. Aber das konnte nur eines bedeuten.

»Glaubt ihr, das steht uns wirklich bevor? Ist das die Zukunft? Eine weitere Flutwelle, die die Stadt zerstört? Und wenn ja, ist das eine normale Naturkatastrophe oder steckt schwarze Magie dahinter?« Während ich laut vor mich hin spekulierte, tippte ich mir gegen die Unterlippe. In die Zukunft zu sehen war nichts Ungewöhnliches für Mambos. Auch Erzulie besaß diese Gabe.

Tucker kratzte sich am Kopf, wobei sein Diamantohrstecker bunte Lichtpunkte an die Wände warf. »So oder so haben wir ein Problem. Wenn die Stadt untergeht, wird es Hunderte Todesopfer geben. Wenn nicht Tausende.«

Eine Weile starrten wir alle stumm vor uns hin, jeder in seine eigenen Gedanken versunken.

Schließlich hob Shannon als Erste den Kopf. »Sollen wir mit Madame Laveau darüber sprechen? Und vielleicht auch mit Mr B? Wir könnten unsere Hilfe anbieten.«

»Du glaubst doch nicht, dass die beiden auf unsere Hilfe angewiesen sind?«, warf ich ein. »Außerdem ist Mr B ein … ein –«

»Superguter Lehrer?«, ertönte plötzlich eine Stimme hinter mir.

Mr B in seinem obligatorischen dunkellila Cape, das ihn wie einen verkappten Bühnenzauberer aus Las Vegas erscheinen ließ, hatte sich von hinten an mich herangeschlichen. Sein schwarzer Ziegenbart zuckte belustigt, als ich nach Luft schnappte.

Die anderen versuchten, sich ein Lachen zu verkneifen, scheiterten aber kläglich.

»Ganz genau!«, brachte ich halbwegs flüssig hervor. »Wollte ich eben sagen.«

Mr B neigte den Kopf, so als bezweifelte er das doch gewaltig. Da es hieß, dass Mr B, der gemeinsam mit Madame Laveau die Voodoo-Abendschule leitete, Gedanken lesen konnte, versuchte ich schnell an etwas anderes zu denken und nicht daran, dass ich ihn für einen hinterhältigen, gemeinen kleinen Hexenmeister hielt, der nach Macht und stärkeren Kräften lechzte. Aber wie immer, wenn man versuchte, nicht an ein rosa Nashorn zu denken, geschah genau das. Man dachte an ein rosa Nashorn.

»Nun ja, wir sehen uns dann demnächst in Voodoo-Geschichte.« Seine Stimme klang noch schmalziger, als seine Haare aussahen. Mit einem kurzen Nicken, bei dem der Surfbrett-Anhänger an seiner Halskette auf und ab hüpfte (vermutlich wollte er damit vor seinen Schülern hip wirken), verschwand Mr B – oder wie Shannon und ich ihn gerne nannten: Mr Brechreiz – um die nächste Ecke.

In diesem Moment erklang Madame Laveaus Glocke, wodurch wir gezwungen waren, unsere Lästereien über Mr B auf später zu verschieben. Nekromantie wartete auf uns. Ehrlich gesagt, fand ich dieses Unterrichtsfach ungemein spannend und kam nur ungern zu spät. Also packte ich mir Shannon und zog sie an der Hand hinter mir her.

In der nächsten Stunde erzählte uns Madame Laveau mehr über Projektionen. Allerdings hörte ich nur mit halbem Ohr zu.

Die ganze Zeit über kreisten meine Gedanken weiter um die Vision. Konnte es sein, dass die letzten großen Fluten, die mit den Hurrikans kamen, ebenfalls durch schwarze Voodoomagie erzeugt worden waren? Madame Laveaus Vision hatte mich auf diese Idee gebracht. Eine wahnwitzige Idee, wie ich zugeben musste. Aber was, wenn ein Körnchen Wahrheit darinsteckte? Und wenn es wirklich so war: Stand uns nun laut Madame Laveaus Vision ein weiterer todbringender Hurrikan bevor?

Nachdenklich biss ich mir auf die Unterlippe, während unsere Lehrerin eine Projektion von sich selbst erzeugte. Die zweite Madame Laveau winkte und begann dann sogleich, mit der echten den Unterricht zu leiten. Mehrere Schüler kicherten. Der Anblick von zwei Mambos in glänzenden Turbanen, die gestenreich, wie in einer Talkshow, abwechselnd Anekdoten zum Besten gaben, riss selbst mich aus meiner Trance.

Im Gegensatz zu Hopes lahmem Abklatsch gelang es fortgeschrittenen Voodoohexen, tatsächlich sprechende und eigenständig denkende Projektionen ihrer Selbst zu erzeugen. Ein zweites Ich? Wie abgefahren wäre das denn? Begeistert rutschte ich auf meinem Stuhl nach vorn und richtete mich auf, um kein Wort zu verpassen.

3

Am nächsten Tag machte ich mich bereits kurz nach dem Frühstück mit sieben Tafeln Billigschokolade sowie einem Kessel voll Feuerholz bewaffnet auf den Weg in den Sumpf, um mich meinen Hausaufgaben zu widmen. In die Stadt, wo den ganzen Tag über Mardi-Gras-Paraden durch die Straßen zogen, hätte ich an diesem Tag sowieso nicht gehen wollen. Also hielt ich nach einer flachen Sumpfbucht Ausschau, um mir einen Alligator auszusuchen, der sich hoffentlich leichter in einen Delfin verwandeln ließ als diese hässliche Spinne am Tag zuvor. Unterwegs pflückte ich hier und da etwas Sumpfkraut, das ich mir in die Taschen meiner tarnfarbenen Militaryjacke stopfte. Das kniehohe Gras fühlte sich nass unter meinen Fingern und an meinen schwarzen Jeans an. Überall zirpten Insekten so laut, dass ich mir beinahe Ohrenschützer wünschte. Ich schob die Ärmel meiner Jacke bis zu den Ellenbogen hoch. In wenigen Stunden, um die Mittagszeit, würde es brütend heiß in diesem Teil von New Orleans sein.

Während ich so über den moosbewachsenen Sumpfboden stapfte, summte ich »Let it be« von den Beatles. Eigentlich mehr um die blöden Insekten zu übertönen, die mich »lärmbelästigten«.

Nach etwa fünfundzwanzig Minuten stieß ich auf ein Wasserloch, in dem sich acht Alligatoren unterschiedlichster Größe sonnten. Zwischen gästehandtuchgroß und surfbrettlang war alles dabei. Perfekt. Die Show konnte beginnen!

Nach einigen Minuten fand ich allerdings, dass es mit der Show ganz schön bergab ging. Mittlerweile hatte sich die Zahl der Alligatoren auf vier dezimiert, wobei ebenso viele neue Frösche durch das Sumpfgras sprangen. Ein wenig verwirrt wirkten sie schon, was völlig verständlich war. So mal eben vom gepanzerten Beutegreifer zum Storchenmahl degradiert zu werden musste hart sein.

Aus lauter Frust öffnete ich eine Schokoladenpackung, die eigentlich für Erzulie bestimmt gewesen war, und stopfte mir zwei Stück Schokolade auf einmal in den Mund. Warum nur bekamen alle anderen Schüler nach fast fünf Monaten, die wir jetzt an der Night School unterrichtet wurden, komplizierte Transformationszauber auf die Reihe und ich nur Frösche und Steckrüben? Vielleicht hatte ich doch eine nicht diagnostizierte Blockade oder so was.

Betrübt ließ ich meinen Blick über drei der Alligatoren schweifen, die gerade Reißaus vor mir nahmen. Entweder hatte ich sie mit dem Aufreißen der Schokoladenpackung verschreckt oder die Viecher waren doch schlau genug, zwischen mir und der schwindenden Anzahl ihrer Kollegen einen Zusammenhang herzustellen.

Okay, einen Versuch noch. Mein Blick fixierte das letzte verbliebene Tier, das zu allem Überfluss auch noch das größte der Truppe war. Neugierig starrte es zurück, blinzelte dabei nicht einmal. Den Körper halb unter und halb über Wasser, beobachtete es mich mit leicht geöffnetem Maul, das mir eine Reihe an prächtigen Zähnen präsentierte. Reizend!

»Ganz fein, mein Junge …« *Klick!* Mit meiner Digitalkamera schoss ich das obligatorische Vorher-Foto. Aus irgendeinem Grund war mir unwohl bei dem Gedanken, diesem Tier, dessen Körperlänge mit der eines Brauereigauls konkurrieren konnte, den Rücken zuzuwenden. Also zog ich die Opferprozedur mit Sumpfgras und Schokolade so durch, dass ich den Alligator die ganze Zeit im Blick hatte. Zum Schluss sprach ich das Gebet. »Liebe Erzulie, bitte entschuldige die erneute Störung …« Was redete ich da eigentlich für einen Blödsinn? Egal, weiter. »Bitte hilf mir ein einziges Mal, nur heute für meine Hausaufgaben, diesen fetten Alligator in einen Delfin zu verwandeln. Bitte, bitte. Ich brauche unbedingt ein Erfolgserlebnis! Alle meine Gebete gehen an dich. Du bist mein Ein und Alles. Erhöre mich. Verwandle dieses Tier für mich. Bitte, oh bitte!« Und damit ließ ich die Schokolade in die Flammen im Topf fallen.

Von einer Welle des Mutes erfasst, traute ich mich nach dem Gebet, näher an Fatboy, wie ich den Alligator insgeheim nannte, heranzutreten.

Während ich von einem Bein aufs andere trat und gleichzeitig die Fotokamera in meiner Tasche fest umklammert hielt, wartete ich darauf, dass die Verwandlung einsetzen würde.

Tatsächlich kräuselte sich kurz darauf die Alligatorhaut.

Muskeln verschoben sich, und einen Moment lang dachte ich, dass es dieses Mal funktioniert hätte. Dass ich wahrhaftig einen Delfin hervorgebracht hätte. Doch nach dem obligatorischen leisen *Plopp* lag statt des erwarteten Meeressäugers auf einmal ein nackter Junge, ungefähr so alt wie ich, bäuchlings im flachen Wasser.

Ich blinzelte. Der Junge lag immer noch da. Vollkommen nackt. Ein Keuchen entfuhr meinen Lippen, während mein Gehirn langsam registrierte, was ich da getan hatte. Ich – Dawn Decent – hatte aus einem Alligator einen Menschen gemacht! Zwar nicht ganz das gewünschte Ergebnis, aber immerhin waren Menschen Säugetiere, genau wie Delfine, also nicht allzu weit voneinander entfernt!

Als ich mit vor Aufregung zitternden Fingern die Kamera zückte, hob der Junge den Kopf. Zwei dunkelbraune Augen starrten mich an.

Klick! Der Beweis war im Kasten. Obwohl ich mich fragte, ob man mir das später glauben würde – am Ende behauptete noch einer, ich hätte einem Jungen ein paar Scheine zugesteckt, damit er sich hier für mich in den Tümpel warf. Egal, die Mambo würde mir glauben.

»Hey! Was soll das?«

Unwillkürlich zuckte ich zusammen. Heilige Scheiße, der Ex-Alligator sprach!

Beinahe wäre mir vor Schreck die Kamera aus der Hand gefallen. Ich meine, ich war es gewohnt, dass mittlerweile massenweise Frösche mit Identitätskrise den Sumpf bevölkerten. Aber was sollte ich jetzt tun? Was machte ich mit einem Menschen, der eigentlich ein Alligator war? Konnte man den auch einfach im Sumpf aussetzen? Na ja, vielleicht würde er klarkommen, schließlich kannte er sich hier aus. Und ich hatte das ja nicht mit Absicht gemacht. Ich hatte deutlich um einen Delfin gebeten, und war es meine Schuld, wenn dann ein nackter Kerl geliefert wurde? Vielleicht hatte Erzulie ihren humorvollen Tag oder so …

Nein, stopp, ich sollte wirklich nicht schlecht über sie denken und damit ihren Zorn auf mich ziehen. Mein Versagen beruhte ganz allein auf meinen schwachen Voodookräften, dessen war ich mir bewusst. Vollkommen bewusst.

Zunächst beschloss ich, noch ein Selfie zu machen. Dieser denkwürdige Augenblick – schließlich hatte ich zum ersten Mal in meinem Leben etwas anderes als Frösche und Steckrüben zustande gebracht – musste festgehalten werden. Schwarz auf weiß, wie man sagte. Oder eben auf Fotopapier. Also drehte ich mich so, dass ich mit dem Rücken zu dem Ex-Alligator stand, der immer noch auf dem Bauch im flachen Wasser kauerte – nackt, versteht sich. Nach einem Blick über meine Schulter wurde ich beinahe rot im Gesicht. Da hatte ich aber wirklich einen gut aussehenden Jungen gezaubert. Meine Güte! Dieser Typ war eine Kanone. Sobald ich mir sicher war, dass wir beide im Bild waren, hob ich den Arm mit der silbernen Kamera. Das würde mir sonst sicher niemand glauben! Mit einem breiten Grinsen im Gesicht drückte ich auf den Auslöser. *Klick*.

»Würdest du das bitte lassen?«, brummte die nackte Kanone.

»Verzeihung?« Ohne es zu wollen, hatte ich meine Entschuldigung als Frage formuliert. Typisch.

Am liebsten wäre ich einfach abgehauen, allerdings schien mir das ganz schön unfair dem Alligator gegenüber. Vielleicht sollte ich ihm zunächst noch helfen, sich an sein neues Dasein als Mensch zu gewöhnen? Rückgängig konnte ich den Zauber leider nicht machen. Das war beinahe unmöglich. So etwas gelang nur schwarzen Voodoohexen, und das auch nur nach einem besonders großen Opfer, wie dem noch schlagenden Herzen eines Kleinkinds. Und das war mir die Sache dann doch nicht wert. Schweigend vor mich hin nickend steckte ich die Kamera in die Jackentasche meiner abgewetzten, aber dennoch heiß geliebten Militaryjacke.

Da es langsam Mittag wurde und damit zu heiß im Sumpf, würde ich sie nicht mehr lange tragen können.

»Hallo? Tust du nur so minderbemittelt oder bist du eine dieser zurückgebliebenen Esoterik-Hexen, genau wie die, die mir den Scheiß hier eingebrockt hat?«

Alle Achtung. Der Wortschatz meines Ex-Alligators war beeindruckend. Gar nicht mal schlecht, was ich da gezaubert hatte, wenn auch eine Spur zu unhöflich. Fast war ich geneigt, mir selbst auf die Schulter zu klopfen.

Um meine Hausaufgabe näher in Augenschein zu nehmen, ging ich vor dem Jungen in die Hocke.

Mit seinen dunklen Haaren und noch dunkleren Augen erinnerte er mich unwillkürlich an den jungen Tom Cruise aus »Mission Impossible«. Allerdings … dieser Junge vor mir schien Anfang zwanzig zu sein. Vielleicht vier bis fünf Jahre älter als ich.

»Du redest«, stellte ich überflüssigerweise fest.

»Nein, ich singe im Knabenchor.«

Oh. Das war blöd. Was machte ich mit einem sprechenden nackten Jungen? Den konnte ich wirklich unmöglich allein hier zurücklassen. Einfach so. Was war, wenn ihn jemand fand und Fragen stellte?

»Oh Mist, ich bin so ein Opfer …«, murmelte ich.

»Sprich weiter«, ermunterte mich der Ex-Alligator.

»Nein, danke«, wich ich aus. Was sagte man denn in so einer Situation? Dafür war ich nicht ausgebildet worden!

Immer wieder ging ich im Kopf die Möglichkeiten durch. Wenn die Presse ihn fand und herauskam, dass Voodoohexen doch mehr draufhatten als ein bisschen Hokuspokus, wie wir die Öffentlichkeit gerne glauben ließen, würde eine Panik ausbrechen! Am Ende würde die Bevölkerung von New Orleans Jagd auf uns Hexen machen. So wie früher. Verdammt. Und das wäre dann alles meine Schuld!

»Gott, ich bin so ein Opfer!«

»Sagtest du bereits.« Mr Alligator räusperte sich. »Aber immerhin redest du jetzt. Also zwei Fragen: Welches Jahr haben wir und was war das für ein komisches silbernes Ding, das geblitzt hat? Und hast du etwas zum Anziehen für mich?«

»Das waren drei Fragen.«

»Bist du immer so kleinlich, Hexe?«

Ich zuckte zusammen. Woher wusste er das? Das mit der Hexe – nicht das mit dem kleinlich.

»Ähm …« Einmal mehr bewies ich meine außerordentliche Schlagfertigkeit, woraufhin der Ex-Alligator die Augen verdrehte. »Spar dir die Ausflüchte. Eine deiner Voodoohexenkolleginnen hat mich mit eurer dämlichen Magie in einen Alligator verwandelt. Und ich hab doch gesehen, wie du eben meine Alligatorfreunde in Frösche –«

»Ja schon gut, hab's kapiert.« Eilig hob ich eine Hand, um seinen Redefluss zu stoppen. Gleichzeitig fielen meine Illusionen wie ein Kartenhaus in sich zusammen. Offenbar hatte ich gar keinen Alligator in einen Menschen verwandelt, nein, ich hatte nur aus Versehen den Verwandlungszauber einer anderen Voodoohexe gelöst. Typisch mein Glück! Aber hey, wie hatte das nur passieren können? War das Erzulies Art von Humor? Na, vielen Dank auch. Ich hatte schließlich noch nicht genug Probleme.

»Also, was ist jetzt?«, unterbrach der Ex-Alligator meine Überlegungen.

Da ich einfach nicht wusste, was ich darauf erwidern sollte, schwieg ich weiterhin beharrlich. Langsam ging mir jedoch auf, dass ich gerade einen echten nackten Jungen anstarrte und keinen verzauberten Alligator, wie bisher angenommen … Total echt. Und total nackt. Nach dieser messerscharfen Feststellung spürte ich, wie mein Gesicht augenblicklich knallrot anlief.

Heilige Scheiße!

Schnell wandte ich den Blick ab.

Ein Seufzen ertönte. »Das kann jetzt nicht dein Ernst sein. Ist dir das etwa peinlich?«

Anstatt zu antworten, nickte ich nur.

»Herrgott noch mal, du bist schlimmer als eine Nonne. Wenn das so weitergeht, liege ich morgen noch hier im Dreck. Nackt. Schönen Dank auch.«

»Ich kann auch gehen«, bot ich an.

»Nein!« Aus den Augenwinkeln sah ich, wie der nackte Typ die Augen aufriss. »Entschuldige, ich glaube, wir sind die Sache ganz falsch angegangen. Zuerst mal: Schön, deine Bekanntschaft zu machen, kleine Hexe. Ich bin Jax.«

Nachdem ich ihn immer noch nicht ansah, begann er zu winken.

»Schöner Name«, murmelte ich irgendwann. Eine Grille zirpte.

»Meine Eltern konnten sich nicht zwischen Jared und Alex

als Namen für mich entscheiden, also haben sie beide kombiniert.« Er zuckte mit den Schultern.

Daraufhin schwiegen wir eine Weile.

Obwohl es langsam extrem heiß wurde im Sumpf, traute ich mich nicht, meine Jacke zu öffnen. Sie kam mir auf einmal wie ein Schutzpanzer vor. Ohne sie wäre die leicht moppelige Dawn zum Vorschein gekommen, aber durch meine Militaryjacke konnte Jax sie glücklicherweise nicht sehen. Dank ihr wusste er nicht, dass ich nicht so einen straffen Körper besaß wie er.

Irgendwann erschien mir die Stille niederschmetternd unangenehm. Also fasste ich mir ein Herz: »Ich bin Dawn.«

»Schön, dich kennenzulernen, Dawn. Leihst du mir deine Jacke?«

Scheiße. »Ähm, nein?«

»Komm schon, wozu brauchst du bei diesen Temperaturen eine Jacke?«

Mist, da hatte er auch wieder recht. Na gut, schließlich wollte ich ja nicht als kleinlich gelten. Also schälte ich mich widerstrebend aus meinem Schutzpanzer.

»Erzählst du mir dann auch, wie du in einen Alligator verwandelt wurdest?« Das interessierte mich ungemein, vor allem, wer es getan hatte und warum.

»Ja, wenn ich angezogen bin.« Jax wedelte gebieterisch mit der Hand.

Da es sich offenbar nicht vermeiden ließ, reichte ich ihm meine Jacke. Anschließend verschränkte ich die Arme über meinem langärmeligen Blümchen-Shirt.

Das wäre allerdings nicht nötig gewesen, denn Jax beachtete mich gar nicht, sondern beäugte die tarnfarbene Jacke wie Gollum seinen verdammten Ring.

Schneller, als ich gucken konnte – jedenfalls wenn ich die Dreistigkeit besessen und in die Richtung des nackten Jax geschielt hätte –, band er sich die Jacke wie einen schottischen

Quilt um die Hüften, zog den Reißverschluss zu und verknotete dann die dünnen Ärmel knapp unter dem Bauchnabel.

Sobald ich mich wieder zu ihm umgedreht hatte, konnte ich den Blick einfach nicht mehr von Jax abwenden, starrte wie betäubt auf seine Bauchmuskeln. Auf das Muskelspiel und die Haut, die sich straff darum spannte. Als mir klar wurde, was ich da tat, biss ich mir auf die Lippen, konnte mich und meine Gedanken aber selbstverständlich nicht stoppen. Augenblicklich wurde mir noch heißer. Am liebsten hätte ich eine Hand ausgestreckt und wäre damit knapp oberhalb meiner Jacke über seine Haut gefahren.

Zufrieden betrachtete Jax sein Werk.

»Ich weiß, was du denkst: Dieser Teufelskerl kann alles tragen!«

Und da war der Moment auch schon wieder vorbei. Ich blinzelte, um meine Gedanken zu sortieren. Das war nicht gerade exakt das, was ich gedacht hatte, aber *Teufelskerl* traf es ganz gut. Jedenfalls konnte ich nicht umhin, den nun aufrecht in seiner vollen Pracht vor mir stehenden Jax mit offenem Mund zu bewundern.

Gerade überlegte ich, ob es klug war, jetzt in Ohnmacht zu fallen, und ob Jax mich in diesem Fall auffangen würde (ja, ich hatte einiges von meinen Klassenkameraden gelernt), da nahm mir Jax die Entscheidung ab: Stolz wie ein Oscargewinner auf dem Weg zum Mikrofon machte er einen Schritt auf mich zu, knickte aber prompt ein, taumelte und stürzte dann einfach zu Boden, wobei er mich mit sich riss.

»Hmpf«, machte ich.

»Wollte ich auch gerade sagen«, japste Jax.

Na, wenigstens war er auf mir – und somit weich gelandet. Für einen Moment schloss ich die Augen. Dieser Tag wurde immer bizarrer. Vielleicht wäre das Mardi-Gras-Festival doch eine bessere Alternative gewesen.

»Meine Muskeln müssen eingeschlafen sein.« Keuchend

rollte sich Jax von mir herunter. »Und ich bin ewig nicht mehr auf zwei Beinen gelaufen.«

Komisch. In Filmen fiel doch immer das Mädchen in Ohnmacht oder stolperte auf einen Typen zu. Warum war das bei mir genau umgekehrt und warum nur musste ich jetzt mit dem Rücken im Dreck liegen?

»Welches Jahr haben wir?«, versuchte es Jax erneut. »1998?«

»Nicht ganz«, murmelte ich.

»Es ist Februar 2018.«

»Was? Willst du mich verarschen? Ist das dein Ernst? Vierundzwanzig Jahre lang war ich ein verkacktes Reptil?« Jax schrie beinahe.

Da ich Streit und Rumgeschreie verabscheute, schwieg ich erst mal, starrte in den blauen Himmel über mir. Obwohl mich ein Stein in den unteren Rücken pikste, hatte ich keine große Lust aufzustehen.

Der Sumpf hatte etwas Beruhigendes an sich mit seinem Insektengebrumme (wenn es sich nicht gerade zu einer übertriebenen Lautstärke hochschraubte) und der schwülen Hitze, die sich langsam über das Gebiet senkte. Die Bäume links von mir trugen Georgia-Moos in langen Fäden an ihren Ästen, die in der seichten Brise wehten, die vom Flussdelta her kam. Beinahe wirkte die Moosdecke wie ein Brautschleier, fand ich.

Normalerweise hätte ich hier noch ewig lange liegen und meinen Gedanken nachhängen können. Aber unglücklicherweise hatte ich ja heute Gesellschaft.

»Sag, dass du nur einen Scherz gemacht hast!«, quengelte Jax in diesem Moment.

Offenbar hielt dieser nervtötende Kerl nur ungern die Klappe.

Ich warf ihm einen Blick zu. »Wann wurdest du denn in einen Alligator verwandelt und von wem?«

»1994 und wer – keine Ahnung. Es ist einfach passiert.«

»Woher willst du dann wissen, dass es eine Voodoohexe war?«

Als Antwort warf er mir einen Blick aus hochgezogenen Augenbrauen zu.

Auch wieder wahr.

»Das muss aber eine Hexe gewesen sein, die schwarze Voodoomagie praktiziert. So was tun wir weißen Hexen nämlich nicht.« Ich hob und senkte die Schultern, was gar nicht so einfach war, wenn man mit dem Rücken im Sumpf lag.

»Hast du vor, irgendwann mal aufzustehen?«, wollte er wissen.

Ich schüttelte den Kopf.

»Hast du dann wenigstens eine Zigarette für mich?«

»Nein. Ich rauche nicht.«

»Oh Mann, da kannst du mich ja gleich wieder in einen Alligator zurückverwandeln«, stöhnte Jax.

Ja klar, guter Witz! Wenn er wüsste! »Das wird eher schwer. Wie dir vielleicht aufgefallen ist, bekomme ich nur Frösche auf die Reihe. Von Steckrüben bei unbelebten Gegenständen mal abgesehen.«

»Oh. Ich dachte, das vorhin war Absicht.«

Na sicher. Absicht. Ein knappes halbes Dutzend Alligatoren hatte ich in ebenso viele Frösche verwandelt. Außer Jax …

»Wo wir gerade beim Thema sind: Wie hast du es geschafft, den Zorn einer schwarzmagischen Voodoohexe auf dich zu ziehen? Ich meine, es muss doch einen Grund gegeben haben, wieso dich jemand in einen Alligator verwandelt hat.«

»Unerwiderte Liebe …?« Mit der Hand wies Jax zuerst auf sein Gesicht und danach auf seinen nackten Oberkörper. »Braucht dieser Körper einen Grund?«

Mein Kommentar dazu beschränkte sich auf ein Hüsteln. Dieser eingebildete Schönling. Allerdings hegte ich den leisen Verdacht, dass da noch mehr dahintersteckte. »Nun ja, immerhin bist du, während du ein Alligator warst, offenbar nicht gealtert. Ich meine, du siehst immer noch wie zwanzig aus.«

»Ich bin einundzwanzig«, sagte der Ex-Alligator neben mir. »Und noch halbwegs gut in Form. War viel schwimmen.«

Das leuchtete mir ein. Eine Weile unterhielt er mich mit halb lustigen Sportübungen für Alligatoren, bei denen ich jedoch nur mit halbem Ohr zuhörte. Denn in meinem Kopf drehte sich alles um die eine Frage, ob ich einfach gehen und Jax seinem Schicksal überlassen sollte? Oder war das unfair und ich sollte, zumindest bis er sich an die neue Zeit gewöhnt hatte, Verantwortung für ihn übernehmen? Unter halb gesenkten Lidern warf ich Jax einen Blick zu, der gerade neben mir auf dem Boden liegend und wild gestikulierend Kraulübungen für Alligatoren zum Besten gab. Wenn er mich allerdings weiter so nervte, würde er Gefahr laufen, demnächst als Frosch zu enden.

Auf einmal stoppte Jax in der Bewegung. »Hast du etwas zu essen für mich? Ich komme halb um vor Hunger.«

Natürlich. Einen ausgeprägten Hang zur Dramatik konnte man Jax nicht absprechen.

»In der Jackentasche müsste noch Schokolade sein.«

Nachdem Jax kurz in der Jacke, die ihm als Shorts-Ersatz diente, gewühlt hatte, zog er meine Kamera hervor. »Das ist ein neuartiger Fotoapparat, oder? Mensch, ist das Ding winzig!«

Als ich nickte, reichte er mir die Kamera mit spitzen Fingern zurück.

»Willkommen im Jahr 2018«, murmelte ich.

Daraufhin verdüsterte sich Jax' Gesicht. »Das wird nicht das Einzige bleiben, was neu für mich ist.«

Ich nickte. »Du kannst auch nicht einfach so zu deiner Familie und deinen Freunden zurück, das ist dir wahrscheinlich klar. Sie würden in Ohnmacht fallen. Denn du bist in den letzten vierundzwanzig Jahren nicht gealtert. Eigentlich müsstest du Mitte vierzig sein.«

»Ich weiß«, seufzte Jax, während er eine Packung meiner Billigschokolade in den Händen drehte. Diese Bewegung erinnerte mich ein wenig an ein Baby, das auf einer Spieldecke liegend mit einer Rassel spielte. Bis jetzt hatte sich keiner von uns dazu aufgerafft, aufzustehen. Im Grunde genommen hatten wir ja auch keine Eile, in die böse, reale Welt zurückzukehren. »Meine Eltern sind zwar schon lange tot. Noch viel länger, als ich eigentlich gedacht hatte. Aber jeder, der mich kannte, würde es nicht glauben oder im schlimmsten Fall die Homeland Security rufen. Ich würde ja selbst glauben, dass mit mir etwas nicht stimmt. Dass ich von Aliens entführt wurde oder so. Die Regierung würde womöglich Tests an mir durchführen wollen, wie bei einer Laborratte.«

Das lag im Bereich des Möglichen. Gar nicht dumm, dieser Jax.

»Am besten, du sagst einfach nichts.« Das wäre auch besser für mich und die Voodoogemeinde.

»Zum Glück hatte ich nie wirklich eine Familie«, fuhr er fort.

»Oh. Das tut mir leid.« Ich warf ihm einen Blick zu, doch offenbar wollte er nicht darüber reden. Stattdessen riss er jetzt das Schokoladenpapier auf. Das laute *Ratsch* erschreckte ein paar Sumpfvögel, die aus einem Busch rechts von uns davonstoben.

»Oh mein Gott!«

Jax' Gekreische ließ mich zusammenfahren.

»Was?«

»Diese Schokolade ist das Beste, was ich je gegessen habe! Scheiße noch mal!«

Mit einem tiefen Seufzer entspannte ich meine Muskeln wieder, die sich vor Schreck zusammengekrampft hatten.

»Ehrlich mal«, schmatzte Jax. »Was macht ihr da rein im 21. Jahrhundert? Flüssiges Glück? Das ist besser als … na, du weißt schon.«

Nein, wusste ich nicht. Auf diesem Gebiet hatte ich noch keinerlei Erfahrungen sammeln können. Obwohl ich siebzehn Jahre alt war, hatte ich bisher keine einzige Beziehung mit einem Jungen gehabt. Wenn man von meinem Kater Perry einmal absah, hatte ich zu fast keinem männlichen Wesen regelmäßigen Kontakt. Und diesen Kontakt hatte mein Kater vor einem Monat mit einer Verwandlung in einen Frosch bezahlt. Bei diesem Gedanken wurde mir ganz flau im Magen.

Vielleicht sollte ich Madame Laveau fragen, ob es nicht doch eine Möglichkeit für einen Aufhebungszauber gab … außer schwarzer Magie. Andernfalls musste ich … nein. Es war uns streng verboten, Kontakt mit schwarzen Voodoohexen aufzunehmen. Aber was war, wenn darin meine einzige Chance bestand, Perry zurückzuholen? Diese Frage stellte ich mir in letzter Zeit immer häufiger. Aber was würde ich für eine Rückverwandlung opfern müssen? Ein Kleinkind?

In dieser Sekunde begann Jax an meiner Schulter zu rütteln. »Kaufst du mir mehr Schokolade? Komm schon, Dawn. Du willst doch auch mehr davon essen, das seh ich.« Mit dem Kopf nickte er in Richtung meiner Speckfalte, die über dem Jeansbund hervorquoll.

Ich verzog den Mund. Auf einmal erschien mir ein Menschenopfer gar nicht mal so abwegig, und zehn bis zwanzig Jahre Knast waren schließlich gar nicht mal sooo viel …

»Nein, will ich nicht. Aber vielleicht könntest du mal aus deiner Traumwelt aufwachen und der Realität ins Auge sehen? Ich meine, was willst du jetzt machen? Wohin wirst du gehen? Willst du dich an der Voodoohexe rächen?«

4

Jax verzog seine Lippen zu einem Grinsen.

»Ich bin kein nachtragender Mensch. Allerdings hatte ich gehofft, du könntest mir dabei helfen, mich in deiner Welt, also dem modernen 2018, zurechtzufinden. Mir dabei helfen, an Geld zu kommen und vielleicht noch lebende Verwandte zu suchen?«

Sein Tonfall hatte wieder diesen schmeichelnden Klang angenommen. Außerdem hoffte er sicher, dass ich noch mehr Schokolade für ihn auftreiben konnte.

Ich sah ihn lange an.

Schließlich wandte er den Kopf, um mir direkt in die Augen zu blicken. »Weißt du, Rache ist so ein unschönes Wort. Was für mich jetzt zählt, ist, eine Bleibe zu finden. Ich muss herausbekommen, ob ich irgendwie noch an mein Erspartes auf der Bank komme. Aber das größte Problem wird sein, die letzten vierundzwanzig Jahre nachzuholen. Ich meine, ich weiß nicht mal, wer der aktuelle Präsident ist, und wahrscheinlich benutzt ihr heutzutage fliegende Skateboards oder so etwas?«

Ich kicherte. »Nein, keine fliegenden Skateboards.«

Verrückt. Ein MoV, der über mich Bescheid wusste! Und der noch dazu ein ausgemachter Angeber Schrägstrich hochnäsiger Schönling war. Ganz verrückt.

»Also nimmst du mich mit zu dir?« Dieser Satz kam so unerwartet, dass ich mich an meiner eigenen Zunge verschluckte.

Derweil sah mich Jax mit seinen großen Kulleraugen an. »Ich beiße auch nicht. Hab schon gegessen.« Er deutete auf das zerknitterte Schokoladenpapier.

Beißen war auch nicht unbedingt das, um was ich mir Sorgen machte. Noch nie zuvor war ein Junge bei mir zu Hause gewesen. Und selbst wenn es einer versucht hätte, Tante Melinda hätte das im Leben nicht erlaubt! Doch jetzt war sie fort … und ich allein.

Natürlich wusste ich, dass man fremde Jungs nicht einfach so mit nach Hause nahm, doch auf eine seltsame Art und Weise fühlte ich mich verantwortlich für ihn. Schließlich würde Jax ohne mich immer noch ein beschauliches Leben als Alligator fristen, ohne irgendwelche Dach-über-dem-Kopf-Probleme.

Also erhob ich mich letztendlich doch noch vom Sumpfboden. Wie die Rückseite meines Shirts aussah, wollte ich lieber gar nicht erst wissen.

Während ich mir meine Sachen abklopfte, merkte ich, dass Jax mich unverhohlen beobachtete. Na ja, der Gute war sicher etwas durcheinander wegen der vierundzwanzig Jahre, die er verpasst hatte. Irgendwie tat er mir ja schon ein wenig leid.

»Von mir aus kannst du ein paar Nächte bei mir auf der Couch schlafen, bis du an dein Geld kommst und dir was Eigenes suchen kannst.«

Augenblicklich flog ein Leuchten in Jax' Augen. Mit einem einzigen Satz sprang er auf die Beine, wobei ihm beinahe die Militaryjacke um seine Hüften verrutscht wäre.

Ich blinzelte.

Wir mussten ihm dringend eine Hose besorgen.

»Mensch, danke dir, Dawn.« Der heftige Schlag auf den Rücken, den er mir daraufhin verpasste, ließ mich fast in die Knie gehen. »Du bist zu gut zu mir«, fügte er grinsend hinzu.

»Weiß ich«, röchelte ich, während ich mich noch von seinem freundschaftlichem »Klaps« erholte.

Nachdem ich meine Sachen zusammengesucht und Jax unter großem Hallo die letzte Schokoladenpackung neben dem Feuertopf entdeckt hatte, schlugen wir den Pfad zurück zur Hütte ein.

Zuerst machte Jax nur kleine Trippelschritte, gewöhnte sich dann aber rasch an das Laufen auf zwei Beinen. Natürlich ließ er mich das komplette Gepäck tragen, abgesehen von meiner Jacke, die ihm um die Oberschenkel schlackerte.

Anerkennend klopfte sich der selbst ernannte Held des Sumpfs nach ein paar zurückgelegten Yards auf die eigene Schulter.

»Jax Roquewood, altes Haus! Du hast's immer noch drauf.«

Ob er damit nur das Laufen meinte, wusste ich nicht zu sagen. Als er nichts weiter hinzufügte, hob ich eine Augenbraue, doch Jax ignorierte mich, konzentrierte sich ganz auf den Weg und unsere Umwelt. Wie ein kleines Kind nahm er jedes Detail des Sumpfweges mit aufgerissenen Augen wahr. Rechts und links. Und vor uns. Alles, was auf dem Weg lag. Anscheinend freute er sich tierisch, etwas anderes als den Fluss zu sehen.

Ich verdrehte die Augen. Was sollte ich bloß mit diesem Kindskopf anfangen? Aber immerhin hatte Jax etwas Unterhaltsames an sich. Zugegeben: Langsam vereinsamte ich auch in meiner melindafreien Hütte, weshalb ich mich insgeheim freute, jemanden zu Gast zu haben, selbst wenn dieser Jemand einfach nie die Klappe hielt. Nur, was sollte ich mit ihm machen, wenn ich zur Schule ging? In die normale Highschool konnte ich ihn vielleicht als Pseudo-Austauschschüler mitnehmen, aber in die Voodoo Night School? An ihm war kein Funken Magie zu spüren. Nein, er war ganz sicher durch und durch MoV, und Menschen ohne Voodoomagie hatten dort keinen

Zutritt, jedenfalls wenn sie nicht zufällig zu eingeweihten Verwandten zählten.

»Weißt du, ich denke, ich sollte mir ein Paar Alligator-Cowboystiefel zulegen. Das würde mich irgendwie an meine Zeit als Alligator erinnern und meine Augen betonen, was meinst du?«, plapperte der MoV in ebendiesem Moment los. Überrascht riss ich mich von meinen Highschool-Träumen los, in denen ich mit einem coolen Typen am Arm die Schule betrat, um mich Jax' existenziellen Fragen zu stellen. Doch der war so urplötzlich stehen geblieben und hatte sich zu mir umgedreht, dass ich unweigerlich in ihn hineinrannte.

»Uähh«, stieß ich aus, prallte gegen seine Brust und kippte dann den Feuertopf samt klebrigen Schokoladenresten über meine Füße. Vor Schreck entglitt mir gleich noch der komplette Topf, der klappernd ins tiefe Sumpfgras kullerte. Na toll.

»Spitze«, murmelte ich.

»Sag ich ja!«, freute sich Jax. »Wie viel kostet so was in der heutigen Zeit? Fünfundzwanzig Dollar?«

Ich brauchte einen Moment, bis ich kapierte, dass Jax ungeachtet meines Missgeschicks immer noch über seine Alligatorstiefel redete.

Mit den Händen deutete ich missmutig auf meine jetzt schokoladenüberzogenen Turnschuhe. »Ich sehe aus wie ein Schwein!«

»Ja, und eingesaut hast du dich auch noch!« Jax hielt gerade mal so lange in seinem Monolog inne, um diesen einen Satz an mich zu richten, bevor er ohne Luft zu holen weiter über Alligatorlederstiefelqualitäten philosophierte. Dieses Thema diskutierte er außerordentlich freudig mit sich selbst, merkte noch nicht einmal, dass ich stehen geblieben war.

Scharf sog ich die Luft ein. Das war jetzt nicht sein Ernst! Oh, ich hätte ihn nackt im Sumpf liegen lassen sollen, diesen …! Wüste Flüche geisterten durch meinen Kopf. Gerade wollte ich diesen unverschämten, selbstverliebten Trottel zurechtweisen, als mir neben dem Feuertopf etwas Merkwürdiges ins Auge stach. Moment mal! War das …?

Kein Zweifel, da klebte eine größere Menge Blut an den Grashalmen. »Bleib mal stehen, Jax.« Ich bückte mich, um die Sache näher in Augenschein zu nehmen. Gerade noch rechtzeitig zog ich die Hand zurück, mit der ich das Sumpfgras hatte zur Seite biegen wollen. Heilige Scheiße! O große Erzulie Freda!

»Was ist los?« Eine Militaryjacke, geschlungen um zwei männliche Hüften, erschien auf meiner Augenhöhe, wobei ich einen Ärmel ins Gesicht bekam. Blinzelnd entfernte ich meinen Kopf aus Jax' Reichweite.

»Da … da …«, stotterte ich dann, deutete einfach nur mit dem Finger auf das blutige Etwas im dem Gras, unfähig, einen klaren Gedanken zu fassen.

»Ist das … ist das ein totes Baby?« Die Worte wollten mir beinahe nicht über die Lippen kommen. Vor uns erstreckte sich eine Art kreisrunde Lichtung, voll mit platt getretenem Sumpfgras, bis zu den nächsten mit Georgia-Moos behangenen Bäumen. Mehrere Stellen im Gras leuchteten blutrot, doch noch mehr als das ganze Blut auf der Lichtung schockierte mich der Anblick eines kleinen Bündels, das etwa zehn Yards von uns entfernt neben einer Feuerstelle auf dem Boden lag. Ein blutiger Fetzen, der früher allem Anschein nach ein grün-weiß kariertes Leben als Geschirrtuch gefristete haben musste, bedeckte einen rosa Körper, der in etwa so lang wie mein Unterarm war. Man konnte nur vereinzelte Gliedmaßen darunter erkennen, doch die Mutmaßung, dass es sich hierbei um ein Baby handelte, lag irgendwie nah. Ebenso wie alles auf dieser Lichtung verströmte dieser Körper den Geruch von Eisen und Tod.

Ich schluckte.

»Quatsch, das ist ein Schwein«, stellte Jax achselzuckend fest.

Wirklich? Verdammt, ich brauchte wohl eine Brille. Dumm nur, dass ich mir die gerade nicht leisten konnte.

»Aber, aber … wer tut so etwas Grausames?« Wer hatte ein süßes kleines Ferkel mitten im Sumpf geschlachtet? Immer noch fühlte ich mich wie in einem bösen Traum gefangen.

»Na, wer wohl? Diese mörderischen, folternden Voodoohexen!« So, als würde ihm gerade erst klarwerden, dass ich ja auch eine Hexe war, verstummte Jax. Als Nächstes erntete ich einen verächtlichen Blick von ihm, wobei seine Oberlippe Richtung Nase zuckte. Weiße Zähne blitzten mich darunter an, wie bei einem Terrier, der mir seine Abneigung demonstrieren wollte.

Na, super. Jax hielt mich offensichtlich für das ungefähr verabscheuungswürdigste Wesen auf diesem Planeten. Kein Zweifel, er gab sich nur mit mir ab, weil er gerade auf mich angewiesen war.

»Du kotzt doch jetzt nicht etwa?«, wollte er im Anschluss wissen.

Herrlich. Willkommen in meinem ganz persönlichen Albtraum! »Nein, eher nicht.« Einen Moment lang schloss ich die Augen. »Du hast recht. Das hier ist das Werk von schwarzer Voodoomagie.«

Mit meiner zitternden rechten Hand wischte ich mir den Schweiß von der Stirn. »Sieh dir die Feuerstelle mit dem Topf an. Überall Blut. Das Schwein war eine Opfergabe.«

»Sag ich doch. Aber warte mal … da steht irgendetwas.« Jax stieg über das kniehohe Gras und betrat die Lichtung.

Mir klappte der Mund auf. Er hatte recht. Das da waren blutrote Buchstaben. Überall im Gras. Aber was …?

Um mir das Ganze näher anzusehen, folgte ich ihm.

Zuerst drehten wir uns ein paarmal im Kreis, bis die Flecken am Boden letztendlich einen Sinn ergaben.

Ich riss die Augen auf. Gemeinsam bildete das Blut Buchstaben, jeder so groß wie ein Schwert.

Konnte das sein? Zögerlich berührte ich Jax an der Schulter. »Da steht ›LEBEN‹, oder?«

»Gut bemerkt«, lobte mich Jax, ganz der stolze Lehrer für lese-rechtschreib-schwache Schüler.

Doch diesmal ignorierte ich seine unverschämte Art.

Hier hatte jemand das Wort *Leben* mit dem Blut des Schweins auf das Sumpfgras geschmiert. Das arme Ferkel. Kurz sandte ich ein kleines Gebet an Erzulie, dass es dem Schweinchen, wo immer es auch war, gut gehen möge.

Dann konzentrierte ich mich wieder auf das blutige Wort vor uns. Jax und ich standen praktisch mitten vor dem B.

Leben. Unwillkürlich ließ mich das an Madame Laveaus Vision denken, in die sich Shannon »eingehackt« hatte. Hing das vielleicht irgendwie zusammen? In der Vision waren Dunkelheit und riesige Wellen über New Orleans hereingebrochen, hatten alles Leben vernichtet. Und jetzt dieses Werk, das eindeutig von schwarzer Voodoomagie zeugte …

Unter halb gesenkten Lidern schielte ich zu Jax, der sich wie Sherlock Holmes nachdenklich ans Kinn tippte.

»Ein Bokor, vermute ich. Gibt es zurzeit viele Hexenmeister in der Stadt, die schwarze Magie praktizieren, Dawn?«

Was? Ich zuckte zusammen. Woher wusste Jax so viel über Hexen? Tatsächlich nannten wir einen Hexenmeister, der schwarze Voodoomagie praktizierte, Bokor, aber davon wussten die wenigsten MoVs. Man musste schon einschlägige Literatur oder zumindest Wikipedia befragt haben. Aber Letzteres hatte es zu Jax' Zeiten als Mensch sicher noch nicht gegeben.

Gerade als ich ihn darüber aushorchen wollte, passierte es.

Rechts von uns knackte ein Zweig im Gebüsch. Gleichzeitig vernahm ich aus derselben Richtung ein Stöhnen.

Ein menschliches Stöhnen.

Wie ein auf Hypergeschwindigkeit eingestellter Rasensprenger fuhr mein Kopf herum.

Wer versteckte sich da hinter dem Baum? War derjenige verletzt? Jedenfalls klang es fast so.

Zögerlich warf ich Jax einen Blick zu. Sollten wir nachsehen?

Sofort fielen mir ungefähr eine Milliarde Horrorfilme ein, in denen Leute, die einfach mal so »nachsehen« wollten, woher das gruselige Geräusch kam, keine dreißig Sekunden später abgemurkst wurden. Um die Ecke gebracht von Serienkillern oder anderen hinkenden Gestalten.

»Sollen wir uns das ansehen? Vielleicht liegt da gerade jemand im Sterben?«

Jax verschränkte die Arme vor der Brust. »Ladys first.«

Natürlich. Warum fragte ich überhaupt noch? Selbstverständlich überließ Mr Ex-Alligator mir die komplette Drecksarbeit. Also stapfte ich mit so vorwurfsvollen Schritten wie möglich los, wurde jedoch stetig langsamer, je näher ich dem Geräusch kam. Dieser Tag lieferte mir zunehmend mehr Gründe für eine Aspirintablette. Oder für eine geladene Waffe.

Während ich so viele Flüche ausstieß, wie ich es in einem Atemzug vermochte, verstummte das Gestöhne auf einmal völlig. Nur noch Grillengezirpe störte die Mittagsruhe. Kein gutes Zeichen. Unschlüssig warf ich einen Blick zurück zu Jax, doch der verzog nur achselzuckend den Mund und widmete sich dann der Betrachtung seines Bizeps, den er erst an- und wieder abspannte.

Großartig. Augenrollend wandte ich mich wieder von ihm ab. Als Nächstes gönnte ich mir einen tiefen Atemzug (vielleicht meinen letzten), bevor ich den Weg erneut in Angriff nahm. Nur noch wenige Schritte trennten mich von dem dichten Sumpfgestrüpp, hinter dem ich einen verletzten Mensch vermutete. Konnte ja sein.

Oder auch nicht. Denn dann geschah etwas, das jeden Muskel in meinem Körper erstarren ließ.

Gerade wollte ich über das Gestrüpp spähen, da sprang eine Gestalt dahinter hervor. Nun ja, *sprang* war etwas übertrieben. Eher beugte sich derjenige langsam hinter dem Baumstamm rechts von mir heraus. Trotzdem wusste ich auf den ersten

Blick, was das war, und jetzt machte dieses ganze Gestöhne auch Sinn. Und gerade deshalb gefror mein Blut zu Eis.

So eilig, wie es mit gefrorenem Blut eben möglich war, stolperte ich ein paar Schritte rückwärts, als der Zombie, ganz gruselfilm-mäßig, mit ausgestreckten Armen auf mich zutrottete. Ein waschechter Untoter.

»Scheiße, Jax. Jemand hat einen Zombie beschworen!«

»Ihh – was ist das denn für ein hässlicher Vogel?«

»Das ist alles, was dir dazu einfällt?« Mit dem Rücken stieß ich gegen Jax, der mich großzügigerweise auffing, bevor ich mich unfreiwillig auf die Erde legte. Doch er hatte irgendwie recht. Der Zombie war hässlich. Bei diesem durch Nekromantiezauber herbeibeschworenen Toten musste es sich um einen Typen handeln, der schon länger unter der Erde gelegen hatte. *Vielleicht ein Mordopfer aus dem Sumpf*, vermutete ich. Das Messer, das mitten in seiner Brust steckte, wertete ich jedenfalls als ausschlaggebendes Indiz.

Mit einem tiefen Grollen kam der Untote auf uns zu. An seinem Körper löste sich unterwegs hier und da graues Fleisch ab.

Widerlich. Trotzdem musste ich hinsehen. Das war wie bei einem Autounfall. Man wollte die Toten nicht sehen, aber man wollte die Toten sehen. Angeblich war das ja ein verkümmerter Instinkt aus der Jäger-und-Sammlerzeit.

Der Zombie kam näher. Braune Kleidungsfetzen schlackerten an seinen Armen und Beinen umher. Damit hatte er immer noch mehr an als Jax. Das musste man ihm lassen.

Aber ein Zombie hier im Sumpf? Noch nie zuvor hatte ich einen echten Untoten gesehen. Nur von Madame Laveau im Nekromantieunterricht davon gehört. Aber wer zum Teufel hatte ihn beschworen? Und warum? Hilfe suchend sah ich zu Jax auf.

»Lass uns verschwinden«, murmelte der.

Ach, wirklich? Aber was war, wenn wir gerade etwas Großem auf die Spur gekommen waren und uns jemand von hier vertreiben wollte? Einfach bevor wir dahinterkamen, was hier gespielt wurde? Eine ziemlich logische Schlussfolgerung, auf die ich fast ein bisschen stolz war. Das blutige Ritual, das auf dieser Lichtung stattgefunden hatte … Ich warf dem Ferkel einen Blick zu. Es lag ganz in der Nähe des Zombies, der auf uns zuwankte. Immerhin bewegten sie sich nicht besonders schnell, diese Untoten.

Schwarze Magie, schwarze Magie, sang ein Chor in meinem Kopf unaufhörlich vor sich hin. Der Zombie, der jetzt nur noch wenige Yards von uns entfernt durch das platt getretene Sumpfgras watete; das alles hier … schwarz. Schwärzer als schwarz. Ich schluckte.

»Komm schon!« Jax packte mich von hinten und zog mich mit sich.

»Hey!«, protestierte ich. So grob hätte er es auch nicht anstellen müssen. Durch den Ruck stolperte ich, fiel sogar beinahe hin. Wie in Zeitlupe spürte ich dabei meinen Schlüsselbund aus der Hosentasche rutschen. Verdammt! Im letzten Moment versuchte ich danach zu greifen, fasste aber nur ins Leere. »Warte!«, versuchte ich Jax aufzuhalten, doch er zog mich einfach unerbittlich mit sich. »Der Schlüssel!«

»Was?« Endlich blieb Jax stehen. Leider zu spät. Inzwischen hatte der Zombie meine Haustür-, Fahrrad- und diverse weitere Schlüssel, die an einem schwarzen Telefonkabel-Haargummi aufgefädelt waren, erreicht. Ungläubig beobachtete ich, wie sich der Untote bückte, mit spitzen Fingern, an denen teilweise die Fingerkuppen fehlten, meinen Schlüsselbund aufhob und sich dann den Haargummi mitsamt den Schlüsseln über das rechte Handgelenk schob. Bei der Aktion verlor er allerdings einen beträchtlichen Teil seiner Haut am Handrücken.

»Ohm«, machte der Untote.

Ich blinzelte. Das konnte jetzt gerade nicht wirklich passiert sein! Ein Zombie trug meinen Schlüsselbund wie ein schmuckes Armband am Handgelenk!

Ungefähr im gleichen gezügelten Tempo, wie der Zombie voranschritt, stolperte ich rückwärts. »Wir … wir müssen ihm die Schlüssel abnehmen!«

»Verarschst du mich?«

»Nein«, beharrte ich. »Wir müssen ihn aufhalten. So oder so. Wenn wir weglaufen, schnappt er sich die nächsten Spaziergänger, und die werden vollkommen unvorbereitet auf ihn treffen.« Energisch hob ich das Kinn.

»Also gut. Aber lass dich nicht beißen.«

»Natürlich nicht. Ich hab ›The Walking Dead‹ gesehen!«

»Was?«

Ach, richtig. Der Herr hatte die letzten vierundzwanzig Jahre ja nicht mitbekommen. Da war wohl ein Serienmarathon fällig! Am besten erstellte ich gleich morgen eine Liste an Serien, die Jax unbedingt gesehen haben musste, um im Jahr 2018 bestehen zu können.

»Unwichtig. Schnapp dir einen Ast oder so. Ich werde versuchen, ihn abzulenken, und dann haust du ihm den hässlichen Schädel ein, alles klar?«

»Seit wann machst du hier die Ansagen?«, nörgelte Jax. Er hatte den Mund zu einer Schnute verzogen, was mich einen Moment stutzig werden ließ. Damit wirkte er fast wie das niedliche Bürschchen auf der Kinderschokoladenpackung. Wahrscheinlich war er es gewohnt, mithilfe dieses in seinen Augen sicher unwiderstehlichen Gesichtsausdrucks alles zu bekommen, was er wollte. Aber nicht mit mir! So umwerfend fand ich Jax, den halb nackten Ex-Alligator, dann auch wieder nicht.

»Hast du einen besseren Vorschlag?«

»Ja. Du lenkst ihn ab und ich hau ihm mit einem Stock den Schädel ein.«

Genervt verdrehte ich die Augen. »Bitte schön. Dann gehen wir eben nach deinem Plan vor.«

»Hervorragend!«

So schnell mich meine ungelenken Füße trugen, eilte ich auf die Feuerstelle zu, die der schwarze Voodoopriester benutzt haben musste. Dort schnappte ich mir den umgestürzten Feuertopf und einen verkohlten Holzscheit.

Dann holte ich aus und schlug damit auf den Topf ein.

»Hey, Prinz Charming!«

Sowohl Jax als auch der Zombie drehten sich gleichzeitig zu mir um.

»Ich meine unseren untoten Freund.« Augenverdrehend zeigte ich mit dem Holzscheit auf den Zombie.

»Hierher, Hübscher!« Vorsorglich hängte ich noch ein »Zombie« an den Satz an, damit auch jeder wusste, wer gemeint war.

Tatsächlich schien der Plan aufzugehen. Ob der Zombie sich geschmeichelt oder einfach nur zu der lautesten Lärmquelle hingezogen fühlte, wusste ich dabei nicht. Jedenfalls drehte er um und stapfte mit ausgestreckten Armen auf mich zu. In seinem ganz eigenen Zombie-Zeitlupentempo, aber mit einer deutlich spürbaren Motivation. So ähnlich, wie ich auf dem Weg zum Biounterricht aussah, nur die Motivation musste man sich bei mir wegdenken.

»Braver Junge!«, lobte ich ihn.

Doch dann, als er genau in der Mitte zwischen mir und Jax stand, von jedem von uns etwa fünf Yards entfernt, stutzte der Untote, legte den Kopf schief, so als überlegte er, während er mich von Kopf bis Fuß musterte. Gleich darauf stieß er ein frustriertes Heulen aus, das sich wie das Jaulen eines Seehundbabys anhörte, das seine Mama verloren hatte, bevor er sich umdrehte und zurück zu Jax wankte.

»Hey!«, rief ich ihm hinterher. »Was soll das?«

Im selben Moment merkte ich, dass die Ignoranz des Zombies nicht mein einziges Problem war. Denn Jax zerrte immer noch an einem dicken Ast. Mir und dem Zombie hatte er den Rücken zugekehrt, stemmte jetzt einen Fuß gegen den Baum, wobei er Ächzlaute ausstieß, die einem Tennisspieler beim Aufschlag in nichts nachstanden.

»Jax? Du solltest dich beeilen …«, riet ich ihm überflüssigerweise. Der Zombie würde ihn in wenigen Sekunden erreicht haben.

»Jax?«

»Klappe!«

Na gut.

In einem letzten Versuch rannte ich topfschlagend auf den Zombie zu, um ihn dazu zu bewegen, wieder kehrtzumachen.

»Hey, du hässliches, totes Stück Fleisch. Hier bin ich! Leckeres Frischfleisch!«

Im Laufen schüttelte der Zombie den Kopf. Hielt noch nicht mal an. Grunzte bloß etwas Unverständliches. Diese Ignoranz! Wütend schürzte ich die Lippen.

»Sieh mich wenigstens an, wenn du mit mir sprichst!«

Doch auch dieser Versuch, den Zombie abzulenken, erzielte nicht den gewünschten Erfolg. Im Gegenteil. Der Zombie schien dadurch noch eiliger vor mir davonlaufen zu wollen. Nur noch wenige Schritte, dann hatte er Jax erreicht.

»Beeil dich, verdammt noch mal!«

Jax zog und zerrte, leider komplett ergebnislos, weiter an dem halb abgebrochenen Ast herum.

»Ich gebe doch schon alles, siehst du das nicht, Hexenweib?«

Also, das war jetzt wirklich die Höhe! Obwohl er es nicht verdient hatte, beschloss ich dennoch, die Sache selbst in die Hand zu nehmen, um Jax zu retten. Mit klopfendem Herzen nahm ich die Verfolgung auf, setzte dem Zombie nach.

Gerade streckte der die Hände in Richtung meines Ex-Alligatorkumpels aus. Mein Schlüsselband klapperte unheilvoll an seinem Handgelenk.

»Finger weg von Jax!«, schrie ich.

Natürlich zeigte niemand auch nur die geringste Reaktion.

»Jaaaaaax!« Mein lang gezogener Schrei verhallte in den umliegenden Bäumen.

Und dann passierten mehrere Dinge gleichzeitig: Beide Hände an den Topfgriffen, holte ich aus, um den Zombie niederzuschlagen. Jax bekam in allerletzter Sekunde den Ast frei und fuhr zu mir herum. Vor Schreck stolperte der Zombie, knickte unter dem Ast, den Jax wie einen Baseballschläger schwang, zur Seite weg.

»Mist«, entfuhr es Jax, als sein Ast über den Kopf des Zombies hinwegsauste. Unglücklicherweise konnte ich jedoch nicht mehr in meiner Bewegung bremsen, und deswegen erwischte ich statt dem Zombie Jax mit meinem Feuertopf am Kopf.

Mit einem lauten *KLONK!* ging der halb nackte Jaxinator mit seinem Kampfast zu Boden. Ach, du Schreck. Das hatte ich jetzt irgendwie nicht gewollt.

Leider hatte ich keine Zeit, mich um Jax zu kümmern, denn der Zombie rappelte sich gerade wieder auf. Kurzerhand schlug ich so lange mit dem Topf auf seine Kopfseite ungefähr auf Höhe seines Ohrs ein, bis sich sein vergammelter Kopf von der Wirbelsäule löste und wie eine Bowlingkugel über das Grad kullerte. Endlich. Der restliche untote Körper fiel in sich zusammen und blieb reglos am Boden liegen. Der Zombieangriff war abgewehrt! Leider war ja kein Publikum anwesend, jedenfalls keines im wachen Zustand, daher hörten nur die Grillen im Sumpf meinen Jubelschrei. Selbstverständlich applaudierte niemand.

Nachdenklich betrachtete ich den kopflosen Zombie, bevor ich mich bückte und meinen Schlüsselbund von seinem Handgelenk löste. Welche Hexe oder welcher Hexenmeister hatte ihn von den Toten auferstehen lassen? Spontan beschloss ich, mich um diese Frage später zu kümmern, nachdem ich Jax aus dem Land der Träume zurückgeholt hatte.

Nur: Den bewusstlosen Jax wieder aufzuwecken gestaltete sich schwieriger als gedacht. Keine Ohrfeige, kein Gezwicke und auch keine noch so festen Tritte halfen. Genervt strich ich mir einige Minuten später die schweißnassen Haare aus der Stirn. So wurde das einfach nichts.

Schlussendlich packte ich eins von Jax' Beinen, zog ihn von der Lichtung herunter, über den Trampelpfad bis zu einem kleinen Bach im Sumpf. *Platsch, platsch* machte es, als erst sein Rücken und dann sein Kopf auf der Wasseroberfläche aufschlugen.

»Wa–«, japste Jax kurz bevor sein Kopf im knietiefen Wasser versank. Zwei Sekunden später tauchte er wieder aus der braunen Suppe auf. »Spinnst du? Was soll das?«

Was das sollte? Mit schiefgelegtem Kopf stemmte ich die Hände in die Hüften.

»Gern geschehen. Den Zombie hab ich wirklich mit großer Freude für dich abgemurkst.«

»Du hast mich k. o. geschlagen, und dann versuchst du auch noch, mich zu ertränken! Vielen Dank auch.«

»Nochmals: Gern geschehen. Und du übertreibst.«

Den Weg zu meinem Zuhause legten wir danach schweigend zurück. Jax tropfte eine Weile vor sich hin, hielt aber erstaunlicherweise die Klappe. Genau wie ich grübelte er, so vermutete ich jedenfalls, über den Vorfall auf der Lichtung nach. Seltsamerweise wusste er erstaunlich gut über Voodoomagie Bescheid. Da mir immer noch das blutige Wort und der Zombie im Kopf herumschwirrten, verwarf ich die Gedanken über Jax jedoch gleich wieder. Wer zum Teufel konnte dieses schwarzmagische Ritual durchgeführt haben? Und wofür? Und hatte er dann den Untoten auferstehen lassen, um uns zu töten oder zumindest zu verjagen? Irgendwem oder irgendwas waren wir soeben auf die Spur gekommen, das spürte ich deutlich in meinem Voodoohexenblut.

Als ich den Schlüssel ins Schloss unserer kleinen Waldhütte steckte, fühlte ich Jax' Blicke auf mir. Wahrscheinlich hätte er nicht erwartet, dass ich ihn zu einer Hütte führen würde, die aussah wie dem Märchen »Hänsel und Gretel« entsprungen. Aber daran konnte ich nun mal nichts ändern.

»Willkommen in meinem Zuhause. Am besten, wir beginnen direkt mit der Schlossführung.« Ich nickte in Richtung der Haustür. Den ironischen Unterton in meiner Stimme konnte ich mir nicht verkneifen.

Die Führung war nach gut dreißig Sekunden beendet, da es nicht mehr als ein winziges Wohnzimmer mit Küche und zwei noch winzigere Schlafzimmer zu besichtigen gab.

Gerade als ich Jax eine Decke für die Couch holen wollte, wo ich gedachte, ihn schlafen zu lassen, fiel mir etwas ein.

»Ich könnte dir ein paar Klamotten von Melindas Mann geben …« Melindas Ehemann war vor über zwanzig Jahren ums Leben gekommen, aber ich wusste, dass sie ein paar Kleidungsstücke von ihm aufbewahrt hatte.

Ein klein wenig schäbig kam ich mir schon vor, als ich so kopfüber in Melindas Wandschrank steckte und Kisten durchwühlte. Was, wenn sie gerade jetzt von ihrer Mission zurückkam und mich ertappte? Aber wir hatten keine Wahl. Später würde ich Adriens alte Sachen wieder gewaschen in ihre Kiste zurücklegen.

Der arme Adrien, der von Hexenjägern getötet worden war, konnte sie sowieso nicht mehr gebrauchen. Seit seinem Tod hatte es auch kein anderer Mann mehr in Melindas Leben geschafft.

Triumphierend hielt ich Jax wenige Augenblicke später eine braune Leinenhose sowie ein Jeanshemd und dunkelblaue Leinenschuhe, wie Segler sie trugen, unter die Nase.

Doch der brach nicht wie erwartet in Begeisterungsstürme aus. Stattdessen hob er nur eine Augenbraue, was ihn unheimlich oberlehrerhaft wirken ließ.

»Was? Ich gehe jetzt sicher nicht mit dir einkaufen. Sobald du dein eigenes Geld hast, kannst du dir was Neues besorgen.«

»Also gut.« Mit spitzen Fingern und einigem Widerwillen nahm Jax die Kleidungsstücke entgegen. Seine dunklen Augen funkelten mich an, bevor sie einen großmütigen Ausdruck annahmen, ganz so, als würde er mir damit einen Gefallen tun.

Ja, damit, dass Jax Roquewood sich endlich etwas anzog, tat er der gesamten Menschheit einen großen Gefallen, fand ich. Kurz ließ ich meinen Blick über seinen nackten Oberkörper und meine Jacke um seine Hüften gleiten.

Damit er sich in Ruhe umziehen konnte, verließ ich für einen Moment unsere Wohnküche.

In meinem Zimmer lehnte ich mich mit zitternden Händen gegen die Tür. Das Holz knarrte unter dem Gewicht meines Rückens. Dieser Tag schaffte es definitiv unter die Top Ten der sonderbarsten, die ich je hatte durchleben müssen. Wenn doch nur Melinda hier wäre! Obwohl, sie wäre sicher nicht sonderlich begeistert davon, dass ich einen Jungen mit nach Hause gebracht und ihm dann auch noch Adriens alte Klamotten überlassen hatte. Adrien, den ich nur von Fotos kannte. Der genau wie Melinda einst Bokors gejagt hatte – schwarze Magie praktizierende Hexenmeister.

Da kam mir ein Gedanke. Jax hatte vorhin erstaunlich viel über Voodoo und Bokors gewusst!

Mit einem Ruck riss ich die Tür wieder auf, entschlossen, ihn zur Rede zu stellen.

Unglücklicherweise ertappte ich Jax dabei, wie er gerade seine Hose schloss, was mich augenblicklich feuerrot anlaufen ließ. »Oh, ich … wollte nur … wissen, warum du … was weißt.«

»Wie war das?« Falls es ihn irritierte, dass ich ihn gerade praktisch erneut halb nackt gesehen hatte, zeigte er es nicht. Lieber Himmel, inzwischen hatte ich deutlich mehr von diesem Jungen gesehen, als mir lieb war!

»Ja. Weil …« Endlich gelang es mir, meiner Stimme wieder

mehr Selbstsicherheit zu verleihen. Während Jax sich das Jeanshemd zuknöpfte, zupfte ich an meinem Ausschnitt. »Du weißt erstaunlich viel über Voodoo und Bokors. Wie kommt das?«

Bevor er mir antwortete, schloss Jax seelenruhig den letzten Knopf, sah dann zu mir auf, wobei er eine Augenbraue hob.

»Als Kind war meine beste Freundin eine Voodoohexe. Sie hat mir viel davon erzählt.«

Mhm, so ganz nahm ich ihm das nicht ab. Normalerweise gingen Voodoohexen nicht damit hausieren, wer sie waren … Obwohl, wenn es eine sehr junge, unvorsichtige Hexe gewesen war …

»Kennst du eine Mimi?«, fragte Jax. »Sie müsste inzwischen um die Vierzig sein …«

»Nee, ich …«

In diesem Moment klopfte es lautstark an der Tür. Eine halbe Sekunde später wurde ebendiese mit voller Wucht aufgerissen und Shannon platzte herein. »Du ahnst nicht, was ich Abartiges im Sumpf gefunden habe!«

Na, da war ich jetzt aber mal gespannt. Mit verschränkten Armen lehnte ich mich gegen die kratzige Holzwand und warf gleichzeitig einen Blick auf Jax. In dieser Hinsicht konnte meine beste Freundin einpacken.

»Oh.« Mitten in ihrem Armgefuchtel hielt Shannon inne, als sie Jax entdeckte. »Du hast Besuch?«

Man hätte meinen können, Shannon hielt das für in etwa so wahrscheinlich, wie dass ein Sumpfmonster zum Tee vorbeischaute.

Trotzig reckte ich das Kinn in ihre Richtung.

Bevor ich etwas erwidern konnte, erschien etwas Kleines, Grünes im Türrahmen hinter meiner besten Freundin. Mein Kater Perry, der seine Katzengestalt verloren hatte, wählte diesen günstigen Moment, um durch die offene Haustür hereinzuhüpfen. Für einen Frosch hatte er erstaunliche Ausmaße angenommen. Perry war groß, fast schon krötenartig.

»Hey, Perry.« Sofort kam mein Hausfrosch auf mich zugesprungen und versuchte, auf meinem Arm zu landen.

Jax sah mich ungläubig an.

»Du hast einen eigenen Frosch?«

»Sei nicht albern. Das ist Perry, meine Katze. Nur wurde er unglücklicherweise in einen Frosch verwandelt. Sitzt fest.« Bei den letzten Worten ergriff mich ein mulmiges Gefühl. Irgendwie musste ich es schaffen, Perry zurückzuverwandeln, und das ohne schwarze Magie. Um mich abzulenken, warf ich den zahlreichen Zuckerrüben auf unseren Fensterbänken einen Blick zu. Jede von ihnen zeigte ein anderes lustiges Gesicht, das ich ihnen mit schwarzem Edding aufgemalt hatte. »Zuckerrüben und Frösche sind meine Spezialität.«

»Wäre ich jetzt nicht draufgekommen«, murmelte Jax, wobei er ein Stück von mir abrückte.

»Shannon, das ist Jax. Und jetzt erzähl schon«, forderte ich meine beste Freundin auf, die Jax unverhohlen musterte. Beinahe erinnerte sie mich an ein Kleinkind, das einen besonders großen Lolli entdeckt hatte.

Zuerst sah sie mich mit großen Augen an, doch dann schien sie sich daran zu erinnern, weshalb sie hier war.

»Ich … da liegt ein toter Zombie im Sumpf. Und ein Ferkel! Ich vermute, jemand hat versucht, Erzulie Dantor zu beschwören. Aber nach der alten Tradition.«

»Wie? Davon habe ich gar nichts bemerkt.« Nun ja, vielleicht hatte mich der Zombie auch einfach zu sehr abgelenkt. Erzulie Dantor? Die dunkle Seite der Loa? Und die alte Methode, das hieß wohl …

»Moment mal, heißt das, du warst auch da?«, wollte Shannon wissen.

»Ja.« Nach kurzem Zögern erzählte ich ihr alles, schilderte meinen kompletten Tag im Sumpf inklusive Jax, dem Schwein und dem angriffslustigen Zombie.

Als ich schließlich meinen Bericht beendet hatte, legte

Shannon den Kopf schief und kniff die Augen zusammen. Ihr dunkles Haar fiel ihr dadurch wie ein Fächer über die Schulter. »Wieso sieht der so jung aus, wenn er vierundzwanzig Jahre lang ein Alligator war?«

Schulterzuckend hob Jax eine Hand zum Peacezeichen: »Forever twenty-one!«

Ich verdrehte die Augen. »Ist nicht gealtert. Wie auch immer. Du kannst offen mit ihm reden. Er kennt sich mit Voodoo aus. Eine Freundin von ihm ist auch eine Hexe.«

Neben mir nickte Jax bekräftigend.

»Okaaaay …« Shannon schien noch nicht restlos überzeugt, im Gegenteil. Sie musterte Jax sogleich von oben bis unten. »Also, was ich gerade sagen wollte: Im Sumpf hat jemand anscheinend die alte Voodootradition angewandt, die eigentlich 2010 verboten wurde. Nach diesem Vorfall mit Papa Legba.«

»Was für ein Vorfall?«, wollte Jax jetzt wissen.

Oh. Ich schluckte. An die Papa-Legba-Sache und das anschließende Verbot, ihn anzurufen, erinnerte ich mich äußerst ungern. Wieso, wusste ich selbst nicht. Schließlich war ich zu der Zeit noch zu jung gewesen, um selbst Voodoo zu wirken. Mehr, als meinen Eltern dabei zuzusehen, hatte ich damals nicht getan.

»Ein grauenhaftes Massaker nach der Anrufung von Papa Legba«, winkte Shannon ab. Das stimmte, und natürlich sprach gerade sie nur äußerst ungern darüber. Früher war es Tradition gewesen, die Bilder der Loa mit Maismehl zu zeichnen, oder zumindest das ihnen zugeordnete Symbol. Auch musste man früher immer zuerst Papa Legba, den ranghöchsten Loa, anrufen, bevor man einen anderen wie Erzulie rief. Nun ja, seit der Sache im Jahr 2010 war das zu gefährlich geworden. Jetzt zeichneten wir keine Symbole mehr, denn sie waren zu mächtig. Der Loa konnte dadurch zu viel Macht über uns erlangen. Kräuter und Opfergaben reichten in meinen Augen auch völlig aus.

»Was genau ist da passiert?«, hakte Jax nach.

»Bitte nicht erzählen. Mir kommt gleich alles hoch. Später!«, beschwor mich Shannon.

Ich zuckte mit den Achseln. »Von mir aus.« In der Tat drehte sich bei dieser Geschichte auch mir jedes Mal der Magen um, und im Grunde wollte ich Shannon sowieso nicht mit der Geschichte konfrontieren. Ihrer Geschichte.

»Jax und ich hatten eigentlich vor, in die Stadt zu gehen, um sein Bankkonto zu plündern. Meinst du, die Mardi-Gras-Parade ist schon vorbei?«

»Wohl eher nicht. Wir werden uns durch betrunkene Menschenmassen kämpfen müssen«, meinte Shannon gut gelaunt. »Das wird ein Spaß!«

»Du willst mitkommen?«

»Natürlich. Wir können auf dem Weg besprechen, was wir wegen dem Bokor unternehmen. Vielleicht sollten wir mit Madame Laveau reden, und dann halten wir gemeinsam die Flutwelle auf, die die Stadt zerstören soll. Wie die X-Men!« Die Augen meiner besten Freundin strahlten. Ich wusste, dass Shannon sich beweisen wollte. Sie träumte schon lange davon, allen zu zeigen, dass weder sie noch ihre Eltern schwarze Voodoohexen waren. Shannon wollte sich einen Namen machen. Da kam ihr die Rettung der Stadt, die laut Madame Laveaus Vision anstand, natürlich gerade recht.

»Irgendwie glaube ich nicht, dass das so einfach sein wird, und außerdem scheint mehr hinter dieser Sache zu stecken als nur eine Flutwelle.« Streng genommen waren wir auch nicht die Fünf Freunde oder die Drei Fragezeichen aus diesen Kinderkrimis, und vermutlich war diese Flutwelle sowieso nur eine Metapher. Für irgendwas.

Doch Shannon tat meinen Einwand mit einer Handbewegung ab. »Alles der Reihe nach. Also los, auf nach New Orleans! Wir müssen an die Kohle von diesem Ex-Alligator, der eigentlich fünfundvierzig Jahre alt sein sollte. Die Leute werden Fragen stellen!« Offenbar gefiel ihr diese Vorstellung.

Jax grinste. »Ja Dawn, kommst du mit, oder bleibst du bei deinen Rübenfreunden und dem Hausfrosch?«

Widerwillig setzte ich Perry auf der Couch ab, wo ich ihm den Kopf tätschelte. »Ist ja gut, kein Grund, beleidigend zu werden. Ich muss mir nur schnell etwas Frisches anziehen.«

Vier Minuten später steckte ich in einem Blümchenkleid, schnappte mir meine Umhängetasche und eilte Shannon hinterher nach draußen. Im Vorbeigehen rückte ich Ron-die-Rübe, die neben dem Fenster auf einem Blumentisch stand, gerade. Jax, der hinter mir lautstark verkündete, er werde sich zuallererst Alligatorlederstiefel und einen Berg Schokolade kaufen, ignorierte ich dabei.

5

Von unserer Hütte aus musste man etwa zehn Minuten bis zum Sumpfrand und damit bis zur nächsten Bushaltestelle laufen. Jax hatte Glück. Noch bevor ich ihn wegen seines nervtötenden Monologs über Cowboylederstiefel aus Alligatorhaut um die Ecke bringen konnte, bog der Bus in die Straße ein.

Nachdem ich Jax mit einem bitterbösen Blick bedacht hatte, bezahlte ich ein Busticket für ihn, setzte das Geld aber auf meine imaginäre Liste an Kosten, die mir dieser Mistkerl irgendwann würde erstatten müssen. Selbst der Busfahrer, ein dicklicher Mann mit Brille, musterte erst mich und dann Jax mit einem argwöhnischen Gesichtsausdruck. So als könnte eine Berührung oder ein weiterer Blickkontakt mit uns den Bus in die Luft jagen, wandte er sich demonstrativ von uns ab, sobald das Restgeld klimpernd in den kleinen Auffangbehälter gefallen war.

Im halb leeren Bus machte sich Jax sogleich dermaßen auf der Rückbank breit, dass Shannon und ich gezwungen waren, uns eine Reihe vor ihm zwei Sitze zu suchen.

»Wie kann ein einzelner Junge so viel Platz einnehmen?«, flüsterte mir Shannon zu.

»Liegt wohl an seinem Ego«, flüsterte ich zurück.

»Aber besonders helle ist er nicht, oder?«

Zuerst sah ich Shannon einfach nur mit hochgezogenen Augenbrauen an. Dann ließ ich mich doch noch zu einer Antwort hinreißen: »Ach, meinst du?«

In diesem Moment traf mich etwas am Hinterkopf. Oh Mann, was zum Teufel …? Als ich mich umdrehte, sah ich, wie Jax kleine Papierkügelchen aus seiner Busfahrkarte drehte.

»Du bist so ein Blödkeks, weißt du das?«

»Was?« Jax lachte. »Hat man in eurem Jahrhundert etwa vergessen, wie man Spaß hat?«

Gleichzeitig verdunkelte sich mein und auch Shannons Blick. »Lass ihn uns einfach an der nächsten Haltestelle aus dem Bus werfen«, raunte sie mir ins Ohr. In genau diesem Augenblick flog ihr eine nasse Papierkugel gegen die Schläfe. »Wir könnten ihn vorher ein paarmal im Kreis drehen. Danach findet er nie mehr zurück zu uns.« Ihre Stimme klang hoffnungsvoll.

Lächelnd schüttelte ich den Kopf. Erstens würde ich nicht so viel Glück haben, das wusste ich. Sicherlich stünde Jax innerhalb kürzester Zeit wieder bei mir auf der Matte. Und zweitens konnte ich nicht einfach einen hilflosen Menschen im Stich lassen. Wobei »hilflos« relativ zu betrachten war, wenn ich mir Jax so anschaute, der gerade der dunkelhäutigen Oma vor uns eine angesabberte Papierkugel in die Perücke warf.

Seufzend richtete ich meinen Blick aus dem Fenster. Langsam krochen wir aus dem Sumpfrandgebiet in die urbane Stadt.

Immerhin funktionierte die Klimaanlage im Bus.

Nachdem mir Jax eine Straße in New Orleans genannt hatte, nahe des St. Louis Cemetery I, entschieden wir uns, direkt am Friedhof auszusteigen.

Komischerweise war Jax der Meinung, er könnte in seinem alten Wohnhaus den Schlüssel für sein Bankschließfach auftreiben. Nach eigener Aussage hatte er den Schlüssel dort in einem »megageheimen Versteck« deponiert. Das Ganze hielt ich für ein ziemlich aussichtsloses Unterfangen. Sicherlich hatte jemand inzwischen ebendiesen Schlüssel gefunden oder die Bank hatte das Schließfach bereits geleert, und wie wollte er überhaupt in die Wohnung kommen? Aber ich hatte auch keine Lust, mit ihm zu streiten. Und da wir heute an Mardi Gras sowieso schulfrei hatten …

Der St. Louis Cemetery I lag zentral in der Stadt, nördlich des Mississippi River, und nur einen Block vom French Quarter entfernt. Als wir zu dritt den Bus verließen, hatte ich das Gefühl, dass sämtliche Fahrgäste und auch der Busfahrer erleichtert ausatmeten. Irgendwie konnte ich es ihnen nicht verdenken.

Leider lastete die Hitze um diese Uhrzeit geradezu erdrückend auf unseren Schultern.

Schon nach fünf Sekunden auf dem Bordstein liefen mir die ersten Schweißperlen an den Schläfen herunter. Dennoch nahm ich mir Zeit, mich umzusehen. In die Innenstadt von New Orleans hatte ich mich schon lange nicht mehr vorgewagt. Hier herrschte einfach zu viel Trubel. Wahre Menschenmassen trieben sich tanzend auf den Straßen herum. Sogar zu Beerdigungen wurde getanzt und gefeiert. Nichts für mich. Glücklicherweise führte die Mardi-Gras-Parade nicht direkt am Friedhof vorbei, doch in der Ferne konnte man die typischen Südstaatentrompeten und den Jubel der Menschenmenge hören.

Zu meinem Verdruss wehte momentan nicht das geringste Lüftchen. Gerade fuhr ein Pferdewagen vorbei, der alles andere als angenehm roch. Aber das gehörte ebenso zum Stadtbild wie die Andenkenläden, in denen man die bunten Mardi-Gras-Perlenketten kaufen konnte.

»Na gut. Da lang!« Shannon wies nach links, wobei sie, vertieft in ihr Smartphone, noch nicht einmal den Kopf hob. Immerhin sagte uns ihre Stadtplan-App, wo Jax' ehemaliger Wohnort, die Lasalle Street, lag. Um sie zu erreichen, mussten wir den Friedhof umrunden. Mitten hindurchzugehen wäre zwar schneller gewesen, aber nun ja. Es war ein Friedhof. Zwar ein hübscher Friedhof voller weißer Statuen und Mausoleen, die mit ihren kunstvoll verzierten Säulen wie Tempel anmuteten. Aber Friedhof blieb Friedhof. Dieser hier galt zudem noch als der älteste von ganz New Orleans. Madame Laveaus Vorfahrin, die bekannte und mächtige Mambo Marie Laveau, soll hier angeblich beigesetzt worden sein. Oberirdisch, wie es wegen des niedrigen Grundwasserspiegels Brauch war.

Neben mir schielte Shannon durch die Gitterstäbe des Zauns in Richtung der Mausoleen. Ich wusste, dass sie insgeheim darauf hoffte, ein Filmteam zu erspähen. Schließlich war der St. Louis Cemetery I eine beliebte Kulisse für viele Filme und Serien. Meine beste Freundin hatte sogar schon bei zwei Seriendrehs von »The Originals« zuschauen können und bei »American Horrorstory« zu ihrer großen Freude als Statistin einmal durchs Bild laufen dürfen. Doch heute hatte sie kein Glück. Kein Filmteam ließ sich blicken. Allerdings schien Shannon da anderer Meinung zu sein. Auf halber Strecke packte sie mich so heftig am Arm, dass mir fast der Ärmel meines Kleides von der Schulter rutschte.

»Schau, da!«

Ich sah in die angegebene Richtung, konnte jedoch nichts entdecken.

»Da reflektiert etwas. Vielleicht eine Blende für ein Fotoshooting. Können wir nachsehen? Bitte, nur ganz kurz«, bettelte Shannon. Ihr Gesicht verzog sich wie jedes Mal, wenn sie etwas von mir wollte, zu einer Schnute mit glänzenden Welpenaugen.

Wirklich, ich wollte mal denjenigen kennenlernen, der diesem Bitte-bitte-Gesicht widerstehen konnte. Obwohl ich so gar keine Lust dazu hatte, wollte ich nicht nein sagen. Friedhöfe … nicht gerade meine Lieblingsorte. Mein Gaumen klebte mir auf einmal hinten im Rachen, so trocken fühlte sich mein Mund an. Wenn meine Eltern nicht eine Seebestattung bekommen hätten, würden sie vielleicht hier liegen und ich sie öfter besuchen …

»Also gut, von mir aus.« Obwohl ich bereits die Stunden zählte, bis ich den nervigen Jaxinator wieder loswerden konnte, ließ ich mich meiner besten Freundin zuliebe auf diesen Umweg ein.

Mit einem kleinen Jubelschrei strich sich Shannon ihre dunklen Haare glatt, was mich an Schneewittchen vor ihrem Spiegel denken ließ.

Offenbar erwartete sie tatsächlich, gleich einem Kamerateam gegenüberzutreten. Kopfschüttelnd folgte ich ihr.

»Planänderung!«, informierte ich Jax. »Mitkommen.«

Zwar schaute der zunächst verdutzt, ließ sich dann aber darauf ein.

Als wir durch das Friedhofstor schlüpften, hellte sich sein Gesicht schließlich doch noch auf.

»Glaubt ihr, die haben da drin einen Süßigkeiten-Automaten? Mit Schokolade?«

Diese Frage ließ ich einfach mal unkommentiert.

Stattdessen sah ich mich um. Auf dem St. Louis Cemetery I fühlte man sich fast wie auf einem anderen Planeten. Oder eben um zweihundert Jahre in die Vergangenheit versetzt. Auf dem gesamten Gelände herrschte Durcheinander. Wohin man auch sah, überall waren die unterschiedlichsten Mausoleen errichtet worden. Weiß gestrichen, aber auch aus Backstein und in den unterschiedlichsten Größen, mit und ohne Zaun, mit aufwendig gemeißelten Statuen und ohne. Insgesamt wirkte der Friedhof wie ein ziemlich chaotisches Straßenviertel in Indien. Zusammengewürfelt irgendwie. Die Hitze drohte mich beinahe umzubringen, weswegen ich versuchte, mich in den Schatten zu halten, die die Mausoleen warfen.

Mit schnellen Schritten führte uns Shannon tiefer in den Friedhof hinein, dorthin, wo sie meinte, etwas gesehen zu haben.

Jax fluchte wegen Adriens Leinenschuhen, die ihm zu groß waren und inzwischen wahrscheinlich schweißnass, doch darüber mochte ich mir jetzt keine Gedanken machen.

»Ist es noch weit?«

Vor mir blieb Shannon abrupt stehen.

Doch anstelle der erwarteten Filmcrew sah ich nur einen dicken Typen – der ebenso wie Mr B einem verkappten Zauberer aus Vegas glich – auf einem steinernen Altar sitzen. Der Typ mit seinem lilafarbenen Umhang, Spitzbart und Zylinder rauchte eine kubanische Zigarre und hatte uns offenbar noch nicht bemerkt. Wahrscheinlich hatte die dicke Silberkette um seinen Hals mit dem riesigen Anhänger das grelle Licht reflektiert, das wir gesehen hatten.

Gerade wollte ich mir Shannon und Jax schnappen und umkehren, da passierte etwas wirklich Merkwürdiges:

Betont gleichmütig, so als täte er das jeden Tag, schnippte der dicke Zauberer mit den Fingern, worauf neben ihm ein steinerner Sarg unter einem halb offenen Mausoleum aufsprang. Gleichzeitig stolperte eine bleiche Person um die Ecke, die ihrem Auftreten nach ein Zombie sein musste. Ich schnappte nach Luft. Der Zombie schien sich über den offenen Sarg zu freuen. Mit einem dankbaren Gesichtsausdruck in Richtung des Zauberers ließ er sich rückwärts in den Steinsarg fallen. Der Zauberer tippte sich an seinen Zylinder, worauf sich der Sarg schloss. Das Geräusch von aufeinanderreibendem Stein ließ mich zusammenfahren.

»Heilige Erzulie!«

»Shhh«, zischte Shannon. »Verstehst du nicht? Weißt du nicht, wer das ist?«

Verständnislos hob ich beide Schultern. Als ich zu Jax sah, zeigte mir sein schmolllippiges Gesicht auch keinen Hinweis darauf, dass er wusste, mit wem wir es hier zu tun hatten.

»Das ist Baron Samedi. Der Beschützer der Toten.«

»Was?« Ich konnte es nicht fassen. »Ein Loa? Aber die … die

zeigen sich doch nie? Warum sollte sich einer von ihnen hier bei uns herumtreiben?«

»Siehst du nicht das Grabkreuzsymbol an seiner Kette? Es ist das Symbol von Baron Samedi. Sein Veve. Er ist es.«

In meinem Gehirn versuchte ich nach Informationen zu diesem Loa zu greifen, was gar nicht so einfach war, denn mir lief der Schweiß geradezu in Strömen den Rücken hinunter. Baron Samedi war ein Loa der Ghede-Nation, also weder gut noch böse, sondern neutral. Im Voodooglauben waren die Loas drei Nationen zugeordnet. Der Rada-Nation gehörten die wohltätigen Loas an und der Petro-Nation die zerstörerischen. Baron Samedi dagegen war neutral. Einer, der sich mit dem Leben und dem Tod befasste. Genauer gesagt: Er beschützte die Ehre der Toten. Ihm wurde die Farbe Lila zugeordnet, was den Umhang erklärte. Außerdem opferte man ihm Zigarren und andere Tabakwaren ... Verdammt, Shannon hatte recht!

»Wer ist das?« Neugierig lugte Jax über meine Schulter. Dabei streiften seine Haare meine Wange, was mir komischerweise einen Schauer über den Rücken jagte. Also bitte. Das war nur der nervige, selbstverliebte Idiot.

»Einer eurer Loas? Was macht der auf der Erde?« Jax warf Baron Samedi einen misstrauischen Blick zu. »Sollte der seinen breiten Hintern nicht irgendwo auf einer Wolke platt sitzen?«

»Solltest du nicht gerade als Alligator durch einen Tümpel paddeln?«, fragte Baron Samedi zurück, ohne jemand Bestimmten anzusehen. Genau genommen starrte er dabei immer noch ins Leere.

Vor Schreck zuckten Shannon, Jax und ich synchron zusammen, als wollten wir gemeinsam ein Chorlied vortragen. Der Loa hatte uns gehört.

»Lasst uns verschwinden«, flüsterte ich.

Shannon schüttelte den Kopf. »Nein. Wir sollten herausfinden, was hier gespielt wird. Vielleicht hängen die Vorfälle im Sumpf und die Vision von Madame Laveau mit seinem Auftauchen zusammen. Wenn das vorhin im Sumpf auch er war … Das könnte ein abgekartetes Spiel sein! Was, wenn er hinter der Flutwelle steckt? Los, wir fragen ihn.«

»Naaaa …« Irgendwie hielt ich das für eine ziemlich dumme Idee. Ungefähr so minderbemittelt wie Jax, der gerade irgendetwas von Zigaretten murmelte. Sicher war ihm die Zigarre aufgefallen. Vierundzwanzig Jahre reichten anscheinend nicht aus für eine Raucherentwöhnung. Wer hätte das gedacht?

Nervös sah ich zu dem Mann im lila Umhang. Obwohl Baron Samedi keiner der »bösen« Loas war, die zur Petro-Nation gehörten, wollte ich aus irgendeinem Grund lieber das Weite suchen.

Allerdings kannte Shannon keine Gnade. Aus ihrer Hosentasche nahm sie einen Haargummi, um sich die schweißnassen Haare zu einem Pferdeschwanz zusammenzubinden.

»So eine Chance bekommen wir nie wieder! Wir können zum ersten Mal mit einem echten Loa sprechen. Hope wird vor Neid erblassen!«

Das war natürlich ein Argument. Also folgte ich ihr, wenn auch etwas zögerlich. Jax dagegen brauchte keine Extraeinladung. Mit einem schiefen Blick auf die qualmende Zigarre, die der Loa momentan auf Brusthöhe vor sich hielt, näherte er sich Baron Samedi.

»Ähm, hallo«, begann Shannon. »Wir wollten fragen, ob Sie es sind.« Ihr unschuldiger Augenaufschlag gepaart mit den langen, dichten Wimpern hätte in diesem Augenblick Stahlträger zum Schmelzen bringen können, da war ich mir sicher, oder einen Massenmörder alles gestehen lassen. Haarklein.

Der dicke Mann auf dem Altar neigte den Kopf zur Seite.

»Sind Sie Baron Samedi?«, versuchte es Shannon erneut.

»Leihen Sie mir eine Zigarre?«, fragte Jax ohne Umschweife gleich hinterher.

Großer Gott Bondieu! Peinlicher ging es wohl nicht.

»Hören Sie nicht auf ihn. Er …« Moment mal, hatte Baron

Samedi nicht eben schon durch seine Alligator-Bemerkung klargestellt, dass er wusste, wer Jax war? Welchen alligatorischen Migrationshintergrund unser Freund hatte? Vielleicht wusste er dann auch, wer Shannon und ich waren?

Obwohl meine beste Freundin und ich begierig darauf warteten, mit dem Loa sprechen zu können, musterte der zunächst Jax. »Mein lieber Junge. Du hast Glück, dass ich auf keiner Seite stehe und neutral bin, also sage ich zu diesem Zeitpunkt nichts. Aber sei gewarnt. Die Loas behalten dich im Auge.« Am Ende des Satzes blies er Jax einen Donut aus Zigarrenrauch ins Gesicht. Genau wie diese Raupe aus Alice im Wunderland, von der ich ständig den Namen vergaß.

Auf diese Ankündigung des Loas hin, auf die ich mir absolut keinen Reim machen konnte, wurde Jax komischerweise leichenblass.

Unruhig trat er von einem Fuß auf den anderen.

Während Shannon und ich mit offenem Mund dastanden, nickte der Loa in Richtung einer verwitterten Steinurne, um die sich bereits massenweise Efeu rankte.

»Dahinten verstecken die jungen Leute immer ihre Zigaretten. Seltsame Angewohnheit – diese Kids heutzutage.«

Da konnte ich ihm nur zustimmen. Sich auf einem Friedhof zum Rauchen zu treffen kam mir ganz schön makaber vor.

»Also sind Sie es?«, hakte Shannon nach.

Bevor sie es ganz ausgesprochen hatte, war Jax bereits losgeflitzt, hatte zwischen den Efeuranken gewühlt und war mit einer Packung Zigaretten und einem Feuerzeug zurückgekehrt.

Der dicke Loa deutete eine Verbeugung an, wobei er Shannon eine Rauchschnecke ins Gesicht blies. »Zu euren Diensten.«

Aha. Wir hatten es hier also mit einem waschechten, leicht exzentrischen Loa zu tun, der wie ein echter Mensch aussah. Und komische Rauchformationen produzierte. Das war merkwürdig. Sollten Loas gewöhnlich nicht unsichtbar sein und sich um die Belange der Menschen kümmern?

»Das hier ist nicht mein Körper.« Offenbar hatte der Loa meine Gedanken erraten.

»Ich borge ihn mir nur für einige Zeit aus.«

Ach, so war das also. Staunend ließ ich meinen Blick über diesen ausladenden Leihkörper schweifen.

Neben mir klappte Shannon der Mund auf.

»Dieser Mann wird von Ihnen *geritten*, oder? Davon hat uns Madame Laveau erzählt.«

»Ja, und der liebe Hermann genießt es, also kein Grund zur Sorge.« Baron Samedi klopfte sich auf die stattliche Wampe. »Er ist ein großer Fan von mir. Kleidet sich sogar absichtlich so, dass er dem Bild entspricht, das man auf Wikipedia zum Artikel ›Baron Samedi‹ finden kann.«

Aha. Von einem Loa geritten zu werden galt in Voodookreisen tatsächlich als Ehre.

»Aber warum?«

»Ach.« Der Loa winkte ab, kurzzeitig meinte ich einen dunklen Schatten über sein Gesicht huschen zu sehen. »Da oben in Guinea spielen momentan alle verrückt. Ich brauchte mal einen Tapetenwechsel. Oder einen Körperwechsel in meinem Fall.« Der Loa klopfte sich auf die geliehenen Schenkel und wollte sich schier ausschütten vor Lachen.

Augenblicklich war meine und sicher ebenso Shannons Neugier geweckt. Nicht nur, dass wir zum ersten Mal in unserem Leben einem Loa gegenüberstanden (davon konnten wir noch unseren Urenkeln erzählen), nein, darüber hinaus schien Baron Samedi noch überaus interessante Informationen bereitzuhalten!

»Wie verrückt genau?«, wollte ich wissen. Vielleicht konnte ich unauffällig mehr über eine mögliche Bedrohung für uns Sterbliche herausfinden.

Jetzt bekam ich eine Ladung Rauch in Form einer Krone ins

Gesicht. »Seit ihr eure Voodoopraktiken geändert habt, ist Papa Legba stinksauer.«

Oh, darüber hatte ich noch gar nicht nachgedacht. Seit wir vor ein paar Jahren, genauer gesagt im Jahr 2010, auf die Anrufung des höchsten Loas Papa Legba vor Beginn jedes Rituals verzichteten, musste er tatsächlich sauer sein. Schließlich hatte er so mit einem Schlag allen Ruhm eingebüßt.

Shannon hob beide Augenbrauen. »Stinksauer?«

»Um nicht zu sagen: stinkwütend. Er tobt quasi«, bekräftigte der Loa. Wie um seine Worte zu unterstreichen, legte er den Kopf in den Nacken, um einen Totenkopf aus Rauch in den Himmel zu blasen.

Wie eine einzige Person legten Shannon, Jax und ich den Kopf schief, um die beeindruckenden Speckfalten in seinem Nacken zu bewundern. Geistesgegenwärtig steckte sich Jax eine Zigarette an. Hätte uns jemand Popcorn gereicht, wäre ich mir wie im Kino vorgekommen.

»Würde mich nicht wundern, wenn er … Nun ja, ich halte mich da raus«, fuhr Baron Samedi fort.

Während Shannon und ich Blicke wechselten, steckte sich Jax die Kippenpackung inklusive Feuerzeug in die Hosentasche.

»Sie wissen nicht zufällig, wo es hier in der Nähe ein Geschäft mit Alligatorlederstiefeln gibt, Mr Loa?«

Also wirklich. Dieser Typ war eine Schande für die gesamte Alligatorengemeinschaft.

»Hast du nichts anderes im Kopf als diese dämlichen Stiefel und Schokolade?«, fuhr ich ihn an. Langsam bekam meine Stirn einen Krampf durch das ganze Faltenwerfen.

Jax kratzte sich am Nacken, griff in seine Hosentasche und hielt mir dann seine Schachtel hin. »Zigarette vielleicht? Du solltest auch mal eine rauchen, um runterzukommen.«

»Ich bin runtergekommen!« Okay, das hatte sich nun merkwürdig angehört. Natürlich brachen Shannon und Jax daraufhin in haltloses Gekicher aus. Sogar Baron Samedi. Na toll. Ein Loa lachte über mich.

Aber Moment mal … Jemand hatte doch auch im Sumpf die alte Loa-Beschwörungsmethode angewandt, mit einem der alten Symbole aus Mehl gemalt, wie Shannon berichtet hatte. Ein Veve – und jetzt erzählte uns Baron Samedi etwas von Papa Legbas Unmut über den Wegfall der alten Tradition. Was, wenn …?

In diesem Augenblick zückte Shannon ihr Handy.

»Können wir ein Selfie mit Ihnen machen? Für die New Orleans Voodoo Night School, Mister Baron Samedi?«

Gar keine schlechte Idee. Das Foto würde sich hervorragend neben meinem Jax-Alligatoren-Selfie machen … Obwohl, eigentlich hatte ich Jax ja gar nicht aus einem Alligator gezaubert, fiel mir wieder ein. Vielleicht sollte ich das Foto mit dem halb nackten Jax doch wieder löschen … Oder auch nicht. Ich grinste in Richtung Jax, der sich gerade lässig durch die Haare strich, damit sie auf dem Foto auch gut aussahen. Nicht, dass das nötig gewesen wäre, wenn man wie Jax in einer Gruppe junger Götter gar nicht auffiel. Wirklich schade, dass er das Adjektiv »nervig« zeitlebens gepachtet zu haben schien. Ganz zu schweigen davon, dass im Lexikon neben »selbstverliebt« praktisch ein Foto von ihm prangte.

Nachdem sich der Loa mit einem Selfie einverstanden erklärt hatte, klatschte Shannon erfreut in die Hände.

»Könnten Sie auf dem Foto etwas Cooles machen? Vielleicht einen Zombie aus einem Grab zaubern?«

»Ähm, das mit dem Zombie halte ich für keine gute Idee«, warf ich ein. Andererseits hätten wir genau genommen aktuell nur einen gewöhnlichen Hermann in Baron-Samedi-Verkleidung auf dem Bild. Auch Baron Samedi wirkte von diesem Vorschlag wenig überzeugt.

»Mein liebes Kind, ich bin der Beschützer der Toten, kein Puppenspieler, der einen Toten aus einem Sarg springen lässt.«

Nachdem er Jax eine Rauchschwade in Form eines Schwertes ins Gesicht geblasen hatte, schlug Baron Samedi die Beine übereinander, wodurch er mich irgendwie an die Popdiva Madonna erinnerte.

»Ach, bitte.« Offensichtlich versuchte Shannon mit ihrem Bitte-bitte-Blick Baron Samedis Widerstand zu Fall zu bringen.

Ich jedenfalls hätte nach diesem Augenaufschlag alles für sie getan. Kein Zweifel.

»Und wenn Sie den Zombie nur ganz kurz in die Kamera grüßen lassen?«, startete sie einen letzten Versuch.

Baron Samedi seufzte. »Ihr seid wirklich die ungewöhnlichste Ansammlung an Jugendlichen, die mir je untergekommen ist. Die Schicksals-Loas hätten ihre wahre Freude an euch, so verzwickt, wie eure Schicksale miteinander verwoben sind. Aber natürlich mische ich mich da nicht ein.«

Nein, natürlich nicht ... Ich schnaubte. Wie ich solche halbseidenen Andeutungen hasste!

»Jedenfalls«, fuhr der Loa fort, wobei er sich an den Zylinder tippte, »ich könnte mich euch zuliebe mit etwas Magie kurz in meine andere Erscheinungsform verwandeln. Macht einfach das Foto, ihr werdet schon sehen.«

Komischerweise wusste ich nicht so recht, was er uns damit sagen wollte, Shannons Augen leuchteten jedoch auf, so als hätte sie verstanden, was er meinte.

Wir zwei nahmen also Baron Samedi, der immer noch auf dem Altar saß, in die Mitte, Jax lugte über meine Schulter.

Fast fühlte ich mich wie bei einem Schulausflug im Freizeitpark. Eigentlich ziemlich grotesk, was hier gerade passierte. Baron Samedi, ein mächtiger Loa, machte tatsächlich ein Selfie mit uns.

Etwas ungelenk streckte Shannon letztendlich den Arm mit ihrem Handy aus und drückte ab. Na, da war ich aber gespannt! Als ich mich wieder zu dem Loa umdrehte, konnte ich keine Veränderung erkennen. Aber als mir Shannon das Foto zeigte, stockte mir der Atem. Ein Skelett! Auf dem Bild saßen wir neben einem Skelett mit Zylinder! Blinzelnd starrte ich auf das Selfie und dann von Baron Samedi, der jetzt wieder wie Hermann aussah, zu Shannon.

Der Loa zuckte mit den Achseln. »Das ist meine zweite Erscheinungsform. Können wir Loas aber ablegen wie ein Chamäleon seine grüne Farbe.«

Aha. Das klang irgendwie einleuchtend und gleichzeitig merkwürdig.

»Mein guter Freund Linto macht sich ständig einen Spaß daraus …«

Plötzlich flimmerte die Luft direkt vor uns, was Baron Samedis Redefluss unterbrach und ihn daran hinderte, zu erzählen, was sein Freund Linto immer tat.

Was, bitte, war das denn? Eine Fata Morgana? Ein unnatürlicher Spiegelungseffekt?

Ehe ich mich ganz entschieden hatte, was es sein könnte, vergrößerte sich das Luftgeflimmer zu einem menschlichen Umriss. Oh nein, ein Alien?

Wie aus dem Nichts tauchte ein junger Typ von vielleicht zwanzig Jahren daraus hervor, so als hätte ihn jemand dorthin gebeamt. Ein großer, menschlicher Junge. Offenbar kein Alien, sondern ein Surfertyp mit tiefbrauner Haut und bronzefarbenen Haaren, die ihm feucht und etwas verklebt nach allen Seiten abstanden, so als wäre er eben durch eine Waschanlage spaziert. Seinem durchaus als *atemberaubend gut* zu beschreibenden Aussehen schadete dieser Aufzug jedoch nicht.

Heilige Erzulie! Langsam wanderte mein Blick von seinem schwarzen Top mit silbernem Totenkopfaufdruck zu seinen dunkelblauen Surfershorts und Flip-Flops. Er erwiderte meinen Blick mit einem offenen Lächeln, was mich in einer Art Schockstarre zurückließ.

Dieser junge Gott lächelte mich an? Mich?

Seine Oberarmmuskeln zuckten, als er mich belustigt musterte. Wahrscheinlich amüsierte er sich über meinen Blick, der dem eines erschrockenen Frettchens sicher in nichts nachstand.

Meine Güte, schon wieder so ein Herzensbrecher? Das war nach Jax bereits der zweite an diesem Tag! Wo kamen die bloß alle her?

Moment mal. Das hier musste ein Loa sein. Wenn auch ein ziemlich hübscher und jugendlicher Loa. Schockiert bemerkte ich, dass mein Mund offen stand, worauf ich ihn eilig zuklappte.

Lässig strich sich der Typ jetzt eine seiner Haarsträhnen aus der Stirn. »Was ist mit mir, Sam?«

Ich brauchte eine Sekunde, um zu begreifen, dass er mit »Sam« offenbar Baron Samedi meinte. O großer Bondieu. Dieser Loa war auch noch cool!

So gut es ging, versuchte ich einen unbeteiligten Gesichtsausdruck aufzusetzen. Niemand sollte mich für uncool halten, also niemand, der selbst so cool war. Nicht, dass ich dachte, der Loa könnte sich für mich interessieren, das hatte schließlich noch nicht einmal ein normaler Junge getan. Warum also sollte es einer der großen Voodoogeister tun? Trotzdem …

Aus den Augenwinkeln fiel mir auf, wie Shannon den Neuankömmling anstrahlte, als sei er ein mit Schokolade überzogener Leckerbissen. Mit einer fast identischen Bewegung strich nun auch sie sich die Haare aus der Stirn, die sich aus ihrem Pferdeschwanz gelöst hatten. Wenn schon, dann würde sich der Loa für sie interessieren, so viel stand fest. Sie war hübsch.

»Seht ihr?«, seufzte Baron Samedi. »Linto ist immer für einen kleinen Scherz zu haben.« Mit seiner Zigarre deutete er auf den Neuankömmling, der sich mit einem Zwinkern in unsere Richtung revanchierte.

Während Shannon den Kopf schief legte und auf eine recht bekloppte Art und Weise grinste, verschränkte Jax die Arme vor der Brust. Offenbar passte ihm die Ankunft des Loas ganz und gar nicht. Vielleicht war er immer noch im Alligatormodus, und ein neues Männchen in seinem Revier bedeutete eine Überschreitung seiner Toleranzgrenze. Als ich bemerkte, wie er versuchte, sich noch ein wenig größer zu machen, musste ich grinsen. Der Loa überragte Jax, der selbst schon nicht gerade klein war, um einen halben Kopf. Selbstverständlich kam ich nicht umhin, die beiden miteinander zu vergleichen: Jax, der selbstverliebte Junge mit den dunkelbraunen Haaren und ebenso intensivbraunen Augen, der nicht unbedingt der Hellste war, aber dadurch auch irgendwie witzig und liebenswert. Daneben der Loa, ein Stück größer, mit von der Sonne gebleichtem braunem Haar, das dadurch fast metallisch glänzte, noch etwas muskulöser und auf eine charmante Art und Weise selbstbewusst. Ich blinzelte … mit grünen Augen wie einer dieser Schweizer Bergseen in den Werbespots. Unheimlich leuchtend, fast unnatürlich. Besonders im Kontrast mit seiner braunen Haut.

Vielleicht würde ich irgendwann ein Buch über diesen verrückten Tag schreiben, auch wenn jeder danach denken würde, diese Geschichte sei frei erfunden.

Gerade trat Shannon vor, hob eine Hand und pikste Linto mit dem Zeigefinger gegen die Brust.

»Ist das deine normale Erscheinungsform, Linto, oder reitest du gerade jemanden? Und wenn nicht, kannst du dann mich reiten?« Sie hob den Kopf und bedachte ihn mit einem entwaffnenden Lächeln, was mich dazu veranlasste, mich vernehmlich zu räuspern. Am liebsten hätte ich mir eine Hand vors Gesicht geschlagen oder wäre vor Scham im Boden versunken. Meine beste Freundin versuchte sich also an einem Flirtversuch der Marke Holzhammermethode. Wie nett. Etwas zu zweideutig, wenn man mich fragte.

Doch komischerweise sprang der Loa nicht darauf an, sondern verzog nur gequält das Gesicht.

»Nenn mich bitte nicht Linto. Ich hasse diesen Namen. Sag doch Lin.«

Jax hüstelte. Natürlich musste er sich direkt in den Vordergrund spielen.

»Du weißt schon, dass Lin ein Mädchenname ist?«

Der Loa schien sich von seinem Einwand nicht aus der Ruhe bringen zu lassen. Nachdem er einmal seine Haare kräftig geschüttelt hatte, sodass die Wassertropfen nur so spritzten, wandte er sich Jax zu.

»Sehe ich für dich vielleicht wie ein Mädchen aus?« Damit schien alles geklärt zu sein.

Obwohl meine Lippen zitterten und meine Augen zuckten, bekam ich es irgendwie zustande, drei Worte auszuspucken: »Warst du surfen?«

Sofort warf mir Jax einen bösen Blick zu.

»Ja, war ich. Surfst du auch?«

Als sich Lin so plötzlich zu mir drehte und sich sein Blick quasi in mich bohrte, hätte mir beinahe wieder die Stimme versagt. »Ja«, krächzte ich, woraufhin Jax' Augen noch schmaler wurden. Das stimmte. Ich besaß ein altersschwaches Board und ab und zu nutzte ich es auch an der Küste, wenn ich allein in einer Bucht war.

Zwar sagte Lin nichts dazu, sondern neigte nur den Kopf, um mich genauer zu betrachten. Dabei umspielte ein sanftes Lächeln seine Mundwinkel, was mich umgehend puterrot anlaufen und den Bauch einziehen ließ. Warum hatte ich nur so viel Babyspeck? Ich musste unbedingt wieder öfter surfen gehen!

»Wie schön für euch Kids.« Während unseres Gesprächs mit Lin hatte Baron Samedi seine Zigarre fertig geraucht und warf den Stummel nun treffsicher in einen zehn Schritte entfernten Mülleimer. »Was willst du hier, Lin?«

»Denke mal, dasselbe wie du. Vor dem Stress da oben weglaufen. Papa Legba dreht langsam echt durch.« Lin hob und senkte beide Schultern. »Die Sterblichen ignorieren ihn. Langsam frage ich mich, ob er dabei ist, die Seiten zu wechseln.

Hab zwar noch nie davon gehört, dass ein Rada Loa zu einem Petro werden kann, aber …« Er ließ den Satz unausgesprochen, schürzte nur die Lippen, während er Baron Samedi einen fragenden Blick zuwarf. »Marinette hat es bereits getan. Sie war die Erste, die von einer Petro Loa auf die Seite der Rada gewechselt ist.«

»Entschuldige, ich weiß leider gar nicht, was für eine Art Loa du bist«, warf Shannon ein.

Das war in der Tat eine interessante Frage. Linto … Linto … ich durchwühlte geradezu mein Gehirn nach Informationen zu diesem Loa.

Unsere Ahnungslosigkeit schien Linto ein winziges bisschen aus dem Konzept zu bringen. Nachdem ein Ausdruck der Enttäuschung über sein Gesicht geflattert war, riss er sich jedoch zusammen.

»Ein Loa der Ghede-Nation natürlich. So neutral wie die Schweiz.« Er zwinkerte, worauf Jax ein Grunzen von sich gab.

Einer der Neutralen also … Wie Baron Samedi. Ob nur Ghede-Loas sich überhaupt zeigten? Bisher hatte ich aber noch nie von so einem Fall gehört. Ob vor diesem Tag irgendeine Voodoohexe schon Bekanntschaft mit einem waschechten Loa-Geistwesen gemacht hatte?

»Er ist der Beschützer der Kinder«, erklärte Baron Samedi hilfreich.

»Ahhh«, machten Shannon und ich gleichzeitig.

Ohne zu blinzeln, musterte mich Lin weiterhin. »Haben wir uns nicht schon mal irgendwo gesehen? Woher kenne ich dich?«

Hatten wir? Sofort war ich mir sicher, dass das nicht sein konnte. An dieses perfekte Gesicht und diese Ausstrahlung hätte ich mich erinnert.

Nein, zweifellos: Diesem jungen Gott (im wahrsten Sinne des Wortes) war ich noch nie zuvor über den Weg gelaufen.

»Weiß nicht«, krächzte ich daher eine Spur zu hektisch. Na super. Er musste mich für eine komplette Vollidiotin halten.

Glücklicherweise schien wenigstens Shannon inzwischen ihren Verstand wiedergefunden zu haben.

»Was, sagst du, ist das Problem bei euch? Papa Legba dreht durch? Was genau passiert da gerade? Meinst du, wir sind in Gefahr? Könnte er sich an uns Sterblichen rächen wollen?«

Mit einem anerkennenden Blick für Shannon löste ich mich von diesem niedlichen Grinsen und den Schweizer Bergseen, die mich immer noch aufmerksam, geradezu durchdringend musterten.

Im selben Augenblick bemerkte ich, dass ein riesiger schwarzer Rußfleck an der rechten Seite meines Kleids klebte. Ach, du Schreck, wie sah ich denn aus? Mit hochrotem Kopf versuchte ich so unauffällig wie möglich einen Arm genau über dem handtellergroßen Fleck zu platzieren. Hatte Lin mich deshalb so genau gemustert? Um mir einen Hinweis darauf zu geben, dass ich wie ein Schornsteinfeger aussah?

Warum immer ich?, hätte ich am liebsten in diesem Moment in den Himmel geschrien.

6

Während ich noch wie erstarrt dastand, meine Gedanken sich aber umso schneller drehten, warf Jax die Arme in die Luft. »Kommt schon, es wird bald dunkel. Zeit, zur Bank zu gehen, bevor sie schließt, Mädels.«

Meine Nase zuckte. Verdammt, es war tatsächlich reichlich spät geworden. Wir mussten dringend bei der Bank vorstellig werden. Andererseits: Ich wurde das Gefühl nicht los, dass diese Sache mit Papa Legba, die die Loas angesprochen hatten, wichtig war. Um nicht zu sagen: ernst. Möglicherweise hingen die seltsamen Vorfälle, in die ich gestern und heute geraten war, irgendwie zusammen.

Was, wenn Papa Legba gerade seine Rache an uns für die Änderung der Voodootraditionen plante? Ich schluckte. Ja, ich sollte dringend mehr darüber herausfinden, was in Guinea, dem Ort der Loas, gerade so abging.

So bestimmt wie möglich erhob ich die Stimme: »Geht ihr schon mal vor, mich interessieren noch ein paar Kleinigkeiten, wobei mir die Loas sicher Auskunft geben können.«

Jax' Blick huschte von mir zu Lin. Offensichtlich fühlte er sich hin- und hergerissen, ob er mit mir hierbleiben oder doch gehen sollte. Komisch. Auf einmal kehrte er den großen Beschützer heraus? Aber was sollte es schon? Warum konnten die beiden nicht zu zweit unsere Bankmission ausführen, während ich noch etwas mit den Loas plauderte? Außerdem gab mir das die Chance, ein wenig länger mit Lin zu reden. Was natürlich total idiotisch war, jemand wie er konnte schließlich unmöglich auf mich stehen. Unsicher biss ich mir auf die Lippen. Oder doch? Zugegeben, die Chancen standen etwa so gut, wie in einem Tümpel voll Alligatoren eine Meerjungfrau zu fangen.

Am besten ich schlug mir das eher früher als später aus dem Kopf! Allerdings sah mein Herzschlag das ganz anders, der mittlerweile auf Presslufthammertempo beschleunigte. Energisch schüttelte ich den Kopf, um diese Gedanken über Lin zu vertreiben. Zudem waren die so was von unpassend.

»Komm schon, Dawn hat recht.« Obwohl Shannon wahrscheinlich auch gern bei Lin geblieben wäre, zog sie pflichtbewusst an Jax' Arm. Sie war einfach die Beste. Doch Jax zögerte.

Schließlich beugte er sich nach vorn, schloss mich überraschenderweise kurz in die Arme, wobei er mir die Worte zuflüsterte: »Bis später, kleine Hexe. Stell nichts Dummes an.«

Perplex und mit offen stehendem Mund blieb ich zurück. Was war das denn bitte gerade gewesen? Wollte er sein Revier markieren, oder woher rührte diese Aktion?

Bevor er sich umdrehte, um zu verschwinden, zog Jax sein Jeanshemd glatt, ließ dabei sogar ein wenig seine Muskeln spielen. Letztendlich warf er mir einen zuckersüßen Blick zu, der mich an den Beachboykalender-Titeljungen von 1986 erinnerte, den Melinda über der Kloschüssel hängen hatte.

Dann drehte sich Jax ohne ein weiteres Wort um und stolzierte neben der ebenfalls verdutzt dreinschauenden Shannon davon.

Was zum Teufel war nur in diesen Jungen gefahren? Ich meine, in den letzten sechs Stunden, in denen wir uns kennengelernt hatten, hatte er doch nichts als den selbstverliebten Macho heraushängen lassen, nur gelegentlich von ein paar unhöflichen Sticheleien zu meinem Aussehen unterbrochen.

Aber jetzt, wo Lin aufgetaucht war … Ja, das musste es sein. Aus den Augenwinkeln beobachtete ich den jungen Loa, der mich abwartend musterte. Jax fühlte sich von dem attraktiven Lin in seiner Männlichkeit bedroht und versuchte sein Revier abzustecken. Bei Alligatoren im Sumpf hatte ich das häufiger gesehen, was natürlich einiges erklärte. So ganz hatte Jax die Nachwirkungen seiner Reptilienjahre noch nicht überwunden.

Aber zurück zu Lin. Langsam drehte ich mich zu ihm um und bemerkte, dass sein Blick immer noch auf mir ruhte. Die Schweizer Bergseen funkelten. Wie konnte man eigentlich so gut aussehen und dabei noch neutral sein? So etwas sollte verboten sein! Wie sollten sich durchschnittliche Voodoohexen bei diesem Anblick fühlen, ohne sofort weiche Knie zu bekommen und in Ohnmacht zu fallen? Nun gut, ich musste mich mit meinem Fangirlmodus wirklich zurückhalten. Zumindest so lange, bis ich Melinda gefunden und New Orleans vor dieser Flutwelle gerettet hatte, die womöglich in Zusammenhang mit Papa Legbas Groll gegen uns Voodoohexen stand.

Oha. Dass ich auf einmal so einen glasklaren Plan vor mir sah, erschreckte mich beinahe. Aber anscheinend hatte mein Unterbewusstsein die einzelnen Informationen zusammengefügt, denn plötzlich wusste ich so genau, was ich zu tun hatte, dass ich fast zusammengezuckt wäre. Tat ich dann aber doch nicht. Selbstgespräche mit meinem Unterbewusstsein hatten mir schon in der Schule nicht gerade zu einer gesteigerten Beliebtheit verholfen. Allerdings musste ich mir da recht geben. Ich wollte wirklich dringend zwei Dinge tun:

Erstens Melinda finden und zweitens die Stadt retten. Also so irgendwie jedenfalls. Was ich im Rahmen meiner Möglichkeiten eben zur Katastrophenabwendung beisteuern konnte. Wie weit ich es in dieser recht aussichtslosen Mission mit Zuckerrüben und Fröschen bringen würde, war an dieser Stelle zwar noch offen, aber falls etwas Süßes oder Amphibien gebraucht wurden bei der Rettung von New Orleans: Ich würde bereitstehen!

Wenn man mal rein die Fakten betrachtete: Ein Bokor musste irgendwo gemeinsame Sache mit dem verrückt gewordenen Papa Legba machen. Was das bedeutete, konnte ich noch nicht absehen, aber es klang nicht gut. Wirklich gar nicht gut.

»Also?«, wollte Lin jetzt wissen.

Nur dieses eine Wort von ihm, und ich zuckte zusammen, während mir gleichzeitig eine Schicht Packeis den Rücken hinunterrutschte. Gänsehaut pur.

»Ja, also«, brachte ich gerade so hervor. »Kannst du mir mehr erzählen?« Komischerweise begannen meine ohnehin schon schweißnassen Hände jetzt auch noch zu zittern.

»Mehr über was?« So, als würde er überlegen, wie er mir am besten helfen konnte, lächelte er und legte gleichzeitig die Stirn in Falten.

Dieses Lächeln … Mir wurde immer wärmer, je länger ich ihn betrachtete. Lin strahlte mich an.

Mich! Wirklich mich, wurde mir bewusst. Und schlagartig lächelte meine vorher noch so graue Welt mit ihm.

Etwas schmolz in mir, während er mich noch mit diesem Blick gefangen hielt. Was war das? Bisher hatte ich recht wenig, um nicht zu sagen, gar keine Erfahrungen mit Jungs gesammelt. Ganz zu schweigen von diesem Liebe-auf-den-ersten-Blick-Quatsch, an den ich noch nie wirklich geglaubt hatte. Aber jetzt, da ich Lin begegnet war, brodelte es in meinem Inneren wie bei einem dieser blubbernden, farbenfrohen Experimente im Highschool-Chemieunterricht. Okay, das war merkwürdig. Andererseits war *Merkwürdig* quasi mein zweiter Vorname. Dawn Merkwürdig Decent. Meine Klassenkameraden hätten das unterschrieben.

Jedenfalls schaute mich dieser umwerfende Loa weiterhin an, als sei ich das Interessanteste, was dieser Planet derzeit zu bieten hätte. Die Welt hörte auf, sich zu drehen, als er sich ein kleines Stück zu mir herunterbeugte. Völlig gefangen von seinen Augen starrte ich ihn an. Genoss seine Aufmerksamkeit. Aber er erwartete eine Antwort von mir, wurde mir klar …

»Also … also, ich meine: Was glaubst du, hat Papa Legba vor? Wir haben im Sumpf Beweise dafür gefunden, dass ein Bokor ein Voodooritual nach der alten, verbotenen Tradition durchgeführt hat. Könnte es da einen Zusammenhang geben? Außerdem hatte Madame Laveau, die große Mambo, eine Vision davon, wie die Stadt erneut durch eine riesige Flutwelle zerstört wird.«

Nachdenklich neigte Lin den Kopf zur Seite. »Möglich, dass das alles zusammenhängt. Allerdings denke ich, dass noch mehr dahinterstecken muss. Die Sterblichen mit einer Flutwelle bestrafen? Das wäre zu einfach. Papa Legba muss etwas Größeres planen.«

New Orleans zu zerstören war zu einfach? Empört runzelte ich die Stirn.

Bevor ich jedoch den Mund öffnen konnte, warf mir Lin wieder einen seiner entwaffnenden Strahleblicke zu. Das Licht der untergehenden Sonne brach sich dabei in seinem Haar, sodass es wie aus dunkler Bronze gesponnen wirkte. Aber das Beste war, dass mich Lin so aufmerksam betrachtete, als sei ich eine enorm wichtige Person, eine Prinzessin vielleicht. Da ich sonst nur flüchtige Blicke von meinen Mitmenschen gewohnt war, erstarrte ich beinahe, denn ich wusste einfach nicht, wie man mit so viel Aufmerksamkeit umging.

Einen Augenblick lang kroch eine Empfindung durch meinen Hinterkopf, die mir weismachen wollte, dass nur er und ich auf der Welt existierten. Pures Glück breitete sich geradezu von meinem Bauch bis in meine Arme und Fingerspitzen aus.

Fast fühlte es sich so an, als hätte ich ein Atomkraftwerk verschluckt.

»Du willst also losziehen und deine Stadt retten? Sehr heldenhaft!« Wieder dieses Lächeln.

Wollte ich das?

Um etwas Eindruck zu schinden, straffte ich die Schultern. »Genau. Gemeinsam mit Shannon. Aber wenn wir mehr herausgefunden haben, bitten wir die Mambo um Hilfe, und falls meine Tante Melinda bald wieder auftaucht, sie ebenfalls.« Mr B, den leitenden Hexenmeister unserer Schule, erwähnte ich absichtlich nicht. Ihm hätte ich nicht mal meine Schuhgröße verraten.

»Du bist ziemlich mutig.«

Lin fand mich mutig!

Dummerweise reagierte mein Körper auf dieses Lob etwas übermütig: Meine Wangen färbten sich rot, das konnte ich fühlen, und unglücklicherweise bekam ich auch noch Schluckauf. Sobald der erste Hickser einsetzte, hielt ich mir schnell die Hand vor den Mund, als könnte ich damit die Hickser auffangen.

Peinlich.

Doch bevor ich mich entschuldigen oder Lin noch etwas sagen konnte, flimmerte links von ihm, direkt vor Baron Samedi, der sich gerade mehr oder weniger teilnahmslos eine neue Zigarre ansteckte, die Luft. Sofort verstand ich, was los war. Wir bekamen Besuch. Hohen Loa-Besuch.

Einen Wimpernschlag später stand ein Mann mit Zylinder, Spazierstock und schwarzem Mantel vor mir. Unter dem Zylinder blitzten Dreadlocks hervor, in die alle möglichen Accessoires, die wie Glücksbringer aussahen, hineingeflochten waren. Ungläubig musterte ich die vielen klimpernden Federn und Perlen. Sogar winzige Tierknochen konnte ich erkennen. Insgesamt wirkte der Typ wie der verrückte Hutmacher aus Alice im Wunderland, nur mit karamellfarbener Haut.

»Papa Legba«, brummte Baron Samedi und legte den Kopf schief. »Die Kette ist neu.« Mit seiner Zigarre deutete er auf

Papa Legbas Hals, um die eine Totenkopfkette baumelte, wobei die weißen Schädel etwa die Größe von Apfelsinen aufwiesen. Entweder hingen ihm da jede Menge Affenschädel um den Hals oder die von frühgeborenen menschlichen Babys.

»Du!«, donnerte der Neuankömmling jetzt. Sein Gesicht hatte er zu einer wütenden Grimasse zusammengekniffen. Komischerweise sah er dabei direkt mich an. »Du bist an allem schuld!«

Wie bitte? Was sollte das denn heißen?

»Warum musstest du dich einmischen? Dafür wirst du bezahlen!«

Wirklich, ich verstand nur Bahnhof. Nach einem Seitenblick auf Lin erntete ich auch hier nur verständnisloses Stirnrunzeln.

»Und dann stiehlst du auch noch mein Gris-Gris!«, brüllte Papa Legba jetzt.

Ich drehte mich kurz um, nur um sicherzugehen, ob er nicht jemand anderen meinen konnte, der eventuell hinter mir stand. Aber nein. Außer unserer kleinen Gruppe war in diesem Teil des Friedhofs niemand zu sehen. Was, bitte, war hier los? Und wie klärte ich dieses Missverständnis am schnellsten auf? Denn ich war mir sicher, dass ich nichts von dem verbrochen hatte, was er mir vorwarf. Ein Gris-Gris, also einen Voodoo-Talisman, der üblicherweise in einem kleinen Lederbeutel verwahrt wurde, stehlen? Nein, das hatte ich noch nie auch nur in Erwägung gezogen.

Unwillkürlich hob ich in einer unterwürfigen Geste die Schultern, hätte mich am liebsten sogar hinter Lins Rücken verkrochen. Immerhin war ich noch bei genügend klarem Verstand, dass ich mir das im letzten Moment verbot. Papa Legba starrte mich mit vor Wut blitzenden Augen an. Unheimlich.

Zum Glück bewegte sich endlich Baron Samedi. Er rutschte vom Altar und baute sich dann direkt vor Papa Legba auf.

»Ganz ruhig, mein Freund. Das ist doch gar nicht deine Art.«

Im gleichen Moment war Lin an meiner Seite. »Komm. Du musst hier weg. Sofort. Lass uns verschwinden.«

Ich schielte zu Papa Legba, der Lin wohl gehört haben musste. »Du gehst nirgendwohin, bevor ich nicht habe, was ich will!« Während er die Worte wie Insektengift ausspuckte, machte er einen Satz nach vorne, stolperte allerdings über Baron Samedis ausgestrecktes Bein und ging dadurch zu Boden.

»Los!« Lins Hand schloss sich um meine und zog mich mit sich. Mit offenem Mund ließ ich es geschehen. »Du musst von diesem Friedhof runter. Nur hier kann er dir etwas anhaben. Sowohl er als auch ich können ihn nicht verlassen und ohnehin nicht länger als ein paar Minuten bleiben.«

Was dieser durchgedrehte Loa mit mir vorhatte, wollte ich gar nicht wissen. Trotzdem war ich der Neugier halber fast geneigt zu fragen. Schließlich hatte ich noch nie davon gehört … nein, halt! Plötzlich fiel mir dieser Vorfall von 2010 wieder ein. Oh, Scheiße!

»Schneller!« Offenbar schien Lin unser Sprint nichts auszumachen. Nur ich keuchte ihm hinterher, als seien wir gerade einen dreistündigen Marathon durch die Stadt gelaufen. Verdammt. Dabei rannten wir noch nicht einmal zwanzig Sekunden.

Im Zickzackkurs raste Lin mit mir im Schlepptau die kleinen Gassen entlang, sprang über Blumenkübel, wobei er mich einmal auffangen musste, als ich mit dem Fuß an den Flügeln einer kleinen Engelsstatue hängen blieb.

Meine nicht vorhandene Kondition schien mich im Stich zu lassen. Bunte Punkte tanzten vor meinen Augen, während meine Lungen zu kollabieren drohten. Na, ganz große Klasse. Nicht mehr lange und ich würde zusammenbrechen. Auf meinem Grabstein würde stehen: *Herzinfarkt nach 250 Yard Sprint*.

Lin wäre sicher maßlos enttäuscht.

Also riss ich mich zusammen. Immerhin erspähte ich den Gitterzaun, als wir um die nächste Kurve bogen, und auch das große eiserne Friedhofstor.

»Du schaffst es. Lauf!« Lins Worte spornten mich zusätzlich an.

»Bleib stehen! Her mit meinem Gris-Gris!«, brüllte Papa Legba hinter uns.

Besser, ich drehte mich jetzt nicht um. Einer der mächtigsten Loas überhaupt war hinter mir her. Der Wächter über das Tor zwischen Guinea und der realen Welt. Der Loa, zu dem wir früher immer zuerst gebetet hatten, damit er uns den Weg zu den anderen Loas öffnete. Der, der stinksauer war, dass wir diese Praktiken geändert hatten.

Den Geräuschen nach verzichtete Papa Legba aufs Ausweichen und pflügte einfach alle Blumenkübel und Statuen auf seinem Weg um.

»Schneller. Draußen bist du in Sicherheit. Wir können den Friedhof nicht verlassen. Vor allem Papa Legbas Kraft reicht dafür nicht, seit ihr nicht mehr zu ihm betet.« Offensichtlich meinte Lin damit sich und die anderen Loas. »Er wird sich gleich auflösen. Und ich auch.«

»Aber wenn er jemanden reiten würde?«, warf ich ein.

»Bei den höheren Loas funktioniert das nicht. Je mächtiger sie sind, desto mehr können sie kaputt machen. Die gerittenen Menschen werden verrückt, drehen einfach durch.«

Oh, davon hatte ich gehört. Erzulie konnte auch von niemandem Besitz ergreifen.

»Nur noch ein paar Schritte!«

Eine Tonscherbe sauste an meinem rechten Ohr vorbei. »Stehen bleiben!«

Oh, oh. Gleich würde er uns eingeholt haben.

Obwohl mir schwarze Flecken größtenteils die Sicht verdeckten und mein Herz auf die Größe eines Fußballs angeschwollen war, mobilisierte ich noch einmal meine gesamten

Kräfte. Lin hielt immer noch meine Hand, was warme Stromstöße durch meinen Arm schickte.

Nur noch wenige Schritte trennten uns vom Eisengitter der Friedhofsumzäunung, als es plötzlich hinter uns schepperte. Obwohl ich es mir eigentlich verboten hatte, riskierte ich einen Blick über die Schulter. Papa Legba war an einem Mausoleumszaun hängen geblieben und hatte den Zaun samt umstehenden Blumenkübeln umgerissen, weshalb er jetzt fluchend inmitten der Blumenerde auf dem Boden lag.

»Schnell!« Lin schubste mich quasi den letzten Schritt durch das Tor nach draußen auf den Bürgersteig, schlug es dann sogar hinter mir zu.

Mit hämmerndem Herzen drehte ich mich zu ihm um, wusste aber im gleichen Moment, was los war.

Lin stand immer noch auf der anderen Seite des Zauns. Er würde mir nicht nach draußen folgen.

»Warum?«, keuchte ich. »Warum kannst du nicht mitkommen?« Irgendwie fühlte ich mich plötzlich einsam. Wie ein bockiges kleines Kind wollte ich, dass mein neuer Freund mit mir kam.

Lin machte einen Schritt auf die Seite, legte dann seine Hände um die schwarzen Gitterstäbe. »Die Macht der Loas reicht nicht aus, um uns in eurer Welt aufzuhalten. Jedenfalls nicht sehr lange. Wir müssten sterblich werden, um die Grenze zu übertreten. Aber dann würden wir altern und irgendwann wie normale Menschen sterben.«

»Und warum könnt ihr auf Friedhöfen erscheinen?«

»Friedhöfe sind Orte, an denen Tote die Welten wechseln. Mit Magie getränkte Orte, an denen die Weltenbarrieren durchlässig geworden sind. Das können Loas gelegentlich zu ihren Gunsten nutzen, um sich hier zu materialisieren. Und jetzt geh, bevor Papa Legba einen Weg findet, dich zu verfolgen. Er hat womöglich Sterbliche auf seiner Seite, die für ihn arbeiten.«

Ich nickte mit einem Kloß im Hals. Dann umfasste ich mit meinen Händen ebenfalls zwei Gitterstäbe und zog daran.

Das war ja so was von unfair! Warum musste ich Lin zurücklassen?

»Geh«, flüsterte Lin erneut, diesmal ziemlich heiser. Im Gegensatz zu dem Sinn seiner Worte legte er seine Hände über meine, so als wolle er mich eigentlich nicht gehen lassen. Diese Geste machte mich seltsamerweise ganz schwindelig. Warum tat er das bloß? Ob es ihm auch so vorkam, als würden wir uns schon ewig kennen? Hatte er deshalb gefragt, ob wir uns schon mal begegnet seien?

»Wir werden uns wiedersehen, Dawn.«

O großer Voodoo-Gott. Er kannte meinen Namen! Erinnerte sich tatsächlich an meinen Namen!

Mit einem schüchternen Augenaufschlag blickte ich tief in seine Bergsee-Augen. Gleichzeitig wurden meine Knie butterweich. Nein, noch weicher. Eher so wie Margarine.

Konnte mich bitte jemand kneifen? Das … das musste ein Traum sein. Sicher befand ich mich gerade in meiner rosaroten Kleinmädchenfantasie! Nie im Leben hätte sich in der Realität jemand für die pummelige, rothaarige Dawn interessiert. Und schon gar nicht ein junger Gott, der aussah, als sei er gerade einem Werbespot für Zahnpasta entsprungen.

Wieder blinzelte ich. Immer noch stand Lin mit traurigen Augen vor mir, die mich besorgt und gleichzeitig auf seltsame Art und Weise liebevoll anstarrten. Was war hier los? Wer hatte ihn dafür bezahlt? Das konnte einfach nicht echt sein! Mitten in meiner Gefühlsparade an widersprüchlichen Emotionen, die meinen Blick unkontrolliert erst in die eine und dann in die andere Richtung zucken ließen, tauchte jemand hinter Lin auf. Zuerst dachte ich, es sei Papa Legba, doch ich irrte mich.

Baron Samedi hatte sich an Lin herangeschlichen. Als ich einen Blick in Richtung Papa Legba warf, bemerkte ich, dass er weggetreten und mit reichlich Erde und Primeln in den Haaren am Boden lag. Und das vollkommen reglos. Jemand musste ihn mit einem Blumentopf ausgeknockt haben.

»Bitte geh jetzt«, flüsterte Lin. »Hier ist es nicht sicher für dich.«

Ein Blick in seine grünen Augen ließ mich erschaudern. Lin machte sich tatsächlich Sorgen um mich. Das konnte er nicht nur geschauspielert haben. Niemand war so gut. Seine Lippen zuckten, so als bereite es ihm körperliche Schmerzen, mich gehen zu lassen. »Wir sehen uns wieder. Das verspreche ich dir.«

7

Hinter Lin runzelte Baron Samedi die Stirn.

Noch weiter hinter ihm hatte sich Papa Legba aufgerappelt, anscheinend wieder halbwegs bei Bewusstsein, und rief etwas Unverständliches. Eine Beschwörungsformel?

Baron Samedi musterte uns kurz, bevor er die Augen verdrehte. Und dann passierte es.

Gerade als ich mir fest vornahm, endlich Ernst zu machen und mich von Lin zu lösen, holte Baron Samedi aus und schubste Lin einfach durch den Friedhofszaun hindurch auf den Gehweg, direkt in meine Arme.

Heilige Erzulie! Wie war das nur möglich?

»Herzlichen Glückwunsch, Sie sind bis auf Weiteres sterblich«, erklärte Baron Samedi.

Doch Lin schien ihn nicht gehört zu haben. Entgeistert löste er sich von mir und starrte erst mich und dann seine Hände an. »Was?« Genau wie mir schien es auch ihm die Sprache verschlagen zu haben.

Wieso, warum, weshalb war das gerade geschehen?

»Ich sorge damit nur für ausgleichende Gerechtigkeit.«

Was?

Auf der anderen Seite des Zauns tobte Papa Legba.

Wie zum Teufel konnte Lin den stabilen Zaun durchbrochen haben? Einfach so? Das war ja wie in einem schlechten Science-Fiction-Film! Moment mal, Baron Samedi hatte gemeint, er sei nun sterblich. Bis auf Weiteres. Hieß das, Lin konnte wieder ein Loa werden? Aber wie? Außerdem hatte er ihn durch einen Metallzaun geschubst! Verflucht noch mal!

»Hey!«, rief ich ihm hinterher. Doch Baron Samedi war schon fast hinter dem nächsten Mausoleum verschwunden. »Musste das sein? Was in Erzulies Namen …?«

Der Loa tat so, als hätte er mich nicht gehört. Dieser Mistkerl steckte sich einfach eine neue Zigarre an, strich sich einmal über den dicken Bauch und verschwand dann in Richtung des Altars, wo wir ihn vorhin angetroffen hatten.

Neben mir starrte Lin immer noch verblüfft an sich herunter. »Ich … ich bin sterblich. Glaube ich. Schau. Keine Magie.« Er öffnete und schloss seine Faust, wobei sein Mund einen Spalt breit offen stand.

»Wir sollten besser abhauen!«, murmelte ich. Inzwischen hatte sich eine dunkle Gewitterwolke über dem schreienden Papa Legba gebildet. Offensichtlich plante er irgendetwas. Etwas Bösartiges. Vielleicht eine Zombiebeschwörung?

Hastig sah ich mich um. Die Straße lag menschenleer vor uns. Ganz New Orleans feierte sicher noch auf der Mardi-Gras-Parade. Die Parade!

Ich packte Lin am Ärmel und zog ihn mit mir in Richtung der Marschkapellenmusik.

Gesegnet sei Mardi Gras! In den Menschenmengen konnten Lin und ich prima untertauchen, egal was oder wen uns Papa Legba auf den Hals hetzte.

Wir stolperten um die nächste Ecke, und da sahen wir sie schon vor uns: zahllose betrunkene, teilweise recht spärlich bekleidete MoVs. Gejohle schallte uns entgegen bei jedem Kuss, den die Frauen verteilten und dafür ihre Ketten bekamen. Überall flogen glänzende Konfettistreifen durch die Luft.

»Los, auf die andere Seite!«, wies ich Lin an, der nicht widersprach, als wir die Reihen der Feiernden durchbrachen und hinter einem Paradewagen hindurchschlüpften, der wie das Zuhause der kleinen Meerjungfrau aussah. Marschkappellenmusik dröhnte in meinen Ohren und ließ mich beinahe taub zurück, doch letztendlich erreichten wir unbehelligt die gegenüberliegende Straßenseite. Im Laufen warf ich einen Blick hinter uns, konnte jedoch glücklicherweise keine Verfolger ausmachen.

Wir rannten noch mehrere Hundert Schritte in Marschrichtung des Zugs, wobei wir immer wieder ahnungslose Feiernde anrempelten und dafür wüste Beschimpfungen kassierten.

Irgendwann brannten meine Lungen und zwangen mich dazu, aufzugeben. Dieses ständige Gerenne an diesem Tag brachte mich noch um!

Keuchend stützte ich mich mit den Ellenbogen auf den Knien ab, während ich versuchte, wieder Luft in meine Lungen zu pressen. Das Licht der untergehenden Sonne blendete mich dabei.

»Hier rein!« Jetzt war es Lin, der mich in einen dunklen Hauseingang zerrte. Dort drückte er sich mit dem Rücken gegen die Backsteinwand, zog mich an sich und warf vorsichtig einen Blick um die Ecke.

Plötzlich und völlig unvorbereitet für mich klebte ich so eng an ihm, dass ich seinen Herzschlag spüren konnte. Das Herz eines aufgeregten Sterblichen, mit breitem Kreuz und durchtrainiertem Oberkörper … Was auch sonst, bei einem Ex-Gott? Vor meinen Augen begann alles zu verschwimmen, was wahrscheinlich daran lag, dass ich die Luft anhielt.

Gleichzeitig versuchte ich, den Bauch einzuziehen, was nicht wirklich von Erfolg gekrönt war. Mein Babyspeck fühlte sich viel zu weich gegen Lins stahlharten Körper an.

Vielleicht sollte ich endlich wieder atmen, sonst hielt Lin bald eine verschwitzte, bewusstlose Dawn in den Armen.

»Ich glaube, wir haben es abgehängt, was auch immer es

war«, meinte Lin, ohne irgendwelche Anstalten zu machen, seinen Griff um mich zu lösen. Immer noch huschten seine Blicke wachsam über die Straße.

»Und was willst du jetzt unternehmen?« Ich schluckte. »Wegen deiner verlorenen Unsterblichkeit, meine ich.«

Langsam drehte Lin den Kopf zu mir, der Blick seiner unwiderstehlichen Augen fand den meinen. »Erst mal meinen Job erfüllen: Dich vor Papa Legba beschützen. Dann sehen wir weiter.«

Oh. Er machte also nur seinen Job. Ich verstand. Schließlich war er der Loa Linto, Beschützer der Kinder. Meine Gesichtszüge erschlafften. Was hatte ich mir nur dabei gedacht? Hatte ich ernsthaft geglaubt, diese Liebe-auf-den-ersten-Blick-Sache beruhte auf Gegenseitigkeit?

»Es muss einen Grund dafür geben, wieso Baron Samedi mich hat sterblich werden lassen. Wahrscheinlich hat er eine Vorahnung gehabt, was passieren wird. Du musst eine wichtige Rolle bei der ganzen Sache spielen, die momentan vor sich geht.«

»Du meinst Papa Legbas Hass auf die Voodoohexen?« Selbst in meinen Ohren klang meine Stimme hohl. Ich musste dringend an etwas anderes denken. »Aber wie hat Baron Samedi das angestellt? Wie konnte er dir deine Unsterblichkeit nehmen?«

Lin zuckte mit den Schultern. »Er wacht wie Papa Legba über die Grenzen zwischen den Dimensionen. Irgendwie muss er geglaubt haben, dass ich dir sterblich mehr nutze, dich unbedingt begleiten sollte. Also hat er ein bisschen gezaubert.« Einen Moment hielt Lin inne, bevor er weitersprach. »Hat er nicht etwas von ausgleichender Gerechtigkeit gefaselt? Ja, das passt zu ihm.«

»Ich wusste nicht, dass so etwas möglich ist.«

»Loas zu Sterblichen machen? Doch, ist es. Geht auch andersherum.«

»Du meinst, Sterbliche können zu Loas werden?«

»Ja, allerdings ist der Job anstrengender, als du denkst. Du musst dich ständig um die Belange anderer Leute kümmern, Sterblichen helfen und so.«

Aha. Er sprach es nicht aus, aber aus seinen Worten hörte ich eindeutig heraus, dass ihn Sterbliche durchaus nervten. Also war auch ich nur eine störende Last, um die er sich kümmern musste?

Hastig befreite ich mich aus seinen Armen, wobei ich versuchte, meine Gedanken zu ordnen.

»Und wie willst du wieder unsterblich werden? Wie stellt man das an?«

Wieder zuckte Lin mit den Schultern. »Man muss beweisen, dass man sich nichts sehnlicher wünscht, als ein Loa zu sein. Weil ich ein Loa der Rada-Nation sein will, also ein Loa, der den Sterblichen hilft, muss ich selbstlos handeln. Zum Beispiel, indem ich meinen Job erfülle.«

»Kinder beschützen?«

»Exakt.«

Ich verstand, wohin dieses Gespräch führte. Wenn Lin mich vor Papa Legba beschützte, der offenbar irgendetwas gegen mich hatte, würde er dadurch irgendwann wieder zum unsterblichen Loa aufsteigen. Ich war nur ein Job. Nicht mehr als ein Mittel zum Zweck. Der Kloß in meinem Hals schwoll auf Steckrübengröße an. Ließ sich nicht mal mehr ansatzweise herunterschlucken.

»Papa Legba gibt nicht so einfach auf. Er wird dich weiter verfolgen. Du hast nicht zufällig eine Ahnung, warum du seiner Meinung nach an allem schuld bist?«

Ich schüttelte den Kopf, nicht fähig, einen klaren Gedanken zu fassen.

»Was ist mit dem Gris-Gris?«

»Ich besitze nur ein einziges Gris-Gris, das mir meine Patentante zur Geburt geschenkt hat.«

Tante Melinda. Wenn sie doch nur jetzt hier sein könnte.

Unbehaglich zog ich am Kragen meines Kleides. Ich glaubte zu wissen, was jetzt kommen würde, und ich lag richtig.

»Wir sollten am besten zusammenbleiben. Keine Sorge, ich passe auf dich auf.«

Natürlich würde er das tun.

»Hast du zufällig eine Couch bei dir zu Hause, auf der ich schlafen kann?«

Bevor ich antwortete, machte ich einen halben Schritt rückwärts. Lin verlor ja keine Zeit.

»Du kannst das Schlafzimmer meiner Tante haben.« Vorerst. Bis Melinda zurückkehrte oder bis ich Jax, der momentan noch meine Couch besetzte, losgeworden war.

»Wir sollten zurück zur Bushaltestelle gehen, um auf die anderen zu warten«, fügte ich nach einer Weile des Schweigens hinzu. Allerdings am besten mit genügend Sicherheitsabstand zum Friedhof, auf dem Papa Legba womöglich immer noch sein Unwesen trieb. Man wusste ja nie. Ich warf einen Blick auf mein Handy. »Shannon hat mir eine Nachricht geschickt, dass sie und Jax gerade von der Bank zurücklaufen.«

Lin war einverstanden, griff sogar nach meiner Hand, die ich ihm allerdings sofort wieder entzog, was ihm ein Stirnrunzeln entlockte.

Als wir um den letzten Häuserblock vor dem St. Louis Cemetery I bogen, sahen wir gerade noch, wie nur ein paar Yards von uns entfernt Shannon taumelte und direkt vor den einzigen fahrenden Lieferwagen weit und breit zu stürzen drohte. Ich riss die Augen auf. Natürlich hastete Lin sofort los. Im Gegensatz zu Jax ergriff er die Initiative und packte meine beste Freundin im allerletzten Moment am Ellenbogen.

Der Lieferwagen hupte und brauste einfach weiter. Ich musste husten, als ich ihm hinterhersah und die komplette Abgaswolke ins Gesicht bekam.

»Puh, danke, Lin«, seufzte Shannon, wobei sie wie die Südstaatenschönheit Scarlett O'Hara im Arm ihres Liebsten lag.

Lin lächelte. »Gern geschehen. War mir eine Freude.«

»Ekelhaft«, kommentierte Jax. Ich kniff die Augen zusammen. »Wie bitte?«

»Dieses Ich-rette-die-Jungfrau-Getue. Widerlich.« Er reckte sein Kinn noch ein wenig höher in die Luft und hob dann die Stimme wie ein Reiseleiter, der seine Gruppe aufzuscheuchen gedachte: »So, da hier jetzt doch keiner abgekratzt ist, können wir sicher weitergehen. Oder nicht?«

»Shannon wäre beinahe überfahren worden«, merkte ich an. Meine Augenlider schmerzten nach den vielen zornfunkelnden Blicken, die ich auf ihn abgefeuert hatte. »Ist es nicht anstrengend, immer so ein Riesenarsch zu sein?«

Seufzend setzte sich Jax in Bewegung: »Du machst dir ja keine Vorstellung!«

Ich verschränkte die Arme vor der Brust. »Oho, Jax the Ripper hat gesprochen.« Dann folgte ich ihm, ohne einen weiteren Blick auf Lin oder Shannon zu werfen, die der Ex-Gott immer noch in den Armen hielt. Nur mein dämliches Herz schlug hart in der Realität auf, brach sich ein paar Hoffnungen ab, die es gewagt hatten, an den Rändern hervorzulugen wie vorwitzige Sumpfkröten.

Nach ein paar Schritten hörte ich, dass sich endlich auch Shannon in Bewegung setzte. »Sag mal, Jax, hast du mich eben geschubst?«

»Spinnst du? Ich bin lediglich gestolpert und wollte mich an dir abstützen. Kann ich doch nichts dafür, wenn du nichts aushältst und gleich auf die Straße taumelst.«

Aha. Sicherlich. Ich wandte den Kopf in Richtung Shannon. Sie hatte die Augen zusammengekniffen und schien Jax genauso wenig zu glauben wie ich.

Entweder hatte er sie wirklich geschubst oder Jax war verdammt ungeschickt. Eigentlich war dieser Vollidiot ja zu dämlich für alles. Und zwei Beine nicht mehr richtig gewohnt. Trotzdem, ich würde ihn ab sofort im Auge behalten.

Sobald Jax bemerkte, dass Lin neben uns herging, verdüsterte sich auch seine Miene. »Seit wann werden wir eigentlich von einem Loa begleitet?«

»Seit ihm seine Unsterblichkeit genommen wurde«, antwortete ich knapp. »Lin wird die nächsten Tage bei mir wohnen. Bis wir herausgefunden haben, wie er wieder unsterblich werden kann.«

Auf meine Ankündigung hin klappte Shannon der Mund auf. Offenbar hatte sie noch gar keine Zeit gehabt, zu registrieren, dass Lin sich eigentlich nicht auf dieser Seite des Friedhofszauns aufhalten sollte.

»Und wir Papa Legba aufgehalten haben«, ergänzte Lin.

Augenblicklich hielt Jax inne, neigte dann interessiert den Kopf zur Seite, um Lin eingehend zu betrachten.

»So, so, wieder sterblich, sagst du?«

Bisher noch unbekannte Person

Als sie die Gardine zur Seite schob, fiel ihr Blick auf ihren Handrücken. Dieser Anblick. Vertraut und doch so fremd. Blaue Adern und Altersflecken durchzogen die Haut, die dünn wie Papier schimmerte. So weit war es also schon gekommen. Der Zerfall war nicht mehr aufzuhalten. Früher als gedacht würde sie ihr Ende finden.

Nun, immerhin machte Dawn Fortschritte. Das musste sie auch, denn der eine Tag, den sie schon so lange fürchtete, rückte unausweichlich näher. Der Tag, an dem Dawn sich würde beweisen müssen.

Die alte Dame schloss für einen Moment die Augen und sandte ein Stoßgebet gen Himmel. Es musste einfach gut gehen, sonst waren sie alle verloren. Die ganze Stadt und vielleicht sogar die ganze Welt.

Hinter ihr schimmerte die Wahrsageschale.

Ein neues Bild.

Interessiert humpelte die alte Dame zurück zum Tisch. Nachdem sie sich die weißen Haare hinter die Ohren gestrichen hatte, beugte sie sich tiefer über die Schale.

Die Wasseroberfläche zeigte vier Personen, die durch den Sumpf wanderten. Dawn, ihre Freundin Shannon, diesen verflixten Ex-Alligator und einen gefallenen Loa. Allesamt steuerten sie auf die Sumpfhütte zu, nicht wissend, dass sie von mehr als nur einer Person beobachtet wurden. Die Hände der alten Frau zitterten. Das Böse lauerte auf sie, wie eine zum Sprung bereite Katze. Immerhin hatte Dawn Linto bei sich. Vielleicht konnte er ihr dabei helfen, ihre Aufgabe zu erfüllen. Und auch Jax half irgendwie, denn man sah deutlich, wie Dawns Selbstbewusstsein innerhalb dieses einen Tages gewachsen war. Allein durch ihn. Seit sie sich gegen Jax behaupten musste. Möglicherweise war das gar nicht so schlecht, dass Jax und Linto ab sofort Hausgäste von Dawn sein würden. Und bisher hatte niemand wegen Dawn Verdacht geschöpft. Alle hielten sie für die unschuldige kleine Hexe. Ein wenig zu tollpatschig, nun ja, das war nicht zu leugnen.

Gerade als sie den Kopf hob, um das gerahmte Foto auf dem Wandregal zu betrachten, das ihr jedes Mal die Tränen in die Augen trieb, klopfte es an der Tür.

»Guten Abend. Darf ich Sie zum Abendessen abholen?«

Die alte Dame nickte großzügig. »Sie dürfen.« Mit einer einzigen Handbewegung löschte sie die Bilder in der Schale.

Der Altenpfleger lächelte. »Möchten Sie laufen oder nehmen Sie den Rollstuhl?«

»Lieber den Stuhl, ich fürchte, meine Kraft ist für heute schon komplett aufgebraucht.« Damit ließ sie sich in den Rollstuhl sinken und zum Abendessen im Seniorenheim bringen.

Dawn

Die ganze Busfahrt über hatte Jax nach Cola und Schokolade gequengelt, bis Shannon schließlich einknickte und ihm einen Minzschokoladenriegel aus ihrer Umhängetasche reichte. Damit war er zumindest für eine Weile ruhiggestellt.

»Jax verhält sich ungefähr genauso dämlich wie vorhin in der Bank. Er hat es zunächst mit seinem Charme bei der Bankberaterin versucht und dann mit Gequengel.« Shannon zuckte die Schultern. »Nachdem wir einfach nicht in seine alte Wohnung kamen und auch anhaltendes Gequengel bei den Nachbarn zu keinem Erfolg geführt hatte. Meinst du, das ist so ein Alligatording? So lange nerven, bis alle um einen herum die Flucht ergreifen?«

Ich zuckte die Achseln. »Hat ihm jedenfalls nicht viel gebracht, oder? Vielleicht lernt er daraus.« Konnte man nur hoffen. Immerhin hatte Jax angekündigt, bald einen neuen Versuch bei der Bank und vielleicht auch bei der netten Beraterin zu starten. Allein bei dem Gedanken daran verdrehte ich die Augen.

Inzwischen hatte ich Shannon alles erzählt, was auf dem Friedhof vorgefallen war. Immer noch konnte ich mir keinen Reim darauf machen, was für ein Problem Papa Legba mit mir hatte. Lin und Shannon wussten auch keinen Rat.

In Gedanken ließ ich den kompletten Tag Revue passieren, wobei ich Lins Blick mied, der sich zu allem Überfluss neben mich gesetzt hatte. Das mit dem Beschützen schien er sehr ernst zu nehmen.

Jedes Mal, wenn mich sein Blick streifte, begann mein Innerstes zu brodeln. Und ich konnte nichts weiter dagegen tun, als meine Finger in das Polster des Sitzes zu krallen und von zehn rückwärts zu zählen, bis sich das Blut aus meinen Wangen wieder zurückgezogen hatte.

Leider hatte ich an diesem Tag keine Hausaufgaben geschafft. Das mit den Delfinen für die Voodoohexen-Abendschule hatte ich nicht hinbekommen, genauso wenig wie Bio und Mathe für die Highschool.

Ach, du Schreck, was machte ich jetzt eigentlich mit Jax und Lin, wenn ich am morgigen Mittwoch wieder in die Highschool und Voodoo Night School musste? Beide mitnehmen? Das wäre etwas sehr auffällig … Allerdings hatte Lin quasi einen Eid geleistet, mich zu beschützen, was sicher mit einer Rund-um-die-Uhr-Bewachung einherging, und Jax wollte ich beim besten Willen nicht allein zu Hause lassen.

»Minzschokolade!«, japste Jax hinter mir. »Dieser Ritter Sport muss ein Teufelskerl sein, wenn er so eine wahnsinnsleckere Schokolade herstellt. Ich sollte ihm persönlich meinen Dank aussprechen! Ihr habt nicht zufällig seine postalische Adresse?«

Shannon sah aus, als würde sie ihm am liebsten den Schokoriegel wieder entreißen.

»In diesem Jahrtausend benutzt man E-Mails, und außerdem ist das keine Person.«

»Nein? Dann vielleicht ein Alien?«, schmatzte Jax, worauf Shannon die Augen verdrehte.

»Lass dich nicht ärgern, Shannon. Kommst du noch mit zu mir?«

»Tut mir leid, geht nicht. Ich muss noch zu meinen Eltern …«

Dann wollte sie heute Abend also ihre Eltern im Gefängnis besuchen. Im Gefängnis in der Voodoogemeinde im westlichsten Teil des Sumpfes.

»Oh, verstehe.«

»Wir sehen uns morgen in der Night School. Aber ich begleite euch noch bis mit zu dir«, bot sie an. »Ist ja auf dem Weg.«

Tatsächlich lag Melindas und meine Hütte auf dem Weg zum Gefängnis, und einige Minuten später sollte ich mich noch sehr freuen, dass Shannon mich nicht mit den beiden Jungs allein hatte gehen lassen.

Denn als wir um die letzte Ecke bogen und endlich Melindas Hütte in Sicht kam, sahen wir im Licht der untergehenden Sonne drei Zombies vor der Haustür stehen. Heilige Erzulie! Nicht schon wieder! Das waren eindeutig zu viele Zombies für mich an nur einem Tag! Mitten in der Bewegung hielt ich inne, wobei mir der Mund aufklappte. Die Zombies stupsten sich gegenseitig an den Schultern an, so als würden sie den jeweils anderen auffordern wollen, ihm mehr Raum zu geben. Allen dreien hatte die Verwesung schon deutlich zugesetzt. Zwei dunkelhäutige und ein blonder, europäisch wirkender Mann mit zerfetzten Klamotten und abblätternder Haut bildeten unser Empfangskomitee. Und Perry, mein Froschkater, der nervös um die drei Zombies herumhüpfte. Na, spitze. Sicher war das Papa Legbas Art, mir zu zeigen, dass er nicht so leicht aufgeben würde. Verdammt, was hatte ich diesem Loa nur getan? Das verstand ich immer noch nicht.

»Leute!« Lin streckte einen Arm aus, um Shannon und Jax, die in ein hitziges Streitgespräch darüber verwickelt waren, welches die beste Schokoladenriegelsorte war (Minze oder Erdbeere), und daher gar nicht mitbekommen hatten, wer da Reizendes vor meiner Haustür Spalier stand. »Da sind Zombies.«

Jetzt bemerkte auch Jax das Untoten-Kollektiv.

»Zombies? Schon wieder? Ist das eine Plage bei euch im 21. Jahrhundert? Was können die wollen?«

»Bestimmt keine Runde Mau-Mau mit uns spielen«, warf Shannon ein.

Lin knirschte mit dem Unterkiefer. Sein Gesicht hatte einen harten Ausdruck angenommen. »Nein. Die müssen hinter Dawn her sein.«

Besorgt sah ich zu ihm auf. Würde ich ab jetzt nie mehr meine Ruhe vor Papa Legba haben?

»Sie kommen.«

Shannon hatte recht. Die drei Zombies hatten uns entdeckt, kamen auf uns zugeschlurft, allerdings wie eine Artillerie in Zeitlupe, was sie fast schon wieder komisch wirken ließ.

»Wir brauchen Waffen. Nehmt euch einen dicken Ast aus dem Gebüsch«, wies uns Lin an.

Jax stand schon unter einer Zypresse. »Ich breche den großen da ab.«

Och nein, nicht schon wieder.

»Aber gebt Dawn besser keinen Topf, ich möchte nicht, dass sie mich k. o. haut.«

»Ha, ha«, machte ich. »Kannst du mal mit den dummen Sprüchen aufhören? Wir werden gleich gebissen!« Mit einem mittelgroßen Zweig in meiner Hand deutete ich auf die drei Zombies, die unaufhaltsam näher rückten. Wenn die Untoten das nicht übernahmen, würde ich bei Jax selbst nachhelfen. Dieser Idiot gehörte echt gebissen! Vielleicht konnte er sich dann wenigstens im Nachhinein mal in seine zahlreichen Opfer aus Alligatorzeiten hineinversetzen!

Jax warf einen Blick auf meinen Stock. »Was willst du mit diesem Streichholz anfangen?«

Als Antwort wedelte ich damit drohend vor seinem Gesicht herum.

»Leute, beeilt euch!« In Shannons Stimme lag ein Hauch von Panik. »The Walking Dead beginnt. Real Life Edition. Hätte ich ja nicht gedacht, dass ich mal mitten in meiner Lieblingsserie lande.«

»Lasst mir was von den Untoten übrig. Sobald ich den Prachtburschen hier abgebrochen habe …« Wie besessen zerrte Jax an einem ziemlich dicken Ast, der offensichtlich nicht nachgeben wollte. Was mir vage bekannt vorkam …

Allerdings zuckte ich nur mit den Schultern. Heute wunderte mich einfach gar nichts mehr. Skurril. Dieser Tag war einfach nur skurril. Eine Sekunde lang fragte ich mich, ob wir besser weglaufen sollten, aber nein, das war keine Option. Auf keinen Fall würde ich zulassen, dass Zombies unschuldigen MoVs im Sumpf auflauerten. Außerdem hatten wir ja Lin dabei. Lin, den Beschützer.

Bevor die Zombies sich auf fünfzehn Fuß genähert hatten, schob Lin sich vor mich. Natürlich. Sicher wollte er Punkte sammeln, um bald wieder in der Loa-Liga spielen zu können.

Ich schnaubte.

Doch Lin schien es nicht zu bemerken. Er ließ seinen Stock wie einen Baseballschläger in seine Hand klatschen, offenbar wild entschlossen, den Zombies eine Abreibung zu verpassen, die sie nie vergessen würden.

Als Antwort klackerten die drei Untoten mit ihren verfaulten Zähnen. Anscheinend war es unter Zombies üblich, die Mundhygiene nach dem Ableben als Erstes aufzugeben. Gut, es half natürlich extrem beim Gesamterscheinungsbild. Für zwei Sekunden überlegte ich, ob ein Zombie mit perfekten Zähnen Gefahr laufen würde, von den anderen gemobbt zu werden, dann hatte ich mich wieder im Griff.

Konzentration, Dawn!

Inzwischen hatten uns die drei verwesten Typen fast erreicht.

»Was genau machen wir jetzt mit denen?«, wollte Shannon wissen. »So wie im Fernsehen, oder?«

Jax brummte etwas Unverständliches, fixierte dabei die knirschenden Zombies.

Wie bei Zombieserien. Genau. Die Kopf-Abschlagen-Methode hatte sich ja bereits heute Vormittag bewährt.

»Macht euch vom Acker!« Mit einer gezielten Drehung wirbelte Lin um die eigene Achse und schlug dann dem linken dunkelhäutigen Untoten den Kopf ab. Ein effizienter Weg, um Untote möglichst endgültig unschädlich zu machen. Und vorbildlich ausgeführt noch dazu von unserem Beschützergott.

Der mittlere Typ stürzte sich auf mich, jedenfalls fiel er in

Zombiegeschwindigkeit mit ausgebreiteten Armen in meine Richtung. Schnell trat ich einen Schritt zur Seite, worauf der Untote einfach auf den Sumpfboden klatschte. Neben mir rangen Shannon und Lin mit dem zweiten Dunkelhäutigen und Jax kämpfte noch immer mit seinem Ast.

Grunzend rappelte sich der blonde Zombie wieder auf, wobei seine Gelenke knackten.

Ich hieb ihm mit dem Stock auf den Kopf, was ihm aber nicht mehr als ein Fauchen entlockte. Ein Haarbüschel mit etwas Haut daran löste sich von seinem Hinterkopf.

Igitt.

»Willst du wohl endlich krepieren!«, schrie ich, dann rammte ich ihm den Stock in die Brust.

Doch leider erzielte das nicht den gewünschten Effekt. Der Stock durchbohrte den Zombiebrustkorb wie Torfboden, trat auf seinem Rücken sogar wieder heraus. Der Zombie und ich schauten verdutzt.

Na, großartig! Das hatte ja mal gar nichts gebracht. Und jetzt hatte ich auch noch meine einzige Waffe aus der Hand gegeben! Das schien auch der Untote bemerkt zu haben, denn er bleckte die Zähne. Sollte das ein Grinsen werden?

Ich schielte nach links, doch Lin und Shannon hatten ihren Kampf in Richtung Hütte verlagert, wo sie einige Dutzend Fuß entfernt mit allen möglichen Gegenständen aus unserem Garten auf ihren Zombie einprügelten.

»Ähm.« Ich machte einen Schritt rückwärts. Immerhin war ich schneller als der Zombie. Und Flucht schien mir in meiner momentanen Situation eine gute Idee. Nur leider hatte ich nicht mit meiner eigenen Tollpatschigkeit gerechnet. Schon nach dem zweiten Schritt stolperte ich über eine Wurzel. Ach, verdammt! Rückwärts ging ich zu Boden, landete mit dem Hüftknochen auf einer weiteren Wurzel, wobei mir der Schmerz die Tränen in die Augen trieb.

Der Zombie feixte. Während er sich über mich beugte,

schloss ich bereits mit meinem Leben ab. Der Untote würde mich beißen und mir damit einen Virus übertragen, der mich selbst in einen Untoten verwandeln würde. Genauso verfault wie dieser Blonde da über mir. Wie im Fernsehen.

Heilige Erzulie, bitte hilf mir!

»Finger weg. Das ist meine Hexe!«, brüllte plötzlich eine Stimme hinter mir. Dann kam ein Schuh angeflogen, der den Zombie am Kopf traf. Es knackte, als der Zombiekopf nach hinten ruckte und dann in einem merkwürdigen Winkel vom Hals abstand.

Fauchend wandte sich der Untote in Richtung Jax um, der gerade mit seinem zweiten Schuh ausholte. Dieses Mal erwischte er seinen verwesenden Gegner voll am Ohr. Nach dieser Aktion war der Zombie auf dem linken Ohr wohl taub, denn er segelte mitsamt dem Schuh zu Boden.

Die Zombiezähne klapperten heftiger. Jax hüpfte rückwärts – barfuß in Richtung des Sumpfwassers. Nicht so gut. Noch zwei Schritte, dann hätte der Zombie Jax erreicht!

»Jax, fang!« Wie aus dem Nichts kam der Stock von Lin angeflogen.

Jax fischte ihn aus der Luft, verlor keine Zeit und schlug damit so fest auf den Zombie ein, dass der den Kopf verlor. Buchstäblich.

»Gut gemacht«, lobte Shannon, als der Schädel wie ein Baseball davonsegelte. Meine beste Freundin stand noch immer mit Lin nahe der Hütte, wo ebenfalls ein kopfloser Zombie den Boden zierte.

»Ja, gar nicht mal so schlecht«, kommentierte Lin.

Fehlte gerade noch, dass sie Schulnoten verteilten.

Doch Jax hob nur die Schultern und half mir dann vom Boden auf. »Alles in Ordnung?«

»Ich nickte.« Der Schmerz hatte nachgelassen. Auf einmal konnte Jax zuschlagen? Sonst hatte er doch die komplette Memme gegeben?

Jetzt kam auch Perry angehüpft, versuchte sogar, an meinen Beinen hochzuspringen.

»Ah, dein Kampffrosch.« Jax grinste. »Gutes Teamwork übrigens, Perry.«

»Mach dich nicht über ihn lustig!« Doch dann musste ich auch lächeln, als ich Jax so kindlich grinsen sah.

Immerhin hatte er mich vor einem Zombiebiss bewahrt.

Mein Blick traf seinen, und komischerweise starrte er mich plötzlich so an, als würde er mich gerade zum ersten Mal wirklich wahrnehmen. Sein Lachen verebbte, doch sein Blick hielt meinen weiterhin fest. Und ich starrte zurück – in diese dunklen, warmen Augen, die voller Geheimnisse zu stecken schienen.

»Dawn!«, hörte ich Shannon rufen. »Ihr solltet das Haus mit einem Schutzzauber belegen, sonst bekommt ihr vielleicht noch mehr Besuch.«

Ich zuckte zusammen. Ach ja, richtig. Wir waren schließlich nicht allein, sondern in Gesellschaft dreier toter Zombies, einem Ex-Loa und meiner besten Freundin.

»Ich hebe dann mal drei Gräber aus«, murmelte Lin gerade mit in die Seiten gestemmten Fäusten.

»Am besten so, dass kein MoV sie findet«, pflichtete ihm Shannon bei. »Ich helfe dir.«

Jax fuhr sich mit der Hand über den Nacken. »Lass uns nach drinnen gehen. Du kannst mir etwas zu essen machen. Hab mir schließlich eine Belohnung verdient, findest du nicht?«

Nein, fand ich eigentlich nicht.

Und dass er jetzt wieder zum Arsch mutieren musste, fand ich auch ganz und gar nicht gut.

»Hast du noch Schokolade im Haus? Vielleicht mit Minzgeschmack?«

8

»Machst du mir was zu essen? Ich hab Hunger«, quengelte Jax in seinem ganz speziellen Nörgelton.

»Was hätte der feine Herr denn gerne?« Da ich gerade kopfüber in einem windschiefen Schrank steckte, um ihn nach Schokolade zu durchsuchen, hatte ich eigentlich absolut keinen Nerv, mich um Jax zu kümmern, der auf der Küchenarbeitsplatte saß und die Beine baumeln ließ.

In diesem Moment kam Perry angesprungen und landete mit einem Satz auf seinem Schoß.

»Froschschenkelsuppe?«, schlug Jax vor.

»Ha, ha!« Die Packung Schokoladenzigaretten, die ich ihm daraufhin zuwarf, traf ihn unvermittelt an der Stirn, bevor er reagieren konnte. Er angelte danach und besah sich die Packung. »Schokoladenzigaretten. Mit Erdbeergeschmack. Brrr. Das hast du doch mit Absicht gemacht!«

Ein Blick in mein Gesicht, das – ohne dass ich es verhindern konnte – ein durchtriebenes Lächeln zur Schau stellte, bestätigte seine Vermutung.

»Widerwärtig. Aber besser als nichts.«

Während ich augenrollend begann, Gemüse zu schnippeln, versuchte er dem Froschkater High fives beizubringen, was nach etwa fünfzehn Minuten sogar von Erfolg gekrönt war.

Gerade als Lin in die Küche kam, kreischte Jax, der eine Schokoladenzigarette im Mundwinkel stecken hatte, los: »Seht euch das an! Der Frosch und ich sollten im Zirkus auftreten.«

Lin kratzte sich an der Nase. »Ja, solltet ihr. Clowns werden ja immer gebraucht.«

Nachdem ich ein halbwegs genießbares Abendessen auf den wackeligen Esstisch geknallt hatte, bedachte ich Jax und Lin mit einem vorwurfsvollen Blick. Langsam drängte sich mir der Verdacht auf, dass die beiden sich auf den Tod nicht ausstehen konnten und sich die ganze Zeit gegenseitig anpöbeln mussten. Aber warum? Ich verstand es einfach nicht. Schließlich war Jax in Alligatorjahren wie alt? Mitte vierzig? Und Lin war gewissermaßen ein uralter Gott, obwohl die beiden natürlich optisch für neunzehn oder Anfang zwanzig durchgingen. Und dann hatte ausgerechnet ich auch noch alle beide an der Backe! Meine Augen verengten sich zu Schlitzen, als ich so zwischen ihnen hin- und hersah. Kindsköpfe. Obwohl Lin im Ärgern von Jax subtiler vorging. Jax bevorzugte da eher die Holzhammermethode.

Immerhin hatte Lin inzwischen mit Shannon einen Schutzkreis ums Haus gezogen, damit wir nicht noch einmal unverhofften Zombiebesuch bekamen.

Gerade versuchten die zwei Jungen, während sie ihre Gemüsesuppe löffelten, einen unschuldigen Eindruck zu erwecken. Zweifellos, um mich milde zu stimmen. Dennoch. Kurz zuvor hatten sie sich noch gegenseitig provoziert, wie zwei Farmer in Kansas, die um Weideland stritten.

Vorhin in der Küche, nach Lins Bemerkung über Jax' Clownqualitäten, hatten sich die beiden minutenlang angezickt, bis ich drohend mit dem Küchenmesser dazwischengegangen war.

»Also, morgen ist Mittwoch und ich muss zur Schule. Wir werden einen Brief von meiner Tante Melinda an die Highschool fälschen, in dem steht, dass sie euch als Austauschschüler aus Australien aufgenommen hat.«

Jax runzelte die Stirn. »Aus Australien?«

»Ja, was dagegen?«

Darauf erwiderte er nichts mehr. Bei den beiden musste man wirklich hart durchgreifen.

Lin warf ich nur einen kurzen Blick zu. Nachdem er mir mit dieser Ich-bin-nur-dein-Beschützer-Nummer gekommen war, wusste ich auch nicht wirklich, wie ich mich ihm gegenüber verhalten sollte. Wieso lernte man so was nicht in der Voodoo Night School?

Oh. Apropos.

»Montags, mittwochs und freitags muss ich auch zur Voodoohexen-Abendschule. Eigentlich erlauben sie keine MoVs dort, aber ich werde sehen, was ich tun kann.«

Jax hob eine Augenbraue. »Und diese Schule ist hier im Sumpf, sagst du?«

Ich nickte.

»Die ist neu, oder?«

»Streng genommen bin ich kein normaler MoV. Nur ein kurzfristig sterblicher Loa«, warf Lin ein. »Rituale kann ich immer noch durchführen.«

»Na, diese Nachricht rettet mir doch glatt den Abend!« Jax verdrehte die Augen.

Ging das schon wieder los? Warum hatte Shannon mich nur mit diesen Idioten allein lassen müssen?

»Gibt's in dieser Highschool wenigstens Zigaretten? Oder mit was dealt ihr Kids heutzutage?«

»Ähm …« Besser, ich behielt Jax im Auge und gab ihm vorerst auch kein Taschengeld.

Gegen halb neun drückte ich Jax ein Kissen und eine kratzige Decke in die Hand. »Für die Couch.«

Blinzelnd starrte er zuerst auf das Bettzeug und dann auf

die abgewetzte Couch. »Ich dachte, das mit der Couch war ein Scherz?«

»Kein Scherz. Nächste Frage?«

»Hm. Wird sicher gemütlich.« Er schielte in Richtung Lin, der mit verschränkten Armen im Türrahmen zu Melindas Schlafzimmer lehnte.

»Denk ich auch. Dawn, kannst du mal kurz kommen?« Lin winkte mich zu sich.

»Was gibt's?«

Bevor Lin antwortete, zog er mich durch die Tür und verschloss sie hinter mir, was Jax mit einem angesäuerten Blick quittierte, soweit ich das aus den Augenwinkeln gerade noch so mitansehen konnte.

»Warum in aller Welt lässt du diesen Typen auf deinem Sofa schlafen? Er könnte gefährlich sein!«

»Jax? Der ist höchstens gefährlich für meine Nerven. Außerdem weiß ich, wie man ihn mit einem Kochtopf–«

»Bleib bitte ernst, okay? Du kennst ihn doch überhaupt nicht!« Seine Augen verdunkelten sich.

Bei Erzulie, und ich dachte, Melinda sei anstrengend, wenn es um Jungs ging. »Streng genommen kenne ich dich auch nicht, Lin.«

»Das ist was anderes. Ich bin … war ein Loa.«

»Und Jax war ein Alligator, der nur durch mich wieder ein Mensch wurde. Er hat niemanden. Soll ich ihn einfach im Sumpf aussetzen?«

Lin machte ein Gesicht, als ob er das durchaus für die beste Lösung hielt, sagte aber nichts mehr.

Ich schnaubte. Diese Diskussion war ermüdend.

»Bettzeug ist im Schrank. Brauchst du sonst noch was?«

»Bitte denk wenigstens darüber nach.« Lin hob eine Hand, um mir dann eine Haarsträhne hinters Ohr zu streichen.

Für einen Moment blieb ich stocksteif stehen. Ich mochte es, wenn mir jemand über die Haare strich. Leider geschah das viel zu selten. Doch das hier war Lin. Ein Aushilfsgott auf Zeit. Selbst ernannter Beschützer von mir, Dawn Decent. Nichts weiter. Für einen Moment schloss ich die Augen.

Finde dich damit ab, Dawn. Niemand will dich.

»Gut, ich denke über Jax nach. Und jetzt schlaf gut.«

Meine Antwort schien ihn nicht ganz zufriedengestellt zu haben, denn er verzog das Gesicht, als ich mich zum Gehen wandte.

»Gute Nacht, Dawn.«

Danach lag ich in meinem Zimmer noch lange wach. Die Federn der Matratze quietschten jedes Mal, wenn ich mich von einer Seite auf die andere drehte. Genauso fühlte sich mein Leben an. Wie eine kaputte, nervtötende Quietsch-Matratze. Ungeölt. Nicht richtig, irgendwie.

Und wo zum Teufel steckte Melinda? Bei dem Problem mit Papa Legba konnte ich wirklich ihre Hilfe gebrauchen. Mit fehlten außerdem ihre Umarmungen und ihre Beteuerungen, dass alles gut werden würde. Eine einzelne Träne bahnte sich von meinem Augenwinkel aus ihren Weg über meine Wange.

Neben mir auf dem Nachttisch gab Perry leise Gurrgeräusche von sich, während er die Backen aufblies.

Die Ironie meiner momentanen Situation entging mir nicht. Zwei Jungs schliefen in meinem Haus. Rechts von mir Lin in Melindas Schlafzimmer und im Wohnzimmer Jax. Noch nie hatte mich auch nur ein einziger Junge hier besucht. Jetzt schliefen gleich zwei bei mir und würden das wohl auch noch eine Weile tun.

Ironie, Dawn. Ironie!

Wobei natürlich keiner der beiden auf mich stand.

Selbstverständlich stand ich auch auf keinen von ihnen. Jedenfalls versuchte ich mir das einzureden.

Wenn doch nur Melinda wieder da wäre!

Stöhnend rieb ich mir über die Wange. Wie wohl Shannons Besuch bei ihren Eltern im Gefängnis gelaufen war? Ich schluckte. Wenn Shannon das mit Melinda und ihren Eltern herausfand, würde sie stinksauer sein. Sie würde mir die Freundschaft kündigen. Meine einzige richtige Freundin!

Die Albträume, die allesamt von Papa Legba gehandelt hatten in der vergangenen Nacht, waren absolut nichts gegen Jax' Genörgel am frühen Morgen. Sofort meldeten sich pochende Kopfschmerzen in meinen Schläfen. Langsam wurde die Sache mit Jax' Anwesenheit echt bedenklich.

Während er sich einen Bagel mit Frischkäse in den Mund schob, beobachtete Jax, wie Lin mir dabei half, einen Smoothie mit dem Mixer zu machen. Wahrscheinlich fiel ihm auf, dass Lin mich dabei häufiger als nötig berührte. Ständig suchte er Körperkontakt zu mir. Man konnte diesen Beschützertick auch übertreiben!

Aus irgendeinem Grund schien Jax das zu stören. Nun gut. Ich bereitete mich bereits darauf vor, ihm ins Gewissen zu reden, als Lin kurz in Richtung Toilette verschwand, aber in dem Moment kam Perry angesprungen, genau neben Jax' linke Faust. Der Froschkater fuhr die Zunge aus und stibitzte eine Rosine aus Lins Müslischale. Das Ganze ging so schnell, dass ich lediglich etwas rosafarbenes Gummiartiges erkennen konnte, das aus dem Frosch hervorschnellte. Beeindruckend.

Nachdem Perry die Rosine hinuntergeschluckt hatte, bedachte er Jax mit einem schuldbewussten Blick. Offenbar erwartete er eine Standpauke für den Rosinendiebstahl. Doch Jax grinste nur und schob Lins Müslischüssel näher an den Frosch heran, während Mr Voodoo-Gott immer noch auf der Toilette war.

Den ganzen Weg bis zur Highschool bedauerte Jax lautstark den offensichtlichen Mangel an Zigaretten und Schokolade in seinem aktuellen Lebensabschnitt und dass ich ihm dafür kein Geld geben wollte.

Also wirklich. Der Besuch bei der Bank mit Herausgabe seines Schließfachinhalts konnte gar nicht früh genug kommen.

»Hör mal, Jax, wir machen einen Deal: Wenn du heute den ganzen Tag über weder Schokolade noch Zigaretten erwähnst, kaufe ich dir auf dem Heimweg deine geliebte Minzschokolade.«

Jax schien kurz über dieses, wie ich fand, äußerst großzügige Angebot nachzudenken.

»Na gut. Abgemacht.«

»Und versuch dich in der Schule unauffällig zu verhalten. Auch wenn dir alles komisch vorkommt, tu einfach so, als hättest du nicht die letzten Jahre als Reptil verbracht«, riet ihm Lin.

»So unauffällig wie ein Ex-Loa mit Beschützerkomplex, meinst du?«, fragte Jax.

»Ihr versucht euch beide so normal wie möglich zu verhalten und bleibt da, wo ich euch sehen kann!«, ging ich dazwischen, bevor die zwei wieder einen handfesten Streit vom Zaun brechen konnten.

In diesem Augenblick bogen wir um die Ecke und betraten den Vorplatz der Lafayette High.

Direkt vor dem Eingang lagerte – wie konnte es auch anderes sein – die Pearl-Clique umringt von einigen Skater Jungs, die ein paar Tricks zum Besten gaben.

Automatisch spannten sich meine Schultern an. Großartig. Unser Empfangskomitee.

Erzulie, wie kannst du mir das antun? Auf den Spießrutenlauf zwischen Carlton und ihren Anhängern hindurch hatte ich heute überhaupt keine Lust!

»Warum schaust du so komisch? Magst du die etwa nicht? Und warum sieht die eine da aus wie eine Wildkatze im Zoo?« Jax deutete auf Leoparden-Leo, die heute in einem Leoprint-Jumpsuit steckte.

»Ähm … nicht mögen ist irgendwie … untertrieben.« Ich warf mir meine ausgeleierte Schultasche über die Schulter und wollte dann gerade meinen Haarreif zurechtrücken, bis mir einfiel, dass der ja zerbrochen war. Meine Hand baumelte daraufhin sinnlos an meinem Oberkörper herunter. Bis Lin sie ergriff. Verwundert hob ich den Blick. Was sollte das denn jetzt?

Lin starrte jedoch stur geradeaus.

Na, von mir aus. War mir inzwischen auch egal.

Und so marschierten wir zu dritt direkt auf Carltons Clique und die Skatergang zu. Meine Hände begannen zu schwitzen, sodass ich schon fürchtete, meine rechte Hand würde einfach so aus Lins linker flutschen. So auf absolut peinliche Weise. Wie im Film. Tat sie aber nicht. Und Lin hielt sie weiter fest.

Inzwischen hatte Carlton uns entdeckt. Die selbst ernannte Queen Bee der Schule stupste ihre Anhänger an und nickte dann in meine Richtung. Mein erster Impuls war, die Schultern hochzuziehen und mit gesenktem Kopf an ihnen vorbeizulaufen. Nur für den Fall, dass sie wieder irgendeine Gemeinheit wie faule Tomaten oder ein totes Schwein für mich in petto hatten. So als hätte Lin meine Panik gespürt, drückte er meine Hand.

Komischerweise legte seine Geste meinen Kopf-einziehen-und-wegrennen-Reflex komplett lahm.

Ich blinzelte. Heute war ich nicht schutzlos und allein unterwegs. Es gab keinen Grund, Angst zu haben.

»Dawny-Dawn, wen hast du denn da …«, begann Brooke, die im Schneidersitz auf der untersten Stufe saß, fing sich jedoch sofort einen Rippenstoß von Carlton ein.

Verwundert bemerkte ich, wie die versammelte Pearl-Clique mich und meine zwei Begleiter mit weit aufgerissenen Augen anstarrte. So, als hätte ich ihnen gerade eröffnet, dass ich die Tochter des amerikanischen Präsidenten sei. Ihr Blick wanderte von mir zu Lin und dann zu Jax, der mir in diesem Augenblick ins Ohr flüsterte, ob ich ihm auch so einen Ganzkörperanzug wie den von Leonor kaufen könne. Aber lieber einen mit Alligator-Muster.

Ich wedelte mit der freien Hand, um Jax' Mund an meinem Ohr zu vertreiben.

»Hallo, Brooke. Dummerweise habe ich keine Zeit, euch Lin und Jax vorzustellen. Wir haben noch etwas Wichtiges vor«, brachte ich so selbstbewusst wie möglich heraus.

Marco blinzelte und auch Jax musterte mich irritiert.

Gott sei Dank erfasste Lin die Situation sofort.

»Ja, wirklich schade. Kommst du jetzt, Baby?«

Baby? Musste er so dick auftragen? Zu allem Überfluss verstärkte er auch noch den Griff um meine Hand und zog mich die Stufen nach oben in Richtung des Eingangs.

Hinter mir hörte ich die Pearl-Clique und die Skater-Gang über uns tuscheln. »Gott, wer ist das? Und warum geben sie sich mit Dawn ab?«

»Ob die Typen skaten können?«

Und so weiter. Wenigstens mit dem *Gott* lagen sie zu fünfzig Prozent richtig.

Serena gefiel Jax' Hintern offenbar, wie man so hörte, was er mit einem breiten Grinsen quittierte.

Was dachten sich diese Mädchen nur dabei, sein Ego noch mehr aufzublasen wie einen dieser Ballons bei der Thanksgiving-Straßenparade? Das würde ich später wieder ausbaden müssen!

Mit einem lauten *Klonk* fiel die Eingangstür hinter uns ins Schloss.

»Findest du auch, dass mein Hintern knackig ausschaut?«, wollte Jax wissen, während wir uns durch ein Meer an Neuntklässlern kämpften. Und es ging los.

Genervt verdrehte ich die Augen. »Ist mir noch nie aufgefallen, Jax.« Okay, das war eine glatte Lüge, aber ich hatte aktuell wirklich andere Sorgen als Jax' Hintern. Und wenn er optisch noch so ansprechend daherkam, dass man nur schwer den Blick davon abwenden konnte.

Wie konnte sich die gesamte Pearl-Clique beim Anblick der Jungs in hirnlose Zombies verwandeln? Diese MoVs! Also wirklich, da zog ich doch die Gesellschaft meiner Steckrüben zu Hause vor.

Nachdem ich beiden Jungs eingeschärft hatte, ihr Alter mit siebzehn anzugeben, falls sie gefragt wurden, betraten wir das Sekretariat.

Die grelle Deckenlampe über uns flackerte, als ich mich gegen den Empfangsschalter lehnte.

»Ahäm«, räusperte ich mich, dann fischte ich den Brief aus meiner Tasche.

Mrs Perkins hob den Kopf. Der graublonde Dutt und der rote Lippenstift wollten bei ihr nie so richtig zusammenpassen. Trotzdem mochte ich die Sekretärin mit den warmen Augen irgendwie, obwohl mich ihre Brille, die sie immer an einer filigranen Kette um den Hals trug, irritierte, sobald sie sie auf die Nase schob. So wie jetzt.

»Ah, Dawn, wie geht es dir?«

Mit den Augen folgte ich dem Gependel der Kette, die gegen ihre Wangenknochen schlug. »Gut.«

»Und Melinda? Sie hat mich lange nicht mehr besucht.«

Mrs Perkins und Melinda waren Freundinnen. Meine Tante behauptete sogar, dass Mrs Perkins zur selben Voodooschule wie sie gegangen sei, aber dann den Umgang mit Magie an den Nagel gehängt hatte. Zuletzt hatte ich Mrs Perkins vor ein paar Monaten zu Weihnachten bei uns zu Hause gesehen.

»Tante Melinda geht's gut. Sie ist nur viel unterwegs. Hat mir aber einen Brief für die Schule mitgegeben. Wegen den australischen Austauschschülern, die wir aufgenommen haben. Ich hätte ihn schon früher abgeben sollen, tut mir leid.« Nachdem ich geendet hatte, nickte ich in Richtung Lin, der mich aufmerksam beobachtete, und dann zu Jax, der mit heruntergeklapptem Unterkiefer auf den Bildschirm von Miss Perkins' PC schielte, über den ein Aquarium-Bildschirmschoner lief.

Mit zusammengekniffenen Augen und einer Kopfbewegung warnte ich ihn, dass er jetzt besser nichts sagte.

»Mhm, mhm«, murmelte Mrs Perkins, während sie den gefälschten Brief überflog.

Liebe Erzulie, bitte lass sie nicht misstrauisch werden!

»Verstehe. Gleich zwei Austauschschüler ... Weißt du eigentlich, dass du deiner Tante Melinda sehr ähnlich siehst? Also, ich meine Melinda in jungen Jahren.«

Ja? Soviel ich wusste, waren Melinda und ich nicht verwandt. Sie war einfach eine Freundin meiner Mutter gewesen und seit ihrem Tod zu meiner Patentante geworden. Ähnlichkeiten zwischen uns hatte ich abgesehen von den roten Haaren nicht wirklich entdeckt.

»Nein. Nicht so sehr.« Ich schluckte, bevor ich fortfuhr: »Also ist es okay, wenn die beiden mit mir am Unterricht teilnehmen?«

»Warte, da muss ich schnell eine Freigabe von Direktor Sprouse einholen, aber ich denke, das geht in Ordnung.«

Zehn Minuten später hatten wir die Erlaubnis und standen vor dem Chemie-Klassensaal. Der Unterricht hatte vor wenigen Minuten begonnen.

»Ihr verhaltet euch unauffällig und bleibt bei der Geschichte, dass ihr aus Melbourne, Australien, kommt, alles klar?« Ich musterte Jax und Lin aus zusammengekniffenen Augen. »Wenn ihr euch nicht benehmt, leine ich euch im Innenhof an.«

Lin fuhr mir einmal mit der Hand über den nackten Oberarm. »Mach dir keine Sorgen.« Die Berührung irritierte mich, ebenso wie Jax' Benehmen und kindliche Freude an der Klimaanlage, unter der er mit ausgebreiteten Armen stand und sich anpusten ließ.

»Bei Fuß, Ex-Alligator«, rief ihn Lin.

Mit klopfendem Herzen öffnete ich die Tür. Die Klasse links von mir, das Lehrerpult rechts von mir, betrat ich den fensterlosen Raum. Hinter mir folgten Jax sowie Lin, der die Tür artig schloss.

Als Mr Sterling uns hereinkommen sah, nickte er mir zu und deutete dann wortlos mit seinem Stift auf die Detention-Liste. In diese Liste musste sich jeder Schüler eintragen, der es nicht vor dem zweiten Klingeln in die Klasse schaffte. Nach zweimal zu spät zum Unterricht Kommen, bekam man in der Lafayette High Nachsitzen aufgebrummt.

Doch dieses Mal gab ich nicht klein bei. Ich dachte ja gar nicht daran, mich nach allem, was in den letzten zwei Tagen passiert war, jetzt auch noch in die Detention-Liste einzutragen.

»Ähm, Mr Sterling, ich musste wegen meiner beiden Austauschschüler ins Sekretariat. Zu spät war ich eigentlich nicht.«

Mr Sterling schnaubte, deutete dann aber mit einem Kopfnicken an, dass ich mich setzen solle. Ohne Nachsitzen-Eintrag. Ich nickte meinem Lehrer kurz zu, der heute wieder mal sein Bestes gab, um mit seinem wirren Vollbart wie Moses' Zwillingsbruder auszusehen.

Durchgestanden.

Gemeinsam mit meinen »Austauschschülern« setzte ich mich in die letzte Reihe, in der nur Marco, Brooke und Serena saßen.

Die anderen coolen Kids hatten Physik statt Chemie gewählt.

Sofort fiel mir der Blick der Mädels auf, die die Augen nicht von Jax und Lin lassen konnten. Herrgott, waren diese Teenager leicht zu manipulieren! Man nahm einen attraktiven Gott und einen hübschen Ex-Alligator mit zur Schule, und schon sabberten ihnen alle Mädels hinterher.

Ich verdrehte die Augen, als ich mich auf einen Platz zwei

Stühle entfernt von Serena fallen ließ. Natürlich sonnte sich Jax in seinem Ruhm und zwinkerte einzelnen Mädchen zu, wann immer es sich ergab. Lin schien den Rummel um seine Person allerdings nicht zu bemerken. Er scannte wie ein alarmiertes Erdmännchen ständig unsere Umgebung, sodass es mir schon sehr bald lästig wurde.

»Schreib mit, Lin. Du fällst zu sehr auf«, raunte ich ihm zu.

»Soll ich dir was zu schreiben leihen?« Ganz das hilfsbereite Supermodel, hielt Serena Lin sofort ein Blatt mitsamt Stift unter die Nase. Dabei klimperte sie mit den Wimpern, als hätte sie einen Schwarm Fruchtfliegen in den Augen.

Gleich musste ich mich übergeben.

»Oh, danke. Aber Dawn leiht mir schon was.«

Enttäuscht ließ Serena das Blatt sinken, worauf ich Lin ein kariertes Blatt und einen abgekauten Kugelschreiber aushändigte, auf dem das Logo einer Paketzusteller-Firma prangte.

»Hey, Austauschschüler«, flüsterte Brooke, als sich Mr Sterling der Tafel zugewandt hatte, um eine komplizierte Gleichung mitsamt den zugehörigen Atomen zu zeichnen.

Brooke hatte sich so weit nach vorne gelehnt, dass ihre beachtliche Oberweite aus dem schwarzen Top herauszuspringen drohte. »Wie sieht's aus? Wir könnten euch nach der Schule die Stadt zeigen.« Sie deutete auf sich und Serena, die sich an einem sexy Lächeln versuchte, ihre gebotoxten Lippen dabei jedoch nicht so ganz im Griff hatte. Fast erinnerte sie mich an Perry beim Schmollen.

Mit einem leisen Seufzen wandte ich mich meiner Bleistiftzeichnung zu, mit dem festen Willen, die Flirtversuche der Pearl-Girls zu ignorieren.

»Ja, es gibt wahnsinnig viel zu sehen in New Orleans, und Dawn kommt ja bekanntlich nie aus ihrem Sumpf raus«, sprang ihr Serena bei. »Wir führen euch gern herum. Dawn kann meinetwegen auch mitkommen. Marco könnte sie begleiten.«

Marco machte ein Geräusch, als hätte er ein Frettchen verschluckt.

Ach, wie charmant! Vor Scham und Wut lief mein Gesicht rot an. Einfach nicht zu fassen, diese Arroganz! Mit einem Knacken zerbrach der Bleistift in meiner Hand in zwei gleichgroße Hälften.

War mir jetzt aber auch egal. Bevor ich meinen Bleistiftspitzer suchen ging, drückte ich Jax die obere Hälfte in die Hand. »Schreib mit!«

»Aber ich hab doch kein Blatt. Worauf denn?«

Mein Blick fiel auf Serenas Hand, die sich gerade auf Lins Arm verirrte.

»Auf den Tisch!«, knurrte ich Jax an, ohne ihn anzusehen.

»Manchmal bist du echt seltsam, Dawn.«

»Manchmal?«, kicherte Brooke. »Ist das dein Ernst?« Vor Lachen wäre sie fast vom Stuhl gekippt.

Ich strich mir die Haare hinter die Ohren und spitzte dann meinen Bleistift derart kräftig, dass die Knöchel an meiner Hand weiß hervortraten.

Doch einen Wimpernschlag später spürte ich eine Hand auf meiner.

»Lass mich das machen.« Es war Lin, der Serena abgeschüttelt hatte und mir jetzt den abgebrochenen Bleistift samt Spitzer aus der Hand nahm.

»Dawn und ich haben heute Nachmittag schon etwas vor. Tut mir leid«, sagte er dann, ohne vom Spitzer aufzublicken.

Als ich Serenas und Brookes enttäuschte Gesichter bemerkte, musste ich mir ein Grinsen verkneifen. Ich warf die Haare zurück und schielte zum schönen Marco, der verwirrt blinzelte.

Na, das lief doch gar nicht so schlecht. Für mich.

»Kann leider auch nicht.« Jax kippelte so weit mit seinem Stuhl zurück, dass ich schon fürchtete, er würde hintenüberfallen. »Muss bei der Bank Geld abheben. Ich bin übrigens Jax.« Er lehnte sich noch ein Stückchen weiter zurück, um Serena und Brooke zuzuzwinkern.

Eilig nannten ihm die Mädchen ebenfalls ihre Vornamen. Sobald sie auch Marco angestupst hatten, der daraufhin seinen Namen nuschelte, wickelte sich Serena eine ihrer blonden Haarsträhnen um den Finger und blinzelte in Lins Richtung. Der schwieg jedoch und schien gar nicht daran zu denken, sich vorzustellen.

»Die Ignoranz da in Person heißt übrigens Lin«, sprang Jax ein, worauf Brooke kicherte.

»Du bist so eine Petze«, raunte ich ihm zu, bevor ich an die Tafel musste, um ein Methanmolekül anzuzeichnen.

Die ganze Zeit über spürte ich Lins Blick in meinem Rücken. Also wirklich. Dieser Beschützerinstinkt nahm geradezu lachhafte Ausmaße an. Würde Lin ab jetzt nur noch Augen für mich haben und sich wie ein Roboter ohne jede Sozialkompetenz benehmen? Nicht, dass es mich störte, dass er nicht mit den Pearl-Girls durch die Stadt ziehen wollte, aber … er übertrieb die Sache mit dem Beschützen einfach. Punkt.

Als ich mich nach einem halben Lob von Mr Sterling wieder setzte, hörte ich Jax fragen: »Hey, Ladys, habt ihr zufällig Schokolade dabei?«

Brooke und Serena blinzelten. Ich war mir sicher, dass Schokolade konsequent gegen ihre Nulldiät verstieß. Und tatsächlich schüttelten sie die Köpfe.

Zufrieden lehnte ich mich in meinem Stuhl zurück. »Und damit wäre unser Deal geplatzt, alter Freund. Heute habe ich keine Schokolade mehr für dich.«

»Och, manno«, maulte Jax, dem soeben aufgegangen war, dass er in meiner Gegenwart das Wort »Schokolade« benutzt hatte.

Ich hielt Lin die offene Handfläche hin, worauf er mir ein

Gris-Gris aus echten Jadefiguren aushändigte, um das wir gewettet hatten.

»Hab ich's doch gewusst, dass Jax noch vor zwölf Uhr einknickt.«

Die Pearl-Girls schauten von mir zu Lin.

»Wie, ihr habt auf mich gewettet?«

Erzulie sei Dank ging Jax' wütender Aufschrei im Klingeln unter, das den Unterricht beendete.

»Ja«, meinte Lin ungerührt. »Also, Dawn: Doppelter Einsatz, dass Jax nicht bis zum Abendessen durchhält? Alles oder nichts?« Er kramte ein Gris-Gris-Säckchen aus der Tasche, das zwei winzige Köpfe aus Gold enthielt. Wow, das musste wahnsinnig viel wert sein!

So gut es ging versuchte ich, unseren Deal vor den Pearl-Girls abzuschirmen, die in diesem Moment glücklicherweise von Marco mit nach draußen getrieben wurden.

»Ihr sollt damit aufhören!«, beschwerte sich Jax, knallte seinen Stuhl gegen den Tisch und warf mir einen bitterbösen Blick zu.

Lin und ich beachteten ihn nicht.

»Ist das echtes Gold? Wow, das muss das teuerste Gris-Gris sein, das ich je gesehen habe.« Voodoo-Talismane kannte ich eigentlich hauptsächlich als Tonfiguren, aber Lin hatte mir im Bus schon ein paar außergewöhnliche Stücke gezeigt, die er üblicherweise an seine Schützlinge verteilte. Vielleicht war seine Niederlage bei der Wette ja auch nicht ganz uneigennützig von ihm gewesen …

»Klar ist das echt. Allerdings nur vergoldet. Sonst wären die Perlen zu schwer.«

»Na gut. Dann, dann wette ich eben auch auf euch!«, echauffierte sich Jax. Er kramte in seiner, oder besser gesagt Adriens Jeanstasche und zog einen schwarzen Samtbeutel hervor. Mittlerweile waren wir drei alleine im Klassenraum. Selbst Mr Sterling war verschwunden. »Ich wette darauf, dass Lin ein

Riesenidiot ist und uns heute noch so richtig blamieren wird!« Er öffnete den Gris-Gris-Beutel und ließ drei schwarz glänzende Talismane auf seine Handfläche rollen.

Aha. Der Ex-Alligator schien auf Krawall gebürstet zu sein.

Doch bevor ich etwas dazu sagen konnte, riss Lin die Augen auf und packte dann in schier unmenschlicher Geschwindigkeit Jax am Handgelenk.

»Wo hast du das her?«

»Autsch! Spinnst du? Lass mich sofort los!«

»Könnt ihr bitte aufhören, euch wie Dreijährige zu benehmen?« Unmöglich, diese Vollidioten! Langsam fühlte ich mich wie ihre Erziehungsberechtigte.

»Das ist Papa Legbas Gris-Gris. Da, die Onyxfiguren! Du hast es gestohlen, nicht Dawn! Wegen dir hätte Papa Legba sie fast umgebracht! Wo hast du das her, verdammte Scheiße, Jax!«, schrie Lin sich in Rage.

Was? Verwirrt sah ich von den drei Onyx-Talismanen – einem Kreuz, einem Blitz und einem Schlüssel – zu Lin und daraufhin zu Jax auf. Scheiße, verdammt! Sagte Lin die Wahrheit? Und wenn ja, was hatte sich Jax dabei gedacht, ein Gris-Gris von Papa Legba zu klauen?

»Hab's auf der Lichtung gefunden. Vor dem ersten Zombieangriff. Nahe dem toten Schwein.«

Ich legte den Kopf schief. »Und du hast es eingesteckt, weil …?«

»Es sah irgendwie wertvoll aus. Ich dachte, ich kann es vielleicht zu einem Pfandleihhaus bringen und gegen Geld eintauschen.«

»Mhm.« Lin griff sich das Gris-Gris-Säckchen samt Inhalt und drehte alles sorgsam in seinen Händen hin und her. »Er hat recht. Es ist wertvoll. Sieh mal hier: Das sind echte Rubine. Vielleicht sogar Blutrubine.«

Ich blinzelte. Tatsächlich. In jedem der kleinen Artefakte steckte am oberen Ende ein kleiner roter Edelstein.

»Blutrubine?«

»Gewonnen aus Leid und Tod. In den Minen Afrikas.« Lin nickte.

O Erzulie, das klang ja grausig!

»Ich verwahre das lieber. Falls es mit schwarzer Magie aufgeladen ist, könnte es Sterbliche wie euch in den Wahnsinn treiben.«

Gerade als ich erwähnen wollte, dass Lin selbst in dieser Minute sterblich war, wurden wir von Mr Sterling unterbrochen, der zurück in sein Klassenzimmer schlenderte. »Was habt ihr denn noch hier verloren? Müsst ihr nicht zur nächsten Unterrichtsstunde?«

Natürlich mussten wir.

Den restlichen Tag an der Highschool ertrug ich mit zusammengekniffenen Lippen und weil Lin ab und zu beruhigend seine Hand auf meine legte.

Beim Mittagessen bekam ich kaum einen Bissen herunter, weil ständig irgendwelche Mädchen an unseren Tisch gepilgert kamen, um mit Jax und Lin zu flirten. Beinahe hätte ich einen Milchshake in den Nacken ausgeleert bekommen, weil sich seine Besitzerin so unbändig darüber freute, dass Jax sie nach einem Taschentuch gefragt hatte. Unerträgliches Leid wurde mir an diesem Tag zuteil …

Am allerschlimmsten waren natürlich die Mitglieder der Pearl-Clique. Allen voran Serena, die mich böse musterte, als Lin mich in einer Pause auf eine Bank im Schulhof zog und dort den Arm um mich legte.

Als es schließlich halb drei schlug und damit die letzte Unterrichtsstunde, Französisch, für beendet erklärt wurde, hätte ich fast einen Freudentanz aufgeführt.

Das Grauen hatte ein Ende! Vorerst zumindest.

So schnell es ging, bugsierte ich Jax und Lin aus der Klasse, in der Hoffnung, nach Hause zu kommen, ohne dass wir aufgehalten wurden.

Natürlich war mir dieser Wunsch nicht vergönnt.

Draußen vor der Klassenzimmertür lehnte Carlton Pearl an der Wand. In einem luftigen Sommerkleid, das sie heute früh definitiv noch nicht getragen hatte. Hatte sie sich etwa umgezogen? Und wenn ja, warum? Das türkisfarbene Kleid mit dem rosa Orchideendruck stand ihr jedenfalls hervorragend und ließ einen Blick auf die ewig langen, gebräunten Beine der Blondine zu.

»Dawny-Dawn!« Ohne große Umschweife packte sie mich am Handgelenk und zog mich einen Schritt nach links.

Ich bemerkte, wie Lin eine Augenbraue hob, doch ich schüttelte nur den Kopf. Mit Carlton kam ich alleine klar. Auch wenn sich mir ihre Fingernägel ins Fleisch gruben wie eine Stahl-Alligatorfalle, die sonst nur im Sumpf zum Einsatz kam.

»Sag mir, Dawny-Dawn, wie kommst du zu zwei solchen Prachtexemplaren von Jungs?« Mit dem Kinn deutete sie auf Jax, der sich gerade von der Klimaanlage durch die Haare pusten ließ, und auf Lin, der uns beobachtete.

»Zugelaufen?« Ich formulierte es mehr wie eine Frage.

»Ja. Ha, ha. Du sagst mir jetzt sofort, wie du das gemacht hast, sonst …!«

»Sonst was?« Entnervt schüttelte ich Carltons Hand ab. »Was willst du sonst tun, Carlton? Mich in einen Frosch verwandeln?«

»Was grinst du da so bescheuert? Glaubst, du bist witzig, ja?«

Witzig nicht, aber ich hatte erkannt, dass es genau eine Sache gab, in der ich Carlton überlegen war. Und aus irgendeinem Grund gab mir das den nötigen Auftrieb, mein Haar über die Schultern zu werfen, mich umzudrehen und Carlton einfach stehen zu lassen. Als ich zurück zu Lin stolzierte, quietschte der Linoleumboden unter meinen Sandalen. Unwillkürlich stellte ich mir vor, dass das Quietschen Carltons erschrockene Rufe als frisch verwandelter Frosch seien. Quietsch, quietsch! Aufgepasst, Pearl-Clique! Wenn ihr mir weiter blöd kommt, endet ihr vielleicht alle als Frösche im Sumpf!

Zu Hause war ich so fertig, dass ich nur kurz meine Zuckerrüben abstauben wollte, wobei ich Jax' Gemaule absichtlich überhörte. Zeit, dass der Junge an sein Bankkonto kam.

Danach war ich eigentlich bereit für ein kleines Nickerchen, bevor die Voodoohexen-Abendschule startete.

Leider sah Lin das ganz anders. Gerade als ich mitten im Zimmer stand, im Begriff, mein T-Shirt über den Kopf zu ziehen, steckte er den Kopf zur Tür herein.

»Hey, Dawn, stör ich?«

Wortlos ließ ich mein Shirt wieder sinken.

»Ich hab mir was überlegt.« Mit einem verwegenen Grinsen im Gesicht kratzte er sich am Kopf. »Wir müssen dich fit machen. Was, wenn du wieder von Zombies angegriffen wirst? Gestern beim Sprint durch die Stadt hast du nicht die beste Kondition bewiesen, verzeih mir, wenn ich das so direkt ausdrücke. Lass uns joggen gehen. Sportliche Reflexe können dich retten, wenn Papa Legba oder wer auch immer dir Zombies auf den Hals schickt. Los, wir laufen eine Runde. Jetzt gleich.«

Nicht die beste Kondition? Was hatte ich doch für ein Glück, zwei Mitbewohner, so charmant wie Kettensägen, mein Eigen nennen zu dürfen.

»Ich? Joggen? Auf gar keinen Fall!«

Zehn Minuten später joggten wir eine große Runde durch den Sumpf.

Ich konnte es einfach nicht fassen, dass er mich dazu überredet hatte. Noch nie in meinem Leben war ich freiwillig irgendwohin gerannt. Nun ja, außer es war ein wütender Gott hinter mir her. Die letzten vierundzwanzig Stunden hatten sich in eine Richtung entwickelt, die so ganz und gar nicht nach meinem Geschmack war.

Nach fünfzehn Minuten, als ich kurz vor einem Herzkollaps stand, erlaubte Lin mir endlich, eine Pause einzulegen. Glücklicherweise hatten wir Jax zu Hause gelassen. Lin hatte ihn vor den Fernseher gesetzt und einen Dokukanal eingeschaltet. Sicher hätte er mich jetzt so was von ausgelacht, wie ich an diesem Baum lehnte und um Atem rang.

Lin reichte mir wortlos eine Flasche Wasser.

Nachdem ich mehrere große Schlucke daraus getrunken hatte, sah ich zu ihm auf. »Wirst du eigentlich das Gris-Gris zurückgeben?«

»Meinst du das von Papa Legba?«

»Vielleicht können wir dieses Missverständnis auf diese Weise aufklären.«

»Unwahrscheinlich … Loas halten nicht viel von Fakten, wenn sie sich bereits eine Meinung gebildet haben. Außerdem benimmt er sich sehr seltsam seit ein paar Tagen. Steht irgendwie neben sich. Er würde uns nicht glauben.«

»Ach, sag bloß«, antwortete ich und dachte dabei an Papa Legba, der mich angekeift hatte, dass ich an allem schuld sei. Kein Wunder, dass die Mambo und andere hochrangige Voodoopriester diesen Wahnsinnigen entmachtet hatten. Vor allem nach der Sache vor ein paar Jahren. Als Papa Legba 2010 einen Sterblichen geritten hatte und die beiden dann … Ich schüttelte mich, als die grausigen Bilder in meinem Kopf auftauchten. So viele Tote! Ein wenig benommen starrte ich auf meine ausgetretenen Turnschuhe, die schon beinahe auseinanderfielen. Wie konnte Papa Legba glauben, es sei danach Unrecht gewesen, seine Stellung im Voodooglauben zu untergraben? Wieso sollten wir ihn noch als führenden Loa anbeten?

Leider hatte ich keine Zeit mehr, das Gris-Gris-Thema zu vertiefen, denn Lin scheuchte mich weiter, sobald sich meine Atmung wieder normalisiert hatte.

So ein Sklaventreiber.

Irgendwann, kurz bevor meine Muskeln die Drohung, ihre Arbeit einzustellen, in die Tat umsetzten, bogen wir um die letzte Ecke, und endlich geriet Melindas Sumpfhütte in mein vernebeltes Sichtfeld. Mittlerweile schnaufte ich wie ein Nilpferd. Die nachmittägliche Hitze schickte Ströme an Schweißperlen meinen Nacken hinunter. Was ich jetzt brauchte, war eine eiskalte Cola. Doch zu früh gefreut.

Aus heiterem Himmel stoppte Lin mitten in seinem Dauerlauf und zog mich an meinem T-Shirt zurück. »Warte, Dawn, da ist irgendetwas.«

»Ja, die Hütte und eine eiskalte Cola für mich! Und jetzt lass los«, motzte ich ihn an.

»Nein. Ich meine …« Doch weiter kam er nicht, denn etwas Großes brach auf einmal aus dem Sumpfgestrüpp ein paar Yards rechts von uns hervor. Etwas Schleimiges, Schlechtgelauntes.

Ich schlug mir die Hand vor den Mund.

»Ach, du Scheiße!«

O große Erzulie, was war das?

Das Wesen, das sich da aus dem Gebüsch schälte, sah wie ein missgebildetes Sumpfmonster aus, das jemand aus zwei einzelnen schuppigen Sumpfwesen an Schultern und Becken zu einem zusammengenäht hatte. Ein siamesisches Sumpfmonster sozusagen. Blau-grün, mit Füßen wie Schwimmflossen. Aufrecht war es in etwa so hoch wie ein Minivan.

Fantastisch. Wieder mal ein Bombentag für mich. Und dabei hatten wir noch nicht mal sechs Uhr am Abend.

»Wo, sagtest du noch gleich, habt ihr die Schutzlinie um die Hütte gezogen?«, fragte ich Lin, wobei ich das Monster nicht aus den Augen ließ. Waren das etwa Kiemen links und rechts an seinen zwei Köpfen?

»Ungefähr zwanzig Schritte hinter dem Vieh.«

Wie beruhigend. Nessi 2 stand also im Weg. Als hätte es verstanden, was wir beredet hatten, hob Nessi, das Monster, vier Mundwinkel.

Seit dieser Sache mit Papa Legba gestern nahm die Monsterpopulation im Sumpf sprunghaft zu, oder sah ich das falsch?

»Groooaaaar!«, machte der linke Kopf des Monsters.

»Bruuuuaaaar«, rief der rechte.

Ich schürzte die Lippen. Was für eine absurde Situation. »Das ist jetzt irgendwie schlecht. Eigentlich wollte ich lebend zu Hause ankommen.«

Lin schob sich vor mich. Wollte er das Monster etwa mit bloßen Händen erwürgen? Leider sah ich in unserer Nähe keine Stöcke, die sich als Waffe eigneten. Mist, warum hatten wir nicht wenigstens ein Brotmesser oder einen Baseballschläger zum Joggen mitgenommen? Gleich darauf korrigierte ich mich im Geiste selbst: *Warum, verdammt noch mal, sind wir überhaupt joggen gegangen?*

Das Nessi-Monster scharrte mit seinen vier Schwimmflossenfüßen.

Das war übel. Richtig übel. Mal wieder.

»Ich lenke es ab, du rennst zur Hütte. Den Schutzkreis wird es nicht übertreten können.«

Was?

»Spinnst du? Ich lasse dich sicher nicht allein zurück.« Das klang jetzt irgendwie ziemlich kitschig. Wie in einem klischeehaften Horrorfilm. Egal, dafür konnte ich mir auch später noch in Gedanken selbst eine reinhauen. Hektisch sah ich mich nach einem großen Stein um, fand aber nur ein paar Kiesel. Besser als nichts. Mit Schwung holte ich aus und traf das Monster ungefähr an der Augenhöhle ganz links.

Zornig blinzelte es mich an.

Gleichzeitig kam etwas Winzigkleines angehüpft. Perry! Offenbar war er gekommen, um mich zu retten. Mein Froschkater!

Nur leider half uns das nicht wirklich weiter. Außer, dass wir mit Perrys Hilfe ein paar Sekunden dazugewannen. Denn während die linke Hälfte des Monsters mit ausgestreckten Armen auf mich zustolpern wollte, um mir den Hals umzudrehen, legte der rechte Sumpfmonster-Part es darauf an, Perry zu zertrampeln.

»Mädchen … muss tot werden!«, kreischte der sympathische linke Nessi-Monsterkopf. Beeindruckende Grammatik, das gab dem Ganzen auch den bisher schmerzlich vermissten B-Movie-Charakter. Aber was hatte das Monster gegen mich? War es von Papa Legba geschickt worden? Das würde Sinn ergeben. Momentan jedenfalls kam es keinen Schritt voran, da sich Links und Rechts auf keine Richtung einigen konnten.

Es musste sich buchstäblich hin- und hergerissen fühlen. Beinahe hätte ich Mitleid mit ihm verspürt, wenn die Situation für Perry, Lin und mich nicht so massiv lebensbedrohlich gewesen wäre.

»Lauf weg!«, versuchte Lin es noch mal bei mir, wobei er mit der einen Hand in meine Richtung wedelte. Mit der anderen kramte er in seiner Hosentasche nach einem Schutzamulett, so wie es aussah.

Anstatt zu antworten, verschränkte ich die Arme.

Oh große Erzulie, bitte lass ein Wunder geschehen, betete ich dabei in Gedanken.

Immer noch kramte Lin in seiner Tasche. Ein Schutzamulett gegen Monster zu finden schien kein allzu leichtes Unterfangen zu sein. Meine Fingernägel gruben sich in meine Handballen. Warum nur mussten diese Monsterangriffe alle gehäuft jetzt auftreten, wo Melinda nicht da war? Ein knirschendes Geräusch war zu hören, und eine Sekunde später begriff ich, dass das meine Zähne waren, die da aufeinanderrieben. Weglaufen stellte mal wieder keine Option dar. Wir mussten das Vieh hier und jetzt erledigen. Am besten, bevor es uns erledigte.

Keine zehn Sekunden später schienen meine Gebete erhört worden zu sein.

Ein lautes *Klonk* ertönte, als etwas Silbernes von hinten gegen den rechten Monsterkopf geworfen wurde. Der Kopf ruckte nach vorn.

Einen Herzschlag später wiederholte sich das Schauspiel mit dem linken Kopf, worauf das Monster, bei dem links und rechts die Lichter ausgegangen waren, nach vorn kippte.

Flatsch, flatsch. Mit den Köpfen voran schlug es auf dem Sumpfboden auf.

Blinzelnd beobachtete ich, wie sich zwei grüne Zungen aus den Mündern entrollten. Zungen mit einer erschreckenden Ähnlichkeit mit Kakteen.

»Ein Applaus wäre jetzt durchaus angebracht«, behauptete eine Stimme, die sich verdächtig nach Jax anhörte.

Und tatsächlich: Als ich den Kopf hob, bemerkte ich Jax, der hinter dem Monster stand. Melindas großen Kochtopf wie ein Basketball unter den Arm geklemmt.

Ziemlich clever, musste ich zugeben, falls er damit das siamesische Nessimonster ausgeschaltet hatte. Und danach sah es unweigerlich aus.

»Frankensteins Monster zweimal niedergeknüppelt!« Es hätte nur noch gefehlt, dass Jax sich selbst ein High five gegeben hätte.

Ich blies die Backen auf, während Lin neben mir dreimal in Zeitlupe die Handflächen gegeneinanderschlug, was eher Spott als einem Applaus gleichkam.

Ich neigte den Kopf zur Seite. »Zweimal Genickbruch. Mit einem Kochtopf?«

»Ja.« Jax nickte eifrig. »Besitzt gute Flugeigenschaften. Hab ich von dir gelernt.«

Da hatte er auch wieder recht …

Nach der Sache mit dem Sumpfmonster, das Jax liebevoll Frankysumo getauft hatte – eine Mischung aus Frankensteins Monster und Sumpfmonster –, kochte ich uns erst mal einen heißen Kakao, noch bevor wir zur Voodoo Night School aufbrechen mussten.

Zu dritt saßen wir schweigend um den kleinen Küchentisch herum, der sich in bedenklicher Schlagseite Richtung Herd neigte. Frankysumo hatte eine schnelle Beerdigung bekommen und fand nun eine letzte Verwendung als Zwischenmahlzeit für Jax' Ex-Kollegen.

Gedankenverloren beobachtete ich, wie sich ein kleiner Strudel in meiner Tasse bildete, nachdem ich meinen Kakao einmal kräftig umgerührt hatte.

Jax' Stuhl kratzte über den Boden.

»Die Situation spitzt sich zu«, erklärte Lin plötzlich. »Wir sollten Dawn keinen Moment mehr aus den Augen lassen.«

Ich hob den Kopf. Wie bitte?

Vorsichtig, so als sei ich eine Bombe, die jeden Moment hochgehen könnte, legte Lin eine Hand auf mein Knie.

»Am besten, ich bleibe ab jetzt immer an deiner Seite. Ich könnte auch in deinem Bett schlafen. Oder auf dem Boden neben dir, wenn dir das lieber ist?«

Beinahe hätte ich mich an meinem Kakao verschluckt. Lin wollte mit mir in einem Bett schlafen? Das hatte noch nie ein Junge zuvor getan. Ein Hustenanfall schüttelte mich, weswegen ich nichts dazu sagen konnte.

Mir gegenüber sah jetzt auch Jax von seiner Tasse auf, offensichtlich ebenso verwundert wie ich.

»Natürlich nur zu deinem Schutz«, fügte Lin hinzu.

Natürlich. Eilig nahm ich noch einen Schluck Kakao, damit der dämliche Husten endlich aufhörte.

»Ich könnte auch in deinem Bett schlafen«, bot Jax an.

Dieses Mal verschluckte ich mich nicht. Stattdessen spuckte ich Jax den Kakao mitten ins Gesicht.

Was? War Jax jetzt komplett irre? Warum sollte ich mit Lin und ihm in einem Bett schlafen wollen?

Moment mal: Das hier musste ein Traum sein! Unauffällig kniff ich mir selbst in den Oberarm. Autsch! Nein, keine Chance. Das eben war wirklich passiert. Die Worte »Ich könnte in deinem Bett schlafen« waren zweimal gefallen. Ganze zwei Mal! Aus Lins und aus Jax' Mund.

»Nicht gleich so begeistert, Dawn!« Jax verzog das Gesicht und schnappte sich dann ein Geschirrhandtuch, um sich das Gesicht trocken zu wischen.

Neben mir fiel Lin vor Lachen fast vom Stuhl, worauf er sich einen bösen Blick von Jax einfing.

9

Oh große Erzulie, was hältst du noch alles an Überraschungen für mich bereit? Seit zwei Tagen entwickelte sich mein Leben in eine erschreckend verdrehte Richtung!

Zwei gut aussehende Jungs wollten mit mir in einem Bett schlafen. Der Haken daran war nur, dass mir Jax tierisch auf die Nerven ging und ich sein selbstverliebtes Gerede keine Sekunde länger als nötig ertrug. Aus den Augenwinkeln warf ich ihm einen verstohlenen Blick zu. Wie er sich schon wieder in meiner Küche breitmachte. So, als benötigte er für sich und sein Ego doppelt so viel Platz wie normalsterbliche Menschen. Unwillkürlich schüttelte ich den Kopf.

Und nicht zu vergessen: Lin, der angeblich nur mit mir in einem Bett schlafen wollte, um mich nachts vor Monstern beschützen zu können. Allerdings war mir vollkommen klar, dass er durch diese selbstlose Leistung nur Bonuspunkte sammeln wollte, damit er bald wieder zum unsterblichen Loa aufsteigen konnte.

Nein, mal ehrlich: Konnte es noch besser kommen?

Seufzend lehnte ich mich in meinem Küchenstuhl zurück, der daraufhin ein besorgniserregendes Knarzen von sich gab.

Welches Mädchen würde jetzt nicht mit mir tauschen wollen?

Schließlich stand Lin auf und schlug vor, dass wir uns ein paar anständige Waffen besorgen müssten, bevor wir zur Night School aufbrachen. Nur für den Fall, dass uns noch mehr Monster auflauern würden. Diesem Plan konnte man kaum widersprechen.

Wie gut, dass Melinda einen Baseballschläger besaß sowie ziemlich viele, ziemlich scharfe Küchenmesser. Riesengroße Dinger waren das. Wir alle befürchteten bereits, dass die nächsten Angriffe nicht lange auf sich warten lassen würden und dass Papa Legba aus den Fehlern mit tumben, einfach auszuschaltenden Monstern lernen würde.

Wo war nur Melinda, wenn ich sie brauchte!!

Zwanzig Minuten später machten wir uns mit reichlich Dreck unter den Fingernägeln auf den Weg zur Voodoohexen-Abendschule. Dieses Mal, im Gegensatz zu vorher, jedoch nicht ganz unbewaffnet. Im Gehen tastete ich nach der großen Beule in meiner Umhängetasche, die wir mit allem, was sich zur Waffe umfunktionieren ließ, vollgestopft hatten.

Während Lin schwieg, plapperte Jax unaufhörlich davon, dass Monster gegen ihn nicht die geringste Chance hätten, und irgendetwas von Kampftricks, was ich aber nicht richtig verstand.

Ich fing Lins Blick auf, der an meiner linken Seite lief, und verdrehte die Augen.

Lin grinste.

Da es heute seltsamerweise schon recht früh duster wurde, sahen wir kaum noch, wohin wir traten. Der Himmel verströmte ein schwefelgraues Leuchten, wie vor einem Gewitter. Hoffentlich kamen wir nicht gleich noch in einen Platzregen.

Dieser Moment der Unaufmerksamkeit rächte sich sofort, denn in der Sekunde, in der ich den Himmel betrachtet hatte, stolperte ich über eine Wurzel.

»Ups.«

Wenn Lin mich nicht aufgefangen hätte, wäre ich sicher mit dem Kopf voran auf den Boden geklatscht.

»Langsam solltest du doch genug Bonuspunkte gesammelt haben, um wieder unsterblich zu werden«, nuschelte ich in seinen Armen.

Lin zwinkerte mir zu. »Nicht, bevor ich herausgefunden habe, wie wir die Angriffe auf dich beenden können.«

Als er mich wieder auf die Beine stellte, bemerkte ich, dass in Jax' Gesicht genau wie am Himmel ein grauer Gewittersturm zu toben schien, so wie er die Stirn in Falten legte. Was für ein Problem hatte unser Schokoladenanbeter denn jetzt wieder?

Doch wie so oft hatte ich keine Zeit mehr, mir darüber Gedanken zu machen, denn gerade als wir unseren Weg fortsetzten, ertönte ein Brummen hinter uns, das mich unwillkürlich zusammenzucken ließ. So etwas hörte man nicht oft im Sumpf. Es war weder das Gezirpe der Grillen noch klang es irgendwie lieblich. Eher im Gegenteil. Als es näher kam, nahm ich es mehr wie ein Summen wahr. Ein bedrohliches Summen.

Auch die Jungs schienen es bemerkt zu haben, denn beide warfen unruhige Blicke über ihre jeweiligen Schultern zurück.

Was zum Teufel war das?

»Lauft!«, brüllte Lin einen Herzschlag später, nahm meine Hand und zog mich mit sich.

»Was ist das?«, keuchte ich, während wir über den Sumpfweg rannten, der an dieser Stelle mit weichem Torf aufgeschüttet war.

»Keine Ahnung, aber sicher nichts Gutes«, meinte Lin.

»Exakt meine Meinung.« Im Laufen zog Jax das Messer aus der Lederhülle, das er in Melindas Vorratskammer gefunden hatte. Eigentlich war es eher eine Machete, und ich vermutete, dass sie Adrien gehört hatte, wusste es aber nicht genau, da ich das Teil nur als Wanddekoration kannte, solange ich dort lebte.

Und dann wurde uns klar, was uns da brummend verfolgte.

»Wespen? Ehrlich mal! Fällt diesem beschissenen Loa nichts Besseres ein, um Dawn kaltzumachen?«, beschwerte sich Jax. Wahrscheinlich nur, weil er mit der Machete nicht viel gegen einen Killerwespenschwarm ausrichten konnte.

Blinzelnd rannte ich weiter, nicht sicher, ob ich das jetzt als Kompliment oder Beleidigung auffassen sollte.

Aber Wespen? Ich warf einen Blick zurück. Tatsächlich. Es mussten Hunderte, wenn nicht Tausende sein, die da in Angriffsformation auf uns zuflogen.

»Lauf schneller!«, rief Lin, wobei er mich mit sich zog, als sei der Teufel hinter uns her. Oder ein Schwarm Killerwespen. Nun ja …

Ich gab mir wirklich alle Mühe, aber bei meiner Kondition war es beinahe unmöglich, mit den Jungs mitzuhalten, also stolperte ich mehr hinter Lin her, als dass ich lief.

»Was machen wir jetzt?« Das war heute immerhin schon der zweite Monsterangriff auf mich. »Es macht einen ganz schlechten Eindruck, wenn ich tot in der Schule ankomme!«

Die beiden Jungs schwiegen, wahrscheinlich gingen sie so wie ich in Gedanken die Waffen durch, die gerade klappernd in meiner Umhängetasche gegen meine Beine schlugen. Mittlerweile klebten mir so viele Haarsträhnen im Gesicht, dass ich kaum noch etwas sehen konnte.

»Das Haarspray!«, riefen Lin und ich gleichzeitig. Klar, das war die einzige Möglichkeit. Messer würden hier nichts nützen. Nur das Haarspray, das ich quasi als Ersatz für Pfefferspray eingepackt hatte.

Nur musste ich es jetzt natürlich noch während unseres Sprints aus der Tasche fischen. Meine Hand zitterte, als ich sie in die Tasche gleiten ließ.

»Mach schneller, Dawn!«, brüllte Jax. Seine Stimme klang gepresst, deutlich ernster als sonst. Genauso wie die Stimme in meinem Kopf, die mich anfeuerte, schneller zu suchen. Gleichzeitig kam der Wespenschwarm immer näher. Beinahe konnte ich schon den Lufthauch spüren, der sie umgab. Zwar hatten wir die Voodoo Night School fast erreicht, doch wir würden es nicht rechtzeitig schaffen, wurde mir klar. Die Wespen waren uns einfach zu dicht auf den Fersen. Klebten wie ein summender, grauer Umhang an uns.

»Ich mach schon, so schnell ich kann!« Mein Brustkorb schnürte sich zu. Hinderte mich am Atmen. Endlich, endlich bekam ich das Haarspray und auch das Feuerzeug zu fassen. Ich zog es mit einer Hand aus der Tasche hervor, da Lin immer noch meine andere Hand fest umklammert hielt. Natürlich, wie konnte es auch anders sein, entglitt mir das Feuerzeug bei dieser Aktion.

»Mann, Dawn!«, brüllte Jax.

Scheiße, Scheiße, Scheiße!

»Zurück! Lass los, Lin!«

»Nein!«, schrie Lin.

»Aber das Feuerzeug!« Die erste Wespe erwischte mich am Hinterkopf, wo sie zustach und sich dann in meinen Haaren verfing. Autsch. Doch Jax war schon da und schlug mir einfach mit der flachen Hand auf den Hinterkopf, was die Wespe platzen ließ.

»Vielen Dank auch«, herrschte ich ihn an, bereute aber gleich darauf, so viel Puste auf eine Beschimpfung von Jax verschwendet zu haben.

Der Schwarm war seinem eben verstorbenen Vorboten verdammt nah auf den Krallebeinchen! Ich würde nicht mehr lange durchhalten! Sie würden mich zu Tode stechen, sodass meine Haut am Ende einem Streuselkuchen ähnlicher sehen würde als einem Menschen. Schöner Tod. Es würde keinen offenen Sarg geben.

Doch Lin behielt die Nerven, ließ mich los und hechtete auf das Feuerzeug zu. »Jetzt, Dawn!«

Geistesgegenwärtig hob ich die Sprühdose, drehte mich den

Wespen entgegen und drückte auf den Knopf. Lin hielt von unten das Feuerzeug davor, und eine wirklich vorzeigbare Stichflamme warf sich brüllend dem Schwarm entgegen. Das Spray hatte ordentlich Dampf, und ich bewegte die Dose hin und her, während die meisten Wespen sich hirnlos ins Feuer stürzten.

»Yeah!«, jubelte Jax.

Die wenigen Wespen, die im letzten Moment noch ausweichen konnten, wurden teilweise von ihren brennenden Kollegen angesteckt, die wild durch die Luft trudelten, und fielen kurz darauf verkohlt zu Boden. Zuletzt rasten nur noch ein paar verwirrte Überlebende durch die Gegend, die Lin und ich mit gezielten Feuerschüssen einzeln erledigten.

»Was bei Bondieu ist hier los?«, donnerte plötzlich eine Stimme hinter uns.

Oh, oh. Schweiß perlte an meinem Nacken herunter, als ich mich umdrehte.

Madame Laveau stand zwanzig Schritte von uns entfernt am Eingang der Voodoo Night School, die Hände in die massigen Hüften gestemmt, so als seien wir schuld an diesem Killerwespen-Auftritt.

Ich öffnete den Mund, doch Madame Laveau kam mir zuvor: »Los, rein mit euch, Kinder. Worauf wartet ihr? Auf noch mehr schwarze Magie, die gegen euch verwendet wird?«

Oh. Madame Laveau hatte die Situation also wie immer mit ihrem wachen Geist erfasst.

Schwarze Magie, hallte es immer wieder in meinem Kopf. *Schwarze Magie!* Wie konnte Papa Legba nur so weit gehen und schwarze Magie gegen mich einsetzen? Das wollte so gar nicht zu ihm passen.

Als die Mambo die Tür hinter uns schloss, musterte sie mich, als wolle sie sichergehen, dass an mir auch noch alles dran sei. »Wen hast du uns denn da mitgebracht?«, fragte sie schließlich. Obwohl wie immer äußerst wenig Licht in den

Flur der Schule fiel, sah ich ihre murmelgroßen Augen im Dunkeln glitzern.

»Oh.« Ich räusperte mich. Das hatte ich ja vollkommen vergessen. Immerhin schien die Mambo daran gedacht zu haben, den Schutzzauber zu lockern, sodass Jax die Schule sehen und betreten konnte. »Das ist Jax, er ist zwar ein MoV, aber mit einer Voodoohexe befreundet und somit ein Eingeweihter. Außerdem bin ich schuld daran, dass er kein Alligator mehr ist. Und, tja, das ist Lin, oder besser gesagt Linto.«

»Linto? Der Loa Linto? Beschützer der Kinder?« Madame Laveau zuckte mit keiner Wimper, wandte sich allerdings Lin zu, der rechts neben mir stand.

Lin deutete eine altmodische Verbeugung an.

»Stets zu Diensten, mächtigste Mambo des Landes.«

Aha. Offensichtlich kannte er Madame Laveau.

»Ein echter Loa, so, so. Aber warum verspüre ich keine unsterbliche Aura um dich herum? Und wieso kannst du dich im Sumpf frei bewegen? Ich dachte, diese Fähigkeit habt ihr Loas verloren?«

»Ähm, nun ja, das ist eine lange Geschichte …«

»Langer Rede kurzer Sinn«, fiel ihm Jax ins Wort. »Dieser Ex-Loa ist durch den Friedhofszaun gefallen und meint, wieder unsterblich zu werden, indem er Dawn vor den Monstern beschützt. Deshalb sind wir beide hier.« Den letzten Satz fügte er gerade noch so im letzten Atemzug hinzu.

So, so. Bisher hatte ich gedacht, Jax sei wegen einem Dach über dem Kopf und Minzschokolade immer noch bei mir …

»Linto ist hier …«, murmelte Madame Laveau ziemlich weggetreten. Sie kratzte sich am Hinterkopf, wobei der goldene Turban vor- und zurückwippte. »Das … das muss ein gutes Omen sein.«

In diesem Moment schwang die Tür links von uns auf. Mr B, unser Hexenmeister, trat auf den Gang, die Augen weit aufgerissen, sodass sie wie Golfbälle aus seinem Gesicht zu springen schienen.

»Ist das wirklich Linto? O großer Damballah! Ist er es wirklich?«

»Er ist es«, meinte Jax gelassen. Fast unmerklich fügte er ein »Leider« hinzu, das aber nur ich zu hören schien.

»Nicht möglich!« Mr B schien kurz vor einer Ohnmacht zu stehen. Die Hände gegen die Wangen gepresst, schwankte er vor und zurück. Der gute Mr B, eigenwillig gekleidet und mit einem Toupet, das an einen getrockneten Maulwurf erinnerte.

Ich schüttelte den Kopf. Unser Hexenmeister war ein riesengroßer und zugleich mächtiger Mann, aber dann musste er so einen Stress wegen seines Haarausfalls machen? Ehrlich mal. Was sprach gegen eine Kahlrasur? Wie immer war er auch heute in seinen Umhang aus lila Seide gehüllt.

Allmählich begann er sich zu beruhigen, doch jetzt strömten die anderen Schüler auf uns zu.

»Ist es wahr? Ist das tatsächlich Linto, der Beschützer der Kinder?« Wie immer war Hope die Erste an Ort und Stelle, pikste Lin in den Arm und starrte ihn dabei ehrfürchtig an. Langsam kam ich mir wie in einer Zeitschleife gefangen vor.

»Er ist es.«

»Keine Projektion?«

Ich starrte sie schief an. »Nein. Aber war ja klar, dass gerade du das fragst.«

Moment mal, wie konnte ich mir eigentlich so sicher sein, dass Lin nicht nur eine Projektion war?

Hope ignorierte mich demonstrativ. »Wie könnten wir die Wahrheit herausfinden?«

Nachdenklich tippte sich Mr B an seine fleischige Unterlippe. »Mir ist nur ein Weg bekannt. Wartet hier.«

Kaum fünfzehn Sekunden später war er zurück. Mit einer langen Pfauenfeder in der Hand.

Die ganze Zeit über hatte Madame Laveau lediglich Kauderwelsch vor sich hin gebrabbelt. Was war nur mit ihr los? Heute Abend legte sie ein äußerst merkwürdiges Verhalten an den Tag!

Mit seiner Pfauenfeder stellte sich der Hexenmeister genau vor Lin, schubste dafür sogar Hope aus dem Weg. Was sollte das denn jetzt?

Als Nächstes hob Mr B die Feder und kitzelte Lin damit unter der Nase. Der Ex-Loa wirkte überrascht, zuckte zurück und musste dann niesen.

»Aha!«, machte Mr B, wobei er sich über seinen Ziegenbart strich. »Niesen mit geschlossenen Augen! Eindeutig echt. Projektionen fehlt dieser menschliche Reflex auf unerklärliche Weise. Damit kann man sie recht simpel entlarven.«

Aha. Merkwürdige Sache. Irgendetwas verwirrte mich an dieser ganzen Testsituation. Davon hatte ich jedenfalls noch nie gehört! Trotzdem war ich irgendwie froh, dass Lin keine Projektion war. Kein Schwindel.

»Aber woher wissen Sie, dass Loas wie echte Menschen auch mit geschlossenen Augen niesen?«, wollte Electra wissen, nachdem sie eine riesige rosafarbene Kaugummiblase zum Platzen gebracht hatte.

»Ganz einfach: weil Loas tote Menschen sind. Sie waren früher Sterbliche wie du und ich. Erst nach ihrem Tod wurden sie durch ihre besonders guten oder schlechten Taten zu Loas.«

Zu meinem Missfallen zogen nun die anderen Schüler den Kreis um uns enger.

»Linto, es ist wirklich Linto!«

»Wow, Linto!«, erschollen ihre Stimmen wie Echos. Jeder von ihnen schien ihn berühren zu wollen. Außer Shannon, die ich nirgendwo entdecken konnte.

Waren denn jetzt alle durchgedreht?

Lin mutierte also gerade zum Voodoo-Rockstar. Unfassbar. Fehlte nur noch, dass Hope, Electra, Cynthia und Joann sich von ihm Autogramme auf die Brust schreiben ließen. Oder einen Fanclub gründeten.

Tucker starrte ihn auch fasziniert an. Offenbar tickte hier keiner mehr normal.

Jax' Gesichtsfarbe wechselte in ein bedenkliches Zombie-Grau, als ein glücklich dreinschauender Lin ein Selfie mit Electra schoss.

»Diese absurde Begebenheit werde ich nachher bei meinem Therapeuten nur mit Sockenpuppen nachspielen können.«

»Genau. Mir kommt da auch alles hoch«, raunte ich ihm zu.

Jax grinste und rammte mich dann mit seinem Oberkörper.

Was sollte das denn jetzt? Ich rieb mir die Schulter, verstand dann aber, dass das Ganze eine kumpelhafte Geste darstellen sollte.

Als ich den Kopf hob, bemerkte ich, wie Shannon aus der angelehnten Tür zu Mr Bs Büro schlüpfte. Ich blinzelte. Was in Marinettes Namen hatte sie da gemacht? Mir klappte der Mund auf. Scheiße, sie musste tatsächlich etwas in seinem Büro gesucht haben! Hatte sie sich etwa dort drin unbemerkt versteckt, als Mr B die Feder geholt hatte? Ich runzelte die Stirn, doch Shannon tat, als sei nichts gewesen, und schlenderte völlig gelassen auf mich zu. Natürlich war das nur Show, wie man auf den zweiten Blick bemerkte. Irgendetwas hielt sie hinter dem Rücken versteckt und schob es im Gehen in ihre hintere Jeanshosentasche. Dieser Tag wurde immer verrückter …

Noch bevor Shannon mich erreicht hatte, spürte ich Madame Laveaus stechenden Blick auf mir ruhen. Oh, oh. Es war wohl an der Zeit, mit der Mambo zu sprechen. Warum hatte ich das eigentlich nicht schon früher getan? Insgeheim graute mir allerdings vor dem Geständnis, dass Shannon in ihre Vision getaucht war und wir nur deswegen von der Bedrohung für die Stadt wussten.

Sie nickte in Richtung der Zaubermittelkammer, in der

allerhand Voodoo-Krimskrams aufbewahrt wurde. Dann ging sie gemächlich darauf zu, wobei ihre goldenen Armreifen unheilvoll klapperten.

Oje. Wahrscheinlich gab es jetzt erst mal eine Standpauke für mich. Auf ihr Zeichen hin folgte ich ihr.

»Versuch, nichts Dummes anzustellen«, raunte ich Jax zu, als ich mich an ihm vorbeiquetschte. »Geh einfach mit Shannon mit.«

Statt zu antworten, legte Jax die Stirn in noch tiefere Falten.

»Nachher kaufe ich auch Schokolade für dich ein!«

Endlich wirkte er zufrieden und ich konnte mich um die schwerwiegenderen Probleme in meinem Leben kümmern, vorausgesetzt, ich überlebte Madame Laveaus Standpauke …

10

Die fensterlose Kammer lag im Dunkeln, als ich den Raum betrat. Wie von Zauberhand schloss sich die Tür hinter mir, doch einen Augenblick später zog Madame Laveau an einer goldenen Kette, die von der Decke baumelte, woraufhin eine Glühlampe ansprang. Wie die Kette flimmerte auch das Glas der Lampe unnatürlich golden.

Blinzelnd sah ich mich um. Der Raum war in etwa so groß wie ein normales Klassenzimmer, jedoch bis unter die Decke vollgestopft mit Regalen und Zauberutensilien.

Von Ingwer über kiloweise Kräuter bis zu Voodoopuppen aus Holz und Einmachgläsern voll glitschigem Zeugs wie Hühnerfüßen.

Ich schluckte.

Dann fing ich Madame Laveaus Blick auf. So als würde sie mich genau analysieren, kniff sie die Augen zu schmalen Schlitzen zusammen. Wie machte sie das nur? Dass ich hier reumütig vor ihr stand und direkt meine komplette Lebensgeschichte beichten wollte? Dabei hatte ich doch gar nichts verbrochen!

Um Zeit zu gewinnen, strich ich mit den Fingern über den staubigen Regalboden rechts von mir. Eine Taschenuhr in einem Einmachglas fauchte mich an. Aha. Schwarzmagisch.

Wieso konnte mich diese verdammte schwarze Magie nicht mal eine Minute in Ruhe lassen?

Madame Laveau starrte mich unverwandt an.

Und dann war der Zeitpunkt gekommen, an dem ich die kompletten Ereignisse der letzten zwei Tage beichten musste.

Die Mambo hörte mir aufmerksam zu, während ich durch die Regalreihen wanderte und ihren Blick mied. Vor allem der Teil mit dem Blick in ihre Vision verursachte mir Bauchschmerzen, aber auch, dass Papa Legba einen ausgewachsenen Groll gegen mich hegte. Aus einem mir unerfindlichen Grund. Würde sie mir glauben, dass ich gar nichts Schlimmes getan hatte?

Aber woher kannte mich der hohe Loa und was – außer dem von Jax eingesteckten Gris-Gris – hatte ich ihm getan?

Am Ende sagte Madame Laveau lange nichts. Dann, als ich schon dachte, sie wolle mich mit Schweigen strafen, öffnete sie doch noch den Mund. »Und Baron Samedi hat Linto einfach so vom Friedhof geschubst, damit er dir helfen kann?«

»Ich verstehe auch nicht, was ihn da geritten hat.«

»Nun ja, er wird seine Gründe gehabt haben. Vielleicht hat er die vielen lebensbedrohlichen Anschläge auf dich vorhergesehen, schließlich hat er eine enge Beziehung zum Tod. Mit Lin hast du einen fähigen Bodyguard an die Seite gestellt bekommen.«

»Ja … Lin würde alles tun, um mich zu retten, schließlich wird er nur dadurch wieder der unsterbliche Loa werden wie früher.«

»Siehst du. Ziemlich clever also von Baron Samedi. Und dann hast du auch noch diesen kämpferischen Ex-Alligator, der Sumpfmonster für dich erledigt, aber eigentlich ein MoV ist.« Madame Laveau massierte sich ihr Doppelkinn, wobei sie mich erneut mit Blicken zu durchbohren schien.

Wollte sie mir damit zu verstehen geben, dass es ein Fehler gewesen war, ihn mitzubringen? So gut es ging versuchte, ich teilnahmslos dreinzuschauen, damit sie nicht mitbekam, welches Gefühlschaos in mir tobte. Lin wollte mich nur wegen seiner verlorenen Unsterblichkeit beschützen und Jax war so ein Riesenidiot und würde mich schon bald wieder verlassen, sobald er an sein Bankkonto kam.

»Die Zeichen stehen eindeutig«, murmelte die Mambo jetzt. »Loas zeigen sich, meine Visionen ... Etwas Böses braut sich zusammen. Etwas Böses, das die Stadt vernichten will.« Sie schwieg einen Moment lang. »Du siehst deiner Tante sehr ähnlich. Klein, rote Haare, breite Nase. Bist du schon mal auf die Idee gekommen, dass Papa Legba dich mit Melinda verwechselt? Sie hat schon einmal die Stadt gerettet und ... nun ja, es wäre immerhin möglich, dass er glaubt, du seist sie. Loas sind nicht unfehlbar.«

»Ich weiß«, seufzte ich, »schließlich waren sie früher auch mal Menschen.«

Konnte Madame Laveau damit richtigliegen? Aber ... Verheimlichte sie mir etwas? Die Mambo wusste doch mehr! Hatte sie noch weitere Visionen gehabt?

»Wie auch immer.« Madame Laveau klatschte in die Hände. »Zeit, etwas gegen diesen Wahnsinn zu unternehmen.«

Als wir gemeinsam zurück in den Flur gingen, gerieten wir direkt in eine hitzige Diskussion, ob man Lin Opfergaben darbringen sollte oder nicht.

Es hatten sich zwei Lager gebildet. Jax, Tucker und Cynthia – Letztere heute mit einer kinnlangen rosafarbenen Bonbon-Perücke ausgestattet, in der sie wie eine stark gebräunte Katy Perry wirkte, stritten sich mit Hope, Electra und Joann.

Mr B und Shannon standen teilnahmslos am Rand und beobachteten das Szenario.

»Ach, und was opfert man so einem arroganten Fritzen bei euch?«, brüllte sich Jax gerade in Rage, der aussah, als fände er, dass man ihm selbst zehn Kilo Minzschokolade opfern sollte.

Hope wirkte ertappt. »Das steht nirgendwo. Erzulie opfert

man Silber und Schokolade, aber Linto …?« Sie hob den Kopf und warf Lin einen fragenden Blick zu.

»Eigentlich opfert man mir Eier, aber ihr müsst wirklich nicht –« Er hob die Hände, während der Rest seines Satzes in Jax' Gepruste unterging. »Eier!«

»Schluss jetzt!«, donnerte Madame Laveau. »In die Klasse. Alle. Auch unsere Gäste.«

Sie ging vor, und endlich hatte ich Zeit, mir Shannon vorzuknöpfen. Nachdem ich sicher war, dass uns keiner beobachtete, packte ich sie am Arm.

»Was wolltest du in Mr Bs Büro? Und was hast du da in der Hosentasche?«

Shannon blinzelte. »Warum bist du so ruppig? In letzter Zeit spielst du dich auf, als müsstest du jedes Problem der Welt lösen, Dawn. Komm mal wieder runter.«

Ich seufzte, strich mir eine Haarsträhne hinter die Ohren. »Okay, sorry.«

»Ich habe dir doch erzählt, dass ich gestern bei meinen Eltern im Gefängnis war. Dad meinte, jemand aus der Night School hätte ihn verpetzt und dass er nur deshalb –«

Für einen Moment schloss ich die Augen. Schließlich wusste ich sehr genau, wer die Eltern meiner besten Freundin ins Gefängnis gebracht hatte …

Andererseits hatten ihre Eltern mit schwarzer Magie experimentiert. Ihr Vater war sogar Amok gelaufen und hatte mehrere MoVs umgebracht. Aber wenn Shannon erfuhr, dass Melinda das herausgefunden und Shannons Eltern beim Voodoo-Rat angeschwärzt hatte, würde Shannon furchtbar wütend werden. Und das brachte doch niemandem etwas, oder? Jedenfalls sollte ich sowieso nicht diejenige sein, die es Sharon beichtete. Oder machte ich es mir dadurch nur schlichtweg zu einfach?

»Also hab ich mir gedacht, ich schau mich mal um. Und jetzt sieh dir an, was ich in Mr Bs Schreibtisch gefunden habe!«

Shannon schob ihre rechte Hand in die Hosentasche ihrer

Jeans und zog eine Art Kette hervor, die auf den ersten Blick dem Rosenkranz der Katholiken sehr ähnlich sah. Nur bestand dieser hier aus geknoteten Lederbändern und war mit allerlei Schnickschnack behangen. Ohne ihn anzufassen, besah ich ihn mir genauer. Haifischzähne baumelten neben winzigen Strohpuppen und Zinnfiguren, die einen gehässig anlächelten.

»Shannon, Dawn. Der Unterricht beginnt!«, rief Madame Laveau durch den Flur, wodurch wir leider keine Zeit mehr hatten, Shannons Fund oder Diebstahl – je nachdem, wie man es sehen wollte – zu diskutieren.

»Schwarze Magie«, flüsterte meine beste Freundin noch, bevor sie mich in den Klassenraum schob, wo sie mich quasi meinen eigenen Gedanken überließ.

Schwarze Magie, hallte es in meinem Kopf wider. Konnte das sein? Soweit ich wusste, gab es nur sehr wenige abtrünnige Voodooanhänger, die schwarze Magie praktizierten. Zufall? War Mr B vielleicht sogar in das schwarze Ritual mit dem toten Schwein verwickelt gewesen, das Jax und ich gestern Vormittag entdeckt hatten? Hatte Mr B etwas mit der Bedrohung der Stadt New Orleans zu tun und steckte am Ende mit Papa Legba unter einer Decke?

Während ich so über die ganzen schwarzmagischen Angriffe auf mich nachdachte, ließ ich mich auf meinen Platz fallen. Jax und Lin hatten sich ganz nach hinten auf eine freie Kommode gesetzt, da wir nicht genügend Stühle hatten. Natürlich wurden dem Ex-Loa weiterhin verstohlene Blicke von den weiblichen Hexen zugeworfen wie Mardi-Gras-Perlen.

Während Jax den Raum offenbar in seine eigenen Gedanken versunken beäugte, winkte Lin mir kurz zu, doch ich hob nur eine Augenbraue. Für heute hatte ich wirklich genug von den beiden.

Durch das ganze Gegrübel bemerkte ich viel zu spät, dass Madame Laveau gerade der ganzen Klasse von ihrer Vision erzählte.

»… Es geht um die Stadt. Um die Stadt und die Menschen. Viele, viele Menschenleben. Wir stecken also in der seltenen Situation, dass wir mithilfe von Magie die Stadt verteidigen müssen. In Zeiten wie diesen ist es üblich, dass die Mambo zwei junge Hexen, die von Erzulie ausgewählt wurden, für den Kampf ausbildet und dann Seite an Seite gemeinsam mit ihnen den Feinden entgegentritt. Natürlich bin ich schon zu alt für einen Kampf, aber ich werde eine Projektion meines jüngeren Ichs schicken.« Die Mambo lachte.

Aus den Augenwinkeln bemerkte ich, dass sich meine Mitschüler gespannt nach vorn beugten. Endlich war hier mal was los.

»Aber wir haben doch Linto!«, fiel Electra der Mambo ins Wort. Ihre dunklen Haare berührten den Holztisch, als sie sich weit nach vorn beugte und den Tischrand umklammerte.

»Linto ist sterblich und kann damit keine oder nur geringe Mengen an Magie anwenden, um uns bei unserer Sache zu unterstützen«, meinte Madame Laveau.

Lin war nutzlos? Wie charmant! Trotzdem entlockte mir diese Vorstellung ein Lächeln. Na, da war ich aber gespannt, wen von den hier anwesenden, selbst ernannten Voodoo-Experten Erzulie auswählen würde. Bei meinem Glück sicher Hope, die sich mächtig aufspielen würde. Noch mehr als sonst. Ob die Mambo mir glauben würde, wenn ich ihr von meinem Verdacht bezüglich Mr B erzählte? Das musste ich unbedingt noch einmal unter vier Augen mit ihr besprechen. Nach Unterrichtsschluss. Die drückende Hitze ließ meine Oberschenkel an meinem Stuhl festkleben.

»Okay, verlieren wir keine Zeit.« Madame Laveau klatschte in die Hände, sodass ihre massigen Oberarme schlackerten. In dem gewickelten Kleid, das sie heute trug, sah sie wie eine kugelrunde Giraffe aus. »Führen wir das Ritual durch, an dessen Ende uns Erzulie offenbaren wird, wem von euch sie die Ehre zuteilwerden lässt, die Stadt zu beschützen!«

Meine Mitschüler um mich herum wirkten aufgeregt. Alle außer mir. Das war jetzt beinahe wie bei Harry Potter und dem Trimagischen Turnier. Jeder wollte die Stadt verteidigen, in Ruhm und Ehre baden und dadurch vielleicht sogar nach dem Tod selbst zum Loa zu werden. Was natürlich selten vorkam, aber nicht unmöglich war. Sollten sie doch. Typisch, den Tod fürchteten sie nicht wirklich. Da ich nicht mehr als Frösche und Steckrüben zu diesem Krieg gegen das Böse beisteuern konnte, war ich sowieso die Letzte, die ausgewählt werden würde. Außerdem hatte ich meine eigenen Probleme.

Probleme, die momentan ein paar Reihen hinter mir saßen und heute Nacht in meinem Bett schlafen wollten. Und außerdem pampig wurden, wenn keine Schokolade oder zu wenig Waffen im Haus waren. Nicht zu vergessen die Monsterangriffe oder die Probleme mit Melinda und Shannon. Oder dass ich jetzt *joggen* musste!

Ich seufzte und betrachtete meine angespannten Mitschüler, die alle nach dem Auswahlverfahren gierten. Vor allem Hope konnte plötzlich vor Aufregung gar nicht mehr still sitzen. Ich war mir sicher, dass sie am liebsten aufgesprungen wäre, um Madame Laveau bei den Ritualvorbereitungen zu helfen. Das schneckenähnliche Tempo, das die Mambo vorlegte, während sie Töpfe und Kräuter aus den Schränken hervorkramte, schien Hope wahnsinnig zu machen.

Als Madame Laveau schließlich eine Packung Billigschokolade aufriss, hörte ich jemanden aus der letzten Reihe husten.

War das jetzt Jax' Ernst? Nun gut, wie ich nach mehreren Jahrzehnten als Alligator drauf sein würde, konnte ich auch nicht sagen. Vielleicht würde ich mich danach ständig im Kreis drehen, weil ich meinen Reptilienschwanz suchte, oder sonst einen merkwürdigen Tick entwickeln. Wenn man es genau betrachtete, kam mir Jax heute schon viel vernünftiger und weniger durchgedreht als gestern vor. Möglicherweise würde er ja mit der Zeit erträglicher werden. Ich musste ihm auch zugutehalten, dass das Hirn von Alligatoren ja eher winzig war und Jax höchstwahrscheinlich über zwanzig Jahresläufe in sorgenbefreiter Gedankenlosigkeit im Flusswasser gedümpelt und Sonnenbäder genommen hatte, nur unterbrochen von kleinen Zwischenmahlzeiten in Form von unvorsichtigen Vierbeinern. Vielleicht musste sich Jax erst wieder ans Denken gewöhnen und durchlief gerade eine Art Schnellpubertät. Ich nahm mir im Stillen vor, das Thema Jax etwas pädagogischer anzugehen.

Inzwischen hatte die Mambo die brennenden Kräuter und Schokolade in den Topf geworfen. »O große Erzulie Freda, wir verehren dich mit jedem Atemzug, den wir tun. Du bist unser Licht in der Dunkelheit. Weise uns den Weg zum Frieden. Erwähle deine zwei Krieger, die New Orleans gemeinsam mit mir schützen werden!« Sie warf beide Arme in die Luft, worauf alle in der Klasse den Atem anhielten.

Neben mir sah sich Hope hektisch um. Welches Zeichen würde Erzulie schicken? In so einer Situation hatte sich noch keiner von uns Voodooanfängern befunden, daher wusste niemand, was genau passieren würde. Während wir uns noch alle im Klassenraum umsahen, quiekte Joann plötzlich: »Die Mambo!«

Und dann verstand ich. Als mein Blick zu Madame Laveau glitt, bemerkte ich den hellblauen Schimmer über ihren Augen sowie die veränderte Körperhaltung. Im Gegensatz zu sonst stand unsere Lehrerin kerzengerade vor uns. Außerdem hatte sie die Arme so an den Hüften angewinkelt abgestützt, dass sie wie Flügel aussahen.

Oder wie ein Grillhähnchen, überlegte ich. Man könnte auch sagen, Madame Laveau sah aus wie ein Showgirl aus Las Vegas, das die rosa Federwedel vergessen hatte.

»Voodoo-Night-Schüler. Es freut mich, euch zu treffen.« Die veränderte Madame Laveau sprach die Wörter glockenhell und sanft aus. Ohne den Mund zu bewegen. Okay, das war gruselig.

»O große Erzulie! Madame Laveau wird von Erzulie geritten!«, keuchte Electra.

Die Erzulie-Madame Laveau kicherte geisterhaft, wobei sie den Mund nicht öffnete. Gruselstufe fünf!

»Nein, natürlich nicht, Liebes. Das ist uns verboten. Außerdem würde das eure Lehrerin durchdrehen lassen. Keiner der höheren Loas würde das tun. Ich teile mir nur für einen Moment ihren Geist mit ihr. Es ist gleich vorbei und ich kann mich nicht bewegen.«

Tatsächlich bewegte sie sich absolut nicht. Keinen Fingerbreit. Sie hatte sich lediglich entschieden, das Ritual von Madame Laveau zu unterstützen.

»Ah. So wie bei einem Telefon?«, wollte Electra wissen.

»Jetzt halt doch mal die Klappe!«, fuhr Bonbon-Perücken-Cynthia ihre Freundin an. Ihre Fingerspitzen trommelten auf ihrem Pult herum. »Erzulie muss verkünden, auf wen ihre Wahl fällt.«

Gespannt starrten alle auf die besessene Madame Laveau. Man hätte eine Steckrübe zu Boden fallen hören können …

»Der Tradition nach wähle ich zwei Voodooschüler aus, welche die Mambo auf ihrem Weg begleiten werden. Die beiden werden eine Blitzausbildung in Voodoohexerei ohne Hilfsmittel erhalten, was recht schwierig ist. Aber gleichzeitig eine große Ehre. Ihr anderen – die nicht Auserwählten – dürft eurer Mambo natürlich trotzdem gerne beistehen. Schließlich ist es ihr Auftrag, die Stadt und euch alle zu beschützen.«

Aha. Zwei von meinen Mitschülern würden also bald lernen, wie man ohne den Feuertopf und Kräuter zauberte. Interessant … Ob sie auch den Trick mit den Projektionen erlernen würden? Dann könnten sie sich quasi verdoppeln und wären zu fünft mit Madame Laveaus Projektion. Aber wahrscheinlich war das noch zu schwierig. Obwohl Hope es einmal schon geschafft hatte. Zwar eine minderwertige Projektion. Aber immerhin.

»Meine Wahl fällt auf …«

Gespannt beugten sich alle in der Klasse (außer mir) ein Stück weiter nach vorn. Musste Erzulie es so spannend machen?

»… Hope O'Letta!«

Der Freudenschrei, den Hope daraufhin ausstieß, zerfetzte beinahe mein Trommelfell. Mann! Warum ausgerechnet Hope? Mein Leben war doch schon beschissen genug!

Sie reckte ihre rechte Faust nach oben, sprang sogar von ihrem Stuhl auf, um im Ruhm zu baden, wobei sie mit ihrer milchkaffeebraunen Haut wie eine hämisch grinsende Rihanna aussah. Na, super. Da würde Hope in den nächsten Wochen also noch eingebildeter umherstolzieren als üblich.

»Okay, aber wer noch?«, wollte Tucker jetzt wissen. Als ich zu ihm hinübersah, fuhr er sich mit den Fingern über den ins Haar rasierten Blitz an der rechten Schläfe.

Ja, wer war der zweite Voodookrieger, den Erzulie auswählen würde?

Eilig warf ich Lin und Jax einen Blick zu, doch keiner der beiden zeigte eine Gefühlsregung. Sie saßen wie Götterstatuen auf ihrem Regal und beobachteten die Klasse. Ob Erzulie am Ende Lin auswählen würde? Schließlich kannte er sich mit Voodoo aus. Was, wenn sich niemand anderes aus der Klasse dafür eignete, Madame Laveau zu unterstützen? Wir waren die einzige Voodooklasse in New Orleans. Die Auswahl grenzte an einen Witz. Sieben Voodooanfänger im ersten Jahr!

Im letzten Jahr hatten sich schließlich zu wenige eingeschrieben, sodass man diese Schüler in die Voodoo Night School nach Charleston geschickt hatte.

Oder wählte Erzulie am Ende gar nicht die talentiertesten unter uns aus, sondern diejenigen, die als Schutzschild für Madame Laveau und ihre Projektion dienen sollten und dafür mit dem Leben bezahlen mussten? Wie grausam würde diese Schlacht um New Orleans werden? Papa Legba hatte bereits schwarze Magie eingesetzt. Ich bezweifelte, dass wir nur ein einfaches Ritual durchführen mussten, um ihm und seinen Anhängern das Handwerk zu legen. Nein, in dieser Schlacht würde Blut fließen. Trotzdem schien die ganze Klasse – besonders Tucker – begierig darauf, sich zu beweisen. Sie wollten die Auserwählten sein, begriff ich. Egal, was es kostete.

Tief atmete ich die schwüle Nachtluft ein, die durch die gekippten Fenster ins Klassenzimmer waberte. Wer von uns würde gleich aufgerufen werden?

»Die zweite Junghexe ist …« Wieder sprach Erzulie durch Madame Laveau, ohne deren Lippen zu bewegen, und schon wieder legte sie eine bedeutungsschwere Pause ein, für die ich sie am liebsten umgebracht hätte.

Meine Hände wurden feucht, als urplötzlich ein unbehagliches Gefühl von mir Besitz ergriff.

Warum spuckte es Erzulie nicht einfach aus? Verdammt noch mal!

»Dawn Decent!«, riss mich Erzulies Stimme aus meinen Gedanken.

Scheiße, scheiße, scheiße! Das konnte doch einfach nicht wahr sein. Ich doch nicht! Wirre Gedanken ließen mich so heftig blinzeln, dass es mir die Sicht vernebelte. Warum ich? Kalter Schweiß brach auf meiner Stirn aus. Während sich die gesamte Klasse zu mir umdrehte, wagte ich nicht einmal den Kopf zu heben.

»Was, Dawn?«, kreischte Hope.

»Ja. Ihr beide seid als Madame Laveaus Krieger für würdig befunden worden.«

»Aber … aber Dawn kann doch gar nicht richtig zaubern! Wie sollen wir mit Fröschen und Steckrüben die Stadt retten?«, ereiferte sich Hope weiter. Ihre dunklen Haare flogen ihr wirr um den Kopf, als sie immer wieder zwischen mir und Erzulie hin- und hersah. »Oder ist sie nur auserwählt worden, weil Linto sie beschützt?«

Bei dieser Bemerkung rutschte mir das Herz noch ein wenig tiefer in die Hose. Na, super. Sie hatte die Umstände meiner Freundschaft mit Lin also schon herausgefunden. Und was, wenn Hope recht hatte? Was, wenn Erzulie mich nur deshalb ausgewählt hatte, weil mit mir auch ein Loa, nämlich Linto, gegen Papa Legba in den Kampf ziehen würde?

»Es war mir eine Freude, euch zu sehen, Kinder! Lernt fleißig weiter. Das ist alles, was ich euch mitzuteilen habe.« Und mit diesen Worten verabschiedete sich Erzulie Freda von uns, ohne auf Hopes Einwand einzugehen.

Im nächsten Moment blinzelte Madame Laveau. Der blaue Schleier über ihren Augen und die Grillhähnchen-Körperhaltung waren verschwunden. Sie lächelte.

»Interessante Wahl von Erzulie, findet ihr nicht auch?«

Als Antwort verdrehte Hope übertrieben theatralisch die Augen. Sicher freute sie sich schon genauso sehr auf unsere Zusammenarbeit wie ich.

Davon schien die Mambo nichts zu bemerken.

»Hope, Dawn. Nach dem Unterricht kommt ihr zu mir, ja?«

Ich nickte.

Als ich mich zu Lin und Jax umdrehte, bemerkte ich, dass Lin mich besorgt musterte und Jax die Stirn in Falten gelegt hatte.

Lin

Dawn ist auserwählt worden. Das ist gut!, redete er sich immer wieder ein. Schließlich gab es so mehr Gelegenheiten, Dawn zu beschützen, was letztendlich bedeutete, er würde schneller zu seinem Status als unsterblicher Loa zurückkehren. Nur warum verspürte er dann so ein flaues Gefühl im Magen? Dawn steckte bereits bis zum Hals in Schwierigkeiten, und jetzt ernannte Erzulie sie auch noch zu Madame Laveaus Adjutantin, um die Stadt vor übernatürlichen Angriffen zu schützen? Das war weniger gut für Dawns Überlebenschancen.

Seufzend betrachtete Lin Dawn von hinten. Das Ziehen in seinem Bauch verstärkte sich. Wie sie sich immer wieder nervös über das Haar strich. Seine Mundwinkel hoben sich einen Fingerbreit. Irgendwie, auf ihre ganz eigene Art und Weise, war Dawn ja doch ganz schön süß.

Den Rest der Stunde beobachtete er, wie Dawn Bleistifte in Steckrüben verwandelte, während ihre Mitschüler kleine Dolche aus ihnen zauberten. Am liebsten wäre er aufgesprungen und hätte ihr Unterstützung angeboten, aber er wusste, dass Dawn das nicht gewollt hätte.

In der nächsten Stunde erzählte Madame Laveau den Schülern viel über Projektionen, erschuf sogar eine Projektion ihrer selbst, allerdings in jung. Eine süße Afroamerikanerin mit Krauslocken, etwa zwanzig Jahre alt, strahlte die Klasse an. Wie Madame Laveau trug sie ein Kleid mit afrikanischem Druckmuster. Unverzüglich taufte die Mambo die Projektion auf den Namen Mila und forderte sie auf, die Tafel zu wischen, was Mila auch brav ausführte. Damit wollte die Mambo anscheinend demonstrieren, dass man Projektionen erschaffen konnte, die einem bestimmten Zweck dienten und sich dabei selbst für echte Menschen hielten. Clever. Nachdem ihr Zweck erfüllt und die Tafel sauber gewischt war, grinste Mila noch einmal kurz und löste sich dann in Luft auf. Würde die Mambo Mila wieder rufen, um mit Dawn zu trainieren? Wahrscheinlich.

Kurz vor Ende der Stunde hob ein afroamerikanisches Mädchen mit rosafarbener Perücke die Hand.

»Madame Laveau, wäre es nicht klug, wenn Sie, statt eine Projektion für sich zu erschaffen, selbst zum Loa werden? Wissen Sie, wie man das macht?«

Lins Hand versteifte sich. Nicht mal er wusste, wie man es genau anstellte. Durch besonders gute Taten vor seinem Tod, hatte man ihm erzählt, aber war das die volle Wahrheit?

»Cynthia, dafür müsste ich sterben und vorher etwas Bedeutendes für die Menschheit erreicht haben.«

»So wie die Rettung von New Orleans?«

Die Mambo neigte den Kopf, sodass ihr Turban ins Rutschen geriet. »So ungefähr.«

Bisher noch unbekannte Person

Die Würfel waren gefallen. Erzulie hatte tatsächlich Dawn auserwählt, also lief alles nach Plan. Ihre Fingernägel tippten auf die gehäkelte Spitzentischdecke. Ob Erzulie den Wert erkannt hatte, den Dawn mit ihrer Andersartigkeit darstellte? Sicherlich. Welchen anderen Grund konnte es geben? Erzulie konnte in die Zukunft sehen. In ihren Träumen, so hieß es. Leider würde Dawn dafür teuer bezahlen müssen …

Die alte Dame zwang sich zu einem müden Lächeln. Es war der einzige Weg.

Mit zitternden Händen kippte sie die Flüssigkeit aus der Wahrsageschale in den nächsten Blumenkübel. Für heute hatte sie genug gesehen. Hope und Dawn würden eine Blitzausbildung von Madame Laveau erhalten und wenig später schon gegen die dunklen Mächte antreten müssen. Der Ring des Bösen zog sich unaufhaltsam enger um die Stadt. Sie konnte es in ihren Venen spüren und im Flüstern ihrer Knochen.

Der Weg zu ihrer Frisierkommode schien ihr auf einmal absurd lang vorzukommen. Ächzend überwand sie die Distanz, um sich dann erschöpft gegen das Mahagoniholz zu lehnen.

Ihre Finger umklammerten die silberne Haarbürste. Nachdem sie gerade angesetzt hatte, um sich über die weißen, glanzlosen Haare zu bürsten, klopfte es.

»Mrs Swan?«

Die alte Dame hielt inne. »Herein.«

»Notar Winford ist hier. Er sagt, Sie hätten mit ihm einen Termin für Ihr Testament vereinbart?«

Na, das wurde aber auch höchste Zeit!

Dawn

Den ganzen Unterricht über spürte ich die Blicke meiner Mitschüler auf mir. Als würde ein blinkendes Hinweisschild mit der Aufschrift »Hier gibt's was zu sehen!« über mir leuchten. Vielen Dank auch, Erzulie! Schmollend starrte ich in mein Lehrbuch über Metamorphose und versuchte mir diesen Projektionskram zu merken. Brachte nur leider nichts, denn meine Gedanken schweiften immer wieder ab. Zu dem, was Erzulie gesagt hatte: Hope und ich sollten Madame Laveau dabei helfen, die Stadt zu retten. Lächerlich. Was würde ich schon mit einer Armee an Fröschen und Steckrüben ausrichten können? Wirklich, Erzulies Humor im Angesicht des Todes konnte man nur bewundern.

Nach dem Unterricht folgte ich Hope zu Madame Laveaus Pult. Ächzend ließ sich die Mambo auf den Stuhl dahinter fallen. Obwohl es spät am Abend war, hatte die Hitze des Tages noch nicht nachgelassen. Schweißperlen rannen ihr unter dem Turban hervor bis in ihre Halskuhle hinab.

Hinter mir konnte ich hören, wie sich Jax und Lin zu mir stellten.

»Wann fangen wir mit dem Spezialtraining an?«, sprudelte es aus Hope hervor, die es offenbar keine Sekunde länger aushalten konnte.

Madame Laveau musterte sie einen Moment lang von oben bis unten.

»Ab jetzt trainieren wir an jedem Abend, an dem wir keinen Unterricht haben, zusätzlich fortgeschrittenen Voodoozauber.« Madame Laveau nickte uns zu. »Morgen Abend um sieben Uhr hier.«

Lin räusperte sich von irgendwo her hinter mir. »Wir glauben, dass Dawn in ihrer Hütte nicht sicher ist. Es gab bereits einige Angriffe auf sie.«

»Das ist kein Problem. Sie bekommt Personenschutz. Meine Projektion wird um ihr Haus patrouillieren.«

»Und ich könnte ihr Kampftechniken beibringen!« Jax richtete sich zu seiner vollen Größe auf. »Damit sie beim nächsten Zombie-Angriff nicht frühzeitig draufgeht. Wäre ja schlecht für die gesamte Mission.«

Wie schmeichelhaft!

Aber vielleicht will er auch einfach etwas zur Rettung der Stadt beitragen, überlegte ich, gedanklich noch bei meinem Vorsatz, auf Jax' Nachpubertät Rücksicht zu nehmen. Mein dunkelhaariger Ex-Alligator gab dieser Theorie Futter, indem er sich aufblies wie ein Truthahn an Thanksgiving.

»Ich auch!« Lin nickte heftig. »Außerdem werde ich keine Sekunde von ihrer Seite weichen.«

Madame Laveaus Blick glitt zu Jax und Lin. »Interessant …«

Auf einmal wurde mir noch heißer. Diese Situation kam mir so unwirklich vor. Zwei hübsche Jungs, die sich quasi darum rissen, mich zu trainieren. Und in meinem Bett zu schlafen … Unruhig trat ich von einem Bein aufs andere. Als sich Lins Bergsee-Augen auf mich richteten, senkte ich schnell den Kopf. Neben mir konnte ich erkennen, wie Hope ihren Mund zu einer schmalen Linie zusammenkniff. »Ich nehme an, ich soll dann bei Dawn vorbeikommen, um ebenfalls in Kampfkunst trainiert zu werden?«

»Das wäre eine Möglichkeit«. Madame Laveau faltete die Finger ineinander. »Jeden Morgen vor der Schule und am Wochenende. Außerdem nach unserem Unterricht.«

Meine Schultern versteiften sich. Bitte nicht.

Aber es war beschlossene Sache. So würde es geschehen. Niemand widersprach der Mambo.

Gleich nach dieser Diskussion schob mich Lin in Richtung Ausgang. Doch ich machte mich sofort wieder von ihm los. »Geht ihr vor, ich muss noch etwas fragen.«

Ich musste unbedingt alleine mit der Mambo sprechen und danach mit Shannon, falls sie draußen auf mich wartete.

Also trat ich noch einmal an ihren Schreibtisch. Während ich mich räusperte, ließ ich meinen Blick über das ledergebundene Lehrbuch der Projektionen gleiten, das vorne auf ihrem Tisch lag. Ihr Name »Michelle Laveau« war auf dem Titel als Autor angegeben. Ihr eigenes Lehrbuch.

»Sie wollten noch etwas zu Melinda sagen?« Zumindest hatte es sich vorhin im Flur danach angehört. Ganz so, als hätte meine Lehrerin überlegt, ob sie mir noch mehr verraten sollte oder nicht.

Dieses Mal richtete Madame Laveau ihren Kopf vollkommen gerade, wodurch sie wie ein aufmerksames Erdmännchen wirkte. Sie sah mich lange an. »Du kennst doch sicher die Geschichte über die schrecklichen Vorfälle 2010. Ich bin sicher, Melinda hat dir davon erzählt.«

Richtig. Damals war ich neun Jahre alt gewesen und noch Jahre entfernt von meinem Unterricht an der Voodoo Night School. Aber Tante Melinda hatte davon gesprochen.

»Ich glaube, deine Tante hat herausgefunden, dass uns bald eine ähnliche Katastrophe bevorsteht, und ist deswegen losgezogen, um etwas dagegen zu unternehmen.«

Das klang einleuchtend. Nur, warum hatte meine Tante mir nichts davon erzählt?

»Meinen Sie, Melinda schwebt in großer Gefahr? Sie hat sich seit Tagen nicht bei mir gemeldet.«

»Bei mir auch nicht. Aber du weißt, wie stark deine Tante ist. Wenn es jemanden gibt, der schwarzen Voodoopriestern und Loas die Stirn bieten kann, dann Melinda Lavelle.«

Da hatte sie natürlich recht. Ich biss mir auf die Unterlippe. Wahrscheinlich machte ich mir unnötig Sorgen, und Tante Melinda würde pünktlich zu ihrem bevorstehenden Geburtstag wieder auftauchen. Dennoch wurde ich das Gefühl nicht los, dass die Mambo mehr wusste, als sie zugeben wollte.

Schließlich verließ ich die Klasse, in Gedanken immer noch bei meiner Tante.

»Dawn!« Beim Klang von Shannons Stimme im dunklen Flur zuckte ich unwillkürlich zusammen.

»Heilige Erzulie, musst du mich so erschrecken?«

»Ja, muss ich«, meinte Shannon ungerührt. »Und du musst mir helfen.« Damit uns niemand hören konnte, zog sie mich näher zu sich und senkte verschwörerisch die Stimme: »Kannst du Mr B ablenken, damit ich mich ungestört in seinem Büro umsehen kann?«

Ich blinzelte. Die Hitze im Flur schien ihre Kreise noch enger um uns zu ziehen, sodass mir fast die Luft wegblieb.

»Schon wieder? Du weißt aber schon, dass dieser komische Rosenkranz kein Beweis für irgendetwas ist.« Und schon gar nicht dafür, wer ihrem Vater die Schuld an dem Massaker zugeschoben hatte.

Fast ein wenig beleidigt stöhnte Shannon auf. »Überleg doch mal, Dawn. Vielleicht ist Mr B nicht nur der Arsch, der meinen Dad ins Gefängnis gebracht hat, sondern auch der schwarze Voodoopriester, der mit Papa Legba zusammenarbeitet. Er könnte das Schwein auf der Lichtung geopfert haben!« Sie öffnete ihre Faust. »Das hier ist ganz eindeutig ein schwarzmagischer Talisman, und wir wissen beide, wie wenige schwarzmagisch orientierte Voodoopriester unter uns leben. Es könnte ein und derselbe Verbrecher sein!« Ihre Stimme überschlug sich beinahe vor Aufregung.

»Auf die Gefahr hin, mich zu wiederholen: Eine komische Kette mit hässlichen Anhängern ist kein Beweis.«

»Dann hilf mir, es zu beweisen! Lenk Mr B ab!« Shannons

Augen glitzerten, als sie sich die schwarzen Haare aus dem Gesicht strich.

Einen Moment lang dachte ich nach, bevor ich antwortete: »Wenn, dann sollten wir morgen sein Büro durchsuchen, denn da wird er gar nicht hier sein. Ich aber schon wegen meinem Spezialtraining. Und irgendetwas sagt mir, dass Jax weiß, wie man verschlossene Türen aufbekommt.« Jeder wusste, dass Mr B donnerstagabends im einzigen professionellen Voodoo-Shop der Stadt (die anderen waren lediglich Touristenfallen) einkaufte.

Nachdem Shannon zuerst gar nicht glücklich über meinen Vorschlag wirkte, seufzte sie schließlich.

»In Ordnung. Aber ihr macht Fotos und erzählt mir danach alles haarklein!«

»Natürlich.« Ich nickte. »Gib mir aber besser den Talisman. Ich lege ihn zurück in die Schreibtischschublade, damit Mr B keinen Verdacht schöpft.«

»Wenn es unbedingt sein muss …« Widerwillig hielt sie mir die Kette hin, die ich eilig in die Tasche meiner Leinenhose gleiten ließ. Vielleicht war es ganz gut, dass sie morgen nicht dabei sein konnte. Ihre Anwesenheit an einem schulfreien Abend hätte zu viele Fragen aufgeworfen.

»Keine Sorge, ich berichte dir danach alles bis ins Detail. Und jetzt komm.« Froh, diese Diskussion hinter mich gebracht zu haben, zog ich meine beste Freundin nach draußen. Den ganzen Weg durch den düsteren Korridor über schwieg Shannon. Das Gesicht hatte sie zu einer grüblerischen Grimasse wie eine Gewitterwolke über dem Ozean verzogen. Na, ganz prima. Es fehlte mir gerade noch, dass Shannon das mit Melinda und ihrem Dad herausfand. Unglücklicherweise schien sie auf einmal wie besessen von dem Plan, die Unschuld ihres Vaters zu beweisen.

11

Vor der Tür sah ich Jax auf den Verandastufen herumfläzen. Beinahe wie ein römischer Gott während einer Wein-und-Käse-Orgie, lag er halb auf der Seite, den Blick ins Nichts gerichtet.

Zuerst konnte ich Lin nirgends entdecken, doch dann hörte ich ein Mädchen kichern.

Als ich die Stufen nach unten zum Sumpf nahm, fiel mein Blick auf Lin, der sich mit Mila, Madame Laveaus jugendlicher Projektion, unterhielt. Sie hatte sich lässig gegen einen der Holzpfeiler gelehnt und sah in ihrem afrikanischen Kleid und mit dem ungebändigten Lockenkopf einfach umwerfend aus. Trotzdem wollte sich die Anerkennung für Mila nicht so wirklich in mir breitmachen. Vielmehr verspürte ich einen Stich in der Brust, als ich die beiden so nah beieinanderstehen sah. Über was sie wohl geredet hatten?

Zumindest hatte Madame Laveau schnell gehandelt und uns ihre fähige Projektion zur Seite gestellt.

»Habt ihr eingeplant, bei uns mitzumachen, oder wollt ihr gleich hier zur Sache kommen?«, brummte Shannon plötzlich hinter mir.

Als Lin sich zu uns umdrehte, wirkte er ertappt. Oder eher beschämt?

»Schon gut, Shay«, grinste Mila. »Bleib locker.«

»Mein Name ist Shannon«, knurrte meine beste Freundin, die Mila offensichtlich ebenso gut leiden konnte wie Blutegel im Sumpf.

Shay? Irgendwie beschlich mich der Verdacht, dass Mila nicht wusste, dass sie nur eine Projektion war, mit dem Ziel, an unserer Seite das Böse aus der Stadt zu vertreiben. Sozusagen. Sie verhielt sich eher wie ein aufmüpfiger Teenager, der gegen seine Eltern rebellierte und gerade zum ersten Mal verliebt war. Mist. Gerade als sich die Analyse in meinem Kopf zusammengesetzt hatte, wusste ich instinktiv, dass ich richtiglag. Entweder hatte Madame Laveau zu viele Projektionen in einer Woche erzeugt, sodass diese hier Macken aufwies, oder die Mambo verfolgte damit einen ganz bestimmten Zweck. Denn Mila hielt sich für ein verdammt normales Mädchen … Was sicher das Beste für die Rettung der Stadt war, aber für sie selbst? Das würde ein böses Erwachen geben.

»Wir sollten nach Hause laufen. Es ist schon spät«, richtete ich schließlich das Wort an die Gruppe. Die Sonne schien bereits vor Äonen untergegangen zu sein. Daher lag der Sumpf in undurchdringlicher Dunkelheit vor uns.

Shannon, Jax, Lin und Mila hoben alle gleichzeitig den Kopf, um in die von mir angedeutete Richtung zu schauen. In die Richtung, in der die Hütte lag.

»Okay, Leute. Zauberstäbe raus, würde ich sagen.« Mila grinste.

Shannon schüttelte den Kopf. »Du hast eindeutig zu viele Harry-Potter-Filme gesehen, Madame La… ich meine: Mila.«

»Häh?«, fragte Mila, womit meine unwissende Projektions-Theorie bestätigt war. Außerdem schien sie einen Teil von Madame Laveaus Erinnerungen in sich zu tragen. Ergab auch irgendwie Sinn. Wie sollte sie sich sonst im Jahr 2018 zurechtfinden?

»Harry wer?«, wollte Jax wissen, doch mir fehlte langsam einfach die Kraft für Diskussionen wie diese. Wirklich selten war ich bisher die einzige Normale in einer Gruppe gewesen, wo ich doch sonst die Rolle des Freaks für mich im Abo gebucht hatte. Diese Erkenntnis rettete mir unvermittelt den Abend. Also schulterte ich mit einem kleinen Lächeln meine Umhängetasche und ging voraus.

Nach ein paar Schritten nahm ich jedoch verdächtiges Alufolien-Geraschel hinter mir wahr.

»Jax! Das ist meine Schokolade!« Beziehungsweise meine Notration aus dem Geheimfach meiner Tasche. Für Notfälle, in denen ich Erzulie dringend etwas opfern musste. Wie war er da bloß rangekommen?

»Deine Schokolade?«, schmatzte Jax. »Ich dachte, in eurem Jahrhundert habt ihr den Kapitalismus überwunden und teilt jetzt mit den Bedürftigen?«

»Du und bedürftig?«, krächzte ich.

»Mann, Jax. Du musst unbedingt aufhören, dir diesen Dokukanal reinzuziehen«, pflichtete mir Lin bei. Er hatte zu mir aufgeschlossen und verdrehte jetzt gespielt genervt die Augen. Langsam überkam mich das unbestimmte Gefühl, dass es ein Fehler gewesen war, Jax vor den Fernseher zu setzen.

Zu Hause in Melindas Hütte knipste ich das Licht an und legte den Schlüssel auf den Tisch neben die Rübe, die ich Bunny getauft hatte. Das Mini-Wohnzimmer wurde durch die spärliche Beleuchtung in sanftes goldenes Licht getaucht.

Hinter mir stolperten die anderen durch die Tür. Unfassbar, wie viel Besuch ich in letzter Zeit bekam. Wenn morgen auch noch Hope vorbeischaute, würde die kleine Hütte wie eine bis zum Anschlag gefüllte Wasserbombe platzen.

Sofort kam mir Perry entgegengesprungen.

»Hey, Großer.« Mit einem Finger tätschelte ich ihn vorsichtig am Kopf. Er genoss es sichtlich und schloss die Augen.

»Du hast eine Kröte als Haustier?«, wollte Mila verwundert wissen.

»Natürlich nicht. Das ist ein Frosch, der früher einmal ein Kater war«, merkte ich an.

»Uhh, fehlgeleitete Zauber rückgängig machen ist schwer.«

Dafür fing sie sich meinen Todesblick ein. Ihre neunmalkluge Art nervte mich jetzt schon.

»Hör mal, Dawn, ich würde ja gerne bei eurer Übernachtungsparty mitmachen …« Shannon warf sich die langen Haare über die Schulter. »… nur habe ich noch ein paar wichtige Dinge zu erledigen. Wegen meinem Vater.«

Zwar hörte sich Shannons Plan ganz und gar nicht beruhigend für mich an, trotzdem nickte ich meiner besten Freundin zu. »Verstehe ich.«

Nachdem wir uns verabschiedet hatten, schloss ich die Tür hinter ihr. Shannon würde schon nichts passieren. Schließlich war Papa Legba hinter mir her und nicht hinter ihr.

Seufzend drehte ich mich zu meinen Gästen um, die mich alle erwartungsvoll musterten. Das war ja fast wie in einem Haifischbecken. »Habt ihr Hunger?«

»Ja.« Jax nickte, ohne zu zögern.

Die anderen schlossen sich ihm an.

Also schlurfte ich in die Küche, um eine Familienpackung Fertiglasagne in den Ofen zu schieben.

Jax, dem es offenbar nicht schnell genug gehen konnte, setzte sich im Schneidersitz vor den Backofen, während Mila und Lin am Küchentisch Platz nahmen.

Bevor er sich setzte, rückte Lin seinen Stuhl zurecht, sodass er auf den alten Dielen kratzte.

»Wie kannst du schon wieder Hunger haben, Jax?« Lin fuhr mit dem Zeigefinger über die weiße Häkeldecke in der Mitte des Küchentischs.

Doch Jax zuckte nur mit den Schultern. »Kannst du wirklich mit offenen Augen niesen, Mila?«, lenkte er vom Thema ab.

»Was? Wieso? Nein.« Überrascht blinzelte Mila erst Jax und dann Lin und mich an. »Das kann doch niemand.«

Wie zum Teufel konnte man eigentlich nicht wissen, dass man nur eine Projektion und kein echter Mensch war?

»Gib mir mal den Pfefferstreuer, Dawn«, verlangte Jax.

Oh, Mann. Während Mila immer noch verdattert dreinschaute, hob ich eine Augenbraue. Hinter mir knisterte die Lasagne im Ofen.

Nachdem mich etwa fünf Sekunden alle mehr oder weniger perplex angestarrt hatten, griff ich ins Gewürzregal.

»Hier, Jax. Aber was immer du vorhast: Mach keinen Scheiß.« Hörte ich mir eigentlich noch selbst beim Reden zu? Große Erzulie!

Natürlich achtete er wie immer nicht im Geringsten auf meinen Einwand, sondern schnappte sich die Pfeffermühle, leckte sich einmal kurz über den Handrücken und streute dann Pfeffer darauf.

Ab da ahnte ich schon, welche Dummheit er plante. Nur Mila offenbar nicht.

In einer fließenden Bewegung sprang Jax auf, machte einen Schritt auf Mila zu und hielt ihr die pfefferbeschmierte Hand unter die Nase.

»Darf ich?«, wollte er wissen. Reichlich spät für eine höfliche Anfrage, während er seine Hand Mila praktisch ins Gesicht drückte.

»Tschiii!«, machte Mila mit Augen so groß wie Tischtennisbälle.

Unfassbar. Niesen mit offenen Augen.

»Was soll das, du Idiot?«, beschwerte sie sich. Ihr Kraushaar vibrierte geradezu, während sie sich über die Nase rieb.

»Nur ein kleiner Test, der beweist, dass du kein echter Mensch, sondern lediglich eine Projektion bist«, bemerkte Jax süffisant und offenkundig sehr zufrieden mit sich. »Normale Menschen schließen nämlich die Augen beim Niesen.«

Dieses Mal demonstrierte er den Pfeffer-Reflex-Nieser an sich selbst, wobei er wie angekündigt automatisch die Augen zusammenkniff.

»Aber … aber …«, stotterte Mila.

Auf einmal wurde mir ganz kalt im Nacken, obwohl ich nahe am Herd stand und die schwüle Sumpfluft praktisch durch die Küche waberte. Vielleicht war es nicht gerade die feine englische Art, aber irgendwie musste Mila ja die Wahrheit erfahren. Und man sagte doch, dass man unbequeme Neuigkeiten besser früher als später und so schnell wie einen Pflasterabriss weitergab?

Nachdem Lin ihr eine Weile alles erklärt hatte, brachte er Mila ins Bett. In Melindas Bett, um genau zu sein. Etwas essen wollte sie nun nicht mehr, und ich respektierte ihren Wunsch, in Ruhe über alles nachzudenken. Schließlich legte ich ihr noch ein Nachthemd und etwas zum Anziehen von mir für den nächsten Tag neben das Bett, dann holte ich die Lasagne aus dem Ofen. Allerdings war mir der Appetit gründlich vergangen. In Gedanken versunken sortierte ich die Lasagne zu kleinen Haufen auf meinem Teller. Ich hatte eine Projektion der mächtigsten Mambo des Landes im Haus, die sich aktuell wie ein Häuflein Elend in Melindas Bett zusammengerollt hatte. Ganz davon abgesehen beherbergte ich noch einen gefallenen Loa und ein Ex-Reptil mit Entwicklungsverzögerung. Womöglich sollte ich aus dieser Geschichte ein Buch machen. Aber welcher Verlag würde so etwas total Absurdes veröffentlichen?

»Wir sollten einen Trainingsplan aufstellen«, schmatzte Jax nach einer Weile. »Was auch immer geschieht, wir müssen sicherstellen, dass Dawn bis zu dieser Flutwellenkatastrophe überlebt und nicht vorher von Monstern gefressen wird.«

Diese Idee stieß bei Lin auf reichlich Gegenliebe und so waren sich die beiden zum ersten Mal in dieser Woche einig. Sie kritzelten auf die Rückseite der Speisekarte eines chinesischen Lieferservices, der sowieso nicht bis hierher in den Sumpf lieferte, einen Kampftrainings-Wochenplan. Da war ich jetzt aber echt mal gespannt. So gespannt wie mein zehn Jahre altes Punkte-Stirnband, mit dem ich mir morgens im Bad die Haare zurückhielt.

Als sie mir ihren *Masterplan* freudestrahlend überreichten, verdrehte ich die Augen.

Bevor ich ihn las, hob ich aus einem Reflex heraus die Hand und wischte Jax einen Streifen Tomatensoße vom Kinn. Eine Sekunde später blinzelte ich überrascht. Hatte ich das gerade wirklich getan? Tickte ich noch ganz richtig?

Genau wie ich wirkte Jax ebenfalls verdutzt, fing sich aber gleich wieder.

»Was gibt's zum Nachtisch? Schokoladenpudding?«

»Nein, aber ich habe noch Minzschokoladen-Zigaretten«, sagte ich unüberlegterweise. Mist, eigentlich hatte ich verschweigen wollen, dass ich Jax' Lieblingssorte unter Melindas Vorräten gefunden hatte.

»Wie vorausschauend von dir.« In einer Art gönnerhaften Geste breitete Jax die Arme aus und schob mir dann seinen leeren Teller hin.

Augenrollend räumte ich unser Geschirr in die Spüle und wühlte mich dann auf der Suche nach der Minzschokoladen-Zigarettenpackung einmal quer durch die Vorratskammer.

»Also«, meinte Lin schließlich, nachdem Jax ausnahmsweise mal schwieg, da er auf einem der Schokostängel herumlutschte (und ich war ziemlich sicher, dass er das Papier mitaß). »Was hältst du von unserem Plan, Dawn?«

Der Schokostängel in Jax' Mund bewegte sich nicht mehr, als er mich gespannt anstarrte.

»Freu mich schon wahnsinnig drauf«, seufzte ich, als ich den Trainingsplan überflog. Jeden Tag verschiedene Kampftechniken und Lauftrainings. Einfach perfekt für Sportskanonen wie mich …

Jetzt brauchte ich erst mal eine Schokoladenzigarette. Ich

schnappte mir eine und tat dann so, als würde ich sie mir mit einem imaginären Feuerzeug anzünden.

»Hey, das ist meine Schokolade!«, meckerte Jax.

»Ach, weißt du, Jax, in diesem Jahrhundert haben wir den Kapitalismus überwunden und teilen mit den Bedürftigen!«, gab ich mit tief verstellter Machostimme zurück.

»Du und bedürftig?«, ereiferte er sich. »Und hör verdammt noch mal auf, meine Völkerkunde-Weisheiten zu kopieren!«

Lin kicherte.

»Zeit fürs Bett«, erklärte ich nach einigen Minuten, in denen Jax und ich uns – mit unseren Schokoladenzigaretten im Mundwinkel – ein erbittertes Blickduell geliefert hatten.

Als ich mich von meinem Stuhl erhob, fiel mein Blick auf den Berg schmutzigen Geschirrs, welcher sich in der Spüle gefährlich hoch türmte.

»Irgendjemand von euch wird das morgen abspülen müssen!« Jax zählte sorgfältig die übrig gebliebenen Zigaretten und bewegte dabei lautlos die Lippen, als würde er die Vorräte für die Nacht geteilt durch die Anzahl der Stunden berechnen. Lin hatte sich bei dem Wort »abspülen« den Trainingsplan gegriffen und schien ihn mit Falten auf der Stirn durchzugehen.

Ich sah ein, dass der Abwasch bei vierbeinigen Sumpfbewohnern irgendwie kein wirkliches Thema war, und Loas kannten vielleicht gar kein Geschirr. Aber das würde ich nicht als Ausrede gelten lassen. Als Gefallener teilte Lin nun das Schicksal aller Menschen ohne Spülmaschine.

Beide Jungs folgten mir kurz darauf schweigend in mein Schlafzimmer.

»Ähäm.« Ich räusperte mich. Eigentlich hatte ich vorgehabt, mich umzuziehen, doch jetzt standen Jax und Lin hinter mir, womit mein winzig kleines Zimmer quasi schon wegen Überfüllung geschlossen werden musste.

»Das hatten wir doch besprochen, Dawn«, meinte Lin, wobei er ein Gesicht machte, als sei es das Selbstverständlichste der Welt. »Ich lasse dich nachts nicht allein. Zu gefährlich!«

»Ich auch nicht«, sprang ihm Jax bei. »Der nächste Monsterangriff wird nicht mehr lange auf sich warten lassen. Besser, du bist nachts nicht allein.«

»Genau, wer immer dich ausschalten will, es gibt keinen Grund, warum er plötzlich damit aufhören sollte, dir Zombies oder andere apokalyptische Reiter zu schicken«, sprang ihm Lin bei. Blinzelnd musterte ich die beiden. Heilige Erzulie! Wenn das Melinda erfuhr! Gleich zwei gut aussehende Jungs boten an, bei mir zu schlafen! Bei der einsamen, pummeligen Dawn!

»Gut, aber ihr schlaft auf dem Boden!«

Bei dieser Ankündigung besah sich Jax den schmalen Fußbodenstreifen zwischen meinem Bett und dem Schreibtisch. Sein trauriger Hundewelpen-Gesichtsausdruck, ob strategisch eingesetzt oder nicht, funktionierte leider bei mir. Verdammt.

»Meinetwegen. Außer ihr nehmt zu viel Platz weg!« Immerhin hatte ich ein großes Bett, in dem Platz genug für uns drei war. Shannon hatte es mir vermacht, als sie vor Kurzem ein neues bekommen hatte.

Zehn Minuten später lag ich eingequetscht zwischen Lin und einem schnarchenden Jax in meinem Bett und verfluchte mein Leben …

Der gleichmäßige Atem von Lin, der es sich rechts von mir bequem gemacht hatte, verriet mir, dass auch er bereits im Land der Träume weilte. Im Gegensatz zu mir. Himmel, war ich die Einzige, die heute Nacht nicht schlafen konnte?

Ich seufzte tief. Das Bettlaken klebte an meinen Schenkeln. Sollten Papa Legba und seine Zombies heute die Schutzzauber der Hütte überwinden, würden sie mich inmitten meiner zwei schnarchenden Beschützer vorfinden. Mit etwas Glück würde die Zombiearmee vor lauter Lachen untot umfallen!

Als sich Lin ein paar Minuten später, in denen nur das Ticken meiner Wanduhr zu hören war, auf die Seite drehte und mir dabei seinen Arm über den Oberkörper warf, machte das mein Glück perfekt.

Grummelnd fluchte ich vor mich hin. »Heilige Erzulie, warum strafst du mich so?«

Ich starrte an die Decke und beschloss, einfach so liegen zu bleiben, bis es Morgen war, eingerahmt von zwei Jungs, die beide aus ihren eigenen egoistischen Motiven in mein Bett gekrochen waren.

Ein Lichtschimmer erregte meine Aufmerksamkeit. War Mila aufgestanden und hatte Licht gemacht? Nein. Da war etwas, und ich fühlte, dass es etwas Größeres sein musste, etwas Mächtiges. Sofort brach mir der Angstschweiß aus, und ich überlegte, ob ich Lin jetzt wecken sollte. Das rosafarbene Licht verstärkte sich, wurde irgendwie dichter.

Erzulie Freda in ihrem rosa schimmernden Gewand, eine der höchsten Loas meines Voodooglaubens, manifestierte sich darin. Halb durchsichtig, aber sie war es. Ganz eindeutig. Schon wieder? Zwei Besuche an einem Tag?

Ich keuchte und schwankte zwischen Erleichterung und Panik, als Erzulie mit dem Knie gegen mein Bett stieß und mich freundlich anlächelte.

»Hallo, Dawn. Schön, dich wiederzusehen.«

»Ich … ich«, krächzte ich. Wahnsinnig hilfreich.

»… freue mich auch dich, o große Erzulie Freda, wiederzusehen?«, vollendete Erzulie freundlicherweise meinen Satz.

»Nein. Ich meine ja.« Unsicher sah ich zu den schlafenden Jungs.

»Die wachen nicht auf.« Erzulie zwinkerte. »Das habe ich im Griff.«

Ich schluckte. Gruselig. Andererseits, was sollte schon groß passieren? Das hier war Erzulie Freda. Sie stand auf der Seite der Guten.

Ich betrachtete sie genauer. Eigentlich sah sie einer erwachsenen Hope ziemlich ähnlich … Cappuccinofarbene Haut, glänzende schwarze Haare, volle Lippen und lange Wimpern. Eine dunkelhäutige Südstaatenschönheit. »Wieso zeigst du dich mir?«

»Du hast mich doch gerufen? Ungefähr eintausend Mal?«

»Soll das heißen, nachdem man tausend Mal deinen Namen ruft, erscheinst du?«

»Das habe ich nicht gesagt.«

»Aha. Sagst du heute überhaupt noch mal etwas Nützliches?«

»Sollte ich?« Erzulie lächelte.

»Ich dachte, Loas können sich nicht außerhalb von Friedhöfen zeigen?«

Die halb durchscheinende Erzulie winkte ab. »Der ganze Sumpf ist ein einziger Friedhof. Aber im Ernst: Wenn wir lange genug Kraft aufgespart haben, können wir uns ein paar Minuten in eurer Welt aufhalten.«

Ich sah sie lange an. Erzulie ließ sich allerdings nicht verunsichern. Mein Mund verzog sich zu einer dünnen Linie. Warum musste sie auch ausgerechnet mich erwählen? Hatte ich nicht schon genug Probleme am Hals?

»Nett hast du es hier.« Sie nickte in Richtung der Jungs. Erst zu Lin und dann zu Jax.

Ich verdrehte die Augen. Was wusste sie denn schon?

Offensichtlich bemerkte sie mein Unbehagen.

»Entspann dich doch mal etwas. Wovor hast du Angst, Dawn Decent? Das sterbliche Leben ist dazu da, genossen zu werden. Die öde Leere nach dem Tod ereilt dich noch früh genug.«

»Wie war das bitte?«

»Nichts weiter. Ich meine ja nur. Diese beiden Jungs hier und du …« Wieder grinste sie vielsagend, was mich langsam tierisch aufregte. Meine Hände krampften sich um die Bettdecke.

»Ich glaube, da muss ich dankend ablehnen.« Lin und Jax? Das war, als müsste ich zwischen Pest und Cholera wählen. Zwischen Arroganz und Hochmut besser gesagt.

Erzulie machte ein trauriges Gesicht. »Du machst dir die Dinge gerne kompliziert, oder? Weißt du, manchmal ist nicht alles so, wie es scheint.«

»Bist du hier, um mir unnötige Ratschläge zu erteilen, oder ...« Ich ließ den Satz unvollendet, wobei ich mich gleichzeitig über mich selbst wunderte. Noch vor zwei Tagen hätte ich nicht im Traum daran gedacht, der großen Erzulie so unhöflich gegenüberzutreten. Andererseits hatte ich inzwischen jede Menge Loas kennengelernt und war sogar gewissermaßen auserwählt worden. Vielleicht war das gerade auch nur ein Traum und Erzulie gar nicht wirklich da ... An meinen wirren Gedanken erkannte ich, wie sehr mein Leben aus dem Gleichgewicht geraten war.

»Genau genommen bin ich gekommen, um mit dir über die Auswahl zu sprechen, die ich getroffen habe. Du glaubst vielleicht nicht daran, aber du bist etwas Besonderes.«

Ja, klar. Erneut verdrehte ich die Augen.

»Warum willst du diese Wahrheit nicht akzeptieren?«

»Komm zum Punkt«, nuschelte ich.

Ergeben hob Erzulie die Arme, was ihre goldenen Armbänder zum Klirren brachte. Fast musste ich meinen Blick abwenden, um von ihrer Schönheit nicht geblendet zu werden. Wenn sie mit Lin und Jax in einem Bett liegen würde, selbst als Sterbliche, die beiden hätten kein Auge zugetan, da war ich mir sicher. Erzulie war eine überirdische Schönheit. Sicher schon vor ihrem Tod gewesen.

»Du weißt, dass die großen Loas wie ich keine Menschen reiten können, weil sie sonst den Verstand verlieren.«

»Genau wie 2010, als Papa Legba ...« Ich verstummte.

»... den Vater deiner Freundin Shannon geritten hat, der dann durchdrehte, einen Kurzschluss verursachte, mehrere

Strommasten umwarf, weswegen Dutzende Menschen starben?«, vollendete Erzulie mal wieder ungefragt meinen Satz.

Ich nickte. Langsam wurde ich zu müde für bissige Bemerkungen. Es tat mir alles so leid für Shannon. Ihre Eltern hatten so viel Schlimmes getan, schwarze Magie für diese Sache benutzt. Menschen waren ihretwegen gestorben, weil die beiden auf Rache aus gewesen waren …

»Jedenfalls wird der Tag kommen, an dem nur du, Hope, Michelle Laveau und ich das Böse, das diese Stadt bedroht, werden besiegen können. Einer von euch wird sich mit mir vereinen müssen.«

»Du meinst … sich reiten lassen? Im Ernst? Aber wir würden den Verstand verlieren …«

»Wenn es an der Zeit ist, wirst du es verstehen. Ich möchte nur, dass du darauf vorbereitet bist.«

»Das ist alles, was du darauf antwortest?« Langsam wurde ich wirklich wütend. Um nicht zu sagen: stinksauer. »Kannst du nicht einfach ein paar Zauber wirken und die Stadt retten?«

»Ich bestimme das Schicksal nicht. Ich sehe nur einige Puzzleteile aufblitzen und richte mich nach ihnen. Einzelne Bilder einer möglichen Zukunft. Wenn ich könnte, würde ich mit einem Fingerschnippen alles Böse aus dieser Welt vertreiben. Aber so läuft das nicht. Loas können in eurer Welt nicht so viel ausrichten, wie du denkst. Sie folgen ihrer Bestimmung, so wie ich mich um die Liebe und um diese Stadt kümmere.« Ihr Blick huschte zwischen den schlafenden Jungs hin und her. Oh nein, wehe, sie drehte hier irgendetwas mit Magie! Sie und ihre Liebesgeflechte konnten mir gestohlen bleiben. Wehe, sie wagte es, hier Amor zu spielen!

»So ist es nun mal. Sterbliche müssen mit uns Loas zusammenarbeiten, sonst können wir dem Schicksal nicht dienen.«

Opfern. Sie meinte wohl eher, Sterbliche mussten sich opfern. Für ihre Stadt. Für New Orleans, deren Schutzpatronin sie war. Ich schluckte. Ganz eindeutig hatte sie das sagen wollen, sich aber letztlich für eine harmlosere Umschreibung entschieden.

»Damit willst du mir doch nur einen Knoten ins Gehirn reden!« Ich kniff die Augen zusammen.

»Vielleicht.« Erzulie hob beide Schultern. »Aber damit bist du offiziell vorgewarnt, und jetzt solltest du schlafen. Morgen wartet ein hartes Training auf dich. Und der unvermeidliche Tag ist nicht mehr fern. Wenn du dafür nicht bereit bist, werden viele Menschen in dieser Stadt sterben.«

Bevor ich etwas erwidern konnte, hatte sich Erzulie bereits in rosafarbenes Licht aufgelöst!

Na, vielen Dank auch! Wenn ich die letzte Hoffnung für New Orleans war …

»Nur keinen Druck, Dawn! Das Schicksal der Stadt liegt in deinen Händen …«, äffte ich sie nach.

Danach rollte ich mich grummelnd zu einer Kugel zusammen, was Jax fast vom Bett katapultiert hätte. Da ich jetzt doch etwas Trost gebrauchen konnte, kuschelte ich mich mit dem Rücken an Lin, der immer noch seinen Arm über mich gelegt hatte. Die Wärme, die sein Körper ausstrahlte, beruhigte mich auf eine unerklärliche Weise. Mit einem wohligen Gefühl im Magen, das mir klarmachte, dass ich nicht allein war, schlief ich schließlich ein.

Jax

Gegen zwei Uhr morgens wurde Jax von Dawns Knie geweckt, das sie ihm im Schlaf in den Rücken stieß. Sofort war er hellwach.

Die Gelegenheit stellte sich als durchaus günstig heraus. Nachdem er sich sicher war, dass sowohl Dawn als auch Lin noch fest schliefen, glitt er lautlos aus dem Bett. Lin hatte den

Arm um Dawn geschlungen und lag beinahe mit seinem kompletten Oberkörper auf ihrem Rücken. Dawn schien davon nichts zu bemerken. Ihr rotes Haar breitete sich wie ein Fächer vor ihrem Gesicht aus und sie schlummerte selig. Wie man so entspannt mit einem anhänglichen Lin auf dem Rücken schlafen konnte, entzog sich zwar komplett Jax' Verständnis, aber bitte … Er schnaubte. Damit konnte er sich auch später noch auseinandersetzen. Die Wanduhr in Dawns Zimmer zeigte 2:05 Uhr an. Alles schien ruhig. Für ein paar Stunden musste er Dawns Schutz ganz alleine Lin überlassen. Falls sie tot war, wenn er zurückkam, würde er ihn umbringen. Was wahrscheinlich sowieso das Beste für die Menschheit sein würde.

Während er nach seiner Hose suchte, kam ihm in den Sinn, dass es vielleicht gar nicht schlecht wäre, wenn in diesem großen Showdown, dem Kampf um die Stadt, möglichst viele Voodoohexen starben. Und Lin, der praktischerweise gerade sterblich war, ebenfalls. Aber Dawn nicht. Nein, Dawn nicht. Er schüttelte den Kopf und steckte sich dann zwei von Dawns Haarnadeln in die Tasche. Mit ihren doch sehr beschränkten Zauberkräften konnte man sie nun wirklich nicht als Bedrohung einstufen. Nein, sie war keine dieser abartig gefährlichen Voodoohexen. Außerdem würde sie die Stadt retten. Oder es zumindest versuchen. So schlecht konnte sie nicht sein.

Leise zog er die Tür der Hütte hinter sich zu. Außerdem hatte er sie ihre Zauber nie zu schädlichen Zwecken einsetzen sehen. Und sie hatte immer Schokolade für ihn. Diese teuflisch gute Schokolade des 21. Jahrhunderts! Ein erfreutes Lächeln umspielte seine Mundwinkel. Leute, die Schokolade an beinahe Fremde wie ihn verteilten, konnten einfach keine Werkzeuge des Bösen sein. Nein, sicherlich nicht. Dawn war eben einzigartig.

Kurze Zeit später stand Jax draußen in der kühlen Nachtluft, den klaren Sternenhimmel über sich. Nach einem Blick über die Schulter machte er sich auf in Richtung Nordwesten. Den Kopf in den Nacken gelegt, orientierte er sich an den Sternbildern. Sie würden ihn schon zum Schrottplatz am Rande des Sumpfs führen. Denn dort lag gut verborgen vor der Außenwelt die Akademie der Hexenjäger.

Vorfreude durchflutete ihn, was seine Schritte zusätzlich beschleunigte. Zugegeben, seit seiner Rückverwandlung fühlte er sich wie ein glücklicher kleiner Junge. Vielleicht war es die Zeit als Alligator, die ihn verändert hatte, oder die Tatsache, dass er sich wie ein Kind vorkam angesichts der technischen Neuerungen in diesem Jahrtausend. Ein paar Glühwürmchen leuchteten in einer Hecke auf, fast, als würden sie ihn wiedererkennen. Den alten Jax von 1994. Jax Roquewood, Hexenjäger.

Ob er ein paar seiner alten Freunde wiedersehen würde? Sie mussten alle inzwischen in den Vierzigern sein, aber vielleicht waren einige als Lehrkräfte in der Akademie geblieben. Über die Akademie konnte er zumindest die neuen Adressen seiner Verwandten herausbekommen, ohne aufzufallen.

Nach fast einer halben Stunde bog er um die letzte Ecke. Erleichterung durchflutete ihn. Da vorne lag der Eingang zum Schrottplatz von Mr Vaughn, der gleichzeitig auch die Hexenjäger-Akademie leitete. Die Institution, an dem jedes Wochenende die Nachkommen der Hexenjägerfamilien Kampfkunst trainierten und zusätzlich Wissen über Voodoohexen erwarben. Wie er das Training mit den anderen Hexenjägern vermisste. Inzwischen war er ganz schön eingerostet.

Der Maschendrahtzaun, den das Grundstück umgab, war noch derselbe wie vor vierundzwanzig Jahren – inklusive Vorhängeschloss, das vor sich hin rostete wie seine Kampfkünste.

Pfeifend schob Jax seine Hand in die Hosentasche seiner braunen Jeans und fischte Dawns Haarnadeln heraus. Mit ein paar geübten Griffen verbog er beide, sodass sie im richtigen Winkel in das Türschloss geschoben werden konnten. Leise Klickgeräusche begleiteten ihn in den darauffolgenden Sekunden, bis er das Schloss geknackt hatte. Das war ja fast zu einfach gewesen.

Aber das kam ihm in diesem Moment nicht wirklich ungewöhnlich vor.

Die Akademie lag im Dunklen am Rande des Schrottplatzes, halb verborgen von riesigen Containern.

Die Außenfassade des zweistöckigen Holzhauses mit dem Turmzimmer, das nach Osten wies, hatte auch schon mal bessere Zeiten gesehen. Die ursprünglich beige Farbe blätterte bereits ab und wich langsam einem schmierigen Grauton. Die Dachziegel am Giebel des Turmzimmers hatten sich teilweise gelöst und verschoben. Kein gutes Zeichen. Das letzte Mal, als er hier gewesen war, in der Nacht, in der sie sich versammelt hatten und er dann von dieser Hexe in einen Alligator verwandelt worden war, hatte es an diesem Ort irgendwie lebendiger ausgesehen.

Mit angehaltenem Atem nahm Jax die Treppenstufen zur Veranda und klopfte.

Niemand öffnete.

Jax hämmerte gegen die Tür. So einfach würde er sich nicht abweisen lassen. Schließlich wohnte Vale Vaughn mitsamt seiner Familie hier. Irgendwer musste sich doch erbarmen und die verdammte Tür öffnen!

Gerade als er seufzend in seiner Tasche nach Dawns mittlerweile stark in Mitleidenschaft gezogenen Haarnadeln suchte, klackte das Schloss.

Jax' Kopf ruckte nach oben. Also doch!

Die Haustür knarrte, ließ sich an einem gewissen Punkt kaum mehr über den Boden bewegen, so verzogen war sie. Doch schließlich blinzelte ihm ein verschlafenes Gesicht mit mehr Falten, als ein adipöser Alligatorkehlkopf gewöhnlicherweise aufwies, entgegen.

Der Mann hielt sich gebeugt. Sein gestreifter Pyjama schlackerte ihm um die knorrigen Beine.

Konnte das …? Im ersten Moment war sich Jax nicht sicher. Dann sah er noch einmal hin.

Aus milchig blauen Augen starrte der alte Mann ihn an.

»Mister Vaughn?« Er musste es sein. Die Ähnlichkeit war unverkennbar, auch wenn der Leiter der Akademie inzwischen wie ein verwirrter Greis und nicht mehr wie der unbesiegbare Hexenjäger wirkte, den Jax in Erinnerung hatte. »Ich bin es, Jax Roquewood.«

Mister Vaughn, immer noch auf die Türklinke gestützt, starrte ihn verständnislos an.

»Jax Roquewood. Sohn von Alabaster Roquewood.« Jax wedelte energischer mit der Hand zwischen ihm und der Hexenjäger-Akademie hin und her.

Zuerst hielt sich der Erfolg in Grenzen. Gerade als er dachte, Mr Vaughn sei im Stehen mit offenen Augen eingeschlafen, öffnete er doch noch den Mund. Seine Stimme klang nach einem röchelnden Asthmapatienten. Kratzig und gleichzeitig irgendwie pfeifend.

»Das kann nicht sein. Die Roquewoods wurden Mitte der Neunziger von einem Bokor getötet. Allesamt. Und Alabaster sogar noch früher.«

Jax ließ den Arm sinken. Tief in seinem Inneren hatte er es gewusst. Vielleicht auch nur verdrängt, um der Wahrheit nicht ins Auge sehen zu müssen. Seine Tanten, sein Onkel und seine beiden Brüder waren tot. Getötet von einem schwarzen Hexenmeister …

»Ich bin Jax Roquewood. Eine Hexe hat mich vor vierundzwanzig Jahren in einen Alligator verwandelt.«

Mr Vaughn überlegte einen Augenblick. »Dann hattest du verdammtes Glück, Junge.«

Glück? Der alte Mann hatte sie ja nicht mehr alle! Jax warf ihm einen grimmigen Blick zu. Seine Familie war tot! Dennoch zwang sich Jax zur Ruhe. Ausrasten brachte nichts. Nach einem tiefen Atemzug sah er die Dinge klarer. Den Keim des

Schmerzes würde er nicht an die Oberfläche emporschießen lassen. Darauf war er trainiert. Nein, den Luxus zu trauern konnte er sich jetzt nicht leisten.

Ein bitteres Gefühl kroch wie Gift seinen Magen empor, bis Jax wütend die Zähne knirschen ließ. Es verlangte ihn nach Rache an den verdammten Hexen! Jax ballte die Hände zu Fäusten. Seine Familie hatte ihn zu einem selbstständigen Hexenjäger erzogen. Sie hatten alle gewusst, dass sie in ihrem Job ständiger Todesgefahr ausgesetzt waren. Rache war schon immer das Heilmittel für ihre Trauer um getötete Kameraden gewesen. Seit er denken konnte. Und Jax würde diese Tradition fortführen.

»Komm erst mal rein, Junge.« Mister Vaughn trat zur Seite.

Mit einem Nicken nahm Jax das Angebot an. Der alte Mann hatte ihn früher in Kampfkunst unterrichtet. Jetzt wirkte er so zerbrechlich wie eine Eisskulptur.

In der Hexenjäger-Akademie sah es noch fast so aus wie früher. Nicht viel hatte sich verändert. Außer, dass im Haus eine Reinigung dringend fällig war. Staub bedeckte die Ritzen im Boden und an den Holzwänden. Im Eingangsbereich brannte nur eine einzige schwache Deckenlampe direkt über dem massiven Tisch. Der Holztisch stand wie noch vor einem Vierteljahrhundert auf dem runden Teppich, der in seiner Farbe Dawns Hausfrosch ähnelte. In den Schatten, vor allem Richtung Flur, schienen irgendwelche verbeulten Gegenstände zu lagern. Doch Jax konnte sie durch die düstere Beleuchtung kaum erkennen.

Mr Vaughn ging vor, durch den Flur in Richtung Versammlungssaal. Dort, wo sie früher mithilfe ausgebreiteter Landkarten Angriffe gegen die Voodoohexen geplant hatten.

Nach ein paar Schritten erkannte Jax die Gegenstände, die überall in der Akademie die Wände säumten: Porzellangartenzwerge standen in wahren Massen herum! In verschiedenen Größen und mit gruseligen Voodoohexengesichtern! Die Augen zusammengekniffen musterte er die Porzellanzwerge. Ihre weißen Gesichter mit den schwarzen Ringen um die Augen erinnerten ihn an diese Comicfiguren der Neunzigerjahreserien, in denen Albtraummonster kleine Kinder verfolgt hatten.

»Die stelle ich selber her«, verkündete Mr Vaughn stolz. Er fuhr sich mit der Hand durch das weiße Haupthaar. »Wahre Touristenmagnete: Voodoogartenzwerge.«

»Aha«, machte Jax wenig überzeugt. Das war Mr Vaughns neuer Job?

»Verkaufe ich jeden Sonntag auf dem Markt. Gehen weg wie Fischtacos.« Unter lautem Geächze ließ er sich in einen abgewetzten Ohrensessel fallen, dessen grüner Samtbezug auch schon bessere Tage gesehen hatte.

Früher hatten die Hexenjäger eher pragmatische Holzstühle ohne Polster im Haus bevorzugt. Wie die Ritter der Tafelrunde hatten sie Statussymbole, aber vor allem Bequemlichkeit abgelehnt. Denn wenn man es bequem hatte, führte das nur dazu, dass man Fehler machte. Der eiserne Wille wurde durch Plüschsofas und Ohrensessel weichgespült.

Mit gerunzelter Stirn betrachtete Jax daher seinen einstigen Trainer, wie er es sich in seinem Sessel gemütlich machte. Nicht, dass Mr Vaughn rein körperlich noch in der Lage gewesen wäre zu kämpfen ... Trotzdem störte sich Jax an seiner lockeren Art, in der Hexenjäger-Akademie in einem Sessel zu versinken.

»Wo sind die anderen Hexenjäger? Ich muss mit ihnen Kontakt aufnehmen. Ein Bokor oder eine Voodoohexe scheint etwas Großes zu planen ...«

Bevor Mr Vaughn antwortete, kramte er in der Schublade des Beistelltischchens nach seiner Pfeife. »Schon lange weitergezogen, Junge. Oder in Rente gegangen. In New Orleans haben sich seit Jahren keine Bokors und schwarze Magie im Allgemeinen mehr gezeigt. Nur noch ein paar harmlose Hexen leben hier. Die tun keiner Seele etwas zuleide. Mach dir bitte um sie keine Sorgen.« Er steckte sich die Pfeife in den Mund und zündete sie an.

»Wie bitte? Harmlose Hexen?«

»Du musst das von unserem heutigen, modernen Standpunkt aus betrachten, Jax. Heutzutage praktizieren Hexen Heilmagie oder irgendeinen ungefährlichen Hokuspokus. Sie wollen weder die Weltherrschaft noch Rache an uns, weil wir ihre Vorfahren verbrannt haben. Sie sind nicht mehr wie die Hexen der Achtziger und Neunziger.«

»Aber … aber an Mardi Gras hat jemand im Sumpf schwarze Magie benutzt! Ein Bokor oder eine schwarzmagische Mambo hat mehrere Zombies erschaffen!«, ereiferte sich Jax.

»Wenn du das sagst.« Mr Vaughn blies ihm einen Schwall Rauch ins Gesicht.

Unglaublich. Während Jax die Hitze in sein Gesicht steigen fühlte, dachte er über seine Optionen nach. Hier würde er keine große Hilfe erhalten. Seine Anstrengung, Mr Vaughn zu überzeugen, gipfelte in reiner Zeitverschwendung. Selbst wenn er ihm die Wahrheit einprügelte: Der Mann war alt und machtlos.

»Hören Sie, ich gehe jetzt. Denn offensichtlich haben Sie nichts in der Hand, um uns beim Kampf gegen die dunklen Voodoomächte zu unterstützen. Aber denken Sie an meine Worte: Die Stadt ist in Gefahr! Also wenn Sie noch Kontakte zu aktiven Hexenjägern pflegen, rufen Sie sie an! Sie finden mich in der Sumpfhütte der Lavelles.« Aufgebracht rieb er sich über die Stirn.

Der alte Mann nickte. »Ehe du gehst: Dein Onkel hat dir ein Erbe hinterlassen. Du musst nur bei seinem Notar erklären, wieso du nicht gealtert bist. Eventuell kann ich dir dabei helfen. Oder wir könnten dich mithilfe eines Maskenbildners älter erscheinen lassen.«

Jax seufzte. Darum würde er sich später kümmern, wenn die Menschen in dieser Stadt gerettet waren.

Als er die Akademie verließ, griff die kalte Hand des Bedauerns nach ihm. Er konnte den Verlust so tief in seinem Herzen spüren, dass es körperlich wehtat. Heute Nacht hatte er nicht nur vom Tod seiner Familie vor über zwanzig Jahren erfahren, nein, er musste auch seine Hoffnung aufgeben, je zur Hexenjägergemeinschaft zurückkehren zu können. Es gab sie nicht mehr. Sein altes Leben als Hexenjäger war vorbei. Die Akademie hatte ihn pro toter Hexe bezahlt … Jetzt musste er sich um einen anderen Job kümmern. Ob seine Angehörigen wohl auf dem städtischen Friedhof begraben lagen? Oder hatten sie wie seine Eltern eine Seebestattung erhalten? Bei seinem nächsten Besuch bei Mr Vaughn musste er sich unbedingt danach erkundigen.

Mit einem leisen »Klick« zog er den Maschendrahtzaun, der den Schrottplatz umgab, hinter sich zu. Das mit dem neuen Job würde sich bestimmt nicht allzu schwer gestalten. Schließlich hatte er sozusagen viel Erfahrung in Sumpfbiologie und konnte im Zoo oder in einer der zahlreichen Forschungsstationen anheuern. Sobald er sich neue Papiere besorgt und New Orleans vor einer weiteren zerstörerischen Flut bewahrt hatte.

12

Vor Dawns Hütte sah alles ruhig aus. Lediglich ein paar Glühwürmchen umschwirrten einen Busch in der Nähe. Sonst war keine Menschenseele und vor allem keine Zombieseele zu sehen.

Puh, dem Himmel sei Dank.

Erleichtert griff Jax nach der Türklinke, doch im selben Moment packte ihn jemand am Kragen und zog ihn zurück. Sofort fuhr er herum und verpasste dem Angreifer einen Schlag mit dem Ellenbogen.

»Lass den Scheiß!«, fuhr ihn Mila an. »Was machst du hier draußen?«

Mila, es war nur Mila, die Projektion der dicken Mambo!

»Das Gleiche könnte ich dich fragen«, hielt Jax dagegen, um etwas Zeit zu gewinnen.

Mila verschränkte die Arme vor der Brust und wirkte wie eine afrikanische Stammeskönigin. »Ich patrouilliere, damit Dawn ruhig schlafen kann. Was sonst?«

»Dann haben wir wohl dasselbe getan«, behauptete Jax. »Ich hatte verdächtige Geräusche gehört und bin nach draußen, um nachzusehen.«

»So, so.« Mila kniff die Augen zusammen. »Und warum habe ich dich dann nicht gehört?«

»Ich war wahrscheinlich vor dir hier, hab eine große Runde um die Hütte gedreht.«

Immer noch wirkte Mila wenig überzeugt, doch Jax tat ihre Einwände mit einem Schulterzucken ab. »Wenn du mich jetzt entschuldigen würdest. Ich gehe zurück ins Bett.«

Fast fürchtete er, Mila würde ihn aufhalten, doch sie starrte ihn nur an wie ein misstrauischer Terrier.

Da er aber nichts auf die Meinung von Leuten gab, die nicht mal wirklich existierten, betrat Jax die Hütte, ohne zurückzublicken. Diese verrückten Hexen. Sie hatten einfach so seine gesamte Familie ausgelöscht! Man konnte ihnen einfach nicht weiter über den Weg trauen, als man sie werfen konnte. Von wegen harmlos!

Lautlos glitt er in Dawns Schlafzimmer, wo Lin und Dawn beide nebeneinander auf dem Rücken schliefen wie Babys. Sein kleiner nächtlicher Ausflug war also unentdeckt geblieben. Nachdem er Kleidung und Schuhe abgestreift hatte, legte er sich nur mit Adriens Boxershorts bekleidet zurück ins Bett.

Obwohl es mitten in der Nacht war, wälzte er sich noch lange Zeit hin und her. Seine Gedanken kreisten um den Mord an seiner Familie. In seinem Kopf tobte ein Sturm an dunklen Rachefantasien. Er würde die Hexen dafür büßen lassen! So wie sein Vater und Onkel Earl es ihm beigebracht hatten. Er musste es tun! Härte gegenüber dem Bösen zeigen. Letztendlich würde er alles Böse unbarmherzig auslöschen. Zum Wohle der Menschheit. Gerade als er sich seinen persönlichen Rachefeldzug in allen Details ausmalte, in dem eine brennende Voodoo Night School und um Gnade winselnde Hexen samt verkohltem Hexenmeister eine tragende Rolle spielten, traf ihn Dawns Handgelenk an der Nase.

»Hmpf.«

Als er ihr den Kopf zuwandte, schlief sie immer noch.

Dieser kleine Tollpatsch von einer Hexe! Grinsend schob er sich ihre Hand aus dem Gesicht. Dawn hatte es einfach nicht drauf. Sie war die harmloseste Hexe, die er je kennengelernt hatte. Trotzdem fragte er sich, ob er sie am Leben lassen konnte. Was, wenn sie irgendwann Kinder bekam, die nicht solche Voodoo-Analphabeten waren wie sie?

Als würde Dawn ahnen, dass er gerade über sie nachdachte, schmiegte sie sich wie ein schnurrendes Kätzchen an ihn.

Irgendwie war sie schon ziemlich süß. Lächelnd legte er den Arm um sie und vergrub das Gesicht in ihren Haaren. Sie roch so gut. Nach Lavendel und Sonnenschein.

Dawn

Sonnenlicht kitzelte mich an der Nase und ich gähnte herzhaft. Mann, hatte ich einen verrückten Traum gehabt, von Jax und Lin, die nur in Boxershorts und T-Shirt bei mir im Bett schliefen. Noch im Halbschlaf drehte ich mich nach links, um mir den Wecker zu schnappen, der seine metallisch krächzende Weckmelodie abspulte. Merkwürdigerweise rollte ich dabei auf einen festen Berg Kissen. Verwirrt blinzelte ich. Unter mir lagen gar keine Kissen, sondern ein oberkörperfreier Jax! Ach, du Scheiße! Ich kreischte los, dass die Fenster klirrten.

»Was? Wo?« Rechts von mir schnellte Lin im Bett in eine aufrechte Position.

Und da erinnerte ich mich plötzlich wieder an gestern Abend. Daran, dass die Jungs mit mir zu Bett gegangen waren. Diese beiden selbst ernannten Beschützer.

»Kann mal jemand den Wecker ausstellen?«, meckerte Jax.

Ich schloss den Mund. Heilige Erzulie!

Da fiel es mir wieder ein. Oh, auch Erzulie hatte sich heute Nacht in meinem Schlafzimmer die Ehre gegeben! Konnte mein Leben noch ausgeflippter werden? Stöhnend sank ich zurück in die Kissen. Das war ja wie bei den Flodders.

»Ähm, alles okay, Dawn?« Besorgt hatte sich Lin über mich gebeugt. Mit seinen Bergsee-Augen und den weißen Laken um ihn herum wirkte er wie ein Engel.

»Willst du Mund-zu-Mund-Beatmung bei ihr machen, oder was soll das werden?«, nervte Jax von links.

Lin runzelte die Stirn. »Halt du lieber mal die Klappe und geh spülen!«

»Erst nachdem Dawn uns Frühstück gemacht hat.«

Ich wusste wirklich nicht, wem von beiden ich zuerst eine reinhauen sollte!

»Haltet jetzt beide die Klappe!« Vor Wut und Scham hielt ich mir die Hände vors Gesicht. Als niemand etwas sagte, schielte ich vorsichtig durch meine Finger hindurch. Jax und Lin hatten sich vorgebeugt und betrachteten mich sorgenvoll. Beinahe hätte man meinen können, sie beobachteten ein Forschungsprojekt, das im Begriff war, zu kollabieren.

Bettwäsche raschelte. Jax' Bauchmuskeln verschoben sich, als er sich zu Lin lehnte. »Vielleicht hat sie ihre Tage?«

Jetzt reichte es mir. Er würde definitiv eine verpasst bekommen! Ich holte aus, doch Jax war zu meinen Missfallen clever genug, meine Fäuste abzufangen.

»Was ist denn in dich gefahren?« Er klang erschrocken. Ganz der Unschulds-Alligator aus dem Sumpf!

Gerade als ich den Mund öffnete, um ihm eine verbale Ohrfeige zu geben, flog die Schlafzimmertür auf.

»Na, ihr Schlafmützen?« Es war Mila. Im Gegensatz zu mir sprühte sie geradezu vor Energie. Heute hatte sie sich ein Bandana als Stirnband umgebunden, das verdächtig nach Melindas rot kariertem Geschirrtuch aussah … Ihr Tief von gestern schien sie überwunden zu haben. »Wie wäre es mal mit Training, bevor Dawn zur Schule muss?«

»Wie wäre es mal mit anklopfen?«, motzte Jax zurück. Seine Laune bewegte sich offenbar auf einem ähnlich unterirdischen Level wie meine.

Scheiße! Das Kampftraining hatte ich ja ganz verdrängt! Mein Wecker zeigte halb sieben an.

»Los, los! Eine Runde durch den Sumpf joggen und dann Stockkampf!«

»Stockkampf?«

»Um dich gegen die Vorboten der Apokalypse zu verteidigen. Diejenigen, die geschickt wurden, um dich, Madame Laveaus Adjutantin, auszuschalten. Zombies, Sumpfmonster … nenn sie, wie du willst.«

Mila hatte sie ja nicht mehr alle. Aber womöglich konnte Papa Legba auch in die Zukunft sehen und hatte beschlossen, mich so früh wie möglich auszuschalten.

Zu viert trabten wir keine fünf Minuten später durch den Sumpf. Die Luftfeuchtigkeit schlug mir mit solch lächerlicher Schwüle ins Gesicht, dass ich kurz auflachen musste. Noch nicht mal aufs Klo hatte Mila mich gehen gelassen. Diese Frau kannte kein Erbarmen! Sie war wie Rambo mit ihrem Stirnband! Wenn Madame Laveau als Jugendliche so gewesen war … Grummelnd musterte ich ihren Rücken und überlegte, sie in den nächsten Sumpftümpel zu stoßen.

Neben mir beschwerte sich Jax quasi durchgehend über das fehlende Frühstück und dass er am Morgen ungenießbar sei, solange man ihn nicht gefüttert hatte. Diese Theorie konnte ich guten Gewissens unterschreiben. Anstrengend war eigentlich gar kein Ausdruck mehr, um Jax zu beschreiben, und wurde ihm nicht mal annähernd gerecht.

Lin, der links von mir lief, schwieg.

»Weniger Gerede, mehr Rennen«, wies Mila Jax schließlich zurecht.

Gerade als ich dachte, ich würde meine Lunge aushusten, so schwer verkraftete ich dieses ständige Durch-den Sumpf-Joggen, zeigte Mila Mitleid und lotste uns zur Hütte zurück. Oder sie hatte jetzt mehr Lust auf Stockkampf.

So oder so war ich ein kleines bisschen erleichtert.

Aber nur, bis Mila mit einem fünf Fuß langen Stock auf mich losging. Bei Bondieu, ich würde total fertig sein, ehe ich auch nur in der Schule ankam.

»Deckung hoch!« Wie ein Karatemeister schwang Mila ihren Stock über dem Kopf. Ihr Stirnband saß immer noch bombenfest, was man von den Trägern meines ausgeleierten Tops nicht behaupten konnte. Wahrscheinlich wagte es einfach keins ihrer Kleidungsstücke, zu verrutschen.

Bevor ich auch nur kapiert hatte, was sie mir mitteilen wollte, sauste der Stock auf meine rechte Schulter, was sofort einen brennenden Schmerz durch meinen Arm jagte.

»Au!« Ich ließ meinen eigenen Stock zu Boden fallen. Nicht, dass er mir bisher viel genützt hätte.

Mila seufzte in Anbetracht meiner nicht existenten Nahkampffähigkeiten. Gott sei Dank bekam Jax meine Blamage nicht mit. Er war mit Lin in die Küche gegangen, um Frühstück zu machen, wobei ich vermutete, dass er gerade vor meinem Computer hing und Lin das Frühstückmachen überließ. Jax klebte seit Dienstagabend geradezu in jeder freien Minute an Nachrichten-Webseiten, Dokufernsehkanälen und vor allem an Wikipedia. Es grenzte schon an Besessenheit. Wahrscheinlich versuchte er so, das Wissen der vergangenen Jahrzehnte aufzuholen.

Eilig konzentrierte ich mich wieder auf Mila. Heute Morgen war sie dem Thema »Projektion« geflissentlich aus dem Weg gegangen. Offenbar verfolgte sie eine Vermeidungstaktik. Wenn sie dadurch besser damit klarkam, was sie war, sollte es mir jedoch recht sein.

»Eine kleine Frage hätte ich an dieser Stelle«, sagte ich schnell, bevor Mila wieder auf mich losgehen wollte.

»Aber wirklich nur eine kleine.« Sie ließ den Stock kreisen.

»Die Frage lautet: Stockkampf? Ernsthaft? Was soll ich genau mit einem Stock gegen eine Flutwelle ausrichten? Die Wellenberge platt dreschen?«

»Es wird Zeit, dass du lernst, mal ein bisschen weiter als bis zum Sofakissen zu denken«, sagte Mila und köpfte eine Brennnessel mit einem gezielten Schlag. »Wir trainieren gerade deine Reflexe, die völlig eingeschlafen sind. Aktion – Reaktion, zack, zack! Da tut sich bei dir gar nichts mehr, dein Gehirn muss mal ein paar Schaltkreise neu koppeln. Abgesehen davon werden Stockkampffähigkeiten bei erhöhtem Zombieaufkommen immer noch unterschätzt.«

Klar. Das musste einem ja erst mal gesagt werden. Dazu fiel mir an der Stelle auch kein geeignetes Gegenargument ein.

Nachdem mich Mila weitere zwanzig Minuten mit ihrem Stock verprügelt hatte, ließ sie mich endlich zum Frühstück gehen. Verdammt, wie sollte ich dieses Trainingsprogramm ab sofort bloß jeden Tag durchstehen? Mein Gesicht verfinsterte sich, ich fühlte es. Und ich bezweifelte weiterhin, dass Stocktraining gegen eine Flutwelle, herbeibeschworen von schwarzen Mächten, wirklich Sinn ergab. Oder glaubte die Mambo daran, dass wir uns Papa Legba von Angesicht zu Angesicht stellen mussten? Dass wir vorher von Zombies in Schach gehalten werden würden? Statt Stockkampf sollte ich lieber meine Nicht-Begabung in Magie angehen. So viele Synapsen konnte das Training mit Mila gar nicht aktivieren, dass ich aus diesem Rüben-Frosch-Random herauskam.

Ich dachte an die feiernde Menge auf den Straßen von New Orleans während Mardi Gras. Wie sollte ich sie nur vor der drohenden Katastrophe schützen? Gerade ich. Lediglich mit Steckrüben und Fröschen bewaffnet. Die letzte Hoffnung der Stadt. So sah es aus. Missmutig stieß ich die Haustür auf, sodass sie gegen die Wand schlug.

Jax sah von Melindas altersschwachem Laptop auf.

»Hallo, Sonnenschein.«

»Mhm«, brummte ich, dann machte ich einen Schritt auf ihn zu.

Gerade tippte er auf dem Gerät herum, sodass die ganze

Hütte von Tastenhämmern erfüllt war. Am besten, ich legte mir so eine Laptop-Kindersicherung für Jax zu.

»Kommt ihr?« Lin hatte sich unbemerkt von hinten an uns rangeschlichen. »Du musst sowieso noch abspülen, Jax.«

»Jaja, warte, ich aktualisiere nur noch schnell diesen Artikel«, meinte Jax, wobei er wie besessen in die Tasten hackte. »Außerdem bist du dran. Ich hab gestern schon!« Er machte ein finsteres Gesicht, das meinem sicher in nichts nachstand.

»Jax, du hast hier noch kein einziges Mal abgespült«, erwiderte Lin.

Seufzend beugte ich mich über seine Schulter, um sein Geschreibsel besser lesen zu können. Es war ein Artikel über Loas, den Jax »aktualisierte«. Genauer gesagt ein Artikel über Linto. Gut, dass Lin schon wieder in der Küche verschwunden war.

»Das stimmt doch überhaupt nicht«, sagte ich. »Lin ist nicht bösartig, hinterhältig und gemein.«

»Jaja, das sagst du!« Jax reckte das Kinn, schrieb noch einen letzten Satz und drückte dann auf *speichern*. Als abschließendes Fazit hatte er über Lin auf Wikipedia eingetragen: »… und ist augenblicklich, auch wenn er es hartnäckig abstreitet, mit Abspülen dran!«

Ich verdrehte die Augen.

»Was macht ihr da?« Mila kam zur Tür herein und auch Lin lugte zu uns herüber.

»Nichts, nichts«, antwortete ich eine Spur zu hastig, was sofort Lins Misstrauen weckte.

Gerade als Jax die Fingerknöchel knacken ließ und den Mund öffnete, fiel ich ihm ins Wort. »Können wir jetzt endlich etwas essen? Ich sterbe gleich vor Hunger!« Hinter meinem Rücken klappte ich unauffällig den Laptop zu. »Mila spült ab.«

Jax lehnte sich auf der Couch zurück, sodass das Leder einen ekelhaften Schmatzton von sich gab. »Auf Wikipedia steht da aber etwas ganz anderes.«

»Das hast du ja auch selbst da hingeschrieben«, zischte ich.

»Ach, weißt du, Dawn, du musst das Internet mehr als universelles Lexikon begreifen. Was dort steht, ist quasi in Stein gemeißelt …«

Ich deutete wütend mit dem Zeigefinger auf ihn. »Wenn du nicht sofort deine Klappe hältst, findest du deinen Namen bald in Stein gemeißelt. Und zwar auf dem Friedhof!«

Er verzog das Gesicht zu einer Grimasse und ich stöhnte. Gott sei Dank hatte er noch nicht herausgefunden, wie man einen Blog anlegte.

»Warum gleich so aufbrausend, Dawn?«, erkundigte sich Jax, während er aufstand.

»Ich bin hungrig und hab keine Lust auf diese Kinderkacke.« Das war ja wohl Antwort genug.

Glücklicherweise nahmen weder Mila noch Lin gerade Notiz von uns.

Als wir die Küche betraten, wehte uns ein herrlicher Duft aus Rührei und gebratenem Speck entgegen. Bei Erzulie, das konnte ich jetzt wirklich gut gebrauchen! Darüber hinaus hatte sich Lin extra die Mühe gemacht, den Tisch mit Melindas bestem Geschirr und einer Blumenvase voller farbenfroher Blüten einzudecken.

»Bondieu, sieht das gut aus!« Gierig lud ich mir den Teller voll, was Lin mit sichtbarem Stolz zur Kenntnis nahm.

»Na, na!« Sofort war Mila an meine Seite gesprungen und lud die Hälfte meines Rühreis zurück in die Pfanne. »Du musst deinen Fitnessplan einhalten!«

»Ich muss … was?« Mir klappte der Mund auf. Sicher hatte ich mich nur verhört.

»… weniger essen«, vollendete Jax meinen Satz, wobei er sich genüsslich eine Gabel Rührei in den Mund schob.

»Ah, ah! Kein Speck für dich, Dawn!« Geschickt fing Mila meine Gabel ab, die ich gerade in die Pfanne mit Speck hatte schieben wollen.

»Echt jetzt?«, maulte ich. Das fing ja gut an.

»Am Ende wirst du den Erfolg sehen«, versprach mir Lin, wobei er meine Hand tätschelte.

Na super. Das würde also das reinste Bootcamp für mich werden. Vielen Dank auch, Erzulie! Warum musstest du mich auch erwählen?

Während ich meine halbe Portion Rührei mit Tomaten verschlang, warf ich Mila bitterböse Blicke zu, die sie aber nicht zu bemerken schien.

»Ist das da auf dem Foto deine Tante Melinda?« Mit der Gabel deutete sie auf ein Foto von Melinda und mir, das an der Wand hing. Es war am Neujahrsmorgen aufgenommen worden. Bei einem riesigen Frühstück in der Mall. Melinda hatte mich umarmt, als wir auf den Selbstauslöser gedrückt hatten. Auf dem Foto strahlten wir um die Wette, nicht ahnend, dass Melinda schon bald auf eine längere Mission gehen würde.

»Wann kommt sie zurück?«, wollte Mila wissen.

»Keine Ahnung.« Ich zuckte mit den Schultern. »Sie jagt Hexen und Hexenmeister, die schwarze Magie praktizieren. Sie kommt zurück, wenn der Fall abgeschlossen ist.«

Oder gar nicht, falls sie getötet wurde, flüsterte eine Stimme in meinem Kopf. Augenblicklich sank mein Mut.

»Also gibt es hier doch noch schwarzmagische Mambos und Bokors«, murmelte Jax.

»Wie bitte?« Mila hob eine Augenbraue.

»Ich meine ja nur …« Jax hob den Kopf. »Man sagt doch eigentlich, es gäbe nur noch gute Hexen, aber offensichtlich ist dem nicht so.«

»Was soll das heißen?« Klirrend fiel Milas Besteck auf ihren Teller. »Irgendwas ist verdammt faul an dir, Jax Roquewood, und ich werde herausfinden, was es ist!« Sie hatte sich so weit über den Tisch gelehnt, dass ich schon dachte, sie würde gleich in die Blumendeko in der Mitte beißen.

»Faul an mir?« Angriffslustig lehnte sich Jax ihr entgegen, sodass sich ihre Nasenspitzen beinahe berührten. »Du bist doch die Projektion einer Mambo, die selbst oder zumindest deren Vorfahren so einen Hass auf Menschen hegten, dass sie sie mit ihren Voodoopuppen quälten und verstümmelten!«

»Nur, weil ihr Menschen unsere Vorfahren auf Scheiterhaufen verbrannt habt!«, schrie Mila jetzt beinahe.

Oh, oh.

»Leute, hier wird heute keiner auf einem Scheiterhaufen verbrannt«, ging Lin dazwischen. »Außer wir kommen zu spät zur Schule. Also esst jetzt besser brav euer Frühstück auf, damit wir loskommen. Dawn muss auch noch duschen.«

»Ich bleibe hier und bewache das Haus.« Mila lehnte sich in ihrem Stuhl zurück und verschränkte die Arme vor der Brust.

Ihr gegenüber ahmte Jax ihre Körperhaltung nach. »Und ich bewache Dawn.«

Aha. »Mila, ich hoffe deine Hausbewachungstätigkeiten schließen Geschirrspülen mit ein.« Damit erhob ich mich, um mir eine Dusche zu gönnen, bei der mir zur Abwechslung mal niemand den letzten Nerv rauben würde.

Zu meinem Missfallen blieb mir nichts anderes übrig, als ein weiteres Mal sowohl Lin als auch Jax mit in die Highschool zu nehmen. Was würden sonst die Lehrer denken, wenn meine »Austauschschüler« einen Tag mitkamen und am nächsten Tag nicht mehr? Ich konnte uns auch schlecht alle drei krankmelden. Am Ende würde die Schule zu viele Fragen stellen. Melindas Abwesenheit würde auffallen und ich schlimmstenfalls in ein Heim kommen. Sicherlich ging Hope nach ihrer Ernennung zu Madame Laveaus Adjutantin nicht mehr in die Schule. Aber was sollte es. Ich konnte schließlich sowieso nicht vierundzwanzig Stunden am Tag trainieren.

Also fügte ich mich meinem Schicksal, sagte die ganze Fahrt im Bus über aber kein Wort.

Lin und Jax schwiegen ebenfalls, zupften nur dann und wann wegen der Hitze an ihren Klamotten. Obwohl ihre Outfits von

Melindas Mann Adrien stammten, standen die braunen Hosen und karierten Hemden den beiden auffallend gut.

Zu allem Überfluss hielt, wie gestern schon, die Pearl-Clique von ihrem Platz an der Steintreppe aus Hof; beäugten jeden der Schüler, die nach und nach eintrudelten.

»Hey, Jax.« Brooke winkte, kaum dass wir in ihr Sichtfeld gerieten.

Offenbar wie automatisch hob Jax eine Hand, wofür ich ihm am liebsten gegen das Schienbein getreten hätte.

Da ich allerdings ganz die brave Dawn war, krampften sich lediglich meine Hände in den Hosentaschen meiner blauen Bermuda zusammen. Meine rechte Faust umschloss dabei etwas Hartes, bis ich bemerkte, dass ich immer noch die Perlenkette aus Mr Bs Büro mit mir herumschleppte. Na, was sollte es schon. Das war inzwischen auch egal. Heute Abend würde ich mit Jax zusammen zur Voodoo Night School laufen, wo ich vorhatte, in Mr Bs Büro einzubrechen, wie ich es Shannon versprochen hatte. Da konnte ich das blöde Ding gleich zurücklegen.

Gerade als ich einen Fuß auf die unterste Treppenstufe zum Schuleingang setzen wollte, schubste mich Serena praktisch aus dem Weg. Die Duftwolke an teurem Parfüm, die sie hinter sich herzog, ließ mich husten.

»Setz dich doch zu uns, Jax. Wir haben Schokolade hier!«

Leoparden-Leo, heute in ein Minikleid mit Leopardenmuster und Tüllrock gequetscht, nickte bekräftigend.

»Du bist auch eingeladen, Lin.«

Die Size-Zero-Dauerdiät-Clique hatte Schokolade dabei? Das dürfte wohl das erste Mal in ihrem Leben sein. Genervt vergrub ich mein Gesicht in der rechten Hand.

»Oh, Schokolade!« Jax wirkte erfreut, stieß mir sogar seinen Ellenbogen in die Rippen. »Da siehst du. *Die* haben Schokolade für mich.«

Breit grinsend winkte uns Serena mit einer Packung teurer Minitafeln zu.

»Habt ihr auch Minzschokolade?«

War das sein Ernst? Wollte er wirklich …?

Er wollte. Keine fünf Sekunden später hatte Jax sich zwei grüne Minzschokoladentafeln geschnappt.

»Jax, du weißt doch, dass man von Fremden keine Schokolade annimmt. Hat dir deine Mutter nichts beigebracht?«, zischte ich.

Hinter mir fing Lin an zu kichern.

»Ähm …?« Jax riss mit den Zähnen eine Packung auf und biss ab.

»Ach, mach dir nichts draus, Jax.« Unbemerkt hatte sich Brooke von hinten angeschlichen und sich bei ihm untergehakt. »Dawn ist so eine Spielverderberin. Wie hältst du es nur mit ihr aus?« Sie klimperte ihn mit ihren Rehaugen an.

Sie sind alle therapiebedürftig, sie sind alle therapiebedürftig … Wenn ich mir das Mantra oft genug aufsagte, dann konnte ich vielleicht einen Hauch Verständnis für diese zukünftigen Beauty-OP-Süchtigen entwickeln.

»Du Armer musst bestimmt auf ihrem alten Sofa schlafen, oder noch schlimmer: auf dem Boden!« Sie machte ein bestürztes Gesicht. »In der Villa meiner Eltern haben wir zwei geräumige Gästezimmer …«

Ich ahnte, wohin das führen sollte, doch um Jax hätte ich mir keine Sorgen machen müssen. Bevor ich eingreifen konnte, hob er ganz cool den Kopf und schmatzte: »Ach, eigentlich ist es bei Dawn ganz bequem. Ihr Bett ist groß genug für uns drei.« Er nickte in meine und Lins Richtung.

Der Pearl-Clique fiel die Kinnlade herunter. Ungläubig hustete Carlton in ihre Faust.

»Ihr schlaft beide mit Dawn in einem Bett?« Ihre Stimme klang auf einmal ganz heiser, während ihr Blick zwischen Lin und Jax hin- und hersprang. Da sie heute einen Haarreif mit grauen Pelzohren trug, sah sie einer Maus, die sich zwischen Käse und Speck nicht entscheiden konnte, erstaunlich ähnlich.

Sowohl Jax als auch Lin nickten und grinsten dabei wie zwei verstrahlte Affen. Die Tragweite dieser Situation hatten sie offenbar nicht ganz begriffen. Das passierte wohl, wenn man schon lange kein normaler Mensch mehr war. Oder mit einer so unfassbar unattraktiven Person wie mir ein Bett teilte …

Wie eine einzige Person wandten sich die Pearl-Mädels und die Skaterjungs, die sich inzwischen neben ihnen versammelt hatten, zu mir um.

Ich versuchte mir krampfhaft das Lachen zu verkneifen. So cool wie möglich zuckte ich mit den Schultern.

»Stimmt. Mein Bett ist groß genug für zwei Jungs. Und bequem.«

Leoparden-Leo keuchte auf.

»Eigentlich macht sich Dawn ganz schmal im Bett«, warf Lin ungefragterweise ein. »Wenn sie sich an mich kuschelt, nimmt sie praktisch gar keinen Platz weg.«

Wie schmeichelhaft! Hieß das, ich brauchte doch keine Diät?

Jax nickte zustimmend.

»Dawn macht sich wirklich gut im Bett«, nuschelte er durch die Schokoladenverpackung.

Der schöne Marco atmete hörbar ein. Die Pearl-Clique riss die Augen auf.

O du große Erzulie! Jax hatte ja keine Ahnung, was er damit angestellt hatte! Dieser Vollidiot. Andererseits wurde dieser Morgen ungeahnterweise gerade richtig lustig … Zur Abwechslung mal. Irgendwie kam ich nicht umhin, die Situation bis zur letzten Sekunde auszukosten. Also sagte ich nichts mehr, grinste aber wie verrückt in mich hinein.

»Also dann.« Jax ließ den Blick über die Pearl-Clique gleiten. »Blondie, Blondie, Blondie und … äh …?«

»Brooke«, half Brooke nach, wobei sie sich ihre kastanienbraune Mähne über die Schulter warf.

»Ja, genau. Äh, Book. Danke für die Schokolade. Ich muss dann auch mal –« Er sah sich um. »Dawn weiter auf die Nerven gehen. Bis dann.« Er winkte fröhlich, worauf ich die Augen verdrehte. Da gab ich also mal wieder eine schöne Ausrede ab. Andererseits war ich erleichtert, dass Jax – ganz der unverschämte Wegelagerer – einfach nur die Schokolade angenommen hatte, aber keine große Lust zu verspüren schien, sich zu den vier Barbies und den Skaterjungs auf die Treppe zu gesellen. Und damit legte Jax mir unvermittelt den Arm um die Schultern und schob mich vorwärts.

»Wag es nicht, deine Schokoladenfinger an meiner Bluse abzuwischen«, zischte ich ihm zu. Enttäuscht schürzte er die Lippen, ließ seine Hand aber augenblicklich zu meinem Po wandern.

Na, klasse. Das war doch gleich viel besser. »Auch nicht an meiner Hose!«

Aber es war bereits zu spät. Ich verdrehte die Augen.

Hinter uns tuschelten die Schüler. Sicherlich werteten sie Jax' Geste als einen Akt der Zuneigung. Immerhin. Ein weiteres Mal hoben sich meine Mundwinkel zu einem Grinsen. Das nannte ich mal einen befriedigenden Auftakt in einen Donnerstagmorgen! Was für Vorteile es doch hatte, zwei Jungs mit sich rumzuschleppen, die nicht in unsere moderne Welt gehörten.

Den ganzen Weg über zu meinem Spind feixte ich wie blöd.

Gerade als ich alle Bücher für die ersten Stunden hervorgekramt hatte, was gar nicht so einfach war bei dem Chaos an Büchern, Zetteln und Voodoo-Utensilien, vibrierte mein Handy. Eine SMS. So, dass weder Jax noch Lin mitlesen konnten, die neugierig um mich herum an den Spinden lehnten, überflog ich die Nachricht: Vergiss nicht, heute Abend in Mr Bs

Büro einzubrechen. Du hast es versprochen. Schick mir Fotos, wenn du etwas findest! xoxo Shannon

Aha. Meine beste Freundin verwandelte sich langsam wirklich selbst in einen verbissenen Zombie … Schnell tippte ich eine Antwort: Jax und ich können es kaum erwarten, uns heute Abend quasi für dich strafbar zu machen. Hab dich auch lieb. xoxo Dawn

Kopfschüttelnd steckte ich das Handy zurück in meinen Rucksack. Unglaublich.

Heute hatte ich in der ersten Stunde Ozeanologie bei Mr Murphy. Da Jax noch mal aufs Klo musste und Lin sich mehr als umständlich die Schuhe band, schafften wir es noch gerade so vor dem Klingeln in den Klassenraum.

»Ach, Dawn, hallo.« Mr Murphy schob sich verwirrt die dunklen Locken aus der Stirn, so als hätte er mich gar nicht in seinem Kurs erwartet. Dabei belegte ich Ozeanologie schon seit den Sommerferien. »… und Dawns Austauschschüler.« Es klang mehr wie eine Frage als eine Feststellung.

»Richtig.« Ich nickte einmal. »Die Schulleitung weiß Bescheid.«

Bevor wir noch mehr Belanglosigkeiten mit einem geistig verwirrten Mr Murphy austauschen konnten, dirigierte ich Jax und Lin in die hinterste Reihe, weit weg von den Tischen, an denen sich die Pearl-Clique niedergelassen hatte. In meinem Rücken spürte ich den ganzen Weg über ihre Blicke und hörte das aufgeregte Getuschel, was mich unwillkürlich schmunzeln ließ. Das würde sicher noch recht interessant werden!

Weit weniger interessant entwickelte sich die Ozeanologiestunde bei Mr Murphy. Mit seiner verpeilten Art und der einschläfernden Stimme hatte er die gesamte Klasse schon nach zehn Minuten in den Tiefschlaf geredet.

»… und welchen Fehler haben demzufolge viele Menschen

beim Tsunami 2004 in Asien gemacht?«, riss mich Mr Murphys Stimme aus meinen Gedanken.

Müde hob ich meine Augenlider über Nullniveau.

Cara, meine Mitschülerin mit der Nerdbrille, meldete sich als Einzige.

»Als das Meer sich zurückzog, sind sie nicht ins Landesinnere geflüchtet. Nur die Ureinwohner haben erkannt, dass der Rückgang des Wassers ein Zeichen dafür ist, dass eine Flutwelle heranrollt.«

»Sehr gut, Cara«, lobte Mr Murphy.

Da New Orleans eine der wenigen Städte der Welt war, von der manche Gebiete quasi unterhalb des Meeresspiegels lagen, nahmen wir in Ozeanologie oft Meereskatastrophen inklusive Verhaltenstipps für uns gefährdete Bewohner durch. Hoffentlich passten alle gut auf.

»Ich wünschte, Dawn würde von hier flüchten, damit ich mir ihre heißen Austauschschüler schnappen kann«, flüsterte Carlton deutlich hörbar Serena ins Ohr.

Von dieser Gemeinheit ließ ich mir allerdings nicht die Laune verderben. Wie schon zuvor tippte ich mit der Radiergummiseite meines Bleistifts auf den Tisch. Wie viele Tage uns wohl noch blieben, bis die dunklen Voodoomächte New Orleans überfluten würden? Würde ich Carlton dann überhaupt retten wollen? Und würde uns der Einbruch in Mr Bs Büro heute Abend weiterbringen? Mit der Hand tastete ich nach der Kette in meiner Tasche. Diese schwarzmagische Rosenkranzkette war meiner Meinung nach noch kein Beweis dafür, dass Mr B schwarze Voodoomagie praktizierte. Schließlich konnte er, genauso wie Madame Laveau es vorgemacht hatte, die Energie des schwarzmagischen Rosenkranzes für Verwandlungen genutzt haben. Oder er verwahrte sie nur im Schreibtisch, um Experimente an dunklen Gegenständen durchzuführen. Eine Weile drehte ich sie gedankenverloren in meiner Tasche hin und her, sodass die Perlen aneinanderrieben.

Als es endlich klingelte, schnappte ich mir erleichtert meine Sachen und eilte zu Biologie, nicht ahnend, dass diese Stunde noch viel schlimmer werden sollte …

Miss Demeter erwartete uns mit freudestrahlendem Blick an der Tür zum Biosaal mit einem Weidenkorb in der Hand. Das alleine hätte mich schon stutzig machen müssen, noch bevor ich mitbekam, dass Miss Demeter jedem hereinkommenden Schüler ein Kondom aushändigte. Und damit war offiziell der Sexualkundeunterricht eingeläutet. Oh, verdammter Mist! Auch das noch!

Neben mir nahm Lin genau wie ich mit spitzen Fingern das ihm angebotene Verhütungsmittel entgegen. Im Gegensatz zu Jax, der sich gleich zwei Kondome aus dem Korb nahm, schien Lin die Situation ausgesprochen peinlich zu sein.

Ich setzte mich und Jax blies neben mir ein gelbes Kondom auf.

Großer Bondieu!

Krampfhaft ignorierte ich diesen Idioten, wobei gleichzeitig die halbe Klasse über ihn kicherte oder ihn anfeuerte.

Jedem Einzelnen von ihnen zwinkerte Jax belustigt zu.

»Lass den Unsinn«, flüsterte ich.

»Aha. Unser australischer Austauschschüler weiß schon mal, wie man ein Kondom auch verwenden kann«, lobte Miss Demeter und warf sich ihre blonden Haare über die Schulter, die aussahen, als seien sie von einem Friseur zu perfekten Wellen geformt worden, was nicht so recht zu ihrem runden Gesicht passen wollte.

»Sie machen sich ja keine Vorstellung, Miss!«, sagte Jax.

»Verstehe. Trotzdem werden wir jetzt über Liebe und Schwangerschaft sprechen.« Mit einem Seufzer stellte Miss Demeter den Korb ab und fing an, unablässig durch die Klasse zu wandern, während sie über Hormone redete, die in uns das Gefühl auslösten, jemanden zu lieben. Ihre Wangen glühten bei ihrem Vortrag wie zwei reife Äpfel.

Die ganze Stunde über erntete Jax immer wieder bewundernde Blicke von Mädchen wie von Jungs.

Lin stattdessen saß die ganze Zeit über stocksteif neben mir. Ich fühlte mit ihm. Diese Stunde entwickelte gerade ein Peinlichkeitslevel im kaum noch messbaren Bereich.

Als es endlich klingelte, sprang ich so hastig auf, dass mein Stuhl nach hinten umkippte. Nichts wie weg!

Doch Lin hielt mich am Arm zurück. »Kann ich mal kurz mit dir sprechen, Dawn? Unter vier Augen?«

Was sollte das denn werden? Lin wirkte aufrichtig verwirrt, so als hätte ihn der Sexualkundeunterricht von Miss Demeter komplett verstört. Das konnte ich ihm zwar nicht verdenken, dennoch wunderte ich mich schon ein wenig.

Schließlich nickte ich einfach nur, worauf er mich mit sich zog. Ich konnte mir gerade noch so meine Tasche unter den Arm klemmen, dann waren wir auch schon im Flur. Entschuldigend warf ich Jax einen Blick über die Schulter zu und bedeutete ihm, schon mal ohne uns in den Pausenhof zu gehen, was er mit einem grimmigen Blick zur Kenntnis nahm.

Aber da konnte ich ihm jetzt auch nicht helfen. Letztendlich war ich nicht sein Babysitter und die Pearl-Clique würde sich sicher riesig freuen, Jax in der Pause für sich allein zu haben. Ich konnte mir schon Brookes und Carltons freudestrahlende Gesichter vorstellen, wie sie sich gleich auf den einsamen Jax stürzen würden. Dieser Gedanke verursachte komischerweise ein Ziehen in meinem Magen, doch ich hatte keine Zeit mehr darüber nachzudenken, denn Lin führte mich in Richtung Bibliothek. Nach einem kurzen Blick durch das Glasfenster der Bibliothekstür schob er mich hinein.

Was wollten wir denn in der Bibliothek, wo wir höchstens flüstern durften? Irgendwie benahm Lin sich merkwürdig.

Einige Sekunden zögerte ich, bis Lin wieder nach meiner Hand griff und mich zu den Bücherregalen in der hinteren linken Ecke zog. Über meine Schulter erhaschte ich einen Blick auf eine Handvoll Schüler, die vor ihren Computern an der gegenüberliegenden Wand saßen. Damit waren sie außer Hörweite, und schon nach wenigen Sekunden verwehrten die Bücherregale den Blick auf sie, denn Lin zog mich immer tiefer in die hinteren Reihen, in die nur noch wenig Tageslicht fiel.

»Was ist los?«, wollte ich außer Atem wissen. »Geht's dir nicht gut?« Tatsächlich schien Lins Gesichtshaut gerötet. Seine Augen wirkten glasig, ganz so, als hätte er Fieber.

Automatisch hob ich die Hand, um seine Temperatur an der Stirn zu fühlen.

»Nein. Mir geht's gut.« Er blinzelte. »Aber dieser Vortrag von Miss Demeter eben …«

»Ja?«, versuchte ich ihn zu ermuntern.

»… hat mich irgendwie zum Nachdenken gebracht.«

»Wieso das?« Stirnrunzelnd betrachtete ich Lin, den Ex-Loa, Beschützer der Kinder, selbst ernannten Beschützer von mir, Dawn Decent, wie er auf einmal ganz kleinlaut nach Worten rang. Was war nur in ihn gefahren?

13

Als er immer noch keine Anstalten machte, zu antworten, seufzte ich. »Weißt du, ich kann dir nicht helfen, wenn du es nicht endlich ausspuckst. Irgendwann ist die Pause vorbei.«

Doch Lin schien beschlossen zu haben, den braunen Teppichboden unter seinen Schuhspitzen einer genaueren Betrachtung zu unterziehen, anstatt zu antworten.

Ich biss mir auf die Lippe und konnte es mir gerade noch so verkneifen, mit den Füßen zu scharren.

Unvermittelt hob er den Kopf.

»Kannst du mir zeigen, wie man liebt?« Sein Blick hielt meinen fest. In seinen Augen lag eine Mischung aus Angst und Hoffnung.

»Wie bitte, was?« Einen Moment, kapierte ich gar nichts mehr, riss einfach nur Mund und Augen auf.

Lin fuhr sich durch die Haare, die in der düsteren Bibliotheksatmosphäre viel dunkler wirkten.

»Miss Demeter hat vorhin von Liebe gesprochen. Von den chemischen Reaktionen, die dabei im Körper entstehen. Von den Schmetterlingen ... Aber ich – ich habe noch nie so empfunden.«

Oh. Hatte er nicht? Warum? Er sah gut aus und hatte sich in seinem menschlichen Leben, bevor er ein Loa geworden war, sicher nicht besonders anstrengen müssen, um ein Mädchen zu einem Date zu überreden.

Als er meinen ungläubigen Blick bemerkte, fuhr er fort: »Es ist einfach nie dazu gekommen. Und dann habe ich diese Kinder aus dem brennenden Bus gerettet, bin selbst gestorben, und als ich aufwachte, gab mir Baron Samedi eine Einweisung in die Kunst, ein guter Loa zu sein.«

Oh. Langsam verstand ich, was mit ihm geschehen war.

Wieder fuhr er sich durch die Haare.

»Und jetzt bin ich zwischenzeitlich sterblich. Irgendwann wird das vorbeigehen, das weiß ich. Was ist, wenn ich als Loa gar keine Liebe mehr empfinden kann? Wenn ich nie diese unglaublichen Gefühle empfinden kann, von denen deine Lehrerin gesprochen hat?«

Ich seufzte. »Du solltest nicht auf Miss Demeters blumige Beschreibungen von Liebe hören. Sie ist eine hoffnungslose Romantikerin.«

Trotz meiner Antwort konnte ich nicht zu Lins Entspannung beitragen. Offenbar beschäftigte ihn diese Sache immer noch.

»Wenn ich niemals lieben werde, verpasse ich vielleicht das Beste, was Menschen im Leben passieren kann!«

Jetzt übertrieb er aber doch ein wenig.

»Lin, pass mal auf.« Ich lehnte mich mit der Schulter gegen ein Bücherregal, wobei mir ein dicker Wälzer in die Seite stach. »Du überdramatisierst das gerade. Wirklich. Hör auf, Miss Demeters melodramatischen Vortrag nachzuahmen.«

Lin legte die Stirn in Falten, breitete dann seine Arme mit den Handflächen nach oben aus. »Es ist mir ernst damit, Dawn. Kannst du das nicht verstehen? Versetz dich bitte mal in meine Lage.«

»Du denkst, du verpasst etwas Großartiges?«

»Ja. Was ist, wenn ich das Beste, was das Leben zu bieten hat, nie erleben werde? Loas kümmern sich nur um andere.«

Das stimmte. Die Loas der Ghede- und Rada-Nation führten ein selbstloses Leben, das ausschließlich der Hilfe für Sterbliche gewidmet war.

»Aber momentan bist du kein Loa mehr. Nur ein Mensch.«

»Genau. Nur ein Mensch.« Erneut hob er den Kopf und fokussierte mich. »Ein Mensch, der fähig ist, zu lieben.«

Okay, gut, langsam lief mir ein prickelnder Schauer über den Rücken. Was wollte Lin damit andeuten?

Er beugte sich ein wenig näher zu mir, senkte die Stimme zu einem eindringlichen Flüstern, das geradezu außer Atem klang. »Bitte, Dawn, zeig mir, wie Liebe funktioniert.«

Auf seine ungewöhnliche Bitte hin stieß ich ein Keuchen aus. Bereits jetzt lag dieser Tag schon überdurchschnittlich weit vorne auf der Merkwürdigkeitsskala. Lin wollte, dass ich ihm Liebe zeigte. Gerade ich? Dawn Ungeküsst Decent? Außer einem Fastkuss mit dem toten Schweinekopf von Mr Piggles hatte ich absolut nichts vorzuweisen! Ich als Lehrerin in Liebesdingen? Lachhaft!

Lin schien meine Gedanken an meinem Gesichtsausdruck abgelesen zu haben, denn jetzt setzte er einen bettelnden Hundeblick auf.

»Lass das«, zischte ich. »Ich kann dir nicht zeigen, wie man liebt!« Ganz in der Nähe von uns raschelten Hosenbeine, weswegen ich meine Stimme etwas senkte. »Außerdem kann man das nicht erzwingen. Liebe kommt automatisch, wenn die Chemie zwischen zwei Menschen stimmt.« Ich stockte, bevor ich hinzufügte: »Habe ich gehört.«

Lin biss sich auf die Unterlippe, stieß sich dann von seinem Bücherregal ab und machte einen Schritt auf mich zu, sodass jetzt kaum mehr ein Buch zwischen uns passte. Was sollte das werden? Stirnrunzelnd hob ich den Kopf. Weil Lin recht groß war, musste ich meinen Kopf weit in den Nacken legen, um ihm ins Gesicht sehen zu können.

»Liebe kann aus Freundschaft entstehen«, flüsterte er plötzlich, wobei er eine Hand an meine Wange legte. Mit sanftem Druck streichelte sein Daumen über meine Haut. »Wenn Miss Demeter recht hat, muss man zuerst eine Basis haben, auf der man sich sympathisch findet.« Seine Stimme war kaum mehr als ein Hauchen. »Man muss Gemeinsamkeiten an sich entdecken.« Lin schwieg einen Augenblick, während ich an unser gemeinsames Ziel dachte, New Orleans vor den dunklen Voodoomächten zu schützen.

Schließlich fuhr er fort: »Man muss den anderen gerne berühren wollen.«

Tat er das? Berührte Lin mich etwa gerne?

Seine Hand streichelte über meine Haare bis hinunter zu meinem Nacken.

»Man muss sich in der Gegenwart des anderen wohlfühlen«, zählte er weiter die Punkte aus Miss Demeters Unterricht auf.

Empfand Lin so?

»Und wenn man sich dann immer näherkommt, kann etwas Magisches entstehen. Man hält den Atem an und wartet, bis der Funke überspringt. Und wenn man sich dann küsst, hebt das die Welt aus den Angeln.« Die letzten Worte sprach Lin so leise aus, dass ich mich anstrengen musste, sie zu verstehen.

Lin hob jetzt auch die andere Hand, umfasste mein Gesicht mit beiden Händen. Seine Pupillen schienen etwas in meinen Augen zu suchen. Unwillkürlich hielt ich die Luft an. Was passierte hier gerade? Suchte er nach dem sprichwörtlich überspringenden Funken?

»Du bist so süß, Dawn, und du hast ein großes Herz, genau wie ich«, wisperte Lin. »Bitte zeig mir, was Liebe ist.«

Liebe … Das war ein großes Wort. Dennoch, meine Gedanken spielten verrückt. Mein Gehirn fühlte sich wie eine Gewitterwolke an, die um sich selbst rotierte. Lin war mir so nah … Noch nie hatte mich jemand so lange berührt wie er. Noch nie hatte mich jemand küssen wollen. Abgesehen von Mr Piggles … Verdammt, warum nur dachte ich in diesem Moment an den Schweinekopf?

»Okay, ich versuch's«, hörte ich mich wie aus weiter Ferne wispern. Fast hätte ich mir die Hand auf den Mund geschlagen. Wie bitte? Hinter mir knackte ein Regalbrett.

War ich eigentlich noch ganz richtig im Kopf? Also gut, Lin wollte Schmetterlinge, dann sollte er welche bekommen, oder eben einsehen, dass ich nur die pummelige Dawn mit der Knollennase war, die bei keinem Jungen auch nur einen Minischmetterling im Bauch auslösen konnte. Noch nicht mal eine Schmetterlingsraupe! Also atmete ich tief ein, legte ihm eine Hand auf die Schulter und stellte mich auf die Zehenspitzen.

Offenbar überraschte und erfreute Lin meine Reaktion zugleich, denn seine Augen begannen von innen heraus zu leuchten. Mit beiden Händen umschloss er mein Gesicht und kam mir immer näher.

Da ich nicht wusste, wo ich meine Hände abstützen sollte, stemmte ich eine Hand in die Hüfte und legte Lin die andere auf den unteren Rücken. Dabei fiel mir auf, dass ich abgenommen haben musste, denn an meiner Taille konnte ich mich heute zum ersten Mal ganz bequem mit Daumen und Zeigefinger abstützen. Oder war das nur Einbildung? Nein, ich fühlte mich bereits ein wenig straffer. Das wenige Essen und die Trainingseinheiten schienen erste Wirkung zu zeigen. Bondieu! Warum dachte ich jetzt nur an mein Gewicht?

Lin beugte sich tiefer zu mir, gerade so, dass er nicht in die Knie gehen musste. Sein Atem streifte meine Stirn, dann meine Oberlippe. So als wollte er mir noch die Chance geben, einen Rückzieher zu machen, wenn ich wollte, zögerte er einen Augenblick.

Doch ich würde das jetzt durchziehen. Was konnte das Ganze schon schaden? Lin verprügelte Zombies für mich. Warum sollte ich ihm da nicht bei einem Kussexperiment helfen? Was konnte schon passieren, außer dass eben nichts passierte?

Keine Schmetterlinge und keine Funken zwischen uns hin- und herflogen, wie Pingpongbälle?

Nach einem letzten leisen Seufzer senkte Lin seine Lippen auf meine, wobei er gleichzeitig eine Hand von meinem Gesicht löste und mich enger an sich zog.

Unerwarteterweise empfand ich seine Lippen als babyweich anstelle von rau, wie man sich Jungslippen, die nie einen Lippenpflegestift sahen, eben so vorstellte. Aber Lin überraschte mich in dieser Hinsicht. Es schien eher so, als würden sich zwei reife Pfirsiche auf meine Lippen drücken.

Wow, so fühlte sich also ein Kuss an!

Da ich gehört hatte, dass man dabei die Augen schließen sollte, tat ich das einfach mal.

Lin vertiefte den Kuss. Seine Wimpern strichen über meine Augenbrauen, während er wohlige Geräusche von sich gab, wie eine schnurrende Katze. Genau genommen hatte Perry immer so geklungen, wenn ich ihm vor unserem Heizofen den Bauch gekrault hatte. Als er noch ein Kater gewesen war.

Unseres Experiments wegen horchte ich tief in mich hinein. Rollte da nicht ein kleines Kribbeln aus den Tiefen meines Bauchs an die Oberfläche? Oder setzte man diese chemische Reaktion mit den Glückshormonen erst in Gang, wenn man sich mit Zunge küsste? Dieses Stadium hatten wir noch nicht erreicht und irgendwie war ich auch ganz froh darüber. Diese Zungensache klang leicht eklig für meine Ohren.

Lins Lippen flatterten weiter über meine. Ich fühlte seine wohligen Seufzer auf meiner Haut, was mich irgendwie lockerer werden ließ. Nachdem er mich plötzlich mit seinem Körper gegen das Bücherregal hinter mir drückte, entfuhr mir ein Ächzen. Sein Kuss und seine Körpersprache wurden immer drängender. Ja, Lin schien unser Liebesexperiment eindeutig zu gefallen, also entspannte ich mich auch.

Bis zu dem Moment, als direkt hinter mir ein Buch polternd zu Boden fiel.

Wir waren nicht allein! Was zur Hölle?

Eilig löste ich mich von Lin und drehte mich um.

Jax stand am anderen Ende des Bücherregals im nächsten Kreuzgang. Seinem Gesichtsausdruck zufolge hatte er uns beobachtet. Und was er gesehen hatte, schien ihm alles andere als zu gefallen.

Jax

Langsam wurde die Situation auf dem Pausenhof unerträglich. Wo steckten bloß Dawn und dieser verblödete Lin?

In den letzten Minuten hatten sich die Mädchen, die Dawn als *die Pearl-Clique* bezeichnet hatte, an ihn rangeschmissen wie Hexenjäger an halb automatische Waffen im Schlussverkauf. Diese Brooke klebte an seinem Arm, seit er den Pausenhof betreten hatte. Und dann hatten diese unablässig plappernden Pearl-Schnepfen auch noch keine Schokolade mehr übrig! Aufmerksamkeit hin oder her – diese Pause entwickelte sich zu einem absoluten Albtraum!

Irgendwann brachte er eine fadenscheinige Ausrede hervor, um dem Grauen zu entkommen. Die Mädchen winkten ihm traurig hinterher und wünschten ihm viel Glück dabei, seinen Freundschaftsring wiederzufinden. Auf die Schnelle war ihm einfach nichts Besseres eingefallen.

Ohne sich noch einmal umzudrehen, hastete er auf die Bibliothekstür zu.

Auf den ersten Blick gammelten nur ein paar ihm unbekannte Kids vor einer Reihe Computern herum. Aber Jax wusste, dass Dawn und Lin hier irgendwo sein mussten, schließlich hatte er die zwei nach dem Biounterricht die Bibliothek betreten sehen.

Grummelnd suchte er die Regalreihen ab. Eine nach der anderen. In seinem Magen brodelte eine Mischung aus Hunger, Ungeduld und Frust. Wenn er jetzt ihretwegen noch ein Magengeschwür bekam, würde er Dawn umbringen!

Seine Hosenbeine rieben aneinander, als er um eine Ecke bog. In die hinteren Reihen der Schulbibliothek fiel so wenig Licht, dass er kaum die Hand vor Augen erkennen konnte.

Und dann hörte er ganz in der Nähe Stimmen. Dawns Stimme! Endlich. Eilig bog er in die entsprechende Richtung ab.

Komischerweise verstummte das Geflüster auf einmal wieder, was Jax kurz verwirrte. Doch so einfach verlor er als ausgebildeter Hexenjäger keine Spur!

Mit einem gewinnenden Lächeln im Gesicht bog er nach rechts ab, wo er Dawn und Lin am Ende des Gangs vermutete. Er hatte seine Beute eingekesselt! Und dann sah er die beiden tatsächlich vor sich stehen. Lin, wie er Dawn gegen ein Bücherregal drückte und sie wie in einem kitschigen Kinofilm aus den Achtzigern küsste. Ekelhaft!

Das Lächeln rutschte Jax aus dem Gesicht. Für einen Moment verschwamm alles vor seinen Augen. Sein Herz klopfte heftig gegen seinen Brustkorb, was ihm das Atmen erschwerte. Was passierte da gerade? Warum machte es ihm nur etwas aus, diesem Idioten dabei zuzusehen, wie er Dawn küsste? Alles um ihn herum begann sich wie verrückt zu drehen, so als würde er in einem Sog aus Dunkelheit zu Boden gerissen werden. Diese Reaktion seines Körpers verwirrte Jax noch mehr. Wie konnte man diesen Blödsinn abstellen? Blinzelnd versuchte er sich irgendwo abzustützen, tastete über das Regal rechts von ihm, wobei ein Buch zu Boden segelte.

Durch das dumpfe Geräusch zuckte Dawn zusammen und drehte sich zu ihm um.

Dawn

»Was macht ihr da?«, presste Jax hervor.

Oh, oh. Das war jetzt irgendwie peinlich. Wie hatte er uns bloß gefunden?

Ich räusperte mich verlegen, machte mich von Lin los. »Es ist nicht so, wie es aussieht!« Himmel, wieso klang ich nur so wie die ertappte Ehefrau in einer billigen TV-Soap?

»Dawn hat mir nur bei einem Experiment geholfen«, sprang mir Lin bei.

Für diese unqualifizierte Aussage erntete er sofort einen bösen Blick von mir. Gar nicht hilfreich! Doch Lin zuckte nur mit den Achseln.

»Aha …« Natürlich glaubte uns Jax kein Wort.

In diesem Moment klingelte es zum Ende der Pause. Erzulie sei Dank! Noch nie zuvor hatte ich mich auf eine Schulstunde so sehr gefreut wie jetzt! Wirklich, mit Jungs-Dramen hatte ich bisher gar keine Erfahrungen gemacht, und dabei wollte ich es auch lieber belassen. Da war mir die Gesellschaft von Perry und meinen Zuckerrüben doch bedeutend lieber. Oder nicht?

Auf dem Weg zum nächsten Klassenraum drehte ich mich kein einziges Mal um. Jax und Lin würden mir sicher folgen können.

Meine Gedanken schweiften nur leider ungefragterweise zurück zu den letzten Minuten mit Lin in der Bibliothek. Hatte ich das gerade etwa genossen, dass Jax wütend darüber zu sein schien, dass Lin mich geküsst hatte? Ich horchte tief in mich hinein. Biss ich mir nicht gerade innerlich geschmeichelt selbst auf die Lippen? Gerade als meine Handflächen zu schwitzen begannen, erreichte ich Mrs Kingsleys Klassenzimmer.

»Oh, hey Jax!«, zwitscherte es plötzlich hinter mir. »Wir haben dich schon vermisst!« Es waren Serena und Brooke, die da auf gefährlich hohen Pumps auf uns zustaksten.

»Hast du deinen Freundschaftsring gefunden?« Brooke warf Jax einen mitfühlenden Blick aus ihren riesigen Rehaugen zu. Man hätte meinen können, er hätte eine Niere verloren.

Ich verdrehte die Augen und suchte mir dann einen Platz ganz hinten in der Klasse. Aus dem Augenwinkel bekam ich mit, wie Lin mir folgte.

»Ach, weißt du was«, hörte ich Jax Brooke antworten. »Diese *Freundschaft* war sowieso nicht viel wert.«

Wie bitte? Ich setzte mich und erwischte Jax, wie er eine wegwerfende Handbewegung in meine Richtung machte.

Er fing meinen Blick auf. Eine Millisekunde hätte ich geschworen, dass er wie ein ausgesetzter Welpe ausschaute.

Doch dann verhärtete sich sein Gesichtsausdruck, und er wandte sich direkt wieder ab.

»Komm, Brooke, wir setzen uns nach vorn.« Er packte die überrumpelt wirkende Brooke und zog sie ans Fenster in der ersten Reihe.

Nachdem sie ihre Überraschung überwunden hatte, drehte Brooke sich so schnell zu ihren Freundinnen um, dass ihre dunklen Haare durch die Luft wirbelten. Kein Zweifel. Brooke Thalia hatte ihrer Clique soeben einen triumphierenden Blick zugeworfen, so als hätte der beliebteste Junge der Schule sie zum Abschlussball eingeladen.

Unwillkürlich krampften sich meine Hände um den Sitz des Stuhls. Wie sehr ich die Highschool doch hasste! Dann doch lieber Stocktraining mit Mila. Was machte ich hier eigentlich?

»Ist irgendwas?«, wollte Lin neben mir wissen.

»Nein, alles bestens«, zischte ich.

»Ist es wegen unseres Kusses in der Bibliothek? Du warst wirklich unglaublich und …«

»Nein, das ist es nicht.« Und wenn er jetzt nicht still war … Aber es war schon zu spät.

Carlton Pearl wählte ebendiesen Moment, um sich mit offenem Mund zu mir umzudrehen.

Verdammt, sie hatte uns belauscht.

Bevor ich etwas tun konnte, packte sie Leoparden-Leo, zog sie zu sich heran und flüsterte so laut, dass JEDER es verstehen konnte: »Dawn und Lin haben in der Bibliothek rumgemacht! Ist das zu fassen?«

Scheiße! Auf einmal wurde mir eiskalt. Bis in die Fußspitzen. Stocksteif saß ich da. Spürte, wie mehr und mehr Blicke auf Lin und mich gerichtet wurden.

Nein, nein, nein! Das durfte gerade einfach nicht passiert sein. Jetzt würden mich alle für eine Schlampe halten! Die Rolle als hässliches Entlein war ja gerade noch zu ertragen, aber die Schulschlampe, die es hinter zwielichtigen Bücherregalen trieb? Schon allein bei dem Gedanken an die noch kommenden Tuscheleien über mich lief ich rot an. Für einen Moment schloss ich die Augen. Das mit dem *in einem Bett schlafen* hätte sie vor Neid für immer erblassen lassen, aber das mit der Bibliothek war ein Hauch zu viel des Guten. Nun würden sämtliche Schüler annehmen, ich würde jeden Typen ranlassen. Ohne Schamgefühl. Selbst in der Schule! Resigniert versuchte ich mich so klein wie möglich auf meinem Stuhl zu machen. Doch dann spürte ich, wie Lin den Arm um mich legte.

»Was meinen sie, sollen wir gemacht haben? Was heißt *rumgemacht?*«

»Sicher nicht, dass wir Briefmarken getauscht haben!«, zischte ich zurück. Heilige Erzulie, das konnte er sich doch jetzt wirklich aus dem Kontext erschließen! Standen alle Ex-Loas so dermaßen auf dem Schlauch oder nur Lin?

Als würde Jax ahnen, was hinter ihm in der letzten Reihe geschah, legte er in einer ähnlichen Geste Brooke den Arm auf den Rücken.

Das machte er doch jetzt nur, um mich zu ärgern! Weil ich, nein weil eigentlich *wir* die Pearl-Clique hassten! Heute Morgen noch hatten Jax und ich gemeinsam über sie hergezogen.

Sofort wandte sich Brooke zu Serena um und gab ihr ein

lautloses High five mit den Augen. Zumindest wirkte es so. Ekelhaft, wie sie den Mund zu einem gewinnenden Grinsen verzog! Ich blähte meine Nasenflügel auf, während ich wie eine betrogene Ehefrau schnaubte. Seit heute Morgen schien unfassbar viel Zeit vergangen zu sein …

Die gesamte Geschichtsstunde über warf mir Lin besorgte Blicke zu, während ich mit zusammengekniffenen Augen auf Jax' Rücken starrte. So ein blöder Kacktag! Hätte ich die beiden doch bloß zu Hause im Besenschrank eingesperrt!

»Können wir reden?«, fragte Lin, als es endlich klingelte.

Umständlich packte ich meine Sachen zusammen, wobei ich gleichzeitig aus dem Augenwinkel beobachtete, wie Jax gemeinsam mit Brooke, die quasi an seinen Arm getackert zu sein schien, den Klassenraum verließ.

»Hör mal, Lin, ich habe dir wirklich gerne bei deinem Experiment geholfen, aber wir sollten es dabei belassen. Schließlich sollten wir uns auf Papa Legba konzentrieren.« Bei diesen Worten senkte ich meine Stimme ein wenig. »Und ich meine, du hast doch bekommen, was du wolltest, oder? Kannst du dir jetzt nicht zumindest ansatzweise vorstellen, wie sich Liebe anfühlt?« Nicht, dass ich mir einbildete, Lin würde mich nach diesem Kuss lieben oder so, aber er musste doch genug Vorstellungskraft besitzen, um sich nach der Sache in der Bibliothek ein Bild davon zu machen, wie sich ein Kuss mit der richtigen Person anfühlte. Mehr konnte ich nicht für ihn tun.

»Mhm«, brummte Lin nur. Ohne einen weiteren Kommentar folgte er mir in den Flur.

Ich zuckte mit den Schultern. »Anderes Thema: Lass uns etwas essen gehen.« Donnerstags hatte ich in der vierten Stunde immer frei, was eine lange Mittagspause bedeutete. »Wir machen nur einen kleinen Umweg über meinen Spind.«

»Mhm«, machte Lin wieder. Bei Bondieu, war er heute gesprächig! Aber was wollte man auch von einem Ex-Loa erwarten?

Keine drei Minuten später schloss ich mit meinem Ellenbogen die Tür meines Spinds, wobei ich einen gefährlich hohen Stapel Bücher auf dem Arm balancierte. Meistens nutzte ich die lange Mittagspause für meine Hausaufgaben und zum Lernen. Gerade heute erschienen mir Schularbeiten wie eine willkommene Abwechslung in meinem sonst so abgedrehten Leben. Zwar hätte ich auch trainieren können, aber … nun ja, ich war noch nie versessen auf Sport gewesen. Außerdem hatte ich ja Lin und Mila an meiner Seite, die mich vor Zombies und Monstern beschützten. Letztendlich würde die Mambo uns und die gesamte Stadt schon retten, oder nicht?

Immer noch war weit und breit kein Jax zu sehen. Ob die Pearl-Clique ihm wohl ein Mittagessen in der Schulkantine ausgab? Schließlich hatte er kein Geld dabei. Nun ja, er würde schon nicht verhungern. Und wenn er einen Mordshunger bekam, konnte er ja auf alte Verhaltensmuster aus seiner Zeit als Alligator zurückgreifen und in Brookes Wade beißen. Zumindest hoffte ich das und lächelte sogar ein wenig bei diesem Gedanken.

Auf dem Weg in die Kantine waren sowohl Lin als auch ich in unsere eigenen Gedanken versunken. Ruhe war ich zwar, seit ich Jax im Sumpf aufgelesen hatte, gar nicht mehr gewohnt, also kam mir alles etwas unwirklich vor. Zu schön, um wahr zu sein.

Bis jemand hinter mir »Attacke!« kreischte. Ich wandte mich um. Marco und zwei seiner Freunde sausten auf ihren Skateboards durch den Schulflur. Auch das noch. Fiel denen denn gar nichts Neues ein? Ich beschleunigte meine Schritte. Etwa dreißig Yards vor uns lag die große Eingangstür zur Kantine auf der linken Seite. Zwei dunkelblaue Flügeltüren mit Glasscheiben im oberen Bereich.

Doch natürlich waren die Skateboarder schneller.

»Ha, ha!«, kreischte ein Blonder mit Stachelfrisur, als er an mir vorbeiraste. Derek. Bevor ich wusste, wie mir geschah, schnappte er sich meine Bücher und klemmte sich drei davon unter den Arm. Der Rest fiel zu Boden.

»Hey, lass das«, blaffte Lin ihn an und raste dann dem feixenden Derek hinterher, der sich auf seinem Skateboard in einem Affenzahn von uns entfernte.

Seufzend hob ich meine verbliebenen Bücher über Gedichtanalysen auf. Warum hatten sie es immer auf mich abgesehen? Als ich wieder aufblickte, hatte Derek fast die Kantine erreicht, Lin jedoch noch nicht mal zur Hälfte. Von den anderen Schülern schien niemand etwas unternehmen zu wollen. Na, super. Sicher würden meine Bücher jetzt wieder im Jungenklo landen. Oder noch schlimmer: im Eimer mit Frittenfett, der neben der Fritteuse stand.

»Gib Dawn ihre Bücher zurück!«, brüllte Lin, ohne von irgendwem beachtet zu werden. »Sofort!«

Doch dann öffnete sich auf einen Schlag die Mensatür. Ein Arm schnellte nach vorn, erwischte Derek an der Schulter und schubste ihn von seinem Skateboard. Der Skateboarder zuckte überrascht zusammen, als es ihn zu Boden warf und sein Board ohne ihn weiterrollte.

Wie ein Cowboy in einem Saloon stand Jax breitbeinig vor dem Eingang zur Schulkantine. Die blauen Flügeltüren schlugen hinter ihm ein paarmal in alle Richtungen aus, bevor sie sich wieder beruhigten. Mit einem durchdringenden Klatschen, das auch den letzten Schüler auf uns aufmerksam werden ließ, landete Derek auf seinem Hintern, während das Skateboard gegen die Wand am Ende des Flurs krachte. Meine Bücher schlugen wie Vögel mit gebrochenen Flügeln um ihn herum auf dem Boden auf.

Jax drehte den Kopf in meine Richtung und fand meinen Blick. Wow, seine Reflexe waren durchaus beachtlich.

Ich schluckte, dann setzte ich mich langsam in Bewegung, um meine Bücher einzusammeln. Unfähig, meine Augen von Jax, dem Rächer der Schulkantine, abzuwenden, starrte ich stur geradeaus. Alle anderen Schaulustigen im Flur blickten verwirrt zwischen uns hin und her. Das war ja wie auf einem Tennis-Turnier! Mit einer energischen Geste lockerte Jax seine Handgelenke, wahrscheinlich um klarzustellen, dass er diesen Skaterjungen umgehauen hatte. Sicherlich fanden ihn gerade nicht nur alle kleinen Mädchen supercool. Sein Blick hielt den meinen fest, doch nicht das kleinste Zeichen einer Regung lag darin. Seine dunklen Augen starrten mir ausdruckslos entgegen.

In der Zwischenzeit kam Lin schlitternd kurz vor Jax zum Stehen und bückte sich sofort, um meine Bücher einzusammeln.

Hinter Jax lugte jetzt auch die Pearl-Clique zu uns in den Flur.

Zunächst tuschelten sie in ihrer kiesksigen Kleinmädchentonlage, fingen sich aber gleich darauf wieder.

»Setzt du dich mit zu uns, Jax?«, bettelte Brooke.

Als Lin sich gerade mit meinen Büchern im Arm aufrichtete, erreichte auch ich das kleine Grüppchen vor der Kantinentür.

Doch Jax schenkte Brooke keinerlei Beachtung. Genau genommen, drehte er sich noch nicht einmal zu ihr um.

»Nein, danke. Ich esse mit Dawn.« Jax' Stimme klang so kalt und ohne jegliche Emotionen, dass ich fast darunter zusammengezuckt wäre. »Wir haben noch einiges zu besprechen«, fügte er hinzu, dann schnappte er sich die fünf Bücher, die ich wie einen Schutzschild an mich gepresst hielt. »Lass mich deine Bücher tragen.«

Er wandte sich zu Lin um. »Die auch. Her damit.«

Lin blinzelte. »Du hast mir gar nichts zu befehlen und außerdem esse ich mit Dawn …«

»Tust du nicht. Sie und ich müssen unter vier Augen reden. Du störst.«

»Wie wahnsinnig höflich von dir.« Lin lief vor Ärger kürbisorange an, soweit man das bei seiner Hautfarbe erahnen konnte, schwieg dann aber und ließ sich meine Bücher aus der Hand reißen.

»Wir gehen in das Café draußen an der Straße. Du kaufst mir irgendwas mit Schokolade«, bestimmte Jax, dann war er schon mit meinem Bücherstapel unterwegs zum Ausgang.

Unglaublich! Aber gut, vielleicht war das meine Chance, Jax das mit dem Kussexperiment zu erklären. Woher nahm er überhaupt das Recht, deswegen sauer zu sein? Wie auch immer: Da ich ihn heute Abend zum Schlossknacken brauchte, um in Mr Bs Büro zu gelangen, musste ich mich unbedingt wieder mit ihm versöhnen. Also warf ich einen entschuldigenden Blick in Lins Richtung, der mich fassungslos anstarrte. Die Pearl-Girls würden sich schon um ihn kümmern. Dann folgte ich Jax nach draußen.

14

»Schokolade also?«, fragte ich Jax, als ich mich auf den Stuhl vor ihm sinken ließ. Das Café präsentierte sich von innen wie ein Karnevalsgeschäft, so viele Mardi-Gras-Ketten und venezianische Masken hingen an den Wänden. Reizend.

Jax lehnte sich in seinem gepolsterten Stuhl zurück, sodass das Kunstleder knarrte. »Du kannst mir auch gerne Zigaretten kaufen, aber da du das nicht tun wirst, will ich diese neumodischen Schokoladenriegel da vorn. Die aus der Kiste auf der Theke.«

»Sonst noch was?«

»Einen Kaffee. Mit Milch.«

Aha. Zwar hatte ich das eher rhetorisch gemeint, aber egal.

Seufzend stand ich wieder auf, um Jax' Bestellung am Tresen aufzugeben. Hoffentlich gab es eine ordentliche finanzielle Belohnung für die Rettung der Stadt. Sonst würde mir demnächst das Geld ausgehen. Jedenfalls, wenn Melinda nicht bald zurückkam.

Kaum hatte ich einen Schokoriegel samt Kaffee vor Jax hingestellt, ging es auch schon los: »Wie konntest du nur diesen Heuchler küssen? Wie verzweifelt kann man sein?«

Ich starrte auf den Tisch. Noch nicht mal den Schokoriegel hatte er aufgemacht.

Jetzt lehnte sich Jax so weit über die Tischplatte nach vorn, dass sein Atem meine Stirn streifte.

»Dieser Idiot versucht dich doch nur um den Finger zu wickeln, um dich dann auf tragische Weise vor dem Tod zu retten und damit seine Unsterblichkeit zurückzubekommen! Warum siehst du das nicht?«

Also das fand ich jetzt doch etwas weit hergeholt. Zweifelnd hob ich eine Augenbraue. Das konnte jetzt unmöglich der Grund für Lins Kussattacke sein.

»Außerdem können wir uns gerade keine Ablenkung leisten«, fuhr Jax fort, senkte dann jedoch seine Stimme zu einem Flüstern, »wenn ein Bokor dabei ist, die Bevölkerung der Stadt in den sicheren Tod zu treiben. Wir sollten Lösungen finden, trainieren und uns nicht von Hormonen beeinflussen lassen.«

Aha. So rechtfertige Jax also diese kindische Wut auf mich?

Nachdem ich einmal tief ausgeatmet hatte, wickelte ich mir eine rote Haarsträhne um den Finger. »Keine Sorge. Das war nur ein harmloses Experiment.«

»So? Harmlos?« Jax schnaubte.

»Richtig. Lin wollte nur wissen, wie sich Liebe anfühlt. Schmetterlinge im Bauch und so. Du weißt schon. Diese Hormone, die beim Küssen entstehen. Worüber Miss Demeter gesprochen hat. In Bio.«

Jax sah überhaupt nicht so aus, als würde er wissen, wovon ich sprach. Jedenfalls zeigte sich auf seiner Stirn eine tiefe Falte, genau zwischen den Augenbrauen.

»Er hat mich darum gebeten«, fügte ich hinzu und versuchte dabei meiner Stimme einen ruhigen und gleichzeitig eindringlichen Ton zu verleihen.

Jax kniff die Augen zusammen. »Ach ja? Wenn ich dich also bitten würde, mich zu küssen, damit ich weiß, wie du so küsst, als Experiment sozusagen, würdest du es tun?«

»Was?« Etwas knackte in meinem Nacken, als ich mich so

abrupt aufsetzte. »Das ... das ist doch etwas vollkommen anderes!«

»Ach ja?«

»Ja«, behauptete ich mit hoch erhobenem Kinn. Warum saß ich hier eigentlich und fühlte mich genötigt, Lin zu verteidigen? »Lin hat noch nie ein Mädchen geküsst, niemals so etwas wie Schmetterlinge im Bauch gespürt. Bevor er es konnte, hat er diese selbstlose Tat vollbracht und ist zum Loa geworden. Er hatte nie eine Chance.«

»Keine Chance, sich zu verlieben, oder keine Chance bei dir?« Jax' Blick hielt meinem stand.

Was? Perplex blinzelte ich ihn an. »Ich kann nicht fassen, dass wir hier über Lin und mich reden. Das ... das geht dich überhaupt nichts an.«

»Du hast recht. Das tut es nicht.« Seine Kiefermuskulatur versteifte sich. Ganz langsam deutete er ein Nicken an. Täuschte ich mich, oder konnte ich Jax mit meinen Worten etwa verletzt haben?

»Es war nur, weil ... Ach, vergiss es einfach, Dawn.« Dann sagte Jax eine Weile nichts mehr, blickte stur zum Fenster hinaus.

Am liebsten hätte ich ihn gefragt, warum er jetzt so einen Aufstand deswegen veranstaltete, fürchtete aber, damit alles noch schlimmer zu machen. Wahrscheinlich wurde Jax einfach langweilig und er brauchte ab und zu ein wenig Drama in seinem Alltag. Also beschloss ich, die ganze Sache bei einem Frischkäsebagel auszusitzen und dabei mein Chemiebuch durchzublättern.

Als es schließlich Zeit wurde, in die Highschool zurückzukehren, räusperte ich mich und stand auf.

Wie aus dem Nichts ergriff Jax mein Handgelenk und hielt mich daran zurück. »Pass einfach auf mit Lin. Ich glaube, er verbirgt etwas ... Außerdem ist dieser Typ zu nett für diese Welt.«

»Nun ja, er ist ein Loa. Und Beschützer der Kinder«, meinte ich schulterzuckend. »Was erwartest du? Natürlich ist er nett und hilfsbereit.« Im Gegensatz zu anderen Jungs, die ich kannte … Dann riss ich mich aus Jax' Griff los und stolzierte mit fast der Hälfte meiner Bücher Richtung Tür. Den Rest würde mir Jax schon hinterhertragen.

Die letzten Stunden des Schultages flogen nur so vorüber. Glücklicherweise. Fast überlegte ich, ab morgen gar nicht mehr hinzugehen und mich stattdessen in Vollzeit um die Rettung der Stadt zu kümmern. Andererseits konnte ich nicht riskieren, dass man mich mit Polizeigewalt von zu Hause abholte und am Ende noch entdeckte, dass ich bereits wochenlang ohne einen Erziehungsberechtigten allein im Sumpf hauste.

Schneller als erwartet, stand ich am Ende vor Mila in der Küche, die mir eine Schüssel mit undefinierbarem Zeug hinhielt.

»Wir müssen den Schutzkreis um deine Hütte erneuern.«

Aha. Offenbar führte Mila den Zauber gerne mit zerstoßenen Maden durch, wie ich nach einem zweiten Blick in die Schüssel feststellte … Moment mal! Davon hatte ich ja noch nie gehört! Meine Hand schnellte nach vorne und schloss sich um Milas Handgelenk.

»Du machst hier doch nichts Verbotenes? Willst du etwa Marinette um Hilfe bitten?« Uns war verboten, besonders rachsüchtigen Loas, die zur dunklen Petro Nation gehörten, etwas zu opfern und sie dadurch um Hilfe beim Zaubern zu bitten. Selbst wenn Marinette inzwischen die Seiten gewechselt zu haben schien. Wenn man Baron Samedi glauben konnte, jedenfalls.

»Reg dich ab.« Mila zog die Augenbrauen zusammen. »Das ist für Maman Brigitte. Du hattest keine schwarze Henne im Haus, die ich opfern könnte. Aber Maden tun es notfalls auch.«

Ich neigte den Kopf zur Seite und runzelte dann die Stirn.

»Warum willst du Maman Brigitte um Hilfe bitten? Einfacher wäre, wenn wir etwas Cola nehmen und Ayizan rufen. Sie ist schließlich für den Schutz von Türen zuständig.«

»Ich habe das Gefühl, dass Maman Brigitte sich uns zeigen will«, antwortete Mila leichthin. »Spürst du ihre Präsenz nicht?«

»Äh, nein? Aber was sollte sie schon für uns tun? Sie ist für den Schutz von Friedhöfen zuständig.« Ich breitete die Hände aus. »Falls es dir noch nicht aufgefallen ist: Das hier ist eine Sumpfhütte.«

»Ach, komm, Dawn.« Mila machte eine wegwerfende Handbewegung. »Der ganze Sumpf ist ein einziger Friedhof. Hier sind so viele Schmuggler ums Leben gekommen, ganz zu schweigen von den zahlreichen verirrten Wanderern, die nie mehr herausgefunden haben. Maman Brigitte wird uns helfen. Ich weiß es einfach.«

»Was ist mit Maman Brigitte?« In ebendiesem Moment war Lin hinter mich getreten.

»Diese Verrückte da …« Ich zeigte anklagend mit dem Finger auf Mila. »… will Maman Brigitte anrufen und sie um Schutz bitten. Sie glaubt, sie wird sich uns zeigen!« Einen Moment dachte ich an Erzulie, die mir vor Kurzem einen Besuch abgestattet hatte. »Sie hat Maden da in der Schüssel.«

»Das könnte funktionieren.« Lin nickte.

Wie bitte? Ich hörte ja wohl nicht richtig!

»So was könnte vor allem ganz schön nach hinten losgehen«, zischte ich.

Mila schnaubte. »Ich weiß, was ich tue. Und ich stehe auf eurer Seite.«

»Natürlich tust du das«, sagte Lin, offenbar bemüht, die angespannte Grundstimmung zwischen uns zu entzerren. »Dawn, überleg doch. Sie ist Madame Laveaus Projektion. Das jüngere Ich der mächtigsten Mambo von New Orleans. Ihr Plan wird sicherlich funktionieren.« Er sah mich an, mit geweiteten Pupillen. Was war denn plötzlich mit ihm los?

Und dann klingelte was bei mir. »Du willst doch nur, dass Maman Brigitte auftaucht, damit du sie bitten kannst, mit ihrem Mann Baron Samedi zu sprechen, wegen deiner Unsterblichkeit!«, fauchte ich. »Gib es zu, Lin!« Daher wehte hier doch der Wind! Er wollte seinen Freund Sam bitten, die Sache mit der Sterblichkeit wieder aufzuheben!

Sofort sah Lin betreten drein. Also lag ich richtig. Oh Mann. Müde wischte ich mir mit der Hand über die Augen. Lin wollte natürlich lieber heute als morgen zurück in sein altes Leben. Was hatte ich mir nur gedacht?

»Das Ganze ist viel zu gefährlich. Maman Brigitte zieht es vor, von jemandem Besitz zu ergreifen, anstatt sich in ihrer Loa-Gestalt zu zeigen oder nur kurz in den Geist eines Sterblichen zu schlüpfen, wie Erzulie es getan hat.« Davon hatte ich erst kürzlich bei meinen Recherchen zu Baron Samedi gelesen. »Sie wird jemanden von uns reiten. Und ich brauche euch nicht daran zu erinnern, wie gefährlich das für unerfahrene Hexen sein kann. Auch wenn sie keine der hohen Loas ist.«

Lin nickte. »Ich wünschte, ich könnte euch stattdessen helfen, aber ich bin momentan sterblich …« Welch unglücklicher Zufall für uns alle …

Mit einer Hand brachte ich ihn zum Schweigen. »Mila ist noch keine Mambo, die die Besessenheit kontrollieren kann. Noch nicht. Was, wenn so etwas Schreckliches wie im Jahr 2010 geschieht?«

»Du meinst, als der Vater deiner Freundin Shannon sich mit Papa Legba zusammengetan hat, um einen Verbrecher zu töten, der vorzeitig aus der Haft entlassen werden sollte?« Irgendwie sprach Lin »Papa Legba« seltsam tonlos aus.

»Den Mörder seiner Schwester, ja. Der wegen eines Verfahrensfehlers entlassen werden musste.«

Jetzt lief Lin vor Wut rot an, als hätte ich behauptet, Shannons Dad sei ein reiner Engel gewesen. »Ich musste wegen ihm ein halbes Dutzend Kinder von der Schwelle des Todes zurückholen, als Shannons Vater durchdrehte und die Strommasten niederriss.«

»Ich weiß. Reg dich nicht auf. Er wurde wenig später gefasst. Sitzt jetzt im Gefängnis. Obwohl er selbst noch einen kleinen Jungen unter den Trümmern hervorgezogen hat, sobald er wieder er selbst war und die ganzen Morde durch die Besessenheit von Papa Legba begangen wurden: Sie konnten Shannons Dad trotzdem nicht begnadigen.« Streng genommen hätten sie eigentlich den Loa bestrafen müssen und nicht den Menschen, aber …

»Woher weißt du das?« Erschrocken fuhr ich herum. Shannon war gemeinsam mit Jax hinter mir in der Küchentür aufgetaucht. Wo kam sie denn so plötzlich her? »Nirgendwo in den Zeitungen stand, dass es ein kleiner Junge war, den Dad gerettet hat.« Shannons Stimme zitterte. »Außerdem weißt du ganz schon viel über diesen Tag. Ganz schön viel über Dad.«

Weil ich nicht wusste, was ich dazu sagen sollte, kaute ich auf der Innenseite meiner Backe herum. Oh, verdammt!

Shannon klappte der Mund auf, als sie verstand. Verstand, dass ich sie die ganze Zeit belogen hatte.

»Wie konnte ich nur so dumm sein!«

Oh nein.

»Du weißt es von Melinda, nicht wahr? Weil Melinda dort gewesen ist und meinen Vater verraten hat! Sie hat allen erzählt, was er getan hat. Und du wusstest davon!«, schrie meine beste Freundin mich an. »Dann hat sie auch noch meine Mutter als Mitwisserin angezeigt! Deine Tante ist an allem schuld! Dass ich ohne meine Eltern leben muss! Sie hat meine Eltern verraten. Sie war es. Die ganze Zeit nur sie!«

Scheiße. So hatte ich sie noch nie erlebt.

Lin und Jax sahen wie zwei verschreckte Erdmännchen zwischen uns hin und her. Mila stellte ihre Schüssel auf dem Herd ab, sagte aber nichts.

»Und du …« Shannons Schultern zitterten, als sie die Hand

hob und auf mich deutete. »… hast mir die ganze Zeit nichts gesagt!«

Ihre gesamte aufgestaute Wut entlud sich in diesem Moment in meine Richtung. Wie hatte das passieren können? Klar, es war ein unglücklicher Zufall gewesen, dass sie es so erfahren musste. Auf irgendeine Weise konnte ich Shannon auch verstehen. In ihren Augen hatten ihre Eltern nichts falsch gemacht. Für sie war Papa Legba der Böse in diesem Spiel. Aber die menschliche Bevölkerung hätte das nie verstanden, und ganz einwandfrei war dieser Racheritt ja auch nicht von Shannons Dad gewesen. Mithilfe schwarzer Magie, wie man sagte … Gut, Melinda hatte sie angezeigt, aber immerhin hatte meine Tante daraufhin das Verbot eingeführt, Papa Legba anzurufen. Eine Prohibition wie schon gegen Marinette und Congo Savanne, der Loa, die einige furchtbare Kannibalismus-Vorfälle zu verantworten hatte. Trotzdem. Vielleicht half es meiner besten Freundin, wenn sie endlich die Wahrheit erfuhr und ihre Wut herauslassen konnte. Gestern hatte sie wegen ihren Eltern schon völlig neben sich gestanden. Dann würde ich ihr zuliebe einfach als Prügelknabe herhalten. Trotzdem konnte ich nicht verhindern, dass mir plötzlich eiskalt wurde.

»Willst du nichts dazu sagen? Du nennst dich meine Freundin? Du verlogene …« Weiter kam Shannon allerdings nicht, denn aus ihrem Zeigefingernagel stoben plötzlich Funken, worauf es wie bei einem Tischfeuerwerk knallte. Vor Schreck stolperte sie zwei Schritte rückwärts und landete unsanft auf ihrem Hintern.

Wow, zum ersten Mal in ihrem Leben hatte Shannon Magie gewirkt ohne ein Ritual, das Loas um Hilfe bei ihrem Zauber bat.

Eilig rappelte sie sich wieder auf, wobei ihre Augen gefährlich glitzerten. »Ich bin so was von fertig mit dir, Dawn Decent!« Sie wischte sich eine Träne aus dem Augenwinkel und rannte dann aus der Hütte.

War das gerade wirklich geschehen? Falls ja, war das das Ende für mich. Denn damit hatte ich gerade meine einzige wirkliche Freundin verloren.

Verflucht, Erzulie! Wie konntest du das nur zulassen? Ich tastete nach der Wand, denn jetzt musste ich mich irgendwo festhalten.

Sekunden später wusste ich immer noch nicht, was ich nach dieser Katastrophe tun sollte.

Eine Hand legte sich auf meinen Arm.

»Das wird schon wieder«, raunte Lin mir zu, während er mir eine Haarsträhne nach hinten über die Schulter strich.

Das bezweifelte ich gerade irgendwie. Allerdings sah ich auf einmal klarer, was den Einbruch heute Nacht in Mr Bs Büro betraf. Wir würden das trotzdem durchziehen. Jax und ich. Vielleicht hatten Shannon und Madame Laveau recht und gerade ging etwas Ähnliches vor sich wie damals im Jahr 2010. Womöglich war es Mr B, der hinter der ganzen schwarzen Magie stand, die zurzeit die Stadt verpestete. Immerhin hatte er den Rosenkranz in seinem Schreibtisch aufbewahrt …? Oder nicht? Dieses Mal könnte es sogar noch schlimmer werden, denn wie Baron Samedi erzählte, waren die Loas in Aufruhr.

»Hey, Dawn.« Jax räusperte sich und unterbrach damit meine Gedanken. Er stieß sich von der Wand ab, gegen die er sich zuvor gelehnt hatte. »Wird es nicht bald Zeit, zu deinem Training zu gehen?«

Augenblicklich versuchte ich mich zusammenzureißen.

»Ja, Moment, wir müssen nur eben noch den Schutzkreis um die Hütte …« Hilfe suchend warf ich Mila einen Blick zu. Mir war zwar überhaupt nicht danach, denn am liebsten hätte ich wegen Shannon einfach nur in mein Kissen geheult, aber das würde auch nichts daran ändern. Zu viel stand auf dem Spiel, als dass ich jetzt nur an mich selbst denken konnte.

»Genau.« Mila nickte. »Lasst uns Maman Brigitte beschwören, um neuen Schutz für diese Hütte zu erbitten.«

Wirklich, ich konnte nur hoffen, dass das gut ging.

Lin räusperte sich und machte dann Platz für Mila, damit sie mit dem Ritual beginnen konnte. Sicherlich kannte sie sich damit aus. Ihr älteres Ich, Madame Laveau, hatte schließlich gerade gestern noch Erzulie beschworen.

»Im Übrigen hat meine Großmutter Marinette vor vielen Jahren im Kampf bezwungen und verbannt«, brüstete sich Mila, während sie die Flamme am Gasherd auflodern ließ. »Bevor sie zur Rada-Nation übergelaufen ist. Nur damit ihr es wisst.« Sie drehte uns beim Arbeiten den Rücken zu.

Ich blinzelte Madame Laveaus Projektion beeindruckt an. Ihr Erinnerungsvermögen war erstaunlich.

Als ich Lin darauf hinweisen wollte, bemerkte ich, wie er ebenfalls mit großen Augen Mila anstarrte.

»Mach jetzt keinen Fehler. Nenn nicht Marinettes Namen, wenn du Maman Brigitte beschwören willst«, warnte er sie. »Das könnte schiefgehen.«

Doch Mila winkte ab. »Mach dir darüber keine Sorgen, Linto.«

Dann griff sie sich einen Topf und die Schale mit den Maden. »Maman Brigitte, dieses Opfer ist für dich. Alles, was ich tue, ist ein Dienst an dir. Gewähre mir die Ehre, deine Präsenz zu spüren. Wir erbitten deinen Schutz für diese Hütte.« Mit reichlich Schwung ließ Mila die zerstoßenen Maden in den Topf auf dem Herd rieseln. »Ich bitte dich, nimm dieses Opfer an.«

Dann drehte sich Mila, den Kopf in Richtung Boden gesenkt, langsam zu uns um. Als sie schließlich den Kopf wieder hob, stockte mir der Atem. Ein geisterhaftes Lächeln umspielte ihre Lippen und ihre Augen glänzten merkwürdig golden. »Der Schutz sei euch gewährt!«

»Maman Brigitte?«, flüsterte ich.

Mila nickte.

Oh. Also hatte es funktioniert. Blinzelnd starrte ich auf Mila.

Offenbar konnten Loas auch eine Projektion reiten. Unglaublich. Ich dachte an die Darstellung von Maman Brigitte in meinen Schulbüchern. Sie war Baron Samedis Frau, ein Loa der Ghede-Nation, also neutral, und kümmerte sich um die Geister. In den Büchern war sie stets mit langen roten Haaren, in einem schwarz-lila Kleid sowie mit einer Sonnenbrille abgebildet, bei der das rechte Glas fehlte. Die ihr zugeordnete Farbe war Lila und gewöhnlich opferte man ihr schwarze Hühner. Offensichtlich tolerierte sie aber auch Mehlwürmer. Das sollte ich unbedingt in meinen Büchern vermerken. Und auf Wikipedia …

»Da steht ihr vor mir, als könnte euch nichts etwas anhaben.« Mila, oder besser gesagt Maman Brigitte, lächelte raubtierhaft.

Ich zuckte mit den Augenbrauen. »Wie war das, bitte?«

»Offenbar ist euch die Gefahr, die sich zusammenbraut, nicht bewusst. Obwohl ihr wisst, was im Begriff ist zu geschehen, nehmt ihr die Situation furchtbar leicht. Fast mit Humor. Das hier sind keine Sommerferien am Rande eines Vulkans. Mein Mann hat euch gewarnt. Hat sogar Linto zu deinem Schutz an dich gebunden, kleine Hexe.«

Immer noch nahm ich Maman Brigittes Worte auf, ohne sie vollständig zu verstehen.

»Jaaaa …«, machte Lin neben mir. »Was das angeht …« Doch ich brachte ihn mit einem Stoß meines Ellenbogens zum Schweigen. Baron Samedi und sein Sterblichkeitszauber waren jetzt zweitrangig.

»Was genau wollen Sie uns damit sagen, Maman?«

Die Loa faltete die Hände vor Milas Bauch, wie es sonst nur Politiker taten. »Der Sturm zieht auf, überall herrscht Unruhe. Und ich sehe euch unvorbereitet herumstehen. Wo ist die andere Auserwählte? Warum trainiert ihr nicht gemeinsam? Ihr müsst unbedingt überleben, um der Mambo beizustehen. Ist euch nicht bewusst, dass, wenn diese Stadt untergeht, auch wir

Loas untergehen? Zumindest die, deren Anhänger in dieser Stadt wohnen und uns durch Opfergaben stärken. Menschen werden sterben. Und Loas …«

»… werden zu Nichts werden«, vollendete Lin mit leiser Stimme ihren Satz.

Okay, das war schlecht …

»Wann?«, fragte ich. »Wie viel Zeit bleibt uns noch?«

»Ein paar Tage. Mehr nicht.« Maman Brigitte lehnte sich gegen die Arbeitsplatte neben dem Herd. »Nur du und die andere Auserwählte seid gemeinsam mit Madame Laveau in der Lage, die schwarze Magie und ihre Ausläufer zu stoppen.«

»Aber warum ich? Und wer steckt alles hinter der Dunkelheit?«

Maman Brigitte sah einen Moment lang so aus, als könne sie nicht fassen, wie wenig ich Bescheid wusste.

»Loas wie ich, die der Ghede-Nation angehören, sind neutral. Außerdem mischen wir uns nicht zu sehr in sterbliche Angelegenheiten ein. Das führt nur zu Ärger.«

Natürlich. Ich schnaubte. So etwas Ähnliches hatte ich bereits von Baron Samedi und Erzulie gehört. Langsam reichte es mir!

»Aber wenn du einen Tipp willst: Nimm heute Abend eine Taschenlampe mit.« Maman Brigitte lächelte nachsichtig auf mich herab, was mich nur noch zorniger werden ließ. Verfluchte Loas! Eine Taschenlampe also? Was sollte mir das denn …

Auf einmal brach Mila vor unseren Augen zusammen. Offensichtlich hatte sich Maman Brigittes Geist soeben von ihr gelöst und der Ritt der Loa war etwas zu viel für sie gewesen. Lin stürzte nach vorn und bekam sie gerade noch rechtzeitig zu fassen, bevor sie sich den Kopf an der Tischkante aufschlagen konnte.

Bisher noch unbekannte Person

Die alte Dame hob den Kopf, als es so spät am Abend noch klopfte. »Ja bitte?«

Die Tür öffnete sich, und herein kam Madame Laveau, den obligatorischen Turban auf dem Kopf, sodass sie wie eine füllige Giraffe wirkte.

»Hallo Mel, wie geht es dir?« Nachdem Madame Laveau der alten Dame kurz die Hand gedrückt hatte, zog sie sich einen Stuhl heran.

Stöhnend lehnte sich die Angesprochene in ihrem Schaukelstuhl zurück. »Nicht gut. Meine Zeit läuft ab.«

Madame Laveau nickte betrübt. Beide wussten, dass es nichts gab, was den Fluch lösen konnte. Es sei denn, derjenige, der den Fluch ausgesprochen hatte, hob ihn wieder auf. Doch das war in diesem Fall beinahe unmöglich.

»Du wirst gut auf Dawn aufpassen, ja?«, wollte die alte Dame wissen.

Madame Laveau neigte den Kopf, sodass der Turban in gefährlichem Winkel nach rechts zeigte.

»Natürlich ... Seit du hierhergekommen bist, versuche ich ihr einzureden, dass sie sich keine Sorgen um dich zu machen braucht. Und es geht ihr gut. Sie hat Freunde. Ich bin mir nur nicht sicher, ob dieser Hexenjäger Jax ihr am Ende nicht gefährlich werden wird.«

»Wird er nicht. Jax hat ein gutes Herz«, widersprach die alte Dame.

»Du hast ihn doch damals in einen Alligator verwandelt.«

»Richtig. Das habe ich. Zu seinem eigenen Schutz.«

Eine Weile sagte keine von ihnen ein Wort. Madame Laveau schwieg absichtlich beharrlich, denn das war immer noch die beste Methode, um mehr Informationen aus seinem Gegenüber herauszulocken.

Schließlich seufzte die Seniorin: »Wenn er nicht abgehauen wäre, hätte ich ihn am nächsten Tag wieder zurückverwandelt. Aber dieser dämliche Alligator war einfach unauffindbar!«

Das schien Madame Laveau einzusehen. Dennoch warf sie ihrer Freundin einen skeptischen Blick zu.

»Wie immer spielst du ein gefährliches Spiel.«

»Das mag sein. Aber du solltest Dawn da raushalten, Michelle. Es ist besser für alle, wenn sie es nicht erfährt. Zumindest noch nicht.«

Dawn

Auf Anraten von Maman Brigitte schob ich eine Taschenlampe in meinen grünen Regenparka. An einigen Stellen klebte Brombeersaft, aber das machte mir nichts aus. Nachdenklich drehte ich die kleine silberne Lampe im Inneren meiner Tasche hin und her.

»Kommst du?« Jax lehnte bereits an der offenen Haustür. Hinter ihm schwebten eine Handvoll Glühwürmchen durch die Dunkelheit. Ich lächelte. Wer brauchte eine Taschenlampe, wenn er Glühwürmchen hatte?

Lin wollte an irgendwelchen Waffen für uns arbeiten, zumindest hatte er so etwas in der Art angemerkt, also würden Jax, Mila, der es schon wieder gut ging, und ich alleine zur Voodoo Night School laufen.

»Mila ist schon draußen. Sichert nach eigenen Angaben den Pfad in Richtung Schule.« Offensichtlich musste sich Jax ein Lachen verkneifen.

Beinahe hätte ich ebenfalls grinsen müssen, denn ich hatte Mila vor ein paar Minuten die Hütte verlassen sehen, und zwar wie gestern mit einem gerollten Küchenhandtuch als Stirnband. Aber dann schweiften meine Gedanken zu Shannon und mein Herz wurde mir schwer.

Ich streichelte Perry einmal über den Kopf, rückte noch eine Steckrübe auf der Fensterbank gerade und verließ dann flankiert von Jax die Hütte. »Bis später, Lin!«

»Bis später«, ertönte es aus der Küche. Die Begegnung mit Maman Brigitte schien Lin nachdenklich gestimmt zu haben, weswegen er jetzt sicher etwas Zeit für sich brauchte, um seine Gedanken zu sortieren. Und uns besser auf die bevorstehende Katastrophe vorzubereiten. Er wollte uns unbedingt Waffen besorgen. Auch ohne Geld. Obwohl ich die Mambo sicher auch danach fragen konnte. Aber Lin in seinem Beschützerwahn brauchte das jetzt, und ich war mir sicher, dass er ganz passable Schlagstöcke oder so herstellen konnte.

Auf dem Sumpfweg war es durch den Mond hell genug, sodass ich mich dazu entschied, die Taschenlampe vorerst nicht einzuschalten. Grillen zirpten um uns herum, als ich gemeinsam mit Jax den Weg entlangschlenderte. Irgendwann würden wir Mila schon einholen. Anscheinend hatte Jax noch nicht viele Glühwürmchen in seinem Leben gesehen, denn er betrachtete die leuchtenden Insekten mit großen Augen.

»Wow, die sind so cool.«

»Ich weiß«, murmelte ich. »Und eigentlich echt selten.«

Daraufhin schwiegen wir eine Weile, spazierten einfach so nebeneinanderher, bis sich Jax schließlich räusperte: »Geht es dir gut? Wegen der Sache mit Shannon?«

Oh, das kam unerwartet. Machte sich Jax etwa Sorgen um mich? Hatte er mir die Sache mit dem Kuss in der Bibliothek schon verziehen? Als ich in sein Gesicht sah, bemerkte ich immer noch eine gewisse Distanz zwischen uns, was meine Hoffnungen sofort wieder zerschlug.

»Ehrlich gesagt, läuft alles gerade richtig beschissen für mich. Shannon hat mir quasi die Freundschaft gekündigt und dann lastet diese ganze Stadtrettungs-Verantwortung auf mir …« (den eigeschnappten Ex-Alligator nicht zu vergessen, der mir ein schlechtes Gewissen machte), »… aber lass uns bitte über etwas Erfreulicheres sprechen.«

Daraufhin nickte Jax nur. »Du willst aber trotzdem diesen Einbruch durchziehen?«

»Hast du die Dietriche dabei?«

»Ja.«

»Dann schon.«

Bevor Jax antworten konnte, raschelte es ein paar Yards vor uns im Gebüsch. Eine Sekunde später sprang Mila auf den Weg und hob eine Hand. »Stopp. Da vorne ist irgendwas!«

Ich runzelte die Stirn. Aha. Da vorne war also irgendwas.

Mila sah erst mich und dann Jax eindringlich an. »Im Ernst, Freunde. Sieht mir verdächtig nach einer Falle aus.« Sie kratzte sich über ihr Küchentuch-Bandana.

»Lass mal sehen!« Schneller als ich schauen konnte, war Jax schon um die nächste Ecke geschlichen.

»Hey«, zischte ich. »Lass das. Da vorne ist irgendwas!« Oh Mann. Innerlich schlug ich mir einmal heftig selbst gegen die Stirn. War ich eigentlich noch zu retten?

Natürlich hörte Jax kein bisschen auf mich. Aber was konnte ich dagegen tun? Nichts. Genau: nichts. Stattdessen beschränkte ich mich nur darauf, meine Fußspitzen in den Sumpfboden zu bohren, während ich ihm hinterhersah.

Als Jax in der Dunkelheit verschwand, hielt ich, ohne es zu wollen, den Atem an.

Nachdem sekundenlang alles ruhig blieb, wechselte ich einen Blick mit Mila. Sie zuckte mit den Schultern.

Bevor einer von uns nachsehen konnte, schlüpfte Jax hinter einem Strauch hervor zurück auf den Sumpfweg.

»Zombies«, zischte er. »Schon wieder! Und sie sind …«

»… direkt hinter dir?«, vollendete ich seinen Satz. Das war ja wie in einem Horrorfilm.

»… deutlich mehr als sonst und direkt hinter mir«, korrigierte Jax.

Und da hörte man auch schon das typische Gestöhne und Geschlurfe, nicht weit von uns entfernt. Keine drei Sekunden später trottete ein halbes Dutzend Untoter um die Wegbiegung. Und hinter ihnen her schlurfte noch ein halbes Dutzend und dahinter noch ein gefühltes Dutzend.

»Och nee.« Mila verzog das Gesicht. »Sie sind total im Weg.«

Ich warf ihr einen Blick zu. Ach, echt?

»Wir sind zu nah am Flussdelta, wir können den Weg nicht großartig verlassen, ohne im Wasser zu landen«, stellte Mila fest. »Rechts und links ist nur Matsch und Wasser. Außerdem vermutlich viele Alligatoren.«

Mist, sie hatte recht. Wir hätten uns nicht besser selbst in einen Hinterhalt manövrieren können, wenn wir direkt in eine Mausefalle getappt wären.

Das hier war die perfekte Stelle für einen Angriff. Wenn wir nicht von Alligatoren gefressen oder im Moor versinken wollten, mussten wir nah am Weg bleiben. Eine Flucht an den Zombies vorbei nach vorn war quasi unmöglich.

»Was habt ihr an Waffen dabei?«, wollte Jax wissen, während wir ein Stück zurückwichen.

Als Antwort kramte ich das Küchenmesser aus meiner Handtasche hervor sowie die alte Dose Haarspray und das lange Kaminfeuerzeug.

»Mhm, das wird schwierig«, murmelte Jax mir zu, wobei er mir das Messer aus der Hand nahm.

Gleichzeitig zog Mila ein Brotmesser aus ihrer bunten Jacke hervor.

»Also Rückzug?«, fragte ich.

Doch im nächsten Moment hörte ich schon das Gestöhne von Zombies hinter uns. Verflucht. Sie hatten uns umzingelt. Die blöden Untoten waren einfach überall. Da wollte uns jemand unbedingt tot sehen. Dieser Jemand, der uns ständig Monster auf den Hals hetzte.

Eilig rückten wir näher zusammen. Rücken an Rücken bauten Jax, Mila und ich uns auf. Kampfbereit. Mit unseren Haushaltsutensilien bewaffnet. Hätten wir besser mal die Besenstiele aus dem Kampfunterricht mitgenommen.

Inzwischen hatten sich uns die Zombies bis auf etwa fünfzehn Fuß genähert, schlossen in ihren abgehackten Bewegungen einen Kreis um uns. Ich konnte verschiedenste Verwesungsstadien unter ihnen ausmachen. Manche schienen länger, manche kürzer unter der Erde gelegen zu haben, bevor man sie mit schwarzer Magie zurück ins Leben gerufen hatte. Hierher, in unsere Welt, wo sie schon lange nicht mehr hingehörten. Beinahe konnten diese traurigen Kreaturen einem leidtun. Wenn sie uns nicht hätten fressen wollen …

»Könnt ihr nicht irgendeine Hexenmagie wirken? Einen Schutzkreis vielleicht?«, wandte sich Jax hoffnungsvoll an Mila und mich.

Mila seufzte. »So schnell auf keinen Fall und schon gar nicht ohne einen Topf.«

Das stimmte. So weit war ich noch nicht im Zaubern, und selbst wenn, hätte schon die Vorbereitung für einen Spontanzauber zu lange gedauert, nahm ich an. Bis dahin hätten uns die Zombies längst das Fleisch von den Knochen genagt. Mila war zwar die Projektion einer mächtigen Mambo, aber sie war als fitte, jugendliche Beschützerin an meine Seite beordert worden, nicht auf dem Höhepunkt ihrer magischen Fähigkeiten. Davon abgesehen, konnten Projektionen keine komplizierte Magie wirken.

Jax stöhnte, bevor er etwas murmelte, das in etwa wie »Wofür seid ihr eigentlich zu gebrauchen?« klang. Dann schob er sich das Küchenmesser in den Gürtel und nahm mir die Dose Haarspray samt Feuerzeug aus der Hand.

»Okay, Zombies, die Party ist vorbei!« Er trat einen Schritt nach vorn, betätigte Feuerzeug und Haarspray, was eine riesige Stichflamme nach vorne schießen ließ.

»Zurück!«, bellte er die Zombies an. Jax' Gesicht, in der Dunkelheit nur erhellt von der Sprühdosenflamme, sah alleine schon recht gefährlich aus. Wenn man genau hinschaute, bemerkte man außerdem, dass die Hitze Jax' Haare auf seinen Unterarmen bereits versengte. Das musste verflucht heiß sein und wehtun. Hoffentlich gab das keine Brandblasen.

Die ersten Zombies wichen zurück, sobald Jax die Stichflamme in ihre Richtung schwenkte. Doch sie verschwanden nicht ganz, schlossen den Kreis sogar wieder, wenn Jax sich einer anderen Gruppe Zombies zuwandte.

Lange würde Jax das nicht durchalten können. Irgendwann würde es zu heiß werden oder die Dose leer.

Heilige Erzulie, bitte steh uns bei!

Was konnten wir tun? Nachdem Jax mir quasi meine gesamten Waffen abgenommen hatte, hatte ich nichts mehr dabei. Außer Taschentüchern, Schulbüchern und einer Taschenlampe. Moment mal … die Taschenlampe! Maman Brigitte hatte angedeutet, dass mir eine Taschenlampe heute Abend noch nützlich sein könnte!

Eilig kramte ich in meiner Jacke danach.

Aus dem Augenwinkel bemerkte ich, wie Mila mich beobachtete.

»Was willst du mit der Lampe? Etwa die Zombies blenden?« Sie wirkte nicht gerade sehr überzeugt.

Vielleicht war Blenden gar keine schlechte Idee. Zumindest war es meine einzige Idee …

Probeweise schaltete ich das Ding ein und ließ den Lichtschein in die Augen von einem Zombie direkt vor mir schnellen. Das Licht blendete den Untoten tatsächlich, was ihm offenbar ganz und gar nicht gefiel. Doch außer einem verärgerten Zähneklappern mit seinen halb verfaulten Zähnen erntete ich nichts. Was jetzt?

Nachdem ich das Licht wieder ausgeknipst hatte, warf ich Mila einen Blick zu. Doch die zuckte nur mit den Schultern, während hinter ihr Jax weiterhin den Flammenwerfer spielte. Selbst auf die Entfernung konnte ich erkennen, dass ihm der Schweiß in Strömen die Schläfen hinunterlief.

»Okay, Dawn, hör zu«, flüsterte Mila. »Du bist mit Hope die Adjutantin von Madame Laveau im Kampf gegen die dunklen Mächte. Meine Aufgabe ist es, dich hier heil herauszubringen. Also wir machen es folgendermaßen: Ich lenke sie ab und du nutzt eine Lücke und rennst so schnell du kannst zurück zu Lin in den Schutzkreis.«

»Was? Nein!«, reagierte ich automatisch. Ich würde Mila nicht hier zurücklassen. Und Jax schon gar nicht! Zwar war Mila nur eine Projektion, doch ich wusste, dass auch sie Gefühle hatte. Schließlich hatte ich mitbekommen, wie sehr es sie verletzt hatte, zu erfahren, dass sie gar kein richtiger Mensch war.

»Du musst«, zischte Mila, »du bist wichtiger als ich. Ich kann nicht mal richtige Magie wirken.«

»Ach ja?« Ich hob eine Augenbraue. Wenn sie Frösche und Steckrüben unter richtiger Magie verstand …

Dennoch setzte Mila eine grimmig entschlossene Miene auf.

»Leute …« Jax' Stimme unterbrach meine Gedanken, wobei er einmal um uns herumwirbelte. Leise Verzweiflung lag in seiner Stimme. »Die Dose ist gleich leer. Viel länger kann ich uns die Viecher nicht vom Hals halten.«

Offenbar wurde das auch langsam den Zombies bewusst, denn sie murrten und klapperten jetzt lauter mit den Zähnen.

Bei Bondieu, was sollten wir bloß tun? Ich sah mich um. Zwei Dutzend Zombies gegen einen Ex-Alligator mit leichtem Dachschaden, eine Projektion der mächtigsten Mambo von New Orleans und eine Voodoohexe in Ausbildung, die nur Frösche und Steckrüben zustande brachte …

Verflucht! Konnte jetzt nicht einmal ein Loa einfach so auftauchen, weil man ihn brauchte? Wo steckten die ganzen Voodoo-Götter? Und wer, in Marinettes Namen, schickte mir ständig Zombies auf den Hals? Papa Legba? Oder einer seiner sterblichen Verehrer? Derjenige musste auf jeden Fall ein Gris-Gris, also einen Voodoo-Talisman besitzen, mit dem er die Untoten kontrollierte …

Auf einmal spürte ich etwas an meinem Fuß. Etwas Großes hatte sich daraufgesetzt. In Erwartung, eine riesige Spinne oder zumindest eine Monster-Nacktschnecke darauf zu entdecken, leuchtete ich unter einem erstickten Kreischen mit der Taschenlampe nach unten. Was zur Hölle, oder besser gesagt, welche Auswüchse der Hölle, hielt der Abend denn noch für mich bereit? Sofort wurde mein Herz leichter, als ich nur Perry auf meinem Schuh sitzen sah. Mein zutraulicher Perry mit den treuesten Froschaugen der Welt. Immerhin stand er mir bei.

Als Nächstes geschahen mehrere Dinge gleichzeitig: Jax' Flammenwerfer erlosch, während Mila in mehreren Sprachen fluchte. Aber das Seltsamste war, dass die Zombies sich plötzlich allesamt auf einen Punkt direkt vor mir auf den Boden stürzten. Einen Moment starrte ich perplex auf das Spektakel, das sich mir da bot: Zombies, die sich fauchend in ungewöhnlich schnellen, zuckenden Bewegungen alle auf denselben Flecken Erde stürzten. Dann begriff ich. Nachdem ich Perry mit der kleinen Taschenlampe angestrahlt hatte, hatte ich den Lichtkegel der Lampe unbewusst auf den Boden ein paar Schritte entfernt geschwenkt, wo er einen etwa handballgroßen Kreis auf den Sumpfboden warf. Dieser Lichtkreis schien die Zombies zu faszinieren. Sie stürzten sich darauf, als wollten sie ihn fangen, wobei sie ihre Gesichter zu Grimassen verzerrten, die ich als Freude interpretierte. Tatsächlich! Die Zombies hatten so etwas wie Spaß beim Verfolgen des hellen Punkts! Ich bewegte den Lampenschein nach rechts. Die Zombies hechteten, so schnell es ihnen ihr untoter, steifer Zustand erlaubte, hinterher. Das war ja wie bei einer Katze und einem Laserpointer!

»Äh, Dawn?«, schaltete sich Mila ein.

»Warte.« Um in Ruhe nachdenken zu können, hob ich eine Hand. »Ich glaube, mir kommt da gerade eine Idee.«

Perry quakte zustimmend und hüpfte dann davon, wahrscheinlich zurück nach Hause.

Jax sah mich an, murmelte dann aber etwas, wie: »Gott sei Dank. Wenigstens hat einer von uns einen Plan. Auch wenn es nur Dawn ist.«

Höchst interessant. Allerdings beschloss ich, diesen Kommentar zu überhören. Davon würde ich mich jetzt nicht ablenken lassen. Nicht, wenn die Horde Zombies gerade so wunderbar von uns abgelenkt wurde!

Also presste ich die Lippen aufeinander und ließ den Lichtschein meiner Taschenlampe langsam nach links wandern, immer darauf bedacht, den Lichtkegel nicht durch unüberlegte Bewegungen zu verwischen. Die Zombies folgten artig.

Bestens. Manchmal hatte ich anscheinend doch ein wenig Glück im Leben. Mit dem Schein der Lampe bewegte auch ich mich ein paar Schritte nach links. Dabei fühlte ich mich wie ein Dirigent, der dem Zombieorchester den Ton vorgab.

Aus den Augenwinkeln bemerkte ich, wie Mila und Jax mir mit offenen Mündern zusahen. Aus ersichtlichem Grund schwiegen sie jedoch, denn niemand von ihnen wagte es, die Aufmerksamkeit der Zombies, die den Lichtkreis jagten, auf sich zu lenken.

Dann wurde es heikel. Während ich den Lichtkegel auf den Moorboden lenkte, der direkt ins tief abfallende Wasser führte, hielt ich den Atem an.

Doch es funktionierte unglaublicherweise!

Sobald die erste Handvoll Zombies blind zu dem kleinen gelben Kreis auf der Wasseroberfläche hechtete, atmete ich wieder aus.

Platsch, platsch.

Ich leuchtete einen Zombierücken an und ein weiterer Zombie stürzte sich direkt auf seinen Kumpel. Allesamt gingen sie sofort unter. In weniger als dreißig Sekunden schwammen einzelne Zombieteile den Tümpel runter in Richtung des Flussdeltas.

Leider ging meine Rechnung aber nicht komplett auf. Die letzten Zombies lernten am Ende doch aus den Fehlern ihrer Vorgänger. Vier von ihnen blieben zögernd am Ufer stehen, warfen erst dem Taschenlampenschein und dann mir Blicke zu. Oh, oh. Sie standen genau in der Mitte zwischen dem Fluss, mir, Mila und Jax, was bildeten wir doch für ein lustiges Dreieck um die Zombies herum. Ich versuchte sie mit dem Schein zu locken, aber die Untoten blieben standhaft. Verdammt!

»Was jetzt?«, rief Jax mir zu. Gleichzeitig flackerte meine Lampe kurz auf und erlosch, woraufhin die Zombies wieder mit ihrem gruseligen Zähnegeklapper anfingen. Ob das ein schlechtes Omen war?

»Ähm, wie wär's, wenn du dir zur Abwechslung mal etwas einfallen lässt!«, rief ich zurück.

Daraufhin flog einem der Zombies eine Dose Haarspray an den Kopf.

Der Zombiekopf knackte kurz, dann drehte sich sein Besitzer mit wütendem Gesichtsausdruck zu Jax um.

Ich verdrehte die Augen. »Netter Versuch.« Jax the Ripper hatte zugeschlagen. Und so was wollte mein Kampftrainer sein.

Doch so schnell gab er nicht auf. Nein, Jax sprintete schon auf ein Stück Treibholz am Uferrand zu, um sich zu bewaffnen. Mila tat es ihm nach, wahrscheinlich, um mir endlich eine brauchbare Waffe zu besorgen.

Allerdings waren die Zombies zu viert, und hatte ich erwähnt, dass sie als die Cleversten des Trupps am Ende übrig geblieben waren? Von *Survival of the fittest* konnte man in ihrem

Fall zwar nicht wirklich sprechen, aber wir bekamen es jetzt zweifellos mit der intellektuellen Elite der Untotengruppe zu tun. Ich wappnete mich bereits gegen ihren Angriff, als sie sich allesamt umdrehten und geschlossen auf Mila und Jax losgingen, die nun strategisch schlecht zwischen Zombies und Sumpfufer standen. Quasi eingekesselt.

Warum nur wurde ich immer von Zombies ignoriert? Wollten sie mich am Ende lebend? Und davor meine Beschützer ausschalten? Wie hinterlistig war das denn? Nein, das konnte ich nicht auf mir sitzen lassen! Ich hastete nach vorn, holte aus und ließ meine Taschenlampe auf den erstbesten Zombieschädel krachen.

Der Zombie ging in die Knie. Im gleichen Moment trat Mila meinem Zombie mit dem Fuß einfach den Kopf von den Schultern. Wow. Ich sah dem Kopf hinterher, der direkt in einen Busch kullerte. Der kopflose Körper kippte nach vorn, wo er regungslos liegen blieb. Einer weg, drei weitere anzugehen.

Zwei besonders heftig verweste Kreaturen stürzten sich von beiden Seiten auf Mila, offenbar erbost über ihren Kopfschuss.

Scheiße! Was jetzt?

Ich warf einen Blick in Jax' Richtung, doch der war vollkommen in seinen Kampf mit dem größten und muskulösesten Zombie verwickelt. Mist! Wieder drosch ich mit der Taschenlampe auf den Zombie rechts von Mila ein. Er und sein Kumpel hatten sie an den Armen gepackt und versuchten in ihre Schulter zu beißen.

»Nein!«, kreischte Mila.

O große Erzulie, bitte nicht! Die Zombies durften Mila nicht fressen! Mila spürte Schmerzen wie echte Menschen! Außerdem würde es sicher Wochen dauern oder länger, bis Madame Laveau eine erneute Projektion erschaffen konnte. Eine solch perfekte Kopie ihrer selbst. Die ließen sich nicht wie am Fließband produzieren und fraßen viel von der eigenen Kraft auf.

»Lass. Los! Nicht. Mila!« Bei jedem Wort zog ich dem Zombie eins über die Rübe. Nur leider ließ dieses Exemplar sich davon nicht so leicht irritieren.

»Dawn, tu irgendwas!«, schrie Mila, die wie verrückt zappelte und um sich trat, um die Untoten auf Abstand zu halten.

»Jax, Hilfe!«, rief ich.

Und dann krachte plötzlich ein Brett auf den Hinterkopf des linken Zombies. Der Kopf flog daraufhin so dicht an mir vorbei, dass ich noch den Luftzug spürte.

Was in Marinettes teuflischem Namen?

Lin stand auf einmal hinter Mila. »Ich dachte mir schon, dass ihr vielleicht Hilfe braucht. Euch kann man echt keine Sekunde allein lassen.«

Der verbliebene Zombie knurrte, ließ von Mila ab und ging dann auf Lin los. Doch der schlug ihm mit dem Brett einfach gegen die Knie, was seine Unterschenkel umknicken ließ wie Bowling-Pins. Daraufhin klatschte der Zombiekörper zu Boden. Wütend holte Mila aus und trat auch diesem Zombie den Kopf von den Schultern. Langsam wurde das echt zur Tradition. Zombiekopf-Fußball.

Im gleichen Moment kam Jax keuchend angerannt. Wie es schien, hatte auch er kurzen Prozess mit seinem Zombie gemacht. Denn er hielt einen abgerissenen Arm in der Hand, warf ihn allerdings eilig in ein Gebüsch aus Schilfgras in der Nähe, als er meinen angeekelten Blick bemerkte. Immerhin hatten wir damit alle platt gemacht.

»Danke, Lin. Du hast mir das Leben gerettet.« Milas Stimme klang belegt, als sie sich zu Lin umdrehte. Wie sein größter Fan riss sie die Augen auf und klimperte mit den Wimpern. Meine Güte, jetzt übertrieb sie es aber wirklich mit dieser Ex-Loa-Anhimmelei.

Jax warf sich in die Brust. »Dawn war auch klasse. Sie hat nur mithilfe ihrer Taschenlampe über ein Dutzend Zombies ausgelöscht.«

»Ach, na ja.« Bescheiden winkte ich ab. »Ich hatte das mal im

Internet gesehen. Bei YouTube gibt es so ungefähr eintausend Videos mit Hunden und Katzen, die Laserpointern oder Taschenlampenlicht hinterherjagen.«

»Yu was?« Jax starrte mich nur verständnislos an.

»Das ist so eine Internetseite, auf der man lustige Videos ansehen kann«, erklärte ich unserem zurückgebliebenen Ex-Alligator.

Augenblicklich fingen Jax' Augen an zu leuchten. Oh verdammt, jetzt würde dieser Internetsuchti sicher in den nächsten Tagen nicht mehr vom PC wegzubekommen sein …

»Irgendwie ist Jax ganz schön merkwürdig«, flüsterte mir Mila ins Ohr.

Ach, wirklich? »Nun ja.« Ich hob die Schultern. »Ich denke, man kann nicht einfach nach Jahrzehnten als Alligator wieder ein Mensch sein, der geistig komplett normal ist. Verstehst du?« Zugegeben, das klang selbst in meinen Ohren lahm. Aber so war es eben. Jax war immer noch ein halbes Kind.

»Okay, ich bringe euch zur Schule«, drängte Lin zum Aufbruch. Wahrscheinlich fürchtete er, dass wir noch lange nicht in Sicherheit waren.

»Ist ja gut, wir kommen schon!« Jax sammelte unsere verbliebenen Waffen ein, rollte dabei mit den Augen und zwinkerte mir schließlich zu. Allerdings wusste ich auch so, was er von Lin und seinen Ansagen hielt. Glücklicherweise schien Lin davon nichts mitbekommen zu haben. Ebenso wenig wie Mila, die Lin weiterhin unverhohlen anschmachtete. Also ehrlich. Jetzt verhielt sie sich echt kindisch.

»Hast du Minzschokolade in deiner Umhängetasche?«, riss mich Jax' Stimme aus meinen Gedanken, während wir nebeneinander auf dem Sumpfweg Lin und Mila folgten.

Schnell legte ich eine Hand auf meine Tasche. »Die ist für die Opfergabe gedacht. Ich brauche sie für unser Training, also vergiss es.«

»Ach, Mann!«, maulte Jax. Danach ließ er mich aber Erzulie

sei Dank mit dem Thema in Ruhe, was vielleicht auch an dem Schwarm Glühwürmchen lag, der uns neugierig begleitete und Jax' ganze Aufmerksamkeit auf sich zog.

Während wir liefen, nahm ich mir vor, im Internet ein wenig zu Schokolade zu recherchieren. Vielleicht war darin irgendein Stoff enthalten, den Jax nach über zwanzig Jahren im Sumpf brauchte. Irgendwelche Mineralien oder so. Ich hatte mal gehört, dass Schokolade, würde man sie heute erfinden, nur in Apotheken zu haben wäre, weil so viele medizinisch wirksame Stoffe enthalten waren. Ich schielte zu Jax und seinem Glühwürmchenschwarm. Nein, dagegen gab es keine wirksame Medizin. Ganz sicher.

15

Die Schule lag noch vollkommen im Dunkeln. Tatsächlich waren wir recht früh dran, als wir die Veranda betraten und uns umsahen.

»Mhm, abgeschlossen ...«, stellte Mila fest.

»Lass mich mal.« Jax holte mit dem Ellenbogen aus und schob Mila zur Seite. Dann beförderte er zwei verbogene Haarklammern aus seiner Jackentasche hervor. Zwei MEINER Haarklammern!

»Sag mal, hast du ...«, begann ich empört.

»Psst, ich muss mich konzentrieren!«

Aha. Wenn es sonst nichts war ...

Nach ein paar Minuten, in denen nur Grillengezirpe und ein paar unschöne Flüche von Jax zu hören waren, lehnte ich mich über das Verandageländer nach vorn und schaute mich wachsam im Sumpf um. Aus den Augenwinkeln bemerkte ich, wie Mila immer näher an Lin heranrückte. Zwar störte mich das nicht mehr so heftig wie gestern noch, allerdings freute ich mich auch nicht gerade darüber, dass sich Mila an ihn ranschmiss wie an einen Geschirrtuch-Bandana-Schlussverkauf.

Gerade als ich dachte, das mit der Tür würde nie im Leben funktionieren, ertönte ein leises Klicken.

»Wir sind drin«, flüsterte Jax.

»Nicht schlecht«, lobte ich meinen latent kriminellen Ex-Anglerschreck, bevor ich mich an ihm vorbei ins Innere der Abendschule schob. Damit war die erste Hürde auf dem Weg zu Mr Bs Büro genommen. »Sagt uns Bescheid, falls jemand kommt. Ein Klopfzeichen oder so etwas wäre in dem Fall hilfreich. Und schließt die Tür hinter uns«, rief ich Mila und Lin zu. »Komm schon, Jax. Du kannst gleich mit Mr Bs Tür weitermachen.

»Bin ja schon unterwegs«, brummte Jax.

Bei der zweiten Tür hatte Jax offenbar den Dreh raus, denn er knackte sie in unter einer Minute, was er mit einem »Du hast es einfach drauf, Jax Roquewood!« feierte. Daraufhin wandte er sich mit stolzgeschwellter Brust zu mir um.

Ich hob eine Augenbraue. »Sprichst du jetzt schon mit dir selbst?«

Jax straffte die Schultern. »Ja, manchmal muss man eben die Meinung eines Experten hören …«

»Ja, ja, eine wahre Meisterleistung«, unterbrach ich ihn. Nachdem ich kurz mit den Augen gerollt hatte, schlug ich ihm mehrmals mit der flachen Hand auf die Brust. »Und jetzt aus dem Weg.«

»Was ist nur in dich gefahren, Dawn? Warum so launisch? Und über deinen Mangel an Respekt und Höflichkeit im Allgemeinen sollten wir auch noch mal sprechen.« Er verzog die Lippen zu einem dünnen Strich. Wahrscheinlich dachte er in diesem Moment an all die groben Sprüche und die Zurückweisung von mir ihm gegenüber in letzter Zeit. Vielleicht sogar an die Sache mit Lin in der Bibliothek …

Ich seufzte. »Entschuldige bitte. Es ist nur der ganze Druck und die Gedanken, die ich mir wegen Melindas Verschwinden, Shannon und der drohenden Naturkatastrophe mache …«

»Ja, verstehe schon.« Entweder bildete ich es mir nur ein oder Jax' Gesichtsausdruck wurde tatsächlich ein wenig weicher.

»Also suchen wir jetzt diese schwarzmagischen Voodoo-Utensilien, oder nicht?« Er zwinkerte mir zu.

»Ja, das tun wir«, antwortete ich genauso gespielt heiter wie er.

In Mr Bs Büro war es stockfinster, doch ich fand einen Lichtschalter, der einen Kronleuchter unter der Decke entflammen ließ. Sieben Plastikkerzen erleuchteten mit täuschend echtem Kerzenschein den Raum, der fast so groß (oder besser gesagt klein) wie mein Wohnzimmer war. Hohe Regale, die von verstaubten Büchern überquollen, zogen sich um uns an den Wänden entlang. Eilig scannte ich den kompletten Raum. Die Regale rechts von uns waren statt mit Büchern mit allerlei Voodoo-Krimskrams vollgestopft. Die Mitte des Raumes nahm ein gewaltiger Schreibtisch aus dunklem Holz ein. Im Fernsehen hatte ich ein ähnliches Monster im Oval Office des Präsidenten der vereinigten Staaten gesehen. Sofort erregte er meine Aufmerksamkeit. Ob hier wie im Weißen Haus zahlreiche verborgene Geheimfächer eingelassen waren?

»Nach was genau suchen wir jetzt?«, wollte Jax wissen.

»Hinweise auf schwarze Magie. Verdächtige Dinge, die Mr B irgendwo versteckt hält. Am besten nimmst du dir die Regale vor und ich schaue mir den Schreibtisch genauer an«, schlug ich vor.

Und damit drückte ich die Tür wieder ins Schloss. Man konnte ja nie wissen!

Die nächsten Minuten vergingen in einträchtigem Schweigen, das nur einmal unterbrochen wurde, als ich Jax bat, das Schloss der großen rechten Seitentür des Schreibtischs für mich zu öffnen. Das schien das einzige Schloss, das sich nicht einfach so öffnen ließ. Warum hatte Mr B hier wohl abgeschlossen? Die Tür im linken Standbein des Schreibtischs war offen und voller Schmierblätter gewesen. Die Schublade leer, bis auf einen zerkauten Radiergummi und ein halbes Dutzend

Stifte. Hier hatte Shannon gestern die Perlenkette gefunden, wie sie mir gegenüber zugegeben hatte.

Jax kniete sich neben mich auf den Boden und besah sich das Schloss, bevor er sich zu mir umwandte.

»Schau, es ist ganz einfach«, erklärte er mit meinen verbogenen Haarnadeln in der Hand. »Du stocherst ein wenig im Schloss herum, bis du einen Widerstand spürst. Dann drückst du zu. Und dann noch mal. Bis du alle Pins aus dem Weg geschoben hast.« Beinahe hätte er mir bei dieser Demonstration ein Auge ausgestochen.

»Ja, ähm, danke.« Ich schob seinen Arm wieder ein Stück von mir weg. »Vielleicht nächstes Mal. Wir haben kaum noch Zeit, bis die Mambo hier sein wird. Also würdest du bitte noch mal so nett sein …?«

Daraufhin grinste Jax selbstgefällig, schob sich eine dunkle Haarsträhne nach hinten und machte sich dann an die Arbeit.

Klick.

»Wir sind drin«, flüsterte Jax. »Nimm das, Hexer!«

»Äh, was?«

Einen Moment wirkte Jax verwirrt, winkte dann aber ab. »Alte Gewohnheit.«

Nun ja … Jax war an merkwürdigen Verhaltensweisen eben kaum zu übertreffen.

Allerdings hielt ich die Spannung jetzt kaum mehr aus und wollte unbedingt wissen, was in dem verschlossenen Fach lag.

Gespannt öffnete ich die dunkle Holztür. Winzige Sägespäne rieselten zu Boden.

Dann blinzelte ich in vollkommene Schwärze. Was? War hier überhaupt nichts drin? Keine Schrumpfköpfe und noch nicht mal eine Voodoopuppe mit Nadeln? War all das hier umsonst gewesen? Mit schweißnassen Fingern tastete ich nach meiner Taschenlampe.

»Argh, zu hell!«, beschwerte sich Jax, nachdem ich ihm aus Versehen direkt in die Augen geleuchtet hatte.

»Entschuldige.«

»Das kommt irgendwie nicht so ernsthaft rüber, wenn du dabei lachst«, schmollte Jax.

Natürlich war mir das selbst klar, aber ich konnte einfach nicht anders.

Allerdings war das hier nicht der richtige Moment für Scherze auf Jax' Kosten, also riss ich mich zusammen und leuchtete in das Fach. Das dunkle Loch, oder besser gesagt die Schreibtischnische, war groß genug, um darin fünf Ringordner nebeneinander unterbringen zu können. Oder einen von Madame Laveaus Glaskästen mit schwarzmagischen Unterrichtsutensilien.

Nur leider gähnte mir dieses Fach wie ein hungriges Sumpfmonster vollkommen leer entgegen. Wie konnte das sein? Warum würde Mr B diese eine Tür verschließen, wenn dann gar nichts darinlag? Verrückt.

»Sieh mal da.« Aufgeregt deutete Jax auf den Holzboden des Fachs.

»Was?« In einer fließenden Bewegung ließ ich den Schein der Lampe zum Boden gleiten. Zuerst wusste ich nicht so recht, was er meinte, dann besah ich mir den Boden genauer. Eine dünne Schicht Staub lag darauf wie Puderzucker. Nur an der Stelle, auf die Jax deutete, nicht. Ein fast perfekter Halbmond zeichnete sich dort ab. Als hätte ihn jemand mit einem Bleistiftende dort in die Staubschicht eingeritzt. An einer Seite konnte man noch einen verwischten Daumenabdruck erkennen.

»Irgendetwas hat hier gestanden«, flüsterte Jax. »Vielleicht eine Blumenvase?«

»Ja klar, eine Blumenvase«, spottete ich. »Damit Mr B immer frische Blumen in seinem verschlossenen Fach haben kann.«

»Grmhm«, machte Jax schlecht gelaunt.

Nein, irgendetwas anderes … Ich ließ meinen Zeigefinger kurz über dem Halbmond schweben, doch es brachte nichts.

»Moment mal«, flüsterte Jax plötzlich. »Was steht da in der Lücke neben dem Fach?«

»Was in Marinettes teuflischem Namen …«, hustete ich.

Der Schein meiner Taschenlampe schwenkte in die angegebene Richtung, den Zwischenraum zwischen dem Fach und der massiven Außenwand des Schreibtischs, und erhellte eine … sehr verstaubte Hulapuppe. Ein Plastik-Hawaiimädchen mit Bastrock und Blumenkette, etwa so groß wie eine Coladose.

»Gruselig«, kommentierte Jax, »was treibt ihr Hexen im 21. Jahrhundert nur für kranke Spielchen?«

Ich warf ihm einen vernichtenden Blick zu. Doch bevor ich ihm dafür eine reinhauen konnte, hörten wir ein Pfeifen und daraufhin Schritte im Flur.

»Oh, Scheiße, das ist sicher Mr B!« Eilig schloss ich die Seitentür wieder. Dann zog ich Jax einfach mit mir unter den Schreibtisch.

Keine Sekunde zu früh, denn jetzt hörten wir, wie jemand einen Schlüssel ins Schloss steckte.

Der Schlüssel kratzte von einer Seite zur anderen, bevor sein Besitzer bemerkte, dass überhaupt nicht abgeschlossen war. »Merkwürdig …«, murmelte Mr Bs Stimme so laut, dass wir sie durch die Tür hören konnten.

Dann kam er herein. Sehen konnten wir ihn nicht, denn der riesige Schreibtisch schirmte uns gut nach außen ab. Dennoch robbte ich auf meinem Hintern noch ein wenig tiefer, bis ich gegen Jax stieß, der links von mir kniete.

Einen Moment blieb alles ruhig, dann trat Mr B näher an den Schreibtisch, sodass wir seine dunklen Lederschuhe im Blickfeld hatten.

Gequält verzog ich das Gesicht. Jetzt bloß keinen Fehler machen, Dawn. Kein Geräusch, kein Nieser …! O Bondieu, lass ihn bitte nicht die Schublade öffnen und das Fehlen der Kette bemerken! Oder noch schlimmer: in die Hocke gehen und das Seitenfach überprüfen! – Das Seitenfach, das zudem noch einen Spaltbreit offen stand, wie ich bemerkte! Verdammt!

Hatte ich es nicht richtig verschlossen? Oh, nein! Mr B durfte einfach nicht darauf aufmerksam werden!

Mit angehaltenem Atem fasste ich mir an die Brust.

»Was ist?«, flüsterte Jax so leise, dass selbst ich es kaum hören konnte.

Über uns schritt Mr B auf und ab.

Statt zu antworten, nickte ich mit dem Kinn in Richtung der nur angelehnten Seitenfachtür.

»Oh«, machte Jax ultraleise, »mach dir keine Sorgen.« Wie um mich zu beruhigen, legte er mir eine Hand aufs Bein. »Er wird uns nicht entdecken.«

Inzwischen hatte Mr B den Schreibtisch einmal umrundet und war hinter uns getreten.

Seine Schritte hörten sich dumpf auf den Holzdielen an. Dann herrschte auf einmal Stille. Mr B verharrte ganz nah bei uns.

Automatisch legte ich zum gefühlt zehnten Mal einen Finger an die Lippen. Die Spannung im Raum, oder besser gesagt unter dem Schreibtisch, war kaum noch zu ertragen.

Jax rollte mit den Augen. Im Gegensatz zu mir schien er diese doch recht brisante Situation völlig locker zu nehmen. Auch dass er beinahe auf mir kniete, nahm er hin, als handle es sich hier um eine Yogaübung. Wie konnte ihm das so wenig ausmachen? Wenn man uns erwischte, würden wir einiges erklären müssen und sicherlich auch bestraft werden. Gar nicht erst auszudenken, wenn Mr B tatsächlich auf der Seite der dunklen Mächte stand …

Auf irgendeine Weise machte es mir etwas aus, so angespannt und verklemmt auf meinem Hintern zu sitzen, Arme und Beine verkrampft um mich geschlungen. Deswegen hielt ich den Kopf unten, sodass mir meine Haare vor das Gesicht fielen. Mittlerweile hatte Mr B ein Fenster geöffnet und dann in einem Regal gewühlt, wenn ich die Geräusche richtig deutete. Auf einmal erklang ein Kratzen und dann leise Jazzmusik. Offenbar hatte Mr B einen Plattenspieler eingeschaltet. Das war gut. So war die Chance, dass er uns hörte, geringer. Dennoch zuckte ich bei jedem Poltern zusammen. Irgendetwas schien Mr B in seinen Regalen zu suchen.

»He, Dawn«, wisperte Jax nach einigen Sekunden.

Ich tat so, als hätte ich ihn nicht gehört. Davon ließ er sich allerdings nicht beirren. Einfach so schob Jax mir die Haare hinter die Ohren und hob dann mein Kinn an. »Er wird uns schon nichts tun. Außerdem passe ich auf dich auf und trete dem bösen Hexer in den Arsch, wenn es sein muss.«

Wie bitte? War das Jax' Ernst? Mir klappte der Mund auf. Was war nur neuerdings in ihn gefahren? Langsam wurde Jax ja fast … nett? In letzter Zeit spielte er sich immer mehr als zuvorkommender Beschützer auf. Wo war der eingebildete Egoist vom Anfang der Woche geblieben?

Sobald ich ihn jedoch über mein Erstaunen schmunzeln sah, schloss ich den Mund wieder. Seine dunklen Augen blitzten. Jax hatte wirklich kein Problem mit unserer beengten und irgendwie auch waghalsigen Situation unter Mr Bs Schreibtisch. Fast, als sei er so etwas gewohnt.

Ich blinzelte. Obwohl ich erwartete, dass Jax sich nun von mir abwenden und einen weiteren blöden Spruch reißen würde, verharrte er immer noch direkt vor mir. Seine Hand wanderte wieder zu meinem Ohr und spielte dort mit meinen Haaren.

Okay … vielleicht war ihm langweilig. Da ich keinen Streit und damit Lärm riskieren wollte, ließ ich ihn gewähren. Gleichzeitig konzentrierte ich mich auf Mr B. Zwar konnte ich die Geräusche nicht richtig zuordnen, aber es klang gerade so, als würde Mr B mit einem Werkzeug aus Metall auf den Boden klopfen. Waren denn wirklich alle Männer in diesem Raum von ihrem Verhalten so weit von der Normalität entfernt wie ein Kürbis von einem Nobelpreisgewinn? Langsam verlor ich echt die Nerven. Eigentlich sollte ich jetzt mit Hope und Jax trainieren. Madame Laveau fragte sich womöglich schon, wo ich steckte. Nur würde sie wohl nie erraten, wo ich mich gerade aufhielt, oder etwa doch? Bevor ich den Gedanken zu Ende fassen konnte, wurde ich von etwas Warmem abgelenkt. Genauer gesagt: von Jax' Atem auf meiner Haut. Auf einmal war er mir so nah! Was passierte hier? Wollte Jax mich etwa küssen? Aber warum? Schnell sah ich mich um. Sollte das ein Witz auf meine Kosten sein im Sinne von einem *Wir verarschen Dawn und schicken ihr einen besessenen Jax, der sie küsst und dann auslacht?*-Scherz sein? Das würde durchaus zu Hope passen. Oder jemand hatte Erzulie um einen Liebestrank für Jax gebeten … O Bondieu, langsam wurde ich wirklich paranoid. Jetzt streifte Jax' Nase meine Wange. Als er die Augen schloss, flatterten seine Wimpern über meine Wangenknochen, was mich unwillkürlich erschaudern ließ. Dennoch saß ich weiter in stocksteifer Haltung da. Was Jax da tat, fühlte sich so surreal an!

Schließlich zog er sich wieder ein wenig von mir zurück und musterte mich eingehend, so als wollte er prüfen, ob mir das Ganze unangenehm war. Seine Hand wanderte dabei in meinen Nacken, wobei sein Daumen immer noch sanft über mein Ohr strich.

Ich atmete aus und starrte ihn einfach nur mit großen Augen an. Jax wollte mich, Dawn Decent, küssen? Denn darauf schien alles hinauszulaufen, oder nicht? Was sollte dieses anhängliche Verhalten sonst ausdrücken? Immerhin, wenn uns Mr B jetzt erwischen würde, könnten wir vorgeben, uns hierher zurückgezogen zu haben, um ungestört zu sein. War das vielleicht sogar Jax' Plan? Während ich mich noch immer sehr wunderte, lehnte sich Jax wieder nach vorn, in meine Richtung. Seine Lippen zeigten ein sanftes Lächeln, dann konnte ich sie auf einmal nicht mehr sehen, denn Jax, der Ex-Sumpfkönig Roquewood und schönster Junge der Welt, senkte seinen Mund auf meinen und küsste mich!

Oh … das war irgendwie anders als alles Bisherige … Mehr so *WOW*. Mein Hirn fühlte sich ganz neblig an. Wie träger

Sumpfschlamm. Denken war auf einmal mühsam, weswegen ich einfach alle Gedanken abstellte und mich einfach auf den Kuss konzentrierte. Seltsamerweise fiel es mir überhaupt nicht schwer, mich darauf einzulassen, was mich fast ein wenig gewundert hätte, wenn ich nicht beschlossen hätte, über nichts, aber auch gar nichts mehr nachzudenken. Jax' Lippen fühlten sich so gut auf meinen an. So, als würden sie dort hingehören. Auf meinen Mund. Als hätte er mich schon tausendmal geküsst. Auf diese wunderbar zärtliche Art, wie er es gerade tat. Bisher hatte ich Jax noch nie irgendetwas »vorsichtig« tun sehen. Nun, jetzt tat er es. Vielleicht zum allerersten Mal in seinem Leben …

Wirklich, es erforderte meinen kompletten Rest an Willenskraft, nicht in Ohnmacht zu fallen. Denn der Kuss war berauschend … überwältigend … Hinter uns klackte etwas, als hätte jemand eine Bodendiele zurück in den Fußboden gedrückt.

Aber das kümmerte mich wenig, denn Jax löste sich gerade atemlos aus unserem Kuss.

Warum hört er bloß auf?, war alles, was mein verwirrtes Gehirn an zusammenhängenden Gedanken zustande brachte.

Jax studierte mein Gesicht. Offenbar fragte er sich, ob mit mir alles okay war. Mir fiel auf, dass seine Augen glänzten und die Pupillen geweitet wirkten. Ich leckte mir über die Lippen. Dann erinnerte ich mich an etwas.

»Du schmeckst nach Minzschokolade«, stellte ich vorwurfsvoll fest. »Du sollst die doch nicht essen, ich brauche sie zum Zaubern!«

»Halt einfach die Klappe, Dawn«, wisperte Jax. Dann nahm er mein Gesicht in beide Hände und zog mich näher zu sich, wobei er seine Lippen erneut auf meine drückte.

Oha! Bei der heiligen Erzulie! Ich legte meine Hände auf seinen Rücken und hielt mich an ihm fest. Gleichzeitig schwappten Emotionen über mich hinweg wie ein Schaumbad aus bunten Seifenkügelchen.

Dann spürte ich es. Jax küsste mit Zunge! Oh … Zunächst riss ich für einen Moment die Augen auf, entspannte mich dann aber gleich wieder. Es tat dem Kuss keinen Abbruch. Also fiel ich wieder in den *Klappe halten und genießen*-Modus zurück, bis ein Geräusch direkt neben mir ertönte. Ein Räuspern. Heilige Erzulie! Jemand räusperte sich!

Eilig unterbrach ich den Kuss und versuchte einen betont unschuldigen Gesichtsausdruck aufzusetzen. Während Jax noch frustriert vor sich hin grummelte, wandte ich mich bereits dem Störenfried und damit dem Besitzer des Schreibtischs zu, unter dessen schützender Tischplatte wir gerade herumgeknutscht hatten.

»Oh, hallo, Mr B. Was machen Sie denn hier?«

Jetzt sah auch Jax auf. »Oh.«

Für meinen Geschmack übertrieb er es etwas mit seiner gespielten Überraschung. Ich konnte nur hoffen, dass das meinem Lehrer nicht genauso auffiel wie mir.

Mr B, der in einer ungemütlich aussehenden Haltung vor uns kniete, legte die Stirn in Falten.

»Was ich hier mache? Die Frage muss wohl vielmehr lauten, was ihr beide in meinem Büro treibt.«

Jax zeigte zuerst auf sich, dann auf mich und dann wieder auf sich. »Wir haben nur …«

»Ja, ja, das sehe ich«, unterbrach ihn Mr B. Die Lippen hatte er zu einer schmalen Linie zusammengepresst.

Ungünstig alles.

»Verzeihung, das Ganze ist meine Schuld. Ich habe Dawn überrumpelt und dann durch diese *offene* Tür hier hineingezogen, um etwas ungestört mit ihr sein zu können …« Das Wort »offene« betonte Jax so übertrieben auffällig, dass ich ihm am liebsten einen Schlag mit der Faust verpasst hätte.

»… unter meinem Schreibtisch?«, hakte Mr B nach.

Ein deutlicher Hauch Zweifel schwang in seiner Frage mit.

»Ganz genau. Ist das nicht offensichtlich?«, fragte Jax gut

gelaunt zurück. »Wir müssen dann auch mal los. Kampftraining und so. Sie wissen schon.« Mit einem Anflug von Neid beobachtete ich, wie Jax elegant unter dem Schreibtisch herausglitt, dann auf die Füße sprang und Mr B selbstbewusst entgegensah. Nach einer weiteren Sekunde bückte er sich und zog mich unter dem Schreibtisch hervor. Natürlich stieß ich mir dabei den Kopf an der Tischplatte.

»Also dann.« Mit der freien Hand winkte Jax einmal kurz dem verwirrt dreinschauenden Mr B zu und zerrte mich dann aus dem Büro.

»Und wie fandest du den Kuss?«, raunte er mir im Flur zu.

Was? War das sein Ernst? Beinahe wäre ich über meine eigenen Füße gestolpert, als ich ihm einen Seitenblick zuwarf. Allerdings war ich noch so durcheinander, dass ich blödsinnigerweise tatsächlich auf diese Frage antwortete. »Ich bin noch nie so geküsst worden …«

»Hah!« Jax reckte eine Faust. »Ich wusste, dass ich besser küssen kann als Lin!«

»… mit Zunge!«, beeilte ich mich zu sagen, um den schon angerichteten Schaden zu begrenzen. Verdammt! O Erzulie, was hatte ich getan? Natürlich wollte Jax mir mit unserem Kuss nur etwas beweisen. Ihm hatte das eben absolut und gar nichts bedeutet. Wie konnte ich nur ansatzweise annehmen, dass er … nein. Gar nicht erst daran denken! Jax war Jax. Punkt. Also setzte ich einfach nur eine undurchschaubare Miene auf und sagte nichts mehr, obwohl sich mein Herz plötzlich kalt wie Eis anfühlte.

Jax warf mir einen Blick zu. »Komm schon, es war die beste Lösung, um unverdächtig aus der Sache mit dem Einbruch in Mr Bs Büro wieder herauszukommen.«

»Selbstverständlich. Wie immer hast du vollkommen recht«, presste ich hervor. »Was hätten wir auch sonst tun sollen?« Meine Stimme klang selbst in meinen Ohren frostig.

»Ich bin froh, dass du das genauso siehst«, bemerkte Jax, wobei er heftig nickte.

Wir bogen in Richtung unseres Klassenzimmers ab, wo Lin und Mila schon vor der Tür auf uns warteten.

Als Lin bemerkte, dass Jax und ich Hand in Hand auf ihn zugeeilt kamen, oder besser gesagt, wie Jax mich hinter sich herschleppte, verzog er das Gesicht.

Oh. Das …

Mit einem kleinen Anflug von Genugtuung rümpfte ich demonstrativ die Nase und schüttelte Jax' Hand ab.

Zu meinem Missfallen schien Jax das aber gar nicht wahrzunehmen. Nein, er wirkte einfach nur recht selbstzufrieden mit sich.

»Und?«, wollte Mila sofort wissen.

Ich legte die Stirn in Falten. »Was?«

»Na, was habt ihr herausgefunden?«

»Oh.« In kurzen Sätzen berichtete ich ihr von unserer Entdeckung, die wohl kaum als bedeutende Erkenntnis durchging, aber irgendwie doch erwähnenswert war. Nun ja, den Teil mit dem Kuss ließ ich natürlich weg.

Als ich zum Ende gekommen war, riss Mila die Augen auf.

»Mr B hat euch erwischt?«

»Wobei erwischt?«, fragte plötzlich eine Stimme hinter mir. Ich fuhr herum.

Hope hatte sich mit Cynthia, die heute eine kirschrote Perücke trug, an uns herangeschlichen. Großartig.

»Beim Hereinmachen«, behauptete Jax geradeheraus.

»Das heißt *herummachen*«, verbesserte ich automatisch.

Allen Umstehenden fiel die Kinnlade herunter.

»Und nein, herummachen ist in diesem Fall reichlich übertrieben …«, fügte ich hastig hinzu.

»War alles nur Tarnung«, sprang Jax mir bei.

Um uns herum war es still geworden. Lin warf mir einen Blick zu, der mich unwillkürlich an einen Hundewelpen denken ließ, der kein Leckerlie abbekommen hatte. Heilige Erzulie, bitte steh mir bei! Aber natürlich war von ihrer Seite mal wieder keine Hilfe zu erwarten.

Letztendlich löste sich Hope als Erste aus der allgemeinen Schockstarre.

»So, jetzt zieht hier mal jeder seinen Stock aus dem Arsch und hört auf, Dawn anzustarren. Sie hat ja durchaus schon Merkwürdigeres angestellt. Bei Bondieu!« Sie rollte mit den Augen.

»Hey …«, begann ich, klappte dann den Mund aber wieder zu, als Mila und Lin sich umdrehten, um sich in den Klassenraum zu begeben. Hatte Hope mich gerade ernsthaft aus dieser unbequemen Situation gerettet? »Du …« Sprachlos warf ich ihr einen Seitenblick zu, doch sie zuckte nur mit den Schultern.

Cynthia, die direkt neben ihr stand, strich sich die kirschroten Haarsträhnen glatt, sodass sie ihr Kinn berührten. »Komm schon, Hope, lass dich nicht auf eine Diskussion mit der Steckrüben-Versagerin ein.«

»Hört, hört«, schnaubte Jax. »Die Cocktailkirsche hat gesprochen.«

Daraufhin warf ihm Cynthia, deren Haar man gewisse Parallelen zu einer Cocktailkirsche nicht absprechen konnte, einen bösen Blick zu, wovon er sich jedoch nicht beeindrucken ließ, sondern einfach Mila und Lin hinterherging. Da Cynthia offenbar noch nicht mit ihm fertig war, folgte sie ihm augenblicklich.

»Wieso hast du Cynthia mitgebracht?«, presste ich hervor. »Das hier ist ein Training für dich und für mich.« Um meine Worte zu untermalen, gestikulierte ich wie ein Gebärdensprachler zwischen uns hin und her.

»Ach, aber du bist ganz alleine gekommen, oder wie?«, fragte Hope zurück. Bei jeder ihrer Bewegungen glänzten ihre dunklen Haare, die ihr wie ein Wasserfall aus Bitterschokolade ordentlich geglättet über die Schultern fielen.

»Das ist etwas anderes. Jax, Mila und Lin trainieren mich … ich meine *uns* in Kampfkunst.«

»Na dann. Cynthia hilft mir oft bei Ritualen. Sie kann selbst fast so gute Projektionen erschaffen wie ich. Glaub nicht, dass ich auf sie verzichte.« Energisch verschränkte Hope die Arme vor der Brust.

»Wie auch immer.« Jetzt war es an mir, die Augen zu verdrehen. Sicherlich war Cynthia ganz scharf auf Extratraining. Da sich ihre Eltern dem Katholizismus zugewandt hatten, gab es für Cynthia zu Hause nicht viel Voodoonachhilfe. Die Jeneux-Familie, die sämtliche Voodooläden im Umkreis führte, weigerte sich sogar seitdem, Voodooartefakte und Arbeitsmaterialien an Cynthias Großmutter zu verkaufen. Und an Cynthia verkauften sie natürlich sowieso nichts, da sie noch Schülerin war.

Im selben Moment bog Madame Laveau um die Ecke. Ihr Atem rasselte, als wäre sie bis hierher gerannt.

»Entschuldigt, Mädchen, Mr B hat mich aufgehalten …« Sie warf mir einen forschenden Blick zu.

Auf einmal entdeckte ich einen wirklich interessanten Fleck auf meinem Daumennagel und begann, unter Aufwendung meiner kompletten Aufmerksamkeit, darauf herumzurubbeln.

»Ach, das.« Hope machte eine wegwerfende Handbewegung. »Dawn hat sich Jax in Mr Bs Büro quasi an den Hals geworfen. Sicher ein sehr unschöner Anblick, weswegen Mr B jetzt einen Therapeuten benötigt.«

Ich warf ihr einen hasserfüllten Blick zu.

Hopes Grinsen wurde breiter. »Der arme, arme Mr B. Ich vermute mal, dass er gerade völlig verstört in Embryonalhaltung in einer Ecke sitzt und nicht weiß, wie er diese Bilder aus seinem Kopf bekommen soll. Womöglich hat er Madame Laveau nur mithilfe von Voodoopuppen die eindeutige Knutschposition, in der er euch erwischt hat, wiedergeben können …«

»Das reicht jetzt«, unterbrach die Mambo sie so energisch, dass wir beide zusammenzuckten.

Meine Augen brannten vor Wut. Was sollte dieser Mist? Konnte sich Hope nicht um ihre eigenen Angelegenheiten kümmern?

»Ach, weißt du, Hope, nur weil Jax sich nicht für dich interessiert, brauchst du dich nicht so herrisch aufzuführen, um deine Unsicherheit zu überspielen«, warf ich ihr an den Kopf, dann stolzierte ich davon. »Ich habe hier noch eine Stadt zu retten, also wenn du mich jetzt bitte entschuldigst.« Ich blinzelte und hoffte, niemand würde meine feuchten Augen bemerken. Hatte ich das gerade wirklich alles gesagt? Leider half die Klatsche an Hope nicht, den Knoten in meinem Magen zu lösen. Warum machten mir ihre Worte und Jax' Verhalten nur so viel aus? Im Laufen wischte ich mir eine Träne von der Wange und versuchte dann den Rest von ihnen wegzublinzeln.

Hope

»War das wirklich nötig, Hope?«, seufzte Madame Laveau.

»Jeder von uns geht anders mit der Situation um«, entgegnete Hope gelassen.

»Welche Situation?« Zwar bemühte sich Madame Laveau, beiläufig zu klingen, doch ihre Tonlage war eine Spur höher angesiedelt als gewöhnlich.

»Geben Sie sich keine Mühe. Ich habe es selbst herausgefunden.«

Dieses Mal weiteten sich die Augen der Mambo deutlich. »Du weißt es?«

»Keine Sorge, ich erzähle es niemandem. Aber so ergibt endlich alles Sinn. Die Angriffe, Melindas Verschwinden, Dawns unterirdisches Talent …« Hope sah die Mambo nicht an, spürte aber deutlich ihren Blick auf sich. »Was passiert, wenn Dawn es erfährt?« Ihre Stimme war so leise, dass Madame Laveau die Stirn runzelte. »Das sollte besser nicht geschehen. Zu viel hängt davon ab.«

Hope hob den Kopf, um ihrer Lehrerin auf direktem Weg in die Augen zu sehen. »Aber ist das nicht furchtbar ungerecht?«

»Die Welt ist furchtbar ungerecht, mein Kind. Ein Grund mehr, Dawn im Unklaren zu lassen. Sie sollte nicht damit belastet werden. Nicht zu diesem Zeitpunkt jedenfalls.« Bevor sie fortfuhr, rückte sie ihren Turban gerade, heute in einem dunklen Blau mit grünen Tupfen, die an Polarlichter erinnerten. »Ich wünschte nur, du würdest die ganzen Sprüche und Lektionen sein lassen. Dir macht es einfach viel zu viel Spaß, Dawn aufzuziehen, oder?«

»Wie gesagt, jeder von uns geht anders mit der Situation um. Und außerdem wollen wir ja nicht, dass sich Dawn zu sehr an mich gewöhnt, nicht wahr?« Mit einem selbstgerechten Lächeln wandte sie sich ab und ließ Madame Laveau ohne ein weiteres Wort stehen. Schließlich war es ja wohl eher an Madame Laveau, ein schlechtes Gewissen wegen Dawn zu haben, als an ihr.

Dawn

Was hatte ich mir nur gedacht? Dass ich plötzlich für Jax attraktiv wäre? Nur weil ich etwas mehr Selbstvertrauen aufgebaut und quasi drei Tage lang fast nichts gegessen hatte? Innerlich schalt ich mich selbst für meine Naivität. Wer würde mich schon haben wollen? Und dann noch Hopes Beleidigungen, dass ich mich Jax an den Hals geworfen hätte … Irgendwie war das alles zu viel. Andererseits konnte ich mich jetzt nicht egoistisch benehmen und mein eigenes Schicksal betrauern, während womöglich gerade die Stadt unterging. Oder jedenfalls in den nächsten Tagen. Das ging einfach nicht.

Ich bog nach rechts in Madame Laveaus Klassenzimmer ab und staunte nicht schlecht. Alle Tische und Stühle waren an einer Wand gestapelt, sodass der Raum viel größer wirkte. Auf Madame Laveaus Pult lagen darüber hinaus jede Menge Stöcke und Dolche ausgebreitet, die Jax und Mila gerade interessiert begutachteten.

»… also planst du, wieder ein Loa zu werden?«, wollte Cynthia gerade von Lin wissen, der mit verschränkten Armen an der Wand lehnte und missmutig dreinblickte. Offensichtlich war ich geradewegs in ihre Unterhaltung geplatzt, wobei man es kaum als Unterhaltung, sondern eher als Anhimmeln von Lin, dem Ex-Voodoo-Gott, bezeichnen konnte.

»Und hast du schon einen Plan, wie genau du das anstellen willst? Wie kriegt man so was eigentlich hin?«

Bei dieser Frage hielt ich kurz inne. Ob Lin Cynthia jetzt von dem Plan erzählen würde, durch mich wieder unsterblich zu werden?

»Nicht so direkt«, murmelte Lin. Mir fiel auf, dass er mich demonstrativ ignorierte.

Eine kleine Weile quetschte Cynthia Lin noch weiter über Loas aus, während Jax mit Mila über Waffen fachsimpelte und ich einfach nur wie bestellt und nicht abgeholt herumstand. Dann betrat endlich die Mambo gemeinsam mit Hope den Klassensaal.

»Und wie hast du gemerkt, dass du zum Loa werden würdest?«

Oh Mann, konnte Cynthia nicht endlich die Klappe halten?

»Man merkt es nur, nachdem man gestorben ist. Statt dem Licht am Ende des Tunnels, von dem die Leute einem erzählen, sieht man einen goldenen Schein auf sich zukommen, der zu einer Krone wird«, antwortete ihr Lin emotionslos.

Glücklicherweise begann Madame Laveau in diesem Augenblick zu sprechen, weswegen ich die Lin-Anhimmelstunde für beendet erklärte.

»Schön, dass ihr heute alle zu unserer Extrastunde erschienen seid.« Die Mambo lehnte sich mit ihrem massigen Hinterteil gegen den Schreibtisch, weswegen der bedenklich knackte. »Ich dachte mir, wir beginnen mit ein paar Nahkampftechniken und kommen dann zu einer Lektion in Voodoomagie ohne das Loa-Ritual.«

Ich seufzte. Mit oder ohne Topfritual war bei mir eigentlich völlig gleich. Etwas anderes als Gemüse und Flachwasseramphibien würde ja doch nicht herauskommen.

Bei dem Wort »Nahkampftechniken« hatte sich Jax zu seiner vollen Größe aufgerichtet, die Brust wie ein Brathähnchen nach vorn gereckt. Sofort verdrehte ich die Augen in Richtung der Leuchtstoffröhren an der Decke.

»Ich trainiere mit Linto«, bestimmte Hope.

Oh gut. Dann konnte ich Jax eine reinhauen. Während ich noch beide Mundwinkel zu einem gehässigen Grinsen hob, machte ich schon einen Schritt auf ihn zu.

»Beginnen wir doch mit diesen Stöcken. Wir probieren einfach aus, welche Waffe euch am besten liegt.« Madame Laveau reichte uns nacheinander vier in die Jahre gekommene Besenstiele, an denen stellenweise noch Spinnweben und Staub klebten. Na, große Klasse. Dennoch wog ich den Stab mit einiger Genugtuung in den Händen. Das würde ausreichen, um Jax so richtig zu vermöbeln …

»Unser Ziel wird sein, euch in die Lage zu versetzen, euch selbst verteidigen zu können. Welche dunklen Mächte uns auch angreifen mögen, ihr zwei müsst bis zum Ende durchhalten. Mila, du gibst den Mädchen Anweisungen, wie sie auf die Angriffe der Jungs reagieren sollen, und zeigst ihnen ein paar Tricks«, wies Madame Laveau ihr jüngeres Ich an, was keine von beiden seltsam zu finden schien.

Also zuckte auch ich nur mit den Schultern. Allerdings fragte ich mich schon ein wenig, ab welchem Zeitpunkt sich Mila auflösen würde. Ab wann galt ihr Job als erfüllt? Wenn sie uns zu knallharten Kämpfern trainiert hatte oder wenn Papa Legba besiegt war?

Mila nickte. »Okay, ihr habt's gehört. Legen wir los, oder hat noch jemand Fragen?«

»Ja. Wieso bekommen wir keine Schusswaffen? Ist vielleicht eine naive Frage, aber die kommen mir irgendwie effektiver vor.« Ich betrachtete das armselige Stück Holz in meinen Händen.

»In der Tat eine naive Frage«, sagte Jax und alle Blicke flogen zu ihm. Er grinste und machte eine gekonnt wirkende Bewegung mit seinem Holzstab, die in mir eine Mischung aus Neid und Ärger erregte, was mich wiederum noch mehr ärgerte. »Nichts ist schlimmer als jemand Ungeübtes mit einer Schusswaffe im Kampfgetümmel. Wenn alle um dich herumrennen – Freund und Feind – und du musst in Sekundenbruchteilen entscheiden, wohin du schießt, auf wen und ob du den Richtigen triffst … glaub mir, Dawn, Stöcke und Messer sind genau das Richtige für dich.«

Alle schwiegen. Und jeder dachte wohl bei sich, woher Jax so etwas wusste. Aber niemand widersprach, denn seine Argumentation war für einen ehemaligen Flussbewohner verdammt wasserdicht.

»Nachdem wir das geklärt haben – gibt es weitere Fragen?« Mila schaute in die Runde.

Ich drehte den Stab in meiner Hand hin und her und ließ die Spitze schließlich in Richtung Jax zeigen.

»Wo wäre bei einem Jungen die beste Stelle für einen gezielten Stockangriff, sodass es richtig wehtut?«, fragte ich so unschuldig wie möglich.

16

Nach einer Dreiviertelstunde spürte ich jeden Muskel in meinem Körper. Den verfluchten Stock konnte ich kaum mehr halten. Verdammt, war das anstrengend, und ärgerlicherweise war Jax mir auch noch überlegen!

Als es an der Tür klopfte, verspürte ich einen Anflug von Erleichterung. Diese Unterbrechung kam mir gerade recht. Wer immer das auch sein mochte.

Natürlich war es Mr B, der keine zwei Sekunden später hereinkam. Ganz der Möchtegern-Las Vegas-Magier, legte er Wert auf einen großen Auftritt und schritt mit aufbauschendem lila Cape auf die Mambo zu.

»Die schwarzmagischen Gris-Gris, die Sie wollten!« Wichtigtuerisch händigte er ihr einen kleinen Lederbeutel aus, als handelte es sich um die Kronjuwelen von England.

Dummerweise konnte ich ein ungläubiges Prusten nicht unterdrücken, weswegen Mr B sich mit Augen wie Schlitze zu mir umdrehte. Er musterte mich kurz, bevor er sich wieder abwandte, als wäre ich ihm keinen zweiten Blick wert.

Im Hinausgehen fiel mein Blick auf die Kette, die Mr B jeden Tag trug. Die mit dem Surfbrettanhänger. Die Kette! Oh mein Gott! Eine Kette! Was war, wenn der Abdruck in seinem Schrank nicht von einer Vase, sondern von einer Kette stammte? War das vielleicht der Abdruck genau dieser Kette im Schreibtischschrank gewesen? Hatte dort diese komische Kette mit dem Minisurfbrett-Anhänger gelegen? Aber was bedeutete das? Was auch immer er in das Fach gelegt hatte, es musste etwas Besonderes damit auf sich haben. Wozu sonst die Mühe? Wozu diese Vorsicht? In meiner Tasche tastete ich nach der Perlenkette, die Shannon zuvor aus der Schublade geklaut hatte. Das mit schwarzer Magie aufgeladene Objekt. Was hatten die beiden Ketten miteinander zu tun? Hatte Mr B beide Ketten mit schwarzer Magie aufgeladen? Aber zu welchem Zweck? Was übersah ich in Bezug auf Mr B?

Ein Besenstil erwischte mich im Kreuz, worauf ich mich mit zusammengekniffenen Augen zu dem Übeltäter umdrehte, der natürlich Jax war.

»Lass niemals deinen Gegner aus den Augen!« Wichtigtuerisch wackelte er mit den Augenbrauen.

Ich seufzte. Obi-Wan Kenobi hatte wohl noch nicht genug …

In Gedanken machte ich mir eine Notiz zu Mr B und seinen Ketten, dann eiste ich meinen Blick von der Tür los, durch die er gerade verschwunden war, und widmete mich wieder dem Training mit Jax.

Glücklicherweise dauerte es keine fünfzehn Minuten, bis Madame Laveau in die Hände klatschte und verkündete, es sei Zeit, ein paar spontane Zauber ohne Feuertopf auszuprobieren.

Na, von mir aus. Wenn sie unbedingt Besuch von Fröschen und Steckrüben haben wollte, sollte sie ihn bekommen.

Bis zum Ende der Stunde hatte Hope aus einer Gurke einen Dolch gezaubert und ich eine Steckrübe.

»Ach, Dawn, mach dir nichts draus. Mit deinem Talent kann man sicher auch etwas anfangen«, versuchte Madame Laveau mich aufzumuntern.

»Ja, das sind super Zutaten für eine Suppe«, meinte Hope

mit ihrem ihr ganz eigenen, gehässigen Grinsen. »Vielleicht bietest du den Mächten der Dunkelheit einfach Froschschenkelsuppe an, wenn sie über die Stadt herfallen.« Hinter ihr kicherte Cynthia so sehr, dass ihre Perücke auf und ab hüpfte.

Am liebsten hätte ich beiden das blöde Grinsen aus dem Gesicht gewischt.

Immerhin gab uns die Mambo Stöcke und Dolche zu unserer Verteidigung mit. Für den Heimweg.

Abends im Bett lag ich noch lange wach und dachte über den vergangenen Tag nach. Das Training war hart gewesen, ganz zu schweigen von dem Streit mit Shannon. Ich atmete geräuschvoll ein und wieder aus. Außerdem war heute Melindas Geburtstag. Und sie hatte nicht das kleinste Lebenszeichen von sich gegeben. War sie vielleicht schon tot? Wenn ich sie doch nur irgendwie erreichen könnte. Seit Wochen hatte sie keine Mail oder sonst eine Nachricht von mir beantwortet.

Ich schielte zu Lin hinüber, der rechts von mir lag und wie ein Baby schlief. Als ich mich nach links drehte, bemerkte ich, wie Jax mich ansah.

»Hey, was ist los? Alles okay?« Seine Stimme war kaum mehr als ein Flüstern.

»Es ist wegen Melinda«, gab ich zu, wobei ich nicht verhindern konnte, dass meine Unterlippe zu zittern begann. »Heute ist ihr Geburtstag. Wenn es ihr gut ginge, hätte sie sich doch sicher gemeldet?«

»Ach, Dawn.« Jax seufzte einmal kurz, bevor er seinen Arm ausstreckte und dann unter meine Schultern schob. Ich kam ihm etwas entgegen, damit er es leichter hatte.

»Sie hat kein Handy mitgenommen, aber normalerweise schickt sie ab und an Karten oder zumindest E-Mails.«

»Du darfst die Hoffnung nicht aufgeben. Diese Funkstille kann viele Ursachen haben.«

»Aber was, wenn ihr wirklich etwas zugestoßen ist? Melinda

ist alles, was ich noch habe.« Meine Stimme klang ein wenig weinerlich, aber dagegen konnte ich einfach nicht mehr ankämpfen.

»Das stimmt nicht! Melinda ist nicht alles, was du noch hast«, entgegnete Jax.

Verwundert drehte ich mich auf die Seite, um ihm direkt ins Gesicht zu sehen. Würde er jetzt sagen, was ich glaubte, dass er sagen würde?

»Nein? Wen habe ich denn deiner Meinung sonst noch?«

Mit einem verschmitzten Grinsen tippte mir Jax auf die Nase. »Na, du hast doch noch Perry und all die Steckrüben mit den lustigen Gesichtern …«

»Du bist so ein Idiot!« Lachend schlug ich ihm gegen die Brust. Irgendwie konnte ich ihm nicht mehr böse sein. Jax war einfach ein Kindskopf und würde vermutlich nie reifer als ein Zehnjähriger sein.

»Schht, sei still, du weckst noch Lin, den Streber, auf.« Mit der freien Hand hielt er meine Hände fest. Dann sah er mich an. So richtig an. Und irgendwie, aus unerklärlichen Gründen, wusste ich, dass das hieß, dass ich auch ihn hatte in meinem Leben. Er würde mir beistehen.

Selbst nach mehreren Sekunden löste Jax immer noch nicht den Blickkontakt, wie ich es erwartet hätte. Auch fiel mir auf, dass ich extrem nah an ihm klebte. Das Beste wäre wohl, ich würde mich zurück in die Mitte des Betts rollen … nur leider wollten mir meine Gliedmaßen nicht gehorchen. Stattdessen starrte ich in Jax' Augen, die durch das wenige Mondlicht im Raum so dunkel wie das Weltall wirkten. Ab und zu blitzte etwas darin. Eine ganze Welt voller Sterne.

Ich bemerkte, wie sein Blick über mein Gesicht glitt. Hoch und runter, dann wieder hoch. Träumte er vielleicht mit offenen Augen?

Offensichtlich nicht, denn nur einen Wimpernschlag später zog er mich enger an sich.

Nanu? Was war bloß in ihn gefahren? Doch ich beschwerte mich nicht, starrte einfach weiter forschend in das unendliche Universum seiner Augen. Schon sehr lange hatte mich niemand mehr so in den Arm genommen. Außerdem spürte ich, dass Jax all das hier ernst meinte. Das war nicht gespielt. Langsam begann ich mich zu fragen, wie viele von seinen Aktionen heute gespielt gewesen waren und welche nicht. Und ob er sich selbst darüber im Klaren war.

Und auch als sich Jax' Lippen langsam auf meine senkten, tat ich nichts dagegen, sondern genoss einfach das Gefühl zu schweben. Jax Roquewood küsste mich, und dieses Mal völlig freiwillig! Und dann noch in meinem Bett! Von einer tiefen Zufriedenheit erfüllt, drückte ich mich enger an ihn. Auf einmal schienen alle Sorgen weit, weit entfernt von mir zu sein, während ich vor lauter Glück schwebte. Der wohl schönste Mann der Welt seufzte zufrieden an meinen Lippen, strich mir eine Haarsträhne aus dem Gesicht und vertiefte dann den Kuss.

Ohne es bewusst zu wollen, schmiegte ich mich immer enger an ihn, verhakte meine Beine mit seinen. Konnten wir das ab jetzt bitte jeden Abend so machen?

Lin

Gänzlich unbemerkt lag Lin mit offenen Augen auf dem Rücken. Weder Jax noch Dawn schienen mitbekommen zu haben, dass er wach war. Der Ex-Loa, Beschützer der Kinder, starrte in diesem Moment an die Decke, während ihm eine Träne aus dem Augenwinkel kullerte.

Nachdem er Dawns und Jax' Knutscherei zwei Minuten lang zugehört hatte, rollte sich Lin zur Seite. Mit einem knutschenden Pärchen im selben Bett zu liegen war ein zu niederschmetternder Gedanke für ihn. Dawn empfand ganz offensichtlich etwas für diesen Vollidioten Jax. Sie war in ihn verliebt. Er konnte es nicht länger leugnen. Seine Träume von ihr und ihm … würden sich nicht erfüllen. Nein, ganz sicher würden sie das nicht. Ein Frösteln durchfuhr ihn. Er musste hier raus! Die ganze Zeit über hatten eiskalte Schauer seinen Brustkorb zugeschnürt. Gedanken, die sich wie Piranhazähne durch seinen Kopf fraßen, hatten ihm fast körperliche Schmerzen bereitet. Dawn war in Jax verliebt. Und Jax liebte Dawn heimlich … Eigentlich hatte er es schon länger geahnt, aber nicht wahrhaben wollen. Jetzt ertrug er diese offene Zurschaustellung ihrer gegenseitigen Zuneigung keine Sekunde länger! Also schnappte er sich seine Jeans und einen Kapuzenpullover, den Dawn ihm gegeben hatte, und schlich dann zur Tür. Allerdings war er sich ziemlich sicher, dass die beiden seinen Abgang nicht einmal bemerkt hätten, wenn er auf dem Weg nach draußen zwei Topfdeckel gegeneinandergeschlagen hätte.

Im Wohnzimmer war alles ruhig. Außer den Zuckerrüben auf den Fensterbänken und Kommoden, mit ihren aufgemalten Gesichtern, war niemand zu sehen. Die Tür zu Melindas Schlafzimmer stand offen, also patrouillierte Mila höchstwahrscheinlich um die Hütte.

Nachdem Lin mit zitternden Händen in seine Jeans gestiegen war und sich den Kapuzenpullover übergeworfen hatte, schlurfte er nach draußen.

Vor der Tür sah er sich um. Niemand war zu erkennen. Die Dunkelheit verschluckte einfach alles ringsherum, bis auf ein paar Schatten. Grillengezirpe drang an sein Ohr. Seufzend ließ er sich auf einer schiefen Bank nieder, die aus einem halbierten Baumstamm gezimmert war, und schlug die Kapuze über den Kopf. Als er nach unten sah, fiel sein Blick auf eine Zuckerrübe mit rotem Spitzhut und aufgemaltem Bart. Wahrscheinlich hatte Dawn sie in einen Gartenzwerg verwandeln wollen … Dawn … Lin seufzte. In genau diesem Moment knutschte sie mit Jax herum. Seine Fingernägel gruben sich in das Holz der Sitzbank. Wieder eine Chance vertan, herauszufinden, was Liebe war. Ob er jemals ein Mädchen finden würde, das ihn liebte?

»He, Lin!« Mila kam um die Ecke geschlendert und ließ sich neben ihm auf die Bank fallen. »Warum ziehst du so ein Gesicht, als hätte dich Marinette persönlich verflucht?«

Unter ihren Worten wäre er fast zusammengezuckt. Immer diese Sprichwörter der Sterblichen. Dabei konnte Mila nicht ahnen, wie nah sie der Wahrheit damit wirklich kam ... Marinette ... die wohl hinterhältigste Schlange aller Loas. Wäre er ihr doch nie über den Weg gelaufen!

»Ist es wegen Dawn?«, hakte Mila nach.

»Woher ...?«, begann Lin.

Mila winkte ab. »Hab vorhin einen Blick durchs Schlafzimmerfenster geworfen und Dawn mit Jax gesehen ...«

Als hätte er sich an diesem Satz verschluckt, begann Lin zu husten.

»Weißt du, Lin, wenn du sie wirklich magst, solltest du um sie kämpfen. Außerdem bist DU hier der Loa und Jax ist ... nur Jax.« Sie lächelte ihn offen und aufmunternd an, während sie das Küchentuchbandana gerade rückte. In ihrem Gesicht lagen keine Zweifel daran, welchen Weg Lin einschlagen sollte. Für die zukünftige Mambo schien die Sache ganz klar zu sein. Wenn er doch nur ihren unerschütterlichen Optimismus hätte. Und warum fühlte sich sein Herz, seit Jax Dawn geküsst hatte, wie ein Eisklumpen an? Außerdem würde er Dawn sowieso verlassen müssen, wenn er wieder ein Loa war. Aber was, wenn er für immer ein Mensch bleiben würde?

Doch bevor er etwas dazu sagen konnte, sprang Mila auf.

»Da ist jemand!« Sie schnappte sich Melindas Baseballschläger und ließ ihn geschickt in ihren Händen kreisen. »Zeig dich, Eindringling!«

Stille. Doch dann hörte auch Lin das Rascheln.

Schritte. Menschliche Schritte. Keine Zombies.

Er blinzelte und sah dann den Mann aus den Schatten hervortreten. Ganz in Schwarz gekleidet und mit schütterem grauen Haar.

»Jax?«, raunte er. »Ich bin es, Mr Vaughn.« Dabei starrte er aus seinen milchig blauen Augen in Lins Richtung.

Hier musste eine Verwechslung vorliegen.

»Sorry, aber ich bin nicht Jax.« In einer einzigen geschmeidigen Bewegung erhob sich Lin von der Bank und schlug seine Kapuze zurück.

Der alte Mann, der offensichtlich Mr Vaughn hieß, blinzelte.

»Soll ich Jax für Sie holen?« Ein kleiner Hoffnungsschimmer schwang in seiner Stimme mit.

»Das, äh …« Mr Vaughn sah sich um, wobei sein Blick an Mila hängen blieb. »Michelle Laveau?«

»Ähm, ja?«

»Wie kann das sein? Du siehst keinen Tag älter aus als damals!«

Der alte Mann machte einen Schritt auf sie zu. Dann begann er zu verstehen. »Du, du bist nur eine Projektion?«

Lin runzelte die Stirn. Woher wusste dieser MoV so viel über sie? Und woher kannte Mr Vaughn Madame Laveau?

Nachdem Mila genickt hatte, hustete der alte Mann.

»Jax und du wohnt zusammen …? In Melinda Lavelles Hütte?« Beinahe sprachlos röchelte er die Worte hervor.

Lin neigte den Kopf. Okay … Was erschien ihm daran so ungewöhnlich?

Fast konnte man denken, Mr Vaughn würde gleich einen Herzinfarkt erleiden. Doch ganz plötzlich fasste er sich wieder. »Wie auch immer. Das geht mich nichts an, was ihr Hexen heutzutage treibt.«

Mila hob eine Augenbraue.

Als wäre ihm aufgefallen, dass er zu viel gesagt hatte, schwieg Mr Vaughn.

Eine Weile sagte niemand von ihnen mehr ein Wort. Mila

und Lin starrten den alten Mann an, der sie wiederum verstohlen musterte.

»Also dann, Kinder.« Mr Vaughn nickte ihnen zu. »Ich sollte einfach morgen wieder kommen … Das hier war eine schlechte Idee.« In einer unbestimmten Geste deutete er hinter sich. Kurz darauf hatten ihn die Schatten wieder vollkommen umhüllt und seine Schritte verklangen in der Nacht.

»Wer bitte war *das* denn?«, fragte Mila.

»Offenbar ein Bekannter von Jax.« Lin ließ sich zurück auf die Holzbank sinken. Obwohl er so tat, als wäre alles, was mit Jax zusammenhing, ihm mehr als egal, kam er nicht umhin, darüber nachzugrübeln. Im Kopf hin- und herzuwälzen, was ihn an der ganzen Sache – und vor allem an Mr Vaughns Worten – störte.

Dawn

Ein ohrenbetäubendes Krachen weckte mich am darauffolgenden Morgen. Benommen blinzelte ich. Zwei Sekunden später realisierte ich, dass ich in Jax' Armen lag und dass jemand die Tür zu meinem Zimmer aufgestoßen hatte. Und das so heftig, dass sie gegen die Wand gedonnert war.

»Pffft«, schnaubte eine weibliche Stimme. »Ernsthaft, Dawn?«

Ich hob den Kopf. O große Erzulie! Hope stand im Türrahmen und starrte abfällig auf mich herunter.

Was sollte das denn jetzt? Musste sie so früh am Morgen meine Privatsphäre verletzen?

»Zeit für das Morgentraining.« Sie stemmte die Hände in die Hüften. »Mein Leben könnte auch von deinem Fitnesslevel abhängen, also raus aus dem Bett.« Ihr überlegenes Grinsen konnte sie sich echt sparen. Das würde ich ihr definitiv heimzahlen!

Ich stieß Jax, der immer noch schlief und leise an meinem Ohr schmatzte, mit dem Fuß an.

»Mehm. Menno«, machte er.

»Wach auf«, zischte ich, während ich gleichzeitig versuchte, mich aus seinen Armen zu befreien.

»Wird das heute noch was?«, spottete Hope. »Wir könnten schon einmal um den ganzen Sumpf gejoggt sein.«

»Warum joggst du dann nicht schon mal vor?«, entgegnete ich.

»Ja, genau.« Hope blähte die Nasenflügel. »Sicher. Du hast fünf Minuten. Und weck den verpennten Idioten endlich auf.« Damit griff sie sich die Türklinke und zog meine Zimmertür hinter sich zu.

Endlich.

Ich sah mich um. Wo steckte eigentlich Lin?

»Jetzt wach doch auf, Mensch, Jax«, nörgelte ich. Mit aller Kraft hob ich seinen Arm hoch, was nur dazu führte, dass er ungehalten vor sich hin brummte und dann mit seiner Hand in mein Gesicht fasste.

»Lass das! Herrgott, Jax. Jetzt wach doch einfach auf!« Ich holte aus, um ihm einen Tritt zu verpassen, der Jax vom Bett rollen ließ. Ein erster Erfolg. Der Aufprall auf dem Teppich hörte sich dumpf an, so als wäre ihm dabei alle Luft aus der Lunge entwichen.

»Hey, spinnst du!« Auf einmal schien er hellwach zu sein, sprang auf und musterte mich böse. »War das wirklich nötig?«

»Hope ist hier. Sie gibt uns fünf Minuten, dann schleift sie uns zum Training. Angezogen oder nicht. Du solltest mir dankbar sein.«

»Meine Dankbarkeit kennt quasi keine Grenzen!«, knurrte Jax durch zusammengepresste Zähne, bevor er hocherhobenen Hauptes und nur mit seiner Schlafhose bekleidet in Richtung Badezimmer stolzierte. Grinsend starrte ich ihm hinterher. So war Jax einfach. Ich ließ mir noch einen winzigen Moment

Zeit, um in den Erinnerungen an unsere Küsse der vergangenen Nacht zu schwelgen, dann sprang ich auf, um in meine Trainingsshorts zu schlüpfen. Wahrscheinlich hatte das gar nichts zu bedeuten. Jungs waren so. Küssten zum Vergnügen und taten dann so, als wäre nichts gewesen. Ich beschloss, es genauso zu machen. Das würde mir Herzschmerzen und dergleichen ersparen, die ich mir in unserer momentanen Situation nicht leisten konnte. Vielleicht, nachdem die Stadt gerettet war …

Zu meiner großen Erleichterung hatten wir heute schon Freitag und damit in den nächsten beiden Tagen keinen regulären Highschool-Unterricht. Ansonsten wäre hier auch gleich ein handfester Streik meinerseits ausgebrochen. Aber so band ich mir die Haare nur schnell zu einem Zopf und gesellte mich dann zu den anderen nach draußen vor die Tür. Lin saß auf der Holzbank, während Jax und Hope mit verschränkten Armen dastanden und bereits kritisch von Perry beäugt wurden. Ich tätschelte ihm den Kopf.

»Keine Angst, Perry. Das ist nur Hope. Die guckt zwar böse, aber die will nur spielen.« Ich kicherte über meinen eigenen Witz.

»Gott, Dawn! Du hast doch nicht tatsächlich deinen Hund in einen Frosch verwandelt? Wie dämlich kann man denn sein?« Hope riss die Augen auf. Sie schaltete offenbar schnell. So ein blöder Mist.

Beleidigt schob ich die Unterlippe vor. »Nein. Hab ich natürlich nicht!«

»Das ist ihre Katze«, klärte Jax Hope auf und ließ mich damit auffliegen. Ich kniff die Augen zusammen, sammelte meinen ganzen Morgenfrust, lud durch und feuerte dann einen bösen Blick in seine Richtung ab.

»Darum kümmern wir uns später. Falls dieser armen Kreatur überhaupt noch zu helfen ist«, seufzte Hope ein wenig zu theatralisch für meinen Geschmack.

Mir fiel auf, dass alle außer mir Waffen bei sich trugen. Nun ja, ich war sowieso besser im Improvisieren als in »Mit-einem-Dolch-herumfuchteln«.

In diesem Augenblick stolperte auch Mila zu uns nach draußen. »Sorry, ich musste noch schnell die Zauber um die Hütte kontrollieren. Bin ich schon zu spät für Jax' frühmorgendliche Schokoladenkrise?« Sie grinste Jax an, der eine Grimasse schnitt.

Ich konnte nicht anders, als in mich hineinzukichern. Zu meinem Missfallen fand das außer mir und Mila aber niemand komisch. Hope pfiff und scheuchte uns los, was Mila ganz und gar nicht zu passen schien. Seit wann hatte Hope hier eigentlich das Kommando übernommen? Ihre Arme wedelten in meine Richtung, um mir zu bedeuten, zu ihr aufzuschließen. Na, von mir aus. Dieser tägliche Sport und die Tatsache, dass mir kaum mehr Zeit zum Essen blieb, hatte auch sein Gutes: Meine Hose saß nicht mehr so knalleng um meine Hüften wie früher. Bildete ich mir zumindest ein. Bis zu dem Moment, da Jax sich leider berufen fühlte, den Mund aufzumachen und was davon zu plappern, wie weich sich meine Hüfte anfühlen würde und dass er das seit letzter Nacht erst recht beurteilen könne …

Dieser Vollidiot schaffte es immer, alles, was zwischen uns unter Umständen hätte entstehen können, in Rekordzeit zu zerschlagen. Jax an sich heranzulassen war ungefähr so mutig, wie zehnjährigen Jungs in einer Ausstellung für antike Vasen der Ming-Dynastie einen Fußball anzuvertrauen.

Das ganze Morgentraining über redete keiner von uns ein Wort. Lin schien mich zu ignorieren, ich war sauer auf Jax und Hope, Jax war sauer auf mich, und Mila auf Hope, die sich mit einer bewundernswerten Selbstverständlichkeit zur Gruppenführerin ernannt hatte. Und Hope trabte mit einem überlegenen Gesichtsausdruck vor uns her, so als würde sie den Wandertag einer Irrenanstalt leiten. In regelmäßigen Abständen verzog ich das Gesicht oder ahmte ihre Bewegungen nach, wenn sie sich eine Haarsträhne hinters Ohr schob. Leider schien das keiner der anderen witzig zu finden. Was war nur mit Lin los? Ob er Jax' und meinen Kuss mitbekommen hatte und deswegen so motzig drauf war? Aber dazu hatte er eigentlich kein Recht.

Auf halber Strecke ließ Hope uns anhalten und diktierte uns ein paar Stretchübungen.

Gerade als ich meine Beine so weit nach rechts und links gestreckt hatte, wie es ohne umzufallen möglich war, packte mich Lin plötzlich am Arm.

»Ich muss mit dir reden.«

Verwundert hob ich den Blick. Doch Lin sah nicht mich an, sondern Mila, die ihm unauffällig zunickte.

Okay? Was war hier los? Ich wunderte mich doch sehr, als er mich einfach so mit sich zog. Weg von der Gruppe.

»Hey, bleibt hier!«, rief Hope uns nach, und als Lin keine Anstalten machte, auf ihren Befehl zu hören: »Na gut, aber nur zwei Minuten! Dann seid ihr zurück!«

»Willst du mir nicht vielleicht mal sagen, was das soll …?«, versuchte ich es zur Abwechslung mal mit Geduld bei Lin. Doch er ignorierte mich weiterhin, während er mich durch das hohe Sumpfgras bis zu einem Baum in der Nähe schleppte. Wie fast alle Sumpfzypressen war dieser über und über mit spanischem Moos behangen. Dort drückte Lin mich mit dem Rücken gegen den Stamm der Sumpfzypresse, nahm mein Gesicht in beide Hände und starrte mich an.

Seine Bergsee-Augen schimmerten feucht. Also das hier war definitiv der merkwürdigste Morgen seit Langem und schlug sogar noch den mit dem Alligator.

Bevor ich auch nur nach Atem ringen konnte, presste Lin seine Lippen auf meine und küsste mich.

Der Kuss fühlte sich stürmisch und gleichzeitig herzzerreißend bittersüß an. Konnte mir mal jemand erklären, was hier lief? Mein Leben wurde von Tag zu Tag verdrehter, schlimmer noch als in den Realityserien, die Melinda sich immer im Fernsehen ansah.

Dennoch … dieser Kuss fühlte sich irgendwie gut an, so als hätten wir uns schon langsam eingespielt und als wollte mir Lin zeigen, wie viel ich ihm bedeutete … was natürlich vollkommener Quatsch war. Sicherlich war das hier nur die Rache an Jax. Oder meinte Lin das etwa ernst? Das Denken fiel mir plötzlich schwer, und ich beschloss, erst einmal diesen Kuss zu genießen. Schließlich wurde man ja nicht jeden Tag von einem attraktiven Voodoo-Gott geküsst. Obwohl … wenn man gestern mitzählte …

»He, wo bleibt ihr?«

»Dawn, Lin, es geht weiter!«, schallten die Stimmen der anderen zu uns herüber. Glücklicherweise verbargen uns der Zypressenstamm und eine Reihe Sumpfbüsche vor ihren Blicken.

Lin machte keine Anstalten aufzuhören und ich verlor mich auch langsam in diesem unschuldigen Kuss. Wie gestern verzichtete er komplett auf den Einsatz seiner Zunge, weswegen es sich beinahe so anfühlte, als würden Schmetterlingsflügel über meine Lippen tanzen. Okay, das war ein echt kitschiger Gedanke, aber, ach … egal. Vielleicht wusste er einfach nicht, wie ein Zungenkuss funktionierte? Gerade als ich mich fragte, ob ich mein neu erworbenes Wissen eventuell an ihn weitergeben sollte, sog jemand neben uns scharf die Luft ein.

»Was zur Hölle …?«, krächzte eine Stimme, die ich eindeutig Jax zuordnen konnte.

Hastig löste ich mich von Lin und drückte mich ein Stück von ihm weg.

Jax stand vor uns. Sein Blick glitt von Lin zu mir und dann wieder zu Lin. Dabei kniff er die Augen zusammen.

Okay, das war jetzt echt blöd. Offenbar hatte Jax den Kuss mitangesehen. Nun ja, wohl eher, wie Lin mich geküsst hatte.

Aus seinen Augen sprühte Zorn, fast so wie nach dem Zwischenfall in der Bibliothek. Etwas ungünstig jetzt. Andererseits hatte ich Jax nichts versprochen und er mir auch nicht. Nach dem Aufstehen war er direkt in seinen angepissten Modus übergewechselt und hatte mich links liegen gelassen. Bisher hatte er keinerlei Ansprüche angemeldet und ich auch nicht auf ihn.

Oh Bondieu! Wenn ich vor ein paar Tagen geahnt hätte, dass ich mal solche Jungs-Probleme haben würde …

Für einen Moment schloss ich die Augen. Im Grunde genommen war es ganz einfach: Nur der Kampf gegen die dunklen Voodoomächte vereinte uns drei. Sobald wir das hinter uns hatten, so oder so, würden sowohl Jax als auch Lin aus meinem Leben verschwinden. Was würden sie noch bei mir wollen? Sobald Jax an sein Geld kam, brauchte er mich nicht mehr. Und Lin würde über kurz oder lang wieder zum unsterblichen Loa werden. Was auch sonst. Ob er nun mich rettete oder ein anderes Kind. Bis dahin würden sich die beiden in ihren Eifersüchteleien weiter hochschaukeln. Und ich stand irgendwie dazwischen. Es ging hier gar nicht wirklich um mich. Nur um ein Duell. Das war mir vollkommen klar. Und ich hatte wahrlich andere Sorgen. Also straffte ich die Schultern und begegnete Jax' Blick. Aber warum nur fühlte ich mich auf einmal so, als hätte ich ihn hintergangen? Warum verzog sich mein Magen, als hätte ich Batteriesäure geschluckt?

Doch Jax entschied sich nach zwei Sekunden, anstatt mich auf einmal Lin in Grund und Boden zu starren.

Lin starrte genauso böse zurück.

»Könnt ihr mir mal erklären, was ihr an ›*Es geht weiter*‹ nicht versteht?« Eine aufgebrachte Hope kämpfte sich durch das Sumpfgras in unsere Richtung. Hinter ihr her stapfte Mila.

Auch das noch.

Wie zuvor Jax, taxierten die Mädels sofort mich und Lin, wie wir immer noch viel zu nahe beieinanderstanden. Mila zupfte an ihrem Bandana herum. »Stören wir?«

Stöhnend schlüpfte ich schließlich an Lin vorbei. »Nein. Hier stört absolut keiner. Wie kommst du darauf?« Ich warf ihr einen Blick zu, unter dem sie die Stirn runzelte, jedoch keinen Versuch unternahm, etwas hinzuzufügen. »Können wir jetzt endlich zurückjoggen?«

Hinter mir atmeten mehrere Personen hörbar ein, doch das ignorierte ich wohlweislich und joggte einfach los. Sie würden mir schon folgen. Tatsächlich sehnte ich mich in diesem Moment nach einem schnellen Lauf. Ich wollte nichts mehr als rennen, rennen und nochmals rennen!

Entgegen meinen Erwartungen taten mir die Bewegung und die etwas kühle Morgenluft tatsächlich gut. Richtig gut sogar. Zwar begannen irgendwann meine Muskeln zu protestieren, aber das versuchte ich so gut es ging zu ignorieren. Aus gegebenem Anlass (das Jax- und Lin-Dilemma) war es einfach vorrangiger für mich, meine Gedanken zu sortieren, als auf meine schmerzenden Muskeln zu achten. Außerdem war es nicht mehr weit bis zur Hütte. Ich freute mich schon auf eine Dusche und einen starken Kaffee. Dann konnte auch dieser Freitag für mich beginnen.

Allerdings kam es mal wieder anders als gedacht. Schon von Weitem bemerkte ich den Tumult um die Hütte herum.

»Leute …!« Mit einer Handbewegung bedeutete ich meinen vier Trainingspartnern, stehen zu bleiben. »Seht ihr das?«

Beinahe wäre Mila in mich hineingelaufen.

»Oh verdammt«, stöhnte sie.

Im nächsten Moment schoben sich Jax und Lin direkt vor mich, so als sei ich zu schwach, um mit dieser neuen Bedrohung fertigzuwerden. Auf eine gewisse Art ärgerte mich das furchtbar. Inzwischen hatte ich schon das eine oder andere Monster abgefrühstückt und die eine oder andere Trainingseinheit absolviert. Ich war hier nicht das hilflose Prinzesschen aus diesen mittelmäßigen Horrorstreifen. Wütend kniff ich die

Augen zusammen. Bei Erzulie – sie hatten doch gesehen, was ich mit der Taschenlampe angestellt hatte! Lin wischte sich den Schweiß von der Stirn.

»Ich fürchte, wir haben Besuch.«

»Und ich fürchte langsam, irgendjemand will uns beschäftigen, indem er uns dauernd neue Monster schickt«, brummte Jax. »Man hat ja gar keine Zeit mehr, sich auf etwas anderes zu konzentrieren.«

Interessanter Gedanke, da war sicherlich etwas dran. »Eventuell will man uns aber auch einfach aus dem Weg schaffen. Damit wir die Mambo nicht mehr unterstützen können.«

»Und eventuell finde ich das scheiße«, meinte Jax.

Als ich einen Blick über seine und Lins Schultern auf mein Zuhause warf, sah ich, dass die drei Zombies, die drei Skeletthunde bei Fuß führten, ebenso böse dreinschauten wie ich. Wirklich, wir hätten aus ein und derselben Familie stammen können. Das Problem war nur, dass meine Pseudo-Zombieverwandten zwischen uns und dem Schutzkreis um die Hütte standen.

»Oh, ich bin sicher, du hast nachts noch Zeit, dich auf *ganz andere Dinge* zu konzentrieren, Jax«, bemerkte Lin bissig.

Oh Mann, nicht schon wieder Streit.

Allerdings hatten wir uns aktuell um bedeutend größere Probleme zu kümmern. Die Skeletthunde wählten ebendiesen Augenblick, um die Zähne zu fletschen und in unsere Richtung zu rasen. Oh, oh. Ich war mir sicher, dass diese Biester Tollwut oder etwas noch viel Schlimmeres verbreiten konnten. Oder uns einfach in Stücke reißen würden wie fünf Scheiben Toast. Derjenige, der uns die Zombies schickte, lernte echt dazu. Zu allem Überfluss waren die Skeletthunde deutlich schneller als normale Zombies, die gewöhnlich nur in Zeitlupentempo auf einen zuwankten. Was für ein behämmerter Start in den Freitagmorgen!

»Leute, eure Messer werden bei den Knochenkötern nicht

viel helfen«, bemerkte Hope, nachdem die Jungs zwei Messer aus ihren Shorts gezogen hatten. Bei Jax bemerkte ich, dass er den Dolch in eine Socke gewickelt in der Hosentasche getragen hatte. Beim Herausziehen fiel mein Blick auf ein kleines grünes Päckchen, dessen Ecke aus seiner Tasche hervorlugte.

»Ehrlich, Jax? Schokolade?«

Jax reckte das Kinn. »Das ist mein Frühstück.«

Ich seufzte. Hope hatte leider recht mit der Messersache.

»Und jetzt?«

»Hat jemand vielleicht ein Steak oder einen Knochen zum Werfen?« Jax' Stimme klang eine Spur höher als gewöhnlich.

Wir wichen zurück. Inzwischen hatten uns die Hunde fast erreicht. Sie bestanden wirklich nur aus Knochen. Kein einziger Fleischstreifen befand sich an ihren Körpern. Früher mussten sie große Doggen und Schäferhunde gewesen sein, so weit konnte man von den Schädelformen her schließen.

Das war wirklich übel. Mal wieder.

Mila lief zur Seite und brach sich einen morschen Ast von einer Sumpfweide ab. »Worauf wartet ihr? Besorgt euch Stöcke und zielt auf ihre Köpfe! Wir müssen ihnen die Schädel abschlagen, nur das wird sie endgültig töten. Und nein: Weglaufen ist keine Option.«

Eilig kamen wir anderen ihrer Aufforderung nach, ohne dass jemand Einspruch erhob. Ich allerdings fast wie in Trance. Als Erster erreichte einer der Hunde Lin, der sich vor uns anderen aufgebaut hatte und noch keine Ast-Waffe in der Hand hielt.

»Hau ab, du Mistköter«, knurrte Lin ihn an.

Der Hund knurrte ebenfalls und schnappte nach Lins Beinen. Die anderen beiden Hunde umkreisten unsere kleine Gruppe. Einen Moment überlegte ich, ob es nicht cleverer wäre, auf einen Baum zu klettern. Nur würden wir von den Baumkronen aus nicht kämpfen können. Oben im Baum waren wir so etwas wie Gefangene. Zum Abwarten verdammt. Wir mussten einfach handeln!

Der erste Skeletthund mit dem spitzen Schäferhundschädel schnappte zu, erwischte Dank Lins schneller Reflexe jedoch nur die Schnürsenkel seiner Turnschuhe, in die er sich verbiss.

»Lass los, du Mistvieh!«, brüllte Lin.

»Böser Hund!«, tadelte ich, wobei ich hinter Lins Rücken hervorlugte.

»He, Lin, fang!«

Ich drehte mich um und sah gerade noch, wie Jax einen keulenähnlichen Ast in Richtung Lin warf, der ihn geschickt auffing. Dann nutzte er den Schwung und ließ den Ast wie einen Baseballschläger gegen den Hundeschädel krachen. Der Schädel löste sich daraufhin vom Körper des Hundes und segelte davon.

Sprachlos verfolgten wir alle seine Flugbahn. Selbst seine zweibeinigen knochigen Kollegen im Hintergrund. Wobei ich nicht wusste, was mich mehr beeindruckte: Lins Schlag, oder die Tatsache, dass Jax ihm geholfen hatte.

Mit einem ekelerregenden Knirschen prallte der Kopf gegen einen Baumstamm, fiel nach unten und kullerte dann durch das Sumpfgras außer Sichtweite.

»Wenn du es jetzt bis zur Tür schaffst, ist das ein Homerun«, lobte Jax.

Leider erholten sich die zwei anderen Hunde recht schnell von ihrer Überraschung. Und auch die drei Zombies kamen mit wütendem Gegrunze auf uns zugewackelt. Die Hunde hatten dazugelernt und wichen von da an jedem unserer Schläge mit den Stöcken geschickt aus. Blut rauschte mir in den Ohren.

»Das schaffen wir nicht. Jedenfalls nicht alle von uns werden, ohne gebissen zu werden, die Hütte erreichen«, stellte Mila schnaufend fest. »Und diese Bisse können zu fiesen Infektionen führen oder im schlimmsten Fall zu Zombiemutationen.«

Sie steckte mitten in einem handfesten Kampf mit dem Bulldoggenskelett, das sie von Hope wegzutreiben versuchte.

Oder die Viecher bissen uns gleich ganz tot.

»Ja, danke, sehr hilfreich«, meckerte Hope.

Dennoch hatte Mila da durchaus recht. Besser, wir riskierten keinen Biss. Selbst wenn Lin und sie die Hunde ablenkten, würden Susi und Strolch uns andere womöglich trotzdem noch einholen, bevor wir den Schutzkreis erreicht hätten.

Ich warf einen Blick zur Hütte. In wenigen Sekunden würde auch der letzte Zweibeiner-Zombie sich unserer kleinen Versammlung mitten im Sumpf angeschlossen haben. Verdammt!

»Ich habe eine Idee«, keuchte Hope plötzlich. Sie duckte sich unter einem Zombiearm hinweg und warf dann einen Stein an den Bulldoggenschädel. »Aber ihr müsst mir etwas Zeit verschaffen. Und ich brauche eine Opfergabe.«

»Was?« Überrascht wandte ich mich ihr zu, was mir beinahe einen Biss des letzten Schäferhundskeletts eingebracht hätte. Glücklicherweise reagierte Lin geistesgegenwärtig und briet ihm seinen Stock über die Schnauze. Tatsächlich antwortete der Skeletthund mit einem Winseln. »Aber Hope, du hast doch gar keinen Topf?«

»Mensch, Dawn, hörst du eigentlich nie zu? Man kann auch ohne Topf Notfallzauber ausführen.«

»Aber, aber … dafür sind wir noch gar nicht ausgebildet«, stotterte ich.

»Aber … aber«, äffte sie mich nach, wobei sie mir einen überlegenen Blick zuwarf. Oh, natürlich. Hope hatte bereits vorgearbeitet und Notfallzauber geübt. Ich schnaubte.

»Okay, wir bilden einen Kreis um dich, dann kannst du loslegen«, bestimmte Lin. Der Schäferhund hatte seinen Stock im Maul eingeklemmt und versuchte ihn Lin zu entreißen, was der zu verhindern versuchte.

Sogleich stellten wir uns zu viert um Hope herum auf. »Ich

brauche noch ein Opfer für Erzulie. Silberschmuck, Schokolade oder eine rosa Haarspange oder so. Irgendwer …?«

Niemand meldete sich.

Durch den Angriff eines Zombies war ich kurz abgelenkt, schlug ihn dann aber mit einem Stein k. o. Da fiel mir etwas ein.

»Jax, her mit der Minzschokolade!«, brüllte ich.

»Was? Nein, das ist mein Frühstück!«, brüllte Jax zurück.

»Rück die verdammte Schokolade raus!« Leider hatte sich der Zombie von meinem Schlag erholt und rappelte sich schon wieder auf.

»Boah, ihr Jammerlappen. Gibt es eigentlich noch normale Jungs auf diesem Planeten?«, beschwerte sich Hope, bevor sie einfach in Jax' Hosentasche griff.

Aus dem Augenwinkel warf ich den Jungs einen Blick zu.

Irgendwie musste ich ihr da recht geben.

Schneller, als ich gucken konnte, hatte Hope das Papier um die Schokolade entfernt und sich hingekniet.

Während ich einem Zombie gegen die Kniescheibe trat, versuchte ich sie im Auge zu behalten. Ich wollte verstehen, wie sie es anstellte. Was immer sie da auch tat. Vielleicht konnte ich mir etwas bei ihr abschauen. Ja klar, Dawn. Als ob jemals etwas anderes als Steckrüben und Frösche aus deinen Voodoozaubern entstehen würde … Ich schüttelte den Kopf. Wohl eher nicht.

Leider entpuppte sich mein Zombie als ziemlich hartnäckig. Dazu befand er sich in einem Verwesungsstadium, das man bestenfalls als Vampir mit abgepellter Haut bezeichnen konnte. Also noch nicht besonders lange tot. Ungünstig. Denn das machte ihn flinker als die anderen. Die verhielten sich eher so eingerostet wie 95-jährige Großväter.

Kaum hatte ich zwei Sekunden nicht nach Hope gesehen, umgab uns plötzlich ein rosa Leuchten. Erzulie!

Der Zombie vor mir blinzelte und starrte dann verwundert nach oben, auf einen Punkt über uns.

Sofort nutzte ich diesen Moment seiner Unachtsamkeit, holte aus und schlug dem Zombie den Kopf von den Schultern. Eine halbe Sekunde später gelang Jax dasselbe bei seinem Zombie. Mila und Lin, die zu zweit gemeinsam gegen einen Zombie und zwei Skeletthunde kämpften, hatten weniger Glück. Das sah mir sehr nach einem Unentschieden aus.

Jetzt erlaubte auch ich mir einen Blick über die Schulter. Erzulie schwebte tatsächlich über unseren Köpfen!

»Heilige Erzulie!«, entfuhr es mir.

In einer Hand hielt sie etwas kleines Gelbes und in der anderen ein … war das ein Kotelett?

Hope hatte Erzulie gerufen, damit sie uns einen Tennisball und ein Kotelett brachte? Gar nicht schlecht.

Beides warf die Loa jetzt so weit von unserer Hütte weg, wie es nur ging. In Richtung einer besonders matschigen Stelle Sumpfboden.

Sofort rasten die Kläffer hinterher. Einer rempelte sogar den anderen an, um vor ihm das Stück Fleisch mit Knochen zu erreichen. Der weggestoßene Skeletthund stieß ein schrilles Heulen aus.

»Make love, not war«, kreischte Mila ihnen enthusiastisch hinterher, wobei sie an ihrem Küchentuchbandana zog.

Aber dieses Ablenkungsmanöver war eindeutig temporär angelegt. Die Hunde würden jeden Moment zurückkommen.

»In den Schutzkreis, worauf wartet ihr noch?«, rief uns Erzulie zu.

»Lauft! Ich halte den Zombie auf«, fügte Lin atemlos hinzu.

»Jetzt ist nicht die richtige Zeit für deine scheinheilige Opferungsnummer, und erst recht nicht die richtige Zeit, um wieder ein Loa zu werden!«, zischte Jax, bevor er Lin am Shirt packte und wir gemeinsam in Richtung Hütte sprinteten.

Zur gleichen Zeit bemerkten die Hunde unseren abrupten Vorstoß, drehten um und setzten zur Jagd auf uns statt auf das

Kotelett an. Was auch sonst. Murphys Law. Was schiefgehen konnte, ging schief, und so weiter …

»Schneller, ihr Luschen!«

»Nicht hilfreich, Hope!«, meckerte ich sie an.

»Ey, wenn diese komische Tante noch einmal den Mund aufmacht, stopf ich ihr einen Zombie da rein«, keuchte Jax. Er griff nach meiner Hand, so als hätte er Angst, mich ansonsten zu verlieren. Ich sah auf unsere ineinander verschränkten Finger hinunter. Manchmal wurde ich aus ihm echt nicht schlau.

Im Laufen schüttelte Mila den Kopf. »Weniger meckern, mehr rennen!«

17

Nur noch etwa zehn Schritte, dann hatten wir es geschafft.

Das Knurren der Hunde wurde lauter, ich wagte jedoch nicht, einen Blick nach hinten zu werfen. Hoffentlich war Erzulie noch bei uns und die Hunde noch weit genug entfernt.

Und dann passierte es. Eine Wurzel wuchs wie von Zauberhand vor mir aus dem Boden und schlang sich gezielt um meinen linken Knöchel. Der Aufprall auf dem Waldboden raubte mir fast den Atem. Weil Jax immer noch meine rechte Hand festhielt, schlug ich mit der linken Brustkorbseite auf dem Sumpfboden auf.

»Oh, nein. Steh auf, Dawn!«, fauchte er mich an.

Als sei das alles meine Schuld gewesen!

So schnell es ging, drehte ich mich auf den Rücken, schüttelte Jax ab und versuchte den Griff der Wurzel um meinen Fuß zu lösen. Vergebens. Egal wie stark ich zog, die Wurzel saß fest. Oder besser gesagt: Ich. Das war ja wie mit diesen eisernen Kerker-Fußfesseln bei »Game of Thrones«, einer meiner Lieblingsserien. Winter is coming – und so. Hah! Innerlich musste ich selbst lachen. Wohl eher kam hier gerade eine gruselige Skeletthundfamilie auf mich zu.

Leider hatten wir durch meinen Sturz unseren Vorsprung eingebüßt. Zumindest Jax und ich. Den anderen war unser kleines Problem noch nicht aufgefallen, den Hunden samt verbliebenem Restzombie dagegen schon.

Alle drei schlossen zügig zu uns auf.

»Dawn!«, schrie Lin hinter mir. Offenbar hatte er die Situation doch noch erfasst.

»Bleib hier«, schrie Hope ihn an. Offenbar versuchte sie ihn davon abzuhalten, zurückzulaufen. »Dawn schafft das.«

»Ihr beide schafft das«, ermunterte mich eine Stimme von oben. Ich hob den Kopf. Erzulie.

Sie glaubte an mich. Warum, war mir in diesem Moment egal. Ein warmes Gefühl der Hoffnung durchflutete meine Körpermitte. Erzulie glaubte an mich! Also versuchte ich es weiter mit Gewalt bei der Wurzel.

Gleich würden diese Drecksköter uns erreicht haben.

Schneller, Dawn, schneller! Mein Atem wurde immer hektischer.

Die Wurzel hatte noch kein bisschen nachgegeben. Blöder Kackmist!

»Ach, Herrgott, Dawn!« Jax stieß meine Arme beiseite, schwang seinen Waffenarm und hieb dann einfach mit einem Steakmesser auf das Ende der Wurzel ein. Letztendlich durchtrennte er mit drei Hieben die Verbindung. Der Rest der Wurzel lag zwar immer noch wie ein verschlungener Ring um meinen Knöchel, aber ich war frei.

Hastig rappelte ich mich auf. Doch es war zu spät. Mit einem Blick erfasste ich die Situation. Mist! Die Hunde setzen zum Sprung an und … Jax schob sich einfach vor mich! Er trat nach dem ersten Hund und versuchte gleichzeitig, mit dem Messer irgendwie den Kopf von dessen Köper zu trennen. Unglücklicherweise war da aber noch der zweite Hund, der sein Maul aufriss und seine Zähne dann in Jax' Bein vergrub. Oh nein!

Ich schlug mir die Hand vor den Mund, während Jax losbrüllte. Das hatten wir unbedingt verhindern wollen! Ein Zombiebiss! Was war, wenn er an dieser Wunde starb?

Verzweifelt trat ich nach dem verdammten Skeletthund, der Jax' Bein einfach nicht loslassen wollte. Auf einmal schwammen Tränen in meinen Augen.

»Wir brauchen Hilfe!«

Jax schrie wie am Spieß. Doch als ich mich umdrehte, bemerkte ich, dass plötzlich noch mehr Zombies aufgetaucht waren und uns von unseren Freunden in der Hütte abschirmten. Was, verflucht noch mal, war hier los? Meine Freunde riefen durcheinander, doch ich verstand sie nicht. Überall neue Zombies? Nahm das denn kein Ende mehr? Irgendwann mussten uns doch mal die Toten in dieser Stadt ausgehen, oder? Blut rauschte durch meinen Kopf, während ich nur noch Jax' Schreie wahrnahm und den Hund, der sich in seinen Unterschenkel verbissen hatte.

Ich musste Jax retten!

Er hatte nur noch mich!

»Dawn«, flüsterte Erzulie von oben. »Du weißt doch noch, was Madame Laveau euch über das Umwandeln von Magie beigebracht hat?«

Na klar wusste ich das noch. Man konnte schwarzmagisch aufgeladene Objekte leichter in etwas anderes verwandeln als Gegenstände ganz ohne Magie. In meiner Hosentasche suchte ich nach irgendetwas, das ich dem Kackhund an den Kopf werfen konnte … und fand das schwarzmagische Amulett aus Mr Bs Schublade. Einen halben Herzschlag lang blinzelte ich verblüfft. Wie war das möglich? Das Ding sollte doch in meiner Stoffhose stecken. Und nicht in meiner Sportshorts. War es von alleine hier reingekrochen? Merkwürdig. Bisher hatte es sich noch nicht bewegt. Nicht, wie die aggressiveren schwarzen Artefakte aus Madame Laveaus Unterricht. Ich starrte es an. Unschuldig wie ein fast normaler Rosenkranz lag es in meiner Hand. Okay, wenn man sich die gruseligen Anhänger wegdachte jedenfalls. Ich schielte zu Erzulie nach oben. Oder war das ihr Werk?

»Du brauchst es für einen Umwandlungszauber«, flüsterte Erzulie.

Eine Metamorphose!

Oh! Ich verstand. »Aber wie soll ich das machen?«

»Ich helfe dir!«, versprach die Loa. »Schließ einfach die Augen, sprich ein Gebet an mich und danach, was du dir von mir wünschst. Das Schokoladenopfer von eben akzeptiere ich auch für deinen Wunsch.«

Oh nein, wie großzügig.

Ich schüttelte den Kopf.

Konzentrier dich, Dawn! Leichter gesagt, als getan mit einem zeternden und raufenden Jax an seiner Seite.

»Ihr verdammten Scheißköter, ich reiße euch jeden Knochen einzeln raus!«, war noch der am ehesten jugendfreie Satz von ihm.

Um das Ganze abzukürzen, fiel ich auf die Knie wie eben noch Hope. »Bitte, Erzulie, nimm mein Opfer an. Ich bin die Deine, für immer. Und jetzt erfülle mir meinen Wunsch. Bitte, mach aus dieser Kette einen Flammenwerfer!« Auf die Schnelle fiel mir einfach nichts Besseres ein. Vor Anspannung kniff ich die Augen zusammen. Bitte, das musste jetzt klappen!

Plopp.

Ploppadiplopp.

Ich öffnete die Augen und bemerkte als Erstes die Steckrübe in meiner Hand. Och nö!

Um uns herum fielen mehrere Frösche zu Boden. Auch dort, wo die Skeletthunde gestanden hatten. Ein Frosch saß auf Jax' Hosenbein. Moment mal! Ich sah mich um. Das … das … wie konnte das sein? Sämtliche Zombies, die gerade noch mehr oder weniger frisch auf uns zugehumpelt waren, saßen jetzt als Frösche im Sumpfgras. Gut, ich hatte nicht ganz das gewünschte Ergebnis erzielt, aber okay …

»Das sollte eigentlich nicht möglich sein«, murmelte ich. Meine Wangenknochen schmerzten, so heftig biss ich die

Zähne zusammen. Bei allen guten Göttern! Langsam ließ ich die Rübe aus meiner Hand gleiten. Sie kullerte davon.

»Meine Magie sollte nur die Kette umwandeln können. Nicht die Zombies.« Das war überhaupt nicht geplant gewesen.

Die Frösche starrten mich mit ihren hellen Augen an und sprangen dann eilig davon, tiefer in den Sumpf hinein. Einer hatte es irgendwie geschafft, sich in spanischem Moos zu verheddern, und trug nun eine Art Gürtel davon um den Bauch.

»Du bist eben etwas ganz Besonderes.« Erzulie lächelte mich warm an. »Denk nur, was wir beide alles gemeinsam erreichen könnten!« Ihr Lächeln wurde breiter. Doch gleichzeitig verblasste ihr Körper immer mehr. Sollte das eine Anspielung sein? Ich kniff die Augen zusammen, als ich verstand.

»Aber von den hohen Loas geritten zu werden überleben sterbliche Hexen nicht«, wandte ich ein. »Es macht sie verrückt.«

»Nun, wenn das wirklich so ist …« In einer unbestimmten Geste hob Erzulie beide Hände und Schultern. Was sollte das denn jetzt heißen? »Pack etwas Eis und Silberwasser auf Jax' Wunde. Und die üblichen Heilpflanzen. Mit Locos Hilfe wird er schon wieder.« Und dann war sie weg. Einfach so. Ohne *Puff* oder anderes Chichi, was mich irgendwie doch ein wenig ärgerte. Andererseits musste ich mich jetzt sowieso um Jax kümmern. Er lag mit schmerzverzerrtem Gesicht am Boden und hielt sich die rechte Wade. Eilig wandte ich mich ihm zu.

Der ehemalige Skeletthundfrosch hopste auf seine Brust, quakte und sprang dann weiter in Richtung des Koteletts davon.

»Scheiße, Jax!« Aus irgendeinem Grund packte ich ihn am Oberarm. »Was machst du nur immer für Sachen? Du wirst hier jetzt nicht den Löffel abgeben, ist das klar?«

Und auch kein Zombie werden, fügte ich in Gedanken hinzu. Obwohl. Erzulie hatte sich gerade sehr optimistisch zu seinem

Zustand geäußert. Bestimmt würde er durchkommen, oder nicht? Ich würde auf jeden Fall Loco um Unterstützung bitten. Was opferte man ihm noch mal? Baumrinde?

»Gern geschehen, Dawny. Für dich würde ich jederzeit wieder fast sterben.« Jax versuchte sich an einem theatralischen Augenaufschlag, leider war es immer noch nicht besonders weit her mit seinen Schauspielkünsten. »Vielleicht werde ich ja jetzt auch ein Loa. Dann brauchen wir Lin nicht mehr.«

Ich boxte ihm gegen die Brust. »Du bist so ein … hmpf!« Schnaubend pikste ich ihm im Anschluss in die Rippen. »Würde man ›Vollidiot‹ googeln, würde dein Passfoto als Bild mit der höchsten Relevanz auftauchen!«

Er warf mir einen verständnislosen Blick zu.

Allerdings konnte ich mir ein kleines Grinsen in dieser Situation nicht verkneifen.

Jax hatte sich quasi todesmutig vor mich geworfen. Und wenn Erzulie sagte, dass wir Jax mit ein paar Silbertropfen und Heilpflanzen wieder hinbekamen …?

»Hey!« Jemand packte und umarmte mich stürmisch. Es war Lin. »Dir ist nichts geschehen, Dawn? Oh, Bondieu sei Dank.«

»Du und Bondieu habt da aber keinen Beitrag zu geleistet, wenn ich mich recht erinnere.« Besonders schlecht schien es Jax ja nicht zu gehen.

Natürlich fing er sich dafür einen bösen Blick von Lin ein.

Alle packten mit an, um Jax ins Haus auf die Couch zu tragen. Mila wollte sein Bein die ganze Zeit über lieber hochhalten, damit er nicht so viel Blut durch die Wunde verlor. Meiner Einschätzung nach übertrieb sie damit zwar, aber ich hatte einfach keine Kraft mehr für Widerworte.

Auf etwa der Hälfte des Weges holte Jax mit seinem Stock aus und erwischte Mila damit an ihrem Hinterteil.

»Geht das vielleicht auch etwas schneller? Du bremst uns aus.«

»Geht es vielleicht noch etwas unverschämter?«, gab sie zurück.

Als wir schließlich Jax auf der Couch abluden, seufzte Hope. »Gott, das da draußen war ja wie bei *The Walking Dead live*. Aber wir haben denen ganz schön den Hintern versohlt!« Hope hob eine Hand und ich schlug ein. Alle anderen starrten uns verwirrt an.

Ich zuckte nur mit den Schultern. Heute hatte ich keinen Nerv, um mich um große Serienerklärungen für Zurückgebliebene zu kümmern. Immerhin waren wir schon jetzt zu spät dran für die erste Schulstunde.

Da Mila nicht mitkommen würde und Hope verkündete, heute später Schule zu haben, überließ ich den beiden Jax' Verarztung. Tja, das hatte er jetzt davon! Mila kochte sofort eine Kräutermischung auf und Hope ließ sich sogar dazu herab, Eis aus dem Kühlschrank zu holen. Zudem sah Jax so gesund wie immer aus und forderte lautstark bei mir ein, ihm zum Dank für die Rettung einen Kuchen zu backen.

Ich brummte daraufhin nur etwas Unverständliches und begab mich Richtung Badezimmer. Im Hintergrund hörte ich Mila in einem Kochtopf rühren. Sie summte sogar dabei.

Im Bad nahm ich mir erst mal eine Schere, um die Wurzel von meinem Knöchel zu entfernen, bevor ich sehr lange und sehr heiß duschte. Was für ein Morgen! Die Wärme des Wassers, das auf meine Schultern prasselte, beruhigte meine Nerven ein wenig. Alles war gut. Jax würde überleben. Jetzt mussten wir nur noch die schwarzmagische Welle aufhalten, die schon bald über uns hereinstürzen würde.

Als ich aus der Dusche zurückkehrte, die Haare zu einem lockeren Knoten hochgesteckt, hörte ich Hope im Wohnzimmer Zeter und Mordio schreien.

»Was? Euch passiert so was öfter? Schon mal darüber nachgedacht, zu welchem Zweck die Zombies zu euch geschickt werden und wer sie kontrolliert? Ihr seid ja so …« Statt den

Satz zu beenden, stampfte sie mit dem Fuß auf den Boden. »Arrghh.«

Ich holte mir einen Kaffee und schlenderte zu dem verrückten Haufen an Halbfremden, die sich in letzter Zeit in meiner Hütte häuslich niedergelassen hatten. Nur Shannon fehlte noch. Ich schluckte bei dem Gedanken an meine beste Freundin.

»Komm mal wieder runter, Hope. Wie schlimm ist es? Brauchst du eine Antiaggressionstherapie? Du könntest einen Alligator in einen Delfin verwandeln und eine Runde schwimmen gehen. Die Tür ist übrigens dahinten.«

Sie funkelte mich an, als hätte ich ihr gerade meinen Kaffee, den ich in der Hand hielt, über den Kopf gekippt.

»Denkt hier eigentlich überhaupt einer außer mir nach? Was glaubt ihr, was seit Tagen bei euch abgeht? Warum wohl all die Zombies?«

Mhm. Wenn man es genauer betrachtete, hatte sie schon irgendwie recht. Wir hatten uns bisher wenig um das »Warum und Wie« der Angriffe Gedanken gemacht.

»Tut uns wirklich leid«, krächzte Jax, der von der Couch aus den leidenden, verletzten Helden spielte. »Wir waren zu sehr mit Überleben beschäftigt, um eine aufwendige Analyse zu erarbeiten, die auch dich zufriedengestellt hätte.«

»Ach, halt doch die Klappe, Schwachkopf.« Hope verschränkte die Arme, warf sich dann ihre glänzenden Ebenholzhaare über die Schulter. »Lin, Mila, was meint ihr?«

Natürlich. Für Hope zählten nur diese beiden. Jax und ich waren nur drittklassiger Abschaum. Nicht besser als Krötenschleim. Ich verzog den Mund zu einer dünnen Linie, bevor ich mich zu Jax gesellte und nach seinem Verband sah. Andererseits … Vielleicht sollten wir uns wirklich dringend Gedanken machen, in was genau wir da verwickelt waren. Immerhin sah Jax' Wade relativ gut aus. Die Wunde unter dem Verband schien nicht zu nässen.

Mila räusperte sich. »Jemand schickt Monster, um Dawn umzubringen, oder sie zumindest davon abzuhalten, ihm auf die Spur zu kommen. Einschüchterungstaktik.«

»Oder Beschäftigungstaktik«, ergänzte Lin.

Perry durchquerte in langen Sprüngen das Wohnzimmer und hopste dann mitten auf Jax' Brust. Ich kraulte ihn unter dem Kinn, was er sichtlich genoss. Jax grunzte.

»Ganz genau. Ihr seid gefährlich für denjenigen, der New Orleans mithilfe schwarzer Magie schaden will.«

»Nun ja, Madame Laveau meinte, derjenige will New Orleans mit einer Flutwelle von allen Menschen säubern, die es verpesten … Also ist schaden vielleicht der falsche Ausdruck«, warf ich ein.

»Wie auch immer«, winkte Hope ab. »Wer könnte es sein und wie erschafft und kontrolliert er die Monster?«

»Um Zombies zu kontrollieren, braucht man …« Ich kratzte mich verlegen am Kopf. Was hatte Madame Laveau dazu noch mal erklärt?

»Ein Gris-Gris, einen Voodoo-Talisman.« Mila nickte. Ihr krauses Haar glänzte in der Morgensonne, deren Strahlen durch die Fenster gekrochen kamen.

Wie gut, dass wir Mini-Madame Laveau dabeihatten.

Hope klatschte in die Hände, wodurch Perry so sehr erschrak, dass er vom Sofa sprang.

»Exakt! Ein Gris-Gris, das er immer bei sich tragen muss, wenn er die Kontrolle über die Untoten behalten will.«

»Oh, in Marinettes schrecklichem Namen!« Ich musste mich an der Wand abstützen. Meine freie Hand umklammerte die halb leere Kaffeetasse, die in meinen Händen zitterte. »Ihr meint, das ist der Beweis dafür, dass Mr B hinter all dem steckt. Er ist der Bokor, der die Zombies kontrolliert. Mit diesem Surfbrettanhänger an seiner Kette, die er immer trägt. Oder er hat mehrere. So wie die Kette, die Shannon gefunden hat.«

»Erzulie sei Dank! Dawn hat ein Gehirn«, murmelte Hope.

Doch ich überhörte sie in diesem Augenblick, musste die Neuigkeiten erst einmal selbst verdauen. Unser Schulleiter! Tatsächlich! Aber warum? Unwillkürlich musste ich an unsere letzte Begegnung in seinem Büro denken. Als Jax und ich uns geküsst hatten und Mr B im Hintergrund irgendeine Diele im Boden geschlossen hatte. Jedenfalls hatte es sich beinahe so angehört, wenn man jetzt so darüber nachdachte. Versteckte er dort vielleicht noch mehr Gris-Gris?

Mila setzte sich auf die Rücklehne des Sofas. »Es muss Mr B sein!«

»Müsste es …« Die Art, wie Hope die Worte aussprach, irritierte mich irgendwie. Sie überlegte einen Moment, dann wandte sie sich abrupt Mila zu. »Du bist doch Madame Laveaus Projektion. Was ist deine Achillesferse?«

»Bitte, was?«

»Du weißt schon: Keine Projektion ist perfekt.«

»Sie kann Küchenhandtücher nicht richtig benutzen?«, riet ich einfach mal drauflos.

»Ähäm«, räusperte sich Jax, »können wir vielleicht mal wieder zum Wesentlichen zurückkommen?«

Hope warf ihm einen vernichtenden Blick zu. »Das ist wesentlich.«

»Jaaaaa …«, Lin kratzte sich am Kopf, »… ich glaube, Dawn und ich müssen jetzt auch mal zur Schule. Sonst kreuzen hier am Ende noch Lehrer oder die Polizei auf. Heute Abend sollten wir in der Voodoo Night School Mr B und sein Büro genauer unter die Lupe nehmen. Zum wiederholten Mal. Am besten, wir erzählen auch gleich Madame Laveau von unserer Theorie. Sie wird wissen, was zu tun ist.« Er warf Jax einen scharfen Blick zu. Womöglich dachte er daran, was bei unserem letzten Einbruch in Mr Bs Büro passiert war. »Dich entschuldigen wir natürlich gerne.«

Ich drückte den Rücken durch, verbot mir, irgendeine Gefühlsregung zu zeigen, und tätschelte Jax stattdessen einmal die Schulter, bevor ich meine Schulsachen zusammenpackte. »Wir sehen uns heute Abend, Leute.« Lin würde mich in die Schule begleiten. Zur Sicherheit packte ich noch eine Dose Sprühdeo in meine Schultasche. Ein Feuerzeug wanderte danach in meine linke Hosentasche sowie ein kleiner Dolch von Madame Laveau. Die blaue Chino rutschte ein wenig. Ich musste tatsächlich schon Gewicht verloren haben. Immerhin ein positiver Nebeneffekt meines Trainings.

Vollkommen in Gedanken versunken trottete ich zur Tür. Was für ein seltsamer Morgen. Eigentlich hatte ich jetzt überhaupt keine Lust auf Schule.

»Ach, Dawn«, rief mir Jax hinterher, »wenn du einkaufen gehst: Bring mir Minzschokolade mit!«

Jax

Nachdem er sich den Laptop vom Couchtisch geangelt hatte, befand Jax seine aktuelle Situation als eigentlich durchaus angenehm. Klar, der Biss dieses verdammten Wadenbeißers schmerzte, aber so konnte er, während Dawn in der Schule war, ein wenig mit dem Internet spielen. Den Wikipedia-Eintrag über Lin musste er auch noch aktualisieren! Das hatte er komplett schleifen lassen.

»Versuch, keinen Blödsinn anzustellen«, rief Mila ihm im Weggehen zu. »Ich muss die Schutzzauber um die Hütte herum erneuern und ein paar wirklich tote Zombies vergraben.« Womit sie sicher die Kopflosen meinte, die zuerst aufgetaucht waren.

Als auch Hope aufbrach, blieb er allein in der Hütte zurück, was ihm nur recht war.

Lins Eintrag war schnell auf den neusten Stand gebracht: »Kann es nicht mit Zombies aufnehmen, vollkommen nutzlos bei Angriffen von Skeletthunden. Gut als Babysitter einsetzbar. Aber nur bei ganz kleinen, harmlosen Babys.«

Zufrieden öffnete er ein neues Fenster. Eine Erinnerung ploppte auf.

Sie haben seit 60 Tagen keinen Eintrag mehr in Ihrem Online-Tagebuch verfasst. Jetzt weiterschreiben.

Oh. Dawns Tagebuch. Wie spannend! Ohne zu zögern, klickte Jax mit dem Daumen auf OK.

Er brauchte nur einmal zu bestätigen. Das mit dem Internet hatte er inzwischen so was von raus.

Ein weiteres Fenster mit einem Hintergrund voller pinker Blumen öffnete sich. In seiner Mitte prangte das Foto einer jungen Frau mit langen roten Haaren, die Lippen zu einem Schmollmund verzogen. Jax hielt den Atem an. Sie war wunderschön. Aber wie konnte das sein? Das Bild sah aus wie eine ältere und schlankere Version von Dawn. War das ihre Tante Melinda? Verwirrt kratzte er sich am Kopf. Wieder war da dieses Gefühl, dass ihm das Bild irgendetwas sagen musste. Dass er sie irgendwoher kannte. Allerdings hatte er in seinem Leben nur gegen Bokors und schwarze Mambos gekämpft, die kreolisch aussahen. Keine rothaarigen Hexen. Eigentlich lebten recht wenige rothaarige Menschen in New Orleans. Als er ein Kind gewesen war, hatte er nur seine Nachbarin, das kleine Mädchen mit Brille und großer Nase, gekannt, die rote Haare gehabt hatte. Wie alt war er da gewesen? Zehn? Mimi. Seine erste große Liebe. Die süße kleine Mimi, die im Dunkeln über jeden Stein gestolpert war und einfach nichts erkennen konnte. Seine kleine Blindschleiche. Er seufzte. Nur blöd, dass er irgendwann herausgefunden hatte, dass sie eine Hexe war. Eigentlich hätte er sie und ihre Familie an die Hexenjäger verraten müssen, aber das hatte er nicht übers Herz gebracht. Zu diesem Zeitpunkt war er auch noch nicht lange in der Hexenjägerausbildung gewesen und hatte die Regeln noch nicht allzu ernst genommen. Mr Vaughn wäre entsetzt, wenn er jemals herausfinden würde, dass er Mimi geraten hatte, ihre Familie zu warnen und schleunigst umzuziehen, bevor er den Hexenjägerclan informierte. Wieder ein tiefer Seufzer, als er an Mimis glänzende rote Haare dachte. Wie schade, dass er sie niemals wiedersehen würde. Er hätte gerne gewusst, wie sie jetzt wohl aussah. Sie musste inzwischen in ihren Vierzigern sein. Vielleicht sollte er Dawn nach ihr fragen. Wenn Dawn Mimi kannte … nein, besser nicht.

Ihm fiel ein, dass er sie ja kurz nach ihr gefragt hatte und dass Dawn es nicht gewusst hatte, und dann waren sie unterbrochen worden, oder? Jax wusste es nicht mehr genau.

Dann wanderte sein Blick wieder über den Bildschirm vor ihm.

Leider hinderte ihn ein Eingabefeld mit Namen und Passwort unter dem Bild des Mädchens daran, ihr Tagebuch zu lesen. Tja, da hatte er wohl Pech gehabt. Aber die essenzielle Frage musste hier wohl lauten: Wo war Dawns Tagebuch, wenn das hier Melindas war? Und hatte Dawn etwas über ihn hineingeschrieben?

Dawn

Beinahe hatte ich geglaubt, dieser grauenhafte Schultag würde nie enden. Da wünschte man sich doch glatt Jax' Stockkampftraining zurück.

In Miss Demeters Stunde schlief ich beinahe ein und in der Mittagspause packte mich Carlton am Arm, um mich zu Jax' Nichterscheinen am heutigen Tage zu verhören. Offenbar hatte sich die halbe Pearl-Clique an diesem Freitag extra in Schale geworfen, wohl in Torschlusspanik und der bangen Hoffnung auf ein Wochenend-Date mit einem meiner attraktiven Mitbewohner. Die Massen an funkelnden Armbändern und strassbesetzten Fingernägeln blendeten mich beinahe, als sie mich böse anstarrten, so als sei es meine Schuld, dass ich hier so jaxlos vor ihnen stand.

»Krank ist krank«, sagte ich bestimmt. »Und jetzt lasst mich in Frieden!« Ich warf einen Arm in die Luft, wie es ansonsten nur der Theater-AG-Leiter tat, wenn er Shakespeare zitierte. Dann packte ich mir Lin und steuerte eine ruhigere Ecke des Pausenhofs an. Nachdem wir ein paar Schritte gemacht hatten, legte mir Lin demonstrativ einen Arm um die Schultern. Zuerst schielte ich verwirrt zu ihm nach oben, beschloss dann aber, dass mir das ganz recht war, um den dramatischen Effekt unseres Abgangs noch zu steigern.

Als wir schließlich nach Schulschluss zu Melindas Hütte zurückkehrten, fanden wir Mila auf der Bank an der Hauswand vor, wie sie fröhlich einen selbst gebastelten Speer schliff. Dafür hatte sie ein Stück Metall an einen geraden Stock gebunden und bearbeitete das Ganze mit einem Stein.

Einen kurzen Moment lang hoffte ich, Shannon irgendwo zu entdecken, und ertappte mich sogar dabei, wie ich nach ihr Ausschau hielt. Freitags nachmittags kam sie eigentlich immer bei mir vorbei. Doch natürlich war alles Hoffen vergebens. Heute Abend würde sie sich nicht bei mir blicken lassen. Ob wir jemals wieder normal miteinander reden konnten? Sollte ich sie erst mal in Ruhe lassen, oder später in der Night School versuchen, sie anzusprechen?

Wahrscheinlich war es das Beste, ihr etwas Zeit zu geben.

Mila winkte uns zu. Als wir die Hütte betraten, fanden wir Jax schlafend auf dem Sofa vor, Melindas alten Laptop auf dem Schoß, den Mund leicht geöffnet und einen Arm über sein Gesicht gelegt.

Lin und ich sahen uns an. Im selben Moment nickten wir uns grinsend zu. Beide hatten wir denselben Gedanken gehabt.

Nachdem Lin einen Finger an die Lippen gelegt hatte, schlichen wir uns an das friedlich schlummernde Ex-Reptil heran. Ganz der gut ausgebildete Soldat, hob Lin eine Hand und zählte mit den Fingern von fünf an rückwärts. Als er bei null angekommen war, stürzten wir uns laut schreiend auf Jax.

Wir wollten uns geradezu ausschütten vor Lachen, als er aus dem Schlaf hochfuhr. Sein Gesichtsausdruck war einfach Gold wert.

Die Tür wurde aufgerissen. »Was macht ihr da drinnen bloß?« Mila, bewaffnet mit ihrem Speer, starrte uns böse an.

Lin hob beschwichtigend beide Hände.

»Ganz ruhig, Rambo. Wir haben nur die Schlafmütze hier aufgeweckt.« Er deutete in Richtung Jax.

»Ich bin NICHT eingeschlafen«, behauptete Jax empört. »Ich habe nur meine Augenlider entspannt.«

»Ja, genau.« Ich ließ mich auf die Lehne der Couch fallen, die bedenklich knarrte. »Dein Fanclub in der Schule hat dich übrigens vermisst.« Ich warf einen Blick auf Melindas Laptop, der gerade flackernd ansprang, als Jax aus Versehen die Leertaste berührte. »Ist das Melinda?« Verblüfft starrte ich auf die junge Frau, vielleicht Anfang zwanzig, auf dem Display. Um sie herum Blüten und noch mehr Blüten. Hatte Melinda hier ein altes Bild von sich bearbeitet? Aber das Bild musste über dreißig Jahre alt sein.

»Sie sieht sehr jung aus«, meinte Mila. Ich starrte zwischen ihr und dem Bild hin und her. Dabei kam mir ein Gedanke. »Oder es ist eine Projektion von ihr. Sie ist sehr gut im Projektionenerschaffen. War sie schon immer. Oft benutzt sie sie als Unterstützung, wenn sie Bokors und schwarze Mambos dingfest macht. Madame Laveau hat erst neulich davon geschwärmt, wie Melinda eine neunjährige Mini Melinda erschaffen hatte, um ihr bei irgendeiner Spionagesache zu helfen. Kurz nachdem sie die Ausbildung an der Voodoo Night School beendet hatte.« Unglaublich, was Melinda in jungen Jahren schon vollbracht hatte. Jedenfalls deutlich Größeres als Frösche und Steckrüben.

Ich seufzte. Wahrscheinlich war sie auch gerade mit einer Projektion unterwegs und bekämpfte zusammen mit ihr die schwarze Magie in den Südstaaten. Immerhin hatte sie dann Gesellschaft.

18

Jax

Während er Dawns Ausführungen über Projektionen lauschte, wanderte sein Blick erneut über den Startbildschirm des Tagebuchs, mit dieser faszinierenden jungen Frau darauf.

Ganz unten entdeckte er plötzlich einen kurzen Text, den er vorher nicht bemerkt hatte. In geschwungenen, filigranen Buchstaben stand dort geschrieben: *Wenn du etwas wirklich liebst, lass es frei oder verwandele es in einen Alligator, damit es nicht getötet wird.* Sobald er den Sinn dieser Worte begriffen hatte, spülte eine eiskalte Welle über Jax hinweg. Ein Alligator! Großer Gott! Auf einmal fielen alle Puzzleteile an ihren Platz:

Es gab nicht viele rothaarige Hexen in New Orleans. Die meisten von ihnen waren eher kreolischer Herkunft oder afroamerikanisch. Melinda, Dawns Tante, musste damals Mimi erschaffen haben, um ihn und die Hexenjäger gefahrlos auszuspionieren. Mimi war ihre Projektion gewesen. Dawn hatte zugegeben, dass Melinda schon in jungen Jahren ein Talent für Projektionen gezeigt hatte. Keuchend umklammerte er den Laptop. Niemand von ihnen hätte damals eine Rothaarige als Voodoohexe identifiziert, und Projektionen in Form von Neunjährigen eigneten sich perfekt zur Spionage. Denn wer würde schon ein kleines, weißes Mädchen für verdächtig halten? Genau. Niemand. Melinda war Mimi. Mimi war Melinda. Und sie mussten sich beide in ihn verliebt haben. Oder nein, Melinda hatte ihn womöglich eher wie einen kleinen Bruder geliebt. Oder war es darüber hinausgegangen? Eine tiefere Verbundenheit? Wie meinte sie diese Zeile auf ihrem Computer? Konnte Melinda Mimis Gefühle irgendwie geteilt haben? Jax strich sich die Haare mit beiden Händen nach hinten, um seine Gedanken zu sortieren. Jahre später, als die Hexen planten, seine Familie zu töten, hatte sie ihn dann in einen Alligator verwandelt, um ihn zu retten! So musste es gewesen sein. Wahrscheinlich mithilfe schwarzer Magie, weswegen sie ein großes Risiko eingegangen war. Alles passte zusammen. Mimis Nachtblindheit musste die Achillesferse gewesen sein, die alle Projektionen aufwiesen. Jede Projektion hatte irgendeine Unvollkommenheit an sich, wie er inzwischen gelernt hatte. Noch ein Indiz. Nicht mal Melinda, die alle so sehr als talentierte Hexe schätzten, konnte den obligatorischen einen Fehler ihrer Projektion vermeiden. Keuchend sackte ihm die Kinnlade herunter. Melinda war Mimi!

»Alles in Ordnung?«, wollte Dawn von ihm wissen.

Bevor Jax antwortete, massierte er sich einige Sekunden lang die Nasenwurzel. Verdammt, das war alles zu viel für ihn.

»Ja, alles gut.«

»Und wie sieht die Wunde aus?« Dawn machte Anstalten, ihm den Verband an der Wade abzuwickeln und die Bissverletzung zu begutachten. »Wow, schon viel besser als heute früh. Erzulie sei Dank!«

Jax erwiderte nichts darauf, seine Gedanken kreisten um ein ganz anderes Thema. Wo war Dawns Tante? Wusste sie, was hier vor sich ging? Am besten, er fand heraus, wo Melinda steckte, und redete mit ihr. Oder er machte, dass er so schnell wie möglich von New Orleans und seinen rothaarigen Hexen wegkam, wie es nur ging. Das war die zweite Option.

Dawn

»Lasst uns schnell etwas essen, eine Trainingsrunde einlegen und dann mit Madame Laveau reden. Wenn Mr B wirklich die Zombies mit schwarzer Magie kontrolliert und für Papa Legba arbeitet, wird sie wissen, was zu tun ist.«

Mila zuckte mit den Schultern. »Nun ja, sie wird wollen, dass wir sie unterstützen. Du, Hope und ich als ihre Adjutanten.«

Ich drehte mich zu ihr um. Gerade kratzte sich Madame Laveaus Projektion mit dem Speer unter ihrem Küchentuchbandana. Meist hatte sie ja doch ihre lichten Momente, musste ich zugeben. Auch wenn sie größtenteils genauso kindlich verwirrt wirkte wie Jax ... Wahrscheinlich bekam man einfach nach Voodooverwandlungen den Dachschaden inklusive. Ich blies die Backen auf, einfach um den Gedanken sacken zu lassen und mir ein wenig Zeit zum Nachdenken zu verschaffen.

Eine halbe Stunde vor Unterrichtsbeginn standen wir uns vor Madame Laveaus Klassenraum die Beine in den Bauch. Jax' Verletzung sah nicht mehr so schlimm aus. Das Silber schien Wunder zu wirken. Er humpelte nur noch ein wenig, gab sich aber ganz wie der in der Schlacht ruhmreich verwundete Soldat und ließ sich von Mila feiern.

Ein unerklärliches Kribbeln hatte von meiner Haut Besitz ergriffen. Warum nur war ich auf einmal so nervös wie vor einer Prüfung? Mein Magen hüpfte auf und ab, als wolle er ein Sackhüpfenrennen gewinnen. Seltsam. Allerdings musste ich mich nun wirklich auf das Wesentliche konzentrieren: Nach den Beweisen, die wir vorbringen konnten, musste Madame Laveau uns doch einfach glauben, oder nicht? Was wir hatten, waren doch Beweise dafür, dass Mr B schwarze Magie praktizierte, Zombies auf uns gejagt hatte und allem Anschein nach der irdische Handlanger von Papa Legba war, der New Orleans von allen Menschen befreien wollte. Oder hatte er eine Möglichkeit gefunden, sich von Papa Legba reiten zu lassen, ohne verrückt zu werden? Das war eigentlich unmöglich. Mehr als ein paar Minuten konnten die hohen Loas niemandes Körper ergreifen oder sich generell in der irdischen Welt ohne Körper aufhalten, abgesehen von Friedhöfen. Oder vom Sumpf, wo wir mittlerweile fast annähernd so viele Untote unter die Erde gebracht hatten, dass die Bezeichnung Friedhof ihre Berechtigung fand. Und reiten ging schon mal gar nicht. Die Menschen drehten durch, wenn sie es doch taten. Wieder dachte ich an den Vorfall mit Shannons Vater.

»He, Dawn, träumst du?« Jax stieß mich mit dem Fuß an. »Sicher von mir, oder?« Er grinste.

Als Antwort kniff ich die Augen zusammen. »Ich kann dir gar nicht sagen, wie weit du damit von der Realität entfernt liegst. Außerdem: Sollte ich je von dir träumen, wirst du das zweifelsfrei an meinem schmerzverzerrten Gesichtsausdruck erkennen können. Denn das, mein Lieber, wird dann ganz sicher ein Albtraum gewesen sein!«

Neben mir verbarg Lin sein Kichern hinter seinem Handrücken.

Einen Moment lang wirkte Jax verwirrt, blinzelte mehrmals. »Aber du HAST von mir geträumt!« Er nickte selbstzufrieden, machte dann eine wegwerfende Handbewegung. »Albtraum hin oder her.«

Diesem Idioten war einfach nicht mehr zu helfen. Manchmal wünschte ich mir deutlich mehr Mittelfinger. Nur für ihn. Seufzend trat ich von einem Fuß auf den anderen.

»Was ist los mit dir, Dawn? So nervös?« Mila hatte sich über Jax hinweg zu mir nach unten gebeugt.

»Lass sie«, antwortete Jax an meiner Stelle. »Sie hat nur von mir geträumt.«

»Aha.« Mila warf mir einen fragenden Blick zu, doch ich verdrehte nur die Augen. Noch eine blöde Bemerkung, und ich würde Jax ins Bein beißen. Und diese Verletzung würde nicht so einfach mit ein paar Heilkräutern und Silber zu kurieren sein! Die Mambo konnte gar nicht schnell genug auftauchen!

Nach ein paar weiteren Minuten, die wir schweigend im Flur verbrachten, nur hin und wieder von Milas Gekicher beschallt, die über Lins Zaubertricks mit einem seiner Amulette lachte, hörten wir endlich Schritte im Flur.

Madame Laveau bog um die Ecke, bewaffnet mit einer Tasse Tee.

»Oh. Ihr seid aber früh dran.« Sie hob eine Augenbraue und musterte uns. Dabei verharrte ihr Blick ungewöhnlich lange auf Milas Küchentuchbandana. Vielleicht fragte sie sich gerade ebenso wie wir, ob diese Küchentuchsache die Achillesferse ihrer Projektion war.

»Ja, sind wir.« Jax nickte wichtigtuerisch, doch dieses Mal stieß ich ihn mit dem Fuß an. Das Reden sollte er besser mir überlassen.

»Wir müssen mit Ihnen sprechen. Haben Sie eine Minute?« Ich hob mein Kinn an, um die Dringlichkeit unserer Bitte zu verdeutlichen.

Die Mambo zeigte ihre schneeweißen Zähne. »Natürlich.«

Sie schloss ihre Klassenzimmertür auf und bat uns herein. Mein Herz wummerte mir gegen die Rippen. Wir waren doch auf der richtigen Spur, oder?

Nachdem sie ihre Teetasse auf dem Schreibtisch abgestellt hatte, rückte sich Madame Laveau den grünlich schimmernden Turban zurecht. Eine Weile fokussierte ich den Stoff, da er mich irgendwie an Perry erinnerte. Wenn ich nur einen Weg finden könnte, ihn zurückzuverwandeln. Wie bei Jax. Nur eigentlich sollte beides unmöglich sein. Wie gesagt: sollte. Vielleicht konnte ich herausfinden, wie man eine Hintertür bei Verwandlungen ermittelte. Oder die Hexe, die für Jax' Alligatorjahre verantwortlich zeichnete, hatte eine Hintertür eingebaut, dass eine andere Hexe, in dem Fall ich, Jax nach über zwanzig Jahren zurückverwandeln konnte. Wie auch immer. Ich sollte mich zunächst auf diese Unterhaltung konzentrieren. Also schüttelte ich energisch den Kopf, um alle nicht hilfreichen Gedanken zu vertreiben.

»Ich hoffe, Sie halten uns nicht für zu unverschämt, aber wir haben in letzter Zeit einiges in Erfahrung gebracht und möchten mit Ihnen über einen Verdacht sprechen.« Ich räusperte mich, bevor ich fortfuhr, von den Vorkommnissen sowie unseren Schlussfolgerungen der letzten Tage zu berichten.

Währenddessen hörte mir die Mambo aufmerksam zu, nahm nur gelegentlich einen Schluck von ihrem Tee. Minztee, wie mir der Duft verriet.

Als ich geendet hatte, blieb es längere Zeit still zwischen uns. Ich ließ meinen Blick zu meinen Freunden schweifen. Niemand von uns schien die Stille als Erster durchbrechen zu wollen.

Nachdem der Sekundenzeiger der Uhr an der Tür beinahe einmal über das gesamte Ziffernblatt gewandert war, tippte sich die Mambo schließlich ans Kinn.

»Ihr glaubt also, dass Mr B mit Papa Legba zusammenarbeitet, um demnächst eine Flutwelle auf New Orleans loszulassen, die viele, viele Menschen töten wird?«

Ich hielt die Luft an.

»Und dass er Monster auf Dawn und Hope loslässt, da er weiß, dass ihr beide meine Adjutanten seid, wenn ich mit Magie die Stadt verteidige?«

»Ja, so ungefähr.« Ich nickte. Warum fühlte ich mich plötzlich wie ein kleines Mädchen, das zum ersten Mal vor der Klasse zwei und zwei zusammenzählen sollte?

»Er will Dawn Angst einjagen.« Lin klang überzeugter, als ich mich fühlte.

Hilfe suchend sah ich zu Jax.

»Jedenfalls gibt es jemanden, der Dawn tot sehen möchte,

und alle Anzeichen sprechen momentan für Mr B. Wir haben sogar ein schwarzmagisches Amulett in seinem Schreibtisch gefunden.«

Oh, oh. Ob es so klug von Jax gewesen war, das zu erwähnen? Jetzt würde die Mambo schlussfolgern, dass wir dort eingebrochen waren.

Madame Laveau zuckte mit keiner Wimper. »Und wo ist das Amulett jetzt?«

»Ähm«, machte ich. »Ich habe es heute Morgen für einen Verwandlungszauber gebraucht. Es war ein Notfall.«

»Jetzt ist es eine Rübe«, ergänzte Mila.

Heftig nickend deutete Jax auf sein Bein. »Ganz klarer Notfall!«

Madame Laveau seufzte. Hätte ich an ihrer Stelle sicher auch getan. »Ich glaube, ihr verdächtigt unseren Schulleiter da etwas vorschnell.«

»Was? Dieser dressierte Zauberlehrling ist Schulleiter?« Jax klappte der Mund auf, wofür ich ihm einen Stoß in die Rippen verpasste. Er warf mir einen bösen Blick zu. »Ehrlich jetzt, Dawn?«

»Hör einfach zu, wenn wir Erwachsenen reden«, entgegnete ich mit gerecktem Kinn. Aus den Augenwinkeln sah ich Mila und Lin vor sich hin glucksen.

»Wie gesagt …«, Madame Laveau faltete die Hände vor dem Bauch, »… ich glaube, ihr verfolgt da die falsche Spur.«

Ach? Meinte sie? Missmutig ließ ich meinen Blick durch den Raum schweifen. Warum wolle sie bloß nicht verstehen? Die Enttäuschung und Wut darüber, dass Madame Laveau uns nicht glaubte, trieb mir beinahe die Tränen in die Augen. War sie durch ihre Freundschaft zu Mr B zu sehr befangen? Am besten wäre es gewesen, wenn wir ihr erst gar nichts erzählt hätten.

Um mich vor den anderen nicht zu blamieren, versuchte ich krampfhaft, die Tränen zurückzuhalten. Daher fixierte ich einen Punkt, in diesem Fall Madame Laveaus Teetasse, um mich abzulenken.

»Ach, Kinder«, seufzte die Mambo, »denkt ihr nicht, dass ich es merken würde, wenn Mr B –?«

Doch ich hörte schon nicht mehr zu. Meine Gedanken schweiften ab. Sie glaubte uns nicht. Madame Laveau dachte, wir seien nur Gespenstern hinterhergerannt. Wahrscheinlich nahm sie sowieso an, dass nur sie selbst das Problem mit der schwarzen Magie würde lösen können. Wir waren lediglich ihre Adjutanten. Wenn doch nur Melinda hier wäre. Sie würde mir sicher glauben.

In diesem Moment stürmte Hope völlig außer Atem in die Klasse.

»Entschuldigung«, keuchte sie, »mir hat ein Zombie nahe der Schule aufgelauert.« Sie rieb sich die Schulter.

Madame Laveau hob eine Augenbraue. »Das wird wirklich langsam zur Plage. Wer nur erweckt die ganzen Toten? Wirklich gefährlich sind sie ja nicht, aber dennoch …«

Mir entfuhr ein Prusten. Ach? Nicht gefährlich, also? Sie war ja lustig. Ich schielte auf Jax' Bein. Unser schlammwassererfahrener Ex-Flussbewohner funkelte die Mambo böse an. Sicherlich sah er das ähnlich wie ich.

»Und die ganzen anderen Monster?«, wollte Mila wissen. Doch die Mambo schenkte ihr kaum einen Blick. »Dafür seid du, Lin und Jax doch bei Dawn. Hope kann selbst ganz passabel zaubern und ist in ihrem Familienanwesen recht gut geschützt.«

Diese Gelassenheit angesichts der zahlreichen Monster, die uns nach dem Leben getrachtet hatten, wurde mir eben suspekt.

»Jedenfalls schön, dass du jetzt da bist, Hope.« Die Mambo umrundete ihren Schreibtisch und wühlte in ihrer Schublade, bis sie zwei identisch aussehende Bücher hervorzog. »Ich dachte mir, ihr beide könntet das vielleicht gebrauchen.«

Beide waren kleiner als gewöhnliche Bücher und in zerfleddertes braunes Leder gebunden. Nichts stand auf dem Einband. Irgendwie wirkten beide wie selbst gemacht. »Das sind ein paar handgeschriebene Tipps zum Thema Notfall-Voodoozauber ohne Ritual und ein paar Hinweise zur Erschaffung von Projektionen.« Sie lächelte.

Lustlos griff ich nach dem linken Ratgeber. Ob mir das etwas nützen würde?

»Oh, super«, meinte Hope. »Ich habe gelesen, dass man Projektionen verbessern kann, indem man ihre Erinnerungen verändert. Stimmt das? Wenn ich also eine Projektion erschaffe, die glaubt, sie sei ein echter Mensch und habe seit ihrer Kindheit Kung-Fu-Unterricht gehabt, könnte das dazu führen, dass sie besser kämpft?«

»Oh, gar nicht schlecht, Hope. Und eine sehr gute Idee«, lobte Madame Laveau sie. »Das nennt man positive Verstärkung oder selbst erfüllende Vergangenheit. Kann durchaus funktionieren.« Sie nickte zufrieden in Richtung Mila, deren Nasenspitze blass wurde.

Konnte Madame Laveau nicht still sein?

Hope setzte ein überlegenes Lächeln auf, während ich überlegte, ob ich genug gegessen hatte, um ihr hier und jetzt direkt vor die Füße zu kotzen, oder ob ich das auf einen späteren Zeitpunkt verschieben sollte, wenn ich nachgeladen hatte.

Bevor ich mich ganz entscheiden konnte, kamen Tucker, Joann und Cynthia in die Klasse geschlendert.

Ihnen folgte wenig später Electra, doch Shannon war nirgendwo zu sehen. Enttäuscht kniff ich die Lippen zusammen.

Sie tauchte den ganzen Abend über nicht auf. Wahrscheinlich war sie immer noch sauer oder enttäuscht von mir, oder vielleicht beides.

Am Ende des Unterrichts, nachdem alle eine halbwegs passable Projektion ihrer selbst sowie eine Bratpfanne produziert hatten, ich aber nur zwei Steckrüben, hatte ich mir zumindest einen Plan zurechtgelegt, wie ich Madame Laveau doch noch von Mr Bs Schuld überzeugen konnte.

Also trödelte ich beim Einpacken meiner Tasche ein wenig. Jax warf mir einen forschenden Blick zu, schien dann aber zu verstehen, was ich plante.

»Kommt ihr?«, wollte Hope wissen. »Wir sollten uns ein wenig warmlaufen und dann ein paar neue Kampftechniken ausprobieren.« Schade, dass alle Projektionen bereits wieder verschwunden waren. Die stumme Hope-Version hatte mir besser gefallen.

»Ja, sofort.« Jax stieß im Vorbeigehen wie aus Versehen meine Tasche vom Pult, worauf sich ihr ganzer Inhalt auf dem Boden verteilte. »Ups, ich helfe Dawn nur noch kurz beim Aufräumen, dann kommen wir nach.«

Ich verdrehte die Augen. Schauspieler würde Jax in diesem Leben wirklich nicht mehr werden …

»In Baron Samedis Namen, dann passt doch einfach besser auf, ihr Volltrottel!«, brummte Hope, bevor sie endlich verschwand. Wenn sie wüsste … Ich musste ihr bei Gelegenheit endlich das Selfie von mir und Baron Samedi unter die Nase halten. Als nur noch Jax und Lin, der mir seit heute Morgen nicht mehr von der Seite gewichen war, mit mir in der Klasse gemeinsam mit Madame Laveau zurückblieben, räusperte ich mich.

Jax zwinkerte mir zu. »Gern geschehen.«

»Dafür, dass du meine Tasche runtergeworfen hast, soll ich jetzt auch noch danke sagen?« Das kam irgendwie patziger aus meinem Mund als beabsichtigt.

Jax schaute beleidigt drein. »Hast du deine Tage, oder was?«

»In diesem Fall könnt ihr euch ja Jax' Tampons teilen«, warf Lin ein. »Euer Mädchen-Rhythmus hat sich anscheinend schon aneinander angepasst.«

»Ach, halt doch die Klappe.« Bei weiblichen Zyklusthemen gingen Jax anscheinend die guten Witze aus.

Ich ließ das Ganze mal unkommentiert, schließlich wollte

ich mit der Mambo reden, die inzwischen fast alle Voodoo-Unterrichtsmaterialien aufgeräumt hatte.

»Madame Laveau?«

Bei der Nennung ihres Namens wandte sie sich zu mir um. In den Händen hielt sie die letzte Bratpfanne. Es war die, deren Griff an ein Mikrofon erinnerte. Tuckers Werk.

»Ja, Dawn?«

»Also, es ist so«, sagte ich und machte zwei Schritte auf sie zu, »wir, Hope und ich, sind doch Ihre Adjutanten und Sie wollen uns sicher etwas beibringen, nicht wahr? Wir sollten etwas von Ihnen lernen?«

Die Mambo legte die Stirn in Falten. Offensichtlich fragte sie sich, auf was in Marinettes Namen ich wohl hinauswollte.

»Das ist korrekt.«

»Wenn Sie also, wie ich, die Entdeckung einer schwarzmagischen Rosenkranzkette gemacht und einen halbmondförmigen Abdruck in einem Schreibtisch gefunden hätten, was würden Sie schlussfolgern? Vollkommen neutral betrachtet?« Meine Formulierung wählte ich bewusst unbekümmert. Schließlich wollte ich die Mambo weder nerven noch verärgern. Nur ein paar Informationen aus ihr herausbekommen und eventuell gegen Mr B verwenden. Während ich redete, starrten mich Lin und Jax überrascht an. Sicherlich hätten sie mir diesen Schachzug gar nicht zugetraut.

»Eine Rosenkranzkette?«, hakte Madame Laveau nach. »Aus dem Katholizismus?«

»Ja, genau. Mit vielen gruseligen Voodooanhängern. Sah wie drangebastelt aus.«

»Das wäre höchst ungewöhnlich. Nur jemand, der wenig Zugang zu anderen schwarzmagischen Objekten hat und wenig Voodoozauberkraft besitzt, würde so etwas basteln«, meinte Madame Laveau.

Ich presste die Lippen aufeinander. Mist, das lief in eine ganz falsche Richtung. Aber sie hatte recht. Es gab nur einen echten

Voodooshop in New Orleans und Umgebung und der verkaufte einem so ziemlich alles, was man brauchte. Aber nur, wenn man aus einer angesehenen Voodoofamilie kam und voll ausgebildete Voodoohexe war. Normale Menschen bekamen nur nachgemachten Plastikschnickschnack. Mr B wäre auf jeden Fall an echte Voodooperlenketten gekommen und an echte Gris-Gris.

»Aber vielleicht ist das nur Tarnung? Warum sonst sollte diese Kette in der Schublade des Schulleiters gelegen haben?« Sicherlich konnte sie sich bereits denken, dass wir unerlaubt in sein Büro eingedrungen waren. Also warum um den heißen Brei herumreden?

Madame Laveau zuckte mit den Schultern. »Vielleicht hat er sie irgendwann einmal einem Schüler abgenommen und dann möglicherweise dort drin vergessen.«

Das Ding hatte vor Magie pulsiert, als ich es in eine Steckrübe verwandelt hatte! Nein, alt war es nicht gewesen!

»Aber … aber …«, fieberhaft suchte ich meine restlichen Argumente zusammen, »… die andere Kette mit dem Surfbrettanhänger! Mr B trägt sie jeden Tag um den Hals. Kann es nicht sein, dass er damit die Zombies kontrolliert? Man braucht doch ein schwarzmagisch aufgeladenes Objekt, um Zombies einen Auftrag zu geben, richtig?«

»Schon, aber das ist oft eher eine Voodoopuppe, keine Kette mit elfenbeinfarbenem Surfbrettanhänger.« Madam Laveau lächelte mich nachsichtig an. »Elfenbein dient eher der Kontrolle von Zaubern, das weißt du doch, Dawn. Wenn ich könnte, würde ich dir auch etwas aus Elfenbein besorgen. Mehr Kontrolle über deine Zauber bräuchtest du auch. Allerdings bin ich strikt gegen die Elfenbeinindustrie, für die so viele Elefanten ihr Leben lassen müssen, also …«, sie hob die Schultern, »… werde ich kein Elfenbein kaufen.«

Okay, diese Information half mir jetzt auch nur bedingt weiter. Dass Mr B wenig Voodootalent besaß und das mit seinem

Las-Vegas-Zauberer-Kostüm zu überdecken versuchte, vielleicht auch um wie Baron Samedi auszusehen, war mir irgendwo schon immer klar gewesen. Wahrscheinlich hatte man einfach keinen Besseren gefunden, der Schulleiter hatte werden wollen. Die Voodooanhänger in dieser Stadt starben schließlich aus. Natürlich versuchte er mit der Hilfe von Elfenbein seine Zauber zu unterstützen. Das leuchtete wohl allen ein.

»War das alles, Dawn?« Der grüne Froschturban wackelte, als Madame Laveau sich bückte, um die Bratpfanne in ihrer Truhe zu verstauen.

»Nein … ich meine, ja!« Oh Mann, innerlich schlug ich mir selbst gegen die Stirn. »Was würden Sie denn vermuten, wenn Sie einen halbmondförmigen Abdruck in einem staubigen Schreibtischfach entdecken würden?« Ein ganz klein wenig begannen meine Wangen zu glühen, als ich an den Abend mit Jax unter Mr Bs Schreibtisch zurückdachte.

»Vielleicht, dass dort die Rosenkranzkette zuvor gelegen hat?«, vermutete die Mambo.

»Eher nicht, die Anhänger hätte man sonst im Abdruck erkannt«, wiegelte ich ab.

»Vielleicht ein speziell geformter Topf?«, riet die Mambo weiter.

Ich hob eine Augenbraue. Eher nicht.

Gedankenverloren ließ ich meinen Blick über Madame Laveau gleiten, die sich mit dem Rücken an ihren Schreibtisch gelehnt hatte. Warum hatte selbst sie keine richtige Ahnung und wollte sich einfach nicht dem Verdacht anschließen, dass Mr B mit Papa Legba unter einer Decke steckte? Vielleicht weil sie nicht wahrhaben wollte, dass alles im Umbruch war? Gute Menschen wurden böse. Dass Loas der Rada-Nation zur dunklen Seite überliefen und sich der Petro-Nation anschlossen. Sicherlich, so etwas hatte es noch nie gegeben, aber war für alles nicht irgendwann das erste Mal?

Madame Laveau räusperte sich, griff dann nach ihrer Teetasse. Offensichtlich wollte sie, dass wie uns jetzt endlich dem Kampftraining widmeten.

»Ihr solltet aufhören, Mr B zu verdächtigen. Er ist wirklich der Letzte, der Zombies kontrollieren würde. Er könnte nicht mal einen Welpen bändigen, meine Güte! Eher bändigt ein Welpe ihn!« Als sie die Tasse anhob, fiel mein Blick auf den feuchten Ring, den die Teetasse auf der Schreibtischplatte gebildet hatte. Mein Blick flackerte und mir klappte der Mund auf. Oh heilige Erzulie! Jetzt verstand ich. Natürlich hatte eine Kette dort in Mr Bs Schreibtisch gelegen. Eine Kette, die er seit Kurzem wie ein Hundehalsband trug. Und zwar dieses Lederhalsband mit dem Surfbrettanhänger. Er war der Welpe! Jemand musste die Kette aus seinem Schreibtisch herausgenommen, mit schwarzer Magie aufgeladen und ihm um den Hals gelegt haben.

Ich nahm mir eine Sekunde, um den Gedanken zu vertiefen. Es war nicht so, dass Mr B die Zombies kontrollierte. Nein, jemand kontrollierte Mr B mit dieser Kette! So gesehen war er der Zombie in diesem abgekarteten Spiel!

Ich blinzelte, taumelte dann rückwärts gegen Jax, der mich auffing. Mr B war tot. Wie lange schon? Und wer hatte ihn umgebracht und dann wiederbelebt? Das musste ein und dieselbe Person gewesen sein. Es gab keine Zufälle. Nicht solche zumindest. Mr B war ein Zombie. Oder besessen? Ich hatte schon von abtrünnigen Voodoohexen gehört, die, statt ins Gefängnis zu wandern, mithilfe von Kugelfischgift in willenlose Menschen verwandelt wurden. Dazu verdammt, Arbeiten zu verrichten, die ihnen aufgetragen wurden. Zombiegleich.

»Dawn? Was ist los?«, flüsterte Jax an meinen Ohr.

Doch in diesem Moment war ich zu verwirrt, um zu antworten. *Mr B kontrolliert keine Zombies – er ist der Zombie!,* hallte es immer wieder durch meinen Kopf. Der Surfbrettanhänger war das Gris-Gris, der Voodoo-Talisman, der ihn kontrollierte. Nur, wer steckte dahinter? Es musste ein weiterer Mensch im

Spiel sein. Wer steuerte Mr B und zu welchem Zweck? Um die Mambo im Auge zu behalten? Schließlich war sie die mächtigste Voodoohexe der Stadt und mit uns als Adjutanten gefährlich für den Plan der dunklen Seite.

Was sollte ich jetzt tun? Mein Blick glitt von Madame Laveau, die sich müde mit der Hand über das Gesicht fuhr, zu meinen Freunden.

Okay, ruhig durchatmen und einen Plan zurechtlegen, Dawn!

Zuerst würde ich meine Theorie mit den anderen besprechen und erst danach mit Beweisen zu Madame Laveau zurückkehren, die ich überzeugen musste! Noch einmal würde ich mich nicht von ihr abwimmeln lassen! Außerdem würde ich mir einen Test ausdenken, um zu überprüfen, ob Mr B tatsächlich fremdgesteuert handelte. Er war ein Werkzeug, das irgendjemand benutzte. Jedenfalls, wenn meine Theorie stimmte.

Schließlich räusperte sich Madame Laveau: »Seid ihr jetzt so gut und begebt euch zum Training, ich …« Sie verstummte mitten im Satz, sackte dann zurück auf den Schreibtisch, wo sie sitzen blieb. Die Teetasse fiel ihr aus der Hand und zerschlug in Dutzende Keramiksplitter auf dem Boden. Zeitgleich fuhren Mila und ich zusammen. Der Blick der Mambo war glasig geworden. Genau wie Montagabend, als Shannon in ihre Vision eingetaucht war. Ja, Madame Laveau musste gerade erneut eine Vision durchleben!

»Was ist mit ihr?«, fragte Jax. Ein Hauch Besorgnis schwang in seiner Stimme mit.

»Sie sieht etwas«, antworteten Lin und ich gleichzeitig.

Eine Vision.

Mila zupfte unruhig an ihrem Küchentuchbandana. Wie verwirrend musste es eigentlich für sie sein, ihr eigenes zukünftiges Ich zu sehen, das wiederum gerade einen Blick in die Zukunft warf? Eine Zukunft, die Mila vielleicht gar nicht mehr erleben würde.

Grausame Welt. Ich seufzte.

»Okay, und was machen wir jetzt?«, hakte Jax nach.

»Abwarten.« Ich zuckte mit den Schultern.

»Du könntest vielleicht in ihre Vision eintauchen, Dawn«, schlug Mila vor.

»Nein, danke. Das Risiko, dass ich sie dabei in einen Frosch verwandle, ist mir zu groß«, lehnte ich ab. »Mach du doch.«

Während Mila noch zögerte, schnappte Madame Laveau nach Luft. Weiter, als es eigentlich möglich sein sollte, riss sie von jetzt auf gleich die Augen auf. Nicht, dass die nicht schon groß genug gewesen wären …

»Es beginnt«, erklärte sie, wobei sie krampfhaft nach Atem rang. »Jemand versucht die Macht der Natur zu entfesseln! Eine Flutwelle. Draußen auf dem Meer – ein Hurrikan. Aber das ist nur der Anfang. Eine Eiszeit wird kommen. Heraufbeschworen durch Magie. Um die Menschen zu dezimieren und der Natur ihre alte Pracht zurückzugeben.«

Was? Sprachlos starrte ich sie an. Jetzt? Ich war noch überhaupt nicht und so was von ganz und gar nicht vorbereitet! Ohne es zu wollen, fasste ich nach Jax' Hand. Er drückte sie. »Wann, Mrs Mamba?«

»Mambo!«, zischte ich ihn an.

Er schnaubte. »Wann wird diese Flutwelle auf New Orleans treffen?«

Doch die Mambo tat, als hätte sie ihn nicht gehört. Möglicherweise war Jax' Versprecher auch das Letzte, was sie aktuell interessierte. »Bald, sehr bald.« Ihre Blicke glitten an uns vorbei ins Leere.

Zehn Minuten später trainierten wir wie die Blöden neue Kampftechniken mit kurzen Stöcken, die wir wie Messer hielten. Später sollte das mal ein Messerkampftraining werden. Sehr viel später, wenn man meine unterirdischen Fähigkeiten bedachte. Ich seufzte. Die Mambo stand grübelnd am Rand und weigerte sich, mit uns zu reden. Offenbar steckte sie immer noch halb in der vergangenen Vision, denn sie war kaum ansprechbar.

»Rippe, Bauch, Oberschenkel!«, stieß Jax in einer Art Kampfschrei hervor und pikste mir gleichzeitig in die genannten Körperstellen. Autsch. Dieser Idiot. Da passte man mal eine Sekunde nicht auf! Vor Schreck hatte ich auch noch den Stock fallen lassen.

Wütend schlug ich ihm mit der flachen Hand dreimal auf den Kopf.

»Hirn, Hirn, Hirn! Drei Dinge, die du nicht hast, Jax.«

»He, das zählt nicht!«, maulte Jax.

»Willst du diesen Satz auch Papa Legba um die Ohren hauen, wenn er falschspielt?«, warf Mila ein, die neben uns vorbeitänzelte, wobei sie Lins Schlägen auszuweichen versuchte.

Papa Legba. Seufzend hob ich meinen Stock wieder auf. Ich konnte es bisher noch nicht glauben, dass gerade Papa Legba die Seiten gewechselt hatte. Unfassbar.

Nur, welcher Sterbliche unterstützte ihn? Jemand musste sich von ihm reiten lassen oder seinen Befehlen folgen, um Mr B zu kontrollieren. Die Theorie mit dem Reiten verwarf ich sofort wieder. Papa Legba zählte zu den vier größten Loas. Jeder, der sich von ihm reiten ließ, würde innerhalb weniger Minuten komplett durchdrehen.

Bisher unbekannte Person

Die alte Dame lehnte sich in ihrem Lehnstuhl zurück. Für heute hatte sie genug gesehen. Dawn trainierte fleißig und hatte am Morgen mehrere Zombies gleichzeitig in Frösche verwandelt. Eine beachtliche Leistung für ihre Verhältnisse.

Sie betrachtete ihre Hände, die von Falten überzogen waren. Seit gestern schien ihre Haut um einiges mehr ausgetrocknet zu sein. Automatisch griff sie nach der Sumpfsalbe. Diese Alterung schritt unaufhaltsam weiter voran. Tja, so war das wohl mit einem Alterungsfluch. Dafür war er da.

Immerhin war Dawn nicht mehr alleine. Madame Laveau und ihre Freunde standen ihr bei.

Mit zittrigen Fingern cremte sie sich die Hände ein. Wenn sie doch nur mehr helfen könnte. Oder herausfinden, wie man den Fluch löste. Aber das grenzte wirklich an die legendäre Suche nach der Stecknadel im Heuhaufen. Sie konnte nur ahnen, wer sie mit dem Fluch belegt hatte und warum, aber ansonsten blieb ihr nichts weiter übrig, als ihr Schicksal zu akzeptieren. Es war für Dawn das Beste, wenn sie nicht Bescheid wusste. Wie Erzulie vorausgesagt hatte, war Dawn tatsächlich in der Lage, mit der Mambo die Stadt zu retten. Da konnte die Kleine jetzt keine Ablenkung in Form einer todkranken Tante gebrauchen.

An der Tür klopfte es.

»Mrs Swan? Melinda Swan?«

Zufrieden lächelnd schraubte Melinda den Tiegel wieder zu. Sie hatte sich unter ihrem Mädchennamen im Altersheim angemeldet. Aber schon bald würde sie im Himmel wieder ihrem Adrien gehören. Adrien Lavelle. Ihrer zweiten großen Liebe im Leben. Ja, Melinda hatte mit ihrem Schicksal bereits Frieden geschlossen.

Dawn

Pünktlich um halb elf erlöste mich die Mambo von meinen Qualen. Noch ein weiterer selbstgerechter Vortrag von Jax, während er gegen mich kämpfte, und ich hätte ihn in einen Frosch verwandelt. Schließlich hatte ich das schon einmal geschafft mit dem Verwandeln bei ihm. Wenn ich auch nicht wusste, wie ich es genau angestellt hatte. Aber Amphibien und

Reptilien hatten ja irgendwas gemeinsam, so rein optisch. Vielleicht lag es daran. Was Perrys Pech gewesen war, das war Jax' Glück in dem Fall. Diese Wasserviecher hatte ich einfach drauf, mit gewissen Abweichungen, versteht sich.

»Gut gemacht«, lobte uns die Mambo.

Hope straffte die Schultern, wobei sie Cynthia anstieß, die sich mit einem Lächeln zu ihrer besten Freundin umdrehte. Na klar. Die beiden taten gerade so, als seien nur sie gemeint. Nun ja. Hochmut kam bekanntlich vor dem Fall. Ich übergab Mila meinen Stock, den sie pflichtbewusst für mich in der Waffenkiste verstaute. Am Ende waren alle Holzwaffen verräumt, bis auf Jax' Stab, den er wie eins dieser zweiseitigen Jedischwerter schwang. Als Mila sich räusperte, kam er schließlich zu ihr, legte ihr den Stock in die Hand. Allerdings ließ er ihn nicht los. Packte sein Ende des Stocks sogar fester, damit Mila ihn ihm nicht entreißen konnte. Dabei traten seine Knöchel weiß hervor, was mich die Stirn runzeln ließ.

»Würdest du die Freundlichkeit besitzen, den Stab loszulassen?«, schnaubte Mila.

»Ähm …« Immer noch hielt Jax die Waffe fest, als handele es sich um sein neugeborenes Kind. »Ich glaube, ich hab da so eine Störung …«

Mila prustete los. »Eine?«

»Himmel! Jetzt rück die verdammte Waffe raus!« Langsam wurde ich echt wütend. Denn ich sehnte mich zu dieser späten Stunde nach nichts mehr als nach meinem Bett.

»Kann ich die Waffe nicht mitnehmen?«, bettelte Jax jetzt. »Sie könnte hilfreich sein, um Dawn aus brenzligen Situationen zu retten.«

Ich verdrehte die Augen. »Du hast doch deine Dolche. Diesen Stab willst du doch nur, weil du zu viele Kung-Fu-Filme geschaut hast.

Hilfe suchend sah Mila zu Madame Laveau, die daraufhin nickte.

Och nö. So ein Mist. Jetzt würde Jax sicher den ganzen Heimweg über Tricks mit dem Stock üben. Ich sah ihn schon mit der Waffe im Arm einschlafen. Ganz große Klasse.

Ich seufzte. »Können wir jetzt gehen?«

»Natürlich.« Die Mambo faltete die Hände vor ihrem Bauch, wobei sie mehr und mehr wie ein Frosch wirkte. Der Turban schaukelte. »Morgen früh um zehn Uhr findet ihr euch wieder hier zum Lauftraining ein. Um elf Waffentraining und um ein Uhr werden wir etwas Magie praktizieren und dabei essen. Ich bringe Sandwiches mit.«

Bei der Erwähnung von Sandwiches knurrte mein Magen ganz fürchterlich.

Das hieß dann wohl, dass wir jetzt entlassen waren.

Eilig packte ich meine Tasche.

Lin räusperte sich. »Ähm, Madame Laveau, kann ich Sie noch kurz sprechen?« Ach, verdammt, war das Lins Ernst? Die Hände zu einer entnervten Geste erhoben, drehte ich mich zu ihm um. Was wollte er denn jetzt noch?

Genau wie ich hatte Jax seinen Mund verzogen, als könne er das jetzt nicht glauben.

»Wir gehen schon mal vor, während ihr hier unter euch Mädchen redet.« Er warf Lin einen Blick zu. Aha. Offensichtlich sollte das die Retourkutsche für Lins Tampon-Scherz von vorhin werden.

»Macht euch keine Sorgen um Dawn. Schließlich bin ich bewaffnet«, fügte Jax hinzu, wobei er den Stab kreisen ließ. »Praktisch so viel wert wie zwei Lins.«

Aus den Augenwinkeln konnte ich erkennen, wie Lin vor Wut kochte.

»Komm jetzt, du Idiot. Du bläst dich ja mehr auf als Perry, kurz bevor er losquakt.«

Nach einem weiteren überlegenen Lächeln wandte sich Jax endlich zum Gehen, und da passierte es.

Der Stab, der eben noch wie ein Windmühlenblatt um Jax'

Oberkörper gekreist war, entglitt seinen Fingern, schlug seitlich gegen seinen Kopf und segelte dann davon.

Autsch. Das hatte sicher wehgetan.

Jax knirschte mit den Zähnen, fasste sich dann an die Stirn. »Wie ist das passiert?«

Als ich in Lins Richtung sah, bemerkte ich das Grinsen in seinem Gesicht. Außerdem umklammerte er eindeutig etwas in seiner Hosentasche.

Ich kniff die Augen zusammen. Hatte er gerade einen Voodoo-Talisman benutzt, um Jax zu ärgern? Einen Spontanzauber? Woher hatte er die Magie genommen?

Gerade als ich den Mund öffnete, um etwas zu sagen, packte Jax mich am Arm.

»Komm, lasst uns gehen, Mädels. Und nein, ich meine nicht dich, Lin!«

Ich hob eine Augenbraue. Der letzte Satz war ganz schön gehässig über seine Lippen gekommen.

Doch niemand reagierte darauf. Wir waren alle wahrscheinlich schon zu sehr an diesen kleinen Möchtegern-Kampftrainer gewöhnt. Mila rückte ihr Stirnband gerade, dann setzte sie sich mit einem Nicken in Madame Laveaus Richtung ebenfalls in Bewegung. Nur Lin starrte uns böse hinterher.

Als wir ein halbes Dutzend Schritte gegangen waren, hörte ich ihn seufzen. »Wie auch immer. Madame Laveau, was ich Sie fragen wollte …« Er senkte die Stimme.

Von seiner Geheimnistuerei war ich jetzt doch etwas neugierig geworden. Deshalb verrenkte ich mir im Gehen fast den Hals, um einen Blick zurückwerfen zu können.

Lin sprach zwar zu Madame Laveau, starrte uns aber unverwandt hinterher. Unsere Blicke trafen sich.

Ich lächelte, doch Lin verzog keine Miene. Ich hob eine Hand zum Abschied.

Immer noch keine Reaktion von Lin. Nur dieses Gestarre. Ganz ernst. Was sollte das denn? Während ich noch über Lins seltsames Verhalten nachdachte, packte mich Jax am Ellenbogen.

»Hör auf zu trödeln. Du fällst zurück, Dawn.« Er warf einen Blick in die Richtung, in die ich gestarrt hatte, und verzog das Gesicht. Sein Geschnaube sagte mir eindeutig, wie wenig er es schätzte, dass Lin und ich uns in der Dunkelheit immer noch ansahen. Dabei verstand er die Situation völlig falsch.

»Ehrlich, Dawn? Jetzt flirtest du mit Lin? Jetzt?«

»Ich ähm, wollte gar nicht … also, es ist anders, als es aussieht!« Ach, verdammt. Natürlich schnaubte Jax jetzt nur noch lauter.

»Könnt ihr mal die Klappe halten?«, beschwerte sich Mila. »Man kann absolut nichts mehr hören, wenn ihr euch so laut anzickt!«

Sofort klappte Jax seinen Mund zu und auch ich machte keine Anstalten mehr, etwas zu sagen. Weise Worte. Besser, wir konzentrierten uns darauf, sicher nach Hause zu kommen. Auch wenn Madame Laveau meinte, Zombies seien zu lahm, um gefährlich zu sein, wollte ich es nicht darauf anlegen. Außerdem hatte dieser Sumpf auch Schlimmeres zu bieten. Ich dachte an das Sumpfmonster und den Wespenschwarm. Und die Skeletthunde.

19

Lin

Als sich irgendwann Stille über die Lichtung an der Voodooschule legte, atmete Lin auf. Dawn, Mila und vor allem Jax mussten sich inzwischen außer Hörweite befinden. Die anderen Voodooschüler hatten sich schon vor Längerem in eine andere Richtung davongetrollt.

Die Mambo betrachtete ihn mit derselben Aufmerksamkeit, die eine Elster einem funkelnden Schmuckstück widmete.

Eigentlich wäre das prinzipiell der richtige Moment gewesen, um den Mund aufzumachen, das war Lin vollkommen klar. Da er allerdings nicht so recht wusste, wie er das Gespräch beginnen sollte, fuhr er sich erst einmal mit der Hand übers Gesicht, um Zeit zu gewinnen.

Letztendlich war es die Mambo, die die Stille durchbrach.

»Du hattest eine Frage, Lin? Wenn es darum geht, wie du dich wieder zum Loa erheben kannst, kann ich dir nicht mehr sagen, als wir bereits besprochen haben.«

»Nein.« Lin winkte ab. »Darum geht es nicht. Daran arbeite ich schon alleine, keine Sorge.«

Die Mambo neigte den Kopf. »Na, wenn das so ist?«

»Jedenfalls, warum ich Sie darum gebeten habe zu bleiben …

also, das ist schwer zu erklären. Mir ist da etwas aufgefallen, was mir verdächtig vorkommt. Ich dachte … vielleicht könnten Sie sich einen Reim darauf machen?« Er biss sich auf die Lippen, während er durch die Nase einatmete. Sein Brustkorb hob sich.

»Würde es dir etwas ausmachen, etwas deutlicher zu werden, o großer Linto?« Die Mambo lächelte.

»Ja. Natürlich. Also, alles fing damit an, dass gestern Abend ein alter Mann vor Dawns Hütte aufgetaucht ist. Er hat mich mit Jax verwechselt. Ein komischer Kauz. Sein Anblick hat irgendwie ein ungutes Gefühl in meinem Magen ausgelöst. So, als ginge von ihm eine Bedrohung für Dawn aus.«

Die Mambo nickte. »Nur verständlich. Du bist der Beschützer der Kinder und hast dir in den Kopf gesetzt, auf Dawn aufzupassen. Deshalb richten sich deine Antennen darauf aus, Bedrohungen für sie frühzeitig zu erkennen.«

Offenbar schien sie ihm zu glauben, was seine Brust mit einem warmen Gefühl der Erleichterung erfüllte.

»Dieser Mann, er heißt Mr Vaughn, hat ihren Namen erwähnt. Kennen Sie ihn?«

»Mr Vaughn, sagst du?« Madame Laveau tippte sich ans Kinn.

Nur mit sehr viel Mühe konnte sich Lin selbst davon abhalten, wie ein kleiner Junge von einem Bein aufs andere zu treten. Warum zögerte die Mambo mit ihrer Antwort? Mr Vaughn jedenfalls schien sie zu kennen.

»Ja, ich kenne einen Mr Vaughn. Vor vielen, vielen Jahren, als wir hier im Sumpf in ständiger Angst vor den Hexenjägern lebten, da gab es eine Art Jägerausbildungszentrum am anderen Ende des Sumpfs. Sie hatten es sich in den Kopf gesetzt, auch die Letzte von uns Voodoohexen auszulöschen, was ich ihnen nicht einmal verübeln kann. Denn in den Zwanzigerjahren begannen viele Voodoohexen damit, Menschen aus Spaß mit grässlichen Zaubern zu belegen. Voodoopuppen wurden zur Unterhaltung und aus reiner Boshaftigkeit eingesetzt. Oder sie rechtfertigten sich damit, dass ihre Vorfahren von Menschen auf Scheiterhaufen verbrannt wurden. Dass ihre eigenen Grausamkeiten nur die Rache dafür sei. Erinnerst du dich?«

Jetzt überlegte Lin eine Weile, bevor er antwortete.

»Ich erinnere mich. Es war mein Job in dieser Zeit, viele Kinder in New Orleans zu beschützen. Allerdings erinnere ich mich nicht mehr genau. Es gab viel in Afrika und auf Haiti für mich zu tun in den letzten Jahrzehnten.«

»Verstehe. Nun ja, um auf deine Frage zurückzukommen: Irgendwann gründeten Menschen eine Bewegung, die sich erneut der Hexenjagd verschrieb. Und der Leiter dieser Hexenjägergruppe, nein es war eine Akademie, hieß Mr Vaughn. Seit etwa zwanzig Jahren leben wir allerdings in Frieden mit den Jägern. Nach einem schrecklichen Massenmord an unschuldigen Voodoohexen, unter denen auch Adrien Lavelle war, Melindas Mann, rächten sich viele Hexen an den Jägern und töteten über die Hälfte von ihnen. Wusstest du das nicht?«

Lin atmete tief ein, ließ die Mambo allerdings weitererzählen.

»Danach beschloss man, einen Weg des Friedens zu finden. Wir verbannten die grausamen Voodoohexen aus der Stadt. Diejenigen, die schwarze Magie praktizierten. Ab diesem Zeitpunkt haben auch alle Hexenjäger New Orleans verlassen.«

»Was? Mr Vaughn ist ein Hexenjäger?« Die Information drang nur langsam zu Lin durch. Seine Gedanken rasten.

»Nun ja, kein aktiver mehr, und wenn man sein Alter bedenkt, kann er sicherlich keiner Fliege mehr etwas zuleide –«

»Aber Jax!«, unterbrach Lin die Mambo. Seine linke Hand schlug so, als könnte er die Bewegung nicht selbst kontrollieren, immer wieder gegen seine Hosentasche. Die Jäger hatten Adrien Lavelle getötet. Mr Vaughn hatte den Mann getötet, dessen Hose er, Lin, jetzt trug!

»Mr Vaughn hat nach Jax gesucht. Das muss bedeuten: Jax ist vermutlich auch ein Hexenjäger! Ein Jäger, der wahrscheinlich von einer Hexe für vierundzwanzig Jahre in einen Alligator verwandelt wurde! Er weiß nicht, dass die meisten Hexen der schwarzen Magie abgeschworen haben! Seine Absicht könnte es immer noch sein, Dawn im richtigen Moment zu töten! Vielleicht sogar alle Voodooschüler und Sie auch!« Lins Stimme überschlug sich beinahe, dann hielt er für einen Moment inne. »Verdammt, warum habe ich das nicht erkannt? Baron Samedi muss es gewusst haben. Diese Andeutung auf dem Friedhof … Und Jax ist in dieser Sekunde mit Dawn und Mila allein im Sumpf!« Ohne noch eine Sekunde länger abzuwarten, drehte sich Lin um und rannte den Trampelpfad entlang, über den Dawn mit Jax und Mila vor wenigen Minuten verschwunden waren. Er musste Jax aufhalten! Warum hatte er nicht sofort bemerkt, welche Bedrohung von diesem seltsamen Jungen ausging?

»Warte!«, rief ihm die Mambo hinterher. »Ich glaube wirklich, Jax steht auf Dawns Seite!«

Jedoch hörte Lin nur noch sein eigenes Blut in den Ohren rauschen und keines der Worte mehr, mit denen die Mambo ihn zur Vernunft zu bringen versuchte.

Dawn

Als wir schließlich die Hütte erreichten, beschloss ich, uns allen heißen Kakao zu brühen, während wir auf Lin warteten. Also ließ ich Jax vor dem Laptop zurück, nickte Mila zu, die die Schutzzauber vor den Fenstern kontrollieren wollte, und ging mit Perry auf der Schulter in die Küche. Mein Froschkater rieb seinen Kopf an meiner Wange. Ob ich irgendwann einen Weg finden konnte, ihn wieder zurück in eine Katze zu verwandeln?

Hope hatte etwas dazu angedeutet. Womöglich hatte sie eine Idee. Die Hoffnung starb ja bekanntlich zuletzt.

Außerdem hatte ich Jax schließlich auch von seinem Alligatordasein erlöst. Allerdings musste Perrys Rückverwandlung noch eine Weile warten. Zunächst mussten wir uns um die anrollende Bedrohung der Stadt kümmern.

Seufzend rührte ich in dem Topf Milch auf dem Herd herum.

»An was denkst du?«

Ich schrak zusammen. Als ich mich umdrehte, sah ich Jax am Kühlschrank lehnen. Er beobachtete mich aufmerksam, hatte die Arme verschränkt und die Füße überkreuzt. In dieser Position rutschten ihm die alten Jeans von Adrien bis über die Hüften. Ein Streifen gebräunter Haut lugte unter seinem Shirt hervor. Der Anblick ließ mich schlucken.

»An unsere Aufgabe. Und die Verantwortung der Stadt gegenüber.«

Jax nickte. »Könnt ihr nicht noch mehr Voodoohexen zusammentrommeln, die euch helfen?«

Daran hatte ich auch schon gedacht. Leider war das in der Praxis nicht so einfach.

»Es wohnen nicht mehr viele Hexen in der Stadt. Viele sind uralt und verlassen das Haus nicht mehr. Zum Beispiel Cynthias Großmutter war zwar eine mächtige Hexe, ist aber jetzt schon um die achtzig.« Ich schwieg, dachte dabei an Shannons Eltern und Melinda. »Die, die immer noch wirklich mächtige Voodoohexen sind, sitzen im Gefängnis oder sind verschwunden. Die meisten anderen haben der Voodoozauberei abgeschworen. Cynthias Eltern sind jetzt Katholiken. Und Hopes Eltern kümmern sich nur um ihre eigene Familie. MoVs sind ihnen egal.«

Bevor er antwortete, fuhr sich Jax mit der Hand übers Kinn und zuckte zusammen. Kein Wunder. Das mit dem Rasieren musste er wirklich noch üben.

»Du willst also quasi sagen, dass die mächtigsten Voodoohexen der Stadt, von der Mambo mal abgesehen, einfach so ausgeschaltet wurden? Glaubst du, dass das Zufall ist?«

Für einen Moment hielt ich in der Rührbewegung inne. Oh, dieser Gedanke war mir noch gar nicht gekommen!

Was, wenn wirklich jemand systematisch Melinda und Shannons Eltern ausgeschaltet hatte? Waren sie vielleicht alle drei in eine Falle gelockt worden? Aber wer steckte dahinter? Während meine Gedanken rasten, beobachtete ich, wie die Milch im Topf Blasen schlug. Meine Augen begannen zu brennen. Wo in Marinettes Namen steckte Melinda?

Lin

Ein stark müffelndes Stück spanisches Moos traf ihn im Gesicht, als er nahe der großen Mangrovenlandschaft um eine Kurve bog. Hastig wischte er es fort. Für eine Millisekunde achtete er dabei nicht auf den Weg, da trat er auch schon in ein matschiges Stück Sumpfboden. Das schmatzende Geräusch, das daraufhin ertönte, drang noch nicht einmal zu ihm durch. In Lins Ohren dröhnte es. Er musste so schnell es ging zu Dawn gelangen, um sie vor Jax zu warnen. Wahrscheinlich wartete er nur auf eine gute Gelegenheit, sie und auch alle anderen Voodoohexen zu ermorden.

Verdammt, ihre Hütte war immer noch viel zu weit entfernt! Und warum lag hier überall Schlamm? Wie automatisch rettete er sich auf das einzige Stück festen Boden etwas abseits vom Wegrand, das von Zweigen und trockenem Laub bedeckt war.

Unter seinen Füßen knackte es, dann fiel er. Mitten ins Dunkle hinein. Gerade noch konnte er ein erschrecktes Grunzen ausstoßen, dann landete er etwa zwei Mann tief in der Grube. Beißender Alkoholgestank traf ihn genauso unerwartet wie der Aufprall, der alle Luft aus seinem Brustkorb entweichen ließ. *Was?* Stöhnend rollte er sich auf den Rücken, blinzelte nach oben. Er musste im Versteck von Alkoholschmugglern gelandet sein. Vielleicht noch aus der Prohibitionszeit. Blöder Mist! Ausgerechnet jetzt! Doch als er den Schatten sah, der sich von oben über das Loch beugte, wurde ihm klar, dass das ganz und gar kein zufälliger Unfall war.

»Du?«, krächzte er. »Warum?«

Dawn

Später am Abend war Lin immer noch nicht aufgetaucht. Bei einer Tasse heißem Kakao hatten Mila, Jax und ich in der Küche diskutiert und auf ihn gewartet. Eigentlich wäre ich ihn gerne suchen gegangen, aber Mila meinte, Madame Laveau sei ja bei ihm und vielleicht hatten sie noch etwas Wichtiges zu besprechen. Sie verbot mir jetzt, kurz vor Mitternacht, das Haus zu verlassen, was ich zwar lächerlich fand, aber letztendlich ohne weitere Proteste hinnahm. Lin war schließlich ein Ex-Loa und hatte einige Tricks drauf.

Also vertiefte ich unsere Diskussion über Mr B und wer ihn in einen willenlosen Zombie verwandelt haben könnte.

»Vielleicht jemand, den wir gar nicht kennen«, meinte Jax.

Mila schüttelte den Kopf. »Glaube ich nicht. Warum sollte derjenige dann ausgerechnet Mr B für sich arbeiten lassen? Wir kennen doch alle Voodooanhänger der Stadt. Oder zumindest ihre Namen.«

Gedankenverloren rührte ich in meinem Kakao, der sich nicht vollkommen aufgelöst hatte. Kleine Brocken des Pulvers schwammen darin herum.

»Vielleicht ist es einer derjenigen, die der Voodoomagie eigentlich abgeschworen haben?«

Mila runzelte die Stirn. »Meinst du? Aber warum sollte derjenige dann dem Willen von Papa Legba folgen und Rituale durchführen?«

»Aber es muss jemand sein, der über genug Voodoomagie für schwarze Zauber verfügt«, beharrte ich. »Lasst uns eine Liste aufstellen.«

Da niemand widersprach, fischte ich ein Notizblatt und einen Bleistift aus einer Küchenschublade.

»Eigentlich relativ einfach.« Ich begann auf dem Ende des Bleistifts herumzukauen. »Alle noch aktiven Voodoofamilien haben mindestens ein Mitglied in unserer Klasse oder dem Jahrgang vor uns. Bis auf diese schräge Jeneux-Familie, die den Voodooladen im French Quarter betreibt.«

Nach zwei Minuten ließ ich meinen Blick noch einmal prüfend über die Liste schweifen, auf der ich alle Voodoo anwendenden Familien, die noch lebten und in der Stadt wohnten, notiert hatte:

Melinda Lavelle
Mr B (keine Familie)
Blackwood-Familie (Shannon + Eltern)
O'Letta-Familie (Hope, ihre Eltern, zwei Tanten mit vielen Cousins und Cousinen)
Townsend-Familie (Electra, ein Bruder, eine Mutter, ein Onkel)
Belvue-Familie (Cynthia und ihre Großmutter. Eltern inaktiv)
Moore-Familie (Tucker, zwei Brüder, mehrere Cousins und Cousinen, Eltern inaktiv)
Reynolds-Familie (Joann, ein Bruder, eine Schwester, Mutter. Vater ist ein MoV.)
Jeneux-Familie (drei erwachsene Brüder mit Ehefrauen)
LeBronc-Familie (ein Ehepaar mit einem Sohn)
Chaque-Levin-Familie (die Mambo, ihre Cousine, deren Sohn und seine Tochter)

Da von den Lavelles nur noch Melinda und ich lebten – wenn man mich als Patenkind denn dazuzählen wollte –, erübrigte sich die Aufteilung in Familienmitglieder. Mr B war ebenfalls der letzte Lebende seiner Familie. Alle anderen waren von Hexenjägern getötet worden oder anderweitig umgekommen. Auch alle Decents. Meine Eltern.

Eine Weile tippte ich mit der Radiergummiseite des Bleistifts auf dem Blatt herum, wobei ich mein Hirn nach den Namen der Familien durchforstete, die offiziell kein Voodoo mehr praktizierten. Schließlich fügte ich noch den Namen *Perkins-Familie (inaktiv)* hinzu. Die Familie unserer Schulsekretärin Eleanor Perkins, eine Freundin von Tante Melinda.

Damit waren wir bei zwölf Familien. Aber eigentlich mussten es dreizehn sein. Wen hatte ich vergessen?

Madame Laveau musste ich wie mich selbst prinzipiell ausschließen. Sonst hätte Erzulie nicht mit uns gearbeitet. Außerdem war sie die Mambo und gehörte zur Chaque-Levin-Familie. Michelle Laveau hatte nur ihren Mädchennamen behalten, da sie die direkte Nachfahrin der berühmtesten Mambo der Welt, Marie Laveau, war.

»Fertig?«, wollte Jax wissen.

»Nein«, fauchte ich ihn an, was mir sofort leidtat. Schließlich konnte Jax wirklich nichts dafür, dass ich mich über mich und meine Vergesslichkeit ärgerte.

Gerade wollte ich ihn am Arm berühren, da stieß ich mitten in der Bewegung die Kakaotasse um. Natürlich. Ein brauner Schwall mit kleinen Klümpchen ergoss sich daraufhin über mein Notizblatt. Sofort rückten Mila und Jax ein Stück vom Tisch weg.

»Elegant wie eh und je, Dawn. Deine Hand-Augen-Koordination kann noch ein Feintuning vertragen«, meinte Jax, während er sich vor dem Kakaotsunami in Sicherheit brachte. Ich strafte ihn mit meinem Erzieherblick ab, obwohl genau genommen ich den Mist gebaut hatte, aber hatte er keine anderen Probleme? Mir entging nicht, dass er im selben Moment in Richtung Vorratsraum schlenderte und dort nach einer Schokoladenzigarette angelte.

Nachdem wir alle wieder komplett kakaofrei auf dem Sofa saßen, fing ich an zu gähnen. Diese ganzen Spekulationen hatten mich ermüdet. Bisher waren wir keinen Schritt weitergekommen. Keine der zwölf Familien wirkte verdächtiger als die andere. Wobei natürlich Melinda und Mr B zusätzlich noch von uns ausgeschlossen wurden. Damit blieben noch zehn Familien.

Obwohl Jax mich dazu drängte, wollte ich schlichtweg nicht ins Bett gehen, bevor Lin zurück war. Zuerst musste ich sicher sein, dass es Lin gut ging, erst dann wollte ich mich schlafen legen.

»Mann, jetzt stell dich nicht so an, Dawn.« Jax stieß mich unsanft in die Seite. »Du gähnst alle dreißig Sekunden. Und morgen musst du um sechs Uhr aufstehen. Für unser Lauftraining!«

Nach meinem Erzieherblick war es jetzt Zeit für meinen Mörder-Schlitzaugen-Blick, auf den hin Jax rasch hinzufügte: »Ich weiß nicht, was ich verstörender finde: diesen Laserblick, der mich wohl in Streifen schneiden soll, oder der Kakaofleck auf deiner Bluse.«

Daraufhin zog ich die Augenschlitze enger, was Jax letztendlich zum Aufgeben zwang. Schönes Gefühl, wenn man wenigstens irgendwas konnte.

»Okay, okay. Sieben Uhr. Schließlich ist Samstag und ich bin ja kein Unmensch.«

Mila prustete los. »Okay, Leute. Vorschlag: Ich suche Lin und ihr geht schlafen. Dawn ist zu wichtig für diese Stadt, um unausgeschlafen zu sein.« Sie stand auf und klopfte sich die Shorts ab. »Und du, Jax, sorgst bitte dafür, dass es ihr an nichts fehlt.«

Offensichtlich war Jax zu perplex, um darauf etwas zu antworten. Streng genommen schauten wir ihr beide ziemlich verdattert hinterher. Mila hatte eine Ansage gemacht und alles für uns geklärt. Einfach so.

Als die Tür hinter ihr ins Schloss fiel, nahm Jax meine Hand. »Komm, ich sorge dafür, dass dir nichts fehlt.«

Blöderweise liefen meine Wangen jetzt rot an, sodass ich eilig den Blick senkte.

Fünf Minuten später lagen wir tatsächlich entspannt nebeneinander in meinem Bett und mir fehlte es an nichts, denn Jax hielt mich in den Armen. Außer an Lin, aber den würde Mila hoffentlich bald finden.

»Schlaf jetzt. Dir fehlt es ja an nichts.« Jax konnte die Worte kaum aussprechen, ohne loszuprusten.

Ich schlug ihm gegen die Brust, was ihn an meinem Haar kichern ließ. Dann schmiegte er sich noch ein wenig enger an mich.

Ich genoss es, ihn um mich zu haben. Sprichwörtlich. Überall um mich verteilt, kuschelten sich seine Gliedmaßen an mich. Ein schönes Gefühl, nicht allein zu sein. Und dass Jax, der schöne, selbstbewusste Jax, meine Nähe offenbar genoss. Daher konnte ich gar nicht anders, als vor lauter Zufriedenheit zu grinsen.

Irgendwann überrollte mich jedoch einlullende Müdigkeit. Also beschloss ich, alle Überlegungen nach dem Aufstehen weiterzuverfolgen, und gab mich ihr hin.

Mitten in der Nacht, nach einem wirren Albtraum, in dem ich Mr Bs lilafarbenes Zauberercape getragen hatte, schreckte ich aus dem Schlaf auf. Verwirrt rollte ich mich auf die Seite. Direkt auf etwas, das in meinem Bett lag. Direkt auf Jax! Wie paralysiert verharrte, ich auf ihm liegend, aus Angst, ihn zu wecken. Mein Arm lag auf seiner Brust und mein rechtes Bein hatte ich dummerweise um ihn geschlungen. Verdammt. Wenn er jetzt aufwachte, würde er mir das noch tagelang unter die Nase reiben. Wie peinlich!

Ich wagte es kaum, zu atmen. Zwar fühlte sich meine Position alles andere als unangenehm an, aber mir selbst graute davor, wie Jax darauf reagieren würde.

Doch zwei Sekunden später wurde klar, dass ich mir darüber überhaupt keine Sorgen hätte machen müssen. Denn in ebendiesem Moment stieß Jax einen wohligen Seufzer aus und zog mich enger an sich.

Ich schielte zu ihm hoch.

Er blinzelte, streichelte mir gleichzeitig mit seinen Händen über den Rücken. Seine regelmäßigen Atemzüge kurze Zeit später verrieten mir, dass er wieder eingeschlafen war. Komischerweise war ich im Gegensatz zu ihm plötzlich zu aufgekratzt, um zu schlafen. Ich blinzelte in die Dunkelheit, wobei mir langsam bewusst wurde, dass ich gerade eng umschlungen mit Jax in meinem Bett lag. Mein Herz klopfte so laut, dass ich fürchtete, es könnte ihn wecken. Wieder schielte ich zu seinem Gesicht. Nein, er schien immer noch fest zu schlafen. Ein kleines Lächeln stahl sich auf meine Lippen.

»Schlaf jetzt, Dawn«, kam es unerwartet doch noch von Jax. Bei seinen Worten zog er mich noch enger an sich, so als sei ich ein Stofftier.

Ich hatte ja sowieso keine Wahl, also kuschelte ich mich noch ein wenig bequemer an ihn, legte meine Wange auf seine Brust und versuchte zur Ruhe zu kommen, was natürlich viel leichter gesagt als getan war.

Lin

Mit dem Rücken schob er sich an der Wand aus matschigem Sumpfboden in eine aufrechte Position. Die Erde überall an den Wänden und unter seinen Schuhen war feucht. Es gelang ihm nicht, sich richtig abzustützen oder irgendwo hochzuziehen. Schließlich wischte er sich die Hände an seiner Jeans ab. Die Schmuggler hatten ganze Arbeit geleistet, dieses Versteck im Sumpf halbwegs trocken zu halten. Und tief. Aus eigener Kraft würde er hier nicht herauskommen. Fieberhaft kramte er in seinen Jackentaschen nach den Gris-Gris, die er eingesteckt hatte. Er brauchte jetzt dringend ein Hilfsmittel, um eine Strickleiter zu zaubern. Leider fand er nichts außer gähnender Leere.

»Suchst du die hier?« Wieder sah er zu dem Mädchen nach oben. Es hielt ihm grinsend seine Gris-Gris- und Talismansammlung vor die Nase. Natürlich außerhalb seiner Reichweite. Das Mondlicht ließ das Gesicht des Mädchens irgendwie maskenhaft wirken. Täuschte er sich, oder waren ihre Haare total verfilzt? Noch nie hatte er sie so ungepflegt gesehen. »Was soll das?«

Shannon strich sich eine dunkle Haarsträhne aus dem Gesicht, steckte dann aber erst einmal die Talismane sorgfältig zurück in die Tasche ihrer grauen Strickjacke.

»Kannst du dir das nicht denken?« Sie schwieg. Ein raubtierhaftes Grinsen zeigte sich auf ihrem Gesicht.

Also sollte er anscheinend raten.

»Du hast mir die Talismane aus der Jackentasche gestohlen, richtig? Während des Kampftrainings, als sie am Boden lag? Hast dich in den Schatten herumgetrieben?«

Als Antwort nickte sie nur.

»Dann bist du mir gefolgt und hast mich irgendwie auf dieses einzige Stück trockenen Boden weit und breit gelockt?«, riet er weiter. »Du wusstest, dass hier ein Schmugglerversteck lag, und hast die Bretter, oder mit was auch immer es verschlossen war, entfernt und nur mit Zweigen und Dreck dekoriert?«

Wieder ein Nicken als Antwort. Schließlich fügte sie hinzu: »Ich hätte nicht geglaubt, dass ich schon heute so viel Glück haben würde, dich allein anzutreffen, aber so war es.«

»Auf die Gefahr, mich zu wiederholen: Warum, Shannon? Was willst du?«

»Ist das nicht offensichtlich?«, fragte sie zurück. Im selben Atemzug ging sie in die Hocke, zog die Strickjacke dabei enger um sich. Es war eisig geworden in dieser Nacht. Ungewöhnlich kalt. Selbst der Schlamm auf Lins Fingern schien inzwischen eine kalte Schicht auf seinen Händen zu bilden. Über ihm pfiff der Wind durch die Bäume.

Eine Weile starrte Shannon nach oben in Richtung Sterne.

»Du bist sterblich.«

Das war alles? Shannon musste verrückt geworden sein. Unauffällig hob Lin eine Hand hinter seinen Rücken, um ein Loch in die Wand zu graben. Vielleicht konnte er durch Aushöhlungen wie an einer Kletterwand am Ende aus dieser stinkenden Grube entkommen.

Aber was in Marinettes Namen sollte das mit der Andeutung, dass er gerade zumindest vorübergehend sterblich war?

»Das ist korrekt. Ich bin sterblich, seit Baron Samedi diesen Zauber angewandt hat. Noch ein wenig mehr Hinweise bitte, wenn es dir nichts ausmacht.« Wie aus dem Nichts schnellte Shannons Kopf herum. Ihre Augen funkelten vor Wut.

»Es gibt nur einen Weg, wie ich meine Eltern aus dem Gefängnis befreien kann!«

Er ahnte bereits, was jetzt kommen würde, und er sollte recht behalten.

»Ich muss eine Loa werden!«

Sie hatte es tatsächlich vor.

»An deinem Gesichtsausdruck erkenne ich, dass du langsam begreifst.« Zufrieden lehnte sie sich ein Stück zurück, warf den Kopf in den Nacken. »Natürlich wollte ich das schon immer werden, nachdem ich irgendwann das Zeitliche segne, aber ich habe erkannt, was der schnellste Weg ist. Wie ich sofort zu einem mächtigen Loa werden kann!« Dieses Mal erschreckte ihn das Funkeln in ihren Augen noch mehr. Mondlicht spiegelte sich darin. Sie hatten einen wahnsinnigen Ausdruck angenommen. Es gab nicht viele Möglichkeiten für Voodoogläubige, zum Loa zu werden. Beging man sein ganzes Leben lang viele gute Taten, so wurde man nach seinem Tod zu einem Loa der Rada-Nation. Zu einem Gott sozusagen, wie er selbst es früher gewesen war. Beschützer der Kinder. Durch grausame Verbrechen wurde man nach seinem Tod ein Loa der Petro-Nation. Wenn man sich als guter Vermittler erwies, sozusagen ein Bewahrer des Gleichgewichts, wurde man zu einem Loa der Ghede-Nation wie Baron Samedi und seine Frau. Neutraler Bewahrer des Gleichgewichts zwischen den Welten. Momentan allerdings war alles im Wandel. Loa der Petro-Nation wechselten zur Rada-Nation und umgekehrt. Eine neue Ordnung.

»Du willst mich töten, dann selbst sterben und als Loa zurückkehren, um deine Eltern aus dem Gefängnis zu befreien?«, fasste Lin zusammen.

Auf Shannons Lippen zeichnete sich ein Lächeln ab, das ihn an das Lächeln einer Schlange erinnerte, die sich um den Bauch eines Kaninchens gewickelt hatte.

»Wenn ich dich, den Beschützer der Kinder, einen Loa-Rada töte, ist das sicherlich schrecklich genug, um danach zu einem Loa-Petro zu werden. Was für ein Glück, dass du gerade sterblich bist.«

»Aber … aber du müsstest selbst sterben!«

Achselzuckend griff sie hinter sich in ihre Tasche und präsentierte ihm ein japanisches Küchenmesser, mit einer Klinge so breit wie ein Kinderschuh.

»Keine Sorge. Durch diese Klinge werden wir beide den Tod finden.« Wieder dieses entrückte, unheimliche Lächeln. »Bestimmt das erste Mal, dass ein Loa durch eine Sterbliche zu Tode kommt, nicht wahr? Ein ganz neues Experiment, das wir hier durchführen. Du solltest dich glücklich schätzen. Du wirst etwas ganz Besonderes sein.« Sie ließ das Messer von einer

Hand in die andere gleiten. »Bist du nicht neugierig, was danach mit dir geschieht?«

Ehrlich gesagt hielt sich seine Neugier diesbezüglich in Grenzen. Immer, wenn sie nicht hinsah, versuchte er ein wenig tiefer mit der Hand in die Wand hinter sich zu kommen. War das Loch schon tief genug für seine Fußspitze? Aber wie sollte er jetzt die zwei Löcher für seine Hände weiter oben graben, ohne aufzufallen?

»Ich möchte mich wirklich nicht ständig wiederholen, aber warum tust du das?«

»Warum? Warum?« Shannons Gesichtsausdruck änderte sich blitzartig in äußerst verärgert. »Das ist die einzige Möglichkeit, du bist gerade sterblich und außerdem schuld, dass mein Vater geschnappt wurde!«

Auch das noch. Er war aufgeflogen. Wie hatte sie das herausgefunden?

»Schau nicht so überrascht. Dachtest du, ich komme nicht dahinter, oder wie?«, fuhr sie ihn an.

»Wie?«

»Oh, versuchst du es zur Abwechslung mal mit einem anderen Fragewort?«

Mehr oder weniger. Da hatte sie recht.

»Du fragst dich, wie ich darauf gekommen bin.« Sie warf ihm ein überlegenes Lächeln zu. »In den letzten Tagen habe ich immer wieder versucht, mit Baron Samedi Kontakt aufzunehmen. Schließlich ist er der einzige Loa, der gern ab und zu auf Friedhöfen herumhängt. Und rate, wer heute auf dem St. Louis Cemetery war und genau wusste, welche Loas an der Verhaftung meines Vaters beteiligt waren!«

»Ich, also …«, begann Lin.

»Du und Marinette habt damals meinen Dad irgendwie aufgehalten, damit Melinda und die Polizei ihn schnappen konnten.«

»Ich …«

»Spuck es aus, Lin! Du wiederholst dich.«

Verdammt, wie sollte er ihr das ganze Dilemma erklären?

»Dein Vater hat sich von Papa Legba reiten lassen! Marinette kam zu mir, um mich zu bitten, gemeinsam mit ihr deinen Vater für seine Verbrechen zur Rechenschaft zu ziehen. Sie ist jetzt eine der Rada-Loas. Genau genommen war Marinette die erste Petro-Loa, die die Seiten wechselte. Als wir beim Gefängnis ankamen, hatte dein Vater schon rundherum alle Strommasten einstürzen lassen. Menschen waren seinetwegen gestorben!« Jetzt redete sich Lin richtig in Rage. »Dadurch, dass Seelen an diesem Ort die Seiten zwischen den Welten gewechselt hatten, ins Jenseits gegangen waren, konnten wir uns dort kurz aufhalten. Papa Legba hatte den Körper deines Dads in diesem Moment schon verlassen. Das war auch der Tag, an dem Papa Legba zu einem Loa der Petro-Nation wurde.« Von einem wohltätigen Loa zu einem zerstörerischen.

»Du und deine hochgestochene Sprache, Lin! Ihr habt eure lächerlichen Talisman-Tricks angewandt, um Geister zu meinem Dad zu schicken, die ihn verwirren sollten. Mein Vater kann sich an nichts erinnern! Und Baron Samedi war ganz und gar nicht erfreut darüber, dass ihr die Ruhe der Toten gestört habt.«

»Wir haben nur versucht, Zeit zu schinden, ihn aufzuhalten, bis Hilfe kam. Ansonsten hätte noch viel Schlimmeres passieren können.« Okay, sie hatten auch Melinda einen Tipp gegeben, die dann wiederum die Mambo informiert hatte. Aber diese Namen wollte er jetzt lieber nicht ins Spiel bringen.

»Schlimmeres?«, kreischte Shannon jetzt außer sich. »Du hast doch eben gesagt, dass mein Vater zu diesem Zeitpunkt schon nicht mehr von Papa Legba geritten wurde!«

Selbst innerlich aufgewühlt, versuchte Lin einen klaren Kopf zu behalten. Wie konnte er sie nur noch etwas länger hinhalten? Für seine Flucht aus diesem Loch musste er noch zwei weitere Vertiefungen in die Wand graben. Oder war das die falsche Strategie, um hier herauszukommen? Konnte er vielleicht durch einen Trick an seine Talismane kommen? Einige enthielten einen Funken schwarze Magie, mit der er den ein oder anderen kleinen Kunstgriff zustande bringen konnte.

»Dein Vater hätte dennoch als Mensch seiner Umwelt gefährlich werden können, schließlich war er verwirrt und hatte gerade mehrere Sterbliche getötet.«

»Das ist eine Lüge. Niemals hätte er das getan!«, hielt Shannon dagegen. In diesem Moment schob sich eine Wolke vor den Mond. Alles um sie beide herum verschwand im Schatten. Selbst die gegenüberliegende Wand konnte er jetzt nicht mehr erkennen. Lin schluckte. Lange würde er sie nicht mehr hinhalten können. Was auch immer sie genau vorhatte – mit dem Messer in der Hand auf ihn springen oder Ähnliches –, er würde schon bald um sein Leben kämpfen müssen, wie er es seit Jahrzehnten nicht mehr getan hatte.

»Shannon, bitte sei vernünftig. Wir sollten uns zuerst um die Rettung der Stadt kümmern. Dann sehen wir, was wir für deine Eltern tun können.«

Sie schnaubte, pikste dann mit dem Messer in ihren linken Zeigefinger, aber nicht so tief, dass Blut floss.

Okay, wenn sie darauf nicht ansprang, dann anders: »Dawn schwebt in Gefahr. Dieser Jax, er ist ein Hexenjäger. Ich muss sie vor ihm warnen. Bitte, wenn dir etwas an ihr liegt, lass mich gehen. Wenn er Dawn verletzt oder sogar tötet, ist es unsere Schuld.«

Immerhin schienen diese Worte Shannon zu erreichen. Nachdem sie kurz gezögert hatte, rammte sie das Messer mit der Spitze voran in die Erde. Weich genug war er ja und so steckte es jetzt zu einem Drittel im Sumpfboden. »Das ist nur ein Trick. Du verarschst mich.«

»Nein. Es ist die Wahrheit. Bitte hilf mir, Dawn vor ihm zu retten. Du kannst nicht wollen, dass er ihr etwas antut. Sie ist deine beste Freundin!«

Shannon überlegte einen Moment, neigte dabei den Kopf zur Seite, sodass ihre rechte Gesichtshälfte fast vollständig von ihren dunklen Haaren verdeckt wurde. Ihre Augen konnte er in dieser Dunkelheit nicht mehr klar erkennen.

Erst als der Mond wieder hinter der Wolkenwand hervortrat, richtete Shannon ihren Oberkörper auf, so als hätte der plötzlich erwachte Mondschein sie aus ihren Gedanken gerissen.

»Und wenn schon. Die ganze Zeit über hat Jax Dawn in Ruhe gelassen. Warum sollte er sie gerade jetzt angreifen?« Wie um sich selbst zu überzeugen, hob und senkte sie die Schultern. »Wenn ich erst mal ein Loa geworden bin, kann ich mir ihn immer noch vorknöpfen.«

Was? Lins Unterkiefer klappte herunter. Das konnte sie nicht ernst meinen! Wie in Marinettes Namen konnte Shannon so gleichgültig mit Dawns Leben spielen?

»Glaub mir, es gefällt mir auch nicht besonders, zur Mörderin zu werden.« Lag da auf einmal doch eine Spur Bedauern in ihrem Blick? Nein, sicher bildete er sich das nur ein. Schließlich zeigte sich durch ihre Haltung mehr als offensichtlich, dass Shannon komplett durchgedreht war.

Nachdem sie einmal mit der Zunge geschnalzt hatte, stand sie auf und verschwand aus seinem Blickfeld.

»Hey, wohin willst du?«, rief er ihr nach. »Was soll das?« Diese Ungewissheit, mit der sie ihn zurückließ, war schlimmer als alle ihre Todesdrohungen. Ein paar Grillen zirpten. Sonst war nichts zu hören. Währenddessen spielten Lins Gedanken verrückt und riefen ihm die übelsten Möglichkeiten zu, was wohl als Nächstes geschehen könnte. Vielleicht würde Shannon gleich mit einem Aufschrei in die Grube springen oder zuerst eine Giftschlange hineinwerfen, um ihn zu schwächen, bevor sie den Job mit ihrem Messer beendete. Da traute er ihr praktisch alles zu. Lin kniff die Augen zusammen. Diese Überlegungen brachten ihn keinen Schritt weiter. Besser, er nutzte den Augenblick, um eine weitere Kuhle in die Wand zu graben. Also verschwendete er keine Sekunden mehr mit wirren Zukunftsvisionen, sondern drehte sich hastig zur Wand, wo er sich an die Arbeit machte. Wenn er selbst schon nicht überlebte, musste es zumindest Dawn tun. Wenn er doch nur zu ihr gelangen könnte, bevor Shannon ihn tötete!

Im Hintergrund hörte er sie summen. Shannon, nicht Dawn. Dabei kratzte sie, wahrscheinlich mit einem Stock oder ihrem japanischen Messer, etwas in den Boden. Schlagartig begriff Lin, was das bedeutete. Ein Veve! Shannon ritzte ein Veve in den Sumpfboden! Sie wollte ein Ritual nach den alten, verbotenen Methoden durchführen, um sich von einem Loa reiten zu lassen! Wahrscheinlich ein Loa der Petro-Nation. Verdammt. Fieberhaft höhlte er die Wand aus, was sich als schwierig erwies, wenn man es mit bloßen Händen tat und gleichzeitig keine Geräusche verursachen wollte, um auf sich aufmerksam zu machen. Natürlich wollte Shannon einen Loa rufen und sich von ihm reiten lassen, damit Lin sie bei einem Kampf nicht überwältigen konnte. Doch wen hatte sie dafür ausgewählt? Vielleicht Ogoun oder Marasa, die für Krieg und Rache standen? Passend wäre es ja. Ein Frösteln erfasste ihn, wobei er nicht zu sagen wusste, ob das an der kalten Nachtluft oder an der düsteren Aussicht auf seine Zukunft lag. Was würde passieren, wenn er jetzt einfach umgebracht wurde? Würde er ins Jenseits wandern als normaler Sterblicher? Wahrscheinlich, denn noch hatte er keine großartige, selbstlose Tat vollbracht, die es rechtfertigen würde, wieder zum Loa aufzusteigen. Und Dawn würde in diesem Fall nicht vor Jax gewarnt sein. Das musste er unbedingt verhindern! Wie sollte er diese Kombination von Shannon und einem Petro-Loa überleben als vorübergehend sterblicher Loa?

Richtig: überhaupt nicht. Und gerade das war ja Shannons Ziel.

Aber konnte er ihr das verdenken? Tatsächlich war er schuld

daran, dass ihre Eltern im Gefängnis saßen. Sie befand sich auf einem Rachefeldzug, hatte einen großen Familiensinn. Nur der Weg, den sie einschlagen wollte, war doch recht makaber.

Im Geiste beschwor sich Lin, schneller zu graben, als sich auf einmal seine Finger um einen etwa golfballgroßen Stein schlossen. Obwohl er nicht genau wusste, warum, ließ Lin den dunklen Stein wie automatisch in seine Jackentasche gleiten. Vielleicht würde er ihm noch nützlich sein.

Im Hintergrund summten Shannon und die Grillen immer noch um die Wette. Dabei war das kratzende Geräusch des Messers schon gruselig genug. Wenn Lin es nicht besser gewusst hätte, hätte er angenommen, er schwebte in einem seltsam realen Horrortraum.

Nur noch ein paar Sekunden, dann hätte er die dritte Kuhle für seinen Ausbruch fertig. Das musste reichen, um sich danach ganz nach oben ziehen zu können. Er hielt den Atem an, stieß ihn dann aber wieder aus, aus Angst, sich dadurch zu verraten. Gleichzeitig erstarb das Kratzen. Einfach so. Das war schlecht. Weil es nichts anderes heißen konnte, als dass das Veve fertig sein musste. Eilig drehte Lin sich um und versuchte, einen unschuldigen Gesichtsausdruck aufzusetzen. Keinen Moment zu früh. Denn jetzt erschien Shannons Kopf am Rand der Grube. Eine Weile betrachtete sie ihn, wobei ihr Kopf in einem merkwürdigen Winkel nach unten hing. Wie bei einer Marionette, deren Kopffaden gerissen war.

»Irgendwie putzig, wie du da unten hockst. Wie eine Maus in der Falle.« Sie seufzte. »Okay, ich werde hier gerade melodramatisch, aber bis heute ging es mir noch genauso. So habe ich mich auch die ganze Zeit gefühlt, seit meine Eltern fort sind.«

Instinktiv wusste er, dass er Shannon am Reden halten musste.

Er hob eine Augenbraue.

»Mein Plan rettet mich aus der Dunkelheit. Wirklich, Lin,

das ist so befreiend. Du solltest ernsthaft darüber nachdenken, eine Karriere als Loa Petro anzustreben. Falls das noch möglich sein wird nach deinem Tod.«

Unwahrscheinlich. »Aber wie genau willst du als Loa deine Eltern retten? Deine Präsenz auf der Erde wird nicht so einfach möglich sein.«

Shannon winkte ab. »Ich finde einen Weg. Und wenn ich eine mächtige Voodoohexe reiten muss. Als Loa der zerstörerischen Nation hat man da viel mehr Möglichkeiten, weißt du?«

Sie kniete sich wieder an den Rand des Lochs und grinste in sich hinein.

Mit einem flauen Gefühl im Magen ließ Lin seinen Blick von ihrem Gesicht zu dem Messer in Shannons Hand gleiten.

»Wen … wen willst du rufen?«, flüsterte er. Da er nirgends eine Opfergabe sehen konnte, hatte er keinen Anhaltspunkt, von welchem Loa sich Shannon bei ihrem Plan reiten zu lassen gedachte.

Als Shannon den Kopf noch mehr zur Seite neigte, fiel ihr Haar erneut wie ein schwarzer Vorhang vor ihr Gesicht. Der Mond trat immer weiter aus der Wolkendecke hervor, weswegen Lin sie jetzt deutlicher erkennen konnte. Mit etwas Mühe zog sie einen Apfel aus der Tasche, hielt ihn dann hoch und betrachtete ihn fasziniert. »Eine wunderschöne Frucht, nicht wahr? So gleichmäßig rund wie die Erde.« Tatsächlich leuchtete der Apfel im Mondlicht wie frisch poliert.

Als er sie in dieser andächtigen Position verharren sah, erinnerte Shannon Lin unwillkürlich an Hamlet aus dem gleichnamigen Stück von Shakespeare. Offensichtlich konnte sie gar nicht genug davon bekommen, die Frucht anzupreisen.

Nun, dadurch wurde zumindest klar, welchen Loa sie um Unterstützung bitten wollte. Perfekt geformtes Obst opferte man Marasa. Dann hatte sie also das Veve eines Ovals in den Boden geritzt, das von verschnörkelten Ranken umgeben war, die in alle vier Himmelsrichtungen wiesen. Marasas verbotenes Veve. Streng genommen konnte man sie als die Rachegöttin der Loas bezeichnen. Vergleichbar mit der griechischen Göttin Nemesis.

Plötzlich glitten Lins Gedanken zu Dawn. Ob sie bemerkt hatte, dass etwas nicht stimmte? Vermisste sie ihn schon? Wahrscheinlich nicht. Ob sie selbst in Sicherheit war bei Jax? Immerhin hatte sie Mila an ihrer Seite. Dieser Gedanke tröstete ihn ein wenig. Shannon würde Dawn nichts tun, nachdem er selbst tot und sie zu einem Loa-Petro geworden war. Aber er konnte nicht ausschließen, dass Shannon sich nach seinem Tod auch an Melinda rächen würde. Nach Melindas Tod wäre Dawn am Boden zerstört. Vielleicht auch schon nach seinem Tod, aber das konnte er nicht mit Bestimmtheit sagen. Lin schluckte.

»Wundervoll.« Shannons Stimme war mehr ein andächtiges Seufzen. Gleich würde sie mit dem Ritual beginnen, so viel war sicher. Und das musste er unbedingt verhindern. Jetzt oder nie! Entschlossen krallten sich seine Finger um den Stein in seiner Tasche. Da Shannon ihn gerade nicht beachtete, war das seine beste Chance. Lin zog den Stein hervor, holte aus und warf ihn genau in Richtung des Apfels. Er sah die Silhouette der Frucht, die sich deutlich gegen den Mond abhob.

Shannons Schrei hallte erschreckend laut wider, als ihr der Apfel aus der Hand gerissen wurde.

»Was soll das?« Verärgert drehte sie sich zu ihm um. »Denkst du, das ändert etwas an deiner Situation, wenn du hier mit Steinen wirfst?« Ihr Anblick ließ Lin sofort an eine wütende Medusa denken. Fast hatte er den Eindruck, Shannons Haare würden sich wie Schlangen um ihren Kopf winden. Normalerweise hätte er ihr jetzt etwas entgegnet, doch in diesem Fall beschloss er, ihren Wutanfall auszusitzen.

»Wie auch immer«, fauchte Shannon. »Das hat dir vielleicht für dreißig Sekunden das Leben verlängert, mehr nicht!« Und damit drehte sie sich um, offensichtlich auf der Suche nach dem ramponierten Apfel. Den würde Marasa mit Dellen allerdings eher nicht mehr als Opfer akzeptieren.

Der Moment, auf den Lin hingefiebert hatte! Hastig zog er sich an den von ihm gegrabenen Kuhlen in der Erdwand hoch. Ein Teil seines Gehirns registrierte die übermenschliche Anspannung in seinen Muskeln, aber der Überlebenswille ließ ihn das alles übergehen. Schließlich fassten seine Hände über den Rand, packten Grasbüschel und Wurzeln, dann hievte er sich das letzte Stück nach oben. Vollkommen lautlos, so als sei er nur ein Schatten seiner Selbst. Innerhalb einer weiteren Sekunde hatte er die Situation erfasst.

»Wenn dieser Apfel etwas abbekommen hat, wirst du das bereuen!« Shannon wühlte einige Yards entfernt im Sumpfschilf nach dem Apfel, auf der anderen Seite der Grube konnte er das Veve für Marasa erkennen und daneben steckte das Messer mit der Klinge nach unten im Boden. Das Messer! Gerade als er alle Muskeln anspannte, um einen Sprint in Richtung der Waffe hinzulegen, drehte sich Shannon mit dem Apfel in der Hand um.

»Nein!«, entfuhr es ihr. Der sowieso schon angeschlagene Apfel fiel erneut zu Boden und Shannon raste gleichzeitig mit Lin los, in Richtung des Messers. Zwar war sie ein paar Schritte weiter davon entfernt als er, doch Lin musste erst einmal die Grube umrunden. Er musste es schaffen! In seinem Kopf spulten sich wirre Szenen wie kurze Werbeclips durcheinander ab. Mehrere Sequenzen gleichzeitig von Dawn, ihrem Kennenlernen, dem Kuss, dem heraufziehenden Sturm, Papa Legba, Jax … Was würde geschehen, wenn Shannon das Messer vor ihm erreichte? Was wurde dann aus ihm? Und aus Dawn? Auf einmal war seine größte Sorge nicht mehr, nie wieder ein Loa zu werden, sondern dass Dawn nichts zustieß. Für sie würde er alles tun. Einfach alles!

Kurz hintereinander warfen sich beide auf das Messer. Jeder wollte es als Erster aus dem Boden ziehen. Lins schmutzverkrustete Hände waren drauf und dran, sich um den Griff zu legen, doch Shannon war schneller.

Flink packte sie das Messer noch unter seinen Händen, rollte sich nach unten ab und war dann erschreckenderweise auch noch vor ihm wieder auf den Beinen. Erst als Lin sich selbst wieder aufrichtete, bemerkte er, dass sie ihm die Klinge an die Kehle hielt und den freien Arm um seine Schultern geschlungen hatte wie eine Würgeschlange. Verdammt. Die Kleine war schnell.

»Du glaubst wohl, du wärst besonders clever, was?«, knurrte Shannon. Ihr Gesicht hatte sich verfinstert, dennoch spiegelte sich Triumph darin. »Vielleicht bist du aus der Grube entkommen, aber jetzt stehst du trotz allem hier vor mir. Unbewaffnet und mit meinem Messer am Hals. Umso besser, denn jetzt muss ich nicht mehr in dieses stinkende Loch klettern, um dich umzubringen! So schaffe ich es sogar ohne Marasa!«

Lin traute sich nicht einmal zu schlucken. In seinem Kopf ratterte es. Wie, in Erzulies Namen, konnte er sich aus dieser verhängnisvollen Situation befreien? Es musste doch einen Weg geben! Für Dawn! Auf keinen Fall konnte er sie ihrem Schicksal überlassen. Er musste sie vor Jax warnen!

Endlose Sekunden verstrichen, in denen nichts anderes geschah, außer dass Shannon in unregelmäßigen Abständen ihren Atem ausstieß. Anscheinend zögerte sie den Moment hinaus, in dem sie zur Mörderin werden würde. Andererseits sollte er sich keine großen Hoffnungen machen, dass sie einfach so aufgab. Aber er, Lin, würde niemals aufgeben! Für Dawn!

Und dann geschah von der einen auf die andere Sekunde etwas Seltsames. Wie aus dem Nichts tauchte ein grellweißes Leuchten um Lin herum auf. Verblüfft starrte er es an, genau wie Shannon, bis er verstand, was es bedeutete. Ein heller Schein hüllte ihn komplett ein! Er war auf dem besten Wege, wieder ein Loa zu werden! Hier und jetzt!

»Nein!«, heulte Shannon entgeistert auf. »Du kannst nicht

wieder unsterblich werden! Nicht jetzt!« Doch es war bereits zu spät. In diesem Augenblick fühlte Lin die Unsterblichkeit wie flüssiges Gold durch seine Adern fließen. Wie ein Lagerfeuer wärmte sie ihn von innen.

Die Frustration in Shannons Stimme wich einem Wehklagen.

»Nein! Das darf doch alles nicht wahr sein! Meine Eltern!«

Genau wie sie stand Lin ebenfalls unter Schock. Und dann begriff er. Seine Aufopferungsbereitschaft für Dawn hatte offenbar ausgereicht, um seine Unsterblichkeit zu erneuern. War das Sams Plan gewesen, als er ihn hatte sterblich werden lassen? Baron Samedi und sein Sinn für das Gleichgewicht zwischen den Welten … Natürlich hatte er wieder unsterblich, der Loa Linto und somit der Beschützer aller Kinder werden wollen, aber doch nicht heute Nacht! Denn das hieß, dass er Dawn nur noch wenige Momente pro Tag sehen konnte. Für mehr als ein paar geisterhafte Projektionen ab und zu in der Welt der Sterblichen konnte ein Loa nicht sorgen. Außer, er übernahm den Körper eines Freiwilligen. Aber wer würde das wollen? Und außerdem wäre es dann vielleicht schon zu spät, um Dawn zu warnen! Nein! Das war falsch! Nicht jetzt. Das konnte er auf keinen Fall zulassen! Also tat er das einzig Vernünftige in dieser Situation: Er entriss Shannon, die sowieso gerade mehr damit beschäftigt war, wie eine Sirene loszuheulen, das Messer. Als er es ihr entwand, hielt sie einen Moment lang inne.

»Ist jetzt sowieso egal. Ich kann dich nicht mehr töten«, jammerte sie.

Das war wohl richtig. Auch wenn es Lin ganz und gar nicht passte, unsterblich geworden zu sein. Zwar kostete ihn sein Plan einiges an Überwindung, dennoch zwang Lin sich, einen entschlossenen Gesichtsausdruck aufzusetzen, dann drehte er das Messer in der Hand, stieß es nach vorn und zog es Shannon einmal quer über den linken Oberarm. Vollkommen überrascht stieß Shannon einen spitzen Schrei aus. Eine Eule erhob sich daraufhin aus einem der umstehenden Bäume und segelte davon. Selbst im schwachen Mondschein konnte man die dünne Linie an Blut erkennen, die sofort aus der Wunde hervortrat. Zwar nicht besonders tief, aber es musste wehtun. Entsetzt starrte Shannon darauf, umfasste sogar ihren Ellenbogen mit der rechten Hand. Bei dieser Bewegung quollen noch mehr rote Tropfen aus dem Schnitt hervor. Zeitgleich nahm das wärmende Glühen in Lins Adern ab. Der helle Schein um ihn verschwand komplett. Sein Plan war aufgegangen. Es hatte funktioniert. Irgendwie wusste Lin nicht, ob er jetzt lachen oder weinen sollte. Er hatte ein Kind verletzt. Zugegeben, mit dieser Tat hatte er gewissermaßen versucht, ein anderes zu retten, indem er bei Dawn bleiben und sie in ihrem Kampf gegen Papa Legba unterstützen konnte. Eventuell spielten seine Gefühle für sie auch noch eine Rolle. Trotzdem, das rechtfertigte nicht, ein anderes Kind zu verletzen. Natürlich wurde ihm dadurch die Loa-Würde wieder aberkannt.

Geschockt starrte Shannon ihn an. »Was? Wie konntest du das nur tun?«

Lin, der selbst noch völlig entgeistert auf die blutverschmierte Klinge schaute, zuckte kurz mit den Augenlidern.

»Ich musste es tun. Für Dawn. Wie könnte ich sie hier zurücklassen? Jetzt, da die Katastrophe bald über New Orleans hereinbricht?«

Etwas veränderte sich in Shannons Blick. Langsam wurden ihre Augen immer größer, bis sie an die Kulleraugen japanischer Mangafiguren erinnerten.

»Du liebst sie? Dawn, meine ich«, flüsterte sie. Obwohl der Wind ihre Worte in die entgegengesetzte Richtung wehte, verstand Lin, was sie sagen wollte. Er blinzelte heftiger. Stimmte das? Hatte er sich wirklich in Dawn verliebt? Tief in seinem Inneren wusste er, dass es stimmte. Dawn hatte sein Herz unwiderruflich für sich gewonnen. Zum ersten Mal in seinem

Leben empfand er Liebe. Wahrhaftige Liebe. Auf einmal begannen seine Wangen wie verrückt zu brennen. Das Glühen kehrte in seinen Magen zurück, doch diesmal war es nicht die Wärme der Unsterblichkeit, sondern Liebe, die ihn erfüllte. Und das bis in die Fingerspitzen. Er, Linto, liebte Dawn! Die süße kleine, rothaarige Dawn. Es war Liebe! Liebe!

»Großer Gott, du läufst an wie eine reife Tomate!«, beschwerte sich Shannon. Doch dann musste sie grinsen. »Dir liegt wirklich viel an ihr.«

»Ja. Dir doch auch, nehme ich an?«

»Sie ist … nein, war … meine beste Freundin.« Sobald sie es ausgesprochen hatte, ließ sie ein wenig den Kopf hängen, behielt dabei die Messerspitze, die auf sie gerichtet war, weiterhin im Blick.

Lin hob eine Augenbraue. »Du kannst doch nicht ernsthaft immer noch sauer auf sie sein? Versteh doch, dass Dawn Melindas Patenkind ist. Sie sollte nicht zwischen euch wählen müssen und sie kann nichts für die Entscheidungen ihrer Patentante.«

Shannon runzelte die Stirn.

»Sie hätte es mir früher sagen müssen.«

»Und was hätte das geändert? Deine Eltern wären trotzdem noch im Gefängnis. Ob du nun gewusst hättest oder nicht, dass Melinda sie mit meiner und Marinettes Hilfe überwältigt hatte.«

Trotzig sah Shannon zu ihm auf, sagte aber nichts mehr. Hielt sich nur weiterhin den Arm, ohne sich über die Schmerzen zu beklagen.

Stumm musterten sie einander. Lin, beflügelt von seinen Gefühlen, und Shannon, wohl hin- und hergerissen zwischen den wirren Gedanken, die durch ihren Kopf tobten. Wind frischte auf, blies ihr eine dunkle Haarsträhne ins Gesicht, die an ihren Lippen kleben blieb, was sie allerdings nicht zu stören schien. Langsam wurde ihr Blick weicher. Der Wahnsinn darin war einem Erstaunen gewichen. Erstaunen wohl darüber, dass Lin, der Loa, Dawn liebte.

»Du hast etwas wirklich ganz Unglaubliches für Dawn getan«, wisperte sie.

Mehrere Herzschläge lang starrten sie sich einfach nur in die Augen, bis Lin letztendlich das Messer sinken ließ.

»Hör mal, ich wollte dir eben nicht wehtun. Es war nur die einzige Chance, um bei Dawn bleiben zu können. Verstehst du?«

Als Antwort neigte Shannon den Kopf. »Tut nicht wirklich weh. Kein besonders tiefer Schnitt; eher ein Kratzer.« Sie schielte auf ihren Oberarm, bevor sie fortfuhr: »Dawn hat wirklich Glück, dich zu haben.« Ein Tränenschleier ließ ihren Blick glasig wirken. Eilig ließ sie die Haare erneut wie einen Vorhang über ihr Gesicht fallen, doch Lin hatte ihre feuchten Augen bereits bemerkt. Immer noch verlegen räusperte er sich.

»Ich denke, wir sind quitt, oder was meinst du?«

Zuerst rührte sie sich nicht. Doch dann, ganz zaghaft, deutete sie ein Nicken an. Die Augen hinter ihren Haaren verborgen, konnte er sie kaum erkennen.

»Ich verspreche dir, falls da eine Intrige hinter den Verbrechen deines Vaters steckt, dann klären wir das gemeinsam auf, okay? Du kannst auf mich zählen, schließlich bist du noch minderjährig und damit so etwas wie meine Schutzbefohlene.«

Kaum merklich kam wieder ein Nicken von Shannon. Dann senkte sie den Blick noch weiter nach unten.

»Shannon? Soll ich dich nach Hause bringen und die Wunde verarzten?«

Sie schüttelte den Kopf. »Nein, lass uns lieber gemeinsam zu Dawns Hütte laufen. Ich glaube zwar nicht, dass Jax sie gerade heute Nacht umbringen wird, sicher will er als rechtschaffener Hexenjäger die Rettung der Stadt nicht gefährden, aber sicher ist sicher.«

Da musste er Shannon wohl recht geben. In seiner Panik hatte Lin gar nicht darüber nachgedacht, welcher Zeitpunkt am wahrscheinlichsten für Jax' Mordversuch an Dawn, und womöglich gleichzeitig auch an den anderen Hexen der Voodoo-Abendschule, sein würde. Heute Nacht war zu 99 Prozent nicht der Moment, den Jax dafür auserkoren hatte.

Lange Zeit sah er Shannon einfach nur an. Irgendwann war er sich sicher, dass sie ihren Mordplan nicht mehr verfolgen würde. »Lass uns in die Hütte gehen und eine Runde schlafen. Du kannst die Couch haben.«

Verwundert sah Shannon zu ihm auf. »Heißt das, du bist nicht sauer auf mich?«

Oh. Offensichtlich machte sie sich darüber Sorgen. Ohne auch nur das kleinste Zeichen von Ärger in seinem Gesicht sagte Lin: »Jeder trifft mal die falschen Entscheidungen im Leben und du wolltest nun mal um jeden Preis deine Eltern zurück. So wie ich um jeden Preis versuchen würde, Dawn zu beschützen. Wenn es meine Eltern gewesen wären, hätte ich vielleicht etwas Ähnliches getan.«

Shannons Lippen zitterten. Eine Träne kullerte aus ihrem Augenwinkel, die sie eilig fort wischte.

»Ich weiß einfach nicht, wie ich ohne sie weiterleben soll. Und dann auch noch ohne Dawn. Wen habe ich denn dann noch?«, schniefte sie. »Abgesehen von meiner MoV-Patentante, die bei uns eingezogen ist, seit meine Eltern …« Die Tränen flossen nun schneller. Beinahe konnte man die Kälte spüren, die sich in ihr Herz geschlichen haben musste.

»Ach, Shannon, komm her«, flüsterte Lin, dann zog er sie in seine Arme, wobei er sie tröstend wie ein kleines Kind wiegte. »Dawn wird dir schon alles verzeihen. Wir müssen ihr ja auch nichts von diesem kleinen Zwischenfall hier erzählen. Das vergessen wir einfach.« Zuerst verspannte sie sich, doch letztendlich ließ sie seine Umarmung zu. »Meinst du mit *kleinem Zwischenfall* meinen Mordversuch an dir?«

»Was? Welcher Zwischenfall?«, räusperte sich Lin gespielt verwirrt. »Siehst du, ich hab es schon vergessen.«

Durch seine Kleidung konnte er spüren, wie Shannon gluckste. Endlich versank sie komplett in seiner Umarmung und ließ alles um sich herum los.

»Warum bist du so nett zu mir? Das habe ich nicht verdient! Nichts davon habe ich verdient!« Den letzten Satz heulte sie so laut wie eine Alarmanlage, bevor sie ihren Kopf wieder an seiner Schulter vergrub.

»Sag doch so was nicht. Du hast noch viel mehr verdient.«

Und dann flossen ihre Tränen unaufhaltsam los, als hätte er einen Damm eingerissen. Shannon weinte und weinte, während Lin sie festhielt.

20

Später, sehr viel später, machten sich die beiden in Richtung der Sumpfhütte auf.

Den ganzen Weg über grübelte Lin darüber nach, wie er Dawn die Sache mit Jax beibringen sollte. Von Shannon kam nur ab und zu ein Schluchzen, und das, obwohl ihre Tränen längst versiegt waren. Doch das Schluchzen war nicht mehr als ein Nachhall ihrer Verzweiflung. Je näher sie der Hütte kamen, desto mehr sank sein Mut. Wenn Dawn nach dieser Angelegenheit am Boden zerstört sein würde, half es niemandem. Am wenigsten den Bürgern der Stadt. Unter allen Umständen musste er behutsam vorgehen. Aber konnte er das, wenn es um Dawn ging? Dessen war er sich nicht ganz sicher.

Eine Horde Glühwürmchen tanzte vor ihnen im Rhythmus des Grillengezirps über den Weg.

Gerade als sie um die letzte Ecke bogen, sahen sie eine Gestalt direkt vor ihnen auf dem Boden liegen.

»Oh, große Erzulie!« Mit einem erschreckten Keuchen klammerte sich Shannon an seinem Arm fest. »Das ist Mila!«

Tatsächlich, sie hatte recht! Lin stürzte auf das Mädchen zu und fragte sich, warum sie allein den Schutzkreis verlassen hatte. Kurz vor Shannon war er bei ihr.

»Sie atmet noch! Ist nur bewusstlos.«

Erleichtert atmete Shannon aus, während Lin Milas Stirn abtastete.

»Sieht so aus, als hätte sie einen Schlag auf den Kopf bekommen.« Unter seinen Fingern konnte er die Beule spüren und auch ein kleines Rinnsal Blut an ihrem Haaransatz, das er vorsichtig mit Milas Bandana abwischte. »Hilf mir, sie aufzuwecken.«

Zu zweit rüttelten sie an ihren Schultern, verpassten Mila sogar ein paar Ohrfeigen, doch das half alles nichts. Erst als Shannon mit ihrem Ritualtopf etwas Wasser aus der nächsten Mangrovenlagune anschleppte und es Mila ins Gesicht schüttete, hustete die Projektion von Madame Laveau.

»Hey! Was soll das?« Sie blinzelte. »Spinnt ihr Vollidioten, oder was?«

»Gern geschehen, und schön, dass du wach bist.« Lin schenkte ihr ein Lächeln. »Erinnerst du dich daran, was passiert ist?«

Verwirrung spiegelte sich in Milas Gesicht, während sie sich in alle Richtungen umsah. Vor Benommenheit wirkten ihre Bewegungen fahrig. Dann tastete sie mit den Fingern über ihre Wunde am Kopf. »Autsch! Schon wieder? Nach einer Woche bei euch sehe ich aus wie ein Schweizer Käse!« Nachdem sie sich aufgesetzt und fertig beschwert hatte, fasste sie unter sich. »Was ist das? Irgendwas liegt hier direkt unter meinem Hintern …« Sie zog ein kleines schwarzes Ding hervor.

Lin neigte den Kopf. »Das ist ein kleines Holzkreuz. Sieht wie der Anhänger einer Kette aus. Gehört es dir?«

»Was? Nein, natürlich nicht. Das sieht mir sehr nach einem katholischen Schmuckstück für einen Rosenkranz aus.« Eine Weile betrachtete Mila das einfache Holzkreuz in ihrer Hand. »Ich bin überfallen worden. Eigentlich wollte ich Lin suchen, aber eine vermummte Gestalt kam plötzlich aus einem Busch angesprungen, schlug mir mit einem Ast auf den Kopf, als ich mich zu ihr umdrehte. Blöderweise ging alles so schnell, dass ich nicht reagieren konnte. Jetzt kann ich noch nicht einmal sagen, wie die Person ausgesehen hat. Allerdings kann es kein Zombie gewesen sein. Dafür hat sie sich zu schnell bewegt.«

Shannon und Lin wechselten einen Blick.

»Vielleicht war es dieses Mal derjenige, der die Zombies kontrolliert«, spekulierte Lin. »Darüber sollten wir mit Dawn sprechen. Lasst uns besser ins Haus gehen«, meinte Shannon, wobei sie in Richtung der Hütte nickte.

»Nein, schon gut, ich patrouilliere lieber wieder ums Haus herum. Geht ihr. Das ist schließlich mein Job.« Mila sprang auf die Beine und las dann ihren Baseballschläger vom Boden auf. »Sicherer für Dawn, und ich bin sowieso kein echter Mensch. Inzwischen ist genug Zeit vergangen und Madame Laveau könnte eine neue Projektion erschaffen, wenn ich … beschädigt werden sollte.« Während sie sprach, sah sie bewusst an Shannon und Lin vorbei. Ihre Worte klangen hohl, selbst in Lins Ohren.

»Mila …«

Doch sie hob nur eine Hand, legte sich dann den Baseballschläger über die Schulter.

»Geh besser rein zu Dawn. Dein Job ist es, die Kinder zu schützen, nicht mich.«

Wie gut sie ihn durchschaut hatte. Schließlich wollte er nichts mehr, als Dawn zu beschützen. In diesem Augenblick wurde Lin klar, dass sich Mila damit abgefunden hatte, nicht mehr lange zu leben. Das war der Lauf der Dinge. Gerade Projektionen existierten nie besonders lange. Jedenfalls nicht länger, als es ihre Aufgabe war zu leben. Fair war das Mila gegenüber zwar nicht, aber daran konnte er nichts ändern, oder etwa doch?

In diesem Moment berührte Shannon ihn am Arm. »Sie hat recht. Lass uns gehen.«

Also schluckte Lin den Kloß in seinem Hals herunter und setzte sich in Bewegung.

Am Ende wusste er nicht mehr, warum er es genau getan

hatte, aber aus einem Impuls heraus warf Lin, bevor er die Hütte betrat, zuerst einen Blick durch Dawns Schlafzimmerfenster. Und was er dort sah, verschlug ihm sprichwörtlich den Atem. Der Mond schien gerade hell genug, dass er die weißen Laken in ihrem Bett gut erkennen konnte. Weiße Bettdecken, die so drapiert lagen, dass er sehen konnte, wie Dawn und Jax eng umschlungen darunterlagen und schliefen. Dawn lag auf Jax' nackter Brust. Augenblicklich setzte Lins Herz einen Takt aus. Seit wann waren sich die beiden so nahe? Was hatte er verpasst? War da zwischen ihnen mehr als nur ein bisschen Geknutsche? Liebte Jax Dawn vielleicht auch? Und wenn ja: Würde er sie dennoch umbringen wollen?

Auf einmal verengte sich sein Blickfeld. Wie ein massiger Steinklumpen rutschte ihm sein Herz in den Magen. Härter hätte ihn nicht mal eine Ohrfeige von Dawn treffen können. Mit zittrigen Fingern stützte er sich am Fensterrahmen ab. Das Holz knarzte daraufhin, doch weder Jax noch Dawn schienen das Geräusch gehört zu haben. In seinem Kopf drehte sich alles. Was hieß das? Waren Dawn und Jax jetzt ein Paar?

Und warum schmerzte plötzlich alles in seiner Brust? Waren das die Nebenwirkungen von Liebe? Warum tat das bloß so weh? Aber gut, er hatte es nicht anders gewollt. Jetzt wusste er wenigstens, wie es sich anfühlte, jemanden zu lieben. Auch wenn es wehtat.

»Kommst du nicht mit rein, Lin?«, wollte Shannon wissen. Er konnte nicht antworten.

Natürlich hatte er damit ihre Neugier geweckt. »Ach, Lin, ich wollte dir noch deine Talismane zurückgeben!« Natürlich war das nur ein Vorwand, um weniger neugierig zu wirken, doch Lin sagte nichts, streckte einfach nur die Hand aus, damit Shannon ihm seine Gris-Gris aushändigen konnte. Immerhin konnte er damit ein klein wenig Magie wirken.

»Oh«, entfuhr es Shannon, sobald sie verstand. »Das tut mir leid, Lin.« Sie hatte die beiden also ebenfalls entdeckt. Tröstend legte sie ihm die Hand auf den Arm. »Aber wir werden da jetzt einfach reinspazieren, Dawn wecken und ihr alles erzählen. Dass Jax ein hinterhältiger Hexenjäger ist, meine ich. Dann sind wir ihn los. Und du hast freie Bahn bei ihr.«

Komischerweise wollte Lin genau das auf einmal nicht tun. Er schüttelte den Kopf.

»Nein. Lassen wir Dawn noch diese Nacht, bevor wir sie aufklären.« Seine Stimme brach. Unmöglich konnte er Dawn jetzt dasselbe antun, was er seit Kurzem durchmachte. Ein gebrochenes Herz. Morgen früh vielleicht. Wenn er sich einen Plan zurechtgelegt hatte. Aber diese eine Nacht sollte sie noch glücklich sein.

Dawn

Etwas Hartes, das sich verdächtig nach einem Knie anfühlte, erwischte mich im Rücken. Noch im Halbschlaf tastete ich danach. Wirklich, ich war schon angenehmer geweckt worden! Außerdem wollte ich noch überhaupt nicht aufwachen! Schließlich hatte ich gerade davon geträumt, wie Jax mich küsste. Moment mal! Schlagartig wurde mir klar, dass es Jax' Knie sein musste, das mich getroffen hatte, und dass wir vergangene Nacht eng umschlungen eingeschlafen waren! Und zwar ohne Lin! Hastig setzte ich mich auf. Die Decke rutschte mir bis zu den Schenkeln. Damit ich besser sehen konnte, hielt ich mir die Hand über die Augen, während ich mich umsah. Die Sonne schien so hell in mein Zimmer, als hätte jemand in einer Nacht-und-Nebel-Aktion ein paar Arri-Film-Scheinwerfer installiert und voll aufgedreht. Hinter mir schlief Jax. Ein Bein angewinkelt und einen Arm über sein Gesicht gelegt. Doch von Lin war weit und breit nichts zu sehen. Mist. Hatte Mila ihn etwa nicht finden können? Dann sah es gerade äußerst schlecht für den sterblichen Loa aus. Wenn ihm etwas passiert war! Eilig schlüpfte ich in ein dunkelblaues Leinenkleid, zupfte mir irgendwie die Haare zurecht. Als mein Blick auf meinen Schreibtisch fiel, hielt ich kurz inne, wobei sich mein Herz verknotete. Der Haarreif meiner Mutter hätte hervorragend zu diesem Outfit gepasst. Doch er lag zerbrochen auf meiner Schreibtischplatte. Vollkommen unbrauchbar. Meine Finger strichen wehmütig über den dunklen Samtbezug. Es half alles nichts. Nachdem ich mir eine Sekunde erlaubt hatte, in Erinnerungen zu schwelgen, befahl ich mir, mich zusammenzunehmen.

Bevor ich es selbst zur Tür schaffte, wurde sie aufgerissen. Lin und Mila standen im Türrahmen. Hinter ihnen lugte Shannon über Lins Schulter in mein Zimmer! Heilige Erzulie! Lin ging es gut und Shannon war zu mir zurückgekehrt!

»Oh, Leute! Euch geht's …«

Doch weiter kam ich nicht. Meine Freude blieb mir im Hals stecken und hinterher hätte ich mich für meine Naivität ohrfeigen können. Der grimmige Gesichtsausdruck von Lin bedurfte keiner weiteren Erklärung.

»Dawn, komm her.« Lin streckte die Hand nach mir aus. Wie automatisch folgte ich seiner Anweisung. Was hätte ich auch sonst tun sollen? Mein Blick huschte von ihm zu Shannon und Mila. Zu meinem Entsetzen waren alle drei mit Baseballschlägern und Messern bewaffnet. Was war hier los?

Mit einer Hand schob Lin mich hinter sich.

»Es tut mir leid, dass du es so erfahren musst, Dawn. Aber wir müssen Jax loswerden.«

Wie bitte? Was? Jetzt verstand ich überhaupt nichts mehr. Meine Augenlider zuckten unkontrolliert, während ich einen Blick auf den immer noch schlafenden Jax warf.

»Entschuldigt mal, aber was soll das werden?«

Anstatt zu antworten, schob mich Mila mit ihrem Baseballschläger noch ein Stück weiter zurück, weg von Jax. Das konnte ich ja gar nicht leiden. Dieses Bevormundetwerden. Doch dann war da plötzlich Shannon, die einen Arm um mich legte, bevor ich explodieren konnte. Shannon! Erleichterung durchflutete mich. Sie war hier. Umarmte mich sogar, was wohl hieß, dass sie mir nicht mehr böse war. Einerseits freute ich mich riesig darüber, andererseits wollte ich wissen, was dieser Auflauf am frühen Morgen vor meinem Zimmer zu bedeuten hatte. Und was Lin genau mit *»Wir müssen Jax loswerden«* meinte. Also machte ich mich wieder von ihr los.

»Wir reden später, okay? Zuerst will ich wissen, was hier vor sich geht.«

Inzwischen hatte Lin ein paar Schritte in mein Zimmer gemacht und durchwühlte Jax' Sachen. Alles, was er fand, warf er auf einen Haufen. Wir alle starrten auf das selbst gebaute Messer, den Schlagring und die drei Streichholzschachteln.

»Lin? Was machst du da?«

»Wart's einfach ab.« Als Nächstes stupste er Jax mit dem Baseballschläger an. Wobei stupsen das falsche Wort war. Wie bei der Gartenarbeit mit der Harke hackte er nach Jax' Hüften.

»Hey!«, protestierte Jax sofort. Während er mit einer Hand nach dem Störenfried schlug, versuchte er, sich gleichzeitig außer Reichweite zu bringen.

Ich hielt mir die Hand vor den Mund. Denn ganz plötzlich hatte mich eine böse Vorahnung gepackt. Das würde kein guter Morgen werden.

»Aufstehen!«, donnerte Lin jetzt. »Zieh dich an. Und dann packst du deine Sachen und verschwindest!«

»Was ist hier los? Sag's mir, Shannon!« Meine Stimme brach. Auf irgendeine Art wurde meine Vorahnung greifbarer.

Doch Lin fiel Shannon sofort ins Wort, bevor ihr auch nur ein Ton entweichen konnte. »Ja, Jax, warum sagst du Dawn nicht, was los ist? Wie wäre es mit der Wahrheit über dich?«

Die Wahrheit? Welche Wahrheit? Verwirrt sah ich zwischen Lin und Jax hin und her.

Inzwischen war Jax aus dem Bett gerutscht. Stand nur in

Boxershorts vor uns. Ausgeleierte, leicht grau angelaufene Schlüpfer. Dennoch konnte man hier nicht von einem schlechten Anblick sprechen …

Wie ein Verrückter deutete Lin mit dem Baseballschläger immer wieder auf Jax' Brust. »Los, oder soll ich es Dawn erzählen?«

Wenn mir mal irgendjemand irgendetwas mitgeteilt hätte, wäre ich schon äußerst dankbar gewesen. Aber das war mir bisher nicht vergönnt.

Mittlerweile war Lins Gesicht rot angelaufen, wahrscheinlich weil Jax nichts sagte, sondern nur dastand und so aussah, als wüsste er die aktuelle Matheaufgabe nicht. Alle Farbe war ihm aus dem Gesicht gewichen.

»Dawn«, begann Lin immer noch mit feuerrotem Gesicht, »ich weiß, dass es keinen Weg gibt, dir das schonender beizubringen. Du erinnerst dich doch sicher noch an die Geschichten über die alte Hexenjäger-Akademie am anderen Ende des Sumpfs?«

Ich nickte. »Die Hexenjäger, die auch Melindas Ehemann getötet haben.« Täuschte ich mich, oder lief Jax gerade etwas grünlich im Gesicht an?

Und dann warf Lin mir den Satz vor die Füße, die meine sorgsam errichtete neue Wohlfühl-Atmosphäre mit einem Mal einriss. »Jax ist ein Hexenjäger. Er gibt sich nur mit uns ab, um uns auszuspionieren, vielleicht die Stadt mitzuretten, aber danach wird er wie seine Vorfahren alle Hexen töten. Stimmt doch, Jax? Oder warum sonst die ganzen Streichhölzer? In der Garage bei den Ölkanistern habe ich frische Fußabdrücke und Spuren gefunden. Du hast vor, diese Hütte und vielleicht auch die Voodoo Night School abzufackeln.«

»Was?« Da mir diese Neuigkeiten im wahrsten Sinne des Wortes den Boden unter den Füßen wegzogen, musste ich mich an Shannon abstützen. Tröstend legte sie mir einen Arm um die Taille. Meine Sicht war größtenteils verschwommen.

Überall tanzten Punkte und meine Ohren klingelten wie verrückt. Wahrscheinlich erlitt ich gerade einen Hörsturz. Trotzdem musste ich es jetzt von Jax hören.

»Sag mir, dass das nicht wahr ist, Jax«, flüsterte ich.

Anstatt zu antworten, sah er nur betreten zu Boden.

»Du wolltest uns alle töten!«, keifte Lin. »Wie konntest du nur planen, Dawn umzubringen, die dich in ihr Haus eingeladen hat?«

Ja, wie konnte er nur? Und wie konnte ich nur? Wie blöd war ich gewesen? Ich hatte mit dem Feind in einem Bett geschlafen! Mit einem Hexenjäger!

»Wir sollten dich dem Ältestenrat übergeben und dafür sorgen, dass du ins Gefängnis kommst! In die Zellen für Voodooverbrecher!«, forderte Mila. »Leider haben wir keine Beweise, dass du ein Verbrechen begangen hast. Also schmeißen wir dich nur raus. Aber sei gewarnt! Wenn du dich uns oder einer anderen Hexe auch nur auf zehn Schritte näherst, machen wir Hackfleisch aus dir!« Sie schlug sich mit ihrem Baseballschläger in die Handfläche.

»Dawn …« Jetzt, da Jax den Kopf hob, meinen Blick suchte und zu sprechen begann, zuckte ich regelrecht zusammen.

»Es ist nicht so, wie du denkst …«

Lin schnaubte. »Ach, dann wolltest du uns also gar nicht umbringen?«

»Und an Mardi Gras hast du gar nicht versucht, mich vor diesen weißen Transporter zu schubsen, Jax?«, wollte Shannon wissen, mit einer Stimme so hart wie Stahlkanten.

Jax zögerte, was Antwort genug für mich war. Nicht zu fassen, Jax wollte meinen Tod! Hatte von Anfang an nichts anderes gewollt. Die ganze Zeit über hatte er mir nur etwas vorgespielt.

»Es ist alles gesagt. Du gehst jetzt besser.« Meine Stimme klang viel kälter, als ich es gewohnt war.

Zunächst sah es so aus, als wollte er noch widersprechen,

doch dann sammelte Jax nur seine Hose, Schuhe und sein Hemd auf. Kleidungsstücke, die früher Adrien gehört hatten. Adrien, der von Leuten wie Jax, vielleicht sogar mit seiner Hilfe, ums Leben gekommen war. Während sich durch diesen Gedanken noch meine Kehle zuschnürte, drückte sich Jax an uns vorbei in Richtung Haustür. Als er mich mit dem Unterarm an der Schulter berührte, zuckte ich zusammen, befahl mir aber, in keiner Weise zu reagieren. Erst nach mehr als drei Sekunden drehte ich mich zu ihm um.

Die Hand auf der Türklinke wandte sich Jax noch einmal zu uns um. »Ich wollte euch wirklich dabei helfen, die Stadt zu retten. Und das mit der Hexenvernichtung habe ich schon längst aufgegeben. Das ist die Wahrheit. Alles, was ich zu dir gesagt habe, war echt, Dawn.«

Natürlich. Vor lauter Misstrauen entfuhr mir ein Laut wie ein Keuchen.

»Nun ja, von ein paar Lügen in den ersten Tagen abgesehen«, schob er schnell hinterher.

Ich verbot mir, jetzt irgendetwas darauf zu antworten. Die anderen flankierten mich wie Statuen ohne die geringste Regung im Gesicht.

Schließlich nickte Jax, öffnete die Tür und verließ uns. Verschwand einfach so mitsamt allen Lügen, die er uns vermutlich aufgetischt hatte, aus meinem Leben. Wieder drohte mir schwarz vor Augen zu werden.

Auch Stunden später hatte ich die Sache mit Jax immer noch nicht verkraftet. Lin und Mila hatten mich zwar zu allen Kampftrainingseinheiten und Unterrichtsstunden geschleppt, aber ich hatte sie mehr oder weniger teilnahmslos über mich ergehen lassen. Mittlerweile hatte ich in Gedanken jeden Moment mit Jax, jedes Gespräch mit ihm analysiert und war zu dem Schluss gekommen, dass alles nur Lügen gewesen waren. Er hatte ein Lügengebäude aus Scheinheiligkeit um uns errichtet, um mich auszuspionieren, mich zu hintergehen. Diese Erkenntnis tat weh. Sehr weh. Immerhin hatte ich mich mit Shannon ausgesprochen. Zwischen uns war alles wieder wie früher.

Am Mittwochmorgen, nach unserer üblichen Joggingrunde mit Hope, stützte ich mich an einem Baumstamm ab. Meine Lunge krampfte sich nach der Anstrengung zusammen und ich konnte kaum atmen. Schließlich ließ ich mich ins Gras sinken, hob dann den Kopf, um in den blassrosa Morgenhimmel zu schauen. Bildete ich mir das nur ein, oder war seit Jax' Verschwinden der Himmel eine Spur grauer geworden? Durchgehend. Tag und Nacht.

Mittlerweile schlackerten die Sportklamotten an meinem Körper. Bis jetzt hatte ich durch das viele Training und die wenigen Mahlzeiten, für die wir noch Zeit hatten, mehrere Kilos verloren. Und das in acht Tagen. Mit einer Hand zupfte ich mir das rosa Sporttop von der schweißnassen Brust. Dass sich die Farbe mit meinen Haaren biss, war mir an diesem Tag egal gewesen. Generell war mir in den letzten Tagen ziemlich viel egal geworden. Vor mich hin schnaufend zog ich die Beine an und legte dann die Arme um meine Knie.

»Hey, Dawn. Kann ich irgendwas für dich tun? Du weißt, ich bin immer da, wenn du mich brauchst.« Lin war hinter mir aufgetaucht. In letzter Zeit versuchte er mir so viel Freiraum wie möglich zu lassen, wofür ich ihm sehr dankbar war. Der Ex-Loa zeigte sich einfühlsamer als jeder normalsterbliche Mensch. Was gewissermaßen etwas paradox anmutete. Auch jetzt gab er sein Bestes, um mir nicht zu nahezukommen, weil er wusste, dass mir sonst wieder die Tränen in die Augen treten würden. Tagsüber hatte ich mich relativ gut im Griff, solange mich niemand berührte jedenfalls. Tat es doch jemand, kullerten mir die Tränen in Strömen herunter. Keine Ahnung, warum. Ich konnte nichts dagegen tun. Außer Körperkontakt und jegliche Erinnerungen an Jax zu vermeiden. Trotzdem weinte ich jede

Nacht in Lins Armen um ihn. Um Jax. Meinen Jax, wie er in meinen Augen gewesen war. Nicht um den echten.

Wir alle taten komischerweise so, als sei er gestorben und hätte sich nicht plötzlich als unser Todfeind entpuppt. Vielleicht machte uns das die Situation etwas leichter. Selbst Perry war wieder dazu übergegangen, auf meinem Gesicht zu schlafen. Als Katze war das irgendwie kuscheliger gewesen, dennoch beschwerte ich mich nicht.

Ich schluckte. »Alles okay. Lass uns nach Hause gehen. Ich mache dir und Mila Rührei.«

Zum ersten Mal seit Tagen reichte ich Lin meine Hand, damit er mich vom Boden hochziehen konnte.

Verwundert betrachtete er meine Finger. In seinen Augen stand die unausgesprochene Frage: *Bist du dir sicher?*

Anstelle einer Antwort verharrte ich einfach in meiner Position, bis Lin sich letztendlich rührte. So vorsichtig, als würde er einen Vogel mit gebrochenem Flügel vom Boden aufsammeln, zog er mich auf die Füße.

In diesem Moment öffnete sich ein paar Yards entfernt die Tür zu Melindas Hütte. Mila strahlte uns an: »Einen wunderschönen guten Morgen, ihr zwei. Alle unsere Waffen sind frisch poliert! Sie könnten einen Schönheitswettbewerb gewinnen … falls es einen Wettbewerb dafür gäbe. Jedenfalls glänzen sie und sind wieder einwandfrei scharf!«

»Da sind wir jetzt aber erleichtert!«, rief Lin zurück. »Ist Shannon schon da? Wir kommen jetzt rein.« Und damit zog er mich mit sich. Behutsamer, als Jax es getan hätte. Jax. Warum in Marinettes Namen vermisste ich diesen hinterhältigen Hexenjäger so sehr?

»Shannon deckt gerade den Tisch«, informierte uns Mila, bevor sie einen Schritt zurücktrat, um uns die Tür aufzuhalten. Glücklicherweise war es in der Hütte noch so dunkel, dass niemand die Träne sah, die über meine Wange rann. Sicher hatte Shannon für vier gedeckt. Doch auf Jax' Platz würde jetzt wieder meine beste Freundin sitzen und nie wieder der Junge mit den dunklen Haaren und dem losen Mundwerk.

Nach dem Frühstück ging ich in mein Zimmer, um mich für die Schule umzuziehen. Tränen verschleierten mir die Sicht, dennoch bemerkte ich etwas auf meinem Schreibtisch, das vorhin noch nicht dort gelegen hatte, zumindest nicht in dieser Farbe und an dieser Stelle. Ich stutzte, ließ dann meine Finger darübergleiten. Genoss den Samt des Haarreifs und fuhr dann über die froschgrüne Schleife. Das war neu. Ein Zettel lag daneben. Auch über ihn strich ich mit meinen Fingerspitzen.

Jedem Ende wohnt auch ein neuer Anfang inne.
Lin

Er musste meinen Haarreif, das Erbstück meiner Mutter, repariert haben! Ich betrachtete ihn eingehend, wie einen verloren geglaubten Schatz. Lin schien den Samt aufgeschnitten, das Innere geklebt, dann wieder zusammengenäht und diese grüne Schleife über die Bruchstelle gebunden haben. Ehrfürchtig nahm ich ihn hoch und schob ihn mir, nachdem ich ihn von allen Seiten betrachtet hatte, in die Haare.

Jax

Die Tage bei Mr Vaughn zogen sich quälend lange hin. Sogar an diesem Morgen schien die Sonne doppelt so lange zu brauchen wie gewöhnlich, um sich über den Horizont zu quälen und endlich genug Licht auf den Sumpf zu werfen, sodass man seine eigenen Füße erkennen konnte. Die verfallene Hexenjäger-Akademie verabscheute er jeden Tag ein bisschen mehr.

Als er seine Joggingrunde beendet hatte, setzte er sich für

ein paar Minuten auf die Veranda, um in der Ruhe des Morgens nachdenken zu können. Bis zum Frühstück war noch etwas Zeit. Das Holz der Treppenstufen knarrte bedenklich unter seinen Füßen.

Sicher saß Mr Vaughn gerade in seinem Ohrensessel und las Zeitung. Die senile Bettflucht hatte bei dem alten Mann erbarmungslos zugeschlagen.

Jax ließ den Kopf hängen. Zwar hatte er hier einen Unterschlupf gefunden und war mittlerweile auch wieder im Besitz gültiger Papiere, dennoch konnte er sich nicht darüber freuen. Nicht mal über Mr Vaughns Nachricht, dass er die Akademie mitsamt allen Geldkonten an Jax vererben würde. Schließlich war kein anderer Hexenjäger mehr in der Stadt und Jax kümmerte sich um Mr Vaughn.

Mit einem Schnauben begann er mit den Fingerkuppen auf den Holzbrettern der Veranda herumzutrommeln. Seit seiner Flucht aus der Sumpfhütte konnte er an nichts anderes mehr denken als an Dawns enttäuschtes Gesicht. Aber konnte er ihr das wirklich übel nehmen? Immerhin war es zu Beginn tatsächlich sein Plan gewesen, sie zu töten. Anfangs. Aber jetzt nicht mehr. Zugegeben, wer würde ihm das noch glauben? Glauben, dass er begriffen hatte, dass die heutigen Voodoohexen, zumindest diejenigen, die weiße Magie praktizierten, keine Bedrohung mehr darstellten. Alles, was er wollte, war gemeinsam mit Dawn die Stadt zu retten.

Und generell mit Dawn zusammen sein, flüsterte eine Stimme in seinem Hinterkopf. Für einen Moment hielt er mit dem Fingertrommeln inne. Stimmte das? Hatte er sich in die kleine Hexe verliebt? Beim Gedanken an Dawn mit ihrem sturen Blick, den schlagfertigen Kontern und der roten Mähne wurde sein Herz weich. Am meisten vermisste er es, mit ihr zusammen einzuschlafen. Jetzt, bei Mr Vaughn im Gästezimmer, hielt er nachts ein zweites Kopfkissen im Arm. Traurig, aber wahr.

Mr Vaughn hatte ihm außerdem geholfen, die letzten Puzzlestücke zusammenzusetzen. Er, Jax, war damals in der Nacht verschwunden, bevor fast alle anderen Hexenjäger umgekommen waren. Das hieß, dass Melinda Lavelle oder ihre Projektion Mimi ihn in dieser Nacht in einen Alligator verwandelt haben musste, um ihn zu beschützen. Er musste Melinda unbedingt finden! Mimi war Melinda und Melinda war Mimi! Seine erste große Liebe. Vielleicht würde sie zuhören und ihm mit Dawn helfen können.

Verdammt! Entschlossen schlug er mit der Faust auf die Veranda, sodass eine kleine Staubwolke in die Luft katapultiert wurde. Er musste Dawn beweisen, dass er ein völlig neuer, vertrauenswürdiger Jax war! Und dann einfach sehen, was sich zwischen ihnen entwickelte. Aber wie sollte er das anstellen?

Melinda Lavelle

Die alte Dame wischte sich eine Träne von der Wange. Dawns Schmerz und auch Jax' tiefe Traurigkeit konnte sie fast körperlich spüren. Und das gerade jetzt, wo die dunklen Mächte in Position gingen.

Sie konnte nur hoffen, dass Jax einen guten Plan hatte und dass ihr eigener mit Dawn aufgehen würde. Entschlossen fegte sie mit der Hand die Wahrsageschale vom Tisch. Das Klirren, mit dem die Schale auf dem Boden aufschlug, ließ sie für einen Moment die Augen schließen. Wie hatte sie auch erwarten können, dass alles glattlief? Nein, dieser Gedanke war zu naiv gewesen.

»Adrien«, flüsterte sie. Im Grunde genommen konnte sie es kaum erwarten, ihren Ehemann wiederzusehen. Zwar viel zu früh, aber inzwischen hatte sie sich mit dem Alterungsfluch arrangiert. Und sie hatte die Ewigkeit mit ihrem Ehemann noch vor sich. Ein beruhigender Gedanke. Dennoch. Sie ballte die Hand zur Faust. Sie würde nicht eher gehen, bis sie denjenigen gefunden hatte, der ihr das angetan hatte. Und bis sie der Mambo geholfen hatte, die Stadt zu retten. Mit Hope, Dawn und deren Gefolge. Wenn nur Jax die Sache aufklären konnte. Jax, ihre erste große Liebe …

Die Tür öffnete sich. Ein Pfleger kam herein, was Melinda jedoch kaum wahrnahm. Immer noch starrte sie stur geradeaus.

»Mrs Swan, geht es Ihnen gut?« Als sie nickte, sammelte der junge Mann ihre Schale vom Boden auf. Sie war heil geblieben. Doch im Grunde genommen würde Melinda sie nicht mehr brauchen. Inzwischen hatte sie alles gesehen, was auf die Stadt New Orleans zukommen würde.

Dawn

In der Schule hielt ich den Kopf gesenkt, kämpfte mich mit ausdruckslosem Gesicht an Leoparden-Leo vorbei, die heute wieder so viel Leo-Print trug, dass ich definitiv eine Malariaimpfung in der Mittagspause brauchen würde. Inzwischen hatten Carlton und ihre Mitläufer aufgegeben, mich nach Jax zu fragen. Ich tat einfach jeden Tag hartnäckig so, als wüsste ich nicht, wer das sei. Nachdem ich ungefähr achtmal »Wen meint ihr?« gefragt hatte, hatten sie sich entnervt von mir abgewandt. Daraufhin war die Pearl-Clique sehr zu Lins Missfallen dazu übergegangen, ihm auf Schritt und Tritt zu folgen und ihm sogar kleine Briefchen in die Jackentasche zu stecken. Insgeheim bewunderte ich ihn für seine Geduld mit ihnen und dass er ihnen die Zettelchen nicht postwendend einfach in ihre offenen Gaffermünder stopfte.

Das Schlimmste daran war, dass mich jeder ihrer fragenden

Blicke, jedes Anhimmeln von Lin an Jax erinnerte. Jax, der nicht mehr an meiner Seite war. Wieder und wieder zwang ich mich, nicht an ihn zu denken. Doch das Blöde war, dass, wenn man versuchte, nicht an einen gewissen verlogenen, neunmalklugen Hexenjäger zu denken, der wirklich fantastisch küssen konnte, man genau an diesen dachte.

In der Mittagspause stupste mich Lin mit dem Ellenbogen an. »Hey, isst du deine Hähnchenkeule nicht mehr?«

Was? Verwundert sah ich von meinem Teller hoch, auf dem ich gerade völlig in Gedanken Erbsen und Möhren nach Farbe sortiert hatte.

Lin deutete mit seiner Gabel auf meinen Hähnchenschenkel und dann auf sich. »Oh ja, klar. Nimm nur.« Mir war der Appetit so oder so vergangen.

In diesem Moment ertönte eine säuselnde Stimmer hinter uns. »Ist vielleicht besser so.«

»Was willst du, Brooke?«, fuhr Lin die einzige Brünette der Pearl-Clique mit vollem Mund an. »Wenn ich mich nicht irre, hat Dawn ziemlich viel abgenommen in letzter Zeit. Und das durch Sport. Nicht durch eine Schönheitsoperation.« Er ließ seinen Blick über Brooke Thalia gleiten, deren Onkel, wie wir alle wussten, ein bekannter Schönheitsdoc war.

Sofort errötete Brooke. Bevor sie etwas darauf antwortete, warf sie einen Blick über ihre Schulter, um sicherzugehen, dass niemand Lin gehört hatte.

»*Das* ist eine Verleumdung. Und du kannst mir nichts beweisen!«

»Glaubst du?«, fragte Lin. »Meinst du, da kommt niemand drauf? Jetzt, wo ihr alle in der Clique dieselbe Nase tragt? Gab es die im Viererpack günstiger für deine Freunde?« Er grinste, woraufhin Brooke noch ein wenig röter anlief, was ich kaum für möglich gehalten hätte.

»Ach, denk doch, was du willst!«, schnappte sie, warf ihre Haare über die Schulter und rauschte davon.

Sollte mir recht sein. Langsam schob ich mir eine Karotte in den Mund, würgte sie dann aber halb wieder hervor. Mein Gott, das schmeckte ja wie schon mal gegessen.«

Lin klopfte mir auf den Rücken. »Du wirst darüber hinwegkommen.«

»Über die Karotte?«, krächzte ich.

»Über die auch.«

21

Freitagabend fluchte ich alle zehn Minuten über Nichtigkeiten. Meine Stimmung war ungefähr so gut wie die eines Vegetariers, der als Weihnachtsmenü ein saftiges Steak vorgesetzt bekam. Ohne Beilagen.

Lin, Shannon und Mila, die unter meinen Launen mindestens genauso zu leiden hatten wie ich, konnten das Wochenende sicher kaum noch erwarten. Also saßen wir pünktlich an diesem Abend in Madame Laveaus Klassenzimmer. Alle vier kauten wir an unseren Fingernägeln oder trommelten nervös auf unseren Tischplatten herum. Mila hätte die arme Joann sogar beinahe gebissen, als sie einen Bleistift ausleihen wollte.

Als Madame Laveau schließlich auftauchte, atmeten unsere armen Mitschüler geschlossen aus.

»Guten Abend, Klasse.«

Was soll an diesem Abend gut sein?, fragte ich mich.

Doch mein Stirnrunzeln schien die Mambo zu übersehen. Neben mir räusperte sich Shannon in ähnlich ablehnender Weise. Immerhin stand sie auf meiner Seite.

Während die Mambo sich gegen ihren Schreibtisch lehnte, ihren mitternachtsblauen Turban zurechtrückte und uns beschwor, dass sich die Zeichen verdichteten, dass wir kurz vor der unmittelbaren Katastrophe stünden, ließ ich meinen Blick durch die Klasse schweifen. Die Ansprache der Mambo kannte ich zur Genüge. Natürlich wusste ich, wie ernst es um New Orleans stand. Schließlich trainierte ich jeden Tag, um die Stadt im Ernstfall verteidigen zu können. Die Mambo verteidigen zu können. Um zu verhindern, dass Tausende Menschen starben, nur weil andere Voodoohexen und Loas sich in den Kopf gesetzt hatten, dass das Flussdelta, auf dem die Stadt lag, der Natur zurückgegeben werden musste. Eine Flut, um so viele Menschen wie möglich zu töten. Das hatte die Mambo genau so vorhergesehen. Ihre Sehergabe erwies sich diesbezüglich als äußerst hilfreich. Nur, wer hinter diesem Plan steckte, das hatten ihr die Visionen nicht verraten.

Meine Augen verengten sich. Ich hatte das Gefühl, irgendetwas übersehen zu haben, doch was? Mein Blick glitt zu Joann, die genau wie Electra, den Kopf in die Hände gestützt, ganz offenkundig Tucker anhimmelte. Neben Electra rückte sich Cynthia gerade gelangweilt die lilafarbene Perücke zurecht, die ihr bis zum Kinn reichte. Hope und Tucker schrieben fleißig in ihre Hefte, wobei ich bei vermutete, dass Tucker einen Songtext schrieb und Hope eine Ansprache vorbereitete. Ich fing Shannons fragenden Blick auf. Ob sie auch das Gefühl hatte, dass wir irgendetwas übersahen?

»Vielleicht kann Dawn diese Frage beantworten«, holte mich plötzlich eine spitze Stimme zurück in den Unterricht. Hopes Stimme. Ich sah mich zu ihr um. Gerade kratzte sie sich mit ihrem Kugelschreiber hinter dem Ohr. Ihre Krausmähne hatte sie heute wieder ordentlich geglättet und zurückgegelt, wodurch sie mich an einen Igel bei einem Schönheitswettbewerb erinnerte.

Aus dem Augenwinkel bemerkte ich, wie Madame Laveau Hope einen mahnenden Blick zuwarf.

»Was genau soll ich beantworten?« Ich ließ meine Frage bewusst geringschätzig klingen.

»Unter welchen Umständen es möglich ist, sich von einem

Loa reiten zu lassen«, klärte mich Hope auf, wobei sie meinem Blick standhielt.

»Ähm, eigentlich gar nicht«, druckste ich herum, »es ist verboten und man wird nicht selten verrückt dadurch. Zumindest, wenn es einer der höheren Loas ist.« Neben mir versteifte sich Shannon auf ihrem Platz. Aus Rücksicht auf sie beschloss ich, nicht weiterzusprechen.

»Ha. Na sicher!« Mit einem überlegenen Auflachen lehnte sich Hope zurück, hob sogar eine Augenbraue, um mich besonders spöttisch angrinsen zu können.

Was wollte sie denn jetzt? Wenn sie mir etwas zu sagen hatte, sollte sie es mir es direkt ins Gesicht sagen!

Nachdem sie schließlich als Erste den Blickkontakt abbrach, verschränkte ich die Arme vor der Brust. Was auch immer. Ich hatte Wichtigeres zu tun. Heute Abend zum Beispiel nach der Schule. An der Art, wie Shannon gerade an ihren Fingernägeln knibbelte, konnte ich ablesen, dass auch sie an unseren Plan dachte. Es war ihre Idee gewesen. Die Sache mit Mr B.

Ich rieb mir über die Augen und versuchte dann Madame Laveaus Unterricht zu folgen, was eigentlich ein hoffnungsloses Unterfangen war. Niemals würde ich diese Blitzzauber ohne Opfergabe beherrschen. Was sollte dabei herauskommen? Kaulquappen und Rübensetzlinge? Warum in aller Welt nur hatte mich Erzulie erwählt? Ich gab ein frustriertes Schnauben von mir. Das Prickeln in meinem Nacken verriet mir, dass Lin mich sicher gerade sorgenvoll beobachtete. Das konnte ich aber aktuell genauso wenig gebrauchen wie die Holzwürmer in meinem Tisch. Mitleid hatte ich in meinem ganzen Leben schon zur Genüge gratis zugeworfen bekommen, vielen Dank auch.

Als wir endlich mit der Abendschule fertig waren und auch das Kampftraining auf der Rasenfläche vor der Schule an diesem Abend hinter uns gebracht hatten, trödelten wir absichtlich etwas herum, sodass sich Madame Laveau dieses Mal von uns verabschiedete. Hope und Cynthia waren längst abgehauen. Als Letztes hatte mir Hope noch einen durchdringenden Blick zugeworfen, als ahnte sie irgendetwas.

»Stell nichts Dummes an, Dawn Decent.«

Das fand ich dann doch ein wenig frech, mich so pauschal zu verurteilen. Auch wenn sie in diesem Fall damit richtigliegen mochte. Statt zu antworten, hob ich nur eine Augenbraue und rückte meinen frisch reparierten Haarreif zurecht.

Dann endlich, als auch die Mambo verschwunden war, nickte ich Shannon, Mila und Lin zu. Wie abgemacht schlichen wir zur Tür der Voodoo Night School. Dieses Mal öffnete Lin sie mithilfe meiner Haarklammern. Gemeinsam bewegten wir uns wie vier Ninjas auf Mr Bs Bürotür zu. Doch bevor Lin auch die öffnen konnte, hörten wir Schritte dahinter. Nanu? War Mr B um diese Uhrzeit noch in der Schule? Während wir uns gegenseitig verwunderte Blicke zuwarfen, wurde die Klinke heruntergedrückt. Eilig huschten wir hinter die nächste Ecke. Mein Herz klopfte. Nicht dass der Zombie-Mr B uns jetzt hörte! Aber wir schienen Glück zu haben. Vor sich hin pfeifend entfernte er sich von uns, schritt den Gang hinunter. Lin, der mich an sich gezogen hatte, atmete aus.

»Lasst ihn uns verfolgen. Das ist noch besser, als sein Büro zu durchsuchen. Vielleicht führt er uns direkt zu der Person, die ihn steuert.«

Alle waren mit dem Vorschlag einverstanden. Nachdem Mr B die Eingangstür zur Night School verschlossen hatte und wir sie mit zwei Haarnadeln erneut öffneten, dieses Mal von innen, erhaschten wir gerade noch einen Blick auf ihn, wie er denselben Weg einschlug, den wir immer nahmen. Konnte das ein Zufall sein?

»Denkt ihr, was ich denke?«, wollte Lin wissen.

Nach zwanzig Minuten ging mir langsam die Puste aus. Das ständige Aufzehenspitzenschleichen und Sichhinterbüschenverstecken ging mir langsam ziemlich auf die Nerven. Shannon musste es ebenso gehen, zumindest verriet mir das ihr Geknirsche, das sie in immer kürzeren Abständen durch die Zähne ausstieß. Nur Mila schien ganz in ihrem Element zu sein.

Plötzlich war Lin an meiner Seite.

»Sagt mal, Mädels …« Gedankenverloren betrachtete er etwas in seiner Hand. Wegen der Dunkelheit brauchte ich ein paar Sekunden, bis ich erkannte, was es war. Seine Gris-Gris-Talismane. »Wie sah das Gris-Gris noch gleich aus, von dem ihr sagtet, es würde Mr B kontrollieren? Was hat derjenige benutzt, um einen Zombie aus ihm zu machen?«

Hm, ich forstete in meinem Gehirn danach. In den letzten Tagen war so viel passiert. Am Rande nahm ich wahr, dass wir uns gerade genau dort vor der Lichtung befanden, an deren Rand ich vor zwei Wochen den Ex-Alligator Jax aufgesammelt hatte. Die Erinnerung verschlug mir für einen Moment den Atem, weswegen Shannon an meiner Stelle antwortete: »Das war so eine Perlenkette mit Holzanhängern, Holzperlen. Gruselige Figuren als Anhänger. Und die andere hängt um seinen Hals. Die mit dem kleinen Surfbrett.«

»Hm«, machte Lin. »Auch so ein Holzkreuz, wie wir eines am Wochenende unter Milas Rücken gefunden haben?«

»Was?«, flüsterte ich. Davon wusste ich ja gar nichts.

»Ähm, ja, haben wir dir gar nicht erzählt. Entschuldige.« Lin machte ein betretenes Gesicht. »Neulich Nacht hat irgendwer, vermutlich dieselbe Person, die alle Zombies kontrolliert, Mila niedergeschlagen. Bei seiner Tat muss derjenige ein Beweisstück verloren haben.«

Shannon kratzte sich am Kinn. »Lin sagt die Wahrheit. Gleiches Kreuz. Alles Holzanhänger. Sah für mich eher nach einem katholischen Rosenkranz aus als nach Voodoo-Gris-Gris.

»Was? Moment mal …« Mein Magen machte ein paar unkontrollierte Sprünge. »Soll das heißen … die Gris-Gris, die derjenige benutzt, der für Papa Legba arbeitet, sich vielleicht sogar reiten lässt, sind katholischen Ursprungs? Das muss doch bedeuten, die Person hat keinen Zugang zu echten Gris-Gris.« Warum hatte ich diese Spur nie weiterverfolgt? Augenblicklich hielt ich Lin und Shannon am Arm zurück. »O großer Bondieu.«

»Was ist los mit dir, Dawn?« Lin betrachtete mich sorgenvoll. Selbst Mila hatte offensichtlich kapiert, dass etwas nicht stimmte, und schlich ein Stück zurück, näher zu uns heran.

»Versteht ihr denn nicht, was das bedeutet?«, keuchte ich. Alle schüttelten den Kopf, musterten mich, als sei ich eine Außerirdische. »Wer hat keinen Zugang zu Voodoomaterial? An welche Familien verkauft der Voodooladen nicht? Und welcher Voodooschüler hat Eltern, die dem Voodoo abgeschworen haben und dafür Katholizismus praktizieren?« Leider konnte ich nicht verhindern, dass sich meine Stimme hob. Die Erkenntnis traf mich einfach zu hart. Warum war ich nicht schon früher darauf gekommen? Die Schülerin hatte sich doch verdächtig verhalten! Vor allem gegenüber Lin!

»Wer?«, fragten Shannon und Lin gleichzeitig.

»Ich glaube, sie meint mich!«, ertönte eine Stimme hinter uns.

Vor Schreck sprang ich herum.

Hinter uns, am Rande der Lichtung, hatte sich Cynthia aufgebaut. Als ich einen Blick über ihre Schulter warf, entdeckte ich auch Mr B, der etwas weiter hinter ihr stand.

»Tja, da ist die Katze wohl aus dem Sack.« Cynthia neigte den Kopf, schien aber ganz und gar nicht verärgert darüber zu sein, dass ich herausgefunden hatte, dass sie hinter all dem steckte. Doch warum?

»Hätte eigentlich erwartet, dass ihr mich eher durchschaut. Vor allem der da.« Cynthia deutete auf Lin.

Ich konnte einfach nicht anders, als sie mit offenem Mund anzustarren.

»Wahrscheinlich war er einfach zu beschäftigt damit, dich anzuhimmeln, Dawn«, fuhr Cynthia achselzuckend fort.

»Du … du«, stotterte ich. Immer noch konnte ich es nicht so ganz fassen. Versuchte verzweifelt die einzelnen Informationen zu ordnen. Dafür konnte es nur eine Erklärung geben. »Du lässt dich von jemandem reiten? Aber wie ist das möglich?«

Meine Freunde atmeten laut hörbar ein. Sicherlich hatten sie das nicht kommen sehen. Cynthia, es war Cynthia. Die Bonbonperücken-tragende Cynthia!

Cynthia strich mit der Hand über ein Büschel Schilfgras, das sich aus der Mangrove bis hierher verirrt hatte.

»Training. Erst war es nur eine Minute, dann zwei, dann fünf …«

»Sie lässt sich jetzt gerade von einem Loa reiten?« Shannon klang, als stünde sie kurz vor einem Asthmaanfall. »Von Papa Legba?«

»Pfff«, schnaubte Cynthia.

Ihre Perücke saß ein kleines bisschen schief, wie ich bemerkte.

»Aber warum? Warum hast du das alles getan? Du hast uns diese verdammten Zombies auf den Hals gehetzt?« Meine Stimme versagte, dafür setzte Lin endlich ein: »Warum die ganzen Monster? Die Flutwelle? Die Dunkelheit? Was hat dich zu all dem gebracht?« Er machte eine ausladende Handbewegung, die praktisch den ganzen Sumpf einschloss.

Cynthia seufzte.

»Liegt das nicht auf der Hand?« Sie blickte jedem von uns der Reihe nach in die Augen. »Was seid ihr nur für verweichlichte Voodooschüler. Schlimmer als meine Eltern! Meine Großmutter ist die Einzige, die wie ich versteht, was für ein Fehler es war, die alten Voodooriten zu verbieten! Wir sollten die Loas willkommen heißen und die MoVs sollten sich vor uns verneigen und uns mit Respekt behandeln!« Gegen Ende war ihre Stimme wie die eines leidenschaftlichen Predigers angeschwollen.

Okay … Cynthia hatte definitiv nicht mehr alle Rüben im Acker.

»Die Loas haben recht«, fuhr Cynthia fort. »Die Stadt muss von den Menschen gereinigt werden. Es braucht eine neue Flut.« Ihre Augen glitzerten gefährlich.

In mir krampfte sich alles zusammen. »Du warst das an Mardi Gras auf der Lichtung hier? Du hast das schwarze Ritual durchgeführt? Um die Zerstörung der Stadt einzuleiten? Hast das Wort *Leben* mit Schweineblut geschrieben. Und dann hast du versucht, uns umzubringen mit deinen Zombies. Weil wir dir im Weg waren. Oder hat Marinette geahnt, dass ich eine der Auserwählten werden würde?«

Als Antwort lachte Cynthia nur höhnisch auf.

Verdammt. Wo war Madame Laveau? Wenn New Orleans jetzt untergehen sollte, brauchten wir die Mambo!

»Also«, fasste Mila zusammen. Immerhin war die Mini-Mambo an unserer Seite. »Du lässt dich von Papa Legba reiten, versuchst uns, die Unterstützer der Mambo, auszuschalten und dann eine Flutwelle zu rufen, die New Orleans zerstört. Ist es das?«

»Wer hat etwas von Papa Legba gesagt?«, fragte Cynthia zurück. Das überlegene Grinsen in ihrem Gesicht ging mir allmählich auf die Nerven. Insgesamt wirkte sie wie eine rachsüchtige Katy Perry. »Nein, diesen Trottel haben meine Großmutter und ich nur mit einem Verwirrungszauber belegt. Schade, dass Grandma zu schwach ist, das Haus zu verlassen. Aber sie hat ja mich!«

So war das also. Das alles war von Cynthias Grandma eingefädelt worden … Wahrscheinlich hatte sie ihrer Enkelin gründlich das Gehirn gewaschen. Und ihre Eltern hatte es nicht interessiert, da die sich dem Katholizismus zugewandt hatten. Damit war klar, dass die Belvue-Familie hinter den Machenschaften steckte, die die Stadt in Gefahr brachten. Warum war ich die ganze Zeit so blind gewesen?

Lin machte einen Schritt nach vorn. »Dann habt ihr also Papa Legbas Gris-Gris gestohlen, um es für den Verwirrungszauber zu nutzen. An dem Tag hat dich Dawn überrascht und Jax das Gris-Gris gefunden, das dein Loa Papa Legba gestohlen hatte.« Er legte eine bedeutungsschwere Pause ein. »Aber wenn Papa Legba nicht der Loa ist, der dich reitet, wer ist es dann? Wer bist du?« Er sprach mit dem Loa, dem Cynthia bereitwillig ihren Körper überlassen hatte, wurde mir klar. »Wie ist es möglich, dass ihr euch einen Körper teilt?« Ich dachte einen Moment an diesen Hermann. Der von Baron Samedi geritten worden war. Und an Shannons Dad. Aber der war verrückt geworden.

»Training. Ihr solltet das auch üben. Es ist klasse«, meinte Cynthia. »Falls ihr euch dafür entscheidet und nicht an eurem dämlichen Plan festhaltet, die Stadt zu retten.«

»Ach, weißt du«, meinte Shannon leichthin. »Warum kürzen wir das Ganze nicht ab? Du weißt ganz genau, auf welcher Seite wir stehen.«

Da musste ich ihr recht geben. Irgendwie drängte sich mir das Gefühl auf, in einer drittklassigen Fernsehserie gelandet zu sein, in der die Bösewichte zu viel redeten, um ihr Gegenüber auf ihre Seite zu ziehen. Andererseits mussten wir Zeit gewinnen, bis die Mambo hier war. Ich konnte nur hoffen, dass sie dank ihrer Sehergabe schon Bescheid wusste, was vor sich ging, und sich bereits auf den Weg gemacht hatte.

Lin warf Shannon einen Blick zu. Irgendetwas musste zwischen den beiden vorgefallen sein, ging mir auf, und ich war mir nicht sicher, ob mir das gefiel.

Cynthia begann zu lachen. Ein freudloses Lachen. »Dass gerade du das sagst, ist zu witzig, Shannon!« Sie klatschte vor lauter Lachen in die Hände. »Ich meine, bist du sicher?« Schlagartig war sie wieder ernst geworden. »Wolltest du vor Kurzem nicht noch selbst zum Loa werden, um deine Eltern zu retten? Ich hatte in dieser Nacht extra Mila aufgehalten, damit du Zeit hattest, diesen nutzlosen, sterblichen Loa umzubringen!« Mit dem Zeigefinger wies sie auf Lin.

Was? Das war mir neu! Sowohl Shannon als auch Lin wirkten auf einmal verlegen.

»Das ist Schnee von gestern!«, behauptete Shannon. »Ich konnte es nicht tun, und mittlerweile kenne ich den richtigen Weg, um die Unschuld meiner Eltern zu beweisen!« Sie reckte das Kinn, und ich nahm mir vor, sie später darauf anzusprechen.

Der Wind drehte, und ich fragte mich, ob ein Sturm heranzog, so verhangen und düster wirkte der Nachthimmel. Hinter einem Baumstamm zog ein Stinktier den Schwanz ein und wuselte eilig weg von uns.

»Können wir mal zum Wesentlichen zurückkommen?«, meldete sich Mila wie in der Schule mit der Hand.

Sofort verdrehte Cynthia die Augen. »Dass ihr da nicht selbst draufkommt!« Sie lachte und Mr B stimmte in ihr Lachen mit ein, was das Ganze noch eine Spur gruseliger machte. Dann hob sie eine Faust, und unser Schulleiter verstummte. Super-, mega-, ultragruselig!

»Wenn Papa Legba verwirrt war, dann hat er uns fälschlicherweise beschuldigt. Er dachte, wir seien die Bösen! Dass wir ihn bestohlen hätten.« Lin schlug sich eine Hand vor die Stirn. »Und weil Dawn Melinda so ähnlich sieht, hat er die beiden verwechselt. Hat Dawn verfolgt, weil er glaubte, sie hätte 2010 seine Anrufung verboten.«

»Ja, aber wenn er nicht dahintersteckt«, nahm Mila den Faden auf, »wer in Marinettes Namen reitet sie dann?«

»Na, wer wohl? Das ist jetzt echt witzig.« Cynthia lachte auf. »Marinette natürlich.«

In Marinettes schrecklichem Namen!

»Du bist Marinette? Aber, es ist, nein, war verboten, dich anzurufen!« Marinette war die erste Loa Petro gewesen, die auf die Seite der Rada-Nation gewechselt war. Warum sie? Inzwischen sollte sie doch …?

»Ja, allerdings, bis ich Lin davon überzeugen konnte, dass ich auf der Seite der Guten stehe. Damals, kurz bevor Shannons Vater … na, ihr wisst schon.« Cynthia, beziehungsweise Marinette, grinste.

Beinahe fehlten mir die Worte. Shannon schaltete schneller als ich.

»Du hast meinen Vater ausgetrickst und ihn ins Gefängnis gebracht! Du hast dafür gesorgt, dass er durchdrehte und Menschen starben, damit Papa Legba entmachtet wurde, und alle glaubten, du stehst auf der Seite der Guten! Das warst du. Immer nur du!«

»Korrekt. Ist zwar nicht ganz aufgegangen, schließlich kam dadurch die Mambo auf die Idee dieser dämlichen neuen Voodooriten, aber immerhin.«

Oh verdammt, wir steckten wirklich ganz tief in der Scheiße, wenn Marinette das alles seit so langer Zeit geplant hatte.

»Mit wem sprechen wir denn jetzt? Mit Cynthia oder mit Marinette?«

Cynthia verdrehte die Augen, hob dann wie ein Priester beide Arme. Hinter ihr huschten ein paar Waschbären tiefer ins Gebüsch, Richtung Landesinnerem. »Mit mir natürlich. Marinette flüstert mir nur ab und zu Antworten zu. Ganz übernommen hat sie mich nicht. So weit will ich dann doch nicht gehen. Und jetzt Schluss mit der Fragerunde. Steht ihr auf der Seite der Menschen, oder wollt ihr diese Naturausbeuter zusammen mit mir plattmachen und die Stadt von dieser Seuche befreien?«

»Ähm«, machten Shannon und ich. Das war bedenklich merkwürdig formuliert …

»Also, irgendwie beides. Aber eigentlich dabei niemanden töten«, fasste Mila wahrheitsgemäß zusammen.

Cynthia seufzte. »Wie naiv ihr doch seid ...«

Waren wir das etwa? Unauffällig warf ich meinen Freunden einen Blick zu. Nein, wir waren die Retter der Stadt und all ihrer Bewohner, die hier seit Jahrhunderten lebten. Die massenhafte Vernichtung aller Menschen war alles andere als ein genialer Masterplan zur Rettung der Natur.

»Was willst du denn jetzt machen? Den Untergang der Stadt herbeirufen? Hast du hier ein Ritual vorbereitet?« Lin sah Cynthia böse an.

»Vorbereiten? Es hat doch schon längst begonnen.« Cynthia grinste, starrte dann auf einen Punkt direkt hinter uns.

Oh nein, waren wir zu spät? Kam die Flutwelle etwa gerade schon angerollt? Mit vor Schreck geweiteten Augen wandte ich mich um. Meine Freunde taten es mir gleich.

Aber es war weit und breit nichts zu sehen. Nicht mal das Wasser in der Mangrove. Es musste sich zurückgezogen haben, und ich wusste aus dem Unterricht, was das bedeutete. Wasser, das sich vom Ufer zurückzog, um dann mit vernichtender Macht heranzurollen. Tiere, die die Flucht ergriffen, sich in Sicherheit brachten ...

Dafür lachte Cynthia hinter uns ein grausames Lachen. »Wie dumm ihr doch seid!«

Aus dem Augenwinkel bemerkte ich, wie sich eine Schlinge um Lins Hals legte. Ich wirbelte herum. Cynthia hielt das Ende eines geschmeidigen Seils in der Hand, zog daran, sodass Lin auf sie zustolpern musste.

»Wenn ihr euch uns nicht anschließt, müsst ihr sterben«, zischte Cynthia. Natürlich hatte sie uns nur ausgetrickst. Ein Trick! Der älteste Trick der Welt! Mit einer gekonnten Bewegung schlug sie Lin das Messer aus der Hand, das er soeben zücken wollte, wickelte dann mit übermenschlicher Geschwindigkeit das Seil um seine Arme, den Oberkörper und den Hals. Ein Spontanzauber. »Lauft!«, keuchte er uns zu.

Wir anderen zogen ebenfalls unsere Dolche und Mila hob

ihren Baseballschläger, den sie in letzter Zeit nur noch für eine Toilettenpause aus der Hand legte. Sie hatte ihm schon einen Namen gegeben und schlief mit »Woody« im Arm ein.

Auf gar keinen Fall würde ich Lin im Stich lassen und wegrennen!

Gleichzeitig kam um uns herum aus dem Dickicht der Büsche ein Zombie nach dem anderen angestolpert, sie umkreisten uns wie hungrige Wölfe. Natürlich. Wir waren lange genug von ihnen verschont geblieben. Wie lange? Fast eine Woche? Das hätte uns eigentlich zu denken geben sollen. Ich verdrehte die Augen. Wie dumm wir doch gewesen waren.

Mila bleckte die Zähne. »Hast dir wohl deine ganzen restlichen Zombies für diesen Abend aufgespart, was?«

»Ganz genau.« Cynthia fummelte eine Kette unter ihrem grauen Shirt hervor. Daran hingen zwei kleine Holzkreuze. Es mussten einmal drei gewesen sein, denn an einer Stelle baumelte nur noch ein Anhängerring. Damit steuerte sie also die ganzen Zombies.

O Erzulie, wie sollten wir es nur mit Marinette, der mächtigen und unglaublich schrecklichen Loa, aufnehmen?

»Letzte Chance!«, forderte Cynthia mit Lin im Würgegriff ihres Seils. Er trat nach ihr, doch sie wich ihm geschickt aus. Trotz aller Mühen gelang es ihm nicht, das Seil abzuschütteln. Die Zombies zogen ihre Kreise enger, wodurch Shannon, Mila und ich näher zusammenrückten. Sie bildeten einen Kreis um uns, was gar nicht dumm von ihnen war. Unter keinen Umständen wollten wir gebissen und bei lebendigem Leibe gefressen werden. Also drückten wir uns praktisch aneinander. Mr B stand immer noch etwas abseits und mit leerem Blick bei der Feuerstelle, an der ich vor einer scheinbaren Ewigkeit zusammen mit Jax das tote Schwein gefunden hatte.

Ich warf einen Blick zu Lin, dessen Gesicht vom Sauerstoffmangel bereits blau angelaufen war. Lin, der Loa, nur vorübergehend sterblich, und das meinetwegen, hauchte womöglich gerade sein letztes bisschen Leben aus. Wie ironisch. Ein Gott starb gerade für mich. Auf irgendeine Weise machte mich dieser Gedanke so wütend, dass ich mich – ohne weiter darüber nachzudenken – auf Cynthia stürzte.

»Dawn, nein!«, schrie Mila. Den Geräuschen nach zu urteilen, lief sie mir hinterher. Doch ich ignorierte sie. Mein Messer hoch erhoben, warf ich mich auf meine Voodoomitschülerin, die sich den dunklen Kräften zugewandt hatte.

»Was bist du doch dumm, Dawn Decent!«, zischte Cynthia. Sie streckte ihre freie Hand aus. Erst dachte ich, sie würde jetzt auch eine Schlinge nach mir werfen, doch mitten im Flug verwandelte sich das Seil in eine Schlange. Erschrocken zuckte ich zurück, stolperte mitten im Lauf, als das fünfzehn Fuß lange Tier mit grünen Schuppen direkt vor mir auf dem Boden landete. Sie war wirklich gut geworden im Spontanzaubern. Die Schlange zischte, ungefähr im selben Tonfall und ebenso schlecht gelaunt wie Cynthia.

Mist, verdammter. Sicher war das Tier nicht nur bissig, sondern auch hochgiftig. Das sah Cynthia ähnlich. In meinem Bauch glühte ein zorniger Funke, wuchs und wuchs zu einer Fackel aus purer, klarer Wut heran. Dieses Miststück wollte mich hier und jetzt tot sehen. Und Lin ebenfalls!

Und da griff die Schlange auch schon an. Blöderweise taumelte ich und stürzte dann zu allem Unglück auch noch zu Boden. Kleine Steinchen bohrten sich in mein linkes Knie und ich schürfte mir beide Handflächen auf. Plötzlich waren überall um mich herum Schreie zu hören. Ich hob den Kopf. Wie in Zeitlupe bekam ich mit, wie Lin sich von Cynthia losriss und sich zwischen mich und die Schlange warf. Der Schlangenkopf, der offensichtlich mich hatte erwischen wollen, bohrte sich jetzt mit vier Eckzähnen in Lins Schulter.

»Nein!«, schrien Mila, Shannon und ich gleichzeitig. Wie eine einzige Person schmissen wir uns auf die Schlange, die von Lin abgelassen und wieder Angriffshaltung eingenommen hatte. Zischend baute sie sich vor uns auf. Aber Mila kannte keine Furcht. Einen Baseballschlägerschwung später lag das Tier mit zertrümmertem Schädel am Boden. Das knirschend-schmatzige Geräusch, das ertönte, als ihr Schädel brach, drehte mir den Magen um. Aber mir blieb keine Zeit, um mich zu übergeben. Lin! Lin war gebissen worden! Ohne dass ich es verhindern konnte, schrie ich vor Qual auf. Lin!

Cynthia lachte über unseren Schmerz. Im selben Moment zogen die Zombies den Kreis um uns enger.

Ein Schluchzen ließ mich blinzeln. Shannon kniete am Boden, bettete Lins Kopf in ihren Schoß. Seine Augen weit aufgerissen, war ihm alle Farbe aus dem Gesicht gewichen. Angestrengt schnappte er nach Luft.

»Das Gift!« Mila packte seine Schulter, riss Lins T-Shirt auf und versuchte das Gift mit dem Mund auszusaugen.

Natürlich war das ein absolut aussichtsloses Unterfangen. Erst neulich hatte ich in einer Dokumentation im Fernsehen gesehen, dass dieses Schlangengiftaussaugen ein Märchen war. Es würde nicht funktionieren. An Cynthias selbstgefälligem Gesichtsausdruck konnte ich ablesen, dass ich recht hatte.

Nein, nein, nein!

»Schon gut«, röchelte Lin jetzt. Shannons Tränen tropften ihm auf die Stirn. Er hob eine Hand, eine offensichtliche Bitte an mich, dass ich sie halten sollte. Galle stieg in mir auf, während mir gleichzeitig Kälte die Wirbelsäule hinabkroch.

Das durfte nicht wahr sein. Lin durfte nicht sterben! Meine Schultern bebten, als ich mich neben ihm auf die Knie fallen ließ. *Nein, nein, nein!*

»Ach, wie herzig!« Cynthia klatschte in die Hände. So, als wollten sie applaudieren, klapperten die Zombies unterstützend mit den Unterkiefern.

»Schon gut«, wiederholte Lin, dessen Muskeln zu zucken begannen, »ich sehe das goldene Licht. Die Krone.« Seine letzten Wörter gingen in Husten über.

»Er wird wieder ein Loa«, flüsterte Shannon, während sie ihn wie ein Baby wiegte. »Durch seine selbstlose Tat. Wie er es immer gewollt hat.«

»Marinette lacht sich gerade dermaßen tot über euch«, informierte uns Cynthia, die Arme vor der Brust verschränkt.

Ich warf ihr einen bösen Blick zu, kümmerte mich dann aber wieder um Lin. »Es ist alles gut. Wir schaffen das und du schaust uns von da oben zu.«

»Dawn.« Lin drückte mir ein kleines Säckchen in die Hand. »Nimm meine Gris-Gris. Du wirst sie brauchen. Vergiss nie, dass du nicht allein bist. Ich bin da. Immer für dich da.« Und dann passierte es. Ein letztes Mal hoben sich Lins Mundwinkel.

»Danke, dass du mir gezeigt hast, was Liebe ist. Es war wunderbar, dich zu lieben, Dawn Decent.«

Wie war das? Lin, der große Linto, liebte mich? Vermutlich stand mein Mund gerade sperrangelweit offen.

Ein besonders schlimmer Huster schüttelte ihn.

»Das schönste Gefühl der Welt.« Nachdem er das letzte Wort ausgesprochen hatte, blinzelte er noch einmal, lächelte und dann löste er sich einfach so vor unseren Augen auf. Zerfloss in Millionen von kleinen Lichtpunkten, die sich in den Himmel erhoben. Lin. Lin war fort! Eine Träne stahl sich aus meinem Augenwinkel. Dann blickte ich wie erstarrt auf das Säckchen in meiner Hand. Meine Finger zitterten dermaßen, dass eine kleine Jadefigur beinahe aus dem Samtbeutel hervorgekullert wäre. Irgendwie konnte ich einfach nicht begreifen, was soeben geschehen war. Offensichtlich ging es Shannon ähnlich, denn sie verharrte weiter starr in ihrer Position, jetzt aber ohne Lins Hand in ihrer.

Ein klatschendes Geräusch holte mich zurück in die Realität. Applaus von der Person, der ich momentan am meisten den Tod wünschte.

»Wenn es euch nichts ausmacht, würde ich jetzt gerne weitermachen«, verkündete Cynthia, »ich habe noch eine Flutwelle auf die Stadt loszulassen, und wenn ihr nicht auf meiner Seite stehen wollt, möchte ich euch jetzt doch ganz gerne umbringen.«

Aha. Wie automatisch griff ich nach Shannon, zog sie auf die Füße und schleifte sie zu Mila. Sie ließ es geschehen, hatte dabei allerdings einen zombiehaften Gesichtsausdruck aufgesetzt. »Dann wirst du, oder besser gesagt ihr, uns wohl töten müssen, denn wir stellen uns keinesfalls auf deine Seite und lassen die Zerstörung von New Orleans zu.« Ich konnte nur hoffen, dass sie das Zittern in meiner Stimme nicht wahrgenommen hatte. Was dachte sich Cynthia denn? Dass wir einfach kampflos aufgaben? Dass wir den Tod unschuldiger Menschen zulassen würden, so wie damals meine Eltern während des Hurrikans Katrina gestorben waren? Noch während ich sprach, heulte der Wind immer lauter, wehte mir Haarsträhne um Haarsträhne ins Gesicht.

»Aha.« Cynthia durchbohrte mich mit ihren Blicken. »Na gut, ihr habt es nicht anders gewollt.«

Augenblicklich nahmen Mila und ich unsere Kampfpositionen ein. Sie hob ihren Baseballschläger, während ich mein Messer zückte.

Shannon dagegen starrte einfach nur ins Leere.

»Hey.« Ich stupste sie mit dem Ellenbogen an. »Reiß dich zusammen. Später bleibt uns noch genug Zeit zum Trauern.«

Sie nickte, griff dann ebenfalls in ihre Jackentasche, aus der sie einen Dolch zog. Trotzdem wusste ich nicht, ob das reichen würde. Abschätzend sah ich mich um. Etwa zwanzig Zombies hatten uns umstellt, um uns an der Flucht zu hindern, solange Cynthia/Marinette mit uns sprach. Lin war fort. Shannon, Mila und ich standen Rücken an Rücken mitten im Sumpf, von Cynthia, die von Marinette, einer der mächtigsten und gleichzeitig gerissensten Loas, besessen war, mit einem mitleidigen Blick bedacht. Unsere Chancen standen nicht gerade gut. Optimistisch ausgedrückt.

»Noch irgendwelche letzten Worte? Nein?« Mit einem hinterhältigen Grinsen hob Cynthia beide Arme.

Oh, oh. Sicher war das kein gutes Zeichen, jedenfalls nicht für uns.

Als sie die Arme wieder fallen ließ, züngelten direkt vor ihr Flammen aus dem Sumpfboden, die auf uns zuschossen, als hätte jemand eine Spur aus Benzin gezogen. Sofort wichen wir aus, doch Cynthia ließ einfach einen zweiten Feuerstrahl auf uns zurasen. Lange würden wir diesen Tanz auf dem Vulkan nicht durchhalten, wurde mir klar. Wir mussten dieser Sache ein Ende bereiten, doch wie? Durch die Feuerstrahlen kamen wir einfach nicht nahe genug an Cynthia heran. Zumindest falls wir nicht als Grillhähnchen enden wollten.

»Schluss mit dem Unsinn!«, donnerte auf einmal eine Stimme. Ich blinzelte, denn diese Stimme hätte ich unter Tausenden erkannt. Madame Laveau trat aus dem Dickicht am anderen Ende der Lichtung hervor. Die Mambo hatte uns gefunden!

»Was willst du, alte Frau?«, höhnte Cynthia. »Halt dich raus, oder dir wird es schlecht ergehen. Marinette hat sowieso noch die eine oder andere Rechnung mit dir offen.«

Falls Madame Laveau durch Cynthias offensichtliches Outing als *der Bösewicht* schockiert war, ließ sie es sich jedenfalls nicht anmerken. »Du glaubst doch nicht, dass ich danebenstehe, wenn du meine Schüler umbringst.«

»Ich auch nicht!« Eine gehetzt aussehende Hope brach aus dem Sumpfgras hinter der Mambo. Sie trug einen geblümten Pyjama mit Rüschen am Saum. Wenn die Situation nicht so ernst gewesen wäre, hätte ich jetzt gelacht.

»Verstärkung«, flüsterte Mila neben mir. »Erzulie sei Dank.«

»Ich hätte es wissen müssen«, erklärte die Mambo, während sie sich bis zu uns durchschlug, gefolgt von Hope. Offenbar war Cynthia zu überrascht oder überlegte noch, ihre Strategie zu ändern, denn sie hielt urplötzlich in ihrem Feuerzauber inne. »Du hast uns alle getäuscht. Selbst Papa Legba. Er denkt, Dawn würde sich von Marinette reiten lassen. Ich hatte gerade ein sehr aufschlussreiches Gespräch mit ihm … Wir haben uns geirrt. Er hat nie den Pfad der Loa Rada verlassen und Marinette gehört immer noch der Petro-Nation an. Dafür ist er fuchsteufelswütend, dass ihr ihn verdächtigt habt, auf die dunkle Seite gewechselt zu haben.« Die Mambo sagte das so ernst, was ganz im Gegensatz zu dem Zwinkern in ihren Augen stand, mit dem sie uns jetzt bedachte.

»Lin ist fort«, sagte ich einfach nur lahm.

Shannon nickte, während sich Mila unter ihrem Küchentuchbandana kratzte. Was bildeten wir doch für einen gestörten Haufen.

»Keine Sorge, meine Lieben, er ist jetzt an einem besseren Ort. Dort, wo er sein sollte.« Die Worte der Mambo fühlten sich richtig an, bewirkten ein warmes Flattern in meinem Magen.

»Das hilft euch letzten Endes trotzdem nichts!« In Cynthias Stimme lag eine Mischung aus Trotz und Angriffslust. Als wollte sie diesen Eindruck bestätigen, schickte sie einen weiteren Feuerstrahl über den Boden direkt auf die Mambo zu. Kreischend ging Hope in Deckung, doch Madame Laveau hob einfach eine Hand, wodurch der Feuerstrahl kurz innehielt und dann zurück zu Cynthia geschickt wurde. Ihr eigenes Feuer versengte der Voodooschülerin die Turnschuhe, bevor sie es löschen konnte.

»Verdammte Alte! Ich hätte dich auch mit einem Alterungsfluch belegen sollen, damit du aus dem Weg bist. Wie Melinda.« Ihre bonbonrosafarbene Perücke verrutschte genauso wie das Lächeln auf meinem Gesicht. Melinda? Sie hatte Melinda mit einem Fluch belegt?

»Keine Sorge, Dawn«, rief die Mambo mit einem Blick auf mich. »Wir arbeiten bereits an einer Lösung. Melinda geht es gut. Sie wollte nur nicht, dass du sie so siehst.«

Melinda. Melinda. Melinda. Plötzlich begann sich alles um mich herum zu drehen. Die Art, wie die Mambo es mir versprochen hatte, ließ mich daran zweifeln, dass Melinda noch geholfen werden konnte. Der Fluch, sicher konnte ihm niemand entgehen.

»Melinda ergeht es nicht anders als meiner Großmutter. Sie sollte erfahren, was es heißt, alt und machtlos zu sein!«, zischte Cynthia.

Oh, dieses Miststück!

»Du musst dich zusammenreißen, Dawn«, flüsterte mir Mila zu. »Wir brauchen dich.«

Ich wusste es selbst, also schluckte ich all die verwirrenden Gefühle hinunter, die in den letzten Sekunden in mir aufgekeimt waren.

»Dafür wirst du bezahlen!«, knurrte ich. Bevor ich selbst wusste, was geschah, stürzte ich mich schon mit Kampfgeschrei auf die Person, die mir meine Patentante genommen hatte. Dafür würde ich ihr Schmerzen zufügen, die sie noch nie zuvor gespürt hatte!

»Dawn, nein!« Wie aus dem Nichts war Madame Laveau an meine Seite gesprungen, ihr Turban hing ihr quasi eine halbe Sekunde hinterher, fiel aber seltsamerweise nicht zu Boden. »Wir müssen es geschickter anstellen«, flüsterte sie, »und du weißt auch, wie.« Ihre Worte klangen eindringlich. Was meinte sie denn damit? Konnte die Mambo das ernsthaft von mir verlangen?

»Wir kämpfen gegen eine Loa, das heißt, wir brauchen auch eine Loa auf unserer Seite, und du bist die Einzige, die sich reiten lassen kann, ohne verrückt zu werden.«

»Was?«, flüsterte ich zurück. Das konnte sie unmöglich ernst meinen. »Aber wie kann das sein? Warum ich?«

»Vertrau mir einfach«, flüsterte die Mambo zurück.

Da wir Cynthia wohl gerade zu langweilig wurden, schrie sie: »Angriff!« Die Zombies setzten sich in Bewegung. Geistesgegenwärtig zückten Shannon und Mila unsere Geheimwaffen: entflammbares Spray und je ein Feuerzeug. Shannon hielt den Zombies ein Insektenvernichtungsspray entgegen, wohingegen sich Mila heute für Melindas Haarspray entschieden hatte.

Mr B kam angewackelt, offenbar im Bestreben, sich auch ins Geschehen einzumischen. Doch nach einem Schwung von Milas Baseballschläger lag der Schulleiter reglos am Boden. Vorübergehend ausgeknipst sozusagen.

»Erzulie!«, wisperte Madame Laveau jetzt eine Spur eindringlicher. »Sie hat dich auserwählt. Du musst dich von ihr reiten lassen. Nur so haben wir eine Chance. Marinette hat noch mehr Tricks drauf als diesen Feuerzauber. Wir dürfen nicht zulassen, dass sie die Flutwelle ruft!«

Das verstand ich natürlich, aber wie konnte sie sich so sicher sein, dass ich nicht durchdrehen würde?

Vor mir betätigten meine Freundinnen ihre Sprühdosen mitsamt ihren Feuerzeugen. Flammen versengten die ersten Zombiegesichter, und hier und da sah ich die huschenden Schatten von tierischen Sumpfbewohnern, die alle in dieselbe Richtung flohen – fort vom Wasser!

»Das wird euch auch nichts nützen«, sagte Cynthia. »Ihr könnt euch nicht gegen alle verteidigen.«

Das stimmte natürlich, und wie Madame Laveau gesagt hatte, schon bald konnte sie mit ihrer Flutwelle uns alle und den Großteil der Stadtbewohner vernichten.

Tatsächlich wollte ich es plötzlich tun. Wenn ich mich weigerte, würde ich es mein Leben lang bereuen, da war ich mir sicher. Also nickte ich.

»Dawn, meine Liebe. Erzulie wartet nur darauf. Du musst sie einladen, deinen Körper zu betreten. Versuch es«, ermunterte mich die Mambo.

Hörte sich gar nicht so schwer an. Trotzdem verkrampften sich meine Finger.

Okay, Dawn Decent, reiß dich zusammen, beschwor ich mich selbst. *Du kannst das!*

Ich räuspert mich, bevor ich in Gedanken mit Erzulie zu sprechen begann: *Liebe Erzulie, ich weiß, du bist da. Wir bitten dich um deine Hilfe in dieser schweren Zeit. Komm zu uns, übernimm meinen Körper und teile deine Kraft mit mir. Alles, was ich tue, tue ich in deinem Namen,* endete ich mit der üblichen Beschwörungsformel.

Erzulie war immer eine meiner Lieblingsloas gewesen und nun würden wir uns einen Körper teilen. Ich schluckte. Allein der Gedanke war vollkommen verrückt.

Und dann spürte ich das Glühen unter meiner Haut und den Druck in meinem Rücken. Einen Druck, als würde sich eine zweite Seele in meinen Körper quetschen, was streng genommen ja genau das war, was hier passierte. Meine Augen wurden spürbar groß, als ich die vertraute Stimme von Erzulie in meinem Kopf hörte.

Danke, Dawn. Gemeinsam schaffen wir das!

Zuversicht durchflutete mich. Ja, die Loa der Liebe hatte recht! Wir konnten als Sieger aus diesem Kampf hervorgehen.

»Als ob Dawn das hinbekommt. Und selbst wenn!«, brüllte Cynthia, die Bonbonperücke total zerzaust wie ein Rockstar nach der After-Show-Party. Sie hob beide Hände, und gleich darauf durchzuckte ein Blitz die Nacht.

Sie hat die Flutwelle im Golf von Mexiko ausgelöst, flüsterte Erzulie in meinem Kopf. *Schon vor ein paar Minuten.*

Oh nein. Das, was wir immer hatten verhindern wollen, was ich vorhin schon geahnt hatte, war eingetreten. Kamen wir tatsächlich zu spät? Augenblicklich sank meine Zuversicht auf ein unterirdisches Level. Das konnte doch alles nicht wahr sein! So knapp!

Ich sah mich um. Meine Freundinnen kämpften immer noch gegen die Zombies, von der Flutwelle war nichts zu sehen. Noch nicht. In dem Moment zog eine Schar schreiender Vögel über uns hinweg. Unwillkürlich sah ich ihnen nach, wie sie mit der Schwärzte des Himmels verschmolzen.

Lass uns als Erstes die verlorenen Seelen zurück ins Jenseits schicken.

Sofort wusste ich, dass Erzulie damit die Zombies meinte.

»Okay, aber wie?«, wisperte ich.

Überlass mir einfach die Führung. Du musst es nur zulassen, Dawn. Entspann dich.

Zwar zählte es nicht unbedingt zu meinen Talenten, mich auf Kommando zu entspannen, dennoch gab ich mein Bestes. Keinen Atemzug später hoben sich wie automatisch meine Hände, wiesen in Richtung der Zombies.

Rosa Lichtschwaden flossen aus meinen Fingern durch die Luft. Auf Höhe meiner Freundinnen teilten sich die Schwaden in etwa zwei Dutzend Stück auf. Jede von ihnen schwebte genau auf das Herz jeweils eines Zombies zu. Zumindest auf die Stelle im Brustkorb, an der bei lebendigen Menschen das Herz schlug. Verwirrt sah ein Zombie nach dem anderen an sich herunter. Doch dann geschah das wohl Seltsamste an diesem Tag: Die Untoten hoben der Reihe nach den Kopf, sahen mich an und … lächelten? Jedenfalls hoben sie das vergammelte Fleisch an ihren Lippen, bei dem es sich zu Lebzeiten sicher um Mundwinkel gehandelt hatte. Wenige Augenblicke später lösten sie sich auf. Einfach so. Ihre Körper fielen zu unansehnlichen Haufen von vergammeltem Fleisch zusammen. Sie waren heimgekehrt. Tief in mir drin konnte ich spüren, wie Erzulie lächelte.

»Ihr glaubt also, meine Zombies zu vernichten hilft euch weiter?« Cynthias säuselnde Stimme holte mich in die Realität zurück.

Verdammt! Die Flutwelle! Wie viele Minuten oder Sekunden blieben uns noch? Das Wasser hatte sich bereits zurückgezogen. Wann würde es mit voller Wucht zurückkehren?

Und plötzlich ging alles ganz schnell. Wir hörten das Rauschen der Wellen, ehe wir sie sahen. Und der Strom fliehender Tiere verstärkte sich noch. Sogar über unsere Schuhspitzen krabbelten diverse Insekten, strebten davon, als gelte es, rechtzeitig in die Arche Noah zu gelangen. Ich riss die Augen auf.

Erzulie übernahm die Führung. Wir wirbelten gemeinsam in die Richtung, aus der das Rauschen ertönte.

»Hope!«, schrie die Mambo. »Hilf uns!« Sie sprangen an meine Seite und streckten wie ich die Hände wie bei einem Bannzauber aus. Sobald wir nebeneinander aufgereiht dastanden, begriff ich, was hier passierte! Gemeinsam erzeugten wir ein Kraftfeld, um die Wellen umzuleiten. Eine beinahe durchscheinende Wand aus Magie. Erzulie übernahm die Führung bei dieser Aktion. Sie war die treibende Kraft. Durch mich. Gewissermaßen war daher ich es, die die meiste Magie um uns hochzog. Plötzlich war ich nicht mehr als eine Marionette. Wenn auch eine mächtige. Und dann krachten auch schon die Wassermassen gegen die unsichtbare Barriere, brandeten daran hinauf. Eine Barriere, von der ich wusste, dass sie sich in diesem Moment die ganze Küste entlangzog. Luft wurde mir aus den Lungen gepresst, während ich krampfhaft versuchte, nicht zurückzuweichen. Doch der Druck war gewaltig, während sich über unseren Köpfen eine zehn Mann hohe Wasserwand türmte wie ein lebendiges Geschöpf voller Angriffslust. Meine Hände begannen zu zittern. Aber gleichzeitig spürte ich Erzulies eisernen Willen in mir. Sprühnebel rieselte auf uns nieder. Als ich mir über die Lippen leckte, schmeckte ich das Salz.

Und dann geschah es. Das Wasser verdampfte an der magischen Wand, als wäre es auf glühende Lava geprallt. Gigantische Wolken erhoben sich in die Luft, das Wasser brodelte, kochte wie in einem unvorstellbar großen Topf – und ich begriff, dass wir nun erst recht die Wand nicht einbrechen lassen durften, wenn wir nicht von kochendem Wasser überflutet und verbrannt werden wollten.

»Mila, Shannon, haltet Marinette in Schach!«, hörte ich Erzulie durch mich rufen. Wow. So fühlte sich das also an, Geritten zu werden. Ob Cynthia dasselbe spürte wie ich?

Allerdings konnte wohl kaum eine nur mäßig ausgebildete Junghexe zusammen mit einer Projektion sonderlich viel gegen Cynthia ausrichten, die von Marinette geritten wurde. Marinette war mächtig und als Petro Loa viel skrupelloser als Erzulie. Das hier war noch nicht vorbei.

Also kam es, wie es kommen musste: Hinter mir hörte ich einen lang gezogenen Schrei aus Cynthias Mund: »Dawn Decent! Du wirst mir das nicht kaputt machen!« Fast verspürte ich so etwas wie Mitleid mit ihr. Ihre Großmutter hatte sie aufgestachelt und davon überzeugt, dass die modernen Menschen vernichtet gehörten. Beide waren gefangen in ihrem Naturschutzwahn und natürlich dem Wunsch, zum Loa zu werden, wie mir in diesem Moment klarwurde.

Als ich einen Blick über die Schulter warf, sah ich gerade noch, wie Cynthia beide Hände hob. Unfähig, etwas dagegen zu unternehmen, schließlich waren meine Hände mit dem Kraftfeld beschäftigt, wurden meine Augen groß. Sie würde Feuer oder eine zweite Schlange auf mich werfen, und ich konnte nichts tun, denn wenn ich meine Hände aus dem Kraftfeld löste, war die Stadt verloren! Welche Schmerzen auch immer kommen würden, ich musste sie aushalten! Musste so lange überleben, bis die Flutwelle abgeebbt oder gänzlich verdampft war!

Aus dem Augenwinkel erkannte ich eine Bewegung. Etwas surrte durch die Luft. Ein Speer! Auch Cynthia schaute verdutzt drein, als sich der Speer in ihren rechten Oberarm bohrte. Gleichzeitig sah ich eine Gestalt aus den Schatten hervorbrechen. Jax! Über meine Muskeln lief erst ein kalter und dann ein heißer Schauer. Wenn Erzulie nicht die Kontrolle über mich gehabt hätte, wäre ich bei seinem Anblick sicher zusammengezuckt. Oder in Ohnmacht gefallen. Jax hatte den Speer geworfen! O große Erzulie! Er kam auf mich zugerannt, stoppte dann aber plötzlich, als sei ihm gerade erst wieder eingefallen, dass ich ihn inzwischen als Feind betrachtete.

Jax! Es war wahrhaftig Jax, der mich anstarrte, den Blick voller Hoffnung und Entschlossenheit. Auch ein Blinzeln meinerseits konnte nichts an der Tatsache ändern, dass er es war, der da vor mir stand.

Endlich ließ der Druck auf meinen Händen nach. Die Flutwelle brandete zurück, flachte ab zu einer schäumenden, schier endlosen weißen Fläche, weswegen ich mich jetzt ganz zu ihm umwenden konnte. Über uns kämpften sich Wolkenberge von verdunstetem Wasser in immer höhere Sphären. Feine Tropfen fielen auf uns herab.

Das Gesicht feucht vom Regen blinzelte ich heftiger. Meine Haare klebten mir am Kinn, und ich verstand kaum, was hier soeben geschehen war. Sprachlos starrten wir einander an.

Hinter ihm zog sich Cynthia den Speer aus dem Arm, hielt ihre Schulter umklammert und sackte wimmernd zu Boden.

»Nein!«

Wahrscheinlich konnten wir alle nicht fassen, was passiert war. Wir hatten die Flutwelle und damit die Gefahr für die Stadt abgewendet. Stille legte sich über die Lichtung im Sumpf, nur durchbrochen von Cynthias jämmerlichen Schluchzern. Marinette schien fort zu sein.

Jax war gekommen, um mich zu retten. Der Funken Wahrheit an diesem Gedanken sackte langsam in mein Innerstes hinab. Bis dorthin, wo Erzulie saß.

Er ist einer von den Guten, Dawn, flüsterte mir die Loa zu. *Melinda denkt das auch.*

Melinda dachte das? Ich blinzelte verwirrt. Jax und gut?

»Dawn«, begann Jax. »Bitte lass mich alles erklären. Ich stehe auf deiner Seite.« Während er auf mich zukam, hob er beide Hände. »Wirklich! Klar, am Anfang wollte ich dich vielleicht töten, aber dann habe ich begriffen, dass du zu den Guten gehörst. Dass du keine Bedrohung für die Menschen darstellst. Bitte gib mir eine Chance, es zu beweisen!« Seine Lippen zitterten einen Moment, bevor er fortfuhr: »Ich will nichts mehr, als mit dir zusammen sein. Bitte glaub mir.«

Bei dem Blick, den er mir zuwarf, rührte sich etwas in mir.

Ich sag's ja nicht gern, wisperte Erzulie mir zu, *aber: Siehst du!*

Mein linker Mundwinkel hob sich eine Spur, bevor ich nickte. Ich hatte begriffen. »Das will ich auch, Jax.«

Jax strahlte, während Mila und Shannon am Rande meines Blickfelds glücklich seufzten. Von irgendwo neben mir hörte ich Hope gequält aufstöhnen. Wahrscheinlich ertrug sie so viel Romantik nicht, aber für mich war der Moment perfekt.

Den Rest schaffst du auch ohne mich, flüsterte Erzulie, dann verschwand ihre Seele aus meinem Körper, was sich sehr befreiend anfühlte. Vielleicht deshalb rannte ich los, Jax entgegen.

Gekonnt fing er mich auf, wirbelte mich sogar in der Luft herum.

Mein Herz wummerte in meiner Brust. Jax wollte mit mir zusammen sein! Er strahlte mich an und ich strahlte zurück.

Doch leider verhinderte das Schicksal, dass uns Zeit für einen Kuss blieb.

Inzwischen hatte sich Cynthia wieder auf die Beine gekämpft. Den gesunden Arm erhoben, deutete sie auf uns.

»Das werdet ihr mir büßen! Glaubt nicht, dass ihr schon gewonnen habt!« Wut verzerrte ihre Gesichtszüge. »Dafür werdet ihr beide sterben!«

Etwas rührte sich in mir. Eine Erinnerung, die mich auf eine Idee brachte. Ich öffnete den Mund und spielte meinen letzten Trumpf aus: »Das kannst du nicht wollen, Cynthia! Durch einen Mord an uns würdest du zum Loa Petro werden. Ich weiß, dass du nach deinem Tod ein Loa Rada werden willst!« Sonst hätte sie Lin nicht ständig danach ausgequetscht.

Cynthia zögerte. Lange genug, dass Mila ausholen und ihr

Messer nach Cynthia werfen konnte. Zwar hob sie noch die Hand, aber es war zu spät. Das Messer hatte sich genau in die Mitte ihres Brustkorbs gebohrt! Röchelnd entwich Cynthia alle Luft. Sie stürzte auf ihre Knie, zog mit der linken Hand am Griff des Messers, doch es wollte ihr nicht gelingen, die Waffe aus ihrer Brust zu ziehen.

»Du wirst Dawn kein Haar krümmen! Ist das klar?« Das war zwar etwas rabiat, aber so war die Mambo, wenn es um schwarze Magie und ihre Anhänger ging. Und ebenso verhielt sich ihre Projektion.

»Ihr …«, japste Cynthia. Aber dann verfiel ihr Körper in ein unkontrolliertes Zucken. Blut lief ihr aus den Mundwinkeln. »Marinette, hilf mir«, röchelte sie. Doch Marinette besaß keine Heilkräfte, das wusste ich. In einer fieseren Stimmlage, die ich sofort Marinette zuordnete, zischte sie: »Ihr verdammten Bastarde. Ihr haltet euch wohl für besonders schlau! Von einer Projektion besiegt! Von zwei …« Jedoch erstarb ihre Stimme, bevor sie den Satz beenden konnte. Reglos lag Cynthia vor uns. Tot. Ganz offensichtlich mausetot.

Ich schlug mir die Hand vor den Mund. Ein weiteres Indiz dafür, dass Cynthia tot sein musste, war die Tatsache, dass Mila sich in diesem Moment in glitzernde Punkte auflöste.

»Mila!«, schrien wir alle durcheinander. Oh nein! Jetzt verließ uns auch noch die Projektion der Mambo! Obwohl ich es ungern zugab, hatte ich das Mädchen in den letzten Tagen unglaublich lieb gewonnen. Eine weitere Träne kullerte mir die Wange herunter. Warum mussten so viele Freunde heute von mir gehen?

Mila, selbst erstaunt, sah mit offenem Mund an sich herunter.

»Schon gut«, erklärte sie uns mit fester Stimme. »Meine Aufgabe hier ist erfüllt. Das macht nichts. Wirklich.« Doch als würde ich in einen Spiegel blicken, sah ich die Träne an ihrer Wange hinabfließen.

Immer mehr Regentropfen aus den Wolken, die sich weit über uns am Himmel abgekühlt hatten, fielen herab. Es war, als weinte der Ozean mit uns um unsere Freundin Mila. Sie drückte meine Hand.

»Du warst mir eine wahrhaft gute Freundin, Dawn. Ich danke dir.« Einen Wimpernschlag später war auch sie fort.

Ich schluckte.

Während ich noch hemmungslos weinte, mich an Jax festklammerte, bemerkte ich eine Regung am Rande meines Blickfeldes. Cynthia rappelte sich wieder auf! Das konnte nicht mit rechten Dingen zugehen! Mist, Mist, Mist!

Schwarze Magie …, hörte ich Erzulies Stimme flüstern. Natürlich … Marinette kratzte ihre Kräfte zusammen, um aus Cynthia einen Zombie zu machen! Oh nein! Der Regen wurde stärker, steigerte sich zu einem richtigen tropischen Wolkenbruch. Regen!

Bevor ich die Idee ganz in meinem Kopf geformt hatte, geschah es auch schon: ein Spontanzauber.

Erzulie, ich brauche dich noch mal! Hastig formulierte ich meinen Wunsch für den Zauber, während sich gleichzeitig meine Finger um Lins Gris-Gris schlossen. Drei kleine Jadefiguren schmiegten sich innerhalb des Samtbeutels in meinem Handballen aneinander wie Kätzchen. Sie schienen förmlich an meiner Haut zu glühen.

Im nächsten Augenblick prasselten Hunderte Steckrüben auf Cynthia nieder, erschlugen das Zombiemädchen und begruben sie unter sich. Am Ende lag ein Haufen Steckrüben auf ihr, so hoch wie ein Einfamilienhaus.

Platt gedrückt von einer Tonne Steckrüben. Erledigt durch das verwandelte Wasser, das sie selbst herbeigerufen hatte, um so viele Menschen auszulöschen. Was für ein merkwürdiger zweiter Tod für die untote Cynthia.

Meine Augenlider zuckten. Mein Unterbewusstsein musste hier wohl übernommen haben.

»Dawn, mein Mädchen! Ich wusste es!« Die Mambo sah mich an, als hätte sie immer gewusst, dass meine Steckrübenfähigkeiten uns eines Tages das Leben retten würden. Nun, vielleicht hatte sie das auch … Ich blinzelte, sagte aber nichts.

Nur Jax flüsterte mir ins Ohr, wie unglaublich ich sei …

Madame Laveau beobachtete mich aufmerksam, aber als ich keine Regung zeigte, sagte sie einfach nur: »Wir haben es geschafft! Alle dunklen Kräfte wurden aus der Stadt vertrieben!«

Das stimmte wohl.

»Und Melinda?«, wollte ich von ihr wissen.

Sie zögerte. »Ein Alterungsfluch, der schon so weit fortgeschritten ist, lässt sich nur noch stoppen, aber nicht umkehren.«

Ich nickte betrübt, während Jax mich enger an sich zog.

»Allerdings wird Mr B wieder vollkommen normal werden und Papa Legba müsste den Verwirrungsfluch nun los sein, da Cynthia das Zeitliche gesegnet hat. Mr B war nie tot, wie ihr geglaubt habt, nur ferngesteuert.«

Das hatten wir inzwischen auch herausgefunden.

Ich bettete meinen Kopf an Jax' Schulter, bevor ich eine weitere Frage stellte: »Und Shannons Eltern? Sie wurden von Marinette reingelegt …«

Die Mambo grunzte. »Darum kümmere ich mich.«

»Hey«, flüsterte Jax, »gemeinsam schaffen wir das schon. Wir werden Melinda besuchen. Weißt du, dass sie meine erste große Liebe war? Ich werde also mit den zwei mir liebsten Menschen auf der ganzen Welt in einem Zimmer sitzen. Meinen zwei Lieblingsmädchen!« Er grinste, wofür ich ihm einen Hieb auf die Schulter verpasste. Wenn es sich doch nur nicht so verdammt gut anfühlen würde, in seinen Armen zu liegen.

»Ach, Dawn …« Er griff nach meiner Hand, hielt sie fest. Dann beugte er sich zu mir nach unten, verharrte kurz, ehe er mich küsste. Mit so viel Leidenschaft, wie ich es noch nie zuvor gespürt hatte. Das musste Liebe sein! O Erzulie! Danke!

Wenn ich jetzt nach diesem Kuss sterben sollte, war mein Leben zumindest vollkommen gewesen. Mein Dasein war komplett. Nie wieder wollte ich diesen Kuss enden lassen. Aber irgendwann mussten auch wir uns voneinander lösen. Ich sah Jax in die Augen. Liebe sprach aus seinem Blick, was mich unwillkürlich lächeln ließ. Leider währte auch dieser Moment nicht lange, denn plötzlich kitzelte mich etwas in der Nase. Meine Nasenflügel blähten sich, bis ich Jax direkt ins Gesicht nieste.

Entgeistert starrte er mich an. Wie in Zeitlupe rutschte ihm das Lächeln aus dem Gesicht. Was war denn mit ihm los? Und dann verstand ich. Kapierte, was ihn so schockierte. Ich hatte mit offenen Augen geniest! Aber das konnte doch nicht sein! Bitte nicht, o Erzulie!

Einen Herzschlag später, während dem wir uns nur sprachlos angestarrt hatten, spürte ich ein Kribbeln in meinen Füßen, das immer höher stieg. Ich sah nach unten, musste mich vielleicht mit eigenen Augen davon überzeugen, bevor ich verstand, dass ich im Begriff war, mich aufzulösen. Die Erkenntnis traf mich härter, als Milas Baseballschläger es je gekonnt hätte. Aber wie konnte das sein?

»Dawn!«, hörte ich Shannon von irgendwoher schreien. »Nein, Dawn, nein! Warum?«

Ich war wirklich im Begriff zu gehen, oder nicht?

»Es tut mir leid, Dawn. Es ging nicht anders«, hörte ich die Mambo sagen. »Wir brauchten eine Projektion, die sich von Erzulie reiten lassen würde. Melinda hatte immer ein gutes Verhältnis zu Erzulie gehabt. Sie hat angeboten, eine Projektion von sich zu erstellen, als klar war, dass sie selbst wegen des Fluchs nutzlos sein würde. Ihre Projektionen waren schon immer die stärksten, die ich je gesehen habe. Mit in Perfektion manipuliertem Gedächtnis.«

Ich verstand. So war das also. Alles, an was ich mich zu erinnern geglaubt hatte, war nicht echt. Meine Vergangenheit nicht und auch meine Gegenwart nicht. Ich war nicht echt.

»Nein!«, schrie Jax. Krampfhaft umklammerte er mit den Händen mein Gesicht. Die untere Hälfte meines Körpers hatte sich bereits aufgelöst.

Auf meiner anderen Seite drückte Shannon meine Hand. Alle Farbe war ihr aus dem Gesicht gewichen.

»Ist schon gut«, flüsterte ich ihnen zu. »Ich hatte die beste Zeit mit euch. Kein Grund, Trübsal zu blasen.« Eine seltsame Ruhe hatte von mir Besitz ergriffen. »Alles wird gut, Jax. Hör bitte auf zu weinen.«

Tränen rannen ihm unkontrolliert über die Wangen, wahrscheinlich konnte er mich kaum mehr richtig erkennen. »Geh nicht, Dawn Decent. Bitte nicht. Ich liebe dich!«

Wie gerne hätte ich ihm diesen Wunsch erfüllt. Doch es war so, wie es hatte sein sollen. Innerhalb einer Sekunde breitete sich die Wahrheit über die letzten Monate in mir aus. Gemeinsam hatten wir die Stadt gerettet. Ich in Melindas Namen, mit ihren eingepflanzten Erinnerungen. Meine Aufgabe hier war erledigt. So lief das eben.

»Ich liebe dich auch, Jax Roquewood«, flüsterte ich, bevor sich die Welt um mich auflöste. Meine Welt, zu der ich doch nie richtig gehört hatte.

Epilog

Lange verharrte Jax vor Melindas Hütte. Die Hand über der Türklinke, zögerte er den Augenblick hinaus, in dem er hineingehen musste. Wieder und wieder sah er den Moment vor sich, als Dawn ihn letzte Nacht mit offenen Augen angeniest und sich dann in seinen Armen aufgelöst hatte. Wie er danach minutenlang geschrien hatte.

Ein Gefühl des Schwindels erfasste ihn. So, als vermischten sich alle Farben um ihn herum zu einer glitzernden Masse. Madame Laveau hatte ihn hierher gebeten, um ihm einiges zu erklären und dann gemeinsam mit ihm Melinda zu besuchen. Er schluckte. Melinda war Dawn. Dawn war Melinda …

Als er letztendlich doch die Tür öffnete, sprang ihn eine getigerte Katze an, rieb sich einmal kurz an seinen Beinen und verschwand dann draußen im Sumpf. Jax blinzelte. Das musste Perry gewesen sein. In seiner alten Gestalt als Kater. Kurz sah er sich im Inneren der Hütte um. Statt Steckrüben standen jetzt überall merkwürdige Dinge auf den Fensterbrettern, von Mausefallen bis zu Eieruhren und Wollknäulen. Zurückverwandeltes Gemüse. Alles war wieder so, als hätte es Dawn nie gegeben. Sein Rachen fühlte sich auf einmal ganz eingeschnürt an, während die Stille in seinen Ohren dröhnte.

Shannon und Madame Laveau erwarteten ihn bereits. Sonst

war niemand mehr übrig. Kein Lin, keine Mila, und vor allem keine Dawn. Jax' Fingerspitzen kribbelten.

»Hallo, Jax.« Die Mambo erhob sich vom Sofa, faltete dann die Hände vor ihrem Körper. Als Antwort nickte er ihr nur zu, sah sich weiter blinzelnd im Raum um. Beinahe hatte er das Gefühl, dass Dawn immer noch hier lebte. Dass sie womöglich in der nächsten Sekunde aus ihrem Schlafzimmer gerannt käme. Um ihm in die Arme zu fallen und ihn zu küssen. Die süße kleine, freche, zauberhafte Dawn.

Über seine Augen legte sich ein feuchter Schimmer.

Doch natürlich geschah nichts dergleichen.

»Setz dich doch zu uns.« Shannon wies mit der Hand auf das Sofa. Auf dem Couchtisch davor standen drei Tassen Tee.

Als Jax die Tür hinter sich schloss, bauschte sich Shannons Sommerkleid im Zugwind.

Dann setzten sie sich. Um seine Finger zu beschäftigen, griff Jax nach einer der Tassen.

»Ihr habt es gewusst, oder? Die ganze Zeit über? Dass Dawn eine Projektion war?«

Madame Laveau räusperte sich. Ihr rostfarbener Turban wirkte heute etwas nachlässig gewickelt.

»Nein, nur Melinda und ich. Hope hat es irgendwann herausgefunden. Aber sonst wusste niemand davon. Wir hielten es einfach für sicherer, wenn so wenige Personen wie möglich eingeweiht waren.«

»Damit Dawn nicht erfährt, wer sie wirklich ist. Was, wenn sie sonst ihrem Schicksal davon gelaufen wäre? Das hätte eure Pläne ja vollkommen zerschlagen.« Jax' Stimme klang eine Spur grimmig.

»Nun ja.« Madame Laveau knetete ihre Hände, während sie sprach. »Es gab nur diese eine Lösung. Wir wussten, dass sich jemand von einem Loa Petro reiten lässt. Meine Projektionen sind zu auffällig, wir brauchten jemanden, der nicht als Projektion enttarnt werden würde. Und dazu eine starke. Melinda bot an, das zu übernehmen.« Die Mambo legte eine kurze Pause ein, bevor sie fortfuhr. »Eine Weile hat sie sogar noch mit Dawn zusammengewohnt, bis der Alterungsfluch zu weit fortgeschritten war. Wir hatten Dawn Melindas Kindheitserinnerungen eingepflanzt, damit sie dachte, sie sei echt. Und noch weitere Details hinzugefügt.«

Die Teetasse zitterte in Jax' Hand. »Wie hat sie mich befreien können? Im Sumpf. Aus meinem Alligatorgefängnis? Ich dachte, Rückverwandlungen sind beinahe unmöglich?«

Madame Laveau wechselte einen Blick mit Shannon.

»Wir können nur mutmaßen. Die Wahrheit kennen auch wir nicht. Melinda war sehr jung, als sie dich verwandelt hat. Sie muss dich so lange verwandelt haben wollen, bis keine Gefahr mehr für dich bestand und sie dich zurückholen konnte. Indirekt hat sie das dann durch Dawn, ihre eigene Projektion, getan. Vermutlich wollte sich dich aber schon viel früher befreien.«

Seufzend ließ sich Jax in die Sofakissen zurücksinken. So war das also. Er zupfte an einem Kissen, wobei seine Gedanken zu seinem allerersten Aufeinandertreffen mit Dawn glitten.

»Wir hatten auch keine Ahnung, dass ihr euch ineinander verlieben würdet«, fuhr Madame Laveau fort, »obwohl es mir hätte klar sein müssen. Schließlich hast du dich damals in Mimi verliebt. Melindas erste Projektion. Wir glauben, Melinda hat sich ebenfalls in dich verliebt. Mit Mimi damals. Vielleicht war es so etwas wie eine Vorahnung von ihr, dass sie sich als Dawn gewissermaßen erneut in dich verlieben würde. Die Wege der Schicksalsfäden sind wie immer verworren.«

Jax nickte gedankenverloren. Mimi. Dawn. Melinda. Sie waren alle ein und dieselbe Person.

»Jedenfalls möchte ich dir für deinen Einsatz danken. Durch dich konnten wir einen Vorteil erringen und die Stadt retten. Heute habe ich dich auch hierher bestellt, damit wir gemeinsam Melinda besuchen können.«

Er nickte. »Du siehst glücklich aus. Sind deine Eltern schon entlassen?« Die Frage hatte er an Shannon gerichtet.

Shannon drückte den Rücken durch. Offensichtlich bemüht, nicht allzu fröhlich auszusehen – schließlich hatte auch sie Dawn verloren –, hob sie einen Mundwinkel.

»Sie werden morgen entlassen. Madame Laveau hat alle Familien überzeugt. Dafür haben sie Cynthias Großmutter eingebuchtet.«

Den Blick auf seine Hände gerichtet, nickte Jax nur.

»Cynthia?«

»Ihre Überreste wurden geborgen. Es ist nicht mehr viel übrig von ihr«, berichtete die Mambo sanft. »Dawn hat ganze Arbeit geleistet.«

»Ja, das hat sie wohl.« Jax fuhr sich einmal mit der Hand durchs Gesicht, schloss dabei die Augen. Dawn und ihre Steckrüben. Diesen Moment würde er nie im Leben vergessen. Genau wie ihren Kuss. Diese kurzen Momente des Glücks mit ihr. Die Erinnerungen daran war alles, was ihm jetzt noch blieb. »Können wir jetzt zu Melinda gehen?«

»Aber natürlich.« Die Mambo erhob sich. Vielleicht wollte sie ebenso dringend wie er mit der Vergangenheit abschließen. »Gehen wir.«

Sein Herz klopfte ihm bis zum Hals, als er wenig später vor Melindas Tür im Altersheim stand. Dahinter würde er auf die Frau treffen, die Mimi und Dawn erschaffen hatte, Kopien ihrer selbst.

Zögerlich drückte er die Klinke nach unten, holte noch schnell ein Klopfen nach und stand dann im Raum. Das Licht der Nachmittagssonne blendete ihn, und so konnte er zunächst nicht viel erkennen. Schließlich bemerkte er, dass Melinda mit dem Rücken zu ihm in einem Schaukelstuhl am Fenster saß.

»Ich habe mich schon gefragt, wann du kommst«, sagte die alte Dame in diesem Moment.

Jax hob den Kopf, umrundete dann den Schaukelstuhl, um Melinda in die Augen sehen zu können.

Taktvoll blieben Shannon und Madame Laveau im Türrahmen stehen.

»Melinda?« Er kniete sich vor ihr nieder, ließ dann den Blick über sie schweifen. Ihr Körper wirkte unter dem blütenweißen Strickkleid zerbrechlich. Ihre Haare waren ergraut, die Haut faltig und von Altersflecken gezeichnet. Der Alterungsfluch ließ diese Frau, die Anfang fünfzig war, wie über achtzig aussehen.

Jax seufzte, legte dann aber seine Hand auf ihre.

»Ich habe so viele Fragen.«

»Kann ich mir vorstellen«, schmunzelte Melinda. »Setz dich doch zu mir, dann erzähle ich dir alles, was du wissen willst. Michelle kann uns einen Tee bringen.« Sie nickte in Richtung der Mambo, was Jax zum Lachen brachte. Melinda Lavelle kommandierte sogar die mächtigste Voodoohexe der Stadt herum.

Und dann saßen sie beide da, bei zwei dampfenden Tassen Tee. Jax hielt Melindas Hand, während sie erzählte, wie sie sich zum ersten Mal in ihn verliebt hatte und was das alles nach sich gezogen hatte. Wie sie Mimi und Dawn erschaffen hatte. Gemeinsam strichen sie andächtig über das Foto von Melinda und einer lachenden Dawn, das eingerahmt auf der Kommode mit der Spitzendecke stand. Beide bekamen kaum mit, wie sich Shannon und Madame Laveau verabschiedeten. Sie redeten und redeten, bis es schließlich Zeit zum Schlafengehen wurde. Zwischendrin war Jax kurz davor zu fragen, ob sie Dawn nicht noch einmal erschaffen konnte. Für ihn. Aber dann wurde ihm bewusst, dass sie die Kraft nicht mehr hatte und er es in seinem tiefsten Inneren auch nicht wollte. Melinda müsste Dawns Gedächtnis manipulieren und was nicht alles. Es wäre niemals echt. Und dieses echte, falsche Leben wollte er Dawn auch nicht antun.

»Wirst du mich wieder besuchen kommen?«, fragte Melinda, den Blick auf ihr Kleid gerichtet.

»Bis ans Ende aller Tage«, versprach Jax.

Und dieses Versprechen war das erste in seinem Leben, das er genau so auch einzuhalten gedachte.

Danksagung

Natürlich bin ich (wie eigentlich immer) viel zu spät dran mit der Abgabe dieses Manuskripts, und irgendwo in Deutschland verfluchen mich gerade sicher eine Lektorin und eine Korrektorin, weil ich das Manuskript zu Teenie Voodoo Queen schon vor Stunden weiterschicken sollte. Dennoch möchte ich mir eine klitzekleine Danksagung nicht nehmen lassen.

Zuerst gehört mein Dank meinen Testlesern, die sich immer unermüdlich durch meine ersten Entwürfe von Büchern kämpfen. Ich danke euch, Mädels. Besonders Becci, Marie, Amelie, Maren, Lara, Angela und Henni. Ihr seid klasse. Euer Feedback ist so wertvoll für mich! Lieben Dank für euren unermüdlichen Einsatz!

Außerdem kann ich nicht in Worte fassen, wie sehr ich Isabell Schmitt-Egner zu Dank verpflichtet bin. Meinem Brain, Autoren-Kollegin und zudem Lektorin meiner Werke. Du bist der Kracher, Brain! Unsere Schreiburlaube gehören definitiv zu meinen Jahreshighlights.

Danke auch an das gesamte Piper Verlags-Team, die an diese Geschichte geglaubt haben. Allen voran Sabrina und Carsten, dem Programmleiter Fantasy. Ihr seid zu lieb!

Obwohl ich es schon im Vorwort getan hatte, möchte ich nochmals der Voodoo-Agentur Maerlyn Rituals danken. Für die Auskunft und die Unterstützung, die mir zuteilwurden. Ich verstehe Voodoo durch die Auskünfte von euch nun viel besser als durch meine bloßen Internetrecherchen zuvor. Ich bin sehr positiv überrascht von der Toleranz gegenüber meinem Voodoo-Fantasy-Werk. Vielen Dank! Wenn ich mal einen Fluch brauche oder eine Rückführung, wende ich mich definitiv an euch!

Und zuletzt möchte ich meinen Lesern danken, die sich von mir in meine Fantasiewelten entführen lassen. Ohne euch könnte ich meine Träume nicht wahr werden lassen. Ich hoffe, wir lesen uns bald wieder. In meinen Büchern oder auf Social Media. Schreibt mir gern eure Meinung zu meinen Büchern. Und hört nie auf, an euch zu glauben. Versprecht mir das.